KB177632

에밀 졸라(1840~1902)

에밀 졸라 드레퓌스 박물관 졸라가 1878년 구입해 살던 집. 프랑스 메당

'나는 고발한다.' 드레퓌스 사건의 은폐에 대해 졸라가 '대통령에게 보내는 편지'를 로로르지 편집장 클레망소의 권유로 '나는 고발한다…!'로 제목을 바꿔 신문 1면에 실었다(1898. 1. 13일자).

드레퓌스 사건을 둘러싼 프랑스 국민들의 분열을 풍자한 만평(위) 가족 식사 시간 '우리 여기서 드레퓌스에 대해 이야기하지 맙시다'(아래) '했네 했어'(1898. 2. 14일자)

드레퓌스 사건으로 분노에 찬 군중들에 둘러싸인 졸라 앙리 드 그루. 1898.

LES ROUGON-MACQUART

HISTOIRE NATURELLE ET SOCIALE D'UNE FAMILLE SOUS LE SECOND EMPIRE

NANA

PAR

ÉMILE ZOLA

PARIS

BIBLIOTHÈQUE CHARPENTIER

FASQUELLE, ÉDITEURS

11, RUE DE GRENELLE, 11

Tous droits réservés

《나나》 프랑스어판 초판 속표지

《나나》 삽화 "베를린으로! 베를린으로! 베를린으로!"

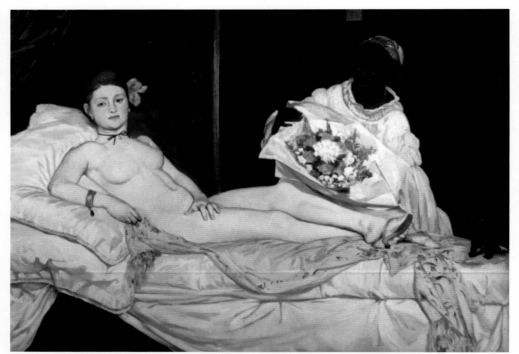

〈올랭피아〉 백인 여성과 흑인 여성의 대비를 이루며 손에 들고 있는 꽃은 '남자 손님'을 의미한다. 에두아르 마네. 오르세 미술관

《나나》 삽화 '가까운 사람만을 초대할 때에는 백작 부인은 객실도 식당도 쓰지 않기로 했다. 그러는 편이 난로가에서 오순도순 이야기할 수 있기 때문이다.'

〈나나〉 에두아르 마네. 1877. 함부르크 아트 센타. 졸라의 소설 《나나》의 여주인공을 모델로 한 작품으로 실제 창녀로 알려져 있던 앙리에트 오제가 모델이다.

영화 〈나나〉 크리스티앙 자크 감독, 마르틴 카롤·찰스 보이어·월터 치아리 주연. 1955.

세계문학전집074
Émile Zola
NANA

나나

E. 졸라/김인환 옮김

동서문화사

디자인 : 동서랑 미술팀

나나
차례

[주요인물]

나나 여주인공. 아름다운 육체를 이용하여 숱한 남자들을 파멸의 길로 몰아넣고 자신도 천연두에 걸려 죽는다.

뮈파 백작 나뽈레옹 3세 아래 득세하는 부유한 나나의 정부. 금욕주의적인 신앙 생활을 해오다 나나의 육체에 포로가 되어 신세를 망친다.

사빈느 뮈파 백작 부인. 남편에 대한 성적 불만과 방종으로 포슈리를 상대로 자신도 바람을 피운다.

에스뗄 뮈파 백작 딸. 나나의 정부였던 다그네와 결혼한 뒤 남편을 완전히 지배한다.

다그네 나나의 옛 애인. 유산 때문에 에스뗄과 결혼한다.

로즈 바리에떼 극장의 배우로 연극이나 사랑에 있어서 나나의 라이벌.

미뇽 로즈의 남편. 아내를 다른 사내에게 붙여주는 뚜쟁이질을 한다.

사땡 나나의 옛 친구로 창녀. 나나의 동성애 상대가 된다.

스떼너 유대계 독일인 은행가. 나나의 끝없는 욕심을 채워주다 파산함.

방되브르 백작 나나의 애인. 가산을 탕진한 나머지 경마에도 실패하여 분신 자살한다.

조르즈 나나의 귀여운 소년 애인. 나나 때문에 끝내 자살하고 만다.

필립 조르즈의 형. 육군장교, 동생으로 인해 나나를 알게 되나 나나 때문에 공금을 횡령하여 감옥에 들어간다.

조에 나나의 하녀. 성실하게 봉사하는 척하나 간사한 꾀를 부려 자기 속셈을 차린다.

포슈리 사빈느 부인과 로즈의 정부.

1장

9시가 다 되었는데도 바리에떼 극장 안은 아직 텅 비어 있었다. 어둠침침한 샹들리에 불빛 아래 2층 좌석과 아래층 특등석, 그 암홍색 비로드로 된 좌석에서 몇 명 손님이 열심히 막이 오르기를 기다리고 있을 뿐이다. 커다란 붉은 막은 어둠 속에 잠겨 있었다. 푸트라이트도 아직 켜지지 않았고, 악사들이 악보를 올려놓는 대 위에도 어지러진 채 무대에서는 아무 소리도 들려 오지 않는다. 그러나 가스등 불빛에 파르스름하게 물든 하늘을 벌거벗은 여자와 아이들이 날고 있는 그림의 둥근 천장 주위, 이른바 꼭대기 하등석에서는 쉴새없이 와글거림 속에서 누구를 부르는 소리와 웃음소리가 들려 왔다. 보닛이며 캡을 쓴 머리들이 창틀을 금빛으로 꾸민 둥근 창 밑에 겹겹이 포개어져 있다. 이따금 안내원이 좌석권을 손에 들고, 남녀 한 쌍을 뒤에서 밀다 시피하여 바쁘게 들어온다. 안내된 연미복 차림 신사와 우아하고 호리호리한 숙녀는 으레 극장 안을 천천히 둘러보며 자리에 앉는다. 두 젊은이가 아래층 특등석에 나타났다. 잠시 동안 서서 극장 안을 둘러본다.

"거 봐, 엑또르, 내가 뭐랬어."

나이가 더 들어뵈는 쪽이 말했다. 검은 콧수염을 짧게 기르고 몸집이 큰 젊은이다.

"너무 이르잖아. 내가 시가를 다 피울 때까지 기다려도 시간은 충분했단 말이야."

이때 여자 안내원이 지나갔다.

"어머나, 포슈리 씨." 그녀는 다정하게 말을 걸었다. "아마 반 시간 안에는 시작하지 않을 거예요."

"그럼 왜 아홉 시 개막이라고 써 붙였을까?" 마르고 긴 얼굴을 찡그리며 엑또르가 중얼거렸다. "오늘 아침에 여기 나오는 끌라리스는 여덟 시 정각에 시작한다고 했는데."

잠시 동안 그들은 입을 다물고 얼굴을 들어 어두컴컴한 2층 좌석을 살펴보았다. 그러나 그곳은 녹색 벽지 때문에 더 어둡게 보였다. 아래층 좌석은 완전히 깜깜했다. 2층 좌석에는 한 뚱뚱한 부인이 비로드[*1]로 덮인 난간에 몸을 기대고 있을 뿐이었다. 높은 기둥 사이에 끼인 무대 앞자리는 오른쪽도 왼쪽도 비어 있고, 긴 술이 달린 막만 보였다. 흰색과 황금색에 녹색을 곁들인 극장 안은 샹들리에 희미한 불빛 아래 뿌옇게 흐려 보였다. 자디잔 먼지가 일고 있는 것처럼.

"뤼시의 무대 앞자리를 잡아 두었어?"

엑또르가 물었다.

"응, 그런데 꽤 힘들었어……. 하기야 뤼시가 일찍 올 리 없지, 그 여자 보나마나 뻔해."

그는 가벼운 하품을 씹어 삼키느라고 잠깐 입을 다물었다가 말했다.

"너는 여태 개막 공연을 본 일이 없는데 이번만은 참 운이 좋구나……. 〈금발의 베누스〉는 올해 내내 인기가 있을 거야. 반년 전부터 소문이 나 있었으니까. 음악이 또한 기가 막히단 말이야……. 보르드나브라는 사람은, 빈틈없는 작자야. 이걸 만국박람회 때 상연하기 위해 준비해 두었으니 말이야."

엑또르는 열심히 듣고 있다가 물었다.

"신인배우인 나나가 베누스 역을 맡는다는데, 형은 그 여자를 알고 있어?"

"허, 또 시작이로군!" 포슈리는 팔을 쳐 들며 소리쳤다. "아침부터 나나야. 스무 명도 더 되는 사람을 만났지만 여기서도 나나, 저기서도 나나! 어이 골치 아파! 내가 알게 뭐냐! 내가 온 빠리의 여자들을 어떻게 다 안단 말이냐! 나나는 보르드나브가 만들어 놓은 여자지. 그러니까 뻔해!"

그는 잠시 입을 다물었다. 그러나 텅 빈 극장 안, 희미한 불빛, 문 여닫는 소리, 교회를 연상시키는 소곤대는 소리, 그런 것들이 그를 짜증나게 만들었다.

"빌어먹을!" 갑자기 그는 말했다. "참을 수가 없군. 난 나가야겠다……. 밑에 가면 보르드나브를 만날 수 있겠지. 그 친구라면 자세한 걸 알려 줄 거야."

대리석을 간 현관에는 검표대가 마련되었고, 관객들이 나타나기 시작하고 있었다. 활짝 열린 세 개의 출입구로, 바쁜 군중들이 4월의 아름다운 저녁을

[*1] 거죽에 곱고 짧은 털이 촘촘히 돋은 비단.

공연을 시작하기 전 바리에테

1880년대 극장 내부 모습

즐기고 있는 게 보인다. 마차들이 극장 앞에서 급히 멈추었다가 요란하게 문을 다시 닫는다. 그러면 손님들이 두세 사람씩 들어온다. 그들은 개찰구 앞에서 걸음을 멈추었다가 앞쪽 좌우에 있는 두 개의 계단을 올라가는 것이다. 여자들은 가벼운 걸음걸이로 천천히 걸어간다. 제정시대풍의 무미건조한 장식처럼 판지로 만든 사원의 주랑(柱廊)을 연상시키는 이 홀의 장식 없는 벽에는, 가스등의 불빛 아래 커다란 검은색 글자로 나나의 이름이 씌어진, 거대한 황색 포스터가 나란히 죽 붙어 있었다. 서서 이야기하고 있는 사람들이 있는가 하면 문 앞을 막고 서서 포스터를 읽는 사람들도 있었다. 매표구 옆에서는 면도자국이 파랗게 난 넓적한 얼굴의 뚱뚱한 사나이가 버티고 서서 표를 얻으려 애쓰는 사람들에게 난폭하게 응대를 하고 있었다.

"저기 보르드나브가 있군!"

계단을 내려가면서 포슈리가 말했다. 지배인이 먼저 그를 알아보았다.

"이거, 너무 친절하신데요! 아니 그래 신문기사를 써 주겠다고 해놓으시고서, 도대체 어떻게 된 겁니까……. 오늘 아침〈피가로〉를 펴 봤더니 아무것도 안 났던데요."

"잠깐, 잠깐! 나나에 관한 걸 쓰려면 먼저 그 여자를 알아야 하지 않겠습니까. 게다가 약속한 것도 아니잖습니까?"

더 이상의 언쟁을 피하기 위해 그는 학업을 끝마치려고 빠리에 와 있는 사촌 동생, 엑또르 드 라 팔르와즈를 소개했다. 지배인은 그 젊은이를 한눈에 평가했으나, 엑또르는 자못 감동하며 상대를 살펴보았다.

'이자가 바로 보르드나브로구나. 여자를 짐승 취급하는 흥행사, 언제나 머릿속에서 돈 버는 새로운 방법을 꾸며내는 사나이. 소리 지르고, 침을 뱉고, 무릎을 치며, 빈정대는 헌병처럼 까다로운 그 사나이로구나!'

엑또르는 지배인에게 좋은 인상을 남겨 주고 싶었다. 그는 맑고 부드럽게 말을 건넸다.

"선생님의 극장은……."

보르드나브는 털털한 사람답게 노골적인 말로 태연히 그의 말을 가로막았다.

"뭐, 갈보집이지요."

포슈리는 그 말이 옳다는 듯이 웃었다. 팔르와즈는 어리벙벙해서 하던 말을 중단한 채, 그 농담을 알아들은 척했다. 그때 이미 지배인은, 그의 연극평이 대단한 영향력을 갖고 있는 한 연극평론가한테 달려가 악수를 하고 있었다. 지배인이 되돌아왔을 때 팔르와즈는 겨우 침착을 되찾았다. 너무 어리둥절해하면 촌놈 취급을 당하지나 않을까 겁이 났다.

"소문을 들으니 나나는 아주 사람을 녹이는 목소리를 가졌다고요."

"그 여자가!" 지배인은 어깨를 으쓱하면서 말했다. "꼭 뚝배기 깨지는 소리 같답니다!"

젊은이는 얼른 덧붙였다.

"그리고 아주 뛰어난 여배우라지요."

"그게요? 서툴기 짝이 없어요! 연극의 연자도 모르는걸요."

팔르와즈의 얼굴이 조금 붉어졌다. 어떻게 알아들어야 할지 영문을 몰라 더 듬거리면서 말했다.

"저는 오늘 밤의 개막 공연만큼은 절대로 놓치지 않으려고 마음먹었지요. 난 잘 알고 있었거든요. 선생님의 극장이······."

"갈보집이지요."

보르드나브는 아주 완고하고 확신에 가득찬 어조로 또 가로막았다.

그동안 포슈리는 침착하게 들어오는 여자들을 바라보고 있었다. 사촌 동생이 웃어야 할지 화를 내야 할지 몰라 멍해 있는 것을 보고 그는 한마디 거들어 주었다.

"글쎄, 보르드나브가 좋아하도록, 그가 원하는 대로 극장 이름을 불러 주도록 해. 그래야 그가 기뻐하니까······. 한데 당신은 우리를 속여선 안돼요. 만약 나나가 노래도 못 부르고 연기도 못한다면 당신은 실패할 겁니다. 사실 난 그렇게 생각하고 있지만요."

"실패, 실패한다고요?" 지배인은 얼굴이 시뻘개졌다. "도대체 여자에게 연기나 노래 따위가 뭐 그리 필요합니까? 당신도 참 바보군요······. 나나에겐 그 부족함을 능가하는 어떤 다른 것이 있어요. 냄새를 맡았지요. 물씬 풍기더군. 그게 잘못되었다면 이 코도 볼장 다본 거지요······. 두고 보십시오. 그 여자가 무대에 나타나기만 해도 손님들은 침을 꿀꺽 삼킬 테니까요."

그는 흥분으로 떨고 있는 큰 손을 들어올리더니 목소리를 낮추어 혼자 중얼거렸다.

"아무렴, 나나는 인기가 있을 거야! 암 있고말고! 그 피부가! 피부가 말이야!"

잠시 뒤 그는 포슈리가 묻는 대로 자세한 이야기를 들려 주었다. 그 노골적인 말에 엑또르 드 라 팔르와즈는 얼떨떨했다.

"난 전부터 나나를 알고 있었는데, 한번 흥행에 내걸어 볼까 마음먹고 있었지요. 그런데 마침 베누스 역을 맡을 여자가 필요하게 되었어요. 나라는 사람은 한 여자를 오래 붙들어 두는 성미가 아니거든요. 당장 손님에게 선을 뵌다는 게 내 식이지요. 그런데 곤란하게도 극장 안이 발칵 뒤집히고 말았답니다. 같은 배우인 로즈 미뇽이, 이 여자는 연기도 괜찮고 노래도 잘 부르는데, 라이벌이 나타나는 바람에 잔뜩 화가 나서 다 걷어치우고 나가버리겠다고 매일같이 위협을 하지 않겠습니까. 게다가 선전 때문에 또 소동이 벌어졌지요. 결국 두 여배우의 이름을 같은 크기로 써서 내기로 했지요. 난 이러쿵저러쿵 잔소리 듣는 게 싫거든요. 시몬느건 끌라리스건, 말하자면 '계집년들'이 순순히 말을 듣지 않을 때는 발길로 엉덩이를 걷어차 주는 거죠. 그렇게라도 하지 않고는 못해 나간단 말입니다. 나는 막 팔지요. 그년들의 값어치는 다 알고 있으니까! 잡년들이니까요! 아니……."

문득 그는 하던 말을 끊었다.

"저건 미뇽과 스떼너 아닌가. 여전히 붙어 다니는군. 아시겠지만 스떼너는 로즈에게 정이 떨어지기 시작했지요. 그래서 남편 녀석은 그가 달아날까봐 저렇게 쫓아다닌답니다."

극장의 추녀 끝에서 한 줄로 타고 있는 가스등 조명이 보도에 환한 빛을 던지고 있었다. 새파란 나뭇잎이 달린 작은 나무 두 그루가 서 있었다. 강렬한 빛을 받아 하얗게 반짝이는, 둥근 기둥에 붙어 있는 광고 포스터는 대낮처럼 멀리서도 읽을 수 있었다. 그 너머 한길의 깊은 어둠 속에는 드문드문 가로등이 켜져 있고, 군중들이 물결처럼 흘러가고 있었다. 많은 남자들이 곧바로 극장 안에 들어오지 않고, 시가를 마저 다 피우려고 바깥의 가스등 밑에 서 있었다. 그들의 얼굴은 창백하게 보였고, 보도 위에는 그들의 그림자가 검고 짧게 드리워져 있었다.

장사 같은 네모진 얼굴의 거인 사내 미뇽이 아주 키가 작은 은행가 스떼너를 끌고 사람들을 헤치며 왔다. 그 은행가는 벌써 배가 나왔고, 둥근 얼굴이 희끗희끗한 수염으로 덮여 있었다.

"그런데" 보르드나브가 은행가에게 말했다. "당신은 어제 내 사무실에서 그녀를 만나셨지요?"

"그게 바로 그 여자였군! 그런 줄 알았지. 하지만 그녀가 들어올 때 나는 나가던 참이어서 똑똑히는 보지 못했소."

미뇽은 큼직한 다이아몬드 반지를 신경질적으로 돌리면서 눈을 내리뜬 채 듣고 있었다. 나나에 대한 얘기임을 알고 있었기 때문이다. 보르드나브가 처음으로 무대에 서게 되는 이 여자를 소개해 나감에 따라 은행가의 눈이 야릇하게 빛나기 시작하는 것을 보고, 참다 못한 미뇽이 그들의 이야기 중간에 끼어들었다.

"내버려두세요. 그따위 갈보 같은 것은! 어차피 관객들의 눈에 나고 말 텐데요, 뭐……. 자, 스떼너 씨! 제 아내가 분장실에서 기다리고 있습니다."

그는 스떼너를 끌고 가려 했다. 그러나 스떼너는 보르드나브의 곁을 떠나려 하지 않았다. 문 앞의 인파는 더해갔고, 그 속에서 나나라는, 두 음절의 경쾌한 이름이 계속 들려 오고 있었다. 광고 포스터 앞에 버티고 서서 크게 그 이름을 발음해 보는 사람이 있는가 하면 지나치면서 문초라도 하는 듯한 어조로 불러 보는 사람도 있었다. 여자들은 호기심 어린 미소를 띠고 놀란 듯한 태도로 그 이름을 조용히 되풀이했다. 아무도 나나를 알지 못했다. 나나라니, 땅에서 솟았단 말이냐, 하늘에서 떨어졌단 말이냐? 별별 이야기가 다 오가고, 귀에서 귀로 농담이 속삭여졌다. 이 이름은 마치 하나의 애무같이 들렸고, 어느 사람의 입에서도 친근하게 불렀다. "나나"라고 입에 담기만 해도 군중들의 마음은 명랑해지고, 얼굴에 웃음이 퍼지는 것이다. 광기 발작과도 같은 저 심한 빠리의 호기심이 사람들을 사로잡았다. 모두 나나를 보고 싶어했다. 어떤 부인은 드레스의 주름이 뜯어지고 어떤 신사는 모자를 잃어버렸다.

"이러시면 곤란한데요." 스무 명 가량의 손님으로부터 질문을 당하고 있는 보르드나브가 외쳤다. "조금만 있으면 보실 수 있습니다……. 이만 실례하겠습니다. 저를 찾는 사람이 있어서요."

그는 관객을 흥분시킨 것을 흐뭇해하면서 사라졌다. 미뇽은 어깨를 한 번 으쓱거리고 나서, 로즈가 제1막에 입을 의상을 보여 주기 위해 기다리고 있다는 것을 넌지시 스떼너에게 귀띔했다.

"아, 뤼시가 왔어. 저기 지금 마차에서 내리고 있어."

팔르와즈가 포슈리에게 말했다.

과연 뤼시 스튜와였다. 몸집이 작고 밉게 생긴 40대 여자. 지나치게 긴 목, 여윈 얼굴, 두터운 입술. 그러나 발랄하고 애교가 있어서 많은 사람들을 매혹시켰다. 까롤린느 에께와 그녀의 어머니가 동행하였는데, 까롤린느는 싸늘한 미모의 소유자였고, 어머니는 거드름을 피우는 것이 꼭 박제와 같은 인상을 주었다.

"같이 가세요. 좌석을 마련해 두었으니까요."

뤼시가 포슈리에게 말했다.

"아, 괜찮습니다. 거기서는 전혀 보이질 않아서요! 나도 자리를 마련했습니다. 아래층 특등석을 말이죠."

뤼시는 그가 자기와 함께 있는 걸 남에게 보이기를 꺼리는 모양이라고 생각하고 화가 났다. 그러나 곧 마음을 돌리고 화제를 바꾸었다.

"당신, 나나를 알고 계시면서 왜 저에게는 그런 말씀 않으셨지요?"

"나나를요? 나는 그녀를 본 일도 없습니다."

"정말이세요? 당신이 함께 잤다는 말까지 들었는데요."

그때 그들 앞에 서 있던 미뇽이 입에 손가락을 대고 가만히 있으라는 시늉을 했다. 뤼시가 왜 그런지 묻자, 그는 지나가는 젊은이를 가리키며 속삭였다.

"나나의 정부(情夫)요."

모두가 그 젊은이를 바라보았다. 그럴듯하게 생긴 남자였다. 포슈리는 그 남자를 알고 있었다. 다그네다. 여자 때문에 30만 프랑이나 거덜을 내고, 지금은 증권시장 거간꾼 노릇을 하면서도 자주 여자들에게 꽃이나 식사를 사 주곤 하는 사나이였다. 뤼시는 눈이 아름답다고 생각했다.

"어머, 저기 블랑슈가 오네!" 그녀는 소리쳤다. "저 여자예요, 당신이 나나와 함께 잤다고 말해 준 사람이."

예쁘장한 얼굴을 짙은 화장으로 단장한 통통한 금발의 아가씨, 블랑슈 드 시브리는 훌륭한 차림새의 고상하고 날씬한 남자와 같이 왔다.

"크사베 드 방되브르 백작이다."

포슈리가 팔르와즈에게 속삭였다.

백작이 신문기자인 포슈리와 악수를 나누는 동안 블랑슈와 뤼시는 활기있게 얘기하기 시작했다. 한 사람은 하늘색, 한 사람은 분홍빛 주름치마로 통로를 막고 서서, 끊임없이 나나의 이름을 큰 소리로 떠들어 댔기 때문에 사람들은 모두 그 소리에 귀를 기울였다. 방되브르 백작이 블랑슈를 데리고 갔다. 그러나 이제, 나나의 이름은 부푼 기대 속에 더욱 높은 가락으로 현관 구석구석에까지 울려 퍼지고 있었다. 시작을 안할 작정인가? 남자들은 회중시계를 꺼내 본다. 늦게 온 사람들은 마차가 멈추기도 전에 뛰어내린다. 밖에서 떼를 지어 서성거리던 사람들도 극장 안으로 들어왔다. 지나가던 사람들은 무슨 일이 있나 하고 극장 안을 기웃거렸다.

한 개망나니가 휘파람을 불며 다가와서 문에 붙은 광고 포스터 앞에 섰다. 그러고는 술취한 목소리로 "오오! 나나!" 외치고는 엉덩이를 흔들며 헌 신발을 질질 끌고 지나갔다. 웃음소리가 터졌다. 그러자 근사하게 차려 입은 남자들이 흉내를 내어 되풀이한다.

"나나, 오오! 나나!"

사람들이 밀고 밀리는 바람에 문 앞에서는 싸움까지 벌어졌다. 나나를 부르고 나나를 찾는 외침소리가 차츰 커 갔다. 대부분의 군중들은 보통때 흔히 그러하듯 동물적인 흥분 상태에 빠져 있었다.

갑자기 이 아우성보다도 더욱 높게, 개막을 알리는 벨이 울렸다.

"벨이 울렸다. 벨이 울렸어."

떠드는 소리는 한길까지 들렸다. 서로 먼저 들어가려고 혼잡이 벌어졌다. 검표원을 늘려야 했다. 미뇽은 로즈의 의상을 보러 가지 않은 스떼너를 겨우 붙잡았으나 어쩐지 침착성을 잃은 것 같았다. 첫 벨소리를 듣자 팔르와즈는 막이 오르는 것을 놓치지 않기 위해 포슈리를 끌다시피 하여 군중을 비집고 들어갔다. 이 허둥대는 관객들의 모습을 보고 뤼시 스튜와는 화가 났다.

'무례한 사람들이야, 여자를 밀어 내다니!'

그녀는 까롤린느에게와 그녀의 어머니와 함께 맨 뒤에 남았다. 현관은 텅 비었다. 바깥에서는 여전히 한길의 웅성거림이 꼬리를 물고 들려 왔다.

"이 극장의 연극이 뭐 그리 대단한 것이라고!"

이렇게 투덜거리며 뤼시는 계단을 올라갔다.

장내로 돌아가자 포슈리와 팔르와즈는 의자 앞에 서서, 이제는 환해진 장내를 또 다시 둘러보았다. 돋우어진 가스등 불꽃이 샹들리에를 타오르게 하여, 노랑과 장미빛이 둥근 천장에서부터 바닥에 이르기까지 빗살처럼 쏟아지고 있다. 암홍색 비로드는 금빛으로 물결치고, 연두색 장식은 금박으로 된 천장의 거친 색조를 부드럽게 해준다.

푸트라이트가 켜져서 환하게 막을 비췄다. 묵직한 진홍빛 막은 이야기에 나오는 궁전을 연상케 할 만큼 호화로워서 금박이 갈라진 틈새로 흙이 내다보이는 허수룩한 주위의 벽과는 대조적이다. 벌써 장내는 후끈거린다. 악사들이 악기를 조율하기 시작했다. 플루트의 가벼운 떨림, 호른의 조용한 한숨, 바이올린의 경쾌한 선율, 그것들이 점차 높아지는 웅성거림 속으로 흘러다닌다. 관객들이 떠들썩하게 좌석으로 몰려와 서로 떠밀어가며 차례차례 자리에 앉는다. 복도의 혼잡은 너무 심해서 출입문마다 그칠 줄 모르고 사람의 물결이 넘친다. 친구들은 멀리서 목례를 교환한다. 검은색의 연미복이나 프록코트와 뒤섞이는 밝은 의상과 모자의 행렬. 좌석은 서서히 메워졌다. 부인복의 밝은 빛깔이 두드러지기도 하고, 아름다운 옆얼굴이 고개를 숙인 순간 머리 장식의 보석이 번쩍이기도 한다. 어떤 칸막이 좌석에서는 상아 같은 어깨의 맨살이 살짝 엿보인다. 서로 밀어 대는 군중의 모습을 눈으로 좇으면서 피곤한 듯이 조용히 부채질을 하고 있는 여자도 있다. 한편 아래층 특등석에서는 조끼의 단추를 끄르고 단춧구멍에 치자꽃을 꽂은 젊은 남자들이 서서, 장갑 낀 손가락 끝으로 오페라글라스를 이리저리 돌리고 있다.

포슈리와 팔르와즈는 아는 사람의 얼굴을 찾았다. 미뇽과 스떼너는 아래층 칸막이 좌석의 비로드로 된 난간에 손목을 얹고 나란히 앉아 있었다. 블랑슈는 아래층 무대 앞자리에 혼자 앉아 있었다. 그러나 팔르와즈는 그 누구보다, 두 줄 앞에 앉아 있는 다그네의 동태를 살폈다. 곁에는 중학교를 갓 졸업한 듯한 기껏해야 열 일곱 살 정도의 소년이 천사 같은 아름다운 눈을 크게 뜨고 있었다. 포슈리는 빙그레 웃었다.

"2층 앞자리에 있는 저 부인은 누구야?" 갑자기 팔르와즈가 물었다. "저기 왜 푸른 옷을 입은 소녀를 데리고 있잖아."

손가락으로 가리키는 쪽을 보니, 코르셋으로 몸을 졸라맨 뚱뚱한 여자가 앉아 있었다.

그녀는 한때 금발이었겠으나 이제는 하얗게 세어 머리에 노란 물을 들이고 있었다. 연지를 찍은 투실투실한 둥근 얼굴을 어린아이 같이 꼬불꼬불하게 지진 머리가 거의 가리고 있었다.

"가가야." 포슈리는 가볍게 대답했다. 이 이름을 듣고 사촌 동생이 어리둥절해 하는 것을 보자 그는 다시 덧붙였다.

"가가를 모르다니……. 루이 필립 왕 초기엔 끔찍이 총애를 받던 여자야. 요즘은 어디를 가나 딸을 데리고 다니지."

팔르와즈는 딸은 거들떠보지도 않았다. 가가의 모습에 감동되어 눈길을 뗄 수가 없는 것이다. 아직도 굉장히 예쁘다고 생각했으나 소리내어 말하지는 않았다.

그러는 동안 지휘자가 지휘봉을 들자 악사들이 일제히 서곡을 연주하기 시작했다. 관객들은 여전히 계속 들어왔고 떠들썩함은 점점 더해 갈 뿐이었다. 언제나 정해져 있는 첫날의 특별 손님들은 여기저기서 친절한 미소를 나누었다. 단골 손님들은 모자를 벗지 않고 허물없이 인사를 한다. 거기엔 문학과 금융과 쾌락의 빠리가 있었다. 많은 신문기자, 몇몇 작가, 증권거래소 사람들, 가정 부인보다 더 수가 많은 창부, 온갖 재능으로 이루어지고 온갖 악덕으로 좀먹힌 이 이상하게 잡다한 세계, 거기서는 어느 얼굴에나 똑같은 피로, 똑같은 열광의 빛이 떠오르고 있었다. 포슈리는 사촌 동생에게 질문을 받고 신문기자 좌석과 클럽의 좌석을 가르쳐 주었다. 다음에는 연극평론가의 이름을 가르쳐 주었다. 한 사람은 수척한 느낌에 심술궂어 보이는 얄팍한 입술을 가졌고, 다른 한 사람은 선량해 보이는 뚱뚱한 사람으로 옆에 있는 젊은 처녀를 아버지같이 부드러운 시선으로 감싸면서 그녀 어깨에 기대어 있었다.

문득 포슈리는 말을 멈췄다. 팔르와즈가 앞자리에 앉은 사람에게 인사하는 것을 보았기 때문이다. 그는 뜻밖이라는 듯이 물었다.

"아니, 너 뮈파 드 뵈비유 백작과 아는 사이냐?"

"알고 있지, 오래 전부터. 뮈파 백작네는 우리 이웃에 땅을 가지고 있거든. 요즘도 자주 놀러 가지……. 백작은 장인 슈아르 후작과 함께 살고 있어."

사촌 형이 놀라는 것을 보니 으쓱해져서 그는 열심히 설명하기 시작했다. 후작은 참사원 의원이었고, 백작은 얼마 전 황후의 시종관에 임명되었다. 포슈리는 오페라글라스를 들고 백작 부인을 바라보았다. 갈색 머리에 흰 살결, 토실토실한 몸매, 검고 아름다운 눈의 부인을.

"막간에 나를 좀 소개시켜 다오. 전에 백작을 만난 일은 있지, 그 집의 화요회에 가 보고 싶구나."

쉿! 쉿! 하는 소리가 위층 좌석 여기저기서 일어났다. 서곡은 벌써 시작되었는데도 들어오는 사람이 아직 끊이지 않았다. 늦게 온 사람 때문에 이미 앉아 있는 손님이 일어선다. 열고 닫고 하는 칸막이 좌석의 문소리와 복도에서 다투는 큰 소리가 들려 왔다. 해질녘에 재잘대는 참새 떼 소리 같은 이야기 소리가 끊이지 않는다. 대단한 혼잡이다. 뒤죽박죽 뒤섞이는 머리와 팔, 앉아서 편안한 자세를 취하려는 사람, 마지막으로 한바퀴 더 둘러 보려고 뻣대고 서 있는 사람.

"앉아요, 앉아!"

아래층 뒤쪽의 어둠 속에서 고함소리가 들리자, 전율과도 비슷한 것이 장내를 꿰뚫었다. 이제 드디어 볼 수가 있는 것이다. 1주일 전부터 온 빠리를 사로잡고 있는 저 유명한 나나를.

아직도 간간이 탁한 목소리가 들리긴 하나 점차 말소리는 사그라졌다. 그러자 작은 속삭임과 숨을 죽인 한숨소리 가운데 별안간 오케스트라가 짧고 경쾌한 가락으로 왈츠를 연주하기 시작했다. 음탕한 웃음 같은 천한 리듬, 관객들은 간지러움을 느끼고 벌써부터 히죽히죽 웃기 시작한다. 아래층 맨 앞자리에 자리잡은 박수 부대가 맹렬하게 박수를 보냈다. 막이 올랐다.

"저봐! 뤼시 옆에 남자가 있잖아."

팔르와즈가 말했다.

그는 오른쪽 2층 좌석을 보고 있었다. 앞쪽에는 까롤린느와 뤼시가 앉아 있고 뒤쪽에는 까롤린느 어머니의 기품 있는 얼굴과 아름다운 금발을 한 흠잡을 데 없는 차림새의 키 큰 청년의 모습이 보인다.

"저것 봐, 남자가 있다니까."

팔르와즈가 집요하게 되풀이했다.

포슈리는 그제야 겨우 오페라글라스를 그쪽으로 돌렸다. 그러나 금방 오페라글라스를 돌리며 아무렇지 않은 목소리로 중얼거렸다.

"난 또 누구라고. 라보르데뜨 아냐."

마치 그 남자가 거기 있는 것은 누가 봐도 당연한 일이므로 이상하지 않다는 듯이.

누군가가 뒤에서 "조용히 해요!" 소리쳤다. 두 사람은 입을 다물었다. 특등석에서부터 뒷자석에 걸쳐 열심히 무대를 쳐다보는 머리들로 가득 찬 장내는 이윽고 조용해 졌다. 〈금발의 베누스〉 제1막은 올림포스 산의 장면이다. 올림포스 산이라고는 하나 마분지로 만든 것으로 구름이 배경이다. 오른편엔 유피테르의 왕좌가 있다. 먼저 이리스와 가뉘메데스가 신들의 회의 자리를 마련하면서 합창을 하는 천사들을 거느리고 등장한다. 다시 박수 부대가 갈채를 보냈으나 호응하는 사람은 없다. 팔르와즈는 보르드나브의 말을 따르자면 이른바한 계집에 불과한, 하늘색 의상에 7색의 큼직한 솔을 걸치고 이리스 역을 맡고 있는 끌라리스 베스뉘에게 박수를 보냈다.

"저 옷을 입기 위해 끌라리스는 슈미즈를 벗어 버렸어." 그는 주위 사람들에게 들릴 만한 목소리로 포슈리에게 말했다. "오늘 아침 내 앞에서 저 옷을 입었는데, 겨드랑이와 등에서 슈미즈가 내다보이지 않겠어."

장내에 가벼운 동요가 일어났다. 로즈 미뇽이 디아나로 분장하고 등장한 것이다. 야위고 살결이 검어서 빠리의 개구장이 같은, 그래서 몸매나 용모는 맡은 역에 도무지 맞지 않았지만 마치 디아나의 개성을 조롱이나 하듯이 이상하게 매력적이었다. 그녀는 등장하자 자기를 버리고 베누스에게 마음을 두고 있는 마르스(軍神)를 한탄하는 노래를 수줍어하면서 불렀다. 가사는 하품이 나올 정도로 치졸했으나 음탕한 뜻이 잔뜩 담겨져 있어 관객들을 흥분시켰다. 로즈의 남편과 스떼너는 나란히 앉아서 만족스럽게 웃고 있다. 이윽고 인기 배우인 쁘릴리에르가 장군 차림으로 등장하자 장내에는 박수가 터졌다. 마르스로 분장한 그는 군모에 커다란 깃털을 달고 어깨까지 닿는 칼을 들고 있다. 그는 디아나가 너무 많은 것을 기대하기 때문에 넌더리를 내고 있었다. 그녀는 이를 눈치채고 그것을 감시하는 한편 복수할 것을 맹세한다. 2부 합창은 익살스러운 티롤 춤곡으로 끝났는데, 쁘릴리에르는 화난 수코양이 같은 목소리로 잘 불러냈다. 그는 인기 있는 젊은 배우로서의 자만심을 가지고 있었고 우쭐대며 눈알을 굴려 보여서, 여기저기 칸막이 좌석에서 부인들이 깔깔대며 웃었다.

그러고 나서 관객들은 다시 냉정해졌다. 지리한 몇 장면이 계속되었다. 어리석은 유피테르를 맡은 늙은 배우 보스끄가, 꼭대기가 찌그러진 큰 관을 쓰고 나와서 찬모의 월급 때문에 유노와 부부싸움을 했을 때 겨우 관객들이 잠깐 웃었을 정도였다. 넵투누스, 플루토스, 미네르바, 그 밖의 신들의 등장에 이르러서는 연극 전체를 망칠 우려까지 있었다. 초조하고 짜증스러운 웅성거림이 점차 높아졌다. 관객들은 흥미를 잃고 이리저리 두리번거리기 시작했다. 뤼시는 라보르데뜨와 함께 웃고 있었다. 방되브르 백작은 블랑슈의 넓은 어깨 뒤에서 목을 빼고 있었다. 한편 포슈리는 뮈파 부부를 곁눈으로 관찰하고 있었다. 백작은 뭐가 뭔지 잘 모르겠다는 듯한 엄격한 표정이었고, 부인은 꿈꾸는 듯한 눈길을 허공에 보내고 멍하니 웃고 있었다. 이런 어색한 분위기 속에서 갑자기 박수 부대의 박수소리가 규칙적인 일제 사격처럼 울려 퍼졌다. 관중들의 시선은 무대 쪽으로 돌려졌다. 드디어 나나의 등장인가? 그렇게 기다린 나나인가?

그러나 나타난 것은 가뉘메데스와 이리스에게 안내된 인간의 대표였다. 모두 존경받을 만한 시민이었지만, 베누스가 아내들의 정열을 너무 부채질하는 바람에 아내들에게 배반당했다는 사실을 유피테르에게 호소하러 온 것이었다. 애절한 가락의 합창이 시작되었다. 간간이 끊어지는 사이가 아주 의미심장해서 관객들을 매우 즐겁게 만들었다.

"오쟁이의 합창이군. 오쟁이의 합창!"

이런 소리가 장내를 한바퀴 돌았다. "앙코르" 소리가 나왔다. 합창단의 얼굴은 모두 괴상한 용모로, 오쟁이지기에 꼭 알맞은 얼굴들이었다. 그들 중에 뚱뚱한 한 남자는 얼굴이 달처럼 둥글었다. 그때 불카누스가 사흘 전에 달아난 자기 아내를 찾으려고 몹시 분해서 달려나왔다. 다시 합창이 시작되어 오쟁이의 신 불카누스를 위로했다. 불카누스 역은 희극배우 풍땅이 맡았다. 색다른 재능을 가진 그는 마을의 대장장이처럼 타는 듯한 붉은 가발과 두 팔에 화살이 꽂힌 하트 문신을 드러낸 채, 덮어놓고 엉덩이를 흔들었다. 어떤 여자가 "어머, 흉해라!" 소리치자 관중들이 와 웃으며 박수를 쳤다. 다음 장면은 여간해서 끝날 것 같지가 않았다. 유피테르는 배반당한 남편들의 탄원을 듣기 위해 또다시 느릿느릿 신들의 회의를 시작했다. 나나는 아직도 나타나지 않는다. 막이 내릴 때까지 나나를 내놓지 않을 작정일까?

기다리다 지쳐서 관객들은 마침내 화를 내고 다시 속삭이기 시작했다.

"이거 점점 안되겠는데." 미뇽이 얼굴을 빛내며 스떼너에게 말했다. "소동이 일어나겠는데요!"

그때 무대 안쪽의 구름이 갈라지고 베누스가 나타났다. 나나다. 열여덟 살치고는 매우 몸집이 풍만하고 키가 큰 나나는, 흰 여신의 옷차림에 어깨까지 긴 금발을 늘어뜨리고 관객에게 웃음을 보내면서 침착하게 푸트라이트 쪽으로 내려와 노래를 부르기 시작했다.

금발의 비너스를 연기하는 나나

황혼에 베누스가 방황할 때……

두 번째 절부터 관객들은 서로 얼굴을 마주보았다. 장난을 하는 건가? 보
르드나브에게 무슨 속셈이라도 있단 말인가? 이렇게 박자가 맞지 않는 엉터리
가락은 이제까지 들어 본 적이 없다. 지배인의 말대로 정말 볼품없는 목소리였
다. 게다가 제대로 몸을 움직일 줄도 몰랐다. 다만 기품없이 흉하게 몸을 흔들
어 대면서 두 손을 앞으로 내릴 뿐이다. 벌써 아래층 2등석과 3등석에서 야유
하는 소리가 튀어나오고 휘파람 소리가 일었다. 그때 특등석에서 지금 한참 변
성되고 있는 목소리가 튀어나왔다.
"멋있다!"
모두의 시선이 그쪽으로 집중되었다. 중학교를 갓 졸업한 듯한 그 귀여운 소
년이었다. 나나의 모습에 열중하여 아름다운 눈을 크게 뜨고 앳된 얼굴을 상
기시키고 있었다. 사람들의 시선이 온통 자기에게 집중되어 있음을 알아차리
자 그는 저도 모르게 소리친 것이 부끄러워서 얼굴을 붉혔다. 그 옆자리에 있
는 다그네는 미소를 머금고 소년을 바라보았다. 관객들은 휘파람 부는 것조차
잊고 웃어댔다. 그러자 흰 장갑을 낀 청년들 또한 나나의 몸매에 매혹되어 박
수를 쳤다.
"그래 맞아, 멋있다!"
관객들이 웃는 것을 보자 나나도 따라 웃기 시작했다. 웃음소리는 점점 더
크게 일어났다. 아무튼 아름답고 재미있는 여자였다. 웃으니까 턱에 조그만 보
조개가 생겼다. 그녀는 조금도 거북살스러움없이 익숙하게 관객들과 어울리고
윙크하면서 "내겐 재능이라곤 조금도 없어요. 하지만 그런 건 문제되지 않아요.
다른 것이 있으니까요" 말하는 것 같았다. 그리고 오케스트라 지휘자에게 "자,
계속합시다. 아저씨!" 하는 듯한 몸짓을 해보이고 2절을 노래하기 시작했다.

한밤중에 지나가는 베누스……

여전히 쉰 목소리였으나 이제는 요령있게 관객들의 급소를 찔렀기 때문에
가끔 가벼운 탄성을 발하게까지 했다. 나나는 조그만 붉은 입술에 여전히 미
소를 머금고 밝고 파란 눈을 반짝거렸다. 좀 노골적인 구절에 이르면 장미빛

코가 벌름거리고 볼이 활짝 달아올랐다. 그것밖에 할 줄을 모르는 듯이 여전히 몸을 흔들고 있었다. 그러나 이제 그것은 천하다고 느껴지지 않았다. 도리어 모든 오페라글라스는 그녀 쪽을 향하고 있었다. 2절이 끝나자 그녀는 목소리가 전혀 나오지 않게 되어서 도저히 끝까지 해낼 수 없다는 것을 알았다. 그러나 나나는 조금도 동요하지 않고 얇은 옷 밑으로 둥그런 선이 뚜렷이 드러나도록 엉덩이를 불쑥 내밀었다. 그리고 윗몸과 목을 뒤로 젖히고 두 손을 앞으로 내밀었다. 박수소리가 장내를 뒤흔들었다. 그녀는 획 돌아서자 짐승털 같아 보이는 빨강 머리의 목덜미를 보이며 무대 안쪽으로 올라갔다. 우뢰 같은 박수가 쏟아졌다.

끝부분은 더욱 시시했다. 불카누스가 베누스의 따귀를 갈기려 한다. 신들은 회의를 열어 저들 배반당한 남편들의 요청을 들어주기 전에 먼저, 지상으로 조사하러 갈 것을 결정한다. 그때 디아나는 베누스와 마르스가 주고받는 사랑의 속삭임을 듣고 여행 기간중 그들을 감시할 것을 맹세한다. 열두 살 난 장난꾸러기 소녀가 분장한 큐피드는 콧구멍에 손가락을 찌르고, 울먹이는 목소리로 어떤 질문에나 "네, 어머니" "아니요, 어머니" 이렇게 대답하는 장면도 있었다. 그러나 유피테르가 화난 선생 같은 무서운 얼굴로 큐피드를 어두컴컴한 작은 방에 가두어 놓고 '사랑한다'는 동사의 변화를 스무 번이나 되풀이하게 만든다. 마지막 장면은 조금 나아져서 합창단과 오케스트라가 훌륭하게 끝을 장식했다. 그러나 막이 내리자 앙코르를 외치는 박수 부대의 환성에도 아랑곳없이 관객들은 모두 일어나 벌써 문쪽으로 나가기 시작했다. 사람들은 의자의 열 사이에서 이리 밀리고 저리 밀리고 제자리걸음을 해가면서 서로의 인상을 얘기하고 있었다. 다 똑같은 이야기였다.

"엉터리야!"

어떤 비평가는 내용을 확 줄여야 한다고 말했다. 그러나 연극 같은 것은 아무래도 좋았다. 어디로 가나 나나의 화제로 들끓었다. 일찍 자리를 뜬 포슈리와 팔르와즈는 특등석 통로에서 스떼너와 미뇽을 만났다. 가스등에 비친 갱도같이 좁고 답답한 이 통로는 숨이 막힐 것 같았다. 그들은 오른쪽 계단 밑에 잠시 서 있었다. 그곳은 난간이 꺾인 데라서 복잡하지 않았다. 3등석의 손님들이 우르르 내려갔고, 그칠 것 같지 않은 연미복의 물결을 이루었다. 한쪽에서는 한 안내원이 외투를 잔뜩 쌓아 올린 의자를 인파에서 지키느라 필사적으로 애쓰고 있었다.

"그 여자 같으면 나도 알아요." 스떼너는 포슈리를 알아보자 곧 소리쳤다. "어디선가 만난 기억이 있어요……. 카지노였는지 모르겠어요. 술이 잔뜩 취해 가지고 사람들의 부축을 받고 있었지요."

"나도 확실히 기억은 안 나지만 당신과 마찬가지로 분명히 만난 적은 있어요……." 여기서 목소리를 낮추고 웃으면서 덧붙였다.

"아마 뜨리꽁네 집이었을 겁니다."

"그런 더러운 장소에서!" 미뇽이 매우 분한 듯이 큰 소리로 말했다. "정말 속이 뒤집히는데. 관객들이 어느 말뼈다귀인지도 모르는 잡년을 저렇게 환영하다니, 이러다간 앞으로 극장엔 얌전한 여자는 없어지게 될 겁니다……. 나부터 로즈를 무대에 내놓지 않게 될 테니까요."

포슈리는 저도 모르게 웃음이 났다. 계단을 내려오는 구둣발 소리는 여전히 계속되고 있었다. 캪을 쓴 작달막한 남자가 느릿한 목소리로 말했다.

"아주 오동통하게 살이 쪘더군! 깨물어 주고 싶던데."

통로에서는 머리를 지지고 옷깃을 꼿꼿하게 세운 차림새의 젊은이들이 서로 언쟁을 하고 있었다. 한쪽이 이유도 없이 무조건 "더럽다! 더러워!" 되풀이하면 한쪽은 말할 필요도 없다는 듯이 "멋있다! 멋있어!" 응수하고 있었다. 팔르와즈는 나나를 아주 멋있다고 생각했다. 그는 그녀가 목소리만 잘 다듬는다면 더 훌륭할 것이라고 말했다. 그러자 누구의 이야기에도 귀를 기울이지 않고 있던 스떼너가 정신이 번쩍 든 모양이었다. 그러곤 좀더 기다려 봐야 안다, 아마 다음 막은 참담한 결과로 끝날 것이다, 하기야 관객들이 좋아하긴 했다, 그러나 아직 매혹되지는 않았다고 말했다. 미뇽은 관객들이 끝까지 참지는 않을 것이라고 단언했다. 포슈리와 팔르와즈가 곁을 떠나 휴게실로 나가자 그는 스떼너의 팔을 붙잡고, 그의 어깨에 몸을 얹다시피 하며 귓속말로 속삭였다.

"선생님, 제2막이 시작되거든 제 처의 의상을 보러 가시지요……. 아주 기막히답니다."

위층 휴게실에는 세 개의 샹들리에가 휘황하게 빛나고 있었다. 두 사촌 형제는 잠깐 망설였다. 유리문으로 내다보니 복도의 양끝에서 흔들리는 사람들의 머리가 두 흐름을 이루어 줄곧 소용돌이치고 있었다. 그래도 그들은 들어갔다. 대여섯 쌍의 남자들이 그 혼잡 속에 버티고 서서 몸짓을 섞어가며 큰 소리로 지껄이고 있었다. 반들거리는 마루를 뒤꿈치로 구르며 줄을 지어 걸어가는 사람들도 있었다. 무늬 있는 대리석 기둥 사이, 붉은 비로드의 긴의자에 앉아 등 뒤에 있는 커다란 거울에 비친, 더워서 맥이 풀린 인파의 뒷모습을 바라보고 있는 여자들도 있었다. 안쪽에 있는 매점 앞에서 한 잔의 시럽을 마시고 있는 배가 나온 남자도 보였다.

포슈리는 바람을 쐬기 위해 발코니로 나갔다. 팔르와즈는 기둥 사이에 거울과 번갈아 붙어 있는 액자 속 여배우 사진을 들여다 보다가 사촌 형의 뒤를 따랐다. 극장 정면의 가스등이 막 꺼졌다. 발코니는 어둡고 서늘하게 텅 비어 있었다. 단지 젊은이 한 사람이 어둠 속에서 오른쪽 구석의 돌난간에 팔꿈치를 기대고 담배를 피우고 있었는데 그 불빛이 빨갛게 보였다. 포슈리는 그가 다그네라는 것을 알았다. 그들은 악수를 했다.

"이런 데서 뭘하고 계십니까?" 신문기자가 물었다. "개막 공연에는 늘 자리를 떠나지 않던 당신이 이런 구석에 숨어 계시다니."

"보시다시피 담배를 피우고 있는 중이죠."

포슈리는 상대를 곯려 줄 작정으로 물었다.

"그런데 새로 나온 여배우를 어떻게 생각하십니까? 대체적인 평판은 좋지 않습니다만."

"그녀는 그런 작자들 따위 문제도 삼지 않아요."

다그네는 중얼거렸다.

나나의 재능에 관한 그의 의견은 그것뿐이었다. 팔르와즈는 몸을 앞으로 내밀고 한길을 바라보았다. 앞에는 휘황하게 밝은 호텔과 클럽의 창문이, 보도에는 까페 마드리드의 테이블을 시커멓게 가로막고 있는 손님들의 무리가 보였다. 주프르와 거리로부터 쉴새없이 쏟아져 나오는 사람들의 무리는 한길을 건너가는 데 5분이나 걸렸다. 그만큼 마차의 행렬이 길게 이어지고 있는 것이었다.

"웬 사람들이 이렇게 많을까. 야! 시끄러운데!"

아직 빠리에 익숙하지 않은 팔르와즈가 되풀이해서 말했다. 벨이 울리자 휴게실은 텅 비었다. 사람들은 부지런히 통로를 걸어갔다. 막이 오르고 나서도 떼를 지어 들어오기 때문에, 이미 앉아 있던 손님들 사이에서 불평이 튀어나왔다. 늦게 온 사람들은 제자리로 돌아가 또다시 열심히 무대를 쳐다보았다. 팔르와즈는 먼저 가가 쪽을 보다가 깜짝 놀랐다. 그녀 곁에, 아까 뤼시의 칸막이 좌석에 있던 그 키 큰 금발의 남자가 있지 않은가.

"저 남자 이름이 뭐라고?"

포슈리에게는 그 남자가 잘 보이지 않았다. 잠시 뒤 그는 아까처럼 대수롭지 않은 태도로 말했다.

"라보르데뜨."

제2막의 무대장치는 관객을 깜짝 놀라게 만들었다. 장소는 성 밖의 저속한 댄스홀 '불누와르'였는데, 사육제의 끝날이라 한창 마시고 노래하는 중이었다. 가장한 남자들이 왈츠를 부르다가 후렴에 이르면 거기에 맞춰 발꿈치를 굴렀다. 이 뜻밖의 광경이 관객들을 즐겁게 만들어 왈츠가 앙코르를 받았다. 그곳에 신들 일행이 이리스에게 속아 조사하러 온다. 이리스는 지상의 일을 잘 알고 있다고 그럴 듯한 거짓말을 했던 것이다. 신들은 신분을 감추기 위해 변장을 했다. 유피테르는 반바지를 뒤집어 입고, 큼직한 놋쇠 왕관을 쓰고 다고베르 왕의 모습으로 등장했다. 아폴론은 롱주모의 마부차림, 미네르바는 노르망디 지방의 유모 차림이었다. 마르스가 마치 스위스의 제독같은 괴상한 차림으로 나타나자 장내에는 떠들썩한 웃음이 터져나왔다. 넵투누스가 나타나자 그 웃음은 한층 더해 갔다. 그가 작업복에 운두가 불룩한 모자, 관자놀이에 애교머리를 찰싹 붙이고 슬리퍼를 끌면서 쉰 목소리로 "뭐라고? 미남이라면 상대가 반하는 게 당연하지!"라고 하자 여기저기서 "오!" "오!" 하는 외침소리가 일어났다. 부인들은 부채를 들어 입을 가렸다. 앞자리에 있는 뤼시가 너무 요란하게 웃어서 까롤린느 에게가 부채로 가볍게 찔러 입을 다물게 했다. 이때부터 연극은 활기를 띠어 크게 성공할 기미가 보였다. 올림푸스 산을 진창으로 끌어들여 모든 종교, 모든 시를 우롱하는 이 신들의 사육제야말로 관객들에게는 실로 멋지게 비쳤던 것이다. 신에 대한 불경스런 기운은 이 공연에 온 교양있는 계급에도 감염되었다. 전설은 짓밟히고 고대 이미지는 파괴되었다. 유피테르는 팁팁하고 마르스는 머리가 돈 것 같았다.

왕의 위엄은 한낱 웃음거리가 되고 군대는 어릿광대가 되었다. 유피테르가 갑자기 어린 세탁부에게 반해서 제멋대로 캉캉춤을 추기 시작하고, 세탁부로 분장한 시몬느가 이 신들의 우두머리인 유피테르의 코를 발길로 걷어 차며 "이 뚱보 늙은이!" 이렇게 부르자, 만장의 관객들은 포복절도했다. 모두 춤을 추고 있는 동안에, 아폴론이 미네르바에게 따끈한 포도주를 여러 잔 사주고 넵투누스는 일고여덟 명의 여자에게 과자를 대접받으면서 한가운데 앉아 있었다. 관객들은 대사가 암시하는 것을 알아차리자, 음탕한 말을 다시 덧붙였다. 별스럽지 않은 말도 특등석에서 나는 기이한 소리 때문에 이상한 의미가 붙여졌다. 벌써 오랫동안 극장에서 관객들이 이처럼 체면 없이 떠들어 댄 일은 없었다. 이것으로 그들은 마음이 풀어졌다. 그러나 이와 같은 광란 속에서도 연극은 진행되어 갔다. 불카누스는 장갑까지 노란 것을 끼고 온통 노란색으로 단장을 하고 한쪽 눈에 안경을 낀 차림으로 여전히 베누스의 뒤를 쫓아다녔다. 베누스가 그제야 겨우 생선장수로 분장하고 나타났는데, 머리에 수건을 쓰고 풍만한 가슴에 큼직한 금장식을 잔뜩 달고 있다. 나나는 살결이 유난히 희고 살집이 좋은데다 이 배역에 꼭 알맞은 풍만한 엉덩이와 큰 목소리를 갖고 있어 순식간에 장내를 사로잡고 말았다. 로즈 미뇽이 아기인형처럼 버드나무로 엮은 모자를 쓰고 짧은 모슬린 옷을 입고, 귀여운 목소리로 디아나의 탄식을 호소했으나 사람들은 그녀를 잊은 듯 했다. 그러나 엉덩이를 두들기며 암탉처럼 소리지르는 나나의 뚱뚱한 몸에서는 생명의 향기가, 여자의 강렬한 매력이 솟아올라 관객을 도취시켰다.

제2막째부터 관객들은 그녀의 서툰 연기도, 가락이 맞지 않는 노래도, 기억력이 나빠 빼먹는 대사도 너그럽게 보아 주었다. 관객들을 향해 웃기만 하면 환성이 올랐고, 그녀의 자랑인 엉덩이를 한 번 흔들기만 하면 특등석이 열광했다. 어느 관람석에서나 열기가 천장까지 뻗쳐 올랐다. 그래서 그녀가 선술집의 춤을 시작했을 때는 완전히 모두를 제압하고 말았다. 허리에 주먹을 갖다 대고 길가에 선 베누스 같은 포즈는 아주 제격이었다. 그리고 음악도 그녀의 천박한 목소리에 꼭 맞게끔, 재채기 소리 같은 클라리넷, 깡총거리는 피콜로, 마치 생 끌루의 장날같이 품위가 없었다.

두 곡이 또 앙코르를 받았다. 서곡의 왈츠, 그 음탕한 리듬의 왈츠가 다시 연주되어 신들을 흥분시켰다. 농촌 아낙네로 분장한 유노가 세탁부와 함께 있는 유피테르를 붙들고 그의 따귀를 갈긴다. 베누스가 마르스와 밀회 약속을 하고 있는 현장을 발견한 디아나가 급히 그 장소와 시간을 불카누스에게 알려주자 그는 내게도 생각이 있다고 소리친다. 그 밖의 것들은 별로 명확하지 않았다. 아무튼 신들의 조사는 재빠르게 진행되어서 그 춤이 끝나자 왕관을 잃어버린 유피테르가 땀에 흠뻑 젖은 채 헐레벌떡 나타난다. 그러자 지상의 여자들은 매우 멋있다, 모두 남자가 나쁘다고 소리친다.

막이 내렸다. 그러자 환성 속에서 몇몇 사람이 크게 외쳤다.

"모두 도로 나와! 모두 한 번 더 나와라!"

막이 다시 오르자 배우들이 손을 잡고 나타났다. 한가운데 나나와 로즈 미뇽이 나란히 서서 절을 했다. 박수가 일어나고 박수 부대들은 끊임없이 환성을 질렀다. 그리고 잠시 뒤 사람들이 빠져나가고 장내는 반쯤 비워졌다.

"뮈파 백작 부인에게 인사하러 가야겠어."

팔르와즈가 말했다.

"그래, 나 좀 소개시켜 다오." 포슈리가 말했다. "그러고 나서 내려가도록 하지."

그러나 2층 특등석까지 간다는 것은 여간 힘드는 일이 아니었다. 위층 통로는 사람들로 꽉 메워져 인파를 헤치고 나가려면 몸을 움츠리고 팔꿈치를 교묘하게 놀려서 빠져나가야 했다. 가스가 타고 있는 구리 램프 밑에 등을 기대고 선 예의 뚱뚱한 연극평론가가 청중들에 둘러싸인 채 연극평을 하고 있었다. 지나가던 사람이 작은 목소리로 그의 이름을 들먹였다. 그 연극평론가는 2막이 공연되는 동안은 내내 웃어대고 있었다는 것이 통로에서의 평판이었다. 그러나 그는 사뭇 엄격하게 취미와 도덕을 논하고 있었다. 그 너머에서는 입술이 얄팍한 비평가가 호의에 넘치는 비평을 하고 있었는데 그것은 쉬어 버린 우유처럼 뒷맛이 나쁜 것이었다. 포슈리는 칸막이 좌석의 문에 달린 둥근 유리창을 차례차례 들여다보며 걸었다. 방되브르 백작이 그를 불러 누구를 찾느냐고 물었다. 그와 팔르와즈가 뮈파 백작 부부에게 인사하러 간다는 것을 알자, 7번 좌석이라고 가르쳐 주었다. 방되브르 백작은 방금 거기서 나오는 길이었던 것이다. 그러면서 그는 포슈리 기자의 귀에다 속삭였다.

"이봐, 저 나나 말야, 분명히 언젠가 밤에 프로방스 거리 모퉁이에서 우리가 보았던 그 여자더군……."

"맞습니다. 그래서 저도 어디서 본 기억이 있다고 말하지 않았습니까."

팔르와즈는 사촌 형을 뮈파 백작에게 소개했지만 백작은 쌀쌀한 태도밖에 보이지 않았다. 그러나 부인은 포슈리의 이름을 듣자 얼굴을 들고 〈피가로〉신문에 실린 그의 기사를 점잖은 말로 칭찬했다. 그녀는 비로드로 된 난간에 팔꿈치를 얹은 채 얌전하게 어깨를 움직여서 비스듬히 뒤돌아보았다. 한참 잡담을 하다가 화제는 만국박람회로 옮겨졌다.

"아주 훌륭할 겁니다." 백작의 단정하고 네모반듯한 얼굴은 관료적인 위엄을 지니고 있었다. "난 오늘 샹 드 마르스에 갔다 왔는데, 아주 놀랐어요."

"기일내에 준비가 끝나지 않을 거라고 하더군요." 팔르와즈가 불쑥 말했다. "무슨 복잡한 일이 있어서……."

백작이 엄격한 목소리로 가로막았다.

"끝납니다……. 황제의 명령이니까."

포슈리는 어느날 취재하러 나갔다가 건축중인 수족관 안에 하마터면 갇힐 뻔했던 일을 재미있게 이야기했다. 백작 부인은 미소를 지었다. 그녀는 이따금 극장 안을 둘러보면서 팔꿈치까지 흰 장갑으로 싸인 팔을 들어 천천히 부채질을 했다. 장내는 거의 텅 비어서 잠든 것처럼 조용했다. 몇 명의 남자가 특등석에서 신문을 펼쳐들고 있었다. 여자들은 자기 집에 있는 것처럼 편안하게 사람들과 이야기를 나누고 있었다. 들리는 것은 좌석에 남아 있는 상류 인사들의 속삭임뿐이었고, 샹들리에 불빛도 막간의 혼잡으로 일어난 잔먼지 속에서 뿌옇게 흐려져 있었다. 문에는 남자들이 떼지어 서서 자리에 남아 있는 여자들을 엿보고 있었다. 그들은 크고 흰 와이셔츠의 앞가슴을 보이고 목을 길게 뽑으며 잠시 그곳에 서 있었다.

"다음 화요일엔 와 주시겠지요."

백작 부인이 팔르와즈에게 말했다.

포슈리도 초대를 받았으므로 머리를 숙였다. 아무도 연극에 대해선 말하지 않았고 나나의 이름도 입 밖에 내지 않았다. 백작은 법제국(法制局) 회의에라도 참석하고 있는 것처럼 냉정한 위엄을 지키고 있었다. 그리고 자기들이 여기온 것은 장인이 연극을 좋아하기 때문이라고 한마디 했을 뿐이었다. 칸막이 좌석의 문은 열려 있었는데, 슈아르 후작이 방문객에게 자리를 양보하기 위해 밖에 나가 있기 때문이었다. 그는 늙은 몸에 큰 귀를 곤추세우고 차양이 넓은 모자 밑으로 피부가 늘어진 흰 얼굴을 내보이며 흐릿한 눈으로 지나가는 여자들을 쳐다보고 있었다.

백작 부인으로부터 초대를 받자마자 포슈리는 물러갔다. 연극에 관해서 말하는 것은 적당치 못하다고 생각했기 때문이다. 이내 뒤따라 팔르와즈도 칸막이 좌석을 나갔다. 방되브르 백작의 앞자리에, 금발의 라보르데뜨가 버티고 앉아 블랑슈 드 시브리와 몸을 바싹 붙이고 이야기하고 있었다.

"형형" 포슈리를 쫓아오며 말했다. "저 라보르데뜨라는 남자는 어떤 여자나 다 아는 모양이지?……이번에는 블랑슈와 함께 앉아 있는데."

"그래, 모르는 여자가 없어."

포슈리는 태연히 대답했다.

"그런데 너 어디로 내려갈래?"

통로는 그리 붐비지 않았다. 포슈리가 막 내려가려 하는데 뤼시 스튜와가 불렀다. 그녀는 안쪽에 있는 자기 좌석의 문앞에 있었다. 칸막이 좌석 안이 찌는 듯이 덥다고 그녀는 말했다. 그래서 까롤린느 에께 모녀와 함께 복도를 차지하고 서서 설탕에 절인 아몬드를 씹고 있었다. 한 안내원이 어머니 같이 친절한 태도로 그녀들과 이야기하고 있었다. 뤼시가 포슈리에게 따지고 들었다. 당신은 참 친절도 하시군요. 다른 여자는 만나러 가면서 우리한테는 마실 것이 필요하지 않느냐고 물어도 주지 않으니! 그러나 곧 화제를 바꾸었다.

"난 나나를 굉장히 훌륭하다고 생각해요."

그녀는 자기 자리에서 끝장면을 보고 가라고 했다. 그러나 그는 연극이 끝난 뒤에 만나기로 약속하고 거기서 빠져 나왔다. 포슈리와 팔르와즈는 아래로 내려와 문 앞에서 담배를 피웠다. 보도는 바로 앞 계단을 내려와서 조금 가라앉은 거리의 소음 속에 찬 밤공기를 들이마시는 사람들로 가득찼다.

그 사이에 미뇽은 스떼너를 데리고 까페 바리에떼로 들어갔다. 미뇽은 나나에 관해서 열렬히 이야기했으나 동시에 은행가의 동정을 곁눈으로 살피는 것도 잊지 않았다. 이 남자에 대한 것은 잘 알고 있었다. 이제까지 두 번이나 로즈를 속이는 걸 도와주었고, 들뜬 기분이 지난 뒤, 다시는 그러지 않겠다고 후회하는 그를 로즈에게 데려다 주었던 것이다. 까페 안은 대리석 테이블을 둘러싸고 앉은 손님들로 초만원을 이루고 있었다. 선 채로 급히 마시고 있는 사람들도 있었다. 커다란 거울이 복잡한 손님들의 머리를 한없이 크게 비추고 세 개의 샹들리에, 모조 가죽을 입힌 긴 의자, 붉은 융단을 간 나선형 계단 등이 좁은 방을 터무니없이 넓게 보이게 했다. 스떼너는 바깥쪽 방의 테이블에 가서 앉았다. 문이 계절에 비해 조금 일찍 떼어져 있었고 방은 한길 쪽으로 트여 있었다. 포슈리와 팔르와즈가 지나가자 은행가는 그들을 불렀다.

"같이 맥주나 한잔 합시다."

바리에테의 뮈파 백작 부부 자리

그러나 그는 어떤 생각에 마음을 빼앗기고 있었다. 나나에게 꽃다발을 보내고 싶은 것이다. 그래서 그는 익숙하게 오귀스뜨라는 까페의 보이를 불렀다. 미뇽이 그 소리를 듣자 너무 똑바로 쳐다보았기 때문에 그는 당황해서 말을 더듬었다.

 "오귀스뜨, 꽃다발 두 개만 안내원 여자에게 맡겨 둬라. 이따가 두 여배우한테 적당한 기회 봐서 하나씩, 알았지?"

 그 방의 저쪽 끝에 기껏해야 열여덟 살 정도의 소녀가 거울 테에 머리를 기대고 오랫동안 사람을 기다리느라 지친 듯이 빈 잔을 앞에 놓고 가만히 앉아 있었다. 타고난 아름다운 잿빛 곱슬머리 아래 드러난 숫처녀다운 순진한 얼굴에 비로드 같은 눈을 하고 있었는데 초록색 비단옷은 빛이 바랬고 둥근 모자는 가운데가 움푹 들어가 있었다. 밤의 냉기 속에서 그녀는 아주 창백해져 있었다.

 "아, 저기 사땡이 있구나."

 그녀를 보자 포슈리가 중얼거렸다.

 팔르와즈가 누구냐고 묻자, 아, 저 아인 창녀에 지나지 않지만 말괄량이라 말을 시키면 꽤 재미있지, 하면서 그는 소리를 높여 말했다.

 "거기서 뭘 하는 거야, 사땡?"

 "썩고 있지 뭐예요."

 사땡은 꼼짝도 하진 않고 천연덕스럽게 대답했다.

 네 사람은 그 대답이 재미있어서 웃음을 터뜨렸다(사땡이란 말에는 똥으로 더럽힌다는 의미가 포함되어 있다).

 미뇽은 서두를 필요가 없다고 장담을 했다. 제3막의 무대장치를 하는 데는 20분은 걸린다는 것이다. 그러나 두 사촌 형제는 맥주를 마시고 나자 극장으로 돌아가고 있었다. 추웠던 것이다. 스떼너와 단둘이 되자 미뇽은 테이블에 팔꿈치를 짚고 상대의 얼굴을 빤히 들여다보며 말했다.

 "그럼 좋습니다. 그 여자 집에 갑시다. 내가 소개해 드리죠……. 하지만 이건 우리 사이의 일입니다. 내 처에게는 비밀입니다."

 제자리로 돌아온 포슈리와 팔르와즈는 둘째 줄 칸막이 좌석에서 수수한 차림새의 미인을 발견했다. 착실해 보이는 신사와 함께 있었다. 그는 내무성의 어느 국장으로, 팔르와즈가 전에 뮈파 백작 댁에서 만난 일이 있는 사람이었다.

포슈리는 말했다. "저 여자는 틀림없이, 애인을 한 사람밖에 갖지 않으나 언제나 그 한 사람의 애인은 훌륭한 신사라는, 그 얌전하다는 로베르 부인일 거야."

그들이 뒤를 돌아보자 다그네가 그들을 보고 미소를 던졌다. 나나가 성공한 지금 그는 이제 자기를 숨길 필요가 없었다. 지금도 통로에서 한바탕 으스대고 오는 참이었다. 곁에 있는 중학교를 갓 졸업한 듯한 소년은 의자에서 떠날 줄을 모르고 나나한테 넋을 잃고 있었다. 그렇다, 저게 바로 여자다, 생각하며 그는 얼굴을 붉히고 기계적으로 장갑을 꼈다 벗었다 했다. 잠시 뒤 옆자리의 남자가 나나에 관해 이야기하던 것에 생각이 미치자 용기를 내어 물어 보았다.

"죄송합니다만, 그 여배우를 아십니까?"

"음, 조금."

다그네는 놀라서 머뭇거리며 중얼거렸다.

"그럼 주소를 아시겠군요?"

너무 뻔뻔스러운 질문이라, 다그네는 대답 대신 따귀를 때려 주고 싶을 정도였다.

"몰라."

무뚝뚝하게 대답하고 그는 외면했다. 금발의 소년은 무례한 행동을 했다는 것을 깨닫고 더욱더 얼굴이 붉어져 어쩔 줄을 몰라 하고 있었다.

개막 벨이 세 번 울렸다. 자리로 돌아오는 혼잡한 사람들 속에서, 망또며 코트를 안은 안내원은 그걸 돌려 주느라고 정신이 없었다. 막이 오르자 박수 부대가 무대 장면에 박수를 보냈다. 무대는 에트나 산의 은광(銀鑛) 속에 파여 있는 동굴로서 그 내부는 은화(銀貨)처럼 반짝이고 있다. 안쪽에는 불카누스의 대장간이 석양처럼 붉게 타고 있다. 두 번째 장면에서는 불카누스가 디아나와 짜고 여행하는 체하면서, 베누스와 바르스에게 자유로운 행동을 취하게 만든다. 디아나가 혼자 있게 되자 곧 베누스가 등장한다. 장내에는 긴장이 감돈다. 나나는 거의 발가숭이였지만 태연했다. 자기 육체의 절대적인 위력을 확신하고 있는 것이다. 겨우 엷은 베일 하나밖에 걸치지 않았다. 둥그스름한 어깨, 풍만한 가슴, 창끝처럼 꼿꼿하고 뾰족한 장미빛 젖꼭지, 육감적으로 흔들어 대는 팡파짐한 엉덩이, 통통하게 살찐 황갈색 허벅다리, 그런 전신이 물거품처럼 흰 베일 밑으로 뚜렷하게 보였다. 가린 것이라고는 머리털밖에 없는, 물결 속에서 태어난 베누스의 모습이었다. 나나가 두 팔을 쳐들면 푸트라이트의 불빛에 금빛 겨드랑이 털이 보였다. 박수도 나오지 않고, 웃는 사람도 없었다. 엄숙한 표정으로 긴장해서 남자들은 얼굴을 앞으로 내밀었다. 가늘고 뾰족한 코, 침이 말라서 깔깔해진 입으로 어떤 부드럽고 알 수 없는 숨결이 스친 것 같았다. 갑자기 이 순진한 처녀 속에서 무서운 성숙함이 나타나 여성 특유의 광기를 발산하여 알 수 없는 정욕의 경지를 열어 보인 것이다. 나나는 줄곧 미소를 머금고 있었다. 남자를 잡아먹는 여자의 그 무서운 미소를.

"굉장한데!"

포슈리는 팔르와즈에게 이렇게 한마디 했을 뿐이었다.

이러는 동안, 마르스가 깃장식이 달린 군모를 쓰고 비밀장소에 나갔다가 어쩔 수 없이 두 여신 사이에 끼게 된다. 여기서 쁘룰리에르가 한 장면을 능란하게 연기해 냈다. 불카누스에게 넘기기 전에 그에 대해 최후의 아양을 시도하는 디아나, 적수의 존재에 자극을 받은 베누스, 이 두 여자의 애무를 받고 흐뭇해하는 남자 역이었다. 곧 3부합창으로 이 장면은 끝났다. 그러자 한 안내원이 뤼시 스튜와의 칸막이 좌석에 나타나더니 흰 라일락 꽃다발을 두 개 무대로 던졌다. 박수 갈채가 일어났다. 쁘룰리에르가 꽃다발을 주워 올리는 동안, 나나와 로즈 미뇽은 절을 했다. 2층 특등석의 몇몇 손님들이 미소를 띠면서 스떼너와 미뇽이 있는 칸막이 좌석 쪽을 돌아보았다. 은행가는 얼굴을 붉히고 무엇이 목에 걸린 것처럼 턱을 꿈틀거렸다.

다음에 계속되는 장면은 완전히 장내를 매료시켰다. 디아나가 화가 나서 나가 버리자 베누스가 곧 이끼 덮인 땅에 앉아서 마르스를 곁으로 부른다. 일찍이 이처럼 열렬한 유혹의 장면이 연출된 적은 없었다. 나나가 쁘룰리에르의 목에 팔을 감고 끌어당기는 순간 동굴 속에서 퐁땅이 나타났다. 익살스럽게 화난 몸짓을 하면서 부정한 아내를 현장에서 발견한 모욕당한 남편의 모습을 과장해서 표현하고 있다. 손에는 저 유명한 철망을 들고, 투망을 던지는 어부 같은 몸짓으로 그것을 휘두른다. 그물은 교묘하게 그들을 사로잡아, 사랑하는 연인들의 죄악 모습을 그대로 꼼짝도 못하게 만들어 버렸다.

그러자 장내의 웅성거림이, 부풀어오르는 탄식처럼 커져 갔다. 손뼉을 치는 사람도 있었다. 오페라글라스가 일제히 베누스에게로 돌려진다. 나나는 점차 관객들을 사로잡아 이제는 모든 남자들이 그녀에게 완전히 넋을 잃고 말았다. 발정기의 짐승 같은 강렬한 체취가 그녀에게서 피어올라 그것이 차차 퍼져서 장내에 충만해져 갔다. 그녀의 사소한 동작에도 관중의 욕정은 자극되어 새끼 손가락만 움직여도 온몸이 오싹해지는 것이었다. 그들의 등은 눈에 보이지 않는 손에 의해 연주되는 바이올린의 활처럼 근육이 자즈러지게 떨렸고, 목덜미의 솜털은 마치 여자의 입에서 새어나오는 따뜻한 입김에 흔들리기라도 하는 것 같았다. 포슈리는 앞 쪽에서 예의 소년이 정열에 사로잡혀 의자에서 일어서는 것을 보았다. 호기심에 차서 그는 차례차례 주위를 둘러보았다. 창백한 얼굴을 하고 입을 꼭 다물고 있는 방되브르 백작, 혈관이 당장에라도 파열될 것 같은 살찐 얼굴의 스떼너, 기막힌 암말을 보고 넋을 잃고 있는 말장수같이 멍하니 바라보고 있는 라보르데뜨, 너무 기뻐서 새빨갛게 단 귀를 꿈틀거리고 있는 다그네…… 그러다가 그는 문득 뒤를 돌아보았는데, 뒤파 백작 부부의 칸막이 좌석의 광경에 놀라고 말았다. 부인의 하얗고 엄숙한 얼굴 뒤에서 백작이 충혈된 눈을 휘번득거리며 입을 헤 벌리고 발돋움을 하고 있지 않은가. 그 곁의 어둠 속에서는 슈아르 후작의 흐리멍덩한 눈동자가 고양이 눈처럼 반짝반짝 빛을 내고 있었다. 사람들은 숨이 막혔고 머리칼은 땀에 젖어 축 늘어져 있었다. 벌써 세 시간이나 지났기 때문에 장내는 사람의 훈기로 후끈거렸다.

샹들리에의 불빛 속에서 뿌옇게 떠도는 먼지, 자리를 가득 채운 관중들은 지치고 흥분하여, 잠자리에서 졸음 속에 지껄이는 저 심야의 욕정에 사로잡혀 윗몸을 흔들면서 차차 현기증 속에 빠져드는 것이었다. 그러나 이 망연자실의 관객, 극장이 파할 무렵의 피곤과 야릇한 흥분에 잠겨 있는 천오백 명의 관중을 앞에 놓고 나나는 승리에 빛나고 있었다. 대리석 같은 육체로 모든 관객을 파멸시키고도 자기는 상처 하나 입지 않은 모습으로.

연극은 빠른 속도로 끝나가고 있었다. 불카누스의 의기양양한 부름 소리에 답해서 올림푸스의 모든 신들이 익살스레 놀라는 척하며 "오오!"라든가 "아아!" 소리치며 연인들 앞을 줄지어 지나간다. 유피테르가 말한다.

"내 아들아, 너는 경솔하구나. 이런 광경을 보이기 위해 우리를 부르다니."

이윽고 사태가 아주 달라져 베누스에게 유리하게 된다. 다시금 이리스에게 안내되어 오쟁이진 남편들의 합창대가 등장하여 신들의 우두머리에게 조사를 중지해 달라고 간청한다. 아내가 가정에 들어앉아 있게 된 뒤부터 남편들은 견딜 수가 없어져서 차라리 자기들이 아내에게 속고 있는 편이 낫다는 것이었다.

이것이 이 희극의 교훈이었다. 그래서 베누스는 해방되고 불카누스와 별거

해도 좋다는 허락을 얻는다. 마르스는 디아나와 화해를 한다. 유피테르는 가정의 평화를 유지하기 위해 예의 세탁부 소녀를 어느 별자리로 보낸다. 마지막에 큐피드가 감옥에서 풀려 나온다. 그는 감옥에서 '사랑한다'는 동사의 변화를 되풀이하는 대신 종이로 학을 접고 있었던 것이다. 끝으로 오쟁이진 남편들의 합창대가 당당하게 나체를 드러내고 미소짓고 있는 베누스에게 무릎을 꿇고 찬가를 보낸다. 여기서 막이 내렸다.

관객들은 벌써 일어나 문 있는 데까지 가고 있었다. 작자의 이름이 불려지고 우뢰 같은 환호 속에 두 번이나 앙코르가 있었다.

"나나! 나나!"

열광적인 외침소리가 되풀이되었다. 장내가 아직 다 비기도 전에 푸트라이트가 꺼지고 샹들리에의 불빛도 희미해져 매우 어두워졌다. 잿빛 긴 휘장이 내려와 앞 좌석의 금박 장식을 싸 버렸다. 그러자 이때까지 그토록 무덥고 시끄럽던 장내는 순식간에 깊은 잠에 빠져들고 곰팡이와 먼지 냄새가 피어올랐다. 칸막이 좌석가에는 뮈파 백작 부인이 털외투를 입고 서서 군중들이 나가기를 기다리며 어두운 장내를 바라보고 있었다. 바깥 통로에서는 안내된 여자들이 코트 더미와 다른 장식품 속에 쩔쩔매고 있었다. 포슈리와 팔르와즈는 현관에서 사람들이 나가는 것을 보고 급히 서둘렀다. 맞은쪽 홀에는 남자들이 열을 지어 서 있었고 좌우 양쪽의 계단에선 빽빽한 사람의 무리가 쉴새 없이 차례대로 내려왔다. 스떼너는 미뇽에게 끌려서 맨 먼저 나갔다. 방되브르 백작이 블랑슈 드 시브리의 팔을 잡고 나갔다. 가가와 그의 딸은 잠시 난처한 표정을 지었으나, 라보르데뜨가 재빨리 마차를 불러 와서 두 사람을 태우고 친절하게 문을 닫아 주었다. 아무도 다그네가 지나가는 것을 주시하지 않았다. 얼굴을 상기시킨 예의 중학생 같은 소년이 배우들 통용문 앞에서 기다리려고 빠노라마 거리로 달려갔으나 문은 이미 닫혀 있었다. 마침 보도에 서 있던 사땡이 스커트를 그의 몸에 슬쩍 스쳤다. 그러나 그는 쌀쌀하게 여자를 뿌리치고 무력한 동경의 눈물을 글썽이며 인파 속으로 사라져 갔다.

관객들은 담배를 붙여 물고 "황혼에 베누스가 방황할 때……" 이렇게 흥얼거리며 흩어져 갔다. 사땡은 까페 바리에떼로 돌아가 오귀스뜨가 주는 손님이 남긴 사탕을 얻어먹었다. 뚱뚱한 사나이가 얼근한 얼굴을 하고 나와 점차 잠들어 가려는 한길의 어둠 속으로 그녀를 데리고 갔다.

바리에테 출구

관객들은 여전히 두 개의 계단에서 쏟아져 내려오고 있었다. 팔르와즈는 끌라리스를 기다리고 있었고 포슈리에게는 뤼시 스튜와와 까롤린느 에게, 그의 어머니를 함께 데리고 가기로 약속되어 있었다. 이윽고 그녀들이 왔다. 그들은 홀 한모퉁이를 온통 차지하고 큰 소리로 웃고 있었다. 뮈파 백작과 같이 온 사람들이 쌀쌀한 태도로 지나갔다. 마침 그때 보르드나브가 작은 문을 밀고 나와서 포슈리를 붙잡고 꼭 연극평을 기사로 쓰겠다는 언질을 받아냈다. 그의 얼굴은 땀에 흠뻑 젖어 성공에 도취한 것처럼 빛나고 있었다.

"이만하면 100회 상연은 문제 없겠는데요." 팔르와즈가 공손하게 말했다. "온 빠리 사람들이 선생님의 극장에 장사진을 치겠습니다."

그러나 보르드나브는 버럭 화를 내며 홀을 메우고 있는 군중—침이 말라 입이 깔깔한 채 아직도 나나에게 사로잡혀 눈을 희번득거리며 흥분하고 있는 군중—을 턱으로 가리키며 거칠게 소리쳤다.

"갈보집이라고, 몇 번 말해야 알아듣겠소?"

2장

　이튿날 아침, 10시가 되었는데도 나나는 아직 자고 있었다. 위스만 거리에 있는 커다란 신축 건물의 2층인데, 집주인이 회벽이 마를 동안 특별히 여자에게만 세를 놓았던 것이다. 한겨울을 빠리에서 지내기 위해 온 모스크바의 어느 큰 상인이 여섯 달치 집세를 미리 내고 그녀를 그곳에서 살게 했다. 그 방은 그녀에게 너무 넓어서 가구가 완전히 갖추어진 적은 아직 한 번도 없었다. 금빛으로 번쩍거리는 호화로운 탁자와 의자 등 화려한 사치품들이, 고물상에서 들여 놓은 듯한 마호가니 테이블과, 피렌체의 청동 모조품인 놋쇠 촛대 등의 잡동사니들과 묘하게 어울려 있었다. 착실한 첫 남자한테 너무 일찍 버림을 받고, 잇따라 정체불명의 남자 손에 떨어져 버린 창녀, 빚에 쪼들린데다 신용마저 떨어져 어딜 가나 푸대접받는 여배우의 실패로 끝난 고달픈 데뷔 같은 것을 역력히 느끼게 하는 방이었다.

　나나는 엎드린 채 드러난 두 팔로 끌어안은 베개에 창백한 얼굴을 묻고 잠들어 있다. 침실과 화장실만은 부근에 있는 실내장식가가 손을 보았다. 커튼 밑으로 희미한 빛이 새어 들어와 자단나무 가구와 벽지, 쥐색 바탕에 큼직한 푸른 꽃무늬가 수놓인 비단 의자 등을 비추고 있었다.

　갑자기 이 잠든 방의 차분한 공기 속에서 나나는 옆자리에 어떤 공허감을 느꼈는지 퍼뜩 눈을 뜨고 자기 베개 옆에 있는 또 하나의 베개를 바라보았다. 레이스 베갯잇 한복판에는 아직도 따뜻한, 움푹 꺼진 머리 자국이 남아 있었다. 그녀는 손으로 더듬어 머리 맡의 벨을 눌렀다.

　"그이, 벌써 돌아갔어?"

　들어온 하녀에게 물었다.

　"네, 아씨, 뽈 씨는 10분 전에 돌아가셨습니다. 아씨께서 피곤해하실 테니까 그냥 가시겠다면서요……. 하지만 내일 다시 오신다고 했어요."

　말하면서 하녀 조에는 덧문을 열었다. 밝은 빛이 갑자기 몰려들어왔다. 주름잡힌 작은 모자를 쓴 조에는 살결이 검고 개처럼 길쭉한 얼굴은 납빛에다 흠집이 있었으며 납작한 코, 두터운 입술, 쉴새없이 굴리는 검은 눈동자를 가지고 있었다.

"내일, 내일이라."

나나는 아직도 잠이 덜 깨서 말했다.

"내일이었던가? 그이 오는 날이?"

"네, 아씨, 이제까지 뽈 씨께서는 언제나 수요일에 오셨어요."

"아, 잠깐, 내가 깜박 잊고 있었어!"

이렇게 외치며 나나는 침대 위에 일어나 앉았다.

"날짜가 죄다 바뀌었어. 오늘 아침에 그이에게 말해 주려고 했었는데……. 그이, 검둥이와 마주치겠는데. 이거 야단났구나!"

"말씀을 안하시니까 전 전혀 몰랐지 뭡니까." 조에가 중얼거렸다. "앞으로는 날짜가 바뀔 때는 미리 말씀해 주세요. 저도 기억해 둘 테니까요……. 그럼 그 구두쇠 영감의 날짜는 이제 화요일이 아니겠군요?"

나나에게 돈을 대 주고 있는 두 남자를 그녀들은 자기네들끼리 구두쇠 영감, 검둥이라는 이름으로 부르고 있었다. 구두쇠 영감은 생 드니 거리에 있는 상인인데 인색한 사람이고, 검둥이는 백작을 자칭하는 발라키아인*¹인데 그는 수입이 일정하지 않아 늘 불규칙적으로 돈을 가져다 주곤 했다. 다그네는 구두쇠 영감이 자고 간 아침을 이용하고 있었다. 상인은 아침에 집에 있어야 하기 때문에 8시면 돌아갔다. 다그네는 조에의 부엌에서 이를 엿보고 있다가 침대의 온기가 채 식기도 전에 그 자리에 들어가 10시까지 있다가 자기 볼일을 보러 가곤 했다. 나나나 그는 이것을 퍽 편리하다고 생각했다.

"할 수 없군! 낮에 편지를 써 보내야지……. 만약 편지가 안 들어가서 그이가 오거든 들어오지 못하게 해줘요."

조에는 조용히 방안을 걸어다니면서 전날의 눈부신 성공에 대해 이야기하고 있었다.

"아씨는 굉장한 재능을 보이셨어요, 노래도 잘하시고! 이제 이쯤 되면 걱정 없어요!"

_____

*1 발라키아는 루마니아의 남부 지방.

나나는 베개에 팔꿈치를 괴고 말없이 고개를 끄덕였다. 슈미즈는 흘러내리고 풀어진 머리는 어깨 위에 흩어져 있다.

"그럴지도 모르지……." 꿈꾸는 듯이 그녀는 중얼거린다. "하지만 뭐라고 핑계를 대야 좋을까? 아무래도 오늘은 성가신 일이 일어날 것 같아……. 그래, 오늘 아침에도 문지기가 올라왔어?"

여기서 두 사람은 진지한 얼굴로 의논을 했다. 집세가 3기분(三期分)이나 밀려 있기 때문에 집주인은 차압을 하겠다고 을러댔고 게다가 빚쟁이들이 우르르 밀어닥쳤다. 삯마차 집주인, 포목점 주인, 양장점 주인, 석탄장수, 그 밖에 온갖 빚쟁이들이 매일같이 찾아와서 응접실 의자에 앉아 있다. 특히 석탄장수는 서슬이 퍼래서 계단에서 고함을 쳤다. 그러나 나나가 가장 걱정하는 건 어린 루이에 관한 일이었다. 열여섯 살 때 낳은 아이로 지금은 랑브이유 부근의 어느 마을에 맡겨 두었는데 유모가 루이를 데려가려면 3백 프랑을 내놓으라는 것이었다. 얼마 전 어린애를 만나 본 뒤부터 격한 모성애에 사로잡힌 나나는 하나의 집념처럼 되어 버린 계획이 실현되지 않아 절망하고 있었다. 즉 유모에게 돈을 치르고 어린애를 바띠뇨르에 있는 르라 고모에게 맡기려는 것이다. 거기에 맡겨 두면 언제라도 아이를 보러 갈 수가 있다.

하녀는 구두쇠 영감에게 말해 보는 게 어떻겠느냐고 넌지시 말했다.

"죄다 이야기했어! 그랬더니 자기도 빚에 쪼들린다지 뭐야. 그 사람은 매달 내는 일천 프랑 외엔 한 푼도 내지 않아……. 검둥이도 요즘은 틀렸어. 도박에서 잃었나봐……. 미미는 오히려 돈을 좀 빌려 썼으면 싶어하고. 증권 폭락으로 빈털터리가 되어 이젠 꽃도 못 사올 지경이거든."

미미란 다그네를 말하는 것이다. 잠에서 막 깨어난 느긋한 마음에서 나나는 모든 것을 숨김없이 조에게 말했다. 조에는 이런 이야기를 자주 듣기 때문에 습관이 되어서 다소곳이 들어 주었다.

"아씨가 신상 이야기를 털어놓았으니까 저도 제 나름대로 생각을 말씀드리지요. 첫째, 저는 아씨를 무척 좋아합니다. 블랑슈 댁을 나온 것도 그 때문이었으니까요. 블랑슈 아씨가 저를 도로 데려가려고 얼마나 애를 썼는지 아세요? 전 이래 봬도 발이 넓어서 일자리는 얼마든지 있어요! 비록 아씨가 돈에 쪼들리더라도 전 여기 남아 있을 거예요. 아씨의 장래를 믿으니까요."

이렇게 서두를 꺼내 놓고 조에는 충고하기 시작했다.

"누구든지 젊을 때는 바보짓을 하는 법이랍니다. 하지만 이번만은 정신을 차려야 합니다. 남자란 도대체 자기 만족밖에 모르니까요. 반드시 빚장이들이 몰려올 거예요. 하지만 아씨께서 한마디만 하시면 그들은 입을 다물 것이고 또 필요한 돈도 마련할 수가 있을 거예요."

"아무리 그래봐야 삼백 프랑은 못 만들어." 나나는 머리에 손가락을 찔러 넣으며 되풀이했다. "오늘, 지금 당장 삼백 프랑이 필요한데……. 아아, 한심해라, 삼백 프랑 정도 내줄 사람도 하나 모르다니."

나나는 돈만 마련되면, 이날 아침에 오기로 되어 있는 르라 고모를 랑브이유로 보낼 작정이었다. 그러나 뜻대로 되지 않아 전날의 성공도 기쁘지 않았다. 박수 갈채를 보내 준 그 남자들 중에 15루이*²정도 갖다 줄 사람도 하나 없다니. 하지만 그런 식으로 돈을 벌어 보진 않았다. 그녀는 자기 아이를 생각했다. 그애는 천사처럼 파란 눈을 하고 있는데 혀짜래기소리로 '마마'할 때에는 너무나 우스웠다.

바로 그때 벨이 요란스럽게 울렸다. 조에가 목소리를 낮추고 속삭였다.

"여자분이에요."

조에는 이 여자를 스무 번이나 더 만난 적이 있는데도 전혀 모르는 척했다. 돈에 쪼들리는 여자들과 어떤 관계에 있는가 하는 것도 역시 모르는 척했다.

"이름을 말씀하셨는데, 뜨리꽁 부인이라고 했어요."

"뜨리꽁? 내 정신 좀 봐! 까맣게 잊고 있었어……. 들어오시라고 해요."

머리를 지져서 늘어뜨린 키 큰 노부인이 조에에게 안내되어, 소송문제로 고문변호사를 찾아온 백작 부인 같은 태도로 들어왔다. 이윽고 조에는 누구든지 남자가 찾아왔을 때 그렇듯이, 뱀처럼 슬그머니 소리도 없이 방을 나갔다. 뜨리꽁은 앉지도 않았다. 두세 마디 오갔을 뿐이다.

"오늘 한 사람 있는데……. 어때요?"

"좋아요……. 얼마지요?"

"20루이."

"시간은?"

"3시……. 그럼 알았죠?"

---

*2 1루이는 20프랑.

"알았어요."

뜨리꽁은 곧 날씨 이야기로 화제를 돌렸다. 날씨가 좋아서 걸어다니기엔 좋았다.

"나 지금부터 네댓 명 더 만날 사람이 있다우."

그녀는 조그마한 수첩을 들여다보고는 돌아갔다. 혼자 남게 되자 나나는 마음이 놓였다. 가벼운 떨림이 어깨를 스쳐가자, 추위를 타는 고양이처럼 천천히 따뜻한 침대 속으로 들어갔다. 차츰 눈이 감겼다. 내일이면 루이에게 예쁜 옷을 입힐 수가 있다. 이렇게 생각하니 얼굴에 미소가 피어올랐다. 그러나 다시 잠이 들자, 어젯밤 내내 꾼 열에 들뜬 것 같은 꿈, 계속되는 환호의 폭풍이 끊임없는 저음처럼 되살아나 그녀의 피곤을 뒤흔들었다.

12시에 조에가 르라 부인을 침실로 안내했을 때 나나는 아직 자고 있었다. 사람 기척에 눈을 뜨고 나나는 곧 말했다.

"어서 오세요……. 오늘 랑브이유에 좀 가 주세요."

"그래서 온 거란다. 12시 20분 차가 있으니까 아직 시간은 있구나."

"안돼요, 좀더 있어야 돈이 되는걸요." 나나는 가슴을 펴고 기지개를 켜며 말했다. "점심이나 잡수시고 나서, 그 일은 천천히 이야기하도록 해요."

조에가 가운을 가지고 왔다.

"아씨, 미용사가 왔는데요."

그러나 나나는 화장실로 가려고는 하지 않고 큰 소리로 미용사를 불렀다.

"들어오세요, 프랑시스."

단정한 옷차림의 남자가 문을 밀고 들어와서 허리를 굽혔다. 마침 나나는 다리를 드러내고 침대에서 내려오는 참이었다. 그러나 조금도 당황하지 않고 조에가 내미는 가운의 소매에 팔을 꿰었다. 프랑시스도 태연하게 서서, 외면도 하지 않고 기다리고 있다. 곧 나나는 의자에 앉고, 프랑시스도 빗질을 하면서 이야기를 시작했다.

"아씨께선 아직 신문을 못 보셨겠지만, 〈피가로〉에 아주 호의적인 기사가 실렸더군요."

그는 그 신문을 가지고 왔다. 르라 부인이 안경을 쓰고 창가에 서서 소리를 내어 읽기 시작했다. 건장한 상체를 꼿꼿이 세우고, 멋있는 형용사를 읽을 때는 코를 벌름거렸다.

포슈리가 연극이 끝난 직후에 쓴 2단에 걸친 열렬한 기사로, 배우로서의 나나에게는 다소 야유를 하고 여자로서의 나나에게는 대단한 칭찬을 했다.

"굉장한 기사인데요!"

프랑시스가 되풀이했다.

나나는 자기 목소리에 대한 야유쯤은 마음에도 두지 않았다.

"친절하군요. 그 포슈리라는 사람. 그 답례를 해줘야지."

르라 부인은 기사를 한 번 더 읽고 나더니 갑자기, 사내란 모두 다리에 악마를 달고 있다고 말하고서는, 이 음탕한 비유에 자기 혼자 만족하여 더이상 설명하려고도 하지 않았다. 이윽고 프랑시스는 나나의 머리를 다 빗겼다. 그리고 허리를 굽히며 이렇게 말했다.

"석간도 잘 봐 두겠습니다⋯⋯. 평소처럼 다섯 시 반이면 되겠죠?"

"브아시에 가게에서 설탕에 절인 아몬드 1파운드와 포마드 한 병만 사다 주세요."

그가 문을 닫으려 할 때 나나가 객실 너머로 소리 질렀다.

두 여인은 자기들만 남게 되자 아직 키스도 하지 않은 것이 생각나 소리나게 뺨에 키스를 주고받았다. 두 사람 다 신문기사로 인해 흥분되어 있었다. 그때까지 아직 완전히 잠이 깨지 않았던 나나는, 또다시 성공의 들뜬 기분에 사로잡혔다.

"아아, 통쾌해라! 오늘 아침 로즈 미뇽은 틀림없이 속이 쓰렸을 거야!"

고모는 극장엘 가지 못했기 때문에—본인의 말로는, 흥분하면 위장병이 도지기 때문에 구경을 못간다는 것이다—나나는 어젯밤의 상황을 이야기해 주었다. 그러는 동안 저절로 도취되어 마치 온 빠리가 우뢰 같은 박수소리로 파괴라도 되는 듯한 말투가 되었다. 그러다가 갑자기 화제를 돌려 웃으며 물었다.

"전에 구뜨도르 거리를 쏘다닐 무렵 내가 이렇게 출세할 거라고 말한 사람이 있었던가요?"

르라 부인은 고개를 내저었다. 누가 상상이나 할 수 있었겠는가. 그리고 이번에는 정색을 하고 나나를 자기 딸이라 부르면서 이야기하기 시작했다.

"나는 네 어머니나 다름없어. 아버지랑 할머니가 모두 세상을 떠나버렸으니 말이다."

나나는 감동 받아 눈물이 글썽해졌다. 그러고 나서 르라 부인은 다시 말했다.

"지난 일은 지난 일이지, 다시는 들춰 내고 싶지도 않아. 나는 오랫동안 조카딸인 너를 만나지 않았다. 그것도 다 집안 사람들이 너같은 아이를 상대하다간 망신만 당한다고 비난을 했기 때문이란다. 세상에 그럴 수가 있겠니! 나는 너더러 모든 걸 고백하라는 건 아냐. 네가 언제나 얌전하게 살아왔다는 걸 믿고 있으니까. 이제 난 네가 훌륭한 신분이 되어 이렇게 아이를 사랑하는 것만 보아도 충분하단다. 이 세상에서 가장 중요한 건 정직과 근면뿐이란다. 그래, 그 아이는 누구 아이냐?"

갑자기 말을 끊고 호기심에 빛나는 눈으로 고모가 물었다.

나나는 어리둥절해서 잠시 망설였다.

"아주 착실한 사람의 아이예요."

"아니! 말 들으니 늘 너를 두들겨 패던 미장이 아이라고 하던데……. 그래, 그 문제는 언제고 나한테만은 이야기해 주려무나. 난 입이 무거우니까 괜찮다! 아무튼 어린애는 내가 귀족 도련님처럼 키워 줄 테니 염려 마라."

그녀는 꽃가게를 그만두고 지금은 부지런히 모은 연간 600프랑의 이자로 조촐하게 살고 있었다. 나나는 아담한 집을 얻어 주겠다고 약속했었다. 그리고 매달 100프랑씩을 생활비조로 주겠다고 했다. 100프랑이라는 말을 듣자 고모는 넋을 잃고, 너는 그 사람들을 손아귀에 쥐고 있으니까 마음껏 우려내도록 하라고 말했다. 그 사람들이란 정부(情夫)를 두고 하는 소리다. 그들은 다시 키스를 나누었다. 화제가 루이에게 돌아가 즐거워하고 있는 동안 나나는 문득 어떤 일이 생각나 마음이 우울해졌다.

"아아, 우울해! 세 시에 나가야 할 데가 있어요." 나나는 중얼거렸다. "정말 괴로운 일이야!"

바로 그때 조에가 식사 준비가 되었다고 알렸다. 식당에 들어가니 벌써 웬 나이든 부인이 앉아 있었다. 그녀는 모자를 쓴 채 고동색과 암록색의 중간인 수수한 빛깔의 옷을 입고 있었다. 그 여자를 보고도 나나는 별로 놀라는 기색도 없이 왜 방에 들어오지 않았느냐고 물었을 뿐이다.

"말소리가 들리기에, 손님이 계시나 하고."

점잔을 빼는, 이 기품 있는 말르와르 부인은 나나의 오랜 친구였다. 말 상대가 되기도 하고 같이 외출도 했다. 르라 부인을 보고 처음에 그녀는 좀 서먹

뜨리꽁 부인

해했으나 나나의 고모임을 알자 방긋 웃으면서 부드럽게 그녀를 바라보았다. 한편 나나는 배가 등가죽에 붙겠다면서 무를 집어들자 빵도 곁들이지 않고 아작아작 먹기 시작했다. 르라 부인은 점잔을 빼며, 무를 먹으면 속이 쓰리다고 사양했다. 다음에 조에가 커틀릿을 가지고 오자, 나나는 천천히 고기를 다 먹고 뼈까지 빨았다. 그녀는 가끔 곁눈으로 말르와르 부인의 모자를 보고 있었다.

"그건 내가 드린 그 새 모자군요?"

"네, 그걸 내게 맞게 좀 고쳤지요."

입에 잔뜩 음식을 문 채 말르와르 부인은 중얼거렸다.

그 모자는 앞에 단 넓적하고 기다란 깃털 장식 때문에 엉뚱한 모양으로 바뀌어 있었다. 말르와르 부인은 어떤 모자든지 모양을 바꾸는 버릇이 있었다. 자기에게 어울리는 모양은 자기밖에 모른다면서 아무리 멋진 모자라도 금방 괴상한 모양으로 바꾸어 버린다. 나나는 그녀와 함께 외출할 때 창피스럽지 않으려고 그 모자를 사 주었던 만큼 그 꼴을 보니 화가 치밀어올라 소리질렀다.

"그 모자, 벗는 게 어떠세요?"

"아니, 괜찮아요."

상대는 천연덕스럽다.

"조금도 거치적거리지 않는걸요. 쓴 채로 얼마든지 먹을 수 있어요."

커틀릿이 나온 뒤에 칼리플라우어와 닭고기 냉육(冷肉)이 나왔다. 그러나 나나는 두 가지 다 냄새만 맡아보고는 전혀 손을 대지 않았다. 나나는 모든 것의 냄새를 맡아보고 망설인 뒤에 결국 잼으로 식사를 끝냈다. 디저트는 오래 끌었다. 조에는 음식 그릇을 치우지 않고 커피를 내왔다. 부인들은 음식 접시를 조금 밀어 놓았다. 어젯밤의 굉장한 성공이 또다시 화제가 되었다. 나나는 의자에 깊숙이 기대어 담배를 피우고 있었다. 조에가 찬장에 기대 서서 손을 축 늘어뜨리고 거기 남아 있었기 때문에 그녀의 신세타령을 듣기로 했다. 자기는 어느 산파의 딸인데, 어머니는 산파 노릇을 하다가 실수를 해버렸다. 그래서 처음에 자기는 치과의사네 집에서, 다음엔 보험회사 지배인 집에서 일했지만 자기에게 맞지 않아 여기저기 돌아다니며 하녀 노릇을 했다고 말하며, 그 부인들 이름을 자랑스럽게 늘어놓았다. 마치 그 부인들의 운명을 자기가 좌우하고 있었던 것처럼.

"정말이지 만약 내가 없었다면 스캔들을 일으킨 부인이 한두 사람이 아니었을 거예요. 예를 들면 어느날 블랑슈 아씨가 옥타브 씨와 함께 있을 때 늙은 영감이 돌아왔답니다. 그때 내가 어떻게 한 줄 아세요? 난 응접실을 지나가다가 일부러 졸도한 척했지 뭡니까. 영감님이 허둥지둥 물을 가지러 부엌에 나간 사이에 옥타브 씨는 슬쩍 빠져 나갔답니다."

"정말, 감탄하겠는데!"

나나는 흥미를 느끼며 아주 감탄해서 그 이야기를 듣고 있었다.

"나도 불행을 많이 겪었다오……."

르라 부인이 말했다. 그녀는 말르와르 부인 옆에 바싹 의자를 붙이고 자기 이야기를 하기 시작했다. 그들은 커피에 적신 각설탕을 먹고 있었다. 말르와르 부인은 남의 비밀을 듣기는 하지만 자기 비밀은 결코 말하지 않았다. 그녀는 아무도 들여 놓지 않는 방에서 출처가 분명치 않은 연금으로 살고 있다는 소문이 있었다.

갑자기 나나가 버럭 소리를 질렀다.

"아주머니, 제발 칼로 장난 좀 하지 마세요……. 그러면 아주 기분이 나빠진단 말예요."

무심결에 르라 부인이 테이블 위에 나이프를 십자형으로 포개 놓았던 것이다. 나나는 언제나 미신을 안 믿는다고 말하고 있었다. 그래서 소금을 엎질러도 아무렇지 않게 생각했고, 또 그것이 금요일이었다 해도 예사로 여겼다. 그러나 칼, 이것만은 견딜 수가 없었다. 칼은 결코 거짓말을 한 적이 없으므로 틀림없이 무슨 기분 나쁜 일이 일어날 것 같았다. 나나는 하품을 하고는 나른한 듯이 말했다.

"벌써 2시로구나……. 나가 봐야 하는데, 아아, 지겨워!"

두 노부인은 얼굴을 마주 보았다. 세 사람 다 말없이 고개를 끄덕였다.

"정말이지 나가는 게 늘 좋을 수는 없단 말이야."

나나는 다시 의자 깊숙이 기대어 또 한 개의 담배에 불을 붙였다. 두 노부인은 생각에 잠겨 조용히 입을 다물고 있었다.

"돌아올 때까지 우리는 베지끄 놀이*³라도 하고 있겠수." 한참 뒤에 말르와

---

*3 트럼프 놀이의 일종.

르 부인이 말했다. "부인께서도 베지끄를 할 줄 아시겠죠?"

르라 부인은 할 줄 아는 정도가 아니라 대단한 솜씨였다. 일부러 조에를 불러서 상을 치우게 할 것까지도 없었다. 식탁 한쪽 끝만 있으면 충분했다. 그래서 접시 위로 식탁보를 치우고 말르와르 부인이 찬장 서랍에서 카드를 꺼내려 가려는데, 나나가 게임을 시작하기 전에 편지 한 장 써 주지 않겠느냐고 했다. 나나는 편지를 쓰기가 귀찮기도 하려니와 철자법도 자신이 없었다. 그러나 말르와르 부인은 정성스럽게 편지를 잘 썼다. 나나는 방으로 고급 편지지를 가지러 갔다. 값싼 잉크 병이 녹슨 펜촉과 함께 가구 위에 아무렇게나 놓여 있었다. 그 편지는 다그네 앞으로 보내는 것이었다. 말르와르 부인은 예쁜 영국식 글씨체로 먼저 '그리운 분'이라고 시작하고 나서, '내일은 오시지 말도록 하세요. 부득이한 사정이 있어요. 하지만 떨어져 있어도 곁에 있을 때나 마찬가지로 제 마음은 늘 당신 곁에 있답니다' 이렇게 제멋대로 썼다.

"끝에는 '한없는 키스를'이라고 써 두겠수."

르라 부인은 구절마다 고개를 끄덕이며 찬성의 뜻을 나타내고 있었다. 그녀는 남의 사랑일에 참견하는 게 흥미로와서 눈을 반짝이고 있었다. 그래서 자기의 의견도 첨가하고 싶어 달콤하고 부드러운 목소리로 말했다.

"당신의 아름다운 눈 위에 한없는 키스를."

"그래, 그게 좋겠어, '당신의 아름다운 눈 위에 한없는 키스를!'"

나나가 되풀이했다. 두 노부인의 얼굴에 만족한 빛이 떠올랐다. 편지를 아래층 사환에게 갖다 주게 하려고 벨을 눌러 조에를 불렀더니, 마침 극장의 사환과 이야기하고 있는 중이었다. 그는 잊어버리고 전달하지 못한 이야기를 나나에게 전해 주려고 왔던 것이다. 급사를 불러 돌아가는 길에 편지를 다그네에게 전해 달라고 부탁했다. 그리고 여러 가지 물어 보았다.

"보르드나브 씨는 굉장히 좋아하고 있어요. 벌써 일주일분 입장권이 다 팔렸거든요. 오늘 아침부터 마님의 주소를 묻는 사람이 얼마나 많은지 상상도 못 하실 겁니다."

급사가 돌아가고 나자 나나는 외출은 30분이면 끝난다고 말했다. 만일 손님이 찾아오거든 기다리게 하라고 조에에게 이르고 있는 참인데 벨이 울렸다. 삯마차 주인이 돈을 청구하러 온 것이다. 그는 대기실 긴 의자에 앉았다.

'그 남자 같으면 저녁때까지 기다리게 내버려두자. 서두를 건 아무것도 없다.'

"자, 기운을 내야지!" 나나는 하품을 하면서 기지개를 켜다가 느릿하게 말했다. "벌써 거기가 있어야 하는데."

그러면서도 그녀는 그 자리를 쉬이 뜨려 하지 않고 고모가 하는 게임을 지켜보고 있었다. 고모는 지금 막 에이스 100을 선언한 참이다. 손으로 턱을 괴고 나나는 게임을 열심히 구경했다. 그러나 3시를 알리는 소리가 들리자 벌떡 일어나며 외쳤다.

"제기랄!"

점수를 세고 있던 말르와르 부인이 부드러운 목소리로 격려했다.

"그런 볼일은 빨리빨리 끝내 버리는 게 좋아요."

"어서 다녀오너라." 르라 부인이 카드를 가르면서 말했다. "4시까지만 돈이 되면 4시 30분 차를 탈 수 있으니까."

"어머! 그렇게 오래 걸리지 않아요."

나나는 중얼거렸다.

10분도 안 걸려 조에는 나나를 거들어 옷을 입히고 모자를 씌웠다. 그녀는 차림새에 별로 신경을 쓰지 않았다. 아래층으로 내려가려는데 또 벨이 울렸다. 이번에는 석탄장수였다.

'그치는 삯마차 주인 상대나 하게 내버려두자. 서로 잘됐지 뭐야.'

그녀는 그래도 말썽을 피하기 위해 부엌으로 해서 뒷문 쪽 계단으로 빠져나갔다. 그녀는 곧잘 그곳을 이용했다. 스커트만 살짝 추켜들면 되니까.

"착한 어미이기만 하면 여자란 무슨 짓을 하든 문제가 안돼요."

르라 부인과 단둘이 되자 말르와르 부인이 거만한 투로 말했다.

"난 킹 팔십이에요."

상대는 게임에 정신이 팔려 있었다. 이리하여 두 사람은 끝없는 승부에 몰두했다.

식탁은 아직도 치우지 않았다. 음식 냄새, 담배 연기가 자욱하게 방안에 서려 있었다. 두 여인은 또 커피에 적신 각설탕을 빨기 시작했다. 이렇게 20분쯤 게임을 하고 있는데 세 번째 벨이 울렸다. 그러자 허둥지둥 조에가 들어와 마치 친구에게 하듯이 이 두 사람을 떼밀었다.

"보세요, 또 벨이 울렸죠……. 여기 계시면 안 됩니다. 손님이 많을 때는 방마다 다 써야 하니까요……. 자, 어서요! 어서!"

나나의 집에서 점심을 먹는 큰어머니 르라와 말르와르 부인

말르와르 부인은 승부를 끝내고 싶었지만 카드에 덤벼들 것 같은 조에의 태도를 보자 카드의 순서를 흐트러지지 않게 하여 장소만 옮기기로 했다. 그 사이 르라 부인은 브랜디 병과 술잔, 설탕 등을 들고 부엌으로 들어와, 두 사람은 테이블 한쪽 끝에 앉았다. 테이블 양옆에는 행주와 개숫물이 든 대야가 아직 그대로 놓여 있었다.

"340이에요……. 당신 차례예요."

"그럼 난 하트예요."

조에가 돌아오니 두 사람은 다시 게임에 열중하고 있었다. 잠시 침묵이 흐른 뒤 르라 부인이 카드를 가르기 시작하자 말르와르 부인이 물었다.

"누구예요?"

"아무도 아니에요."

조에는 대수롭지 않다는 듯 대답했다.

"아직 어린아이예요. 내쫓아 버릴까 했는데, 수염도 안 난 것이 새파란 눈을 하고 계집아이처럼 어찌나 예쁜지 그만 기다리라고 했어요. 커다란 꽃다발을 들고 왔는데 글쎄 꼭 쥐고 도무지 내놓질 않잖겠어요? 따귀라도 때려 주고 싶었지만 아직 중학생 같은 애송이라서 내버려뒀지요!"

르라 부인은 그로그*⁴를 만들기 위해 물병을 가지러 갔다. 설탕과 커피를 너무 먹어서 목이 칼칼했던 것이다.

"나도 한 잔 마셔야지, 입 안이 쓸개즙처럼 써서."

조에가 중얼거렸다.

"그래 그애를 어디다 들여 놓았어요?"

말르와르 부인이 이야기를 되돌렸다.

"저 안의 가구가 없는 작은 방에요……. 거기는 아씨의 트렁크 하나와 테이블 하나밖에 없어요. 애송이는 다 거기에 들여 보내기로 되어 있으니까요."

이렇게 말하며 그로그에 설탕을 담뿍 치고 있는데 또 벨이 울려서 그녀를 일어서게 만들었다.

"아이, 귀찮아 죽겠어. 그로그 한 모금 마음놓고 마실 틈도 없네! 벨이 한번 울렸다 하면 끝이 없다니까."

---

*4 브랜디에 설탕과 레몬을 넣고 더운 물을 섞은 음료수.

이렇게 투덜대면서 그녀는 문으로 달려갔다. 잠시 뒤 돌아와서 알고 싶어하는 말르와르 부인에게 말했다.

"아무것도 아니에요. 꽃다발이에요."

세 여인은 가볍게 고개를 끄덕이며 그로그를 마셨다. 겨우 조에가 식탁을 치우기 시작하여 접시를 하나씩 개수대에 나르고 있는데, 또 벨이 두 번 연거푸 울렸다. 그러나 둘 다 대수로운 것이 못되었다. 그때마다 조에는 부엌으로 알리러 와서 조소하는 듯이 말했다.

"아무것도 아니에요. 또 꽃다발이에요."

부인들은 꽃다발이 올 때마다 대기실의 빚장이들이 묘한 표정을 짓는다는 이야기를 조에 한테서 듣고 만족스럽게 웃었다. 아씨가 돌아오실 때쯤에는 화장대가 꽃다발로 가득찰 거라고 조에는 덧붙였다. 그렇게 비싼 건데도 팔면 10수도 못 받으니 결국 큰 낭비라고 말했다.

"나 같으면 빠리의 남자들이 여자를 위해 쓰는 하루의 꽃값만 줘도 실컷 살겠네."

말르와르 부인이 말했다.

"댁은 비교적 욕심이 없군요." 르라 부인이 중얼거린다. "하기야 나 같으면 꽃다발의 리본 값만 줘도……. 자, 퀸의 육십이에요."

4시 10분 전이 되었다. 조에는 아씨의 외출이 이렇게 늦어지는 것을 이상히 여겼다.

"평소 같으면 오후엔 부득이한 일로 외출하게 되더라도 냉큼 돌아오시는데."

그러자 말르와르 부인이 일이란 언제나 마음먹은 대로 되는 법이 아니라고 했다.

"정말이지 세상에는 사고도 많이 생기니까."

르라 부인도 말했다.

"기다리는 수밖에 없지 뭐, 조카가 늦는 건 아마 부득이한 일이 생겨 빠져 나올 수가 없는 모양이지. 우리는 걱정 없어, 이 부엌은 있기에 편하니까."

이렇게 말하며 르라 부인은 하트가 없어졌기 때문에 다이아몬드를 던졌다. 또 벨이 울리기 시작했다.

"글쎄, 뚱뚱보 스떼너가 왔어요."

조에가 얼굴이 빨갛게 상기되어 돌아왔다.

"그이는 좁은 객실에다 모셨어요."

말르와르 부인이 그 은행가에 대해서 이야기하기 시작했다. 르라는 그런 남자들에 관한 것은 잘 몰랐다. 그 사람은 로즈 미뇽을 버리려는 게 아니에요? 조에가 고개를 끄덕인다. 그녀는 많은 걸 알고 있었다. 그러나 또 문을 열러 가야 했다.

"이거 야단났네!" 그녀는 돌아오자 중얼거렸다. "검둥이가 왔어요. 아씨는 나가셨다고 아무리 말해도 들은 척도 않고 침실로 들어가 버렸어요. 밤에 올 예정이었는데……"

4시 15분이 되었으나 나나는 여전히 돌아오지 않았다. 대관절 뭘하고 있는 걸까? 무슨 이런 일이 다 있담. 꽃다발이 또 두 개 보내져 왔다. 조에는 뭘해야 좋을지 몰라 커피라도 남아 있나 찾아보았다. 정말 커피라도 있으면 이럴 때 졸음도 달아나고 오죽이나 좋을까. 그녀들은 의자에 푹 기대 앉아 여전히 같은 동작으로 카드를 집으면서 졸고 있었다. 4시 30분을 알리는 소리가 들렸다.

"분명히 아씨에게 무슨 일이 일어난 거다."

그녀는 나직한 소리로 속삭였다.

느닷없이 말르와르 부인이 정신없이 큰 소리로 외쳤다.

"500이다! 으뜸패 다섯 장이 다 모였어요!"

"조용히 하세요." 조에가 성을 내며 말했다. "손님들이 뭐라고 생각하겠어요?"

다시 주위가 조용해지고, 두 노부인이 작은 소리로 다투고 있는데 뒷문 계단을 올라오는 소리가 들렸다. 드디어 나나가 돌아온 것이다. 문을 열기도 전에 벌써 헐레벌떡 숨찬 소리가 들리더니 얼굴이 새빨개진 나나가 후닥닥 들어왔다. 스커트 끈이 끊어져 계단을 끌며 왔는지 자락의 장식이 축축히 젖어 있었다. 아마 2층에 있는 칠칠치 못한 하녀가 쏟은 설거지물에 스커트 자락이 빠졌던 모양이다.

"이제 오니? 무사히 돌아와서 반갑구나!" 르라 부인은 말르와르 부인이 딴 500점 때문에 아직도 심술이 나서 입을 씰룩거리며 말했다. "사람을 이렇게 기다리게 해놓고 기분이 퍽도 좋겠구나!"

"정말 아씨는 너무 하세요."

조에도 옆에서 거든다. 그렇지 않아도 기분이 좋지 않은 나나는 이 한마디에 화가 버럭 났다. 가뜩이나 기분 나빠 돌아오는데, 그 태도가 뭐난 말이다!

"간섭 말아요!"

나나는 소리를 질렀다.

"쉿, 손님들이 계세요."

하녀가 말했다.

그러자 나나는 소리를 낮추어 숨찬 목소리로 말했다.

"재미라도 보고 온 줄 아세요? 좀처럼 끝이 나야 말이죠. 아주머니도 입장을 한번 바꿔 놓고 생각해 보세요…… 어쩌나 초조하던지 따귀를 때려 주고 싶을 정도였어요…… 게다가 돌아오자니 마차조차 없잖아요. 다행히 가까운 곳이라 정신없이 달려왔지 뭐예요."

"그래 돈은 마련해 왔니?"

고모가 물었다.

"기껏 한다는 소리가 그것뿐이군요!"

나나는 난로 옆 의자에 앉았다. 뛰어왔기 때문에 다리가 후들거렸다. 한숨 돌릴 사이도 없이 그녀는 품안에서 봉투를 꺼냈다. 100프랑짜리 지폐가 넉 장 들어 있었다. 그 지폐가 찢어진 봉투 사이로 내다보였다. 돈을 확인하기 위해서 이미 나나가 아무렇게나 봉투를 찢었던 것이다. 세 여인은 나나를 둘러싸고 장갑 낀 조그만 손 안에 있는, 구겨지고 때문은 질이 나쁜 종이 봉투를 물끄러미 바라보았다. 이제 시간이 늦어서 르라 부인은 내일이 아니고는 랑브이유에 갈 수가 없다. 나나는 사정을 이것저것 설명하기 시작했다.

"아씨, 손님이 기다리고 계세요."

하녀가 되풀이했다.

나나는 또 화가 발칵 났다. 그깟것들, 일이 끝날 때까지 기다리게 내버려 둬. 고모가 돈을 보고 손을 내밀자 나나는 이렇게 말했다.

"아, 모두 드릴 수는 없어요. 유모에게 300프랑, 아주머니의 여비하고 잡비에 50프랑, 그러면 350프랑…… 50프랑은 내가 써야겠어요."

그러나 돈을 바꾸는 게 문제였다. 집에는 10프랑도 없었다. 말르와르 부인에게는 물어 보지도 않았다. 그녀는 무관심한 얼굴을 하고 있었다. 언제나 합승마차삯 6수밖에 갖고 있지 않은 것이다. 결국 조에가 자기 트렁크를 뒤져 보겠다고 하며 나갔는데, 5프랑짜리로 100프랑을 가지고 왔다. 모두 그걸 테이블 가장자리에서 세어 보았다. 르라 부인은 내일 루이를 데리고 온다는 약속을 한 뒤 돌아간다.

"손님이 와 있다고?"

아직도 의자에 앉아 쉬고 있던 나나가 물었다.

"네, 세 사람이나 와 계세요."

조에는 먼저 은행가의 이름을 말했다. 나나는 얼굴을 찡그렸다. 그 스떼너란 사내는 어젯밤에 꽃다발 하나 줬다고 나를 제맘대로 할 수 있다고 생각하는 건가?

"됐어요, 아무도 만나고 싶지 않아요." 나나는 잘라 말했다. "가서 언제 돌아올지 모른다고 말하고 와요."

"아씨, 잘 생각해서 하세요. 스떼너 씨는 만나시는 게 좋을 거예요."

그 자리에서 꼼짝하지 않고 지루한 얼굴로 조에가 중얼거렸다. 주인이 또 멍청한 짓을 하려고 하는 것이 못마땅했던 것이다. 그리고 조에는 그 검둥이 발라키아인 역시 아마 침실에서 기다리기에 지쳐 있을 거라고 말했다. 그러자 나나는 발끈해서 점점 더 고집을 부렸다. 아무도 만나고 싶지 않은데 도대체 왜 그런 진드기 같은 사내들 때문에 골치를 앓아야 하는가?

"그따위 녀석들 모두 내쫓아 버려요! 난 말르와르 부인하고 베지끄나 할 테야. 난 그게 더 좋아."

벨소리가 그녀의 말을 중단시켰다. 더이상 견딜 수가 없구나. 몇 명이나 더 귀찮게 굴 셈인가? 나나는 조에를 나가지 못하게 했다. 그러나 조에는 아랑곳없이 부엌에서 나갔다. 그리고 돌아오더니 명함 두 장을 내밀고 또렷하게 말했다.

"아씨께서 만나실 거라고 대답해 두었어요…… 지금 객실에 계세요."

나나는 분개해서 벌떡 일어섰다. 그러나 명함에서 슈아르 후작, 뮈파 드 뵈비유 백작 두 이름을 읽자 진정했다. 그리고 생각에 잠겨 있다가 말했다.

"이분들은 어떤 사람들이지? 그들을 알고 있어?"

"나이 든 분 쪽은 알고 있어요."

조에는 새침하게 대답했다. 그러나 주인이 여전히 눈으로 묻고 있는 것을 알아차리자 덧붙였다.

"어디선가 뵌 적이 있어요."

이 말을 듣자 그녀는 마지못해, 아궁이에 남은 불로 커피를 데우며 그 향기 속에서 편안하게 잡담할 수 있는 피난처인 부엌을 떠났다. 혼자 남은 말르와르 부인은 이번에는 카드로 패를 떼기 시작했다. 그녀는 여전히 모자를 쓴 채였는데 답답하지 않도록 끈을 풀어서 어깨에 늘어뜨리고 있었다. 화장실에서 조에가 부지런히 가운을 입혀 주는 동안에도 나나는 울화통이 치밀어 나지막하게 남자들을 욕하고 있었다. 그 천덕스러운 말을 듣자 조에는 아씨가 지난날의 더러운 환경에서 쉬 벗어나지 못하는 것을 느끼고 슬퍼졌다. 그녀는 마음을 가라앉히라고 애원했다.

"흥! 돼지 같은 자식들."

나나는 노골적으로 욕을 했다.

그래도 나나는, 그녀가 생각하기에 공주 같은 우아한 태도로 객실 쪽으로 나가려 했다. 그러자 조에가 그녀를 붙잡더니 제멋대로 슈아르 후작과 뮈파 백작을 화장하는 방으로 안내했다. 그러는 편이 훨씬 낫다고 생각한 때문이다.

"오래 기다리시게 해서 죄송합니다."

나나는 아주 정중한 태도로 말했다.

두 남자는 인사를 하고 앉았다. 수놓은 망사 커튼 너머로 엷은 빛이 흘러들어왔다. 집 안에서는 이곳이 가장 사치스럽게 꾸민 방이었다. 밝은 빛깔의 벽장식, 커다란 대리석 화장대, 모자이크 몸거울, 그리고 긴 의자 하나와, 푸른 공단 팔걸이 의자가 몇 개 있었고, 화장대에는 장미, 라일락, 히아신드 등의 꽃다발이 잡다하게 쌓여 있어, 짙은 향내를 물씬 풍기고 있었다. 또한 훈훈한 공기, 더러운 물에서 피어오르는 습기찬 공기에 섞여 이따금 코를 찌르는 향내가 떠돌았다. 아마 컵에 잘게 빻아 넣은 박하잎의 향기인 것 같았다. 이런 분위기에서 나나는 몸을 움츠리며 가볍게 걸친 가운의 앞자락을 여몄다. 살갗은 아직도 촉촉히 젖어 있고, 레이스에 싸인 얼굴에는 조심스러운 미소를 띠고 있었다. 화장을 하는데 갑자기 누가 들어와서 놀랐다는 듯한 태도였다.

"부인!" 뮈파 백작이 정색을 하고 말했다. "바쁘신데 이렇게 찾아와서 죄송합니다⋯⋯. 실은 기부 건으로 왔습니다⋯⋯. 우리 두 사람은 이 구역내의 자선협회 회원입니다만."

슈아르 후작이 점잖게 얼른 그뒤를 이었다.

"이 댁에 훌륭하신 예술가가 살고 계시다는 말을 듣고 저희 구역의 빈민을 위해 특별한 배려를 좀 부탁드릴까 해서요⋯⋯. 재능 있는 분들은 반드시 인정이 많으시니까요."

나나는 다소곳이 듣고 있었다. 그러나 가볍게 맞장구를 치면서도 속으로 재빨리 궁리하고 있었다. 나이 많은 쪽 남자가 다른 한 사람을 데리고 온 모양이다. 저 눈을 보니 아무래도 색골 같아. 그러나 다른 한 사람도 방심할 수는 없어. 관자놀이가 이상하게 부풀어 있어. 틀림없이 혼자라도 찾아왔을 거야. 옳아, 문지기가 내 이름을 가르쳐 준 거야. 두 사람 다 다른 속셈이 있어서 왔을지도 몰라.

"잘 오셨습니다."

나나는 아주 기쁜 듯이 말했다. 그러나, 그때 벨소리가 울려서 그녀를 놀라게 만들었다. 또 누가 왔구나. 그렇게 일러두었는데도 조에는 여전히 문을 열어 주고 있구나! 그녀는 말을 이었다.

"기꺼이 기부해 드리겠습니다."

사실 나나는 그런 자선을 행한다는 것이 기분 좋았다.

"정말이지, 부인께서 그들의 참상을 보신다면." 후작이 말했다. "우리 구역에는 삼천 명이 넘는 빈민이 있습니다만, 그래도 가장 나은 구역에 속합니다. 이런 비참한 광경은 아마 상상도 못하실 겁니다. 굶주린 어린이라든가, 병이 들어도 도와 주는 이 없이 얼어 죽어가고 있는 여자라든가…….."

"가엾어라!"

나나는 깊은 동정을 느꼈다. 하도 불쌍해한 나머지 그녀의 아름다운 눈은 눈물이 글썽해졌다. 그녀는 얌전을 빼는 것도 잊어버리고 몸을 구부렸다. 그러자 가운 깃이 벌어져 가슴이 들여다보였고, 무릎이 나왔기 때문에 엷은 천 아래 허벅다리의 둥근 선이 뚜렷이 드러났다. 후작은 흙빛 볼에 핏기가 돌았고, 뒤파 백작은 뭔가 말을 하려다가 눈을 내리깔았다. 이 작은 방은 온실 속같이 열기로 후끈거렸다. 장미꽃은 시들었고 컵 속의 박하향에서는 취할 듯한 향기가 피어올랐다.

"이런 때는 부자였으면 하는 생각이 드는군요. 결국 각자가 할 수밖에 별 도리가 없습니다만……. 하지만 제 이 심정만은 진심이에요, 만약 그런 줄 알았더라면……."

감동한 나머지 나나는 엉뚱한 소리를 지껄일 뻔했다. 잠시 동안 그녀는 우물쭈물하고 있었다. 아까 옷을 벗을 때 그 50프랑을 어디다 뒀더라? 드디어 화장대 구석에 거꾸로 놓인 포마드 병 밑에 놓아 둔 것이 생각나서 그녀가 일어섰을 때, 다시 벨이 길게 울렸다.

아아, 또 하나 왔구나! 정말 한이 없겠네, 백작과 후작도 일어서서 문 쪽에 솔깃 귀를 기울였다. 급한 벨소리가 무엇을 의미하는지 틀림없이 눈치챈 모양이다. 뮈파는 후작의 얼굴을 바라보고 있었다. 이윽고 두 사람 다 눈을 돌렸다. 서로가 어색해하더니 다시 본래의 냉정한 태도로 돌아갔다. 한 사람은 어깨가 떡 벌어진 다부진 몸매에 뻣뻣한 머리털을 가졌고, 다른 한 사람은 여윈 어깨를 꼿꼿이 세우고 있는데 그 어깨 위로 뒤통수에만 둥그렇게 남은 숱 적은 흰머리가 드리워져 있었다.

"죄송합니다만……." 나나는 큼직한 은화 열 닢을 가지고 나와서 웃는 얼굴로 말했다. "이걸 가난한 사람들에게 전해 주세요……."

그러자 아랫볼에 사랑스러운 조그만 보조개가 패였다. 그녀는 언제나처럼 꾸밈없는 천진스러운 표정으로 손바닥에 은화를 포개얹어, 필요하신 분은 누구지요? 라는 듯이 두 사람 앞에 내밀었다. 백작의 손이 더 빨랐다. 그런데 한 닢이 남아 있어서 그것을 집느라고 손이 젊은 여자의 따뜻하고 매끄러운 손바닥에 닿자 그는 몸을 떨었다. 나나는 기분이 들떠 있어서 계속 웃고 있었다.

"이것뿐이에요. 다음에는 좀더 많이 드리도록 하겠어요."

더이상 있을 구실이 없어졌으므로 두 사람은 머리를 숙여 인사를 하고 문 쪽으로 걸음을 옮겼다. 그들이 막 방을 나가려는데 또 다시 벨이 울렸다. 후작은 은은중에 엷은 미소를 띠었고, 백작의 얼굴에는 어두운 그림자가 스쳐 더욱 엄숙하게 보였다. 나나는 두 사람을 잠깐 만류했는데 그것은 새 손님을 딴 방으로 안내할 시간 여유를 주기 위해서였다. 나나는 자기 집에서 손님들이 얼굴을 마주치는 것을 싫어했다. 하지만 지금은 방마다 손님이 차 있을 것이 분명했다. 그런데 객실이 그대로 비어 있는 것을 보고 그녀는 마음을 놓았다. 조에는 그 사람들을 벽장 구석에라도 밀어 넣은 모양이었다.

"안녕히 가세요."

객실 문턱에 서서 그녀는 말했다.

나나는 두 사람에게 밝은 시선을 보내며 방싯 웃었다. 뮈파 백작은 머리를 숙였으나 오랜 세월 사교계에서 지내 온 사람답지 않게 당황하고 있었다. 이

방의 현기증나고 숨막힐 듯한 꽃과 여자 내음 때문에 신선한 공기를 마시고 싶었던 것이다. 그의 등뒤에서 슈아르 후작이 아무도 보고 있지 않다는 것을 알자 갑자기 비죽이 웃음 띤 얼굴에 입술을 핥으며 나나에게 윙크를 보냈다. 나나가 화장하는 방으로 돌아오니 그곳에는 조에가 편지와 명함을 들고 기다리고 있었다. 나나는 큰 소리로 웃으며 소리쳤다.

"나한테서도 돈 50프랑을 빼앗아 가는 놈들이 다 있군."

그러나 화를 내고 있는 것은 아니었다. 다만 사내들이 자기한테서 돈을 빼앗아 간 것이 우습게 여겨졌던 것이다. 그러나저러나 고약한 놈들이야. 덕분에 그녀에게는 1수도 남아 있지 않았다. 명함과 편지를 보는 순간 또 기분이 나빠졌다. 그나마 편지는 참을 수가 있었다. 그것은 어젯밤에 갈채를 보내던 남자들이 달콤한 글귀로 써보낸 편지들이었다. 하지만 방문객들은 지옥에나 가버렸으면 좋겠어! 그러한 손님들을 조에는 여기저기 방마다에 들여 놓고 있었다. 이 집은 방문이 모두 복도로 나 있어서 아주 편리하다고 그녀는 말했다. 블랑슈네 집에서는 모두 객실을 거치게 되어 있는 바람에 그 댁 아씨는 여러 가지 난처한 변을 많이 당했다는 것이다.

"모두 다 내쫓아 줘요." 나나는 자기 의견을 관철시키기 위해 말했다. "먼저 그 검둥이부터 내쫓아요."

"그이라면 아씨, 벌써 내쫓은 지 오랩니다요." 조에는 싱긋 웃으며 말했다. "그이는 오늘 밤에 못 온다는 말을 하러 왔을 뿐이었대요."

잘됐다! 나나는 손뼉을 쳤다. 그가 오지 않는다니, 참 잘됐다! 그럼 난 오늘 밤에 내 맘대로 할 수가 있다! 그녀는 마치 끔찍한 형벌이라도 면한 것처럼 안도의 한숨을 내쉬었다. 맨 먼저 다그네를 생각했다. 가엾게시리 목요일까지 기다리라고 편지를 써 보냈으니! 당장 말르와르 부인에게 한 장 더 써 달라고 부탁해야지! 그러나 조에의 말에 따르면 말르와르 부인은 언제나처럼 아무도 몰래 돌아가 버렸다는 것이다. 나나는 누구를 심부름 보낼까 하다가 생각을 고쳤다. 몹시 피곤했다. 하룻밤 푹 자고 나면 아마 기분이 좋아질 거라는 생각이 결국 이겼다. 한 번쯤 이런 날을 즐기기로 했다.

"극장에서 돌아오는 즉시 잠을 잘 테니까 정오 때까지 깨우지 말아요."

한시 빨리 자고 싶다는 표정으로 그녀는 중얼거렸다. 그러고는 목소리를 높여 외쳤다.

"자, 빨리 저 사람들을 계단으로 내쫓아 버려요!"

조에는 꼼짝하지 않았다. 그녀는, 정면으로 아씨에게 충고할 순 없지만 아씨가 무슨 실수라도 저지르게 되는 경우 그녀의 경험을 살려서 도움이 되어 드리면 되는 거라고 생각했다.

"스떼너 씨도요?"

조에는 새침하게 물었다.

"물론이지, 그이부터 맨 먼저 내쫓아 버려요."

조에는 주인 아씨에게 생각할 시간을 주기 위해 잠깐 기다렸다. 아씨는 경쟁 상대인 로즈 미뇽으로부터 극장가에 널리 알려진 저 돈많은 사람을 빼앗는 것이 자랑스럽지도 않단 말인가?

"어서요!" 나나는 조에의 속셈을 죄다 알고도 이렇게 말했다. "지긋지긋해한다고 가서 그래요."

그러나 갑자기 그녀는 생각을 바꾸었다. 내일이면 다시 그가 필요하게 될지도 모른다. 그녀는 개구쟁이 같은 몸짓으로 눈을 깜박거리고 웃으며 외쳤다.

"어쨌든 그를 손에 넣으려면, 우선 내쫓아 두는 게 가장 빠른 길이야."

조에는 몹시 놀란 것 같았다. 그녀는 매우 감탄한 듯한 표정으로 주인을 쳐다보더니 얼른 스떼너를 내쫓으러 갔다. 나나는 마루를 쓸 시간을 주느라고 한참 참고 기다렸다. 이렇게 우르르 밀어닥칠 줄은 상상도 못했어! 객실을 들여다보았더니 비어 있었다. 식당도 역시 비어 있었다. 이제 아무도 없구나 하고 마음놓고 다시 이방저방 돌아보다가 어느 작은 방문을 열자 한 소년의 얼굴과 마주쳤다. 그는 커다란 꽃다발을 무릎 위에 놓고 트렁크 위에 얌전하게 앉아 있었다.

"어머나, 아직도 한 사람 있었구나!"

나나를 본 순간 소년은 양귀비꽃처럼 빨개져서 트렁크에서 뛰어내렸다. 흥분으로 목이 메어, 꽃다발을 어찌해야 좋을지 몰라 이쪽 손에 들었다 저쪽 손에 들었다 할 뿐이었다.

그 당황하는 모습과 꽃을 든 앳된 얼굴 표정의 우스꽝스러움이 나나의 긴장을 누그러뜨려서 웃음을 터뜨리게 했다. 어린애까지도 이젠 사내라니, 포대기에 싼 갓난아이까지도 나한테 오겠구나? 그녀는 마음이 누그러져 친근감을 느끼고 어머니 같은 태도로 자기 무릎을 두드리며 놀렸다.

"코를 닦아 줄까, 아가야?"

"네."

애원하는 듯한 조그만 목소리였다.

이 대답으로 나나는 더욱 유쾌해졌다. 그는 열 일곱 살로 조르즈 위공이라고 했다. 어젯밤에 바리에떼 극장에서 나나를 보고 만나러 온 것이다.

"그 꽃 나한테 줄 거야?"

"네."

"그러면 줘야지, 바보 같으니라고!"

나나가 꽃다발을 받으려 하자 그는 그 나이 또래의 소년답게 당돌하게 나나의 손에 달려들었다. 손을 놓게 하기 위해서는 때려야만 했다. 이 코흘리개 좀 봐, 대단한 강심장이로구나! 그녀는 꾸짖으면서도 얼굴을 붉힌 채 미소짓고 있었다. 다시 와도 좋다는 허락을 하고 그를 내보냈다. 그는 비틀거리며 나갔는데 문이 어디 있는지도 모르는 모양이었다. 나나가 화장하는 방으로 들어가자 곧 프랑시스가 머리의 끝손질을 하러 왔다. 나나가 몸단장을 하는 것은 저녁 때인 것이다. 거울 앞에 앉아서 미용사의 재빨리 놀리는 손에 머리를 내맡기고 나나는 말없이 몽상에 잠겨 있었다. 그곳에 조에가 들어왔다.

"아씨, 아무래도 돌아가지 않는 사람이 하나 있어요."

"괜찮아, 내버려둬요."

그녀는 태연히 대답했다.

"게다가 줄곧 찾아오는 걸요."

"걱정없어. 기다리게 내버려둬요. 그러다가 배가 고프면 돌아가겠지."

그녀는 태도를 바꿨던 것이다. 남자들을 기다리게 하는 것이 이제는 무척 재미가 났다. 그러자 문득 재미있는 생각이 떠올랐다.

그녀는 프랑시스의 손에서 빠져나와 손수 문고리를 걸려고 달려갔다. 이렇게 해두면 남자들이 옆방에 아무리 몰려들어도 상관없겠지. 설마 벽을 뚫고 들어오지는 못할 테니까. 조에는 부엌으로 통하는 작은 문을 드나들면 된다. 그 사이에도 벨은 점점 심하게 울리고 있었다. 정확한 기계처럼 5분마다 요란하게 울렸다. 나나는 심심풀이로 그것을 세고 있었다. 그러다가 갑자기 생각난 듯이 말했다.

"저, 아몬드 절임은 어떻게 됐지요?"

조르즈와 나나

프랑시스도 아몬드 절임을 깜박 잊고 있었다. 그래서 여자친구에게 선물을 주는 사교계 남자 같은 점잖은 태도로 프록코트 주머니에서 과자봉지를 꺼냈다. 그러나 그는 계산서를 낼 때마다 아몬드 절임 값을 적는 것을 빼놓지는 않았다. 나나는 무릎 사이에 봉지를 놓고, 미용사의 손짓에 따라 고개를 돌리면서 그것을 깨물어 먹기 시작했다.

"원 세상에!" 조금 있다가 그녀가 중얼거렸다. "이거 떼지어서 오는군."

연거푸 세 번 벨이 울렸다. 그 소리는 거의 끊이지 않았는데 마치 첫사랑의 고백처럼 떨면서 더듬거리는 듯 울리는가 하면 거칠고 대담하게 울리기도 했고 또 황급하게 눌렀는지 전율처럼 공기를 뒤흔드는 것도 있었다.

조에 말대로 이건 정말 벨소리의 합창이었다. 줄을 지어 들이닥쳐 상아 버튼을 누르는 남자들이 인근을 발칵 뒤집어 놓았다. 그 보르드나브라는 작자, 용케도 이렇게 많은 사람들에게 주소를 가르쳐 주었군. 이러다간 어젯밤의 관객이 모조리 밀어 닥치겠어.

"그런데 프랑시스, 5루이쯤 가지고 있어요?"

그는 뒤로 물러서서 머리 모양을 살펴본 뒤 조용히 말했다.

"5루이요? 글쎄요."

"어머나, 담보가 필요하다면……."

나나는 도중에서 말을 끊고 옆방들을 가리켰다. 프랑시스는 5루이를 빌려 주었다. 잠깐 쉬고 있는 사이에 조에가 들어와서 화장 준비를 했다. 그녀가 와서 옷을 입히면 미용사는 끝손질을 하려고 기다리고 있었다. 그러나 조에는 쉴새없이 벨이 울리는 바람에 어떤 때는 코르셋의 끈을 매다 말고, 어떤 때는 신발 한 짝을 신기다 말고 방을 나가야만 했다. 경험이 많음에도 조에는 허둥대고 있었다. 온집안 여기저기 어디 조그마한 구석이라도 있으면 마구 들여 놓았건만 드디어는 서너 명을 한꺼번에 들여 놓게 되었다. 그녀가 정한 원칙에는 어긋났지만 별 수 없었다. 사람들이 싸워도 하는 수 없었다. 그래야만 자리가 빌 테니까. 한편 나나는 문을 굳게 잠근 안전한 장소에서 남자들의 숨소리가 들리느니 어쩌느니 하며 비웃고 있었다.

'모두 궁둥이를 땅에 대고, 둥그렇게 둘러앉은 개처럼 혀를 축 늘어뜨리고, 꼴좋겠다. 이것은 어젯밤 성공의 계속이다. 저것들은 사냥개 무리들처럼 내 뒤를 쫓아온 거다.'

"아무것도 깨뜨리지나 말았으면 좋겠어."

나나는 중얼거렸다. 그러나 그녀도 벽 틈으로 뜨거운 숨소리가 들려 오자 불안해지기 시작했다. 그때 마침 조에를 따라 라보르데뜨가 들어오자 나나는 안도의 외침을 발했다. 그는 나나를 위해 치안재판소에서 해결해 준 돈문제로 찾아왔던 것이다. 그러나 나나는 그 이야기에는 귀도 기울이지 않고 되풀이 말했다.

"나가시죠, 함께 저녁식사나 해요. 거기서 바리에떼 극장까지 바래다 주면 돼요. 난 아홉 시 반에 무대에 서면 되니까요."

'이 친절한 라보르데뜨는 정말 알맞은 때에 와 주었어!'

이 사람은 결코 아무것도 요구하지 않고 단지 여자들의 친구로서 자질구레한 일을 처리해 줄 뿐이었다. 그래서 지금도 들어오다가 대기실에 있는 빚쟁이들을 내쫓고 오는 길이었다. 한데 그 사람들은 기특하게도 오늘은 돈을 청구하러 온 것이 아니었다. 그렇게까지 버티고 있었던 것은 어젯밤의 화려한 성공을 축하할 겸 아씨에게 새로운 조력을 제공하기 위해서였다는 것이다.

"자, 어서 갑시다, 가요."

옷을 다 입은 나나가 말했다.

바로 그때 조에가 들어와서 소리쳤다.

"아씨, 도저히 문을 열 수가 없어요…… 계단에 줄을 지어 서 있어요."

계단에 줄을 지어 서 있다는 말에 평소에는 점잔을 빼는 프랑시스까지도 빗을 챙기다 말고 웃음을 터뜨렸다. 나나는 라보르데뜨의 팔을 붙들고 부엌으로 밀고 나갔다. 그리하여 마침내 남자들로부터 해방이 되었다. 라보르데뜨하고 함께라면 어딜 가더라도 봉변 당할 염려는 없다고 생각하니 기뻤다.

"이따가 돌아올 때도 집까지 바래다 줘야 해요." 뒷문 쪽 계단을 내려가면서 나나가 말했다. "그래 주시면 마음을 놓겠는데…… 사실, 전 하룻밤 푹 자고 싶어서 그래요. 하룻밤 내내 혼자서 말예요. 전 지금 그 생각뿐이에요!"

3장

사빈느 백작 부인, 뮈파 드 뵈이유 부인의 이름을 사람들은 보통 이렇게 불렀는데, 그것은 지난해에 죽은 백작 어머니와 구별하기 위해서였다. 그녀는 매주 화요일에 미로메닐 거리와 빵띠에브르 거리 모퉁이에 있는 저택에서 손님을 청했다. 그 집은 직사각형의 넓은 건물로서 뮈파 집안이 백 년 이상이나 대대로 살아왔다. 잠자는 듯 검게 우뚝 솟아 있는 그 건물의 한길 쪽으로 면한 정면에는 수도원 같은 음침함이 감돌았다. 커다란 덧문은 거의 언제나 닫혀 있었다. 습기에 차 축축한 뒤뜰 끝에는 나뭇가지들이 햇빛을 찾아 길고 가느다랗게 뻗어 있는 것이 지붕 너머로 보인다.

그날 화요일 10시쯤 객실에는 불과 열두세 사람의 손님이 와 있을 뿐이었다. 가까운 사람만을 초대할 때에는 백작 부인은 객실도 식당도 쓰지 않기로 하고 있었다. 그러는 편이 편할 뿐 아니라 난로가에서 오손도손 이야기할 수 있기 때문이다. 더구나 객실은 매우 넓은데다 천장도 높고, 네 개의 창문이 뜰 쪽으로 나 있어서 월말의 이런 비오는 밤이면 난로에서 장작불이 활활 타고 있는데도 정원의 습기가 느껴지는 것이었다. 이곳에는 햇빛이 드는 일이 절대로 없었다. 낮에도 푸르스름한 빛이 겨우 비쳐 들 뿐이었다. 그렇지만 밤에, 램프와 샹들리에가 켜지면 그 방은 아주 장엄해졌다. 모두 마호가니로 된 제정시대풍의 가구, 비단처럼 윤이 나는 큼직한 무늬가 새겨진 노란 비로드 벽장식과 의자가, 한 걸음 발을 들여 놓으면 냉랭한 위엄과 옛 풍속의 경건한 향기를 떨치는 과거의 시대 속으로 들어가는 듯한 기분을 느끼게 했다. 벽난로 쪽에 죽은 백작 어머니의 안락의자─단단한 나무에 빳빳한 천을 씌웠다─가 있었는데, 그것의 맞은쪽에 사빈느 부인이, 깃털 이불처럼 푹신한 붉은 비단으로 된 의자에 앉아 있었다. 현대풍 가구라고는 그 의자뿐이어서 이 방의 엄숙한 분위기에 색다른 감을 주어 조화를 깨뜨리고 있었다.

"그럼 페르샤의 왕도 오시겠군요……."

뮈파 집안의 살롱

백작 부인이 말했다.

만국박람회를 구경하기 위해 빠리에 올 귀인들이 화제가 되고 있는 것이다. 몇 명의 부인들이 난로 앞에 둥그렇게 앉아 있었다. 뒤 종꾸와이 부인은 오라버니가 외교관으로 동양에서 근무한 적이 있으므로 그 왕의 궁정에 대해 자세히 이야기를 들려주었다.

"어디가 아프세요?"

백작 부인이 창백한 얼굴로 약간 떨고 있는 것을 보고 철공소 주인의 아내인 샹뜨로 부인이 물었다.

"아니에요, 아프지 않아요." 백작 부인은 미소지으며 대답했다. "좀 추워서 그래요……. 이 방을 덥히려면 아주 긴 시간이 걸린답니다!"

이렇게 말하고 부인은 벽을 쳐다보더니 시선을 높은 천장으로 옮겼다. 그녀의 딸, 마르고 개성이 없는 열여덟 살의 에스뗄이 앉아 있던 의자에서 일어나 굴러떨어진 장작개비 하나를 주워 올렸다. 사빈느의 수도원학교 시절 친구로 다섯 살 손아래인 슈젤 부인이 소리쳤다.

"정말이지, 난 이런 객실을 갖고 싶어요. 뭐니뭐니해도 이래야 손님을 청할 수 있거든요……. 요즘 짓는 방들은 꼭 상자갑 같단 말이에요……. 내가 당신이라면 좋겠어요."

그녀는 줄곧 몸짓을 섞어가며 지껄여댔다.

"나 같으면 벽장식도 의자도 모두 다 바꾸고 온 빠리를 깜짝 놀라게 할 큰 무도회를 열겠어."

그녀 뒤에선 사법관인 남편이 못마땅한 얼굴로 듣고 있었다. 사람들은 그녀가 공공연하게 남편을 배반한다고 말하고 있었다. 하지만 그녀가 정신이 돌아서 그렇다는 소문이어서, 사교계에선 너그럽게 봐주어 손님으로 청하고 있었다.

"원, 레오니드도!"

사빈느 부인은 언제나처럼 가벼운 미소를 띠고 그렇게 중얼거렸을 뿐이었다.

그녀의 나른한 몸짓을 보니 무엇을 생각하는지 알 수 있었다. 17년간이나 살아 온 객실을 새삼스럽게 뜯어 고치다니! 앞으로도 시어머니가 생전에 바라던 상태 그대로 두어야만 한다고 생각했다. 이윽고 사빈느는 하던 이야기로 화제를 도로 돌렸다.

"프러시아 왕과 러시아 황제도 오신대요."

"네, 성대한 축전이 벌어진다나 봐요."

뒤 종꾸와이 부인이 대답했다.

은행가인 스떼너는 빠리에서 발이 넓은 레오니드 드 슈젤을 따라 아까 이 집에 와, 창과 창 사이에 놓인 소파에 앉아서 이야기하고 있었다. 증권 시세의 변동을 눈치채고 어느 국회의원에게 여러 가지 물어서 교묘하게 정보를 알아 내려 하고 있는 참이었다. 그들 앞에는 뮈파 백작이 평소보다 더 무뚝뚝한 얼굴을 하고 서서 말없이 듣고만 있었다. 문 앞에서는 네댓 명의 젊은이들이 크사비에 드 방되브르 백작을 빙 둘러싸 또 한 무리를 만들고 있었다. 백작은 소곤소곤 이야기하고 있었는데, 상당히 외설스러운 이야기인 듯 젊은이들은 웃음을 씹어 삼키고 있었다. 방 복판에는 내무성의 국장인 뚱뚱한 남자가 혼자 안락의자에 파묻혀 앉아서 눈을 뜬 채로 자고 있었다. 젊은이 하나가 방되브르의 이야기에 의심하는 태도를 보였던지 백작이 소리를 높였다.

"자네는 너무 회의적이군, 푸까르 몽. 그러다간 자네, 모처럼의 재미를 그르치겠네."

이렇게 말하고 백작은 웃으면서 부인들 곁으로 왔다. 그는 어느 명문의 후예로 여자 같은 느낌의 재기발랄한 사람인데 그 무렵 끝없는 탐욕으로 재산을 탕진하는 중이었다. 그의 경마용 마구간은 빠리에서도 손꼽히는 것으로서, 엄청나게 많은 돈이 들었다. 제국 클럽에서 하는 도박 금액 또한 달마다 무서울 정도의 숫자에 이르고 있었다. 거기다가 정부(情婦)들이 해마다 농장과 몇 에이커의 땅과 산림을 삼켜 버림으로써 삐까르디 지방에 있는 그의 광대한 영지에 구멍을 내는 것이었다.

"아무것도 믿지 않으시는 선생님이 남을 회의적이라고 하시는 건 뭣한데요." 레오니드가 옆에서 자리를 내주면서 말했다. "재미를 그르치고 계시는 분은 선생님 자신이 아니세요?"

"맞습니다. 그래서 제 경험을 살려 다른 사람에게 도움을 주려는 것이었지요."

그러나 모두 그에게 입을 다물라고 주의를 주었다. 브노 씨를 분개시켜서는 안 되었다. 부인들이 자리를 뜨자 긴 의자에 앉아 치열이 고르지 못한 얼굴에 묘한 미소를 머금고 있는 60세 가량의 작달막한 남자의 모습이 보였다. 그는 마치 자기 집에라도 있는 것처럼 편안하게 앉아 한마디 말도 하지 않고 다만 다른 사람들의 이야기만 듣고 있을 뿐이었다. 그는 가벼운 몸짓으로 화를 내고 있지 않다는 뜻을 알렸다. 방되브르가 본래의 위엄 있는 태도로 돌아가 엄숙하게 덧붙였다.

"브노 씨는 내가 믿어야 할 것을 믿고 있다는 것을 잘 알고 계십니다."

말하자면 그것은 신앙을 인정한거나 다름없었다. 레오니드도 만족한 것 같았다. 방 안쪽에 있는 젊은이들도 이제는 웃지 않았다. 이 방안 사람들은 모두 점잔을 빼고 있어서 그들에게는 별로 재미가 없었던 것이다. 냉랭한 공기가 흐르고 침묵 속에서 스떼너의 코멘소리만이 들렸다. 그 국회의원의 조심성이 마침내 그를 화나게 한 것이다.

사빈느 백작 부인은 잠깐 난로불을 바라보다가 중단된 이야기를 계속했다.

"작년에 바드에서 프러시아 왕을 뵈었지요. 나이에 비해 아직 무척 건강하시더군요."

"비스마르크 백작이 그를 수행한 거예요." 뒤 종꾸와이 부인이 말했다. "백작을 아세요? 나는 오라버니 댁에서 함께 점심 식사를 한 적이 있어요. 꽤 오래전 이야기지요. 백작이 프러시아 대표로 빠리에 왔을 때 일이니까……. 그이가 최근에 그렇게 출세한 것이 아무래도 이해가 가지 않아요."

"왜요?"

샹뜨로 부인이 물었다.

"글쎄요, 어떻게 말해야 좋을까……. 아무튼 인상이 좋지 않았어요. 난폭하고 버릇이 없는 것 같았어요. 그리고 나는 그의 머리가 둔하다고 생각했어요."

모두가 비스마르크 백작에 대한 이야기를 하기 시작했다. 의견이 분분했다. 방되브르가 비스마르크를 잘 알고 있어서 그는 술 잘 마시고 도박을 좋아한다고 단언했다. 한참 논쟁이 벌어지고 있는데 문이 열리더니 엑또르 드 라 팔르와즈가 나타났다. 그의 뒤를 따라 포슈리가 백작 부인에게 다가와서 인사를 했다.

"부인, 친절하신 초대를 잊지 않고 이렇게 찾아왔습니다."

주인은 미소를 머금고 상냥하게 한마디 했다. 신문기자는 백작에게 인사를 한 뒤 객실 한복판에서 잠깐 어리둥절해했다. 아는 사람이라고는 스떼너밖에 없었기 때문이다.

그러나 방되브르가 뒤돌아보더니 악수를 청하러 왔다. 포슈리는 이 만남이 반가워서 마음을 털어놓아야겠다는 생각이 들어 곧 그를 끌고 가 작은 소리로 속삭였다.

"내일입니다. 당신도 가시겠지요?"

"물론이죠!"

"자정에 그녀 집에서."

"알아요 알아······. 블랑슈를 데리고 가겠소."

그는 비스마르크에 대해 좀더 이야기하려고 부인들 곁으로 돌아가려 했다. 그러자 포슈리가 붙들었다.

"그녀가 나한테 누구를 초대해 달라고 부탁했는지 아십니까?"

이렇게 말하고 그는 머리를 살짝 움직여서 뮈파 백작을 가리켰다. 백작은 예의 국회의원과 스떼너를 상대로 예산의 요점에 대해 한참 토론하고 있는 중이었다.

"설마하니!"

방되브르는 어이가 없는 동시에 유쾌해졌다.

"정말입니다! 나는 그를 데리고 간다고 맹세했으니까요. 여기 온 것도 조금은 그 때문이라니까요."

두 사람은 소리없이 웃었다. 그리고 방되브르는 서둘러 부인들이 둘러앉은 곳으로 돌아가 큰 소리로 말했다.

"아닙니다. 내가 단언하겠는데요. 비스마르크 씨는 상당히 재치 있는 사람입니다······. 들어 보세요. 그는 어느날 밤 내 앞에서 이런 재담을 했답니다······."

한편 팔르와즈는 조금 전에 두 사람이 작은 소리로 재빨리 주고받는 것을 들었기 때문에 무슨 말인지 알고 싶어 포슈리의 얼굴을 보았으나 그는 아무 반응도 없었다.

'누구의 말일까? 내일 밤 자정에 뭘 한다는 걸까?'

그는 이제 사촌형에게서 눈을 떼지 않았다. 포슈리는 의자에 앉았다. 특히 사빈느 백작 부인이 그의 관심을 끌었다. 부인의 이름은 이제까지 자주 듣고 있었으므로 다음과 같은 것 정도는 알고 있었다. 즉, 열일곱 살에 결혼을 했으니까 지금은 서른 넷이 되었을 거라는 것, 결혼한 이래 남편과 시어머니 사이에 끼여서 수도원 생활 같은 세월을 보내왔다는 것 등. 사교계에서는 어떤 사람은 그녀를 냉담하고 딱딱한 신자라고 평하고 또 어떤 사람은 이 오래된 저택에 갇히기 전의 밝은 웃음과 반짝이던 커다란 눈을 회상하여 동정하고 있었다. 포슈리는 찬찬히 부인을 살펴보며 판단을 내리지 못하고 있었다. 최근 멕시코전쟁에서 대위로 전사한 친구가 떠나기 전날 밤 식사를 하고 난 뒤에, 어쩌다가 불쑥 비밀 이야기를 한 적이 있었다. 아무리 입이 무거운 사람이라도 그럴 때가 있다. 그 기억은 희미해져서 다만 그날 밤에 음식을 먹었다는 기억밖에는 분명히 남아 있지 않다. 지금 이 고풍스러운 객실 한 복판에 검은 옷을 입고 조용히 미소짓고 있는 백작 부인을 보고 있노라니, 그 친구가 한 말이 의심스럽게 여겨지는 것이었다. 등뒤에 놓인 램프 불빛이 그녀의 옆얼굴을 뚜렷이 부각시키고 있다. 통통한 몸매, 갈색 머리, 도톰한 입술이 그 어떤 접근하기 어려운 육감을 간직하고 있을 뿐이다.

"도대체 저 여자들은 비스마르크와 어떤 관계가 있다는 건가?" 팔르와즈가 사교계는 따분하다는 듯이 중얼거린다. "아, 지루해, 이런 델 오다니 형도 참 이상해."

그러자 포슈리가 갑자기 물었다.

"한데, 백작 부인은 다른 정부를 가지지 않았나?"

"무슨 소리야, 그런 일은 절대로 없어!"

당황한 표정을 역력히 보이며, 점잔 빼는 것도 잊고 그는 더듬거렸다.

"대관절 여기가 어딘 줄 아는 거야."

그러나 이런 일로 분개하는 것은 좋지 않다 싶어 다시 소파에 주저앉으면서 덧붙였다.

"그야 나로서는 일단 부정할 수밖에, 하지만 그 이상은 나도 몰라……. 저기 젊은 친구 있잖아? 저게 푸까르몽인데 이 집에 노상 드나들거든. 이상한 걸 봤다는 사람도 있긴 해. 하지만 그런 거 내가 알게 뭐야……. 요컨대 확실한 건 만약 부인이 바람을 피우고 있다면 보통 여자가 아니라는 거야. 그런 소문은 아직 퍼지지 않았고 화제거리로 삼는 사람도 없으니까 말야."

그러고 나서 그는 포슈리가 묻지도 않았는데 뮈파 집안에 대해 알고 있는 것을 말해 주었다. 부인들이 난로 앞에서 재잘대고 있는 가운데 목소리를 낮추어서 이야기했다. 그들은 흰 장갑을 끼고 흰 넥타이를 매고 있어서 마치 무슨 중대한 일에 대해 말을 골라 가며 이야기하고 있는 듯이 보였다. 팔르와즈가 잘 아는 뮈파의 어머니란 언제나 사제(司祭)들 하고만 어울려 다니는 비위에 거슬리는 늙은이였다. 게다가 거만스럽고 위압적인 태도로 모든 것을 자기 뜻대로 따르게 했다. 아들인 뮈파로 말할 것 같으면, 나뽈레옹 1세에 의해 새로이 백작 작위를 받은 육군대장이 늙어서 낳은 아들이라 12월 2일(1851년 12월 2일 쿠데타에 의해 나뽈레옹 1세의 조카가 독재권력을 잡게 되어 나뽈레옹 3세라 부르게 된다) 이후로는 당연히 총애를 받게 되었다. 그도 어머니와 마찬가지로 쾌활한 점은 없으나 청렴결백한 사람으로 간주되고 있었다. 게다가 성직자 같은 사고방식에, 자신의 궁정에서의 지위, 품위, 덕성 등을 대단한 자랑으로 알고 있어서 언제나 성찬이라도 바쳐 든 것처럼 엄숙하게 머리를 쳐들고 다닌다. 이렇게 훌륭한 교육을 시킨 것은 어머니 뮈파 부인이었는데 하루도 빠짐없이 고해성사를 하러 갔었고, 청춘의 즐거움이라는 것은 일체 인정하지 않았던 것이다. 그는 종교의례를 꼭 지켰을 뿐 아니라, 가끔 열병에 걸린 것처럼 열렬한 광신 상태에 빠지기도 했었다. 이렇게 말한 뒤 팔르와즈는 백작의 인물 소묘에 마지막 손질로서 사촌 형의 귀에 대고 소곤소곤 무언가 한마디 속삭였다.

"설마!"

"아냐 틀림없어! 결혼할 때까지 숫총각이었대."

포슈리는 웃으면서, 콧수염이 없고 구레나룻으로 둘러싸인 백작의 얼굴을 보았다. 스떼너에게 숫자를 들어서 설명을 하고 나자 그 얼굴은 전보다 더 네모지고 엄숙해 보였다.

"과연 그렇게 보여." 포슈리는 중얼거렸다. "부인에게 좋은 선물을 했군! 그러니 부인은 얼마나 권태로웠겠나. 불쌍하게도 그녀는 아직 아무것도 모를 거야!"

바로 그때 사빈느 백작 부인이 말을 걸었으나 그는 뮈파에 대한 재미있고 이상스런 이야기를 생각하느라고 듣지 못했다. 부인이 거듭 물었다.

"포슈리 씨, 포슈리 씨는 언젠가 비스마르크 씨의 인물 소개 기사를 쓰신 적이 있으시죠? 전에 그분과 만난 적이 있으세요?"

그는 벌떡 일어나 마음을 가라앉히려고 노력하면서 부인들 쪽으로 다가갔다. 대답은 비교적 수월하게 잘 나왔다.

"아닙니다. 바른 대로 말씀드리자면 그 기사는 독일에서 낸 두세 가지 전기를 근거로 해서 쓴 겁니다……. 비스마르크 씨는 아직 한 번도 만난 적이 없습니다."

그는 백작 부인 곁에 남아 그녀와 이야기하면서 아까의 그 생각을 계속했다. 부인은 제 나이만큼 나이들어 보이지 않았다. 기껏 해야 스물일고여덟 살 정도로밖에 안 보인다. 유난히 길게 찢어진 눈까풀이 파르스름한 그림자를 떨어뜨리고 있는 눈에는 지금도 청춘의 불꽃이 사라지지 않고 있었다. 화목하지 못한 가정에서 자란 그녀는 한 달은 슈아르 후작 곁에서 한 달은 후작 부인 곁에서 지내는 그런 생활을 해오다가 어머니가 죽자 어린 나이로 결혼을 한 것이었다. 아마 그것도 후작이 딸을 귀찮게 여기고 억지로 결혼시켰을 것이다. 이 후작이라는 사람은 무서운 사람이다. 깊은 신앙심을 갖고 있는데도 묘한 소문이 떠돌고 있었다. 포슈리는 후작을 만나볼 수 있는지 물어보았다.

"꼭 오시긴 하겠지만 많이 늦어질 거라고 생각해요. 무척 바쁘시다니까요!"

신문기자는 노인이 어디서 저녁 시간을 보낸다는 것을 짐작하기 때문에 침울한 표정을 지었다. 그 때 부인의 왼쪽 입 언저리에 점이 있는 것을 보고 굉장히 놀랐다. 나나에게도 똑같은 점이 있었다. 그것 참 신기하다. 그 점 위에는 곱슬곱슬한 가느다란 털이 나 있다. 다만 나나의 것은 금빛인데, 부인의 것은 검을 뿐이다. 하여간 이 여자는 정부를 가지고 있지 않다.

"나는 오래 전부터 오귀스따 왕비를 뵙고 싶었어요. 아주 좋은 분이라지요. 신앙심이 돈독하시고……. 왕과 함께 오실까요?"

"그렇지 않을 것 같은데요 부인."

포슈리는 대답했다.

이 여자에겐 정부(情夫)가 없다. 그건 누구라도 알 수 있다. 의자에 앉아 얌전을 빼고 있는 저 특징이 없는 딸과 견주어 보는 것만으로도 충분하다. 이 교회 냄새가 물씬거리는 무덤 같은 객실을 보면 부인이 얼마나 강철 같은 손아귀 밑에서 또 얼마나 엄격한 생활 속에서 복종하며 지내왔는지 명백히 알 수 있다. 그녀는 습기로 거무스름해진 이 고풍스러운 집안에 자기의 취미에 맞는 것은 전혀 들여 놓지 못하고 있었다. 이 집에서 행세를 하며 그 성직자 같은 교양, 고해, 단식으로 지배하고 있는 것은 뮈파인 것이다. 그러나 부인들 뒤에 있는 안락의자에서 치열이 고르지 못한 얼굴에 엷은 미소를 머금고 있는 그 작달막한 노인을 발견하자 그는 확고한 증거를 또 하나 얻은 듯한 느낌이 들었다.

그는 이 인물에 대해서는 잘 알고 있었다. 떼오필 브노라고 하며 교회 관계 소송을 전문으로 다루던 변호사 출신이다. 그는 막대한 재산을 모아 놓고 은

퇴를 했는데 현재는 매우 이상한 나날을 보내고 있었다. 그는 어디서나 환영을 받고 존경을 받으며 마치 배후에 숨은 어떤 커다란 세력의 대표이기라도 한 것처럼 다소 두려움을 주기까지 했다. 그러나 태도는 매우 겸허했다. 마들렌느 성당의 재산관리 위원을 지내고 있으며, 또한 그의 말대로 한다면 심심풀이로 제9구 구청장 보좌역을 맡고 있을 뿐이었다. 백작 부인이 이렇듯 아주 단단히 둘러싸여 있었으니 아무도 허튼짓을 못한 것은 하나도 이상할 게 없었다.

"네 말이 맞아. 여기 있다가는 숨이 막혀 죽겠다. 우린 가지."

부인들이 둘러앉은 자리에서 빠져나오자 포슈리는 팔르와즈에게 말했다.

이때 뮈파 백작과 국회의원에게 따돌림을 받은 스떼너가 화가 나서 오더니 땀을 흘리면서 투덜거렸다.

"제기랄! 제까짓것들이 말 않겠다면 하지 말라지…… 말해줄 사람은 얼마든지 있어."

그리고 신문기자를 한쪽 구석으로 밀고 가서, 목소리를 바꾸어 의기양양하게 말했다.

"내일이지요?…… 나도 갈 테니까."

"네?"

포슈리는 깜짝 놀랐다.

"당신은 몰랐군…… 그녀를 집에서 붙잡는 데 얼마나 애를 먹었는지 아오? 게다가 미뇽이 또 나를 놓아 줘야 말이지."

"그렇지만 미뇽 부부도 올 텐데요."

"아, 그 여자가 그러더군. 결국 그 여자는 나를 맞아 주었고 초대해 주었소…… 극장이 파한 뒤 자정에 오라고 했소."

은행가는 환한 표정을 짓고 있었다. 그리고 눈을 깜박거리며 한마디 한마디에 특별한 의미를 담고 말했다.

"잘되었나요, 당신 일은?"

"뭐가요?"

포슈리는 시치미를 떼었다.

"그 여자는 기사에 대한 인사를 하러 우리 집에 왔을 뿐인데요."

"그럴 테지, 그럴 테지…… 참 당신은 행복해요. 인사를 들을 수도 있으니 말이야…… 한데 내일 경비는 누가 지불하죠?"

신문기자는 그런 것까지 어떻게 아느냐는 듯이 두 팔을 벌려 보였다. 바로 그때 방뇌브르가 비스마르크를 알고 있는 스떼너를 불렀다. 뒤 종꾸와이 부인이 논쟁에서 굴복당하여 마지막으로 이렇게 말하고 있었다.

"그분은 인상이 좋지 않아요. 얼굴이 심술궂어 보이잖아요? 하지만 상당히 재치가 있다는 것만은 인정합니다. 그래서 출세를 했을 테니까요."

"물론입니다."

프랑크푸르트 출신의 유대인인 스떼너는 엷은 미소를 머금었다.

한편 팔르와즈는 용기를 내어 형에게 물어봐야겠다고 마음먹고 그의 뒤를 따라가면서 귓전에 대고 속삭였다.

"내일 밤, 어떤 여자 집에서 만찬회가 있는 모양이지? 그 여자가 누구야? 응, 대관절 누구야?"

포슈리는 남들이 듣는다는 시늉을 했다. 무례한 짓을 해서는 안 된다고 주의했다. 다시 문이 열리더니 한 노부인이 소년을 데리고 들어왔다. 소년을 보는 순간 포슈리는 그가 학교를 갓 졸업한 소년이라는 것을 알았다. 〈금발의 베누스〉가 공연되던 날 밤 아직도 화제가 되고 있는 저 유명한 '멋있다'라고 외치던 그 소년이다. 이 부인이 들어오자 객실 안은 떠들썩해졌다. 사빈느 부인이 벌떡 일어나서 마중을 나갔다. 그러고는 노부인의 두 손을 붙들고 인사를 했다. 포슈리가 그 장면을 신기한 듯 바라보고 있는 것을 보자 팔르와즈는 형의 마음을 끌기 위해 대강 설명을 해주었다. 위공 부인은 어느 공증인의 미망인으로 오를레앙 근처에 있는 조상 전래의 소유지인 퐁데뜨에 은거하고 있는데, 리슐리외 거리에도 집을 한 채 갖고 있어서 빠리에 오면 거기서 묵는다는 것이다. 최근에 법률 공부를 시작한 막내아들을 빠리에 살게 하기 위해서 그녀는 지금 빠리에서 몇 주일을 지내고 있는 중이다. 예전에는 사빈느 백작 부인이 태어나는 것도 직접 보았고, 또 결혼하기 전 몇 달 동안 사빈느를 자기 집에 데리고 있은 일도 있었다. 그래서 지금도 그들은 매우 친하다는 것이다. 조르즈를 내세우면서 위공 부인이 사빈느에게 말했다.

"많이 컸지?"

남장한 소녀 같은 맑은 눈과 곱슬곱슬한 금발을 한 소년은 조금도 수줍어하는 기색 없이 백작 부인에게 인사를 하고 2년 전에 퐁데뜨에서 함께 제기차기놀이를 한 생각이 난다고 했다.

"필립은 빠리에 없습니까?"

뮈파 백작이 물었다.

"네, 여전히 부르즈에 머물고 있어요."

노부인이 대답했다. 그녀는 자리에 앉아서 큰아들에 관해 자랑스럽게 이야기하기 시작했다. 쾌활한 청년으로 우연한 기회에 입대를 하자 눈 깜짝할 사이에 중위로 승진했다는 것이다. 주위의 부인들은 모두 경의와 공감의 눈길을 보냈다. 대화가 더욱 부드럽고 고상하게 이어졌다. 이 존경할 만한 위공 부인이 흰 머리를 복판 가리마로 갈라 빗고, 어머니답게 호인 같은 미소를 머금고 있는 것을 보는 동안 포슈리는 아까 사빈느 백작 부인을 잠깐 의심했던 것을 스스로 우습게 생각했다. 이때 백작 부인이 앉아 있는 붉은 비단으로 된 큰 의자가 그의 시선을 끌었다. 그것은 이 우중충한 객실에서는 너무 야해서 전혀 어울리지 않는 느낌이었다.

이 관능적인 쾌락의 냄새가 물씬거리는 가구를 여기 들여 놓은 것은, 분명히 백작은 아닐 것이다. 그것은 말하자면 하나의 시도, 욕망과 쾌락의 시작과도 같았다. 그러자 그는 몽상에 사로잡혀 언젠가 밤에 음식점의 작은 방에서 들은 그 막연한 비밀 이야기가 또 생각났다. 그때 그는 성적인 호기심에 사로잡혀 뮈파 댁에 소개되기를 바랐던 것이다. 그 친구가 멕시코에 가서 돌아오지 않는 이상 내가 직접 확인해 보는 수밖에 없다. 아마 그건 터무니없는 이야기일 것이다. 그러나 그는 그 생각 때문에 괴로워하면서도 마음이 끌리는 것을 어쩔 수가 없었다. 그의 나쁜 버릇이 눈을 뜬 것이다. 지금 그 큰 의자는 구겨진 것 같았고 등이 휘어져 보기에 우스웠다.

"자, 이제 우리는 가지."

팔르와즈는 밖에 나가 어느 여자 집에서 만찬회를 하는지 알아야겠다고 생각하면서 말했다.

"그래, 좀 있다 가자."

포슈리가 대답했다. 그는 이제 서두르지 않았다. 어떤 사람의 초대를 부탁받고 왔는데 그 말을 꺼낼 적당한 기회가 없다는 것이 구실이었다. 부인들은 최근에 있었던 어느 소녀의 서원식에 대한 이야기를 하고 있었다. 이 사흘 동안 빠리의 사교계는 온통 그 의식에 대한 이야기로 들끓었다. 푸즈레이 남작 부인의 맏딸이 천주님의 부르심에 따라 까르멜리뜨 수녀원에 들어간 것이다. 푸즈

레이 집안의 먼 친척인 샹뜨로 부인의 말에 따르면 남작 부인은 눈물로 목이 메어 이튿날 앓아 눕고 말았다고 한다.

"나는 앞자리라 아주 잘 보이더군요." 레오니드가 서슴없이 말했다. "참 재미있더군요."

그러나 위공 부인은 가엾은 어머니를 동정했다.

"그렇게 해서 딸을 잃게 되었으니 얼마나 괴로울까! 나도 사람들한테서 딱딱한 신자라는 말을 듣고는 있지만," 부인은 언제나 그렇듯 침착하고 솔직한 태도로 말했다. "그래도 자살이나 다름없는 그런 짓을 하는 처녀들을 안타깝게 생각하지 않을 수가 없군요."

"정말 무서운 일이에요."

백작 부인은 난로 앞의 큰 의자에 더 깊숙이 몸을 묻으며 추운지 몸을 떨었다. 여기서 논쟁이 시작되었다. 그러나 그 목소리들은 조심성이 있어서 이따금 가벼운 웃음소리가 대화의 단조로움을 깨뜨릴 뿐이었다. 벽난로 위에 장미빛 레이스로 갓을 한 두 개의 램프가 부인들을 희미하게 비추고 있었다. 그 밖에는 멀리 있는 가구 위에 세 개의 램프가 있을 뿐이라 넓은 객실은 부드러운 그림자로 감싸여 있었다. 스떼너는 지루해졌다. 그래서 포슈리에게 그가 그냥 레오니드라고만 부르는 그 슈젤 부인의 연애사건을 이야기했다.

"아주 처치 곤란한 계집이란 말예요."

그는 부인들의 안락의자 뒤에서 소리를 낮추어서 말했다. 포슈리는 그녀를 보았다. 물빛 공단옷을 입고 안락의자 모서리에 괴상한 자세로 앉아 있었다. 바짝 마른 그 대담한 모습은 마치 사내아이 같다. 한참 보는 동안 포슈리는 그녀가 이 집에 와 있다는 사실에 놀랐다. 까롤린느 에께네 집 손님 쪽이 훨씬 더 나았다. 그 집은 어머니가 엄격하게 집을 보살피고 있기 때문이다. 이건 좋은 기사거리가 되겠는데! 빠리의 사교계란 정말로 기묘한 세계구나! 하긴 엄격한 살롱에도 괴상한 분자가 섞여 있기 마련이다. 고르지 못한 이를 드러내며 조용히 웃고 있는 저 떼오필브노는 분명히 작고한 백작 부인이 남긴 유물임에 틀림없다.

샹뜨로 부인이나 뒤 종꾸와이 부인 같은 중년 부인이나 구석 쪽에 가만히 있는 네댓 명의 노인도 마찬가지다. 뛰일르리 궁전의 사람들이나 좋아할 저 단정한 옷차림의 관리들은 뮈파 백작이 데려온 것이다. 줄곧 방 가운데 혼자 있는, 깨끗이 면도질을 하고 눈이 흐리멍덩한, 꼼짝도 못할 만큼 꼭 끼는 연미복에 싸인 국장 같은 사람은 특히 그렇다. 몸가짐이 고상한 사람들은 거의 모두가 슈아르 후작과 아는 사이였다. 왜냐하면 후작은 공화파에 가담하여 참사원에 들어간 뒤에도 계속 정통왕당파와 관계를 유지하고 있기 때문이다. 그 나머지가 레오니드 슈젤과 스떼너 등 의심스러운 사람들이다. 그 속에서 위공 부인은 아주 존경할 만한 노부인답게 환한 표정이 유독 돋보였다. 머릿속으로 기사에 대한 것을 생각하고 있던 포슈리는 그 모임을 '사빈느 백작 부인의 패거리'라고 이름지었다.

"또 언젠가는……." 스떼너가 작은 소리로 계속한다. "레오니드가 애인인 테너 가수를 몽또방에 오게 한 일이 있어요. 자기는 이십 리쯤 떨어진 보르꾀이유 별장에서 살고 있었는데, 매일 쌍두마차로 애인이 묵고 있는 리용 도르 호텔로 만나러 갔지 뭡니까. 마차를 문 앞에 기다리게 해놓고 레오니드가 몇 시간이나 나오질 않으니 그 사이에 사람들이 잔뜩 모여서 말 구경을 하더라는 거예요."

어느새 주위가 조용해지고 높다란 천장 밑이 잠깐 엄숙해졌다. 소곤거리던 두 젊은이도 곧 입을 다물고, 들리는 것은 방을 가로지르는 뮈파 백작의 조용한 발소리뿐이었다. 램프의 불빛이 흐려지는 것 같았고, 난로불도 다 꺼져가고 있었다. 엄숙한 그림자가 안락의자에 몸을 묻고 있는 이 집의 40년 친구들을 포근히 감싸고 있었다. 그것은 마치 손님들이 대화 사이에서 문득 저 냉랭한 위엄에 찬 백작 어머니가 나타난 것을 느끼기라도 한 것 같았다. 사빈느 백작 부인이 중단된 이야기를 계속했다.

"아무튼 그런 소문이 들리더군요……. 그 청년은 아마 죽었을 거라고요. 그러니 그 불쌍한 아가씨가 수녀가 된 까닭도 수긍이 가요. 그리고 또 푸즈레이 씨가 그 결혼에 절대 찬성하지 않았을 거라는 말도 있어요."

"그 밖에도 여러 가지 소문이 있어요."

레오니드가 경솔하게 소리쳤다. 그녀는 더이상 말은 하지 않고 웃음을 터뜨렸다. 사빈느도 그녀의 웃음에 따라 손수건을 입에 갖다 댔다. 그러자 그 웃음소리는 이 엄숙한 넓은 방안에서 독특한 울림을 퍼뜨려 포슈리를 깜짝 놀라게 했다. 마치 유리 깨지는 소리 같았다. 이 때문에 이제까지의 조용함에 금이 갔다. 모두 또다시 이야기를 시작했다. 뒤 종꾸와이 부인이 분개했다. 샹뜨로 부인이 결혼시킬 계획도 있었는데 더이상 진전되지 않았을 뿐이었다고 말했다. 남자들까지 의견을 피력했다. 몇 분 동안 여러 가지 의견이 분분했는데 나뽈레옹파, 정통왕조파, 통속적인 회의파 등, 이 객실 안에 뒤섞여 있는 온갖 분자가 일제히 지껄여 댔다. 에스뗄은 벨을 울려서 난로에 장작을 지피게 했다. 하인이 램프의 심지를 돋우었다. 실내가 환하게 밝아지자 포슈리는 그제야 마음이 놓인 듯이 미소를 머금었다.

"말도 안 되는 소리! 사촌 오빠와 결혼을 못했다고 천주님과 결혼을 하다니!" 방뙤브르가 이 문제에 넌더리를 내고 포슈리 곁으로 오면서 중얼거렸다. "이봐요. 당신은 남자한테 사랑받는 여자가 수녀가 되는 걸 본 적이 있소?" 그는 대답을 기다리지 않았다. 이제 그런 이야기는 질색이었다. 그래서 낮은 소리로 말했다.

"한데, 내일 몇 사람이나 모일 거요? 미뇽 부부, 스떼너, 당신, 블랑슈와 나…… 그리고?"

"까롤린느, 시몬느, 아마 가가도 올 거고…… 정확한 수는 알 수 없지요. 이런 때는 스무 명쯤일 거라고 생각하면 으레 삼십 명은 오는 법이니까요."

방뙤브르는 부인들을 바라보다가 갑자기 화제를 바꾸었다. "저 뒤 종꾸와이 부인도 십오년 전에는 아주 근사했겠는데…… 가엾게 시리 에스뗄은 또 키만 컸구나. 저래가지고야 빨래판을 침대에 뉘이는 거나 마찬가지 아닌가!"

여기서 그는 말을 중단하고 내일 밤의 회식에 대한 이야기로 돌아갔다.

"그런 모임에서 질색인 것은 언제나 같은 여자들뿐이라는 점이거든. 신선한 맛이 있어야지. 새로운 여자를 하나 데려오지 않겠소? 옳지, 좋은 수가 있어! 저 뚱보에게 요전날 밤 바리에떼 극장에 데려왔던 여자를 데려오라고 부탁해 봐야지."

뚱보란 객실 한가운데서 자고 있는 국장을 말하는 것이다. 포슈리는 멀찍이 떨어진 곳에서 미묘한 교섭을 구경하며 즐기고 있었다. 방뙤브르는 매우 점잖게 앉아 있는 그 뚱보 곁에 앉았다. 두 사람은 잠시 동안 우선 당면한 문제, 즉 처녀가 수녀원에 들어간 진짜 동기가 무엇일까에 대해 토론하고 있는 것 같았다. 이윽고 방뙤브르 백작이 돌아오더니 말했다.

"틀렸어. 그 여자는 얌전한 여자라 보나마나 거절할 거라는 거요…… 하지만 분명히 로르의 집에서 본 것 같은데."

"뭐라고요? 당신도 로르의 집엘 다 갑니까?" 포슈리가 중얼거렸다. "당신이 그런 곳에 다니시다니! 우리 같은 가난뱅이나 가는 덴 줄 알았는데……."

"뭘, 알 거는 다 알아야 하지 않소."

두 사람은 쓴웃음을 짓고는 눈을 빛내면서 마르띠르 거리의 식당에 대해 자세한 정보를 주고받았다. 그 식당에서는 뚱뚱한 로르 삐에드페르가 돈에 궁색한 창녀들에게 3프랑씩 받고 식사를 제공해 주고 있었다.

"아주 재미 있는 집이지! 여자들은 모두 로르의 입에다 키스를 한단 말이야."

사빈느 백작 부인이 문득 이 말을 듣고 이쪽을 돌아보았기 때문에 두 사람은 얼굴을 붉히고 서로 몸을 쿡쿡 쥐어박으며 뒤로 물러섰다. 그들은 바로 곁에서 조르즈 위공이 이 말을 듣고 처녀 같은 목덜미로부터 두 귀에 이르기까지 장미빛으로 붉게 물드는 것을 알아채지 못했다. 소년은 수치심과 황홀감으로 가득 차 있었다. 그는 매실에 들어와서 어머니의 손을 떠난 뒤부터는 슈젤 부인 뒤에 가 있었다. 그 사람만이 멋있게 보였던 것이다. 그러면서도 속으로는 나나가 훨씬 멋있다고 생각했다.

"어젯밤에 조르즈가 나를 끌고 극장에 데리고 갔었지요." 위공 부인이 말했다. "그래, 바리에떼 극장에 말이죠. 거긴 아마 십 년은 안 갔을 거야. 이 애가 음악을 좋아하기 때문에 갔더니, 나는 별로 재미도 없더구만. 이 애는 어찌나 좋아하는지!…… 요즘은 이상한 연극을 하더군요. 사실 난 음악을 그다지 좋아하질 않으니까."

"아니, 음악을 좋아하지 않으신다고요?"

뒤 종꾸와이 부인이 눈을 치뜨고 소리쳤다.

"음악을 좋아하지 않으시다니, 그럴 수가 있을까요?"

모두 동감했다. 그러나 바리에떼 극장의 그 연극에 대해서는 아무도 한 마디도 하지 않았기 때문에 이 선량한 위공 부인은 무슨 영문인지 몰랐다. 다른 부인들은 그 연극을 알고는 있었지만 거기 대해서는 아무 말 하지 않고 곧 악단의 거장에 대한 예찬을 저마다 세련된 말로 열정적으로 쏟아 놓았다. 뒤 종꾸와이 부인은 베버만 칭찬하였고, 샹 뜨로 부인은 이탈리아 음악가의 편을 들었다. 부인들의 목소리는 맥이 없고 나른하게 들렸다. 난로 앞은 교회처럼 조용해져서 그녀들의 목소리는 조그만 예배당에서 조용하고 황홀하게 찬송가라도 부르고 있는 것 같았다.

"이봐요." 방되브르는 포슈리를 객실 한가운데로 데리고 가서 속삭였다. "역시 내일은 여자 한 사람을 데려가야 할 텐데. 스떼너에게 부탁해 보면 어떨까?"

"스떼너에게요? 그가 아는 여자라곤 온 빠리 사람들이 거들떠보지도 않는 그런 여자 뿐인걸요."

방되브르는 그 사이에 주위를 둘러보고 있었다.

"기다려 봐요. 요 먼저 푸까르몽이 금발 미녀를 데리고 가는 걸 봤는데 그녀를 데리고 오라고 부탁해 봅시다."

그는 푸까르몽을 불렀다. 그들은 재빨리 몇 마디 주고받았다. 무언가 까다로운 문제가 생긴 모양인지 스떼너는 부인들 스커트 자락을 밟지 않도록 주의하면서 한 젊은 친구와 창틀 옆에서 다시 이야기를 계속하고 있었다. 혼자 남게 된 포슈리는 난로 쪽으로 가 보려고 마음먹었다. 바로 그때 뒤 종구와 이 부인이 베버의 음악을 들으면 금방 호수나 숲이나 이슬에 젖은 들판에 떠오르는 태양 같은 것이 눈에 선하게 그려진다고 말하고 있는 중이었다. 그러나 그때 누가 뒤에서 그의 어깨를 툭 치더니 말소리가 났다.

"그럴 수가 있어?"

"뭐가?"

이렇게 물으며 뒤돌아보니 팔르와즈였다.

"내일 만찬회 말이야……. 나도 초대해 주면 어때."

포슈리가 막 대답을 하려는데 방되브르가 돌아왔다.

"그건 푸까르몽의 여자가 아닌 모양이오. 저기 있는 저 친구의 정부(情婦)라니까 안 될 수밖에, 김새는걸!……어쨌든 푸까르몽은 오라고 했으니까, 빨레 르와얄 극장의 루이즈를 데려오게끔 노력해 보겠다는 거야."

"방되브르 선생님." 샹뜨로 부인이 목소리를 높여서 물었다. "일요일 날 바그너 음악회에서 휘파람으로 야유한 사람이 있었다지요?"

"정말 지독하게 당했지요."

그는 아주 점잖게 곁으로 다가갔다. 그러나 아무도 그에게 더이상 말을 걸지 않자, 다시 포슈리에게 와서 귀에 대고 속삭였다.

"좀더 물색해 보지. 저 젊은이들 같으면 아마 예쁜 여자를 알고 있을 거야."

그는 상냥하게 미소지으며 젊은이에게 다가가더니 객실 여기저기서 이야기하기 시작했다. 그는 사람들이 몰려 있는 곳에 끼어들어 한 사람 한 사람에게 속삭이고는 눈짓을 하고 고개를 끄덕여 보이며 뒤돌아서곤 했다. 그의 말은 차례차례 전해지고 약속이 되어갔다. 이 음모의 속삭임은 부인들의 열정적인 음악 이야기 때문에 거의 드러나지 않았다.

"이제 그런 독일음악 이야기는 그만하세요." 샹뜨로 부인이 되풀이하고 있다. "노래는 첫째로 명랑하고 밝아야 해요……. 저 〈세비야의 이발사〉에 나오는 파티음악을 들어보셨어요?"

"참 멋있더군요."

피아노에 앉으면 겨우 오페레타의 아리아 정도밖에 연주할 줄 모르는 레오니드가 중얼거렸다.

그동안 사빈느 부인이 벨을 울렸다. 화요일 손님이 적을 때는 객실에서 차를 대접하기로 되어 있었다. 부인은 하인에게 탁자 위를 치우라고 이르면서도 눈으로는 방되브르 백작의 뒤를 좇고 있었다. 여전히 모호한 미소로 하얀 이를 살짝 드러내 보이다가 백작이 지나가자 부인은 물었다.

"도대체 무슨 음모를 꾸미고 다니십니까, 방되브르 백작님?"

"제가요?"

그는 시치미를 떼고 대답했다.

"아무것도 꾸미고 있지 않는데요."

"어머 그러세요? 아주 바쁜 것처럼 보이던데요……. 이것 좀 도와주시겠어요?"

그녀는 앨범을 주면서 피아노 위에 갖다 놓아 달라고 부탁했다. 그러나 그는 틈을 보아 포슈리에게 지난 겨울 제일가는 가수였던 따땅 네네와 최근에 폴리드라마띠끄 극장에서 데뷔한 마리아 블롱도 올 거라고 살짝 전할 수 있었다.

그동안 팔르와즈는 자기도 초대해 주기를 바라며 줄곧 방되브르를 따라다녔다. 그러다 결국 자기 쪽에서 부탁을 했다. 방되브르는 곧 승낙했으나 끌라리스를 데리고 온다는 약속을 하게 했다. 팔르와즈가 불안한 기색을 보이자 이렇게 말하며 안심을 시켰다.

"내가 당신을 초대했는데, 더이상 신경 쓸게 뭐가 있소."

그래도 팔르와즈는 여자의 이름을 알고 싶어했다. 그러나 그때 백작 부인이 방되브르를 불러서 영국식 차 끓이는 방법을 물었다. 그는 자기 소유의 말들이 경마에 나가기 때문에 자주 영국에 가는 것이었다. 그는 차 끓이는 방법을 아는 사람은 러시아인뿐이라고 하면서 그 비결을 가르쳐 주었다. 그리고 말을 하면서도 마음속으로는 딴 일을 생각하고 있는지 문득 말을 끊고는 물었다.

"그런데 후작은 어떻게 된 겁니까? 오늘은 뵐 수 없습니까?"

"아니에요, 아버지는 꼭 오신다고 약속하셨어요. 그러고 보니 걱정이 되는군요……. 일 때문에 늦으리라고 생각은 됩니다만."

방되브르는 소리없이 웃었다. 그 역시 슈아르 후작의 일이 어떤 성질의 것인지 아는 듯했다. 후작이 이따금 시골로 데리고 가는 미인이 생각났던 것이다. 아마 그 여자도 부를 수 있겠지. 그럭저럭하는 동안 포슈리는 뮈파 백작에게 초대에 대한 이야기를 꺼낼 때가 되었다고 판단했다. 밤도 꽤 깊었다.

"정말이오?"

포슐리의 말을 농담인 줄 안 방되브르가 물었다.

"정말입니다……. 이 심부름을 하지 못한다면 그녀는 내 눈을 빼려고 할 텐데요. 아시다시피 그녀는 그에게 열을 올리고 있으니까요."

"그렇다면 나도 거들어 주지."

11시가 울렸다. 백작 부인이 딸에게 거들게 해서 차를 대접했다. 친근한 사람들뿐이라서 찻잔과 과자 접시는 손에서 손으로 돌려졌다. 부인들도 난로 앞 안락의자에 앉은 채 차를 홀짝거리면서 손가락 끝으로 비스킷을 쪼개고 있었다. 이야기는 음악에서 단골같게 주인으로 옮겨졌다. 퐁당과자*1로 말할 것 같으면 브와시에 상점이 최고이고 아이스크림은 까떼린느 상점이 최고라는 것이다. 샹뜨로 부인은 라땡비유를 지지했다. 그녀들의 말소리는 점점 더 느려졌고 객실에는 피곤의 기색이 감돌기 시작했다.

스떼너가 예의 국회의원을 9인용 긴 의자 한 쪽에다 앉혀 놓고 다시 한번 속을 떠보기 시작했다. 단것을 많이 먹어 이빨이 상한 듯한 브노 씨는 생쥐처럼 작은 소리를 내면서 비스킷 종류를 계속 먹고 있었다. 국장은 찻잔에 코를 박고 언제까지나 차를 마시고 있었다. 백작 부인은 천천히 손님들 사이를 돌아다니면서 억지로 권하지는 않고 잠깐 멈추어 서서 말없이 눈으로 묻고는 다시 미소를 머금고 지나가곤 했다. 활활 타는 난로불 기운으로 얼굴이 발그레해져,

---

*1 입에 넣으면 금방 녹는 캔디.

메말라 보이는 느낌을 주는 태도가 어색한 딸과 나란히 있을 때는 마치 언니처럼 보였다. 그녀가 자기 남편과 방되브르와 이야기하고 있는 포슈리에게 다가갔을 때, 그녀는 그들이 갑자기 말을 중단해 버린 것을 깨달았다. 그래서 그냥 지나쳐서 그 너머에 있는 조르즈 위공에게 들고 있던 차를 건네주었다.

"당신을 만찬에 초대하고 싶다는 부인이 한 사람 있어요."

신문기자는 백작에게 쾌활한 태도로 말했다. 저녁 내내 침울한 얼굴을 하고 있던 백작은 매우 놀란 것 같았다. 대관절 어떤 부인일까?

"바로 나나예요!"

방되브르가 단도직입적으로 말했다.

백작은 더욱 침울한 표정을 지었다. 그리고 잠깐 눈을 깜박인 다음 두통이라도 나는 듯 불쾌한 표정이 그의 얼굴을 살짝 지나갔다.

"나는 그 부인을 모르는데요."

그가 중얼거렸다.

"거 왜, 그 집에 간 일이 있지 않습니까."

방되브르가 못을 박았다.

"뭐라고요! 내가 그 집에 갔었다고요?……아, 맞습니다. 자선협회의 일로 갔었죠. 깜박 잊어버렸군요……. 어쨌든 난 그녀를 잘 모르니까 초대에 응할 수 없습니다."

백작은 농담은 작작하라는 듯 쌀쌀한 태도를 취했다. 자기 같은 지위에 있는 사람은 그런 여자와 식사를 함께할 수 없다는 눈치였다. 방되브르가 반발하여, 이것은 예술가의 만찬회이고 재능 있는 사람은 모든 것이 허용된다고 역설했다. 포슈리가 스코틀랜드 왕자, 즉 여왕의 아들이 나이트 클럽의 가수 출신인 여자와 자리를 같이 한 예를 들었으나 백작은 그런 말에는 귀를 기울이지 않고 딱 잘라 거절했다. 더군다나 평소에 예의바른 그답지 않게 노한 기색까지 보였다.

조르즈와 팔르와즈는 서로 마주 서서 차를 마시다가 이들이 주고받는 말을 몇 마디 주워들었다.

"아아, 나나의 집이었구나." 팔르와즈가 중얼거렸다. "그걸 몰랐다니!"

조르즈는 아무 말도 하지 않았으나 금발이 흩어진 얼굴은 붉어지고 푸른 눈은 번쩍번쩍 빛났다. 며칠 전에 발을 들여 놓은 악(惡)의 세계가 완전히 그를 사로잡았던 것이다. 드디어 그가 꿈꾸어 오던 세계에 들어갈 수가 있게 된 것이다.

"그런데 주소를 알아야 가지."

팔르와즈가 다시 입을 열었다.

"위스만 거리의, 아르까드 거리와 빠스끼에 거리 사이에 있는 건물 4층이에 요." 조르즈가 단숨에 말했다. 그러나 상대가 놀란 눈으로 쳐다보자 그는 자랑 스러움과 당황으로 가슴이 벅차 얼굴이 빨개지며 덧붙였다. "나도 갑니다. 오 늘 아침에 초대를 받았어요."

객실이 떠들썩해졌다. 방되브르와 포슈리는 더이상 뮈파 백작을 설득할 수 가 없었다. 슈아르 후작이 들어와서 모두가 부지런히 마중하였기 때문이었다. 후작은 비틀거리는 걸음으로 겨우 방에 들어오자 한복판에 서서 창백한 얼굴 로, 마치 어느 컴컴한 골목에서 별안간 불빛이 환한 곳으로 나와 앞이 안 보이 는 것처럼 눈을 깜박거리고 있었다.

"이젠 안 오시는 줄 알고 단념하고 있었어요, 아버지."

사빈느 부인이 말했다.

"내일까지 걱정할 뻔했지요."

후작은 무슨 말인지 영문을 모르겠다는 듯한 표정으로 대답도 하지 않고 그녀를 바라보았다. 깨끗이 면도질한 얼굴의 한복판 큰 코가 부어오른 종기처 럼 보였고 입술은 축 늘어져 있었다. 위공 부인은 그토록 기진맥진한 그의 모 습을 보자 동정심에 가득찬 말을 했다.

"너무 일을 많이 하시기 때문에 그래요. 좀 쉬셔야 할 텐데⋯⋯. 우리 나이가 되면 일은 젊은이에게 맡겨야 합니다."

"일? 그렇죠. 일 때문이지요." 겨우 그는 중얼거렸다. "언제나 일이 너무 많아 서⋯⋯."

그는 기운을 되찾아 구부러진 허리를 펴고, 언제나의 버릇대로 흰 머리에 손을 갖다 댔다. 얼마 안 되는 곱슬머리가 귀 뒤에서 부드럽게 흔들리고 있다.

"이렇게 늦게까지 무슨 일을 하세요?" 뒤 종꾸와이 부인이 물었다. "재무 장 관의 초대를 받고 가신 줄 알았어요."

백작 부인이 중간에 끼어들었다.

"아버지는 어떤 법률안을 연구하고 계시거든요."

뮈파 백작

"그렇죠. 법안 때문에 쭉 틀어박혀 있었지요……. 공장에 관한 것입니다만. 공장도 일요일의 안식쯤은 지켜야 할 텐데, 정부가 강력한 수단을 쓰지 않으니 사실 부끄러운 일입니다. 교회에 나가는 사람은 자꾸 줄어들고 이러다가는 정말 말세가 되겠는데요."

방되브르는 포슈리의 얼굴을 보았다. 그들은 후작 뒤에서 기회를 노리고 있었던 것이다. 방되브르가 후작을 한쪽 구석으로 끌고 갈 수가 있었을 때 종종 시골로 데리고 가는 그 미인에 관한 말을 묻자 노인은 깜짝 놀라는 시늉을 했다. 비로 플레이에 있는 데께르 남작 부인 댁에 가끔 며칠씩 지내러 가는데, 아마 자기가 부인과 함께 있는 것을 보았을 것이라고 변명했다. 상대가 시치미를 떼자 방되브르가 갑자기 이렇게 물었다.

"아니, 이제까지 대체 어디 계셨습니까? 팔꿈치에 거미줄과 횟가루가 잔뜩 묻어 있군요."

"팔꿈치에?" 후작은 조금 당황해서 중얼거렸다. "허 그렇군……. 더러운 게 묻었는데?……집에서 나올 때 묻은 모양이지."

손님이 하나씩 돌아가기 시작했다. 이제 자정이 가까웠다. 두 사람의 하인이 소리나지 않도록 찻잔과 과자 접시를 치우기 시작했다. 난로 앞에서는 부인들이 아까보다 더 원을 작게 하고 둘러앉아서 끝나가는 파티의 나른한 분위기 속에서 한결 노골적인 투로 이야기하고 있었다. 심지어 객실 방조차 졸고 있는 것같이 벽에서 느릿한 그림자가 내려왔다. 포슈리는 돌아가자고 하면서 다시 사빈느 백작 부인의 모습에 빠져 있었다. 부인은 제자리로 돌아가 손님의 접대를 끝내고 한숨 돌리고 있는 참이었다. 장작이 다 타서 숯불이 된 불에 묵묵히 눈길을 보내고 있는 그녀의 얼굴이 너무나 창백한데다 생각에 잠겨 있는 것 같아서 그는 또다시 의심에 사로잡혔다. 난로 불빛에 반사되어 입가의 점에 난 검은 털이 금빛으로 반짝이고 있었다. 빛깔까지 나나의 점과 똑같았다. 그는 그 말을 방되브르의 귀에 대고 속삭였다.

"정말 그렇군, 나는 그걸 여태까지 몰랐어."

그러고 나서 두 사람은 나나와 백작 부인을 다시 비교했다. 턱과 입매에 어딘지 닮은 데가 있다. 그러나 눈은 전혀 다르다. 나나의 것은 마음씨 착한 처녀 같은 느낌이지만, 백작 부인은 뭐라고 말하면 좋을까. 이를테면 발톱을 감추고 발을 가느다랗게 떨며 잠자고 있는 암고양이 같은 눈이었다.

"하지만 그래도 멋진 여자인데요."

포슈리가 단정적으로 말했다.

방되브르는 눈으로 부인의 옷을 벗겨 보았다.

"글쎄, 하지만 허벅다리가 아무래도 시원찮아. 저 여자는 허벅다리에 살이 없을 것 같아!"

여기서 그는 입을 다물었다. 포슈리가 팔꿈치로 옆구리를 찌르며 앞의 긴의자에 앉아 있는 에스텔을 눈으로 가리킨 것이다. 그들은 그녀가 있는 것도 모르고 큰 소리로 이야기했기 때문에 그녀가 들었을 것이 틀림없었다. 그러나 그녀는 여윈 목덜미를 드러낸 채 늘어진 머리카락 한 가닥도 흔들지 않았다. 딱딱한 자세 그대로 꼼짝도 않고 있었다. 두 사람은 몇 걸음 뒤로 물러섰다. 백작 부인은 대단히 정숙한 여자일 거라고 방되브르가 말했다.

그때 난로 앞의 목소리가 커졌다. 뒤 종꾸와이 부인의 목소리가 들렸다.

"비스마르크 씨가 재기 발랄하다는 것은 그렇다 치더라도……. 어쨌든 천재라고까지 말씀하신다는 것은……."

그들은 다시 처음 화제로 돌아간 것이다.

"쳇! 또 비스마르크야!" 포슈리가 중얼거렸다. "이젠 정말로 가야겠습니다."

"잠깐만, 백작한테서 분명한 대답을 듣고 가야지."

뮈파 백작은 장인 영감과 그 밖의 몇몇 엄숙한 친구들과 이야기를 하고 있었다. 방되브르는 그를 한쪽 구석으로 데리고 가서 다시 초대에 관한 이야기를 끌어내어 자기도 그 만찬회에 나갈 테니까 같이 가자고 권했다. 남자란 어디를 가든 상관없다, 호기심을 좀 일으켰다 해서 누가 나쁘게 생각할 것인가, 백작은 이런 이야기를 눈을 내리뜨고 묵묵히 듣고 있었다. 방되브르는 백작이 어떻게 할까 망설이고 있다는 것을 알았다. 그곳에 슈아르 후작이 무슨 일이냐는 듯한 표정으로 다가왔다. 그는 이유를 듣고 다시 포슈리로부터 자기도 초대를 받자 사위 쪽을 흘끔 쳐다보았다. 다소 거북한 침묵이 흘렀다. 그러나 두 사람은 서로 눈으로 권하다가 나중엔 둘 다 승낙할 듯이 보였다. 그때 뮈파 백작은 브노 씨가 자기를 뚫어지게 보고 있는 것을 깨달았다. 작달막한 노인은 이제 미소를 띠지 않았고, 흙빛 얼굴에 날카로운 강철 같은 눈을 반짝이고 있었다.

"그만두겠습니다."

순간 백작은 이렇게 대답했다. 딱 자르는 말투라 더이상 말도 붙일 수가 없었다.

이어서 후작이 더욱 엄숙한 태도로 거절하고는 풍기에 대한 이야기를 했다. 상류 계급은 모범이 되어야 한다는 것이다. 포슈리는 쓴웃음을 짓고 방되브르와 악수를 하고는 부지런히 돌아갔다. 신문사에 들러야 했기 때문이다.

"그럼, 나나 집에서 밤 열 두 시에 아셨지요?"

팔르와즈도 물러났다. 스떼너도 백작 부인에게 작별 인사를 했다. 다른 사람들도 그들을 따라갔고 차례차례 똑같은 말이 전해졌다. 저마다 대기실로 외투를 가지러 가면서 12시에 나나 집에서라고 되풀이했다. 조르즈는 어머니와 함께 돌아가야 하기 때문에 문 앞에 서서 4층 왼쪽에 있는 문이라고 정확한 장소를 가르쳐 주고 있었다. 포슈리는 방을 나오기 전에 마지막으로 한 번 더 백작 부인을 쳐다보았다. 방되브르는 부인들의 한복판에 자리를 잡고 레오니드 슈젤과 농담을 하고 있었다. 뮈파 백작과 슈아르 후작도 대화에 끼여 있었으나 마음씨 좋은 위공 부인은 눈을 뜬 채 자고 있었다. 부인들의 스커트 자락에 가려서 잘 보이지 않는 브노는 유난히 작아 보였으나 언제나처럼 미소를 머금고 있었다. 넓고 엄숙한 이 방에 느릿느릿 12시를 알리는 시계 소리가 울렸다.

"원 세상에!" 뒤 종꾸와이 부인이 말을 잇는다. "비스마르크 씨가 전쟁을 일으켜서 프랑스로 쳐들어 온다구요?……아니, 그럴 수가 있어요?"

그녀는 남편의 공장이 있는 알자스에서 들은 말을 지금 막 전하고 있는 샹뜨로 부인 주위에서 웃고 있었다.

"다행히도 우리에겐 황제 폐하가 계십니다."

뮈파 백작이 관리다운 위엄을 보이며 말했다. 이것이 포슈리가 들은 마지막 말이었다. 그는 문을 닫기 전에 다시 한번 사빈느 백작 부인을 보았다. 그녀는 조용히 그 뚱뚱한 국장과 이야기하고 있었는데 그 이야기에 꽤나 흥미를 느끼는 모양이다. 확실히 그는 착각을 했던 것 같았다. 티 같은 게 조금도 없는 여자였다. 유감스럽게도…….

"형, 안 돌아갈 작정이야?"

팔르와즈가 현관에서 소리질렀다.

인도에서는 사람들이 헤어지기 전에 또다시 다짐을 하고 있었다.

"그럼 내일 나나 집에서 만납시다."

4장

　조에는 아침부터 브레방 음식점에서 조수와 보이들을 거느리고 온 요리사에게 집안을 온통 내맡겨 버렸다. 브레방 음식점에서 요리와 접시, 글라스, 냅킨류, 꽃, 나아가선 의자에 이르기까지 준비하기로 되어 있었다. 찬장 안을 아무리 뒤져 봐야 나나는 냅킨 한 다스도 갖고 있지 않았던 것이다. 데뷔한 지 얼마 되지 않아 도구를 갖출 틈도 없었고, 그렇다고 음식점에 가는 것도 싫고 해서 차라리 식당을 집으로 옮기기로 했다. 그것이 더 멋있다고 생각한 것이다. 세상 사람들의 화제가 될 만한 연회를 베풀어서 여배우로서의 화려한 성공을 자축하고 싶었다. 식당은 너무 좁아서 요리사는 객실에다 테이블을 마련하고, 좀 비좁기는 하나 25인분의 식기를 차려 놓았다.

　"준비는 다 되었어?"

　자정에 돌아오자 나나가 물었다.

　"글쎄요, 난 모르겠어요." 무뚝뚝한 표정으로 조에가 대답했다. "저 사람들이 부엌과 방에서 야단법석을 떠는 바람에 난 아무 할일이 없어졌거든요! 게다가 난 말다툼까지 했답니다. 그 두 사람이 또 찾아온 걸 현관에서 내쫓아 버리느라고요."

　그 두 사람이란 이때까지 나나의 정부였던 상인과 발라키아 사람을 두고 하는 말인데, 자신이 생긴 나나는 벗어나고 싶은 심정에서 그들과 손을 끊기로 작정한 것이었다.

　"정말 끈덕진 녀석들이야!" 나나는 중얼거렸다. "이번에 또 오거든 경찰에 신고하겠다고 위협해 버려요."

　그러고 나서, 대기실에서 외투를 벗어 걸고 기다리고 있는 다그네와 조르즈를 불렀다. 이 두 사람은 빠노라마 거리의 배우 통용문에 함께 있는 걸 나나가 발견하고 같이 마차에 태워서 데려온 것이었다. 아직 아무도 와 있지 않았으므로 조에에게 자기 몸치장을 시키는 동안 화장실에 들어와 있으라고 시켰다.

나나는 옷도 갈아 입지 않고 부랴부랴 머리를 빗어 올리게 하여 뒷머리와 가슴에 흰 장미꽃을 꽂았다. 이 화장실은 객실에서 옮겨 온 거꾸로 엎어 놓은 둥근 탁자, 긴 의자, 안락의자 등의 가구로 꽉 들어차 있었다. 겨우 그녀의 몸치장이 끝나 일어설 때, 스커트가 의자 다리에 걸려 찢어졌다. 나나는 화가 나서 소리질렀다.

"난 언제나 재수가 없단 말이야!"

그녀는 긴 슈미즈 모양의 아무 장식도 없는 보들보들하고 얇은 흰 비단옷을 입고 있었는데, 그 옷을 홱 벗어 던졌다. 그러나 달리 마음에 맞는 옷이 없으므로 도로 울상이 되어, 이래가지고는 넝마주이나 다름없다고 투덜거렸다. 그래서 조에가 머리를 고쳐 빗기고 있는 동안 다그네와 조르즈가 핀을 찔러서 찢어진 곳을 손질해 주었다. 나나를 둘러싸고 세 사람이 부지런히 움직였다. 특히 조르즈는 마룻바닥에 무릎을 꿇고는 스커트 안에 손을 집어 넣고 열심이었다.

"괜찮아. 아직 12시 15분밖에 안 되었어."

다그네가 이렇게 말하자 겨우 나나의 마음은 가라앉았다. 〈금발의 베누스〉 제3막의 대사를 생략하고 가사를 중간중간 빼먹으면서 무척 서둘러서 해치우고 왔던 것이다.

"그 따위 바보 같은 구경꾼들에게는 그 정도도 과분하지요. 보셨어요? 오늘 저녁에는 별놈들이 다 왔더군요. 조에, 당신은 여기서 기다려요. 자지 말고. 일이 있을지도 모르니까······. 어머나! 벌써 시간이 되었군요. 손님들이 왔어요."

그녀는 방을 나갔다. 조르즈는 연미복 자락을 끌고 마룻바닥에 무릎을 꿇은 채로였다. 그는 다그네가 자기를 보고 있는 것을 느끼자 얼굴을 붉혔다. 그들은 서로 호감을 느끼게 되어 커다란 몸거울 앞에서 넥타이를 바로하고 서로 옷에 손질을 해주었다. 나나의 몸에 비벼대서 옷이 허옇게 된 것이다.

"꼭 설탕 같군요."

이렇게 중얼거리며 조르즈가 단것을 좋아하는 어린아이처럼 웃었다.

임시로 고용한 하인이 손님을 작은 객실로 안내했다. 좁은 방이라서 손님을 많이 들여 놓을 수 있게끔, 안락의자가 네 개밖에 남아 있지 않았다. 옆에 있는 큰 객실에서 접시며 은그릇 나르는 소리가 들려 왔다. 문 밑으로 환한 불빛이 새어나왔다. 나나가 들어가니 안락의자에 팔르와즈가 데리고 온 끌라리스

하녀 조에, 다그네, 조르즈가 의상을 다듬어주는 나나

베스늬가 벌써 와 앉아 있었다.

"어머나, 가장 먼저 오셨군요."

첫날의 성공이 있은 뒤부터 친숙하게 대해 온 나나가 말했다.

"아니에요, 이분 때문에 그렇게 됐어요. 이분은 늦을까봐 어찌나 걱정을 하시는지…… 이분 말대로 했더라면 루즈도 못 지우고 가발도 못 벗고 왔을 거예요."

그 젊은이는 나나를 만나는 것이 처음이라 무척 흥분하고 있었다. 그 흥분을 감추려고 유난히 점잖을 빼며 인사를 한 다음 사촌 형에 관해서 이야기를 시작했다. 그러나 나나는 그런 말에는 귀도 기울이지 않고 상대가 누구인지 알려고도 하지 않고, 악수를 한 뒤 얼른 로즈 미뇽을 맞으러 갔다. 그러면서 갑자기 품위 있는 태도를 취했다.

"어서 오세요, 부인! 꼭 와주셨으면 하고 기다리고 있었답니다!"

"저야말로 영광스럽게 생각합니다."

로즈도 상냥하게 대했다.

"앉으시죠……. 무얼 좀 갖다 드릴까요?"

"아니오……. 참, 부채를 외투 속에 두고 왔군요. 스떼너 씨, 오른쪽 주머니를 좀 찾아봐 주시겠어요?"

스떼너와 미뇽은 로즈의 뒤를 따라 들어왔다. 은행가는 도로 돌아가서 부채를 가지고 왔다. 그동안 미뇽은 다정하게 나나에게 키스를 하고, 로즈에게도 키스를 시켰다. 극장에서는 모두 같은 동료가 아닌가. 다음에 스떼너에게 격려의 눈짓을 했다. 그러나 스떼너는 날카로운 로즈의 시선 때문에 어쩔 줄을 몰라 나나의 손에만 키스를 했다. 이때 방되브르 백작이 블랑슈 드 시브리를 데리고 나타났다. 모두 점잖게 인사를 주고받았다. 나나가 긴장한 태도로 블랑슈를 안락의자로 인도했다. 한편 방되브르는 웃으면서 문지기가 뤼시 스튜와의 마차를 들여 보내주지 않기 때문에 포슈리가 아래에서 다투고 있다고 말했다. 대기실에서 뤼시가 격분하고 있는 소리가 들렸다.

"정말 기분 나쁜 문지기야."

그러나 하인이 문을 열자, 그녀는 웃는 얼굴로 얌전하게 들어와서 제 이름을 대고는 나나의 두 손을 잡고 당신이 금방 좋아졌다느니 당신에게는 기막힌 재능이 있다느니 했다. 나나는 한 집의 주인이라는 새로운 역할에 흥분되어 인사를 하는 데도 쩔쩔 매고 있었다. 그러나 그녀는 포슈리가 들어오고부터는 무언가에 정신이 팔려 있는 것 같았다. 포슈리에게 가까이 가게 되자 그녀는 작은 소리로 물었다.

"그이 옵니까?"

"아니, 안 옵니다."

갑작스런 물음이라 포슈리는 솔직하게 대답해 버리고 말았다. 사실은 뮈파 백작의 거절을 설명하기 위해 이야기를 준비해 왔던 것이다. 나나의 안색이 변하는 것을 보고 그는 아차 싶어 말을 정정하려고 했다.

"올 수가 없대요. 오늘 저녁, 내무장관의 무도회에 부인을 데리고 가야 하기 때문에……."

"그래요?" 나나는 포슈리가 약속을 지키지 않았다고 생각했다. "어디 두고 봐요."

"좋도록 하세요!" 그는 나나의 위협에 화가 났다. "난 그따위 심부름은 딱 질색이오. 라보르데뜨에게나 부탁하세요."

그들은 화가 나서 서로 등을 돌렸다. 바로 그때 미뇽이 스떼너를 나나 쪽으로 떼밀었다. 나나가 혼자 있게 되자 체면이고 뭐고 다 버리고 오직 친구를 기쁘게 해주고 싶다는 듯이 미뇽이 속삭였다.

"저 사람은 당신을 죽도록 사랑하고 있습니다……. 다만 내 아내가 무서워서 꼼짝을 못하니 저 사람을 좀 돌봐 주시지 않겠습니까?"

나나는 영문을 모르겠다는 얼굴로 미소를 머금고 로즈와 그의 남편, 그리고 은행가를 차례차례 보았다. 그러고는 은행가에게 말했다.

"스떼너 씨 이따가 제 곁에 앉으시지요."

그때 대기실에서 웃음소리, 속삭이는 소리, 다 같이 웃으며 이야기하는 소리가 들려왔다. 마치 수녀원을 빠져 나온 수녀들이 한 무리 온 것 같았다. 라보르데뜨가 다섯 명의 여자들—뤼시 스튜와의 짓궂은 표현에 따르면 그의 기숙생—을 데리고 나타났다. 착 달라붙는 푸른 비로드 드레스를 입은 당당한 몸매의 가가, 언제나처럼 레이스를 단 검정 비단옷을 입은 까롤린느 에께, 여전히 촌스러운 레아 드 온, 마음씨 좋고 살이 찐 금발 아가씨 따땅 네네, 그녀는 유모 같은 젖가슴 때문에 언제나 놀림을 받고 있었다. 끝으로 마리아 블롱. 사내아이처럼 마른 열다섯 살 난 소녀로, 폴리극장의 첫무대에서 데뷔했다…….

라보르데뜨는 이들을 마차 한 대에 태워서 데리고 왔다. 그녀들은 마차가 비좁아서 마리아 블롱을 무릎 위에 안고 온 것에 대하여 아직도 웃고 있었다. 그러나 웃음을 참고, 모두 점잖게 악수를 하고 인사를 나누었다. 가가는 너무 얌전을 빼려다가 어린애같이 더듬기까지 했다. 따땅 네네만은 오는 도중 나나네 집 연회에서는 벌거벗은 여섯 명의 검둥이가 시중을 든다는 말을 들었기 때문에 불안해서 그 검둥이는 어디 있느냐고 물었다. 라보르데뜨가 머저리 같은 소리 하지 말라고 하며 입을 다물게 했다.

"그런데 보르드나브는?"

포슈리가 물었다.

"정말 유감이지 뭐예요!" 나나가 소리쳤다. "아마 못 오기 쉬울 거예요."

"그래요." 로즈 미뇽이 말했다. "무대에서 발이 걸려 몹시 삐었지 뭐예요……. 붕대로 감은 다리를 의자 위에 올려 놓고 고래고래 소리지르는 걸 보고 왔어요!"

모두 보르드나브의 불참을 섭섭해했다. 그가 없으면 모처럼의 만찬회도 재미가 없다. 그러나 하는 수 없이 참을 수밖에 없었다. 그래서 다른 이야기를 하고 있는데 갑자기 굵은 목소리가 들려왔다.

"뭐라고! 뭐라고! 이렇게 해서 나를 매장해 버릴 작정이오?"

그 고함소리에 모두 고개를 돌렸다. 보르드나브였다. 그는 큰 몸집과 붉은 얼굴로 한쪽 다리를 뻣뻣이 뻗친 채 시몬느 까비로슈의 어깨에 몸을 기대고 문 앞에 서 있었다. 요즘 그는 시몬느와 동거하고 있었다. 이 자그마한 여인은 교양이 있어서 피아노도 칠 줄 알고 영어도 할 줄 아는 아주 귀여운 금발의 미녀였다. 그녀는 너무 가냘퍼서 보르드나브의 몸무게 때문에 꺾어질 것 같았으나 그래도 얌전하게 미소를 짓고 있었다. 보르드나브는 자기들 두 사람에게 모두의 시선이 집중되어 있는 것을 의식하자 잠깐 동안 그대로 서 있더니 말을 계속했다.

"당신들을 소중하게 여기기 때문에 여기 온 거란 말이오. 아냐, 사실은 집에서 따분해질 게 싫어서 결심을 한 거죠. 그렇다면 나나네 집에 가보자고 말이지." 여기서 갑자기 말을 끊고 욕설을 퍼부었다. "바보 같으니!"

시몬느의 발이 한 걸음 빨랐기 때문에 그의 발이 바닥에 끌렸던 것이다. 그러나 시몬느는 여전히 미소를 지으면서 얻어맞을까 무서워하는 강아지처럼,

여자들의 부축을 받는 보르드나브

금발에 통통한 작은 몸집의 귀여운 얼굴을 숙인 채 온 힘을 다하여 그를 부축하고 있었다. 그러자 다른 사람들도 떠들어 대면서 곁으로 달려갔다. 나나와 로즈 미뇽이 안락의자를 밀고 와서 보르드나브를 앉혔다. 다른 여자들이 딴 의자를 밀고 와서 그의 발밑에 받쳐 주었다. 거기 있던 여배우들이 모두 당연한 듯 그에게 키스를 했다. 그는 끊임없이 투덜대며 한숨을 쉬었다.

"제기랄, 이런 변을 당하다니! 하지만 위는 튼튼하니까, 좀 있으면 알게 될 거요."

이제 다른 손님들도 도착했다. 방 안에선 이제 꼼짝도 할 수 없을 정도였다. 접시며 은그릇 소리도 그쳤다. 큰 객실에서는 말다툼이 벌어졌는지, 노기등등한 요리사의 목소리가 들려 왔다. 나나는 손님이 다 왔는데 아직도 식사가 나오지 않는 것을 이상하게 여기면서 초조해하고 있었다. 그녀는 어떻게 되었는지 알아보라고 조르즈를 시켰다. 그때 또 남자와 여자들이 우르르 몰려들어오는 것을 보고 깜짝 놀랐다. 얼굴도 본 일이 없는 사람들이었다. 어리둥절해서 보르드나브와 미뇽과 라보르데뜨에게 물어 보았으나 모른다는 것이다. 방되브르 백작에게 물었더니, 그는 그제야 생각이 나서, 그들은 뮈파 백작 집에서 그가 끌어모은 젊은이들이라고 대답했다.

"좋아요, 고맙습니다. 하지만 자리가 비좁겠군요."

나나는 이렇게 말하며 라보르데뜨에게 7인분을 추가해 달라고 부탁했다. 그가 나가자마자 또 하인에게 안내되어 세 사람이 들어왔다. 안 되겠다. 이래서는 꼴이 말이 아니다. 어떻게 다 들어갈 수가 있단 말인가? 나나는 화가 나서 쌀쌀한 태도로, 이래가지고는 연회고 뭐고 할 수가 없다고 말했다. 그러나 또 두 사람이 오는 것을 보자 하도 어이가 없어서 그만 웃어 버리고 말았다. 어쨌든 재미있다고 생각한 것이다. 모두가 서 있었고 앉아 있는 사람은 가가와 로즈 미뇽과 혼자서 두 개의 의자를 독차지하고 있는 보르드나브뿐이었다. 와글거리는 가운데 사람들은 가벼운 하품을 삼키면서 작은 소리로 이야기하고 있었다.

"이봐요, 나나." 보르드나브가 나나에게 말했다. "아무튼 자리에 앉는 게 어떨까? 이제 다 모였겠지?"

"네, 그런가 봐요."

대답하며 나나는 웃었다.

그러고 나서 방안을 빙 둘러보았다. 그러나 누군가가 아직 오지 않은 것을 알고 놀랐는지 불안한 표정을 지었다. 비밀리에 초대한 손님이 아직 오지 않은 것이다. 또 기다려야만 했다. 한참 뒤 손님들은 그들 가운데 키가 크고 고상한 얼굴에 탐스러운 흰 수염을 기른 신사가 섞여 있다는 것을 알았다. 이상하게 아무도 그 신사가 들어오는 것을 본 사람이 없었다. 반쯤 열려 있는 침실 문으로 해서 작은 객실로 들어온 것이 틀림없었다. 주위가 갑자기 조용해지자 속삭임 소리가 퍼졌다. 방되브르 백작은 그 신사를 알고 있는지 점잖게 악수를 나누고 있었으나, 부인들이 물어도 그냥 미소만 지을 뿐이었다. 그러자 까롤린느에게가 작은 소리로 저 사람은 내일 런던으로 결혼하러 돌아갈 귀족이라고 잘라 말했다. 그녀는 그를 전부터 알고 있었던 것이다. 이 말이 부인들 사이에 퍼졌다. 그러나 마리아 블롱만은 저 사람은 독일대사라고 주장했다. 그녀 친구 하나와 자주 친하게 지내니까 틀림없다는 것이었다. 남자들도 간단하게 인물평을 하고 있었다.

"착실해 보이는데, 아마 저자가 만찬회의 비용을 부담할 모양이지. 아무래도 그런 것 같아. 아무려면 어때, 음식만 맛있으면 되지!"

결국 분명한 결론도 내리지 못한 채 그 흰 수염의 노신사는 잊혀지고 말았다.

"식사 준비가 되었습니다."

노신사는 나나의 뒤를 따라 혼자 걷고 있었으나 그녀는 그걸 깨닫지 못한 듯 스떼너가 내민 팔을 잡았다. 더군다나 한 쌍씩 줄을 지을 수도 없었다. 남자 여자 모두가 뒤섞여 격식을 갖추지 않은 이 자유로운 분위기에 가벼운 농담을 주고받으면서 들어갔다. 가구를 치워 버린 넓은 방 가득히 긴 테이블이 놓여 있었는데 자리가 좁아서 접시들이 닿고 있었다. 열 개의 촛불을 꽂은 네 개의 촛대가 식기와, 좌우에 꽃다발을 곁들인 은그릇 따위를 비추고 있다. 바로 음식점식 사치였다. 금줄로 망사무늬가 새겨진 상표가 없는 도자기, 줄곧 닦는 바람에 닳고 윤이 없어진 은그릇, 어느 상점에서나 낱개로 얼마든지 살 수 있는 글라스 종류 등 마치 벼락부자가 아직 아무것도 채 갖추기도 전에 서둘러서 베푸는 자축연 같았다. 촛대가 하나 모자랐다. 촛대에 꽂힌 초가 하도 길어서 심지를 겨우 잡을 정도였고 희미한 노란 불빛이 설탕절임 그릇과 접시들, 그리고 사발들을 비추고 있었다. 사발에는 과일, 작은 케이크, 잼이 고루고

루 담겨 있어 보기에 아름다웠다.

"여러분 좋으실 대로 앉으세요……. 그러는 편이 재미있겠어요."

나나가 말했다. 그녀는 테이블의 한가운데에 서 있었다. 그리고 왼쪽에 스떼너를 앉히는 동안 오른쪽에 아무도 알지 못하는 그 노신사가 앉았다. 모든 손님들이 자리를 잡았을 때 작은 객실에서 욕설이 들려왔다. 혼자 남겨진 보르드나브였다. 두 개의 의자에서 일어서려고 무척 애를 쓰다가 다른 사람들을 따라가 버린 멍텅구리 시몬느를 불러 대고 있는 것이다. 딱한 생각이 들어 부인들이 달려갔다. 잠시 뒤 까롤린느, 끌라리스, 따땅 네네, 마리아 블롱 이 네 사람에게 부축되어 보르드나브가 들어왔다. 그를 앉히는 자리도 문제였다.

"테이블 한가운데, 나나와 마주보는 자리에 앉힙시다!"

모두 소리쳤다.

"보르드나브를 가운데 앉혀서 사회를 맡깁시다!"

그래서 그녀들은 그를 가운데 자리에 앉혔다. 그러나 다리를 얹어 놓기 위해 의자가 또 하나 필요했다. 두 부인이 그의 다리를 쳐들고 조심스럽게 의자 위에 뻗게 했다. 어쨌든 그는 몸을 옆으로 돌리고도 음식은 먹을 수 있을 테니까.

"제기랄!" 그래도 그는 투덜댔다. "이꼴이 뭐람! 뭐니뭐니해도 지아비를 잘 섬겨야지."

그는 오른쪽에 로즈 미뇽, 왼쪽에 뤼시 스튜와를 앉혔다. 그녀들은 잘 돌보아 드리겠다고 약속을 했다. 모두 자리에 앉았다. 방되브르 백작은 뤼시와 끌라리스 사이에, 포슈리는 로즈 미뇽과 까롤린느 에게 사이에 앉았다. 맞은쪽 줄에서는 팔르와즈가, 앞에 앉은 끌라리스가 부르는 데도 얼른 가가 옆에 가서 앉았다. 한편 미뇽은 스떼너를 놓치지 않으려고 블랑슈를 사이에 두고 그 옆에 앉았다. 왼쪽에는 따땅 네네가 있었다. 그 옆에는 라보르데뜨, 식탁의 양쪽 끝에는 젊은이들 및 시몬느, 레아 드 온, 마리아 블롱 등의 여자들이 마구 섞여서 앉아 있었다. 그 속에 다그네와 조르즈 위공도 섞여 있었는데, 그들은 더욱 친밀감을 느끼고 미소지으면서 나나를 바라보고 있었다. 그러나 아직도 두 부인이 서 있었으므로 사람들은 농담을 했다. 남자들이 무릎 위에 앉혀 주겠다는 것이다. 끌라리스는 비좁아서 팔을 놀릴 수가 없어 좀 먹여 달라고 방되브르에게 부탁하고 있었다. 보르드나브가 자리를 둘씩이나 차지하고 있었기 때문이다. 마지막으로 좀더 자리를 좁혀서 그럭저럭 다 앉을 수가 있었다.

"원 이래서야 어디…… 통에 담긴 청어 꼴도 아니고."

미뇽이 소리쳤다.

"아스파라거스 수프와 데즈리냑 수프입니다."

수프를 가득 담은 접시를 들고 손님 뒤로 돌아다니면서 보이가 중얼거렸다.

보르드나브가 큰 소리로 데즈리냑 수프로 하자고 모두에게 권하고 있을 때 누군가가 화를 내며 항의를 하는 것 같은 떠들썩한 소리가 들렸다. 문이 열리며 세 사람의 지각자, 여자 한 사람과 남자 두 사람이 들어왔다.

"아이구, 큰일났구나. 사람들이 너무 많아서 안되겠는데!"

그러나 나나는 일어나지 않고 아는 사람인지 아닌지 확인하려고 실눈을 했다. 여자는 루이즈 비오렌느다. 그러나 남자는 한 번도 본 적이 없다.

"저어……"

방되브르가 나나에게 말했다.

"이 사람은 푸까르몽이라고 내 친군데, 해군장교입니다. 내가 초대를 했죠."

푸까르몽은 침착하게 인사를 하고 덧붙였다.

"그런데 제가 또 친구 하나를 더 데리고 왔지요."

"네, 잘하셨어요. 앉으세요……. 봐요. 끌라리스, 조금만 더 다가앉아요. 그쪽은 자리가 좀 여유가 있군요. 자, 어서 앉으세요."

다시 더 좁혀 앉았고 푸까르몽과 루이즈는 가까스로 테이블 끝에 자리를 잡을 수가 있었다. 그러나 같이 온 친구는 음식 그릇에서 멀리 떨어져 앉았기 때문에 손님 어깨 너머로 손을 뻗쳐 집어 먹었다. 보이가 수프 접시를 걷어 가자 다음에는 알버섯을 곁들인 토끼고기 소시지와 빠르모사, 치즈를 곁들인 니오끼스 요리가 돌려졌다. 보르드나브가, 실은 쁘룰리에르와 퐁땅과 보스끄 노인을 데려올까 하는 마음을 먹었다고 하는 바람에 좌중이 떠들썩해졌다. 아까부터 새침해 있던 나나는 이 말을 듣자, 온다고 누가 기꺼이 맞아들일 줄 아느냐고 냉담하게 말했다.

"동료를 초대할 바에야 자기가 하지 뭣하러 남한테 부탁을 해요? 필요 없어요, 그런 엉터리 배우 따윈. 보스끄 노인은 언제나 술에 취해 있고, 쁘룰리에르는 너무 자만심이 강해요. 거기다가 퐁땅은 고함을 질러 대고 못난 짓만 하니 그걸 어떻게 상대해요. 또 그 따위 엉터리 배우들을 이런 신사들과 함께 섞어

놓는다는 건 어울리지 않아요."

"아무렴 그렇고말고, 그말이 옳아."

미뇽이 찬성했다.

테이블에 둘러앉은 신사들은 연미복에 흰 넥타이를 맨 단정한 차림이었는데 기품 있는 창백한 얼굴이 피로 때문에 더욱더 돋보였다. 예의 노신사는 점잖은 태도로 줄곧 미소를 머금고 있다. 마치 외교관 회의라도 주재하고 있는 것 같았다. 방되브르는 옆 자리 여성에게 어찌나 점잖은 태도를 취하는지, 뮈파 백작 부인의 객실에라도 있는 것 같았다. 이날 아침에도 나나는 고모에게 말했었다. 남성으로서는 그 이상 더 바랄 수가 없으며 모두 귀족 아니면 부자, 말하자면 멋있는 남자뿐이라고. 한편 여자들도 매우 예절이 훌륭했다. 블랑슈, 레아, 루이즈 등 몇 명의 여자는 어깨와 등을 드러낸 옷을 입고 왔다. 가가만은 자기 정도의 나이에는 전혀 드러내지 않는 편이 좋을 텐데도 좀 지나치게 살을 드러낸 것 같았다. 간신히 자리가 안정되어 웃음과 농담도 가라앉았다. 조르즈는 자기가 간 일이 있는 오를레앙의 부르조아 집 만찬회 쪽이 더 즐거웠다고 생각했다. 여기서는 누구나가 거의 말을 하지 않는다. 모르는 사람끼리는 서로 흘끔흘끔 쳐다보기만 하고, 여자들도 얌전했다. 그것이 무엇보다도 조르즈를 놀라게 했다. 굉장히들 점잔 뺀다고 생각했다. 서로 껴안고 키스를 하리라 생각했던 것이다.

그 다음에 샹보올식으로 한 라인강 잉어요리와 영국식으로 한 노루고기가 나왔다. 그때 블랑슈가 큰 소리로 말했다.

"참 뤼시, 일요일에 아드님 올리비에를 만났어요……. 무척 컸더군요!"

"네, 벌써 열여덟 살인걸요. 그러니 내가 이렇게 늙을 수밖에요……. 어제 학교로 돌아갔어요."

그녀가 자랑스럽게 이야기하고 있는 아들 올리비에는, 해군사관학교 학생이었다. 이래서 자식들 이야기가 시작되었다. 부인들은 모두 차분한 기분이 되었다. 나나도 자기의 큰 기쁨을 이야기했다.

"루이는 요즘 고모 댁에 맡겨두었는데 매일 아침 열한시쯤 고모가 데리고 온답니다. 침대에 앉혀 놓으면 애견 뤼뤼와 함께 놀지요. 루이가 개와 함께 이불 속으로 파고드는 걸 보면 우스워 죽겠지 뭐예요. 루이가 어찌나 약삭빠른지 상상도 못할 정도예요."

"나는 어제 하루를 꼬박 아이들 때문에 소비해 버렸어요." 이번에는 로즈 미뇽이 이야기했다. "기숙사로 샤를르와 앙리를 데리러 갔었죠. 그랬더니 저녁에는 기어이 극장에 데려가 달라고 조르지 않겠어요? 아이들은 깡충깡충 뛰고 손뼉을 치며 '엄마의 연극을 구경한다! 엄마의 연극을 구경한다' 하며 어찌나 떠들어 대는지!"

미뇽은 아버지다운 애정으로 눈물을 글썽이며 기쁜 듯이 미소짓고 있었다.

"그러다가 연극이 시작되니까" 미뇽이 뒤를 이었다. "그 녀석들은 어른처럼 진지한 얼굴로 로즈를 찬찬히 바라보더니만 엄마는 왜 저렇게 다리를 다 내놓고 있느냐고 묻지 않겠어요?"

모두 소리를 내어 웃었다. 미뇽은 아버지로서의 자부심에 만족해서 의기양양했다. 아이들이 귀여워서 견딜 수가 없는 것이다. 그의 염원이라고는 로즈가 극장이나 그 밖의 다른 곳에서 벌어 오는 돈을 충실한 지배인처럼 단단히 관리해서 아이들의 재산을 늘려 주는 일뿐이었다. 그는 로즈가 노래를 부르는 뮤직홀의 악장으로 있을 때 그녀와 결혼했는데, 결혼 당시는 서로가 열렬히 사랑하는 사이였다. 그러나 요즘은 다정한 친구 같은 사이다. 두 사람 사이에는 다음과 같은 계획이 마련되어 있다. 그녀는 그 재능과 용모로써 할 수 있는 한 일을 한다. 그는 로즈의 여배우 및 여자로서의 성공에 더욱 도움이 되기 위해 바이올린마저 버렸던 것이다. 이처럼 견실하고 호흡이 맞는 가정도 보기 드물었다.

"큰 애가 몇 살이지요?"

방되브르가 물었다.

"앙리는 아홉 살이지요." 미뇽이 대답했다. "하지만 이제 다 컸어요!"

그리고 나서 그는 아이를 싫어하는 스떼너를 놀렸다.

"만약 아이가 있었더라면 좀더 재산을 소중히 할 텐데."

이렇게 서슴없이 말하는 것이었다. 그러나 이야기하면서도 나나와의 사이가 어느 정도 진전되었는가 보려고 블랑슈의 어깨 너머로 스떼너의 동정을 살폈다. 한데 좀전부터 로즈와 포슈리가 붙어 앉아 이야기를 하고 있어서 조금 신경이 쓰였다. 로즈가 하는 일이니, 쓸데없는 일로 시간을 허비하는 일은 않겠지. 그러나 만약의 경우에는 훼방을 놓아야겠다고 생각하고 그는 새끼손가락에 다이아몬드 반지를 낀 깔끔한 손으로 노루 등심고기를 먹었다.

아이들 이야기는 여전히 계속되었다. 팔르와즈는 가가 옆에 앉았기 때문에 어쩔 줄을 몰라하며, 전날 바리에떼 극장에 데리고 왔던 딸의 소식을 물었다.

"리리는 잘 있어요. 아직 철이 없어서, 어쩌나 말괄량이짓을 하는지요."

리리가 열아홉 살이 되었다는 말을 듣고 그는 깜짝 놀랐다. 가가가 더욱 위엄이 있어 보였다. 왜 리리를 데리고 오지 않았느냐고 묻자 가가는 새침하게 말했다.

"아이구, 안되지요! 그 애가 기숙학교를 그만두고 싶다고 한 게 아직 석 달도 안 되는걸요……. 당장 결혼을 시킬까 하다가, 그 애가 나를 끔찍이 좋아하기 때문에 사실 마음은 내키지 않았지만, 집에 데려오기로 했던 거예요!"

속눈썹 끝이 오글오글한, 파랗게 화장한 눈까풀을 깜박거리며 가가는 딸의 결혼에 대한 이야기를 시작했다. 이 나이가 되도록 한 푼의 저축도 없이, 남자, 그것도 자기 나이로 볼 때 손자 뻘이나 되는 젊은 남자를 상대로 악착같이 돈을 벌어야 하는 것보다는 정당한 결혼을 하는 편이 훨씬 낫다는 것이다. 이런 말을 하고서 그녀는 팔르와즈 쪽으로 몸을 기울였다. 짙게 분을 바른 맨 어깨가 덮쳐 오자 그는 얼굴을 붉혔다.

"그러니까" 그녀는 속삭였다. "그 애가 잘못된다 하더라도 그건 내 잘못이 아니에요……. 젊었을 때는 다 이상한 걸 생각하기 마련이니까요!"

테이블 주위가 시끄러워졌다. 보이들이 부지런히 왔다갔다 한다. 다음 요리가 들어온 것이다. 영계찜과 매운 소스로 저민 가자미 요리와 얇게 썬 거위간 스튜였다. 그때까지 뮈르소 포도주를 내놓았던 요리사가 이번에는 샹베르땡과 레오빌로 바꾸었다. 요리가 바뀌는 바람에 조금 떠들썩해진 가운데, 여기 있는 부인들은 모두 자식이 있느냐고 조르즈는 점점 더 놀라면서 다그네에게 물었다. 그러자 그는 이 질문이 재미있어서 자세하게 이야기를 해주었다.

"뤼시 스튜와는 노르 역(驛)에서 일하던 영국 태생 주유소 직공의 딸로 서른 아홉 살이야. 머리는 나쁘지만 사람은 아주 호인이며, 폐병에 걸려 있으나 죽을 염려는 전혀 없어. 여기 있는 여자들 중에서는 가장 멋이 있는 여자로 지금까지 세 사람의 왕공(王公)과 한 사람의 공작을 정부(情夫)로 가졌었지. 까롤린느 에케게는 보르도 태생으로, 아버지는 하급 관리였는데 딸의 직업을 부끄럽게 여기고 자살했어. 다행히 어머니가 야무져서, 잠시 딸과 의절했지만 1년 동안 곰곰이 생각한 끝에 재산만은 간수해 줘야겠다 싶어 화해를 했지. 스물다섯 살의 아주 냉담한 여자지만 일정한 돈으로 평범하게 살 수 있는 여자야. 최고 미인의 한 사람으로 꼽히고 있지. 어머니는 아주 착실한 여자라 언제나 수입과 지출에 신경을 쓰고 있어. 딸의 방보다 2층 위인 좁은 방에 살면서 딸의 살림을 돌보는데, 그곳에 딸의 옷과 속옷을 짓기 위해 재봉실까지 마련해 놓고 있다는군. 다음은 블랑슈 드 시브리, 본명은 자끄린느 보뒤야. 아미앵 근처 마을 출신으로 생긴 건 근사하지만 어리석고 거짓말 잘하는 여자로 어떤 장군의 손녀라고 자칭하며 서른두 살이라는 나이를 인정하려 하지 않아. 뚱뚱하기 때문에 러시아인들에게는 매우 평판이 좋지."

그리고 다그네는 다른 여자들에 대해서도 간단하게 설명했다.

"끌라리스 베스늬는 어떤 부인이 생 또뱅 쉬르 메르에서 하녀로 부려먹기 위해 데려왔는데, 그 부인의 남편이 손을 댔다가 버렸기 때문에 이렇게 된 거야. 시몬느 까비로슈는 생 땅뚜완느 교외에 있는 가구상의 딸로 초등학교 교사가 되기 위해 기숙학교에서 교육받았지. 마리아 블롱, 루이즈 비오렌느, 레아 드 온 등은 모두 빠리의 거리에서 자란 여자들이야. 다만 따땅 네네만은 이와 달리 샹빠뉴 지방의 한 촌에서 스무 살이 될 때까지 소를 먹이고 있었다는군."

조르즈는 차례차례 사정없이 폭로되어 가는 여자들의 과거이야기에 어리둥절해짐과 동시에 흥분을 느끼면서 그녀들을 바라보았다. 그의 등뒤에서는 보이가 정중하게 되풀이하고 있었다.

"영계찜입니다....... 매운 소스를 친 가자미 저민 것입니다......."

"자네" 다그네가 아는 척하고 조르즈에게 말한다. "생선은 먹지 말게. 요즘 것은 맛이 없어...... 술은 레오빌만으로 해두는 것이 해롭지 않을 거야."

촛대에서, 날라 오는 음식 접시에서, 서른여덟 명이 빽빽이 둘러앉은 테이블에서 열기가 피어올랐다. 보이가 기름이 튄 양탄자 위를 정신없이 왔다갔다 했다. 만찬회는 도무지 유쾌해지지 않았다. 부인들은 깨지락거리면서 고기의 반은 그냥 남겼다. 따땅 네네만이 게걸스럽게 뭐든지 다 먹었다. 밤중의 이런 시간에는 신경성 식욕인지 공연히 식욕만 있고 위장은 말을 듣지 않았다. 나나 옆에 있는 예의 노신사는 내미는 요리를 모두 거절하고 수프를 한 숟가락 먹었을 뿐 빈 접시를 앞에 놓고 말없이 그의 앞을 바라보고 있었다. 조심스럽게 하품하는 사람도 있었다. 이따금 눈들이 스르르 감기고 얼굴이 흙빛이 된다. 방되브르의 말에 따르면 언제나처럼 지루하기 짝이 없는 것이었다. 말하자면 이런 만찬회를 재미있게 하려면 점잔을 빼서는 안 된다. 만약 예의바르고 점잖으려 한다면 사교계에서 식사를 하는 거나 다를 것이 없는데, 사교계에서도 이처럼 지루하지는 않을 것이다. 여전히 떠들어 대는 보르드나브가 없었더라면 아마 모두 좋았을 것이 틀림없었다. 보르드나브는 한쪽 다리를 쭉 뻗고 마치 터키 황제처럼 양쪽 옆에 앉은 뤼시와 로즈에게 시중을 들게 하고 있었다. 두 사람은 온통 그에게만 매달려 비위를 맞추고 잔이며 접시가 언제나 가득하도록 신경을 쓰고 있었다. 그러는데도 그는 투덜대고 있었다.

"누가 내 고기를 썰어 주어야지. 식탁이 십 리나 떨어졌으니 나로서는 어떻게 할 수가 없잖나."

그럴 때마다 시몬느가 일어나서 그의 뒤로 돌아가 고기와 빵을 썰어 주었다. 부인들은 모두 그가 먹는 것을 재미있어 했다. 보이를 불러서는 숨이 막힐 만큼 입에다 처넣어 주었다. 로즈와 뤼시가 접시를 바꾸는 동안 시몬느가 입을 닦아주자 그는 아주 좋아하며 그제야 마음이 풀어졌다.

"아무렴! 그래야지……. 여자란 자고로 그렇게만 하면 되는 거야."

사람들은 이제 조금 깨어나서 대화가 전체적으로 퍼졌다. 밀감이 든 셔벗이 나왔다. 불고기에는 알버섯을 곁들인 등심고기, 냉육에는 양념을 한 칠면조 조림이 나왔다. 활기가 없는 손님들의 태도에 기분이 상해서 나나가 큰 소리로 이야기를 시작했다.

"여러분도 아시겠지만 스코틀랜드 왕자께서 만국박람회를 구경하러 오시는데 겸사해서 〈금발의 베누스〉도 보겠다고 무대 앞좌석을 예약했어요."

"왕자들이 죄다 보러 왔으면 좋겠는데."

음식을 입에 문 채 보르드나브가 말했다.

"일요일에는 페르샤 왕께서 오신다죠?"

뤼시 스튜와가 말했다.

이 말을 듣자 로즈 미뇽이 페르샤 왕의 다이아몬드에 관해서 이야기하기 시작했다. 그 임금님은 보석을 잔뜩 박은 겉옷을 입고 있는데 타오르는 태양이라고나 할까, 아무튼 깜짝 놀랄 정도의 것으로 수백만 프랑의 가치가 있다는 것이다. 그러자 부인들은 얼굴빛을 바꾸고 선망으로 눈을 빛내며 목을 길게 빼고, 앞으로 찾아올 예정인 다른 나라의 국왕과 황제들의 이름을 들먹였다. 여자들은 모두 그 왕족들이 마음이 들떠서 하룻밤만 지내고도 막대한 돈을 주었으면 하는 꿈을 꾸고 있었다.

"러시아의 황제는 연세가 몇이지요?"

까롤린느 에게가 방되브르 쪽으로 몸을 기울이며 묻는다.

"황제에게 나이 같은 건 없어요." 웃으면서 백작은 대답한다. "아무리 생각해 봐야 소용없을 테니, 단념하는 게 좋을 거예요."

나나는 화난 표정을 지었다. 그 말은 너무하다고 투덜대는 사람도 있었다. 블랑슈가 전에 밀라노에서 뵌 적이 있는 이탈리아 왕에 관해서 자세하게 이야기하기 시작했다. 미남은 아니지만 뭇 여자를 손에 넣는다나요. 그러나 포슈리가 빅톨 이마누엘 왕은 못 올 거라고 말하자 그녀는 실망하는 표정을 지었다. 루이즈 비오렌느와 레아는 오스트리아 황제의 편을 들었다. 그때 갑자기 키가 작은 마리아 블롱이 말했다.

"프러시아 왕은 말라빠지고 늙었더군요! 작년에 바드에 갔을 때 보았는데 언제나 왕은 비스마르크 백작과 같이 다니더군요."

"비스마르크라면 나도 알아요." 시몬느가 가로채어 말한다. "멋있는 사람이에요."

"나도 어제 그 말을 했는데 아무도 내 말을 믿으려 들지 않더군요."

여기서 또 사빈느 백작 부인의 객실에서와 마찬가지로 비스마르크 백작에 관한 이야기가 한참 계속되었다. 방되브르가 어제와 똑같은 말을 되풀이했다. 잠시 동안 뮈파네 객실로 되돌아간 듯한 느낌이 들었다. 달라진 것은 여자들뿐이다. 의논이라도 한 것같이 화제가 음악 이야기로 옮겨졌다. 이윽고 푸까르몽이 현재 온 빠리의 화제거리인 푸즈 레이 양의 착의식에 대해 한마디 꺼내자, 호기심이 끌린 나나가 그 아가씨에 관해 자세한 이야기를 꼭 좀 해달라고 졸라 댔다.

"원. 가엾게도 그녀를 생매장해 버리다니! 하지만 천주님의 부르심이라면 어쩔 수 없지."

식탁에 앉은 부인들은 모두 감동하고 있었다. 조르즈는 똑같은 말을 또 듣는 것이 싫어서 나나의 사생활을 다그네에게 물었다. 그러나 화제는 또 비스마르크의 이야기로 돌아갔다. 따땅 네네가 라보르데뜨의 귀에 입을 갖다 대고 그 비스마르크라는 사람이 도대체 누구냐고 물었다. 그러자 라보르데뜨는 시치미를 떼고 엉뚱한 이야기를 해서 놀려 주었다.

"비스마르크란 사람은 날고기를 먹는데, 자기집 근처에서 여자를 보기만 하면 얼른 업고 납치를 해간답니다. 그래서 이제 마흔 살밖에 안 됐는데 벌써 아이가 서른 두 명이나 있대요."

"마흔 살에 아이가 서른두 명요!" 따땅 네네가 곧이듣고 놀랐다. "그럼 나이에 비해 겉늙었겠군요."

모두 와 웃었기 때문에 그녀는 자기가 속고 있다는 것을 알았다.

"원 세상에! 농담을 하셨군요!"

한쪽에서는 가가가 아직도 만국박람회에 대한 이야기를 하고 있었다. 이 자리에 있는 모든 부인들과 마찬가지로 그녀도 기대에 가슴을 부풀리고 있는 것이다. 계절도 좋고 하니 시골에서도 외국에서도 손님들이 빠리로 많이 몰려들 것이다. 그리고 만약 일이 잘되기만 하면 박람회가 끝난 뒤엔 오래 전부터 별러 오던 계획, 즉 쥐비지에 조그만 집을 장만해서 은퇴해 살 수도 있을 것이다.

"그러나" 그녀는 팔르와즈에게 말했다. "세상이란 좀처럼 뜻대로 되질 않거든요…… 누가 사랑해 주는 사람이라도 있다면 또 모르지만!"

가가는 자기 무릎에 팔르와즈의 무릎이 닿는 것을 느끼고 감미로운 기분이 되었다. 그는 얼굴이 빨개졌다. 그녀는 응석투 말을 하면서도 단번에 상대를 평가했다. 이 사람은 별로 돈도 없겠구나. 그러나 그녀는 이제 사람을 가리지 않게 되었다. 팔르와즈는 그녀의 주소를 알아 낼 수가 있었다.

"저것 좀 봐요." 방되브르가 끌라리스에게 속삭인다. "가가가 당신의 팔르와즈를 유혹하고 있군요."

"내버려두세요! 저 사람 바보라서 그래요…… 벌써 세 번이나 문간에서 내쫓아 준 걸요. 글쎄 총각이 늙은 여자한테 반한다는 건 기분 나쁘잖아요."

여기서 입을 다물고 블랑슈 쪽을 살짝 가리켰다. 식사가 시작될 때부터 블랑슈는 자기 자리에서 세 사람 건너에 있는 그 품위 있는 노신사에게 벗은 어깨를 보이려고 그 비좁은 데서 줄곧 가슴을 앞으로 몸을 내밀고 있었던 것이다.

"선생님도 버림을 받겠는데요."

끌라리스가 말을 이었다.

방되브르는 아무래도 상관없다는 태도로 짓궂게 웃었다.

"난 저 불쌍한 블랑슈가 성공하는 걸 막지는 않아."

그보다도 그는 스떼너가 보여준 광경이 훨씬 흥미있었다. 이 은행가가 여자에게 잘 반한다는 것은 소문이 나 있었다. 독일계 유대인, 그 손으로 수백만 프랑의 돈을 모으는 이 수완 좋은 사업가도 한번 여자에게 빠지면 바보처럼 되는 것이었다. 그리고 여자라는 여자는 모조리 탐을 내었고 신인 여배우가 무대에 나타나기만 하면 아무리 비싼 값을 치르고라도 반드시 샀다. 그 금액이 곧잘 세상 사람들의 화제가 되었다. 이 맹렬한 호색 때문에 두 번이나 파산했을 정도였다. 방되브르가 말한 대로 여자들은 그의 금고를 깨끗이 털어버리는 것으로써, 도덕을 위해 복수하고 있는 것이다. 랑드 지방의 염전에 대한 대규모적인 투기로써 증권거래소에서 힘을 회복했기 때문에, 6주일 전부터 미뇽 부부가 그 염전에 달라붙어 있었다. 그러나 경쟁 상대가 나타난 이상, 미뇽 부부만이 맛있는 국물을 빨아먹을 수는 없을 것이다. 나나가 하얀 이를 내보이고 있었다. 또 스떼너는 여자에게 잡힌 것이다. 그 반하는 속도가 너무나 급해서 큰 타격이라도 받은 사람처럼 나나 곁에 앉아서 먹고 싶지도 않은 음식을 먹고 있었다. 그의 아랫입술은 축 늘어졌고, 그의 얼굴은 얼룩이 져 있었다. 그녀가 금액만 말하면 되는 것이다. 그러나 나나는 서두르지 않고 그와 장난을 하여 털투성이 귀에 대고 웃음의 입김을 불어넣으면서 그의 얼굴, 두꺼운 피부에 스치는 전율을 즐기고 있었다.

'그 밉살스러운 뮈파 백작이 명백하게 나를 거절한 것이라면 이 남자를 손에 쥘 수도 있으리라.'

"레오빌로 하시겠습니까, 상베르땡으로 하시겠습니까?"

마침 스떼너가 나나에게 작은 소리로 뭔가 말을 하고 있을 때 보이가 두 사람 사이에 고개를 들이밀고 중얼거렸다.

"뭐, 뭐라고?" 당황해서 그는 말을 더듬었다. "아무거라도 좋아."

방되브르가 팔꿈치로 가볍게 뤼시 스튜와를 찔렀다. 그녀는 한번 말을 시작하면 매우 입이 험해서 신랄해진다. 오늘 밤은 미뇽이 몹시 마음에 거슬렸던 것이다.

"저 남자는 뚜쟁이 노릇을 하고 있어요." 그녀는 백작에게 말했다. "종뀌에 때 같은 요행이 또 있을 줄 아는 모양이죠? 기억하시죠, 로즈와 좋아 지내면서 키다리 로르에게 반한 종뀌에 말예요…… 글쎄 미뇽은 로르를 종뀌에게 붙여주었다가 다시 그와 손을 잡고 로즈에게로 돌아오지 않았겠어요? 꼭 바람난 남편을 데리고 돌아와서 화해를 시키듯이 말예요…… 자기가 남편인 주제에. 하지만 이번만은 뜻대로 되지 않을 거예요. 나나는 자기가 얻은 남자를 돌려줄 그런 여자가 아니니까요."

"미뇽이 어쩐 일일까? 자기 아내를 무서운 눈으로 노려보고 있는데요?"

방되브르가 물었다.

그가 몸을 내밀고 보니, 로즈가 포슈리에게 몹시 상냥한 태도를 취하고 있었다. 그래서 뤼시가 화를 내고 있는 까닭을 알았다. 그는 웃으면서 말했다.

"뭐야? 질투를 하는 거요?"

"질투를 한다고요?" 뤼시는 발끈해서 말했다. "천만에요. 로즈가 레옹 포슈리를 원한다면 기꺼이 양보하겠어요! 시시한 자식! 기껏해야 한 주일에 꽃다발 하나밖에 안 갖다 주는 걸요! 보세요, 무대에 서는 년들은 모두가 다 똑같단 말예요. 로즈는 레옹이 쓴 나나의 기사를 읽고 분해서 울었답니다. 난 알아요. 그러니까 뻔하잖아요. 저 여자는 기사가 필요한 거예요. 그래서 그의 마음을 사로잡으려는 거예요…… 난 레옹이 찾아오면 문간에서 내쫓을 거예요, 두고 보세요!"

여기서 말을 끊고 두 개의 술병을 들고 뒤에 서 있는 보이에게 말했다.

"레오빌을 주세요." 그러고 나서 다시 목소리를 낮추어서 말을 이었다. "난 떠들어 대거나 그러고 싶진 않아요. 난 그런 부류의 인간이 아니니까요. 하지만 아주 더러운 년이에요. 내가 남편이라면 두들겨 패주겠지만…… 저 여자는 결코 행복해지지는 않을 거예요. 포슈리가 어떤 남잔지 몰라서 저래요. 저 남자는 보통내기 줄 아세요? 출세를 하기 위해 여자한테 들러붙어 진드기처럼 여자를 빨아먹는 남잔데…… 잘들 노네."

방되브르는 그녀를 달랬다. 보르드나브는 로즈와 뤼시가 돌보아 주지 않으므로 화가 나서 아비를 목말려 죽이고 굶겨 죽일 작정이냐고 고함을 질렀다. 이 말이 사람들에게 기분전환이 되었다. 식사는 여전히 계속되었지만 이제 먹는 사람은 아무도 없었다. 이탈리아식 버섯요리와 뽕빠르두식 파인애플파이가 그대로 접시에 남아 있었다. 그러나 수프를 든 다음부터 마시기 시작한 샴페인의 취기가 차츰 돌아서 그제야 모두 편한 자세를 취했다. 부인들은 잔뜩 어질러진 음식 그릇을 앞에 놓은 채 식탁에 팔꿈치를 짚었고 남자들은 한숨 돌리기 위해 의자를 뒤로 물렀다. 검정 연미복이 여자들의 흰 블라우스 사이에

스떼너

묻혔다. 비스듬히 앉은 여자의 노출된 어깨가 비단처럼 반짝였다. 방안이 무더웠고 테이블 위의 촛불빛이 짙어졌는지 더욱 노랗게 보였다. 이따금 곱슬곱슬한 머리 밑에서 금빛 목덜미가 앞으로 숙여지면 높다랗게 빗어 올린 머리채에서 다이아몬드의 머리핀이 찬연하게 빛났다. 온 방안이 불꽃이 타오르듯 활기를 띠며 눈에는 미소가 떠올랐고, 살짝 내다보이는 하얀 이가 샴페인 잔 속에 비치는 촛불빛과 함께 연방 몸짓을 해가며 큰 소리로 농담을 주고받는다. 묻는 소리에 대답은 들리지 않고 사람들은 이쪽 끝에서 저쪽 끝으로 서로 불러댔다. 그 중 유독 소란을 피우는 것은 보이들이었다. 그들은 마치 자기네 식당 복도에라도 있는 것처럼 서로 떼밀고 괴성을 지르면서 아이스크림과 디저트를 나르고 있었다.

"모두" 보르드나브가 소리쳤다. "내일도 공연이 있다는 걸 알지……. 조심들 해요. 샴페인을 너무 많이 마시지 않도록!"

"나는 온 세계의 술이란 술은 다 마셔 봤어요……."

이렇게 말하는 것은 푸까르몽이다.

"굉장히 독한, 제아무리 술 잘 먹는 사람이라도 뻗어버리는 그런 술을 말이죠……. 그런데 그게 난 아무렇지도 않거든요. 난 취하지 않는 체질인가 봐요. 아무리 마셔도 취하질 않거든요."

그는 얼굴이 창백해져 있었으나 태연히 의자 등받이에 몸을 기대고 끊임없이 마시고 있었다.

"그렇더라도 이제 그만 하세요." 루이즈 비오렌느가 속삭인다. "그만 하면 됐어요……. 밤새도록 당신 뒤치다꺼리를 하게 되면 나는 어떻게 되는 거예요?"

뤼시 스튜와의 볼은 술기운이 돌아서 폐병 환자같이 발그레해져 있었다. 로즈 미뇽은 눈에 눈물이 그렁그렁해서 감상적이 되어 있었다. 따땅 네네는 너무 많이 먹어서 얼이 빠져, 그러한 자기의 멍청함을 웃고 있었다. 그 밖에 블랑슈, 까롤린느, 시몬느, 마리아 등은 마부와 싸운 일, 시골로 놀러 갈 계획, 애인을 뺏고 빼앗고 한 복잡한 경위 등을 한꺼번에 이야기하고 있었다. 그때 조르즈 옆에 있던 젊은이가 레아드 온을 껴안으려 했기 때문에 그녀는 몹시 화가 나서 "이것 놓아요!" 소리치자마자 따귀를 한 대 갈겼다. 나나의 모습에 흥분해 있던 조르즈는 술김에 테이블 밑으로 기어들어가서 강아지처럼 나나의 발밑에 쭈그리고 앉으려 마음먹었다가 잠시 망설이고 있었다.

'아무의 눈에도 띄지 않을 테니까 얌전하게 기어들어가 있자.'

이렇게 생각하고 있는데, 레아의 부탁을 받고 다그네가 그 젊은이에게 점잖게 굴라고 주의주는 말을 듣자 마치 자기가 꾸중 당한 것 같아 갑자기 기가 죽어 버렸다.

'시시해, 재미도 없어. 더 있어 봐야 재미있는 일도 없겠어.'

이때 다그네가 농담 투로 말을 건넸다.

"넌 지금 석 잔의 샴페인으로 금방이라도 쓰러질 것같이 되어 있으니, 만약 네가 여자와 단둘이 있다면 어떻게 하니?"

그러고는 큰 컵에 물을 세 컵이나 따라 마시게 했다.

"그런데 말이죠, 아바나에선 나무 열매로 꼬냑을 만드는데……" 푸까르몽이 말을 잇는다. "꼭 불을 마시는 것 같더군요. 그걸 어느 날 밤에 일 리터도 더 마셨는데, 그래도 아무렇지도 않더군요……. 그보다 더 독한 술로는 언젠가 꼬로망델 해안에서 토인들이 우리에게 준 유산염(硫酸鹽)에 후추를 섞은 것 같은 술이었는데 그것도 마셔 봤지만 아무렇지도 않더군요……. 난 아무래도 취하지 않는 체질인가 봐."

그는 좀전부터 맞은쪽에 앉은 팔르와즈의 표정이 못마땅해서 빈정대며 무례한 말을 던지기도 했다. 팔르와즈는 술김에 완전히 흥분해서 가가에게 착 달라붙어 시시덕거리고 있었다. 그러나 실은 걱정스러운 일이 있었다. 누군가에게 손수건을 뺏긴 것이다. 그래서 술꾼의 고집으로 손수건을 내놓으라고 옆 사람에게 묻기도 하고 몸을 구부려 의자 밑과 발밑을 살펴보기도 했다. 가가가 그를 진정시키려 하자 그는 중얼거렸다.

"안 돼요. 수건 귀퉁이에 내 이름의 첫글씨와 가문(家紋)이 새겨져 있거든요……. 까딱하면 곤란한 일이 생길지도 몰라요."

"이보십시오. 팔라무아즈 씨, 라마푸와즈 씨, 마팔르와즈 씨!"

푸까르몽이 소리쳤다.

상대 이름을 이렇게 바꾸어 부르는 것을 재치있는 농담으로 알았던 것이다. 그러나 팔르와즈는 화를 냈다. 그는 더듬거리면서 자기 조상들에 관해 말하고는 머리에 물병을 던지겠다고 위협했다. 방되브르 백작이 중간에 나서서, 푸까르몽은 그냥 농담으로 그런 거니까 참으라고 말렸다. 사실 모두가 웃고 있었다. 그래서 화가 났던 젊은이도 기세가 꺾이어 도로 주저앉았다. 사촌형인 포슈리가 큰 소리로 음식이나 먹으라고 하자, 그는 어린아이처럼 복종했다. 가가가 또 그를 자기 쪽으로 끌어당겼다. 그래도 그는 이따금 손님들 쪽을 불안한 듯이 슬쩍 바라보며 여전히 손수건을 찾고 있었다. 그래서 푸까르몽은 이번에는 테이블 너머 멀찌감치 떨어져 있는 라보르데뜨를 놀리기 시작했다. 루이즈 비오렌느가 떠들지 못하게 하려고 애를 썼다. 그가 이처럼 사람을 놀려 대면 결국 피해를 입는 것은 언제나 그녀였기 때문이다. 그는 라보르데뜨를 마담이라고 부르며, 그것이 어지간히 재미있었던지 몇 번이고 되풀이 했다. 라보르데뜨는 마담이라고 불릴 때마다 태연히 어깨를 으쓱하면서 이렇게 말할 따름이었다.

"듣기 싫소, 어리석은 소리 작작하시오."

그러나 푸까르몽이 여전히 떠들어 대고, 왠지 모르나 모욕적인 언사를 지껄이기에 이르자 그는 대꾸를 하지 않고 방되브르 백작에게 말했다.

"선생님 친구분의 입을 다물게 해 주시지요……. 난 화를 내고 싶지 않으니까요."

그는 두 번이나 결투를 한 경험이 있었다. 또한 어디를 가나 존경받고 있는 사람이었으므로 모두 푸까르몽을 비난했다. 하긴 사람들은 모두 그의 재치를 인정했지만 그렇다고 해서 이 만찬회의 분위기를 어지럽히는 것은 용납할 수 없었다. 방되브르는 기품 있는 얼굴을 붉히며, 라보르데뜨에게 남자 대접을 하라고 푸까르몽에게 말했다. 미뇽, 스떼너, 보르드나브 등 다른 남자들도 비난을 하면서 사이에 끼어 들어 방되브르의 목소리마저 들리지 않을 정도로 떠들어 댔다. 오직 한 사람 나나 곁의, 모두에게서 잊혀진 예의 노신사만이 여전히 위엄 있는 태도로 말없이 미소를 지으면서 이 식후의 소동을 멍한 눈으로 좇고 있었다.

"여기서 커피를 마시면 어떨까?"

보르드나브가 말했다.

"여기서 마시는 게 좋겠는데."

나나는 곧바로 대답하지는 않았다. 만찬이 시작된 때부터 그녀는 자기 집에 있는 것 같지 않았다. 이 많은 손님들 때문에 얼이 빠져 있었던 것이다. 그들은 마치 음식점에 있는 것처럼 보이를 부르고 떠들어 대며 제멋대로 행동하고 있었다. 첫째 그녀 자신부터 집 주인으로서의 자기 역할을 잊어버리고 옆에서 졸도할 지경에 놓여 있는 뚱뚱보 스떼너에 대한 것밖에 생각하고 있지 않았다. 그녀는 스떼너의 말을 듣고 있다가 금발미인답게 웃음을 지으며 고개를 흔들었다.

샴페인을 마셨기 때문에 얼굴은 장미빛이 되고 입술은 촉촉히 젖었으며 눈은 반짝반짝 빛나고 있었다. 교태를 부리며 어깨를 움직여 고개를 돌릴 때마다 목 언저리가 육감적으로 부풀었다. 그럴 때마다 은행가는 더욱 더 술을 권했다. 그러다가 문득 귀 언저리의 조그만 귀여운 점과 비단결 같은 매끄러운 살결을 보자 그는 거의 미칠 것 같았다. 나나는 머릿속이 멍해 있었으나 그래도 이따금 정신을 차리고 손님들에게 실례가 되지 않도록 애써 상냥하게 대했다. 식사가 끝날 무렵에는 완전히 취해 버렸다. 샴페인만 마시면 금방 취해 버리니 하는 수 없었다. 그러다가 문득 어떤 생각이 떠올라 화가 났다. 여자들이 자기 집에 와서 더러운 짓만 하고 있는 것이 무척 화가 났다. 그럴 줄 알았다. 뤼시는 푸까르몽에게 라보르데뜨를 더 공격하라고 눈짓을 했고, 로즈와 까롤린느 그 밖의 여자들은 남자들을 선동하고 있었다. 너무 시끄러워서 말소리도 잘 안 들릴 정도였다. 이것은 나나의 집에서 만찬을 할 때는 무슨 짓을 해도 상관없다고 생각하고 있는 증거였다.

'어디 두고 보자, 아무리 술이 취했어도 그래도 이 중에서는 뭐니뭐니해도 내가 가장 고상하고 멋있는 여자라는 걸 알려 주어야지.'

"이봐." 보르드나브가 말했다. "이리로 커피를 내오게 하라니까…… 내 다리가 이 모양이라 그러는 거야."

그러나 나나는 거칠게 벌떡 일어서며, 깜짝 놀라는 스떼너와 노신사의 귀에 대고 속삭였다.

"무척 즐거웠어요. 앞으로 버릇없는 사람들을 초대할 때 좋은 참고가 될 거예요."

그러고 나서 손가락으로 식당 쪽을 가리키며 큰 소리로 덧붙였다.

"커피 드실 분은 저리로 가주세요."

사람들은 나나가 화난 것을 눈치채지 못하고 테이블을 떠나 식당 쪽으로 몰려갔다. 잠시 뒤 객실에는 보르드나브 혼자만 남게 되었다. 그는 벽을 붙잡고 조심조심 걸으면서, 저놈의 계집들이 이제 배가 부르니까 아비를 버리고 갔다고 욕지거리를 퍼붓고 있었다.

그의 뒤에서는 큰 소리로 외치는 요리사의 지시에 따라 보이들이 벌써 식기들을 치우기 시작했다. 그들은 부산하게 설쳐 대며 마치 몽환극의 배경이 무대장치 책임자의 호루라기 소리에 따라 사라져 없어지듯이 순식간에 테이블을 깨끗이 치워버렸다. 왜냐하면 손님이 커피를 들고 나면 다시 이리로 돌아오기로 되어 있었기 때문이다.

"아이, 여기는 춥구나!"

식당에 들어가자 가가가 몸을 조금 떨며 말했다.

이 방의 창문은 활짝 열려 있었던 것이다. 두 개의 등잔이 테이블을 밝혀 주었고, 커피와 술 종류가 준비되어 있었다. 의자가 없어서 모두 서서 마셔야 했는데 옆방에서는 보이들이 떠들어 대는 소리가 더욱 높아졌다. 나나의 모습이 어느 틈에 보이지 않았으나 수상히 여기는 사람은 아무도 없었다. 그녀가 없어도 다들 예사였다. 모두 스스로 커피를 따라 마셨고 찬장 서랍을 뒤져서 찻숟가락을 찾아 썼다. 식사하면서 떨어져 있던 사람들이 여기저기 무리 지어 다시 모여들었다. 그리고 의미심장한 시선과 웃음을 주고받으며 간단하게 요즘 형편을 이야기했다.

"여보" 로즈 미뇽이 남편에게 말했다. "포슈리 씨를 며칠내로 점심에 초대해도 되겠지요?"

회중시계줄을 만지작거리고 있던 미뇽은 잠시 험악한 눈초리로 포슈리를 보았다. 로즈의 좋은 관리인으로서 이 주책없는 짓을 단속해야지. 그러나 기사를 써받기 위해서라니까 할 수 없지만 다음부터는 어림도 없다. 그러나 그는 아내의 고집 센 성격을 잘 알고 있었고, 또 필요할 때는 아버지 같은 기분으로 바람피우는 것 정도는 너그럽게 봐주자는 방침이므로 애써 상냥한 태도로 대답했다.

"물론이지. 꼭 와주십시오……. 내일 어떻겠습니까, 포슈리 씨."

스떼너와 블랑슈와 이야기하고 있던 뤼시 스튜와가 초대의 말을 들었다. 그래서 목소리를 높여 은행가에게 말했다.

"여자들이란 모두 미쳤어요. 내 개까지 훔쳐 가는 계집이 있으니 말이에요……. 그러니까 선생님이 그 여자를 버렸다 해서 제 탓은 아니에요."

로즈가 돌아보았다. 그녀는 커피를 한 모금씩 마시다가 얼굴빛을 바꾸고 스떼너를 바라보았다. 자기를 버린 남자에게 울분에 찬 노여움이 눈에 이글이글

타오르고 있었다. 그녀에게는 미뇽보다 더 앞을 보는 안목이 있었다. 바보같이 종뀌에 때같이 또 그렇게 될 줄 알지만 그건 어리석은 짓이다. 할 수 없지! 난 포슈리를 가져야겠다. 식사때부터 홀딱 반해 버렸으니 미뇽이 못마땅하게 생각한다면 차라리 잘됐다.

"당신 싸우려는 것은 아니지?"

방되브르가 뤼시 스튜와에게 와서 말했다.

"아네요. 걱정 마세요. 저 여자더러 가만 있기만 하라고 해요. 그렇지 않으면 혼을 내줄 거예요." 그러고는 거만한 태도로 포슈리를 불렀다. "당신 슬리퍼가 우리 집에 있는데, 내일 당신네집 문지기에게 보내겠어요."

포슈리는 농담을 하려고 했으나 뤼시는 거만한 태도로 그 자리를 떠났다. 벽에 기대어 조용히 버찌술을 마시고 있던 끌라리스가 어깨를 으쓱했다.

"홍, 또 남자 때문에 소동이 벌어졌군! 두 여자가 애인을 데리고 마주치면 당장 사내를 뺏을 생각밖에 않거든. 난 이런 일은 질색이야. 나도 그럴 생각만 있다면야 엑또르 일로 가가의 눈을 뽑을 수도 있지. 하지만 천만에, 난 그런 어리석은 짓은 안해!"

그때 팔르와즈가 지나갔으므로 그녀는 다만 이렇게만 말했다.

"나 좀 보세요. 당신은 나이 먹은 여자를 좋아하나 보죠? 잘 익은 것보다 곪아 터지는 여자들 말이에요."

팔르와즈는 화난 표정을 지었다. 아직도 손수건 때문에 신경을 쓰고 있었으므로 끌라리스가 놀리는 것을 보자 아무래도 수상하다고 생각했다.

"장난은 집어 치워, 내 손수건, 당신이 가져갔지? 이리 내놓아요."

"손수건, 또 손수건 타령이군요! 바보 같은 양반, 내가 무엇 때문에 당신 손수건을 가져가요?"

"우리 집에 보내서 나를 혼내 주려는 거지!"

그는 아직도 의심스럽다는 듯이 말했다.

한쪽에서는 푸까르몽이 끊임없이 술을 들이마시고 있었다. 라보르데뜨는 여자들 틈에 끼어서 커피를 마시고 있었다. 그쪽을 바라보며 푸까르몽은 여전히 히죽거리고 있더니 또 다시 욕설을 퍼붓기 시작했다.

"저자식, 말 거간꾼이라는 말을 들었는데 어느 백작 부인의 사생아라는 말도 있더군! 한푼도 못 벌면서 언제나 주머니엔 25루이를 갖고 있거든, 갈보의 하인 노릇을 하는 주제에 한 번도 여자와 자본 일이 없는 놈이야……. 한 번도 없어! 한 번도!" 혼자 화를 내면서 푸까르몽은 되풀이했다. "저놈을 어떻게 해서든 한 대 갈겨 줘야지."

그는 샤르트뢰즈가 든 작은 잔을 단숨에 비웠다. 샤르트뢰즈 정도로는 취하지 않는다고 외치며 엄지손톱으로 이빨을 퉁겼다. 그러나 라보르데프 쪽으로 걸어가려는 순간, 갑자기 얼굴이 창백해지더니 찬장 앞에서 털썩 쓰러졌다. 술독에 빠진 사람처럼 된 것이다. 루이즈 비오렌느는 난처해서 어쩔 줄을 몰랐다. 이럴 줄 알았다며 또 밤새도록 시중을 들어야 한다고 투덜거렸다. 가가는 경험 많은 여자의 눈으로 장교를 살펴보고 나서 루이즈를 안심시켰다.

"괜찮아요, 이분은 열 두 시간이나 열 다섯 시간쯤 계속해서 자고 나면 괜찮을 거예요."

사람들은 푸까르몽을 옮겨 갔다.

"아니! 나나는 어딜 갔지?"

방되브르가 물었다.

과연 그러고 보니 커피를 마시러 일어섰을 때부터 나나가 보이지 않았다. 사람들은 그제야 나나를 생각하고 찾기 시작했다. 아까부터 걱정하고 있던 스떼너가, 나나와 마찬가지로 자취를 감춘 노신사를 방되브르에게 물었다. 그러자 백작은 그 노신사는 지금 막 전송하고 오는 길인데, 이름을 말해도 모르겠지만, 어느 외국의 명사(名士)이며 연회의 비용을 치르는 것만으로도 만족하고 있는 부호라고 말하여 스떼너를 안심시켰다. 잠시 뒤, 또다시 사람들이 나나를 잊어버렸을 무렵 다그네가 문에서 목만 내밀고 잠깐 오라고 눈짓하고 있는 것을 방되브르는 깨달았다. 침실로 들어가니 나나가 핏기 없는 입술을 하고 꼿꼿한 자세로 의자에 앉아 있었다.

곁에는 다그네와 조르즈가 서서 어리둥절해 하며 그녀를 바라보고 있었다.

"왜 그러고 있소?"

놀라서 방되브르가 물었다.

나나는 대답도 하지 않고 돌아보지도 않았다. 그는 다시 물었다.

"난 무시당하고 싶지 않아요!"

그러고는 마음속에 있는 말을 입에서 나오는 대로 지껄여 댔다. 그렇다, 그녀는 바보가 아니다. 다 알고 있다. 식사때 모두가 그녀를 무시하고 경멸하고 있다는 것을 보여 주기 위해 심한 말들을 했다.

"내 발밑에도 못 따라올 더러운 계집들의 모임이었어요! 결국엔 욕을 얻어먹기 위해 이렇게 애써 대접을 하다니, 정말 기가 막혀서! 그런 더러운 계집들을 왜 내쫓지 못하는지 나도 모르겠어요."

이렇게 말하자 나나는 노여움으로 숨이 막혀 소리도 나오지 않을 만큼 흐느껴 울었다.

"이봐요, 당신은 취했어." 방되브르가 다정하게 말했다. "분별이 있어야지."

싫다고 그녀는 말을 듣지도 않고 거절했다. 그리고 그대로 있겠다고 고집을 피우며 말했다.

"취했다구요? 그럴지도 모르죠. 하지만 난 나에게 예의를 지켜주길 바라는 거예요."

15분 전부터 다그네와 조르즈가 식당으로 돌아가자고 애원을 했으나 소용이 없었다.

나나는 고집을 부리고 있었다.

"손님들은 제멋대로 놀면 될 것 아녜요. 그따위 인간들에게 누가 돌아갈 줄 알고, 싫어요! 절대로 싫어요! 내 몸을 갈기갈기 찢는대도 난 이 방에 있겠어요!"

"내가 잘못했지, 이런 음모를 꾸민 건 틀림없이 그 로즈년의 짓일 거예요. 내가 기다리던 그 귀부인이 오지 않은 것도 분명히 로즈년이 못 오게 했을 거예요."

그것은 로베르 부인을 두고 하는 말이었다. 그러나 방되브르는 로베르 부인 자신이 거절했다고 단언하였다. 그리고 이런 장면에는 익숙해 있으므로 진지한 얼굴로 그녀의 말을 들어 주고 나서 의견을 말해 주었다. 여자가 이런 상태에 놓였을 땐 어떻게 다루면 된다는 것을 잘 알고 있었던 것이다. 그러나 의자에서 일으켜 데려가기 위해 두 손을 잡으려 하자 나나는 더욱더 심하게 화를 내며 버둥댔다.

"포슈리가 뮈파 백작이 오는 걸 방해하지 않았다니, 그건 틀림없이 거짓말일 거예요. 포슈리는 정말 뱀 같은 놈이야. 시샘이 많아서 악착같이 여자를 따라다니며 여자의 행복을 망쳐 버리는 사내예요. 난 다 알고 있어. 백작은 나한테 잔뜩 반해 있어요. 난 분명히 그를 가질 수 있었을 텐데."

"그 사람은 여기 오지 않아요!"

방되브르가 저도 모르게 웃으면서 소리쳤다.

"왜요?"

그녀는 조금 술이 깨는 듯하여 진지하게 물었다.

"그 사람은 신부(神父)한테 미쳐서 만약 손가락 하나라도 당신한테 댔다간 이튿날 고해를 하러 가야 하거든. 그러니까 내 말은 다른 사람이나 놓치지 말라는 거요."

그녀는 잠깐 말없이 생각에 잠겨 있었다. 이윽고 일어나더니 눈을 씻으러 갔다. 그러나 막상 식당으로 데려가려니까 여전히 싫다고 완강하게 거부했다. 방되브르는 더이상 끈덕지게 권하지 않고 웃으면서 방을 나갔다. 그가 없어지자 나나는 갑자기 마음이 누그러져서 다그네의 품에 뛰어들면서 되풀이했다.

"아아, 우리 미미, 당신밖에 없어요…… 당신이 좋아! 정말 좋아! 같이 살 수 있다면 얼마나 좋을까. 여자란 참 불쌍한 거예요!"

두 사람이 키스하는 것을 보고 조르즈는 얼굴이 새빨개졌다. 그것을 눈치챈 나나는 그에게도 마찬가지로 키스를 해주었다. 미미는 이런 어린아이에게 질투는 않는다.

"뽈과 조르즈가 언제나 사이좋게 지내면 좋겠어요. 셋이서 서로 사랑한다는 걸 알면서도 이렇게 정답게 지낼 수 있다면 흐뭇한 일이 아니겠어요?"

바로 이때 그들은 이상한 소리에 정신이 들었다. 방안에서 누군가가 코를 골고 있었다. 보르드나브였다. 커피를 마신 다음 이거 잘되었다 하고 여기에 들어온 모양으로 머리를 침대 끝에 기대고 한쪽 다리를 쭉 뻗고 두 개의 의자 위에서 자고 있었다. 입을 헤벌리고 코를 골 때마다 코가 덜덜 떨었다. 그 모양이 너무나 우스워서 나나는 몸을 뒤틀며 웃었다. 그녀는 다그네와 조르즈를 데리고 방을 나와 식당으로 해서 객실로 들어가면서 점점 더 크게 웃었다.

"글쎄!" 로즈의 팔에 안기듯이 하면서 나나는 말했다. "우스워 죽겠어요, 이리 좀 와 보세요."

모든 여자들이 그녀를 따라가야 했다. 나나는 다정스럽게 그녀들의 손을 잡고 억지로 끌고 갔다. 그 천진스런 태도에 모두 까닭도 모르고 덩달아 웃었다. 한 무리의 여자들은 침실로 들어가서 잠깐 숨을 죽이고 거창하게 누워 있는 보르드나브를 보고 나서 다시 되돌아왔다. 그리고 참고 있던 웃음을 터뜨렸다.

누군가가 "쉿!" 하고 웃음을 멈추게 하자 보르드나브의 코고는 소리가 거기까지 들려왔다.

이제 4시가 가까웠다. 식당에서는 게임 테이블이 준비되어 있었고 방되브르, 스떼너, 미뇽, 라보르데뜨가 둘러앉아 있었다. 그들 뒤에 서서 뤼시와 까롤린느가 내기를 걸고 있었다. 한편에서는 이날 밤의 만찬회에 불만을 느낀 블랑슈가 꾸벅꾸벅 졸면서, 이제 돌아가지 않겠느냐고 5분마다 방되브르에게 묻고 있었다. 객실에서는 춤판이 벌어졌다. 나나가 피아노를 치려고 하지 않았기 때문에 다그네가 손님이 요구하는 대로 왈츠나 폴카를 치려고 피아노 앞에 앉았다. 그러나 춤도 지리해져서 여자들은 졸리는 얼굴을 하고 소파에 파묻혀서 이야기를 하고 있었다.

그때 갑자기 떠들썩한 소리가 났다. 열한 명의 젊은이가 들이닥쳐 현관 방에서부터 웃어대며 객실문 앞으로 밀고온 것이다. 내무장관의 무도회에서 돌아오는 길로, 야회복 차림에 흰 넥타이, 훈장을 다는 핀 같은 것을 가슴에 꽂고 있었다. 이 떠들썩한 침입자들 때문에 화가 난 나나는 부엌에 남아 있던 보이들을 불러서 쫓아내라 했다. 전혀 모르는 사람들이라고 그녀는 잘라 말했다. 포슈리, 라보르데뜨, 다그네를 비롯하여 모든 남자들이 나가서 이 집 주인에게 실례가 아니냐고 주의를 주었다. 큰 소리가 오가고 팔들이 들먹거렸다. 까딱했으면 치고 받고 할 뻔했으나, 키가 작고 몸이 약해 보이는 금발의 남자가 집요하게 되풀이했다.

"이봐요, 나나, 요전날 저녁에 뻬떼르네 집의 붉고 큰 응접실에서의 일 생각나죠? 우릴 초대했잖아요."

"요전날 저녁에 뻬떼르네 집에서?"

그녀는 전혀 기억이 없었다. 대관절 어느날 밤이었을까? 자그만 금발 사나이가 그날은 수요일이었다고 말하자, 그날 분명히 뻬떼르의 집에서 회식한 기억이 났다. 하지만 아무도 초대한 일은 없었다. 그것만은 분명했다.

"하지만, 당신이 초대했는지도 모르잖아요?" 의심스러워진 라보르데뜨가 속삭였다. "술이 약간 취해서 말이오."

나나는 웃음을 터뜨렸다. 그랬을는지도 모른다. 아무튼 기왕 온 사람들이니까 들어오라고 해야 했다. 이렇게 해서 원만하게 해결되었다. 새로 온 사람들 중 몇 사람은 객실에서 아는 사람을 만나게 되어 이 소동은 악수로 끝났다. 아까 그 몸이 약해 보이는 금발의 자그마한 사나이는 프랑스의 명문 태생이었다. 그들의 말에 따르면 또 다른 친구들도 곧 뒤따라올 것이라고 했다. 사실 문이 쉴새없이 열리며 흰 장갑을 낀 정장한 남자들이 나타났다. 이들도 내무장관의 무도회에서 돌아오는 길이었다. 장관은 오지 않느냐고 농담삼아 포슈리가 물었다. 그러자 나나가 뾰로통해서 나보다 가치 없는 사람들 집에 갔을 거라고 대답했다. 그녀는 말은 하지 않았지만 아직도 기대를 걸고 있었다. 혹시 사람들 틈에 섞여서 뮈파 백작이 오지 않을까 생각했던 것이다. 그분은 생각이 달라졌을지도 몰라. 로즈와 이야기를 하면서도 나나는 줄곧 문 쪽을 눈여겨보고 있었다.

5시를 알리는 소리가 들렸다. 이제는 춤도 추지 않았다. 끈질기게 계속하고 있는 것은 트럼프를 치는 사람들뿐이었다. 라보르데뜨는 교대를 하여 물러났고 여자들도 객실로 돌아갔다. 등갓을 불그스레하게 물들이고 있는 등잔의 흐릿한 불빛 아래, 밤을 새운 나른한 기분이 방에 무겁게 드리워져 있었다.

여자들은 왠지 모르게 마음이 공허해져서 신세타령들을 하기 시작했다. 블랑슈 드 시브리가 장군이었던 자기 할아버지 이야기를 하는가 하면 끌라리스는 어떤 공작이 멧돼지 사냥을 하러 가는 길에 자기 삼촌네 집에 들렀다가 거기서 자기를 유혹했다고 허풍을 떨었다. 그러자 두 사람은 서로 등을 돌리고 어깨를 움츠리며 어이없어 했다.

"흥, 그런 엉터리 이야기를 잘도 주워섬기는군."

한편 뤼시 스튜와는 조용하게 어린 시절의 이야기를 털어놓았다. 이를테면 자기가 어렸을 때 북부 철도의 주유원인 아버지가 일요일이면 곧잘 애플파이를 사다 주었다는 이야기였다.

"글쎄, 내 말 좀 들어 보세요!" 느닷없이 키가 작은 마리아 블롱이 외쳤다. "우리 집 앞에 한 신사가 있거든요. 러시아인인데 아무튼 굉장한 부자예요. 그런데 어제 어떤 사람이 나한테 과일 바구니를 보내지 않았겠어요. 과일 바구니를 말이에요! 큰 배랑, 이렇게 큰 포도송이랑, 말하자면 지금 철에는 볼 수 없는 진귀한 과일들을 말이에요! 그리고 그 안에는 1,000프랑짜리 지폐가 여섯 장이나…… 그런데 글쎄 그게 바로 그 러시아 사람이었지 뭡니까…… 물론 고스란히 돌려보냈지요. 하지만 좀 아까운 생각이 들더군요. 특히 과일이 말이에요!"

나나의 밤 연회에 찾아온 11명의 청년

여자들은 입을 오므리고 서로 얼굴을 마주보았다. 그 나이에 마리아 블롱은 어쩌면 이렇게도 뻔뻔스러울까. 이렇게 천한 갈보에게 어떻게 그런 일이 있을 수 있담. 그녀들은 서로가 몹시 경멸하고 있었다. 특히 뤼시에 대해서는 세 왕자 이야기에 화가 나서 심한 질투를 하고 있었다. 뤼시가 매일 아침 말을 타고 브로오뉴 숲을 산책하게 되고 또 그것으로 세상에 알려지게 되자 그녀들은 미친 듯이 모두 말을 타게 되었던 것이다.

날이 새기 시작했다. 나나는 단념하고 문에서 시선을 옮겼다. 누구나 지루해서 죽을 지경이었다. 로즈 미뇽은 '슬리퍼'라는 노래를 부르라는 요청을 거절하고, 소파에 웅크리고 앉아서 포슈리와 작은 소리로 이야기하면서 아까 방되브르에게 50루이를 딴 미뇽을 기다리고 있었다. 훈장을 단, 엄숙한 표정을 한 뚱뚱한 신사가 '아브라함의 희생'을 알자스의 사투리로 낭송했다. 하느님이 맹세하는 대목에서는 '빌어먹을!'이라고 말했고, 이삭은 언제나 '네, 아버지시여'라고 대답했다. 그러나 아무도 이해하지 못했기 때문에 그 익살은 맥이 빠졌다.

사람들은 어떻게 하면 유쾌해져서 이 한밤을 떠들썩하게 끝낼 수 있을 것인지를 모르고 있었다. 팔르와즈는 여자를 하나하나 살피면서 누가 손수건을 옷깃 속에 감추어 두지나 않았나 눈여겨보고 있었다. 그것을 보자 라보르데뜨는 범인이 누구라는 것을 알려 주고 싶은 생각이 언뜻 들었다. 찬장에는 아직 샴페인 병이 남아 있었기 때문에 젊은이들은 또 마시기 시작했다. 그들은 서로 불러 대며 흥분하고 있었다. 그러나 술을 마실수록 울고 싶어지는 우울한 기분이 객실에 충만되는 것을 어쩔 수가 없었다. 그때 프랑스 명문 출신이라는 그 금발의 작달막한 사나이가 좋은 생각이 떠오르지 않아 몸살을 하고 있다가 마침내 묘안을 생각해 냈다. 즉 샴페인 병을 들고 가서 피아노에다 쏟아 부어 버린 것이다. 모두 몸을 뒤틀며 웃어 댔다.

"어머나!" 그것을 보고 따땅 네네가 놀랐다. "왜 피아노에다 샴페인을 쏟았지요?"

"허! 그것도 몰라요?" 라보르데뜨가 점잖게 말했다. "피아노에는 샴페인만큼 좋은 게 없거든. 그래야 소리가 잘 난단 말이오."

"그래요?"

곧이듣고 따땅 네네가 중얼거렸다. 그러자 모두 웃었기 때문에 그녀는 샐쭉해졌다.

"내가 그걸 어떻게 알아! 언제나 나만 놀리고 있어!"

파티는 분명 불쾌하게 끝날 것 같아 보였다. 이래서 분위기가 완전히 망쳐졌다. 한쪽 구석에서는 마리아 블롱과 레아 드 온이 다투기 시작했다. 돈도 없는 남자들과 잔다고 마리아가 비난을 했기 때문이다. 두 여자는 서로 상대 생김새에 대해 욕지거리를 퍼붓기 시작했다. 그러자 얼굴이 미운 뤼시가 한마디 하여 그들의 입을 다물게 했다.

"생김새 같은 건 문제가 아니야, 중요한 건 몸매라고."

저쪽 소파 위에서는 어느 대사관 수행원이 시몬느의 허리를 껴안고 목에 키스를 하려 애를 쓰고 있었다. 그러나 기진맥진하여 기분이 나지 않은 시몬느는 그럴 때마다 부채로 얼굴을 때리며 밀어 냈다.

"귀찮게 굴지 마세요!"

어느 여자도 남자들이 건드리기를 바라지 않았다. 자기들을 창녀로 대하는 게 싫어서였다. 한편에서는 가가가 또다시 팔르와즈를 붙잡고 무릎에 안다시피 하고 있었다. 그리고 끌라리스는 두 남자 사이에 끼어서 간지럼타듯이 깔깔대며 몸을 비비꼬고 있었다. 피아노 둘레에서는 여전히 아까의 그 고약한 장난이 계속되고 있었다.

서로 밀어 대면서 저마다 병에 남은 술을 쏟으려고 했다. 싱겁고 유치한 장난이었다.

"자, 여보게 한잔 마셔……. 허! 피아노도 갈증이 나나 보지! 자, 여기 한 병더 있어. 흘리지 말고 마셔!"

나나는 등을 돌리고 있어 이들을 보고 있지 않았다. 그녀는 곁에 앉아 있는 뚱뚱한 스떼너를 택하기로 작정한 것이다.

"할 수 없지! 뮈파 백작이 안 왔으니까."

슈미즈처럼 얇은 흰 비단옷을 입고, 취기로 창백해진 얼굴에 피로한 눈을 한 그녀는 착한 소녀처럼 자기 몸을 내맡기고 있었다. 뒷머리와 블라우스에 꽂은 장미꽃은 꽃잎이 떨어져서 줄기밖에 남아 있지 않았다. 스떼너는 나나의 스커트 밑에 손을 넣다가 얼른 뺐다. 조르즈가 꽂아 둔 핀에 찔렸던 것이다. 피가 몇 방울 떨어져서 나나의 옷을 버렸다.

"이제 사인은 끝났군요."

나나가 진지하게 말했다.

날이 훤히 밝기 시작했다. 창문으로 처량한 슬픔이 깃든 희미한 빛이 비쳐 들었다. 멋쩍고 씁쓰레한 얼굴로 모두 돌아가기 시작했다. 까롤린느 에게가 하룻밤을 쓸데없이 허비했다고 화를 내며, 불쾌한 꼴을 보지 않으려면 지금 돌아가는 게 좋을 거라고 말했다. 로즈는 하찮은 인간들과 상대를 해서 손해를 봤다는 듯이 뾰로통해 있었다. 이런 여자들과 상대를 하면 언제나 이렇다니까. 예의를 모르니까 대뜸 고약한 태도를 취한단 말이야. 미뇽이 방되브르의 돈을 홀랑 다 따고 나자 로즈와 함께 한 번 더 포슈리에게 내일 식사에 초대한다는 것을 다짐한 다음 스떼너는 거들떠보지도 않고 돌아갔다. 포슈리가 뤼시에게 바래다 주겠다고 하자 그녀는 거절을 하고는 당신은 그 더러운 여배우하고나 같이 가라고 큰 소리로 고함을 질렀다. 이 소리를 듣고 뒤돌아본 로즈가 작은 소리로 맞받았다.

"뭐라고? 더러운 갈보년이!"

그러나 여자들 싸움에 익숙한 미뇽이 그만 해두라고 하며 재빨리 로즈를 아버지 같은 태도로 밖으로 밀어 냈다. 그들이 나간 뒤 뤼시는 혼자 거만하게 계단을 내려갔다.

다음에는 가가가 기분이 상해서 어린아이처럼 흐느껴 대며 오래 전에 두 남자와, 사라져 버린 끌라리스를 찾는 팔르와즈를 데리고 나왔다. 시몬느는 어느새 사라지고 없었다. 남아 있는 사람은 따땅과 레아와 마리아뿐이었는데, 이 사람들은 라보르데뜨가 기꺼이 데려다 주기로 했다.

"난 전혀 졸립지 않아요!" 나나가 되풀이했다. "무언가 하도록 해요."

그녀는 유리창 너머로 잿빛 하늘, 그을음 빛깔의 하늘을 보고 있었다.

6시다. 바로 앞 오스만 거리 맞은쪽 집들은 아직도 잠들어 있고, 그 축축한 지붕만이 새벽 빛 속에 뚜렷이 두드러지고 있었다. 인적이 없는 찻길을 한 떼의 청소부들이 나막신 소리를 울리며 지나갔다. 까닭없이 슬픈 이 빠리의 새벽을 앞에 두고 나나는 수녀처럼 감상에 사로잡혔다. 그녀는 시골과 목가적인 것, 무언가 부드럽고 순결한 것을 강하게 동경했다.

"저, 선생님." 나나는 스떼너의 곁으로 돌아가서 말했다. "나를 브로오뉴 숲으로 데려다 주세요. 거기 가서 우리 우유를 마셔요."

어린아이같이 즐거워하며 그녀는 손뼉을 쳤다. 은행가는 따분해서 무언가 다른 일을 멍하니 생각하고 있던 참이었으므로 그러자고 했다. 그러나 대답도 기다리지 않고 그녀는 서둘러 외투를 입으러 갔다. 객실에는 스떼너와 젊은이들 한 떼밖에 남아 있지 않았다. 그들도 마지막 한 방울까지 피아노에다 쏟아부었기 때문에 이제는 슬슬 돌아갈 의논을 하고 있었다. 그때 한 사람이 부엌에서 찾아 낸 마지막 한 병을 들고 의기양양해서 달려왔다.

"잠깐만! 샤르트뢰즈가 한 병 남아 있어. 피아노가 샤르트뢰즈를 마시고 싶대. 이제 정신이 들 거야…… 자 이제 우리도 가지. 얼간이 노릇도 어지간히 했으니까."

화장실에서 나나는 의자 위에 잠들어 있는 조에를 깨웠다. 가스불은 아직도 타고 있었다. 조에는 몸을 부르르 떨며 주인이 모자를 쓰고 외투를 입는 것을 도왔다.

"다 됐어. 아무튼 당신 하라는 대로 했어." 나나는 결심이 섰기 때문에 한시름 놓여서 아주 정다운 어조로 말했다. "조에, 네 말이 옳았어. 은행가건 누구건 사람은 다 마찬가지야."

하녀는 잠이 덜 깨어 기분이 좋지 않았다. 그래서 진작 그렇게 결정했으면 좋았을 텐데 하고 투덜거렸다. 나나를 따라 침실로 들어오자 저기 있는 저 두 사람을 어떻게 할 거냐고 물었다. 보르드나브는 여전히 코를 골고 있었다. 조르즈는 살그머니 들어와서 베개에 얼굴을 묻고 있다가 그만 잠이 들어 버려서 천사처럼 편안한 숨소리를 내고 있었다. 그대로 자게 내버려 두라고 나나는 말했다. 그러나 다그네가 들어오는 것을 보자 또 측은한 생각이 들었다. 그는 부엌에서 나나의 동정을 살피고 있었기 때문에 슬픈 표정을 짓고 있었다.

"자, 우리 미미, 분별이 있어야죠." 그를 두 팔로 껴안고 갖은 아양을 떨며 키스를 해주면서 말했다. "아무것도 달라진 게 없어요. 내가 좋아하는 건 당신뿐……. 어쩔 수 없어서 그랬잖아요? 우리, 앞으로는 더 즐거워질 거예요. 내일 오세요. 그래가지고 시간 약속을 해요, 네? ……자 빨리 안아 주세요. 힘껏……. 더 세게, 더. 더, 세게!"

그의 팔에서 빠져 나오자 나나는 다시 스떼너 곁으로 돌아갔다. 우유 마시러 갈 걸 생각하니 마음이 기뻤다. 텅 빈 방에는 방되브르 백작과, 좀 전에 '아브라함의 희생'을 낭독한 훈장을 단 그 남자가 이젠 여기가 어딘지도 모르고, 날이 밝은 것도 깨닫지 못하고 못박힌 것처럼 게임 테이블에 마주 붙어 앉아 있었다. 블랑슈는 소파에서 자기로 결심하고 누워서 잠을 청하고 있었다.

"어머, 블랑슈도 있었군요!" 나나가 소리쳤다. "우리 우유 마시러 가는데 같이 가요. 당신이 돌아올 때까지 방되브르 씨가 달아나지는 않을 테니까요."

블랑슈는 나른한 듯이 일어났다. 은행가의 충혈된 얼굴이 이때만은 난처해서 창백해졌다. 이 뚱보를 데려가면 방해가 될 것 같아서였다. 그러나 두 여자는 벌써 그를 끌고 나가며 지껄여 대고 있었다.

"우유 짜는 걸 볼 수 있으면 좋겠어요."

5장

바리에떼 극장에서는 〈금발의 베누스〉 43회째 공연이 열리고 있었다. 지금 제1막이 끝난 참이었다. 분장실 귀퉁이에는 두 개의 문이 복도 쪽으로 비스듬히 나 있고, 그 문과 문 사이에 놓인 경대 앞에 세탁부로 분장한 시몬느가 서 있었다. 혼자서 거울을 들여다보며 손가락 끝으로 눈 밑을 문질러 화장을 고치고 있었다. 거울 양쪽에 있는 가스등의 뜨거운 불빛이 내리쬐었다.

"그분 오셨소?"

기다란 군도(軍刀)에 커다란 장화, 엄청나게 큰 깃털 장식을 단 스위스 장군 분장을 한 쁘륄리에르가 들어와서 물었다.

"누구 말이에요?"

시몬느는 뒤돌아보지도 않고 입술 모양을 살피기 위해 거울을 들여다보며 웃었다.

"황태자 말이오."

"모르겠어요. 지금 막 들어온 길이니까, 틀림없이 오셨을 거예요. 매일 오셨잖아요."

쁘륄리에르는 경대에 접한 난로 곁으로 갔다. 코크스 불이 타고 있었다. 거기에도 두 개의 가스등이 환하게 비치고 있었다. 그는 눈을 들어 제정시대풍의 도금된 스핑크스가 달린 시계와 기압계를 쳐다보았다. 그리고 조그만 베개가 달린 안락의자에 털썩 주저앉았다. 그 녹색 비로드는 배우들이 4대(代)에 걸쳐 사용했기 때문에 닳아서 떨어지고 노랗게 바래 있었다. 그는 무대에 등장할 차례를 기다리는데 익숙한 배우답게 피곤한 자세로 멍한 눈을 하고 가만히 앉아 있었다.

다음에는 보스끄 영감이 다리를 질질 끌며 기침을 하면서 나타났다. 낡아 빠진 황색 마부용 외투를 입고 있는데 한쪽 소매가 어깨에서 흘러내려 속에 입은 금실로 수놓은 다고베르 왕의 조끼가 내다보였다. 그는 피아노 위에다 왕관을 벗어 놓자 한마디도 말을 하지 않고 발을 굴렀다. 그 표정은 무뚝뚝하나 아주 고지식해 보였고, 손은 알콜 중독으로 인해 떨리고 있었다. 그러나 기다란 흰수염이 술에 찌든 얼굴에 노인 특유의 기품을 주고 있었다. 이윽고 조용한 속에서 갑자기 내리기 시작한 소나기가 안뜰로 향한 네모난 큰 유리창을 후려치자 그는 불쾌한 몸짓을 하며 중얼거렸다.

"고약한 날씨로군!"

시몬느와 쁘룰리에르는 꼼짝도 하지 않았다. 벽에는 풍경화와 배우 베르네의 초상화 등 네댓 폭의 그림이 가스등의 열 때문에 누렇게 바래 있었다. 원기둥 중간쯤에 왕년에 바리에떼 극장의 명배우였던 뽀띠에의 흉상이 공허한 눈으로 바라보고 있다. 갑자기 커다란 목소리가 들렸다. 둘째 막의 분장, 즉 옷도 장갑도 온통 샛노란 멋장이 청년 차림을 하고 있는 퐁땅이었다.

"이봐요!" 그는 몸짓을 해가며 소리쳤다. "다들 모르지? 오늘은 내 축명일(祝名日)이란 말이야."

"어머나!" 시몬느가 소리치며 영락없이 희극 배우다운 그의 큼직한 코와 크게 찢어진 입에 끌린 듯이 웃으면서 다가섰다. "그럼 당신 세례명은 아킬레스겠군요?"

"맞았어! 둘째 막이 끝나면 블롱 부인에게 말해서 샴페인을 가져오라고 해야겠어."

조금 전부터 멀리서 벨이 울리고 있었다. 길게 꼬리를 끄는 그 소리는 약해졌다가 다시 커졌다. 벨소리가 그치자 외침소리가 계단 위로 오르내리더니 복도에서 사라졌다.

"제2막 시작! 제2막 시작!"

외침소리가 다가오더니 안색이 나쁜 작달막한 사나이가 배우 휴게실 앞을 지나가면서 날카로운 목소리를 힘껏 쥐어짜며 외친다.

"제2막이 시작됩니다!"

"허! 샴페인을 가져오라고?" 이 고함소리 따위는 듣지도 못한 듯이 쁘룰리에르가 말했다. "경기 좋은데!"

"나 같으면 까페에 가서 마시겠네."

녹색 비로드 걸상에 앉아 벽에 머리를 기대고 있던 보스끄 영감이 말했다. 그러자 시몬느가 블롱 부인에게도 조금은 이득을 주어야 하지 않느냐고 말했다. 퐁땅은 눈과 코와 입을 염소처럼 끊임없이 움직이고 있었다. 그 얼굴을 뚫어지게 바라보는 동안 시몬느는 흥분하여 손뼉을 치며 중얼거렸다.

"퐁땅 씨는 정말 멋있어!"

배우 휴게실의 두 문은 무대 뒤로 통하는 복도 쪽으로 활짝 열려 있었다. 노란 벽이, 거기서는 보이지 않는 가스등 불빛에 환하게 비춰졌는데 그 위를 분장한 남자와 숄을 걸친 반나체의 여자 그림자가 지나갔다. 제2막에 출연하여 불 누와르 술집의 무도회에 나올 분장한 배우들이었다. 복도 저 끝에서는 다섯 층계로 된 나무 계단을 쿵쾅거리며 무대로 뛰어내려가는 그들의 구두 소리가 요란하게 들렸다. 키다리 끌라리스가 지나가는 것을 보고 시몬느가 불렀다. 그러나 끌라리스는 곧 돌아오겠다고 하고는 그냥 가 버렸다. 사실 그녀는 자기말대로 금방 이리스 여신의 얇은 의상과 숄만을 걸치고 부들부들 떨며 되돌아왔다.

"아이 추위! 방에다 모피 외투를 놓고 와 버렸어!"

그러고는 난로 앞에 서서 다리를 쬐었는데 그 양말은 선명하게 안의 살이 비치고 있었다.

"황태자가 오셨어요."

"정말?"

모두 호기심에 차서 외쳤다.

"그래서 아까 뛰어갔죠. 보고 싶어서…… 2층 오른쪽의 맨 앞자리예요, 목요일과 같은 자리죠. 일주일 동안에 세 번 온 셈이에요. 나나는 복도 많지 뭐야, 난 두 번 다시 안 올 줄 알았는데."

시몬느가 뭐라고 말을 했으나, 휴게실 옆에서 또 크게 외치는 소리 때문에 그 말은 들리지 않았다. 배우를 부르는 날카로운 목소리가 복도에 울려 퍼졌다.

"개막!"

"세 번째라서 재미있게 되어 가는데." 주위가 조용해지자 시몬느가 말했다. "그런데 황태자는 나나의 집으로 가지 않고 나나를 자기 숙소로 데려가고 싶어 한대요. 그러니까 돈도 많이 쓸 모양이야."

"그야 물론이죠! 재미를 보려면 돈을 뿌려야지."

쁘룰리에르는 짓궂게 이런 말을 하고는 관객들의 인기를 끄는 미남자답게 일어나서 흘끔 거울을 들여다보았다.

"개막! 개막!"

계단과 복도를 뛰어다니며 배우를 부르는 목소리가 차츰 멀어져 간다.

그러자 황태자와 나나가 처음에 알게 된 경위를 알고 있는 퐁땅이 그 이야기를 두 여자에게 들려 주었다. 그녀들은 착 달라붙어 듣고 있었는데, 그가 몸을 굽히고 어떤 대목을 이야기할 때면 크게 웃어 댔다. 보스끄 영감은 완전히 무관심한 태도로 꼼짝도 하지 않았다. 이런 이야기에는 이제 흥미가 없었던 것이다. 그는 긴 의자 위에 기분좋게 웅크리고 있는 붉은 털의 큰 고양이를 쓰다듬어 주고 있었다. 그러다가 늙은 임금처럼 다정한 몸짓으로 고양이를 끌어안았다. 고양이는 등을 구부리고 그의 길고 흰 수염에 코를 대고 냄새를 맡고 있더니 그 접착제 냄새가 싫었던지 다시 긴 의자로 돌아가 웅크리고 잤다. 보스끄는 신중한 얼굴을 하고 무언가 골똘히 생각하고 있었다.

"그런 거야 아무러면 어때. 나 같으면 까페에 가서 샴페인을 마시겠네. 그게 훨씬 더 기분이 낫거든."

퐁땅의 말이 끝나자 갑자기 보스끄가 그에게 되풀이하여 말했다.

"개막!" 배우를 부르러 다니는 사람이 찢어지는 듯한 목소리를 길게 끌며 외쳤다. "개막이오! 개막."

그 목소리는 잠시 여운을 끌더니 이윽고 사라져 버렸다. 부산하게 뛰어가는 발소리가 났다. 갑자기 문이 열리면서 음악 소리와 멀리서 나는 떠들썩한 잡음이 들려 왔다. 문이 닫히자 둔중한 방음 문짝의 쿵하는 소리가 났다. 다시금 배우 휴게실은 무거운 정적에 싸였다. 관중들이 박수갈채를 보내는 관객석과는 마치 천 리나 떨어져 있는 것처럼. 시몬느와 끌라리스는 여전히 나나 이야기를 하고 있었다. 나나는 천하태평이었다. 어젯밤에도 등장이 늦었다. 이때 모두 갑자기 입을 다물었다. 키 큰 여인이 휴게실 안을 들여다보았던 것이다. 그러나 잘못 들어온 것을 알자 복도 저쪽으로 뛰어가 버렸다. 모자 위로 베일을 쓰고 마치 남의 집을 방문한 귀부인 같은 모습의 사땡이었다.

"망할 갈보년!"

쁘룰리에르가 중얼거렸다. 1년 전부터 바리에떼 까페에서 자주 보았기 때문에 알고 있었던 것이다. 그리고 시몬느의 말에 따르면 나나가 예전 학교동창인 사땡을 만난 뒤부터 무척 마음에 들어서 그녀를 무대에 진출시키려고 보르드나브에게 귀찮게 졸라 대고 있다는 것이다.

"안녕하세요."

퐁땅이 그때 막 들어온 미뇽과 포슈리에게 악수를 했다.

보스끄 영감도 손을 내밀었다. 두 여자는 미뇽의 볼에 키스를 했다.

"오늘 밤도 손님이 많습니까?"

포슈리가 묻자 쁘룰리에르가 대답했다.

"손님들이 신이 나 어쩔 줄을 모릅니다. 한번 가 보시죠!"

"이제 여러분들이 나갈 시간 아닌가요?"

미뇽이 일깨워 주었다.

사실 곧 나갈 차례였다. 그들이 나가는 것은 넷째 막부터였다. 다만 보스끄 만은 고참 배우답게 자기 차례가 다가온 것을 직감적으로 느끼고 일어났다. 바로 그때 배우를 부르러 다니는 사람이 얼굴을 들이밀고 불렀다.

"보스끄 씨! 시몬느 양!"

시몬느가 얼른 털외투를 어깨에 걸치고 나갔다. 보스끄는 천천히 걸어가서 왕관을 집어 들자 가볍게 한 번 툭 치고는 머리에 얹었다. 그리고 망또를 질질 끌며 무슨 훼방이라도 당해서 화난 사람처럼 투덜거리면서 비틀걸음으로 나 갔다.

"이번 기사는 참 고마웠습니다." 퐁땅이 포슈리에게 말했다. "한데 배우들이 허영심이 많다고 쓴 것은 무엇을 말하는 거죠?"

"글쎄 말이야, 왜 그런 말을 썼소?"

미뇽이 소리치며 신문기자의 약한 어깨를 큼지막한 두 손으로 탁 쳤기 때문 에 윗몸이 휘청했을 정도였다.

쁘룰리에르와 끌라리스는 웃음이 나오는 것을 참았다. 얼마전부터 이 극장 에 관여하는 사람들은 모두 무대 뒤에서 연출되는 희극을 재미있어 하고 있었 다. 미뇽은 마누라가 바람을 피우는 게 미운데다 포슈리가 자기들을 위해 적당 한 기사밖에 써 주지 않는 것이 미워서 그에게 과장된 우정을 표시함으로써 보 복을 하려 했던 것이다. 말하자면, 저녁마다 극장에서 만나면, 반가워 죽겠다 는 듯이 포슈리의 어깨를 때리는 것이다. 포슈리는 이 몸집 큰 사내에 비하면 아주 약해 보일 뿐 아니라 로즈의 남편과 다투게 될까봐 씁쓰레하게 웃으면서 순순히 견디고 있었다.

"정말이야, 당신은 퐁땅을 모욕한 거란 말이오?" 미뇽은 희극을 계속하면서 말을 이었다. "자, 가요! 하나, 둘, 이번에는 가슴이야!"

이렇게 말하며, 그는 오른발을 내딛고 호되게 찔렀기 때문에 포슈리는 한참 동안 말도 못하고 새파랗게 질렸다. 이때 끌라리스가 눈짓으로 로즈 미뇽이 휴게실 문 앞에 서 있다는 것을 알렸다. 로즈는 그 광경을 모두 목격했던 것이다. 그녀는 남편 따위는 안중에도 없다는 듯이 성큼성큼 신문기자 쪽으로 걸어갔다. 그러더니 두 팔을 드러낸 어린아이 차림으로 발돋움을 하며 어리광 피우는 아이 같은 얼굴을 내밀었다.

"우리 아기 잘 있어요?"

포슈리는 정답게 그 이마에 키스를 했다.

이것으로 보복은 한 셈이다. 미뇽은 극장에서는 누구나 다 아내에게 키스를 한다는 듯이 못 본 체해 버렸다. 그러나 그는 포슈리를 흘끔 보고 빙긋 웃었다. 두고 봐라, 로즈의 건방진 태도 값을 네가 톡톡히 치르게 될 테니까. 복도의 방음문이 여닫힐 때마다 우뢰 같은 박수 갈채와 웅성거림이 휴게실까지 흘러들었다. 시몬느가 역을 마치고 돌아왔다.

"보스끄 영감이 대단했어요. 황태자는 배를 잡고 웃어 대며 고용된 박수 부대처럼 다른 사람들과 함께 손백을 쳤어요, 그런데 저, 아래층 특등석의 황태자 옆에 앉아 있는 그 키 큰 사람은 누구예요? 풍채가 좋고 구레 나룻을 멋있게 기른 미남자 말이에요."

"그건 뮈파 백작이오." 포슈리가 대답했다. "황태자께서 그저께 황후 폐하 궁전에서, 오늘 저녁 만찬회에 백작을 초대했다는 건 알고 있는데…… 황태자께서 만찬회가 끝난 뒤에 백작을 끌고 왔을 거요."

"그래요? 뮈파 백작이군요. 우린 그분의 장인을 알죠. 그렇죠, 여보?" 로즈가 미뇽에게 말을 건넸다. "거 왜 내가 그 댁에 노래를 부르러 갔던 슈아르 후작 아시잖아요. 그 분도 오셨더군요. 칸막이 좌석 안쪽에 있는 걸 봤어요. 늙은이 주제에……."

바로 그때 쁘룰리에르가 큼직한 깃털이 달린 모자를 쓰고 나서 뒤돌아보며 로즈를 불렀다.

"자, 로즈, 갑시다!"

로즈는 하던 말을 꿀꺽 삼켰다. 그때 극장 문지기인 블롱 부인이 커다란 꽃다발을 안고 문 앞을 지나갔다. 시몬느가 농담삼아 그 꽃다발은 자기한테 오는 거냐고 물었다. 그러나 늙은 부인은 말없이 턱으로 복도 안쪽에 있는 나나의 방을 가리켰다. 모두 나나를 꽃다발에 파묻어 버릴 작정인지. 잠시 뒤 블롱 부인이 끌라리스에게 편지 한 통을 건네 주었다. 그러자 그녀는 작은 소리로 욕을 했다.

"또 그 귀찮은 팔르와즈야! 도무지 붙어서 떨어질 줄 모르단 말이야!"

그가 문지기 방에서 기다리고 있다는 말을 듣자 그녀는 소리쳤다.

"이 막이 끝나면 내려간다고 해요……. 따귀라도 한 대 갈겨 줄까봐."

퐁땅이 다급하게 뛰어와서 이렇게 소리쳤다.

"블롱 아주머니, 잠깐만……. 블롱 아주머니, 막간에 샴페인 여섯 병만 갖다 주구료."

그러고 있는데 배우를 부르러 다니는 사람이 헐레벌떡 나타나더니 노래 부르는 듯한 목소리로 말했다.

"모두 무대로 나오십시오! 퐁땅 씨, 당신도요! 빨리요! 빨리!"

"네, 알았어요, 지금 가요, 바리요 영감."

퐁땅이 얼떨떨해서 대답했다. 그리고 블롱 부인의 뒤를 쫓아가면서 같은 말을 다시 되풀이했다.

"알아들었어요? 막간에 휴게실로 샴페인 여섯 병, 알았어요? 오늘은 내 축명일이니까, 내가 한턱 내는 거요."

시몬느와 끌라리스는 스커트 자락을 펄럭이면서 나갔다. 모두 다 나가고 복도의 문이 쿵 하고 닫히자, 조용해진 휴게실 안에는 또다시 창문을 두드리는 소나비 소리만 들렸다. 30년 동안 배우를 부르러 다니는 일을 맡아 보고 있는 이 안색이 좋지 못하고 작달막한 바리요 영감이, 정답게 미뇽에게 다가가 담뱃갑을 열어서 내밀었다. 계단과 배우 휴게실의 복도를 쉴새없이 뛰어다니는 그에게는 이렇게 담배 한 대 권하는 때가 그나마 휴식 시간인 것이다. 하긴 그의 말을 빌리자면 아직 '나나 부인'이 남아 있었다. 그러나 그녀는 제멋대로 굴고 벌금 같은 것엔 눈도 깜빡하지 않았다. 나가고 싶지 않으면 그대로 빼먹었다. 그때 그는 깜짝 놀라 우뚝 서서 중얼거렸다.

"저런! 벌써 준비를 하고 있네……. 황태자가 오신 걸 아는 모양이지."

과연 나나가 생선장수 여자로 분장하고 복도에 나타났다. 팔도 얼굴도 하얗게 분칠을 하고 눈밑에만 연지를 발랐다. 휴게실에는 들어오지 않고 미뇽과 포슈리에게 고개만 까딱해 보였다.

"안녕하세요?"

미뇽만이 그녀가 내민 손을 잡았다. 나나는 기세등등하게 걸어갔다. 그녀 뒤에서 의상 담당이 따라가며 이따금 허리를 굽혀 스커트의 주름을 바로잡아 주었다. 의상 담당 뒤에는 사땡이 따라갔다. 얌전을 빼고는 있으나 사실은 넌더리가 나서 죽을 지경이었던 것이다.

"스떼너 씨는?"

갑자기 미뇽이 물었다.

"스떼너 씨는 어제 루와레로 떠났습니다."

무대 쪽으로 돌아가며 바리요가 대답했다.

"아마 그곳에 땅을 사러 가는 모양이더군요."

"옳지, 나나에게 줄 땅이로군." 미뇽은 화가 났다. "전에 로즈에게 집을 사 준다고 약속해 놓고! 그러나 싸움을 해도 아무 소용 없지. 기회는 또 있을 테니까."

이것저것 공상을 하면서도 여전히 여유 있는 태도로 미뇽은 난로와 경대 사이를 왔다갔다 하고 있었다. 휴게실에는 이제 그와 포슈리 밖에 없었다. 포슈리도 피곤한지 큰 안락의자에 몸을 쭉 뻗고 앉아서는 미뇽이 왔다갔다 하면서 흘깃 보아도 반쯤 눈을 감은 채 꼼짝도 하지 않았다. 단둘이 있을 때는 미뇽은 그의 어깨를 쥐어 박거나 하지 않았다. 아무도 보는 사람도 없는데 그런 짓을 해봐야 무슨 소용이 있나! 그는 자신이 즐기기 위해 포슈리를 놀리고 있는 게 아니었다. 포슈리는 이 잠시 동안의 여유에 안도감을 느끼며 난로 앞에 다리를 쭉 뻗고 기압계와 경대를 번갈아 보고 있었다. 미뇽은 뽀띠에의 흉상 앞에서 걸음을 멈추고 멍하니 바라보았다. 그러더니 곧 다시 컴컴한 굴 같은 안뜰을 향해 열린 창문가로 되돌아갔다. 비는 그치고 주위에는 깊은 정적이 찾아들어 후끈거리는 코크스의 열기와 가스등의 불빛으로 더욱 답답하게 느껴졌다. 무대 뒤에서는 이제 아무 소리도 들려 오지 않았다. 계단도 복도도 무덤 속 같이 조용했다. 막이 끝날 무렵의 그 숨막힐 듯한 조용함, 무대에서는 모든 배우들이 지금 귀청이 터질 듯한 마지막 박수 갈채를 받고 있는 동안 이 배우 휴게실은 텅 비어 질식할 것처럼 조용히 잠들어 있다.

"에이, 머저리 같은 게!"

갑자기 보르드나브의 쉰 목소리가 들려 왔다. 그는 들어오자마자 곧 무대에서 실수를 하여 넘어질 뻔한 합창단의 두 여자를 꾸짖어 댔다. 미뇽과 포슈리가 있는 것을 보자 좋은 것을 보여 주겠다고 하며 그들을 불렀다. 황태자가 막간에 나나의 방으로 인사를 하러 가겠다고 청을 했던 것이다. 그런데 그가 두 사람을 무대 쪽으로 데려가려고 할 때 무대 감독이 지나갔다.

"두 머저리 페르낭드와 마리아에게는 벌금을 물게 하게!"

보르드나브는 노발대발하여 일렀다. 잠시 뒤 마음이 가라앉자 점잖은 주인다운 위엄을 보이려 애를 쓰면서 손수건으로 얼굴을 닦고는 다음 말을 이었다.

"나는 황태자 전하를 모시러 가는 길이네."

그칠 줄 모르는 박수소리 속에 막이 내렸다. 푸트라이트가 꺼진 어두컴컴한 무대는 순식간에 큰 소동이 벌어졌다. 배우와 단역은 자기 방으로 돌아가려고 했고 소도구 담당자는 재빨리 배경을 뜯어고쳤다. 그러나 시몬느와 끌라리스는 무대 뒤쪽에 남아서 낮은 소리로 이야기하고 있었다. 그들은 무대에서 대사를 외는 틈을 이용해서 자기들의 일을 의논했던 것이었다. 팔르와즈는 끌라리스와 손을 끊어 가면서까지 자기에게 달라붙을 생각은 없다고 했다. 곰곰이 생각한 끝에 끌라리스는 그를 만나지 않기로 작정했다. 그래서 시몬느에게 자기 대신 가서, 사내라면 그런 식으로 언제까지나 여자에게 달라붙어 있는 게 아니라고 전해 달라는 부탁을 했다. 그녀는 순순히 그 청을 받아들였다.

시몬느는 희극 오페라의 세탁부 차림을 한 채 어깨에 모피 외투를 걸치고 문지기 방으로 통하는 때묻고 좁은 나선형 계단을 내려갔다. 벽이 눅눅한 문지기 방은 배우용 계단과 사무용 계단 사이에 있었는데 좌우가 커다란 유리로 되어 있어서, 두 개의 가스등이 환하게 타고 있는 커다란 투명 등잔 같았다. 선반에는 편지와 신문이 쌓여 있었다. 책상 위에는 미처 치우지 않은 더러운 접시와 문지기가 단춧구멍을 고치느라고 갖다 놓은 헌 블라우스와 함께, 꽃다발 몇 개가 주인을 기다리고 있었다. 그리고 이 난잡한 방 한가운데는 장갑 낀 다정한 차림새의 사교계 신사들이 네 개의 짚의자에 앉아 점잖게 기다리고 있다가 블롱 부인이 내려올 때마다 무슨 대답을 듣고 오나 재빨리 돌아보았다. 그녀는 지금 막 한 청년에게 편지를 건네는 참이었다. 청년은 얼른 문 쪽 가스등 밑으로 가서 그것을 펴보더니 창백한 표정이 되었다. 이 자리에서 이제까지 여러 번 본 그 상투적인 문구를 읽었던 것이다.

'오늘밤에는 일이 있어서 만나뵐 수 없습니다.'

팔르와즈도 책상과 난로 사이에 놓인 구석 쪽 의자에 앉아 있었다. 하룻밤 내내 그 자리를 움직이지 않겠다는 태도였으나 역시 침착성을 잃고 긴 다리를 오므리고 있었다. 그것은 주위에서 한 떼의 검은 새끼 고양이가 성가시게 구는 데다 그뒤에 앉아 있는 어미 고양이가 노란 눈으로 그를 뚫어지게 쳐다보고 있기 때문이었다.

"어서 오세요. 시몬느 양. 어쩐 일이세요?"

문지기가 물었다.

시몬느는 팔르와즈를 불러 달라고 부탁했다. 그러나 금방 그 말을 들어줄 수는 없었다. 블롱 부인은 계단에서 움푹 들어간 곳에 간이매점을 차려 놓고 있어서 막간이면 단역들이 한잔들 하러 내려오는데, 지금 그곳은 불 누와르 술집에서의 의상을 그대로 입은 채 목이 타서 달려 온 대여섯 명의 배우들로 붐볐기 때문에 부인은 바빠서 정신이 없었던 것이다. 매점 안에는 가스등이 하나 타고 있어서 양철판을 깐 테이블과 마개를 딴 술병이 놓인 선반이 보였다. 이 석탄광 같은 방문을 열면 독한 술 냄새가 풍겨 나와 문지기 방의 불에 탄 기름 냄새와 책상 위에 놓인 꽃 다발의 강한 향기가 뒤섞여 흘러나왔다.

"그럼." 블롱 부인은 단역들에게 술을 따라 주고 나서 말했다. "저 갈색 머리의 키 작은 사람 말인가요?"

"아니에요! 난로가에 앉은 바로 그 사람 말이에요. 저기 저 고양이가 바지 냄새를 맡고 있는 사람 말이에요."

시몬느는 팔르와즈를 현관으로 데리고 나갔다. 다른 남자들은 답답한 것을 꾹 참고 있었다. 가장 무도회 같은 차림을 한 단역들은 계단에 기댄 채 마시면서 술 취한 목소리로 떠들어 대며 서로 쿡쿡 쥐어박고 있었다.

위층 무대에서는 보르드나브가 아직도 배경을 뜯어고치고 있는 소도구 담당자를 야단치고 있었다.

"이게 뭐야! 황태자의 머리 위에 뭐라도 떨어지면 어떻게 하려고 그래!"

"당겨! 당겨!"

소도구 책임자가 외쳤다.

겨우 배경의 막이 걷히고 무대는 넓어졌다. 포슈리를 노리고 있던 미뇽이 이

블롱 아주머니의 가게

기회를 놓칠세라 또 긇리기 시작했다. 그는 긴 팔로 그를 붙잡고 외쳤다.

"조심해요! 하마터면 이 기둥에 깔릴 뻔 했어."

그러고는 포슈리를 번쩍 들어 한 번 내둘렀다가 내려 놓았다. 소도구 담당자들이 짓궂게 웃는 바람에 포슈리는 안색이 변했다. 입술을 바르르 떨며 당장에라도 미뇽에게 대들 기세였으나 미뇽은 호인다운 얼굴로 아주 친근하게, 상대의 몸이 꺾어질 정도로 세게 어깨를 두드리며 되풀이했다.

"난 당신을 생각해서 그러는 거요……. 당신에게 만일 일이라도 생기면 내가 곤란하니까 말이오!"

그때 주위가 좀 떠들썩해졌다.

"황태자다! 황태자!"

모두의 눈이 한꺼번에 관객석의 작은 문 쪽으로 집중되었다. 처음에는 보르드나브의 불룩한 등과 그 백정 같은 목덜미가 굽실굽실 절을 할 때마다 불룩 솟았다 굽혀졌다 하는 것밖에 보이지 않았다. 이윽고 황태자가 나타났다. 키가 크고 다부진 몸매에 금빛 수염, 불그레한 피부, 자못 도락가다운 생김새였다. 솜씨 좋게 지은 프록코트 밑으로 단단한 팔다리가 느껴졌다. 뒤에는 뮈파 백작과 슈아르 후작이 따랐다. 그 근처는 어둡기 때문에 그들은 움직이고 있는 커다란 그림자 속에서 모습이 보이지 않았다. 황후의 아들이며 왕위 계승자 앞에서 보르드나브는 곰의 흥행사 같은 목소리로 떨림을 가장하면서 말했다.

"전하, 제가 전하를 안내해 올리겠습니다……. 이쪽으로 오십시오……. 전하, 조심하셔야 하겠습니다."

황태자는 조금도 서두르지 않고 소도구 담당자들이 하는 작업을 흥미있게 바라보며 천천히 걸음을 옮겼다. 지금 막 정면 배경의 조명을 내려놓아서 철망 안에 매단 가스등의 불빛이 무대를 널찍하게 비추고 있었다. 특히 뮈파는 이제까지 무대 뒤로 와본 일이 없기 때문에 침착함을 잃고 공포와도 비슷한 불쾌감에 사로잡혔다. 천장을 쳐다보니 불빛을 아래로 향한 다른 조명등이 창백한 작은 별을 박아 놓은 것처럼 빛나고 있었다. 그 주위에는 천장의 격자무늬며 크고 작은 철망, 밧줄 사다리와, 커다란 속옷을 널어 놓은 것처럼 공중에 펼쳐져 있는 배경막 등이 보였다.

"내려라!"

갑자기 소도구 책임자가 외쳤다.

황태자가 오히려 뮈파 백작에게 조심을 시켜야 했다. 배경막이 하나 내려왔다. 그들은 제3막의 배경, 즉 에트나 신의 동굴을 장치하고 있는 참이었다. 무대의 홈에 말뚝을 박는 사람도 있었다. 벽에 기대 세워 놓은 창틀을 가져와서 튼튼한 밧줄로 비끄러매는 사람도 있었다. 뒤쪽에서는 불카누스의 대장간 불의 효과를 내기 위해 조명 담당자가 기둥을 세우고, 붉은 유리를 낀 가스등에 불을 붙였다. 그것은 얼핏 보기에는 무질서하고 혼잡하지만 사실은 사소한 움직임까지도 규칙에 따르고 있는 것이었다. 이렇게 어수선한 가운데를 프롬프터는 다리의 피로를 풀기 위해 종종걸음으로 여기저기 돌아다니고 있었다.

"전하, 참으로 영광스럽기 짝이 없습니다." 연방 굽실거리면서 보르드나브가 말했다. "저희 극장은 크지는 못합니다만 저희로선 가능한 한 노력을 하고 있습니다……. 그럼 전하, 이쪽으로 오실까요……"

뮈파 백작은 벌써 배우 분장실 복도 쪽으로 발길을 돌리고 있었다. 무대로부터 내려오는 가파른 경사 때문에 놀랐고, 특히 발밑의 마룻바닥이 흔들거려서 불안했던 것이다. 배경을 세울 말뚝 구멍 틈새로 마루 밑의 가스등 불이 보였다.

깊숙한 어둠 속에서 사람 소리가 나며 지하실 냄새가 났다.

흡사 지하 세계 같았다. 올라가다가 백작은 문득 발을 멈추었다. 제3막의 분장을 한 자그마한 두 여자가 휘장에 뚫린 구멍 앞에서 이야기를 하고 있었다. 그 중 하나가 엉덩이를 내밀고 더 잘 보려고 손가락으로 구멍을 헤집으며 객실을 두리번거리고 있었다.

"보인다!" 갑자기 그녀가 말했다. "저 낯짝 좀 봐!"

보르드나브는 화가 나서 그 여자의 엉덩이를 걷어 차려다가 참았다. 그러나 황태자는 그 말을 듣고 즐거운 듯이 미소지으면서, 황태자 따윈 아무것도 아니라는 듯이 구는 그 처녀를 호감을 가지고 바라보았다. 그녀는 태연히 웃고 있었다.

보르드나브는 황태자를 재촉해서 계속 인도했다. 뮈파 백작은 땀이 쏟아져서 모자를 벗었다. 무엇보다도 싫었던 것은 가슴이 답답할 만큼 후텁지근한 공기였다. 거기다가 가스 소도구의 아교, 침침한 구석의 먼지, 단역 여배우들의 불결한 속옷의 취기가 섞인 무대 뒤 특유한 냄새로 복도에서는 더 숨이 답답했다. 물씬하게 코를 찌르는 화장수 냄새, 비누 냄새가 화장실에서 사람의 땀

냄새와 섞여 나왔다. 백작이 지나가려고 하자 갑자기 목덜미 언저리가 환해지며 뜨뜻해졌으므로 깜짝 놀라 얼굴을 들어 계단을 쳐다보았다. 위층에는 세숫대야 소리, 웃음소리와 불러 대는 소리, 요란스레 여닫는 문소리가 들렸고, 문이 쉴새없이 여닫힐 때마다 여자의 체취가 흘러나왔다. 그것은 땀내 나는 머리 냄새에 섞인 분 냄새와 사향 냄새였다. 그러나 그는 멈추어 서지 않고 달아나듯이 걸음을 빨리 했다. 미지의 세계를 들여다 본 순간 그는 온몸에 뜨거운 전율이 스치는 것을 느꼈던 것이다.

"어떤가, 극장이란 아주 재미있는 곳이지."

슈아르 후작이 자기 집에라도 들어온 것 같이 기분좋은 태도로 말했다. 그때 보르드나브는 복도 끝에 있는 나나의 방에 다다랐다. 문의 손잡이를 조용히 돌리며 옆으로 비켜섰다.

"전하, 들어가시지요……."

여자의 당황한 음성이 들리자 허리까지 벌거벗은 나나가 커튼 뒤로 숨는 것이 보였다.

땀을 닦아 주고 있던 의상 담당이 수건을 들고 서 있었다.

"원, 세상에! 말도 없이 들어오는 사람이 어디 있어요." 숨은 채로 나나는 외쳤다. "들어오지 마세요. 들어오면 안 된다는 걸 잘 아시면서."

나나가 몸을 감춘 것이 보르드나브는 불만스러웠다.

"달아날 것 없어, 괜찮아. 전하께서 오셨단 말이야. 자, 어린애같이 굴지 말고 나와."

나나는 이제 웃고 있긴 했으나 아직도 놀란 가슴이 가라앉지 않아서 나오기를 거부하고 있었다. 그래서 보르드나브는 아버지 같은 목소리로 덧붙였다.

"자, 어서. 이분들은 여자의 몸이 어떻다는 걸 다 알고 계신데 뭘 그래. 잡숫지는 않아."

"그거야 두고 봐야지."

황태자가 농담을 던졌다.

그러자 모두 아첨하느라 웃어 댔다. 정말 빠리 식의 멋진 농담이라고 보르드나브가 옆에서 비위를 맞췄다. 나나는 이제 대답을 하지 않았다. 커튼이 흔들리고 있다. 아마 결심을 한 모양이었다. 그러자 뮈파 백작은 얼굴을 붉히며 방 안을 두리번거렸다. 천장이 매우 낮은 정방형의 방인데 연한 갈색 천을 네 벽에 쳐놓았다. 같은 천의 커튼이 구리줄에 걸려 안쪽을 조그만 방으로 만들고 있었다. 커다란 창문이 두 개 극장 안뜰을 향해 열려 있었고, 그 창유리가 밤의 어둠을 뚫고 기껏해야 3미터밖에 떨어져 있지 않은 다 허물어져 가는 벽 위에 네모진 노란 빛을 던지고 있었다. 큰 몸거울과 마주하여 흰 대리석 화장대가 놓여 있고 그 위에는 머릿기름, 향수, 분 같은 것이 담긴 병과 유리상자가 너저분하게 널려 있었다.

백작이 몸거울 앞으로 다가서니 시뻘건 얼굴과 이마에 내밴 땀방울이 비쳤다. 그는 눈을 내리뜨고 화장대 앞에 가 섰다. 한순간 비눗물이 가득 담긴 세숫대야, 어질러진 자질구레한 상아의 화장도구, 축축한 해면동물같은 것이 그의 시선을 사로잡았다. 오스만 거리에 있는 나나의 집을 처음 방문했을 때 느꼈던 그 황홀감에 또다시 사로잡힌 것이다. 발밑의 두꺼운 양탄자가 푹 꺼져들고 화장대와 몸거울 곁에서 타고 있는 가스등이 관자놀이께에서 쉬쉬 소리를 내고 있는 것 같았다. 다시 맡는 이 여자의 냄새, 지금 후끈한 낮은 천장 아래서 몇 배나 더 짙어져 있는 그 체취 때문에 정신을 잃는 것이나 아닐까 하는 생각이 들었다.

그는 두 창문 사이에 놓인 소파 한끝에 앉았다. 그러나 곧 다시 일어나서 화장대 앞으로 돌아갔다. 그러곤 눈이 흐려져 이제는 아무것도 살펴보지 않으면서 문득 전에 자기 방에서 시든 네덜란드 수선화 냄새를 맡고 질식할 뻔했던 일을 기억했다. 네덜란드 수선화는 썩으면 사람 냄새를 풍기는 것이다.

"자, 어서!"

보르드나브가 커튼 속으로 목을 들이밀고 속삭였다.

그동안 황태자는 슈아르 후작의 이야기를 재미있게 듣고 있었다. 후작은 화장대에서 분첩을 집어들고 배우들이 분바르는 방법을 설명하고 있었다. 한쪽 구석에서는 사땡이 순진한 처녀 같은 얼굴을 하고 그들을 쳐다보고 있었다. 의상 담당 쥘르 부인은 베누스의 속옷과 겉옷을 준비하고 있다. 이 쥘르 부인은 젊은 시절이 있었다곤 도저히 생각할 수 없는 노처녀 특유의 주름투성이, 무표정한 얼굴을 하고 있어서 이젠 나이조차 짐작할 수 없게 되었다. 그녀는 후텁지근한 여배우의 분장실 공기 속에서, 빠리에서도 소문난 허벅지와 유방 속에서 살다가 메말라 버린 것이다. 늘 똑같은 빛이 바랜 검정 옷을 입고 납작한 가슴에는 숱한 바늘을 꽂고 있었다.

"죄송합니다." 나나가 커튼을 걷으면서 말했다. "제가 너무 놀라서 그만……."

모두 일제히 돌아보았다. 그녀는 거의 아무것도 입지 않고 다만 얇은 무명으로 된 조끼로 가슴만 감추고 있을 뿐이었다. 깜짝 놀라 달아났을 때, 나나는 막 생선장수 의상을 벗어 던지던 참이었다. 그녀 뒤에는 아직도 즈로즈에 슈미즈의 한끝이 내다보였다.

그녀는 팔도 어깨도 드러낸 채 젖가슴을 앞으로 내밀고 풍만한 금발미인의 멋진 젊음을 과시하면서 여전히 한쪽 손으로는 커튼을 잡고 있었다. 조금이라도 이상한 태도가 보이면 당장 또 커튼 속으로 들어가 버리겠다는 듯한 태도였다.

"정말 놀랐어요. 저는 그저……."

수줍어서 목까지 빨개지며 나나는 난처한 듯이 중얼거렸다.

"자, 나와요, 괜찮으니까."

보르드나브가 외쳤다.

그래도 그녀는 여전히 얼굴을 붉히며 어쩔 줄을 몰라 하며 말했다.

"전하, 분에 넘치는 영광입니다. 아무쪼록 용서하십시오. 이런 꼴을 보여 드려서……."

"나야말로 실례했소. 그러나 꼭 한마디 인사를 하고 싶어서……."

그래서 나나는 즈로즈 바람으로, 길을 비켜 주는 신사들 사이를 빠져 나가 천천히 화장대 쪽으로 갔다. 풍만한 엉덩이 근처엔 즈로즈가 불룩하게 부풀어 있었다. 그녀는 가슴을 내밀고 방싯 웃으면서 또 한번 절을 했다. 그러다 문득 뮈파 백작을 알아보고, 정답게 손을 내밀며 만찬회에 와주지 않은 것을 원망했다. 황태자가 놀리는 바람에 뮈파는 화장수로 씻어서 싸늘해진 나나의 조그만 손을 뜨거운 손으로 잠깐 쥐고 몸이 오싹해져서 뭐라고 중얼거렸다.

백작은 미식가이며 애주가인 황태자와 같이 잔뜩 먹고 왔고, 두 사람 다 조금 취해 있긴 했으나 태도에는 조금도 그런 기색이 나타나지 않았다. 뮈파는 난처한 기색을 감추려고 방이 덥다는 데 대해 한마디했다.

"여긴 무척 덥군. 이렇게 더운 데서 어떻게 지내시오?"

그래서 대화가 시작되려 하자 문 밖이 갑자기 떠들썩해졌다. 보르드나브가 수도원식으로 쇠고리가 박힌 들창문을 들어 올리고 내다보았다.

퐁땅이었다. 그의 뒤에는 쁘룰리에르와 보스끄가 따르고 있다. 세 사람 다

술병을 끼고 손에 잔을 들고 있었다. 퐁땅이 문을 두드리며 내 축명일(祝明日) 이니까 샴페인을 한턱 내겠다고 외쳤다. 나나는 눈으로 황태자의 의향을 살폈다.

'전하께서는 반대는커녕 오히려 좋아하고 계시는구나!'

퐁땅은 허락도 기다리지 않고 들어와서 혀꼬부라진 소리로 지껄여 댔다.

"난 구두쇠가 아니야. 이 샴페인은 내가 산 거야……."

그러나 생각지도 않았던 황태자의 모습을 보자 갑자기 말을 뚝 그치고 점잔 빼며 말했다.

"다고베르 왕이 황태자 전하와 건배를 하시겠다고 복도에서 기다리고 계십니다."

황태자가 미소를 지었으므로 모두 꽤 재미있는 말을 했다고 생각했다. 그러나 이 방은 사람들이 다 들어가기에는 너무 좁았다. 사땡과 쥘르 부인은 안쪽 커튼에 붙어 섰고 남자들은 반나체의 나나 곁에 붙어 있었다. 세 사람의 남배우는 아직도 제2막의 분장 차림 그대로였다. 쁘뤀리에르는 커다란 새 깃장식이 천장에 닿을 것 같아서 스위스 해군 장군의 모자를 벗었다. 보스끄가 붉은 망또에 양철관을 쓴 채 취기로 휘청거리는 다리를 가누면서 황태자에게 인사를 했다. 강력한 이웃 나라의 왕자를 맞는 임금님 같은 태도이다. 그들은 잔에 술을 따르고 건배했다.

"전하를 위해서!"

보스끄 노인이 위엄 있게 말했다.

"군대를 위해서!"

쁘뤀리에르가 덧붙였다.

"베누스를 위해서!"

퐁땅이 외쳤다.

황태자는 유쾌한 듯이 잔을 들었다. 그리고 잠시 사이를 두었다가 세 번 허리를 굽히고 나서 이렇게 중얼거렸다.

"나나 양과, 장군과, 폐하를 위해서……."

말을 마치자 그는 단숨에 들이켰다. 뮈파 백작과 슈아르 후작도 그가 하는 대로 따랐다. 이제는 아무도 농담을 하지 않았다. 여기는 궁정인 것이다. 그들은 뜨겁게 타고 있는 가스등 밑에서 현실 세계를 잊고 가공의 세계에서 점잖은 표정으로 연극을 하고 있었다. 나나는 즈로즈에 슈미즈 자락이 걸려 있는 것도 잊어버리고 귀부인처럼 행동하고 있었다.

꼭 국가의 중신들을 자기 방에 초청한 베누스의 여왕 같았다. 말끝마다 '전하'라는 말을 붙이며 절을 했고 가장을 한 보스끄와 쁘룰리에르를 수행한 대신 다루듯 했다. 그러나 이 기묘한 혼동을 웃는 사람은 아무도 없었다. 대위를 이어 받을 진짜 황태자가, 의상 담당자, 창부, 광대, 흥행사들 틈에 끼어, 여러 신과 왕족을 가장한 무도회에 참가하여 엉터리 배우가 내는 샴페인을 태연히 마시고 있는 것이다.

보르드나브는 이 장면에 열중한 나머지 만약 황태자가 이런 식으로 〈금발의 베누스〉 제2막에 등장할 것을 승낙해 준다면 큰 돈을 벌 수 있을 것이라고 생각했다.

"다른 여배우들도 불러올까요."

그는 허물없이 외쳤다.

그러나 나나가 자기 자신을 잊어버리고 반대했다. 퐁땅의 괴상한 얼굴에 마음이 끌린 그녀는 바싹 몸을 붙이고 맛없는 것을 보는 임신부 같은 시선으로 그를 지그시 쳐다보다가 갑자기 반말로 말했다.

"자, 한잔 줘. 눈치도 없네!"

퐁땅이 다시 모두의 잔을 채워 주자 또 같은 건배가 되풀이되었다.

"전하를 위해서!"

"군대를 위해서!"

"베누스를 위해서!"

그러나 나나는 몸짓으로 조용히 하라고 하고는 잔을 높이 쳐들며 말했다.

"아니에요. 퐁땅을 위해서! 오늘은 퐁땅의 축명일이니까, 퐁땅을 위해서!"

그래서 모두 다시 건배를 하고 퐁땅에게 갈채를 보냈다.

나나는 이 희극 배우를 황홀하게 쳐다보고 있었다. 그것을 눈치챈 황태자가 고개를 끄덕이고는 점잖게 말했다.

"퐁땅 군, 자네의 성공을 위해 건배하겠네."

그동안 황태자의 프록코트 자락은 화장대의 대리석에 스치고 있었다. 그 방은 코를 찌르는 샴페인 냄새에 섞여, 세숫대야와 해면동물에서 올라오는 김과 강한 향수 냄새가 떠돌고 있어, 여자의 침실 같기도 하고 좁은 욕실 같은 느낌

나나의 대기실

도 들었다. 황태자와 뮈파 백작은 나나를 사이에 끼고 서 있었으므로 그녀의 허리와 가슴에 스치지 않도록 하기 위해 조금이라도 틈을 움직일 때는 손을 들어야만 했다. 쥘르 부인은 땀 한 방울 흘리지 않고 딱딱한 자세로 기다리고 있었다. 한편 사땡은 자신의 방탕은 잊어버리고 황태자와 야회복 차림의 귀족들이 가장을 한 배우들과 함께 벌거벗은 여자의 꽁무니를 쫓고 있는 것을 보고 놀라서 속으로 생각했다. 상류사회 남자들도 고약하긴 마찬가지구나.

그때 복도에서 바리요 영감이 흔드는 벨소리가 들려 왔다. 영감은 분장실 문 앞까지 오자 아직도 세 배우가 제2막의 분장 그대로 있는 것을 보고 깜짝 놀라 걸음을 멈추었다.

"아니, 여, 여러분!" 그는 더듬거렸다. "빨리 준비하세요……. 휴게실에서 벨이 울렸어요."

"괜찮아! 손님들이 기다리겠지."

보르드나브는 태연히 말했다.

그러나 술병이 비어서 배우들은 인사를 하고 다시 옷을 갈아 입으러 갔다. 보스끄는 술에 젖은 가발 수염을 뗐다. 그러자 그 점잖은 수염 밑에서 술에 곯아 버린 노배우의 거칠고 창백한 본래 얼굴이 나타났다. 계단 밑에서 그가 퐁땅에게 술꾼 특유의 쉰 목소리로 황태자에 관한 말을 하고 있는 것이 들렸다.

"어때? 내가 그를 놀라게 했지?"

나나의 방에는 이제 황태자와 백작과 후작밖에 남아 있지 않았다. 보르드바브는 바리요에게, 나나에게 미리 알리지 않고 개막 신호를 울려서는 안 된다고 주의를 주면서 같이 나갔다.

"실례하겠습니다."

나나는 팔과 얼굴에 다시 화장을 하기 시작했다. 제3막에는 나체로 등장하기 때문에 특히 정성을 들여서 화장을 해야 했다.

황태자는 슈아르 후작과 나란히 소파에 앉았다. 뮈파 백작만이 서 있었다. 이 후끈거리는 더위 속에서 샴페인을 두 잔 마셨더니 더 취기가 올랐다. 사땡은 이 신사들이 나나와 함께 방에 있는 것을 보고 따분하지만 할 수 없이 커튼 뒤의 트렁크 위에 앉아서 기다리기로 했다. 쥘르 부인은 말 한마디 없이 조용히 방안을 왔다갔다 하고 있었다.

"왈츠를 참 잘 부르더군."

황태자가 말했다.

그래서 다시 이야기가 시작되었으나 오래 계속되지 않고 자주 말이 중단되었다. 나나는 일일이 대답할 수가 없었다. 손가락을 재빨리 놀려 팔과 얼굴에 콜드크림을 바른 뒤 수건 끝으로 물분을 발랐다. 나나는 잠시 동안 거울 보는 것을 멈추고 물분을 손에 든 채 황태자에게 시선을 던지고는 미소지었다.

"황송합니다."

나나의 화장은 손이 많이 가는 것이어서 슈아르 후작은 넋을 잃고 바라보고 있었다. 이번에는 후작이 말을 했다.

"오케스트라의 반주를 좀더 조용하게 할 수 없을까, 그래서는 어디 당신 소리를 들을 수가 있어야지, 그건 큰 잘못이야."

그러나 나나는 돌아보지 않았다. 그녀는 분첩을 들고 온몸을 정성껏 문지르고 있었다. 화장대 위로 몸을 내밀고 있어서 흰 즈로즈에 싸인 투실투실한 엉덩이가 팽팽해진 즈로즈와 함께 터질 듯이 불룩하게 튀어 나와 있었다. 그녀는 후작의 칭찬에 고맙다는 표시로 허리를 살짝 흔들었다.

침묵이 흘렀다. 쥘르 부인은 즈로즈 오른쪽 가랑이가 터진 것을 발견하고 가슴에서 시침바늘을 하나 뽑아 바닥에 무릎을 꿇고 나나의 허벅지 근처에서 부지런히 손을 놀렸다.

나나는 그것도 모르는 것처럼 광대뼈 근처를 조심스레 피하며 분을 바르고 있었다. 황태자가, 당신이 런던에 와서 노래를 부른다면 온 영국 사람이 박수갈채를 보낼 거라고 하자, 방긋 웃으며 살짝 돌아보았다. 뽀얗게 날리는 분가루 속에 하얗게 칠해진 왼쪽 뺨이 보였다. 그러더니 갑자기 신중한 표정이 되었다. 드디어 연지를 바를 차례였다. 그녀는 다시 거울에 바싹 얼굴을 갖다 대고 손가락을 작은 병 속에 넣었다 꺼내더니 먼저 눈 밑에 연지를 바른 다음 관자놀이까지 연하게 칠해 나갔다. 남자들은 숨을 죽이고 보고 있었다.

뮈파 백작은 아직 한마디도 입을 열지 않았다. 생각은 저도 모르게 어린 시절로 향하고 있었다. 어릴 때 그의 방은 아주 추웠다. 열여섯 살 때는 밤마다 어머니에게 인사 키스를 했는데, 그 차가운 느낌은 꿈속에서도 지워지지 않았다. 어느날 우연히 지나가다가 방긋이 열려 있는 문틈으로 하녀가 목욕하는 것을 본 일이 있었다. 그것이 사춘기로부터 결혼할 때까지 그의 가슴을 설레게 한 단 하나의 추억이었다. 그뒤 결혼하자 아내는 부부의 의무에 충실히 따르려

했으나 그 자신은 부부의 접촉에 대해서는 종교가다운 혐오감을 느끼고 있었던 것이다. 이러한 성장기를 거쳐서 노년기에 이르렀으므로 그는 여자의 육체 맛도 모르고 단지 엄격한 종교상의 의무에 따라 신의 율법과 계율대로 지내왔다. 그러한 그가 지금 별안간 분장실 안의 벌거벗은 배우 앞에 내던져진 것이다. 자기 아내가 양말 대님을 매는 것도 보지 못한 그런 사람이 화장품병과 세숫대야가 난잡하게 널려 있는 강하고도 달콤한 향기 속에서 여자가 화장하는 비밀을 직접 세세히 바라보고 있는 것이다. 그는 온 힘을 다해 반항했다. 좀전부터 그는 점차 나나의 매력에 사로잡히는 느낌이 들어 그녀가 무서워졌다. 그래서 전에 읽은 종교서의 내용과 어릴 때 들었던 악마의 유혹 같은 것을 떠올렸다. 그는 악마의 존재를 믿고 있었다. 그의 혼란한 마음에는 그 웃음과 악으로 부풀어오른 가슴과 엉덩이를 가진 나나가 악마처럼 여겨졌다. 그러나 그는 꿋꿋해지려고 마음먹었다. 반드시 악마에게서 몸을 지킬 수 있으리라.

"그럼 이야기는 결정된 것이겠지." 소파에 편히 기대면서 황태자가 말했다. "내년에 런던으로 오시오. 아마 우리의 환영을 받으면 다시는 프랑스로 돌아가고 싶은 생각이 나지 않을거요……. 그런데 백작, 당신들은 예쁜 여자들을 소중히 다루지 않는 모양이구료. 내가 모두 끌고 가 버리겠소."

"그런 일이라면 백작은 아무렇지도 않게 생각할 겁니다." 슈아르 후작은 친근감을 보이기 위해 짓궂게 말했다. "백작은 품행이 방정한 사람이니까요."

이 말을 듣고 나나가 하도 이상한 표정으로 돌아보았기 때문에 뮈파는 매우 당황했다. 그러자 자기 자신의 이러한 마음의 움직임에 놀라는 동시에 자신에 대해 화가 났다. 이 여자 앞에서 품행이 방정하다는 말을 듣고 당황한 것은 무엇 때문일까? 될 수만 있다면 이 여자를 때려 주고 싶을 정도였다. 그때 나나가 숄을 잡다가 떨어뜨렸다. 주우려고 허리를 굽혔을 때 그도 얼른 손을 뻗쳤다. 입김이 서로 마주치고 베누스식으로 풀어 헤친 머리칼이 손에 잡혔다. 그러자 그는 회한을 수반하는 기쁨으로 몸이 떨렸다. 그것은 가톨릭 신자가 죄를 범할 때, 지옥을 두려워하는 만큼 더욱 예민하게 느끼는 바로 그 기쁨이었다.

이때 바리요 영감의 목소리가 문 앞에서 들렸다.

"부인, 이제 벨을 울려도 좋겠습니까? 손님들이 너무 오래 기다렸는데요."

"곧 나가요."

나나는 태연히 대답했다.

그녀는 마스카라 병에 솔을 담갔다가 거울에 코를 맞대다시피 하며 왼쪽 눈을 감고 속눈썹을 칠했다. 그 뒤에서 뮈파 백작이 바라보고 있었다. 거울에 동그스름한 어깨와 장미빛 음영을 띤 가슴이 비쳤다. 보조개가 파인 얼굴은 한쪽 눈을 감았기 때문에 더욱 육감적이었고, 백작은 마치 욕정으로 황홀해 있는 듯한 표정이었다. 보지 않으려 해도 시선을 돌릴 수가 없었다. 그녀가 오른쪽 눈을 감고 손질을 할 때 뮈파는 나나에게 완전히 사로잡히고 말았다는 것을 깨달았다.

"부인!" 바리요 영감이 숨을 헐떡이며 다시 외쳤다. "손님들이 발을 구르고 있습니다. 이러다간 의자를 부술지도 모르겠는데요……. 벨을 울려도 될까요?"

"쳇!" 짜증이 난 나나가 말했다. "울리려면 울리구료, 내가 알게 뭐예요! 준비가 안 됐으니까 손님들이 기다리는 수밖에 도리 없잖아요!"

이렇게 말하고 나서 마음이 가라앉아 남자들 쪽을 돌아보고 미소지으며 말했다.

"정말이지, 잠시 이야기할 틈도 없답니다."

얼굴과 팔의 화장이 겨우 끝났다. 나나는 다시 손가락 끝으로 입술에 연지를 짙게 칠했다. 뮈파 백작의 가슴은 다시금 산란해졌다. 연지와 백분이 자아내는 야릇한 분위기에 자극되어 짙은 화장으로 채색된 이 젊은 여자에게 갑자기 격렬한 욕정을 느낀 것이다.

새하얀 얼굴, 새빨간 입술, 마스카라를 칠하여 더 커진 눈은 반짝반짝 빛이 나 사랑의 상처를 입은 것같이 보였다. 나나는 잠시 커튼 뒤로 들어가서 즈로즈를 벗고 베누스의 옷으로 갈아 입었다. 그리고 태연히 나와서 얇은 블라우스를 벗고 팔을 내밀었다. 쥘르 부인이 소매가 짧은 옷을 입혀 주었다.

"빨리 해요! 손님들이 화를 내고 있으니까!"

황태자는 오입쟁이답게 실눈을 하고 나나의 부푼 가슴선을 더듬고 있었다. 슈아르 후작이 무의식중에 고개를 흔들었다. 뮈파는 보지 않으려고 양탄자를 노려보고 있었다. 이윽고 베누스의 분장이 끝나 그녀는 베일을 어깨에 걸치고 있을 뿐이었다. 쥘르 부인이 아무 감정 없는 흐린 눈을 하고 무감각한 노파같이 나나의 주위를 돌아다보기 시작했다. 그리고 가슴에 잔뜩 꽂은 시침바늘을 재빨리 몇 개 뽑아서 메마른 손으로 풍만한 나체를 여기저기 만져 보며 베누스의 웃옷에 꽂아주었다. 그녀는 아무런 추억도 없고 또 성(性)에 대해서도 무관심한 것 같았다.

"자, 됐어요!"

나나는 마지막으로 다시 한번 거울을 들여다보았다.

보르드나브가 걱정스러운 표정으로 돌아오더니 제3막은 벌써 시작되었다고 말했다.

"지금 나가요, 정말 성가셔 죽겠네! 늘 내가 다른 사람들을 기다려야 한단 말이야."

남자들은 방을 나왔다. 그러나 황태자가 무대 뒤에서 제3막을 구경하고 싶다고 말했기 때문에 헤어지지는 않았다. 나나는 혼자 남게 되자 놀라서 주위를 두리번거렸다.

"앤 어딜 갔을까?"

사땡을 찾고 있는 것이다. 커튼 뒤의 트렁크 위에 앉아 있는 걸 드디어 발견했을 때 사땡은 조용하게 말했다.

"손님들과 함께 있어서 너를 방해하고 싶지 않았던 거야."

그리고 이제 돌아가겠다고 말했다. 나나가 붙들었다. 바보같이, 보르드나브가 채용해 주겠다고 했는데 돌아가다니! 공연이 끝나거든 결말을 지을 수 있을 텐데. 사땡은 망설였다. 어쩐지 너무 복잡하고 까다로워 거기에 끼어 들 수가 없을 것 같았다. 그래도 하여간 남아 있기로 했다.

황태자가 좁은 나무 층계를 내려가니 무대 저쪽에서 갑자기 이상한 소리가 들려 왔다. 작은 소리로 퍼붓는 욕설과 격투를 하는 것 같은 발소리였다. 등장할 차례를 기다리고 있는 배우들은 그 소동에 질겁을 했다. 좀전부터 또 미뇽이 포슈리를 곯려 주고 있었는데, 이번에는 새로운 수법을 생각해 낸 것이 즉 파리를 쫓아 준답시고 콧등을 손가락으로 퉁긴 것이다. 물론 이 장난은 배우들을 매우 재미있게 해주었다. 그러자 지나치게 신이 난 미뇽은 정말로 포슈리의 따귀를 힘껏 갈겨 주고 말았다. 이번만은 너무 지나친 짓이다. 포슈리는 사람들 앞에서 그런 짓을 당하고 웃어 넘길 수만은 없었다. 두 사람은 정말로 화가 나서 안색을 바꾸고 증오에 가득찬 표정으로 서로 멱살을 잡았다. 그리고 그들은 서로 뚜쟁이 같은 놈이라고 욕설을 퍼부으며 무대의 기둥 뒤에서 뒹굴었다.

"보르드나브 씨! 보르드나브 씨!"

미뇽과 포슈리의 싸움

무대감독이 당황해서 부르러 왔다.

보르드나브는 황태자에게 잠깐 실례한다고 말하고는 그의 뒤를 따랐다. 포슈리와 미뇽이 바닥에 뒹굴고 있는 것을 보자 그는 울화통이 터질 듯한 표정을 지었다. 정말이지, 하필이면 이때 싸움을 하다니! 무대 바로 옆에는 황태자가 서 있고 손님들에게도 다 들리지 않는가! 거기다 난처하게도 로즈 미뇽이 등장해야 할 순간에 숨을 헐떡이며 달려왔다. 무대에서는 불카누스가 디아나를 부르는 대사를 외고 있었으나 로즈는 넋을 잃고 서 있었다. 발밑에서 남편과 애인이 프록코트를 허옇게 먼지투성이로 만들어 가며 뒹굴면서 목을 조르고 발길로 차고 머리를 쥐어뜯고 있지 않는가. 그들 때문에 지나갈 수 조차도 없었다. 심지어 한창 격투하는 도중 포슈리의 모자가 무대로 굴러 나갈 뻔한 것을 소도구 담당자가 아슬아슬하게 붙잡았을 정도였다. 그동안 불카누스는 온갖 대사를 꾸며 대어 관객을 웃기다가 또 로즈를 불러 내는 대사를 외었다. 그래도 로즈는 가만히 선 채 두 사람을 바라보고만 있었다.

"보고만 있으면 어떻게 해!" 화가 나서 보르드나브가 귓전에 대고 속삭였다. "자, 나가요, 나가! 네겐 상관없는 일이니까, 빨리 무대에 나가!"

보르드나브에게 떼밀리어 로즈는 두 사람을 타 넘고 푸트라이트가 휘황한 무대로 나가 관중 앞에 섰다. 그들은 왜 바닥에서 뒹굴며 치고받는 것일까? 몸이 떨리고 머릿속이 윙윙거렸다. 그래도 그녀는 사랑에 빠진 디아나의 아름다운 미소를 띠고 무대 앞 쪽으로 나가 열정적인 목소리로 이중창의 첫 구절을 불렀고 관객들은 열렬한 박수를 보냈다. 그러나 그녀의 귀에는 무대 뒤에서 두 사람이 치고받는 소리가 들려 왔다. 자칫하면 그들은 무대 앞까지 굴러나올 지경이었다. 다행히 음악 소리가 그들이 치고받는 소리를 감싸주고 있었다.

"이게 무슨 꼴이오!" 겨우 두 사람을 뜯어 말린 보르드나브가 소리쳤다. "싸움을 하려거든 당신들 집에 가서 해요. 내가 이런 걸 싫어한다는 것쯤은 알고 있지 않소. 미뇽, 당신은 무대 이쪽에 있어요. 포슈리 당신은 저쪽에 있고, 만약 이쪽에 오면 내쫓아 버릴 테니까 그런 줄 아슈. 알아들었소? 그렇지 않으면 로즈에게 당신들을 데려오지 못하게 하겠소."

보르드나브가 돌아오니 황태자가 웬일이냐고 물었다.

"아니 아무것도 아닙니다!"

보르드나브는 침착하게 대답했다.

나나는 털외투를 걸치고, 그들과 서서 이야기를 하며 등장할 차례를 기다리고 있었다. 뮈파 백작은 무대를 구경하려고 두 칸막이 사이로 다가갔는데 무대감독이 손짓으로 조용히 걸어야 한다고 주의를 주었다. 주위는 조용했고, 훈훈한 공기가 천장에서 내려왔다. 군데군데 등불이 밝게 비치고 있는 무대에서는 두세 사람이 낮은 소리로 속삭이며 서 있다가 발끝으로 걸어가 버리곤 했다. 조명 담당자는 복잡한 스위치 앞에서 부서를 지키고 있었고 소등 담당자는 기둥에 기대 서서 고개를 내밀고 움직임을 살피고 있었다. 한편 위쪽에서는 막(幕) 담당자가 의자에 앉아 연극이 어떻게 진행되고 있는지도 모르는 채 체념한 낯으로 벨이 울리면 언제든 밧줄을 당길 수 있게끔 조용히 기다리고 있었다. 가벼운 발소리와 속삭임소리로 가득찬 이 답답한 공기 속으로 무대에서 연기하는 배우들의 이상하게 무딘 음성이 들려왔다. 완전히 딴사람 같은 음성이다. 오케스트라의 소리를 뚫고 때로 커지는가 하면 웅성거림이 되고, 웃음이 되고, 박수갈채가 되어 폭발하는 장내의 숨결이 마치 커다란 한숨처럼 들려왔다. 비록 모습은 보이지 않더라도, 또 이렇게 조용해도 관객들의 모습이 손에 잡힐 듯 환히 느껴지는 것이었다.

"어딘지 열린 데가 있나 봐." 외투자락을 여미면서 갑자기 나나가 말했다. "좀 보고 오세요, 바리요 영감. 틀림없이 창이 열려 있을 거예요……. 정말이지 여기 이러고 있다간 얼어죽겠네."

바리요는 분명히 자기가 모두 닫았다고 말하면서 혹 깨진 유리가 있는지는 모르겠다고 했다. 배우들은 늘 바람이 새어들어 온다고 투덜댔다. 가스등 열기로 후끈후끈한데다가 찬 공기가 흘러들어오니 퐁땅 말마따나 '폐렴의 소굴'이나 다름없었다.

"한번 이렇게 벗고 여기서 있어 봐요, 어떤가."

화가 나서 나나가 말했다.

"쉿!"

보르드나브가 속삭였다.

무대에서는 로즈가 이중창의 한 구절을 기막히도록 능란하게 불렀기 때문에 박수갈채가 오케스트라 소리를 누를 정도였다. 나나는 입을 다물고 진지한 표정이 되었다. 그때 뮈파 백작이 무대 뒤의 통로로 나갔는데, 바리요가 거기는 틈이 있어서 관객석에서 보인다고 주의를 주며 못 나가게 했다.

백작은 무대배경을 뒤쪽에서 비스듬히 바라보았다. 헌 광고지를 여러 겹 발라서 만든 목재 기둥과 한 모퉁이의 은광(銀鑛)에 파진 에트나의 동굴, 그리고 그 안에 불카누스의 대장간이 보였다. 천장에 비단 조명등이 페인트로 칠한 은광을 눈부시게 비추었다. 푸른 울타리와 붉은 유리가 끼워져 있는 등불이 대장간의 불꽃 느낌을 잘 나타내고 있다. 한편 더 안쪽 바닥에는 가스등이 열을 지어 검은 암석을 부각시키고 있었다. 그리고 그 경사진 통로에서는 불빛이 마치 잔칫날 저녁에 풀밭에 내놓은 램프처럼 반짝이는 가운데 유노의 역할을 맡은 늙은 드루아르 부인이 눈이 부신 듯한 졸린 얼굴로 등장할 차례를 기다리고 있었다.

그때 주위가 좀 소란해졌다. 끌라리스의 이야기를 듣고 있던 시몬느가 갑자기 소리를 지른 것이다.

"어머, 뜨리꽁이 왔잖아!"

과연 뜨리꽁이었다. 언제나처럼 기다란 고수머리에 변호사를 찾아가는 백작 부인 같은 태도를 하고 있었다. 그녀는 나나를 보자 곧장 그 앞으로 갔다.

"안 돼요." 재빨리 몇 마디 서로 주고받더니 나나가 말했다. "지금은 안 돼요."

노파는 뚱한 얼굴을 했다. 쁘륄리에르가 지나가다가 악수를 하자 젊은 두 단역 아가씨가 눈을 휘둥그렇게 뜨고 바라보았다. 뜨리꽁은 잠시 머뭇거리다가 손짓으로 시몬느를 불렀다. 다시 재빨리 말이 오고갔다.

"알았어요." 마침내 시몬느가 말했다. "30분 뒤예요."

그런데 시몬느가 자기 분장실로 돌아가려 하는 참에 또 블롱 부인이 편지를 들고 와서 그 중의 한 통을 건네주었다.

보르드나브가 나직한 소리로, 뜨리꽁을 들여 보낸 것을 나무랬다. 하필이면 황태자가 와 계신 오늘 같은 날 밤에 그따위 여자를 들여 보내다니! 그러나 30년 동안이나 이 극장에서 살아 온 블롱 부인은 쌀쌀하게 대답했다. 내가 알 게 뭐예요. 뜨리꽁은 여기 있는 모든 여배우들과 다 거래가 있는걸요. 지배인님은 여태까지 그 여자를 열두 번도 더 보셨지만 아무 말씀 않으셨잖아요. 보르드나브가 상소리를 지껄여 대는 동안 뜨리꽁은 한눈에 남자를 평가할 줄 아는 능숙한 여자 같은 태도로 태연히 황태자를 바라보는 것이었다.

누르스름한 얼굴에 미소가 떠올랐다. 이윽고 공손하게 서 있는 여배우들 사이로 천천히 걸어나가며 시몬느 쪽을 돌아보고 말했다.

보르드나브

"금방 오는 거지?"

시몬느는 몹시 난처한 듯한 표정을 지었다. 편지는 오늘밤 약속한 청년에게서 온 것이었다. 그래서 종이쪽지에 '오늘밤은 일이 있어서 못 뵙겠습니다'라고 갈겨 써서 블롱 부인에게 주었다. 그래도 마음이 놓이지 않았다. 그 청년은 역시 기다리고 있을 것이다. 제3막에는 등장하지 않으므로 곧 나가고 싶어서 끌라리스에게 가보고 와달라고 부탁했다. 끌라리스는 제3막이 끝날 무렵에 등장하면 되었기 때문이다.

그녀는 아래로 내려가고 시몬느는 둘이 같이 쓰고 있는 분장실로 잠깐 돌아갔다. 아래에 있는 블롱 부인의 간이매점에는 플루투스로 나오는 조연 여배우가 금실로 수놓은 붉은 옷을 걸치고 혼자 마시고 있었다. 문지기가 하는 이 장사는 꽤 잘 되는 모양으로 계단 밑의 광 속 같은 가게 안은 잔에서 넘쳐 난 포도주로 축축하게 젖어 있었다. 끌라리스는 의상이 기름때 묻은 계단에 끌려 자락을 쳐들었다. 그녀는 계단 모퉁이에 이르자 조심스럽게 멈추어 서서 목을 내밀고 방안을 살펴보았다. 역시 틀림없었다. 그 바보 같은 팔르와즈가 테이블과 난로 사이에 놓인 아까 그 의자에 여전히 앉아 있었다. 시몬느에게는 돌아가는 것처럼 해보였다가 도로 돌아온 것이다. 그리고 방안에는 장갑을 낀 단정한 차림으로 여전히 점잖게 기다리는 남자들이 꽉 차 있었다. 모두 무뚝뚝한 표정으로 서로 흘끔흘끔 보고 있었다. 블롱 부인이 마지막으로 남은 꽃다발을 모두 전해 주었기 때문에 테이블 위에는 접시밖에 남아 있지 않았다. 바닥에 떨어진 장미꽃 한 송이가 검정 고양이 곁에 내팽개져 있었다. 어미 고양이는 웅크린 채 자고 있었으나 새끼 고양이들은 손님들의 다리 사이로 정신없이 뛰어다녔다. 끌라리스는 문득 팔르와즈를 내쫓을 생각을 했다. 저 바보 같은 고양이조차도 싫어한다. 그게 저 녀석을 잘 설명해 주고 있다. 그는 고양이에게 닿지 않도록 팔꿈치를 오므리고 있었다.

"저 친구한테 붙잡히지 않도록 조심해!"

익살꾼인 플루투스가 손등으로 입을 닦으면서 올라오다가 말했다.

그래서 끌라리스는 팔르와즈와 한바탕 해보겠다는 생각을 버렸다. 블롱 부인이 시몬느의 편지를 그 청년에게 주는 것이 보였다.

청년은 현관의 가스등 밑으로 가서 읽었다.

'오늘밤은 일이 있어서 못 뵙겠습니다.'

이런 문구에는 습관이 되었는지 그는 순순히 사라졌다. 아무튼 저 친구는 처신할 줄 아는데! 다른 사내들과는 다르단 말이야. 고약한 냄새가 풍기고 찌는 듯 더운 이 커다란 등잔 같은 방 속에서 속이 빠진 짚의자에 버티고 앉아 있는 다른 작자들과는. 남자들은 참 더럽기도 하지! 끌라리스는 기분이 상해 되돌아서서 무대 옆을 지나, 시몬느에게 대답을 해주기 위해 분장실 계단을 4층까지 천천히 올라갔다.

무대 뒤에서는 황태자가 혼자 나나와 이야기하고 있었다. 그는 나나의 곁을 떠나지 않고 눈을 가늘게 떠서 나나를 찬찬히 보고 있었고, 나나는 그를 쳐다보지 않고 미소를 지으면서 고개를 끄덕이고 있었다. 뮈파는 도르래와 덧문을 다루는 방법에 관해 보르드나브의 상세한 설명을 듣고 있었는데 갑자기 참을 수가 없어서 그의 곁을 떠나 두 사람의 대화를 방해하기 위해 곁으로 갔다. 나나는 눈을 들어 황태자에게 대했던 것과 똑같은 태도로 미소를 보냈다. 그러나 그러는 동안에도 귀를 기울여 무대의 대사 진행에 신경을 쓰고 있었다.

"제3막이 가장 짧지요?"

백작을 귀찮게 여기면서 황태자가 말했다.

나나는 그 말에는 대답도 하지 않고 얼굴을 긴장시켰다.

자, 이제 내 차례다. 어깨를 홱 흔들어 털외투를 떨어뜨리자 뒤에 서 있던 쥘르 부인이 두 손으로 받았다. 두 손으로 머리를 쓰다듬고 나서 나나는 거의 벌거벗고 무대로 나갔다.

"쉿! 쉿!"

보르드나브가 속삭였다.

백작과 황태자는 멍하니 서 있었다. 물을 끼얹은 듯 조용한 가운데 멀리서 관중들의 웅성거림 같은 한숨이 전해져 왔다. 매일 저녁 나나가 나체의 베누스 모습으로 등장할 때마다 언제나 같은 반응이 일어났다. 뮈파 백작은 보고 싶어져서 휘장 구멍에 눈을 갖다 댔다. 눈부시게 원을 그리는 푸트라이트 저편에 관객석이 자줏빛 연기로 가득찬 것처럼 침침해 보였다. 그리고 창백한 얼굴들이 죽 늘어 앉은 몽롱한 관객석을 배경으로 하여 2층 좌석에서 꼭대기 좌석에 이르기까지 뚜렷이 솟아나 보이는 새하얀 나나의 육체가 보였다. 뮈파는 그녀의 등과 탄력 있는 허리와 벌린 두 팔을 볼 수 있었다. 그녀의 발 밑바닥에는 순진하고 처량한 표정을 한 프롬프터 노인의 머리가 마치 잘린 목처럼 내다보였다.

어떤 노래에서는 목 언저리의 떨림이 구불구불 몸을 타고 내려가서 길게 끌리는 의상 자락 사이로 사라지는 것같이 보였다. 우뢰 같은 박수갈채를 받고 마지막 구절을 부르고 나자 나나는 허리를 굽혀 절을 했다. 허리를 굽히니 베일이 너풀거리고 머리칼이 허리께까지 드리워졌다. 나나가 날씬한 허리를 굽힌 채 자기가 내다보고 있는 휘장 구멍 쪽으로 다가오는 것을 보자 백작은 얼굴이 창백해져서 물러났다. 그 순간 무대는 사라지고 눈에 보이는 것은 배경 뒷면에 덕지덕지 발린 헌 광고지뿐이었다. 가스관이 깔려 있는 통로에는 올림포스 산의 여러 신(神)들이 졸고 있는 드루아르 부인 곁에 모여 있었다. 막이 내리기를 기다리고 있는 것이다. 보스끄와 퐁땅은 바닥에 앉아 무릎에 턱을 괴고 있었고 쁘룰리에르는 등장을 앞두고 기지개를 켜고 하품을 하고 있었다. 모두 지쳐서 눈이 불그레했으며, 빨리 집에 돌아가 자고 싶어 하는 눈치였다.

그때 보로드나브로부터 이쪽으로 오지 말라는 말을 듣고 무대 저쪽을 배회하고 있던 포슈리가 혼자 있는 것이 어색해서 백작한테 다가와 배우 분장실로 안내해 주겠다고 나섰다. 점차 마음이 해이해져서 의지력을 잃어가고 있던 뮈파는 슈아르 후작을 눈으로 찾아보았으나 보이지 않으므로 따라가기로 했다. 나나의 노랫소리가 들리는 무대 뒤를 떠나자 그는 마음이 놓이면서도 왠지 불안했다. 벌써 포슈리는 앞장서 계단을 올라가고 있었다. 계단의 2층과 3층은 나무문으로 닫혀져 있었다. 이 계단은 뮈파 백작이 자선협회 임원으로 순회할 때 자주 드나든 일이 있었는데, 수상한 여인숙 같은 데서 흔히 찾아볼 수 있는 구조로 노란 페인트로 칠했을 뿐 아무 장식도 없고 흠투성이었다. 수많은 사람이 오르내리는 바람에 닳아 버린 그 계단에는 손때가 묻어 반들거리는 철난간이 달렸고 층계참마다 마룻바닥 높이로 낮은 창문이 나 있어 그것이 환기통 구실을 하고 있었다. 벽에 박혀진 등잔에는 가스불이 타면서 주위의 초라한 풍경을 생생하게 비쳤고, 거기서 이는 뜨거운 열이 좁은 나선형 계단을 따라 올라와 가득 서려 있었다.

계단 끝에 이르렀을 때 백작은 또다시 목덜미에 뜨거운 숨결이 엄습해 오는 것을 느꼈다. 빛과 소음의 물결과 함께 분장실에서 흘러나오는 여자 냄새와 지금 한 계단씩 올라감에 따라 풍기는 사향내 같은 분냄새며 코를 폭 찌르는 화장수 냄새 때문에 그의 온몸은 화끈 달아오르고 다시 눈까지 아찔해 오는 것이었다. 2층에는 두 개의 복도가 안쪽을 향해 나 있었는데 한참 가다가 구부러지더니 수상한 호텔의 방문처럼 문들이 쭉 나 있고 노랗게 칠한 문에는 하얀 글씨로 커다란 번호가 씌어 있었다. 오래된 건물이라 마룻바닥은 이가 맞지 않아 들쭉날쭉했다. 백작은 용기를 내어 방긋이 열린 문 앞에서 안을 들여다보았다. 변두리의 이발소 같은 너저분한 방이었는데 두 개의 의자와 거울, 빗에 묻은 때로 더럽혀진 서랍 달린 작은 책상이 있었고, 땀투성이가 되어 어깨에서 김이 나는 남자가 속옷을 갈아 입고 있었다. 똑같은 구조의 옆방에서는 돌아갈 채비를 끝낸 여자가 막 목욕을 했는지 축축한 머리를 풀어헤친 채 장갑을 끼고 있었다. 그때 포슈리가 불러서 백작이 3층으로 올라가니 오른쪽 복도에서 욕설이 들려왔다.

"망할 것!"

말괄량이 소녀 마띨드가 세숫대야를 쏟아서 비눗물이 층계참까지 흘러내리고 있다. 누가 거칠게 어떤 방문을 닫았다. 코르셋 바람의 두 여자가 쏜살같이 복도를 가로질러 갔다. 또 한 여자가 슈미즈 자락을 물고 나타났다가 얼른 들어갔다. 여기저기서 웃음소리와 싸우는 소리, 혹은 시작했나 싶자 금방 그쳐 버리는 노랫소리가 들렸다. 복도의 벽과 문 틈새로, 나체와 흰 피부, 연한 빛깔의 속옷 등이 언뜻언뜻 보였다. 두 소녀가 쾌활하게 서로 점을 보아 주고 있었고 거의 어린애라고 할 만한 여자가 페티코트를 무릎 위까지 걷어 올리고 앉아서 즈로즈를 꿰매고 있는 중이었다. 의상 담당자가, 두 남자가 지나가는 것을 보고 체면상 커튼을 끌어당겼다.

연극이 끝날 무렵의 혼잡이 이미 시작되고 있었다. 짙은 분화장과 루즈를 열심히 지우는 사람에다 분가루를 날리며 외출 화장을 하는 사람이 뒤섞여 문을 여닫을 때마다 코를 찌르는 체취가 더욱 강하게 흘러나왔다. 4층에 이르자 뮈파는 그만 완전히 취한 것같이 되어 버렸다. 거기는 단역 여배우들의 방이었다. 20명 가량의 여자들이 한데 모인 그 분장실에는 비누와 향수병이 난잡하게 흩어져 있어서 마치 변두리의 공동 숙박소 같았다. 거기를 지나가니 닫힌 문 뒤에서 대야에 물을 퍼놓고 요란스레 씻고 있는 소리가 들려 왔다. 그리고 그는 5층으로 올라가다가 호기심이 발동해서 열려 있는 어느 방의 들창문으로 안을 들여다보았다. 안은 가스등 불빛 아래 난잡하게 벗어 던져 놓은 페티코트 사이로 요강이 하나 놓여 있을 뿐 텅 비어 있었다. 이것이 마지막으로 본

방이었다.

드디어 맨 꼭대기인 5층에 이르니 숨이 막힐 지경이었다. 이 건물 안의 모든 나쁜 냄새, 모든 열기가 그곳에 소용돌이치고 있는 것이었다. 노란 천장은 불에 그을려 있었고, 갈색으로 흐릿한 가운데 등잔이 하나 켜 있었다. 그는 잠깐 철난간을 붙잡았다. 철난간은 체온 정도로 미지근했다. 그는 눈을 감고 크게 숨을 쉬어 얼굴에 불어오는, 그에게는 미지의 여자 냄새를 들이마셨다.

"이리로 오십시오." 좀전부터 보이지 않던 포슈리가 외쳤다. "누가 뵙겠답니다."

그곳은 복도 끝에 있는 끌라리스와 시몬느의 분장실이었는데 지붕 밑에 있는 길쭉한 방이라 수없이 모가 나 있었다. 천장에는 채광창이 두 개 있었다. 그러나 지금은 밤이어서 녹색 격자무늬에 장미꽃을 그린 싸구려 벽지의 실내는, 가스등 아래 화장대 구실을 하는 방수포(防水布)를 깐 두 장의 판자가 엎질러진 물로 꺼멓게 되어 있었다. 그 밑에는 찌그러진 양철 주전자, 더러운 물이 가득 담긴 양동이, 거칠게 생긴 노란 사기 물병이 몇 개 놓여 있었다. 주위에는 또 깨어진 세숫대야가 있는가 하면, 이빠진 뿔빗을 비롯해 닳아 빠진 것들이 잔뜩 널려 있었다. 그러나 두 여자는 아무 거리낌없이 옷을 벗고 몸을 씻고 하는 게 버릇이 되어서 잠깐 들르기만 하면 되는 이 방의 더러움 같은 건 마음에 두지 않는 것이었다.

"이리 오시지요." 창녀집 같은 데서 남자들이 쓰는 말투로 포슈리가 말했다. "끌라리스가 키스를 해드리겠답니다."

뮈파는 마침내 안으로 들어갔다. 그러자 슈아르 후작이 화장대 사이의 의자에 앉아 있는 있는 것을 보고 깜짝 놀랐다. 후작은 벌써부터 여기에 틀어박혀 있었던 것이다. 그는 양동이가 새어 뿌연 비눗물이 바닥에 괴어 있어서 두 다리를 벌리고 있었다. 이런 곳에 익숙한지 아주 편안하게 앉아서 여자들의 뻔뻔스러운 태도도, 욕실처럼 답답하고 이 지저분한 공기 속에서는 오히려 자연스럽다는 듯이 기운이 나 있는 것 같았다.

"너, 늙은이와 같이 갈 거니?"

시몬느가 끌라리스의 귓전에 대고 물었다.

"절대로 싫어."

끌라리스가 큰 소리로 대답했다.

얼굴은 못생겼지만 붙임성 있는 의상 담당 여자가, 시몬느의 망또를 입혀 주며 이 말을 듣고는 웃음을 터뜨렸다. 세 여자는 서로 몸을 비벼 대며 속삭이더니 더 재미있다는 듯이 웃었다.

"끌라리스, 이분에게 키스를 해드려라. 돈이 많으신 분이야."

그러고는 백작 쪽을 돌아보면서 말을 이었다.

"어떻습니까, 아주 얌전한 여자지요. 키스를 해드리겠답니다."

그러나 끌라리스는 이제 남자라면 신물이 나서, 아래층 문지기방에서 기다리고 있는 짐승 같은 사내들에 대해 거칠게 말을 했다. 덧붙여 어서 아래층으로 내려가지 않으면 마지막 장면에 늦겠다고 말하는 것이었다. 그러나 포슈리가 문을 막고 서 있기 때문에 뮈파의 양쪽 구레나룻 수염에 키스를 해주면서 서둘러서 나갔다.

"아시겠어요? 이건 당신을 위해서 해드리는 것이 아니라 포슈리가 귀찮게 굴어서 하는 거예요!"

백작은 장인 앞이라 당황해서 얼굴이 화끈해졌다. 그는 오히려 이 두 여자가 어질러 놓은 너저분한 방에서 좀전에 사치스러운 벽지와 몸거울을 갖춘 나나의 방에서는 느끼지 못했던 예민한 관능의 자극을 받은 것이었다.

후작은 서둘러 나가는 시몬느를 따라나가 귓전에 대고 무언가 속삭였으나 그녀는 고개를 가로저었다. 그 뒤를 포슈리가 웃으면서 따라갔다. 백작은 대야를 부시고 있는 의상 담당자와 단둘이 되었다. 그래서 그도 방을 나가 기운 없는 발걸음으로 계단을 내려갔다. 그가 지나가자 또 슈미즈 바람의 여자들이 일어나서 문을 꽝 닫았다. 그러나 층마다 이렇게 많은 여자들이 흩어져 있는데 그의 눈에 뚜렷이 비친 것은 한 마리의 고양이뿐이었다. 그것은 갈색 털 큰 고양이로 이 사향내 나는 한증막 같은 속을 꼬리를 세우고 등을 난간에 비벼 대며 계단을 내려가고 있었다.

"아이 속 시원해!" 여자의 목쉰 소리가 들려 왔다. "오늘밤도 꽤 오래 못 돌아갈 줄 알았지……. 귀찮은 친구들이야, 자꾸 다시 불러 대니……."

연극이 끝나고 막이 내린 참이었다. 우르르 계단을 뛰어올라가는 소리가 났다. 외침 소리가 들렸고 모두 한시바삐 옷을 갈아 입고 돌아가려고 서둘렀다. 뮈파 백작이 마지막 층계에 내려섰을 때 나나와 황태자가 복도를 천천히 걸어가는 것이 보였다. 나나는 걸음을 멈추더니 미소를 지으며 낮은 소리로 말했다.

"네, 알겠어요. 곧 가겠어요."

황태자는 보르드나브가 기다리고 있는 무대 쪽으로 돌아갔다. 나나 혼자만 남게 되자 뮈파는 갑자기 분노와 욕정에 사로잡혀 그녀 뒤를 쫓아갔다. 그리고 나나가 방으로 들어가려는 순간 그 목덜미 아래와 두 어깨 사이로 곱슬곱슬하게 늘어진 금발 머리에 거칠게 입을 맞추었다. 마치 좀전에 5층에서 받은 키스를 지금 여기서 되돌려 주고 있는 듯이. 나나는 화가 나서 손을 쳐들었다. 그러다가 백작이라는 것을 알자 미소를 지었다.

"아이! 깜작 놀랐어요."

나나는 이렇게 말했을 뿐이었다.

당황하면서도 순종하는 듯한 그 미소는 무척 매혹적이었다. 마치 단념하고 있던 키스를 받아서 기쁜 것 같아 보였다. 그러나 그녀는 오늘밤도 내일도 시간이 없다고 했다. 기다려야 해요. 비록 시간이 없다 하더라도 애타게 만들어 드리고야 말 테에요. 나나의 눈은 그렇게 말하고 있었다. 끝으로 나나는 이렇게 말했다.

"실은, 저에게 시골에 집이 하나 있어요……. 오를레앙 근처에 있는 별장을 샀는데, 그 쪽으로 당신은 자주 가신다지요. 조르즈 위공이라는 귀여운 애를 아시죠? 그 애가 그러더군요……. 거기로 놀러 오세요."

백작은 소심한 사람이, 별안간 난폭한 짓을 한 뒤 겁을 먹고 자기가 한 행동을 부끄럽게 여기는 그런 태도로 정중히 허리를 굽히면서 꼭 찾아가겠다고 약속했다. 그러고는 꿈이라도 꾸는 듯한 기분으로 황태자 있는 곳에 돌아가려고 분장실 앞을 지나가는데 사땡이 외치는 소리가 들렸다.

"이 고약한 영감이, 이거 놓아요!"

슈아르 후작이 사땡을 설득하고 있는 중이었다. 사땡은 이 멋있는 세계에는 이제 염증이 났다. 좀전에 나나로부터 보르드나브에게 소개되었는데도 사땡은 보르드나브 앞에서 행여 실수를 할까 봐 굳게 입을 다물고 도사리고 있었기 때문에 완전히 지치고 말았다.

그래서 그녀는 이왕 이렇게 되었으니, 꼬박 일주일 동안 사랑도 받고 매도 맞으며 같이 지낸 적이 있고, 지금은 과자장수를 그만두고 플루투스 역을 맡고 있는 지난날의 애인인 단역 배우를 만나 보고 싶어졌다. 그래서 그 사람을 기다리고 있는데 후작이 마치 이 극장의 여배우라도 상대하는 것처럼 추근

대는 바람에 짜증이 났던 것이다. 그래 마침내 사땡은 이런 말을 하며 위협을 했다.

"지금 내 남편이 올 거예요, 두고 보세요!"

이러는 동안에도 외투를 걸친 배우들이 피곤한 얼굴을 하고 하나씩 둘씩 돌아갔다. 숱한 남녀들이 좁은 나선형 계단을 내려오고 있었는데 화장을 지운 배우들이 보기 흉한 창백한 얼굴로 쭈그러진 모자며 낡아 빠진 솔을 걸치고 어둠 속으로 사라져 갔다. 등불이 차례차례 꺼져 가는 무대 위에서는 황태자가 보르드나브의 이야기를 들으며 나나를 기다리고 있었다. 겨우 나나가 나타났을 때 무대는 캄캄했고, 그 속에 점검을 마친 소등 담당자의 초롱이 흔들리고 있었다.

보르드나브는 황태자가 파노라마 거리를 돌아가지 않도록 하기 위해 문지기방에서 정면 현관으로 나갈 수 있는 통로를 열게 했다. 그러자 파노라마 거리에서 대기하고 있는 남자들로부터 벗어나게 된 것을 기뻐한 여배우들이 먼저 그 통로를 빠져 나갔다. 그녀들은 서로 떠밀어 가며 팔꿈치를 오므렸다, 뒤를 돌아보았다 하면서 가까스로 밖으로 나가자 안도의 숨을 내쉬었다. 한편 퐁땅과 보스끄, 쁘룰리에르 세 사람은 천천히 나가면서, 지금쯤 여배우들은 진짜 연인들과 큰 길을 거닐고 있을 텐데 그것도 모르고 심각한 얼굴로 바리에떼 극장의 배우들이 드나드는 문 근처를 왔다갔다 하고 있는 남자들을 비웃었다.

끌라리스가 특히 교활했다. 그녀는 팔르와즈를 경계하고 있었는데, 아니나 다를까, 그는 다른 사람들 틈에 끼어 문지기 방 의자에 여전히 버티고 앉아 있었다. 모두 눈이 빠지게 기다리는 중이었다. 끌라리스는 그것을 보자 한 동료의 등뒤에 붙어서 나가 버렸다. 남자들은 치맛자락을 날리며 좁은 계단을 우르르 내려오는 여자들의 무리에 어리둥절하여, 눈을 깜박거리며 일제히 그녀들을 바라 보았으나 누가 누군지 도무지 분간할 수 없어서 몹시 실망했다. 이렇게 오랫동안 기다리고 있었는데. 검은 새끼 고양이들은 방수포 위에서 기분 좋게 다리를 쪽 뻗고 있는 어미 고양이의 배에 달라붙어 자고 있었다. 갈색 털의 큰 고양이는 테이블 너머 한쪽 끝에 꼬리를 길게 뻗고 앉아서 여자들이 달아나는 모습을 노란 눈으로 바라보고 있었다.

"전하, 이쪽으로 나가시지요."

계단 밑에서 보르드나브가 통로를 가리키며 말했다.

그곳에는 아직도 몇 명의 단역 여배우들이 나가고 있었다. 황태자는 나나의 뒤를 따라 나갔다. 뮈파와 슈아르 후작이 그 뒤를 따랐다. 그곳은 극장과 옆 건물 사이에 있는 기다란 파이프 같은 골목으로 천창(天窓)이 달린 지붕이 있었다. 벽은 습기차서 축축했다. 지하도처럼 발소리가 땅을 울리고 광 속같이 어수선했다. 문지기의 남편이 무대장치에서 대패질하느라고 쓰는 책상이 있는가 하면 저녁때 입구에서 손님들을 한 줄로 세우는 데 사용하는 나무울타리가 쌓여 있기도 했다. 수도꼭지 앞을 지나갈 때 나나는 옷자락을 쳐들어야 했다. 수도꼭지가 잘 잠기지 않아 그 근처가 질척거렸던 것이다. 한길에 나서자 모두 작별인사를 했다. 혼자 남게 되자 보르드나브는 경멸에 가득찬 태도로 어깨를 으쓱했다. 요컨대 그것이 황태자에 대한 그의 의견인 것이다.

"하여간 똑같은 얼간이 친구야."

그는 포슈리에게 이렇게 말했을 뿐 더이상 설명은 하지 않았다. 로즈 미뇽은 화해를 시키겠다면서 포슈리와 남편을 함께 집으로 데리고 갔다.

뮈파는 보도에서 외따로 떨어졌다. 황태자는 조용히 나나를 자기 마차에 태웠다. 후작은 사땡과 그녀의 애인인 단역배우의 뒤를 쫓아가 버렸다. 흥분한 나머지 무슨 좋은 수라도 생길지 모른다는 기대를 걸고 막연하게 그들 뒤를 따라간 것이다. 뮈파는 머리에 열이 나서 걸어서 가기로 했다. 마음속의 갈등은 이미 끝나 있었다. 새로운 생명의 물결이 40년에 걸친 그의 사상과 신념을 떠내려 보내 버린 것이다. 큰 길을 걸어가노라니 뒤늦게 돌아가는 마차 소리가 귓전에서 나나의 이름을 불러 대는 것 같았고 가스등 속에서 나나의 나체가, 우아한 팔이, 흰 어깨가 춤추는 것 같았다. 오늘밤 단 한 시간이었지만 그는 자기가 나나에게 완전히 사로잡힌 것을 느꼈다. 좋다. 나나를 내것으로 만들 수만 있다면 천주(天主)를 버리고 온 재산을 팔아 치워도 아깝지 않겠어. 청춘이 마침내 눈을 뜬 것이다. 냉정한 가톨릭교인의 가슴속에, 중년 신사의 분별 속에 젊은이의 탐욕스런 욕정이 갑자기 불타오른 것이다.

6장

뮈파 백작은 아내와 딸을 데리고 전날 저녁 퐁데뜨에 도착했다. 아들인 조르즈와 단둘이 거기서 살고 있는 위공 부인으로부터 일주일 가량 놀다 가라는 초대를 받았던 것이다. 17세기 말엽에 지은 그 집은 넓은 정사각형의 대지 복판에 서 있었다. 건물에는 아무런 장식이 없었으나 그 대신 정원에는 훌륭한 나무 그늘이 있었고 또한 여러 개의 연못에는 근처의 샘에서 솟아나는 물이 흘러들어가고 있었다. 그 집은 오를레앙으로부터 빠리에 이르는 가도를 따라 초록 물결을 이루고 있고, 그 울창한 숲은 밭만이 끝없이 펼쳐지는 이 평탄한 지방의 단조로움을 깨뜨리고 있었다.

11시에 아침 식사를 알리는 두 번째 벨소리를 듣고 모두 모이자 위공 부인은 어머니처럼 다정한 미소를 띠고 사빈느의 두 뺨에 키스를 하고 말했다.

"시골에 오면 언제나 이렇게 하는 게 버릇이 됐단다. 여기서 너를 보니 내가 이십 년은 젊어진 것 같구나…… 그래, 옛날 네 방에서 잘 잤니?"

그러고는 대답도 기다리지 않고 에스뗄 쪽을 보고 말했다.

"너도 잘 잤니? 자, 내게 키스해 다오……"

그들은 창문이 정원 쪽으로 나 있는 널찍한 식당에 앉아 있었는데, 다정스럽게 먹으려고 커다란 테이블의 한끝을 차지하고 있을 뿐이었다. 사빈느는 매우 즐거워져서 머리에 떠오르는 젊은 날의 추억을 이야기했다. 퐁데뜨에서 보낸 몇 달 동안의 추억이다. 몇 시간이나 산책을 했던 일, 여름 밤에 연못에 빠졌던 일, 옛 기사(騎士)소설을 벽장 속에서 발견하여 겨울날 포도덩굴이 타고 있는 난로 앞에서 읽었던 일 등. 조르즈는 몇 달 동안 백작 부인을 만나지 못했기 때문에 부인의 모습이 여느때와 다른 것같이 느껴졌다. 어딘지 얼굴이 달라진 것 같았다. 그에 반해 막대기 같은 에스뗄은 여전히 말이 없고 태도가 어색했다.

달걀반숙에 커틀릿이라는 아주 간소한 식사를 하면서 위공 부인은, 이 근처

조르즈 위공

고깃간은 터무니없는 값을 불러 모든 것을 오를레앙에서 들여오고 있는데 주문한 대로 갖다 주는 법이 없다고 했다. 그리고 음식이 맛이 없더라도 그건 다 이렇게 늦은 철에 온 그들 잘못이라고 덧붙였다.

"당신들이 너무 했어요. 유월부터 기다리고 있었는데 구월 중순이 되어서야 오다니……. 그러니 이꼴이지 뭐예요."

위공 부인은 누렇게 물들기 시작한 잔디밭의 숲을 손으로 가리켰다. 날씨가 흐려서 먼 곳은 푸르스름하게 안개가 끼어 주위는 쓸쓸하고 조용한 정적에 잠겨 있었다.

"아 참! 또 올 손님이 있어요." 부인이 말을 이었다. "그러면 더 즐거울 거야. 조르즈가 두 남자분을 초대했는데, 포슈리 씨와 다그네 씨, 알죠? 그리고 방되브르 씨, 이분은 오 년 전부터 온다고 약속을 했는데, 아마 올해는 틀림없이 올 거야."

"어머 그래요?" 백작 부인이 웃으면서 말했다. "방되브르 씨만이라도 와 줬으면 좋겠어요! 하지만 그분은 너무 바쁜 사람이어서."

"그런데 필립은 안 옵니까?"

뮈파가 물었다.

"필립은 휴가를 신청했죠." 노부인이 대답했다. "하지만 그 애가 올 무렵에는 여러분이 여기를 떠난 뒤일 거예요."

커피가 나왔다. 화제는 빠로 옮겨져서 스떼너의 이름이 입에 올랐다. 그 이름을 듣고 위공 부인은 가벼운 외침소리를 냈다.

"그 스떼너라는 분은 어느날 저녁, 댁에서 만나 뵌 그 뚱뚱한 분이죠, 은행가라고 한? 인상이 좋지 않더군요. 여기서 한 십 리 가량 떨어진 곳에 어느 여배우를 위해 집을 사줬대요. 귀미에르 곁에 있는 슈우 뒤라나봐. 그 지방 사람들은 모두 불쾌해하고 있어요……. 백작도 아세요?"

"아뇨, 전혀 몰랐습니다." 뮈파가 대답했다. "허, 참! 스떼너 씨가 이 부근 별장을 샀다구요?"

조르즈는 어머니가 그 이야기를 시작하자 커피잔 위에 얼굴을 숙이고 말았다. 그러나 백작의 대답에 놀라서 얼굴을 들고 그를 쳐다보았다. 어쩌면 저렇게 태연히 거짓말을 할 수가 있을까. 한편 백작도 조르즈의 동작에 경계하는 시선을 던졌다. 위공 부인은 계속해서 상세히 설명을 하고 있었다. 그 별장지는 미뇨뜨라고 불렀다. 다리를 건너 가려면 슈우로 올라가서 귀미에르까지 가야 하기 때문에 5리나 돌아가게 되는 셈이다. 그렇게 하지 않으려면 물 속을 직접 건너는 수밖에 없는데 자칫하면 물에 빠질 염려가 있다는 등등.

"그래 그 여배우 이름이 뭐라던가요?"

백작 부인이 물었다.

"글쎄, 뭐라고 하더라?" 위공 부인이 중얼거렸다. "조르즈야, 아침에 그 이야기를 할 때 너도 그 자리에 있었지?"

조르즈는 기억을 더듬는 척했다. 뮈파는 손가락 사이로 찻숟갈을 돌리면서 대답을 기다리고 있었다. 그러자 백작 부인이 남편에게 말했다.

"스떼너 씨의 상대라면 바리에떼 극장의 가수 아니에요? 그 나나라는?"

"나나, 그래 맞았어. 끔찍한 계집이야!" 위공 부인이 화난 듯이 소리쳤다. "미뇨뜨에선 나나가 오기를 기다리고 있대. 정원사가 낱낱이 다 말해 주었어요. 조르즈야, 오늘 저녁쯤 올 거라고 정원사가 말했지?"

백작이 움찔했다. 그러자 조르즈가 활발하게 대답했다.

"아니에요, 어머니, 정원사는 아무것도 모르고 말하는 거예요……. 아까 마부는 정반대로 말하던데요. 모레까지 미뇨뜨에는 아무도 오지 않는대요."

그는 천연덕스레 말하려고 애쓰면서 자기 말에 대한 백작의 반응을 곁눈으로 살피고 있었다. 백작은 마음을 놓은 듯이 또 찻숟갈을 돌리고 있었다. 백작 부인은 푸르스름하게 흐려 있는 정원 쪽을 멍하니 바라보고 있었는데 그 이야기를 귀담아 듣지 않는 것 같았다. 그녀는 어렴풋한 미소를 지으며 우연히 머리에 떠오른 비밀스런 추억을 마음속으로 좇고 있었던 것이다. 에스뗄은 의자 위에 꼿꼿이 앉아서 나나에 대한 이야기를 듣고 있었지만, 그 처녀다운 흰 얼굴은 까딱도 하지 않았다.

"아니, 내가 공연히 화를 내고 있구나." 잠시 침묵이 흐른 뒤에 위공 부인이 언제나의 호인다운 태도로 돌아가서 중얼거렸다. "누구나 다 살아가야 하는 거니까……. 길에서 그 여자를 만나더라도 모르는 체해 버리면 그만이지."

식탁에서 일어서자 부인은 사빈느에게 올해는 왜 그렇게 늦게 왔느냐고 또한 번 원망을 했다. 그러자 사빈느는 그것은 남편 탓이었다고 변명했다.

"트렁크 준비도 다 해놓고 떠나려는 참에 두 번씩이나 급한 일이 생겼다면서 취소를 하지 않겠어요. 그래서 여행을 아주 단념하고 있었는데 갑자기 떠나자고 하더군요."

　그러자 듣고 있던 위공 부인이 조르즈가 꼭 그렇다고 했다. 두 번씩이나 온다고 해놓고 영 나타나지 않길래 이젠 안 오는 줄 알았더니 그저께 불쑥 왔다는 것이다. 그들은 정원으로 나갔다. 두 남자는 여자들 틈에 끼여서 점잔을 빼면서 말없이 그런 이야기를 듣고 있었다.

　"그래도 괜찮아." 위공 부인은 아들의 금발 머리에 입을 맞추며 말했다. "이런 시골 구석에서 엄마와 살겠다고 왔으니 신통도 하지…… 애는 늘 어미를 잊지 않으니까!"

　오후가 되자 위공 부인에게 걱정거리가 생겼다. 식사를 마치자 곧 머리가 무겁다고 하던 조르즈가 차차 두통이 심해졌던 것이다. 4시쯤 되자 자리에 눕겠다고 했다. 그것이 유일한 처방이니까, 내일 아침까지 자고 나면 다 나을 것이라는 이야기였다. 어머니는 일부러 침실까지 데려다 주었다. 그러나 어머니가 방을 나가자마자 그는 침대에서 뛰어내려, 아무한테도 방해당하고 싶지 않다는 구실로 문을 잠궈 버렸다. 그러고는 푹 자겠다고 약속을 하고 어리광스런 목소리로 외쳤다.

　"안녕히 주무세요, 어머니 내일 뵙겠어요!"

　그러나 그는 침대에는 들어가지 않고 상쾌한 얼굴로 눈을 반짝이면서 소리 나지 않도록 옷을 주워 입고는 의자에 가만히 앉아 기다렸다. 저녁 식사를 알리는 종이 울리자 그는 뮈파 백작이 객실로 가는 것을 엿보았다. 10분쯤 지나서 이제 아무에게도 들킬 염려가 없게 되었을 때 그는 홈통을 타고 창문으로 빠져 나갔다. 그의 2층 방은 집 뒤쪽으로 향해 있었던 것이다. 수풀 속에 뛰어내린 조르즈는 정원을 빠져 나가자 밭을 가로질러 슈우 강 쪽으로 치달았다. 배가 고프고 가슴은 마구 두근거렸다. 주위는 어둠이 깔리고 이슬비가 내리기 시작했다.

　사실 나나는 그날 밤 미뇨뜨에 도착하기로 되어 있었다. 5월달에 스떼너가 이 별장을 사 준 뒤부터 나나는 와 보고 싶어서 울기까지 했다. 그러나 보르드나브는 잠시의 휴가도 주지 않고 9월까지 연기시키고 있었다. 만국박람회가 열리고 있을 동안은 비록 하룻밤이라 할지라도 대역을 쓸 수 없다는 것이다. 8월 말이 되자 이번에는 10월로 하자고 했다. 나나는 화가 나서 9월 15일에 미뇨뜨에 가겠다고 선언했다. 그리고 보르드나브 앞에서 보라는 듯이 많은 사람을 초대한 것이었다. 또한, 그때까지 교묘하게 그녀가 피해 오던 뮈파 백작이 어느 날 오후 집으로 찾아와서 몸을 떨며 애원했을 때도 별장에 갔다 온 뒤로 약속을 해주고 15일이라는 날을 지정했다. 그런데 12일이 되자 갑자기 참을 수가 없어서 조에와 둘이 떠나기로 했다. 보르드나브에게 알리면 어떻게 해서든지 붙잡히고 말 것 같아서였다. 그러니까 그 사람에게 의사의 진단서나 보내서 곯려주자고 생각하니 무척 즐거워졌다. 한 발 먼저 미뇨뜨에 가서 아무도 몰래 이틀 동안 지내자는 생각이 들자 곧 조에를 재촉하여 짐을 꾸리게 하고 떼밀다시피 하여 마차에 태웠다. 그러고는 마차 안에서야 나나는 갑자기 상냥해져서 미안하다고 하며 조에에게 키스를 해주었다. 그녀는 역의 식당에 들어가서야 비로소 스떼너에게 편지로 알려야겠다는 생각이 났다. 건강한 얼굴을 보고 싶거든 모레 와 달라고 썼다. 그러나 문득 또 딴 일을 생각해 내고 고모에게 곧 루이를 데리고 오라는 편지를 또 한 통 썼다. 시골은 어린이의 건강에 무척 좋을 거야! 나무 밑에서 같이 놀면 얼마나 즐거울까! 빠리에서 오를레앙까지의 기차 속에서 나나는 줄곧 그런 말만 하고 있었다. 갑자기 치미는 모성애로 인하여 새와 꽃과 아이를 구별하지 못했고 그녀의 눈에는 눈물까지 어려 있었다.

미뇨뜨는 역에서 30리 이상이나 떨어져 있었다. 마차를 빌리는 데 한 시간이나 걸렸다. 헐어 빠진 대형 사륜 마차로 철커덕철커덕 쇳소리를 내며 천천히 달렸다. 나나는 곧 말이 없는 작달막한 늙은 마부를 붙잡고 질문을 해댔다.

"아저씨는 미뇨뜨 앞을 몇 번이나 지나갔어요? 그럼 이 언덕 너머겠군요? 나무가 많나요? 집은 멀리서도 보여요?"

노인은 입속으로 중얼중얼 대답했다. 마차 속에서 나나는 안절부절 못했다. 그러나 조에는 황급히 빠리를 떠난 것이 못마땅해서 뽀로통해 있었다. 갑자기 말이 걸음을 멈추었다. 나나는 다 온 줄 알고 문으로 고개를 내밀고 물었다.

"다 왔어요?"

마부는 대답 대신에 채찍질을 했고 말은 괴로운 듯 언덕을 오르기 시작했다. 나나는 겹겹이 싸인 잿빛 하늘과 그 아래 끝없이 펼쳐지는 지평선을 황홀하게 바라보았다.

"저것 좀 봐. 조에, 저기 초원이 있네! 저게 모두 밀일까? 어쩌면 아름답기도 해라!"

"아씨는 시골 태생이 아니시군요." 쌀쌀한 표정으로 조에가 겨우 입을 열었다. "저는 시골은 너무 잘 알아요. 전에 있던 치과의사가 부지발에 별장을 가지고 있었어요……. 그런데 오늘 저녁은 왜 이렇게 추울까. 이 근처는 습기가 많은 모양이군요."

마차는 나무 밑을 지나갔다. 나나는 강아지처럼 코를 벌름거리며 나뭇잎 냄새를 맡았다. 갑자기 길이 꼬부라지자 나뭇가지 사이로 건물 한모퉁이가 보였다. 나나는 혹시 저 집인가 싶어 마부에게 또 물어 보았으나 고개를 가로 흔들며 아니라고 했다. 이윽고 언덕을 넘어 내리막길에 접어들자 마부가 채찍으로 가리키며 중얼거렸다.

"저깁니다."

나나는 일어서서 문 밖으로 몸을 내밀었다.

"어디죠? 어디에요?"

그녀는 아직 아무것도 보이지 않으므로 얼굴빛을 바꾸고 외쳤다. 마침내 담 한모퉁이가 보였다. 순간 나나는 복받치는 흥분을 누르지 못하는 것처럼 깡총깡총 뛰면서 탄성을 질렀다.

"조에! 보여, 보여……. 저쪽으로 내다봐……. 어머, 지붕 위에 벽돌로 된 테라스가 있네. 저것 봐, 온실도 있고 무척 넓구나……. 아이 좋아라! 저것 좀 봐! 조에, 좀 보라니까!"

마차가 철문 앞에서 멎었다. 작은 문이 열리더니 키가 크고 바짝 마른 정원사가 모자를 손에 들고 나타났다. 마부가 비록 입을 다물고 있었지만 속으로 웃고 있는 것같이 보였기 때문에 나나는 점잔을 빼려고 애썼다.

그녀는 뛰어나가고 싶은 충동을 참고 수다스러운 정원사가 오늘 아침에 편지를 받았기 때문에 미처 치우지 못해 어질러져 있어서 죄송하다고 하는 말을 듣고 있었다. 나나는 아무리 침착해지려고 해도 발이 땅에 붙지 않았다. 너무 빨리 걸어서 조에가 따라가지 못할 정도였다. 그녀는 오솔길 끝에 이르자 잠깐 서서 건물 전체를 바라보았다. 정면에는 이탈리아식의 큰 본채가 있었고 그 옆에 작은 별채가 또 하나 이어져 있었다. 이 집은 나폴리에서 2년 동안 살다가 온 영국의 어느 부자가 지은 집인데 곧 싫증이 나서 팔아 버린 것이었다.

"제가 안내하겠습니다."

정원사가 말했다.

그러나 나나는 앞장 서서 걸어가며 말했다.

"혼자 돌아볼 수 있으니까 내버려 두세요. 그러는 편이 차라리 편해요."

그러고는 모자를 쓴 채 이 방 저 방 돌아다니며, 복도 이쪽 끝에서 저쪽 끝에 있는 조에를 불러 감상을 늘어놓곤 했기 때문에 여러 달 동안 사람이 살지 않았던 이 빈집은 외침소리와 웃음소리로 가득 찼다. 우선 첫째가 현관인데 습기가 좀 차 있지만 상관없었다. 거기서 잘 것도 아니니까. 객실은 잔디밭 쪽으로 창문이 나 있어서 아주 멋이 있다. 다만 붉은 가구만은 천하니까 바꾸기로 하자. 식당도 훌륭하다! 이만큼 넓은 식당이 빠리에 있다면 성대한 연회도 할 수 있을 텐데! 그녀는 2층으로 올라가다가 부엌을 보지 않은 것이 생각나서 도로 내려왔다. 내려와 보고 그녀는 저도 모르게 탄성을 질렀다. 조에는 깨끗한 개수대와 양을 통째로 구울 수 있을 만큼 큰 화덕을 보고 눈이 휘둥그레졌다. 다시 2층으로 올라가서 침실을 보니 황홀할 지경이었다. 오를레앙의 실내장식가가 루이16세식의 연한 장미빛 나사로 온 방을 덮어 놓았다. 이 방이라면 틀림없이 편안하게 잘 수 있을 거야! 정말이지, 학교 다니는 소녀의 보금자리 같았다. 다음에는 손님 방이 네댓 개 있었고 짐을 두기에 안성마춤인 훌륭한 다락방이 있었다. 조에는 얼굴을 찡그리고 그 방들을 냉담한 눈초리로 들여다볼 뿐 마지못해 나나의 뒤를 따라다녔다. 그녀는 나나가 다락방의 가파른 사다리를 타고 올라가는 것을 바라보았다. 난 가기 싫어, 다리를 분지르고 싶지 않으니까. 그때 굴뚝을 통해서 나오는 듯한 목소리가 멀리서 들려 왔다.

"조에! 조에! 어디 있어! 어서 올라와! 아주 멋있어! 꿈나라 같아."

조에가 투덜거리며 올라가 보니 나나가 지붕 위에서 벽돌 난간을 의지하고 아득히 펼쳐지는 골짜기를 바라보고 있었다. 끝없이 펼쳐지는 지평선에는 잿빛 안개가 끼어 있었고 세찬 바람이 빗방울을 몰아 오고 있었다. 나나는 모자가 날리지 않도록 두 손으로 꼭 누르고 있었다. 스커트가 깃발처럼 펄럭거렸다.

"어머, 안되겠어요!" 조에는 얼른 고개를 움츠리며 말했다. "바람에 날려가겠어요, 아씨……. 원 날씨도!"

나나에게는 그 말이 들리지 않았다. 그녀는 앞으로 머리를 숙이고 집안을 내려다보았다. 담으로 둘러싸인 땅이 약 1만 평은 됨직했다. 이윽고 채소밭을 보자 그녀는 완전히 마음을 빼앗기고 말았다. 그녀는 계단에서 조에를 앞질러 허겁지겁 내려가서는 가쁜 소리로 말했다.

"양배추가 가득해! 이렇게 큰 양배추가! 그리고 샐러드용 야채, 미나리, 양파,

창가의 나나와 조에

없는 게 없어, 어서 와 봐!"

비가 점점 더 심해졌다. 나나는 흰 비단 파라솔을 펴들고 정원 오솔길로 뛰어갔다.

"아씨, 감기 드시겠어요!"

조에는 현관 처마 밑에 가만히 서서 외쳤다.

그러나 나나는 모든 것이 보고 싶었다. 새로운 야채를 볼 때마다 그녀는 탄성을 질렀다.

"조에, 시금치야! 와 봐요! 어머나, 엉겅퀴도 있고. 참 이상하네, 엉겅퀴도 꽃이 피나? 아니, 이건 또 뭐야? 처음 보는데…… 조에, 좀 와 봐, 조에는 알 거야."

하녀는 꼼짝도 하지 않았다. 정말이지, 아씨는 정신이 돌기라도 했나봐. 마침내 비는 억수같이 쏟아지기 시작하여 조그만 흰 비단 파라솔은 흠뻑 젖어 버렸다. 파라솔이 몸을 가려 주지 못하게 되어 나나의 스커트에서는 빗물이 뚝뚝 떨어졌다. 그래도 상관없었다. 그녀는 이 소나기를 맞으며 나무 하나하나 앞에서 걸음을 멈추었고 밭이랑을 들여다보고 채소밭과 과수원을 둘러보았다. 그리고 우물 앞으로 달려가 뚜껑을 열고 그 속을 들여다보다가 커다란 호박을 발견하자 정신없이 내려다보았다. 나나는 오솔길을 죄다 돌아보고 눈에 띄는 모든 것을 샅샅이 익히려 했다. 그것은 그녀가 지난날 다 떨어진 구두를 끌고 빠리의 거리를 헤매던 때부터의 꿈이었던 것이다. 비는 점점 더 심하게 쏟아졌으나 나나는 개의치 않았다. 그녀는 다만 날이 저무는 것만을 안타깝게 여겼다. 이제는 잘 보이지 않아 손가락으로 만져 보고 짐작했다. 그러자 갑자기 땅거미 속에서 딸기를 발견하곤 그녀는 어린애처럼 기뻐 날뛰었다.

"딸기, 딸기가 있어! 손으로 만져 보면 알아! 조에, 접시를 가져와! 어서 와서 딸기를 따."

진창 속에 웅크리고 앉은 나나는 파라솔을 내던지고 쏟아지는 비를 맞으면서 젖은 손으로 잎사귀 속의 딸기를 따기 시작했다. 그러나 조에는 접시를 가져오지 않았다. 그때 나나는 일어서다가 깜짝 놀랐다. 어떤 그림자가 얼핏 움직인 것 같았다.

"짐승이 있어!"

나나는 오솔길 복판에서 공포에 질려 꼼짝할 수 없었다. 남자였다. 그러나 누군지 곧 알 수 있었다.

"아니, 애기 아냐! 여기서 뭘 하고 있지?"

"당신을 만나러 왔지요."

조르즈가 대답했다.

나나는 어처구니 없었다.

"내가 온다는 걸 정원사한테서 들었구나……. 원 세상에 흠뻑 젖었네!"

"네, 오다가 비를 맞았어요. 그래서 귀미에르까지 돌기가 싫어서 그냥 슈우 강을 가로질러 왔어요. 그러다가 그만 깊은 곳에 빠져 버렸지요."

그 순간 나나는 딸기고 뭐고 다 잊어버리고 몸을 떨고 있는 조르즈를 가엾게 생각했다. 가엾게도 애기가 깊은 물에 빠지다니! 나나는 그를 집으로 데려 가면서 불을 잔뜩 피워 주겠다고 말했다.

"사실……." 그는 어둠 속에서 나나를 잡아 세우고 말했다. "난 숨어 있었어요. 예고도 없이 찾아와서 빠리에서처럼 야단맞을 것 같아서요."

나나는 대답하지 않고 웃으며 이마에 입을 맞춰 주었다. 이 날까지 조르즈를 어린아이 취급하여 사랑 고백을 해도 곧이듣지 않고, 부질없는 소년의 장난이라고 놀려 댔었다. 아무튼 이 조르즈를 방에다 들여 놓고 돌보아주는 일이 먼저였다. 나나는 거기가 더 편리하다면서 기어코 자기방에 불을 피우고 싶어 했다. 뜻하지 않은 방문객에 익숙해져 있는 조에는 조르즈를 보아도 놀라지 않았다. 그러나 장작을 안고 올라온 정원사는 물을 뚝뚝 흘리고 있는 남자를 보고 깜짝 놀랐다. 확실히 이런 사람에게 문을 열어 준 기억이 없었던 것이다. 정원사에게는 더 시킬 일이 없어서 내보냈다. 등잔이 방을 밝혀 주고 난로에서는 불이 활활 타고 있다.

"옷이 여간해서 마르지 않겠군. 감기 들겠어."

조르즈가 떨고 있는 것을 보고 나나가 말했다.

그런데 남자 바지가 없었다. 그녀는 정원사를 도로 부를까 하다가 문득 좋은 생각이 떠올랐다. 화장실에서 짐을 풀고 있던 조에가, 마침 나나가 갈아 입을 슈미즈와 페티코트와 가운을 가져왔던 것이다.

"잘됐어! 이걸 입도록 해요. 내 옷인데 괜찮지? 옷이 마르면 다시 갈아 입고 엄마한테 꾸중듣지 않게 얼른 가봐요. 어서 바꿔 입어요. 나도 화장실에 가서 옷을 갈아 입고 올 테니까."

10분쯤 뒤에 실내복 차림으로 돌아온 나나는 황홀한 표정으로 손뼉을 쳤다.

"어머나 귀여워라! 꼭 계집애같이 예쁜데!"

그는 레이스가 달린 커다란 잠옷에 수놓은 팬티를 입고 그 위에 레이스가 달린 긴 모슬린 가운을 입고 있었다. 노출된 싱싱한 두 팔과 아직도 촉촉히 젖은 노르스름한 머리를 목덜미까지 늘이고 있는 것이 꼭 소녀 같은 모습이었다.

"내 허리와 굵기가 똑 같구나!" 그의 허리를 안아 보고 나나가 말했다. "조에, 와서 이것 좀 봐요, 아주 잘 어울리지, 꼭 맞춘 것 같아. 품이 좀 클 뿐이지……. 가슴은 나보다 작은 모양이지?"

"그야 물론 내가 작지요."

싱긋 웃으며 조르즈가 중얼거렸다.

세 사람은 무척 즐거워졌다. 나나는 단정하게 보이도록 가운의 단추를 위에서부터 밑에까지 채워 주었다. 그녀는 그를 마치 인형처럼 이리저리 돌려 세웠다가 몸을 가볍게 두들겨보기도 하고 옷의 뒤를 부풀게 하기도 했다. 그러고는 몸이 편한가, 따뜻한가 물으니 그는 아주 좋다고 대답했다. 여자 속옷보다 더 따뜻한 것은 없는 것 같았다. 할 수만 있다면 이대로 계속 있고 싶었다. 그는 속옷의 촉감과 향기로운 헐렁한 가운이 마음에 들었다. 나나의 체온이 아직도 거기 남아 있는 것 같았다.

그동안 조에는 젖은 옷을 부엌으로 가지고 내려갔다. 포도덩굴의 싼 불로 될 수 있는 대로 빨리 말리기 위해서다. 그러자 조르즈는 안락의자에 몸을 뉘이고 사실을 털어놓았다.

"저, 오늘은 저녁 식사를 안하나요? 나, 배가 고파 죽겠어요. 아직 저녁을 못 먹었거든요."

나나는 화를 냈다. 바보같이 굶고 물에 빠져 가면서까지 집을 빠져 나오다니! 그러나 그녀 역시 배가 고팠다. 뭘 좀 먹어야지! 있는 대로 아무거나 먹기로 했다. 그래서 작은 테이블을 난로 앞에 갖다 놓은 괴상한 저녁 상을 마련했다. 조에가 정원사의 집으로 달려갔다. 그는 아씨가 도중에 오를레앙에서 식사를 못하고 올 경우를 생각해서 양배추 수프를 끓여 두었다. 편지에 무엇을 준비해 두라는 말이 씌어 있지 않았다고 그는 변명을 했다. 다행히 지하실에 여러 가지가 비축되어 있어서 양배추 수프 외에 베이컨도 먹을 수가 있었다. 그리고 나나가 손가방을 뒤져 만일을 대비해서 넣어둔 식료품들을 꺼냈다. 거위 간으로 만든 파이, 봉봉 과자, 오렌지 등, 두 사람은 정신없이 스무 살 정도의 왕성한 식욕을 가지고 서로 사양없이 먹었다. 나나는 조르즈를 친한 친구처럼 '애'라고 불렀다. 그러는 편이 훨씬 더 친근감을 느끼기 때문이다. 디저트는 조에를 귀찮게 하지 않으려고 숟가락 하나를 가지고 찬장 위에 있던 잼을 서로 떠먹어 치워 버렸다.

"아, 잘 먹었다!" 나나가 작은 테이블을 밀면서 말했다. "이렇게 맛있게 먹은 적은 십년 만에 처음이야!"

그러나 밤이 깊었으므로 나나는 말썽을 일으키지 않도록 조르즈를 돌려 보내려고 했다. 그럴 때마다 그는 아직 시간이 있다면서 듣지 않았다. 더군다나 옷도 아직 덜 말랐다.

조에도 한 시간은 더 있어야 마를 거라고 했다. 그들은 여행하느라고 지쳐서 선 채로 꾸벅꾸벅 졸고 있는 조에를 자러 가게 했다. 조용한 집안에 그들은 단둘이 되었다. 조용한 밤이다. 난로불은 사위어 가고 푸르스름한 넓은 방안은 좀 답답했다. 잠자리는 자러 가기 전에 조에가 깔아 놓았다. 나나는 더위를 느끼고 잠시 창문을 열어 놓으려고 일어섰다. 그 순간 가벼운 탄성이 그녀의 입에서 흘러나왔다.

"어머, 아름다와라! 애, 이것 좀 봐."

조르즈가 가까이 왔다. 그리고 창 문턱이 너무 좁다는 듯이 나나의 허리를 껴안고 그 어깨에 머리를 기댔다. 날씨가 갑자기 바뀌어 하늘은 밝게 개어 둥근 달이 들판을 금빛으로 비추고 있다. 말할 수 없이 평화로웠다.

계곡이 넓은 들판을 향해 뻗쳐 있고 잔잔한 호수 같은 달빛 속에 나무 그림자가 드문드문 검은 섬처럼 떠 있다. 나나는 가슴이 뿌듯하여 소녀로 돌아간 듯한 느낌이 들었다. 언젠지는 잊었지만 전에 이런 밤을 꿈꾼 적이 분명히 있었다. 기차에서 내린 뒤 이 넓은 들판이며 짙은 향기를 풍기는 이 풀, 이 집, 이 야채들 그 모든 것이 마치 빠리를 떠난 지 20년이나 된 것처럼 느끼게 했다. 어제까지의 생활은 아득히 먼 것이 되고 말았다. 여태까지 이런 기분은 느껴 본 적이 없었다. 그동안 조르즈가 어리광부리듯 나나의 목덜미에 조심스레 키스를 하고 있었기 때문에 그녀는 더욱 마음이 어지러웠다. 그녀는 손을 내저어 귀찮게 구는 어린아이를 밀어내듯이 하며 이만 돌아가라고 거듭 말했다. 그는 안 가겠다고는 하지 않고 연방 곧 돌아가겠다고 했다. 그때 새가 울다가 금방 그쳤다. 방울새다. 창 밑의 말오줌나무 가지에 앉아 있었다.

"불빛을 무서워해서 그래요, 내가 끄고 올게요."

조르즈가 속삭였다.

돌아오더니 그는 또 나나의 허리를 껴안고 말했다.

"조금 있다가 켤 게요."

소년은 몸을 밀착시켜 왔다. 나나는 방울새 소리에 귀를 기울이면서 추억에 잠겼다.

'그렇다, 내가 이런 광경을 본 것은 소설에서였어. 예전에는 이런 달과 방울새와 애정에 넘친 소년을 손에 넣기 위해서라면 마음을 다 바쳐도 좋다고 생각했었지. 아아, 울고 싶구나. 어쩌면 모든 것이 이렇게도 멋있을까! 그래, 나는 착실하게 살아가야지.'

나나는 점점 더 대담해지는 조르즈를 밀어냈다.

"안 돼, 놓아! 싫어……. 나이가 몇 살이라고 그러는 거야? 나는 어머니뻘 되는 사람인데."

그러자 소년은 갑자기 부끄러운 생각이 들어 얼굴이 붉어졌다. 누가 보고 있어서 그런 것은 아니었다. 뒤에는 침실이 어둠 속에 잠겨 있고 앞에는 전원이 쓸쓸한 정적 속에 잠겨 있다. 그런데 전에 느껴 보지 못했던 부끄러운 생각이 들었다. 그러나 싫다싫다 하면서도 서서히 맥이 빠져간다. 슈미즈와 가운을 입고 여자 차림을 한 조르즈를 보니 또 웃음이 터져 나왔다. 여자친구가 장난을 치고 있는 것 같았다.

"그러면 못 써요, 못 써!"

마지막 저항을 한 뒤에 나나는 중얼거렸다. 그리고 아름다운 밤을 보면서 처녀처럼 소년의 품속에 안겼다. 집안은 잠이 들어 조용했다.

이튿날, 퐁데뜨에서 아침 식사를 알리는 종이 울렸을 때 식당의 테이블은 별로 크게 느껴지지 않았다. 첫차로 포슈리와 다그네가 함께 왔던 것이다. 이윽고 다음 기차로 방되브르 백작이 왔다. 조르즈는 좀 창백한 얼굴로 부석부석한 눈을 하고 맨 마지막으로 식당에 내려왔다. 그는 좀 낫기는 했지만 아직도 골이 쑤신다고 말했다. 위공 부인이 걱정스러운 미소를 머금고 아들의 눈을 들여다보며, 이날 아침따라 빗질도 하지 않은 머리를 쓰다듬어 주려 하자 그는 그 애무가 멋쩍은 듯이 뒤로 물러섰다. 식탁 앞에 앉자 부인은 방되브르에게 5년 전부터 기다리고 있었다고 하며 농담을 했다.

"마침내 오셨군요……. 무슨 바람이 불어서 오셨지요?"

방되브르는 가볍게 받아 넘기며 어제 클럽에서 엄청난 돈을 잃었기 때문에 시골에서 살까 하고 왔다고 했다.

"아니 정말입니다. 이 근처에서 유산 많은 여자나 하나 구해 주십시오. 여긴 멋있는 여성들이 많을 것 같은데요."

위공 부인은 포슈리와 다그네에게도 아들의 초대를 쾌히 받아들여 주어서 고맙다고 말했다. 바로 이때 슈아르 후작이 세 번째로 왔다. 그녀는 너무 반가워서 비명을 질렀다.

"아니 이게 웬일이세요! 오늘 아침에 무슨 모임이라도 있었나요? 의논을 하셨나 보지요? 몇 해 동안 한자리에 모인 일이 없는데 이렇게 모두 모이시다니, 이처럼 반가울 수가."

식사가 한 사람분 추가되었다. 포슈리는 사빈느 백작 부인 곁에 앉았는데 부인의 쾌활한 태도를 보고 놀랐다. 미로메닐 거리의 그 엄숙한 객실에서 본 부인은 그렇게도 기운이 없어 보였는데. 한편 에스텔의 왼쪽에 앉은 다그네는 이 말이 없고 바짝 말라 키만 큰 처녀 옆에 있는 것이 거북살스러운 것 같았다. 첫째 그 뾰족한 팔꿈치부터 불쾌했다. 뮈파 백작과 슈아르 후작은 서로 슬금슬금 쳐다보았다. 방되브르는 아까의 농담을 계속하면서 곧 장가들어야겠다고 했다.

"여자분 말이 나왔으니 말이지만, 최근 이 동네에 여러분들이 잘 아시는 여자가 이사를 왔어요."

그렇게 말하고 위공 부인이 나나의 이름을 댔다. 방되브르가 매우 놀란 표정을 지었다.

"뭐라구요? 나나의 집이 이 근처라구요?"

포슈리와 다그네도 놀람의 소리를 냈다.

슈아르는 무슨 말인지 못 알아 들은 체하면서 닭고기의 가슴살을 먹고 있었다. 남자들은 아무도 웃는 사람이 없었다.

"그렇다니까요." 위공 부인이 말을 잇는다. "그것도 내가 말한 대로 어젯밤 미뇨뜨에 왔대요. 아침에 정원사한테서 들었어요."

순간 남자들은 진정으로 놀라움을 숨길 수가 없어 일제히 얼굴을 들었다. 뭐라고? 나나가 이미 와 있다고? 내일 온다기에 우리가 한 발 먼저 왔는 줄 알

앉는데! 다만 조르즈만은 혼자 눈을 내리뜨고 멍하니 컵을 바라보고 있었다. 그는 식사를 시작할 때부터 어렴풋한 미소를 띠고 눈을 뜬 채 자고 있는 것 같았다.

"아직도 아프냐, 지지*¹?"

아들한테서 눈을 떼지 않고 있던 어머니가 물었다.

그는 움찔하여 얼굴이 빨개지면서 이제는 완전히 나았다고 대답했다. 그러나 그는 춤을 너무 많이 춘 소녀처럼 멍하면서도 여전히 미진해하는 그런 표정을 짓고 있었다.

"아니, 그 목이 왜 그러니?" 위공 부인이 놀라서 물었다. "빨갛구나."

그는 당황해서 말을 더듬었다.

"모르겠는데요, 아무렇지도 않은데 뭘 그래요."

그러고는 와이샤쓰의 깃을 세웠다.

"아, 벌레가 물어서 그래요."

슈아르 후작은 그 빨간 반점을 곁눈질로 흘끔 보았다. 뮈파도 조르즈의 얼굴을 보고 있었다. 소풍 가는 의논을 하는 동안 식사는 다 끝나 갔다. 포슈리는 사빈느 부인의 명랑한 웃음소리에 차차 마음이 동해 갔다. 과일 접시를 돌려줄 때 그들의 손이 닿았다. 부인은 잠깐 동안 까만 눈동자로 찬찬히 그의 얼굴을 바라보았다. 그 바람에 그는 어느 날 밤엔가 술자리에서 친구한테 들은 이야기가 또다시 생각났다. 부인은 전 같지가 않다. 어딘지 전보다 더 눈에 띄는 점이 있다. 이를테면 어깨를 부드럽게 감싸 주는 회색의 엷은 비단 드레스가 바로 그렇다. 세련되고 우아한 가운데도 어딘지 분방함이 느껴진다.

식사가 끝나자 다그네는 포슈리와 식당에 남아서, 에스텔에 관해 노골적인 농담을 하기 시작했다.

"저런 여자를 안으면 꼭 빗자루 같은 느낌이 들 거야."

그러나 포슈리가 40만 프랑의 지참금 이야기를 입에 올리는 순간 그는 진지한 얼굴이 되었다.

"그런데 그 어머니는 어때?" 포슈리가 물었다. "아주 멋있잖아?"

"음, 그렇기는 한데…… 방법이 있어야지."

─────────

*1 조르즈의 애칭.

포슈리

"알 게 뭐야! 한번 부딪쳐 보는 거지 뭐."

모두 그날은 외출을 삼가기로 했다. 아직도 이따금 소낙비가 내리고 있기 때문이다. 조르즈는 얼른 제 방으로 사라져서 문을 단단히 잠가 버렸다. 남자 손님들은 자기들이 왜 이렇게 한자리에 모이게 되었는지 알고 있었으므로 서로 변명 같은 것은 하지 않았다. 방되브르는 도박에서 엄청난 돈을 잃었기 때문에 시골에 와서 살 것을 진정으로 생각하고 있었다. 그래서 심심하지 않도록 가까이에 여자친구가 있었으면 좋겠다고 생각했다. 포슈리는 로즈가 바쁘다고 며칠간 놓아 준 김에 여기를 찾아온 것인데, 만일 시골에서 나나와의 관계가 부드러워지면 다시 기사(記事)를 미끼로 나나를 낚을 작정을 하고 있었다. 스떼너가 나타난 이래 나나를 못마땅하게 생각해 오던 다그네도 기회가 있으면 화해하고 새로운 관계를 맺을 생각을 하고 있었다. 슈아르 후작도 기회를 엿보고 있었다.

그러나 미처 무대 화장도 깨끗이 지우지 못한 이 베누스의 뒤를 쫓아온 사람들 중에서도 가장 열렬한 사람은 뮈파였다. 마음속을 소용돌이치는 어지러운 욕정, 공포, 분노, 지금 처음으로 맛보는 그 감각 때문에 그는 누구보다도 괴로워하고 있는 것이다. 나에게는 분명히 약속을 했어. 나나는 나를 기다리고 있다. 왜 이틀이나 빨리 출발했을까? 오늘 저녁 식사가 끝나는 대로 미뇨뜨를 찾아가 보자, 이렇게 그는 결심했다.

이날 밤, 백작이 정원을 빠져나갔을 때 조르즈도 뒤따라 집을 나섰다. 백작에겐 귀미에르로 돌아가게 내버려 두고 자기는 슈우를 가로질러서 나나의 집으로 내달렸다. 눈에는 분노의 눈물을 가득 담고 숨을 헐떡이면서 말했다.

"난 다 알아요. 지금 오고 있는 그 영감쟁이는 당신을 만나러 오는 거예요!"

나나는 질투로 미쳐 날뛰는 조르즈의 태도에 어처구니가 없었다. 곧 사태를 짐작하고 그를 껴안고 될 수 있는 한 위로해 주었다.

"아니야, 그렇지 않아. 그건 오해야. 나는 아무도 기다리고 있지 않아요. 그이가 온다고 해서 내 잘못은 아니야. 지지는 정말 멍텅구리구나. 아무것도 아닌 일을 가지고 골을 내고 있으니! 내 아기를 두고 맹세하겠어. 내가 좋아하는 건 우리 조르즈뿐이야."

나나는 그에게 키스를 하고 눈물을 닦아 주었다.

"내가 여러 모로 조르즈 편이라는 걸 곧 알게 될 거야." 그의 마음이 가라앉자 나나는 말을 이었다. "스떼너가 지금 위층에 와 있어요. 하지만 그 사람을 쫓아낼 수야 없지 않아?"

"내가 말하는 건 그 사람이 아니란 말이에요."

"하지만 난 몸이 불편하다는 핑계를 대고 구석방에 몰아넣어 버렸어. 지금 짐을 풀고 있어…… 아무도 너를 본 사람이 없으니까 내 방에 가서 숨어요, 곧 갈게."

조르즈는 나나의 목에 매달렸다.

"그럼 나를 조금은 사랑해 주는 거군요? 어젯밤처럼 불을 끄고 새벽까지 캄캄한 방에서 지낼 수 있겠군요?"

이때 초인종이 울렸기 때문에 그는 재빨리 빠져나갔다. 위층에 있는 나나의 방에 올라가자 소리가 나지 않게 얼른 구두를 벗었다. 그러고는 커튼 뒤로 들어가서 얌전히 기다렸다.

나나는 뒤파를 맞았다. 그는 아직도 숨을 헐떡이며 주저주저하고 있다. 그에게는 약속도 했고 성실해 보이는 사람이라 약속을 지켜 주고 싶었다. 하지만 사실 어제 같은 일이 일어날 줄 누가 상상이나 할 수 있었겠는가, 그 여행, 처음으로 본 이 집, 물에 빠진 생쥐처럼 되어 가지고 온 소년.

'아아 정말 즐거웠어! 이런 상태가 오래오래 계속되었으면 얼마나 좋을까! 이 사람에게는 미안하지만 할 수 없지! 석 달 전부터 난 정숙한 여자처럼 굴면서 이 사람을 곯려 왔어. 하지만 조금만 더 기다려 달래자. 그게 싫으면 가라지 뭐. 어떤 일이 있어도 조르즈만은 속이고 싶지 않아.'

백작은 이웃 별장에 사는 사람이 인사를 하러 온 것 같은 태도로 점잖게 앉아 있었다. 손만이 좀 떨리고 있다. 이 다혈질의 사나이는 이제까지 여자라는 것을 모르고 살아왔다. 그런 만큼 나나의 간사한 꾀에 넘어가 욕정이 복받쳐 요즘은 몹시 수척해 있었다. 이 엄숙한 표정의 사나이, 뛰일르리 궁전의 객실을 의젓하게 걸어가는 이 국왕의 시종은 밤이면 언제나 똑같은 음란한 환상을 가슴속에 그리고는 채워지지 않는 욕정으로 몸부림치며 흐느껴 울고 있었던 것이다. 그러나 이번만은 결판을 내고야 말 테다. 황혼의 정적 속을 걸어오면서 힘으로라도 나나를 자기 것으로 만들고야 말겠다고 그는 생각했다. 그래서 인사가 끝나자 곧 두 손으로 나나를 안으려 했다.

"아니, 안 돼요. 이러지 마세요."

나나는 화내지 않고 웃으면서 말했다.

뮈파는 이를 악물고 그녀를 붙잡았다. 그녀가 몸부림치자 그는 염치도, 체면도 잊어 버리고 나는 오늘 밤에 같이 자러 온 거라고 노골적으로 말했다. 나나는 여전히 미소를 머금은 채, 그러나 난처해서 그의 두 손을 잡았다. 그리고 부드럽게 거절하려고 다정한 투로 말했다.

"조용히 하세요……. 정말 지금은 안 돼요……. 스떼너가 위층에 와 있는 걸요."

그러나 그는 마치 미친 사람 같았다. 나나는 남자의 이런 상태를 이때까지 한번도 본 적이 없었기에 무서워졌다. 그녀는 소리를 지르지 못하도록 백작의 입을 손으로 틀어막고 목소리를 낮추어 떠들지 말고 놓아달라고 애원했다……. 스떼너가 내려왔다. 정말 난처했다! 스떼너가 들어왔을 때 그는, 나나가 소파에 편안히 기대 앉아 이런 말을 하는 것을 들었다.

"저는 시골이 참 좋아요……."

나나는 말을 멈추고 돌아보았다.

"뮈파 백작이에요. 산책을 하시다가 불이 켜져 있는 것을 보시고 인사하러 들르셨대요."

두 사람은 악수를 했다. 뮈파는 불빛을 외면하고 잠시 입을 떼지 않았다. 스떼너는 퉁명스런 표정을 짓고 있다. 잠시 뒤 빠리 이야기가 나왔다. 은행가는 경기가 나쁘고 증권거래소에서도 좋지 않은 일만 일어난다고 말했다. 15분쯤 지나자 뮈파는 물러가겠다고 했다. 나나가 배웅을 나가자 그는 내일밤에 만나달라고 부탁했으나 약속을 얻지 못했다. 잠시 뒤 스떼너도 여자란 늘 앓기만 한다고 투덜대며 위층으로 자러 올라갔다. 이제야 겨우 늙은이 두 사람을 처치했구나! 해방이 되어 나나가 방으로 올라가니 조르즈는 여전히 커튼 뒤에 얌전하게 웅크리고 있었다. 그는 나나를 끌어당겨 자기 옆에 앉히고 끌어안은 채 어린애들처럼 마룻바닥을 뒹굴었다. 발로 가구를 찼을 때는 웃음소리를 죽이려고 키스를 하곤 했다. 그때 뮈파 백작은 저 멀리 귀미에르 길거리를 천천히 걸어가고 있었다. 모자를 벗어 들고 조용하고 싸늘한 밤바람에 뜨거운 머리를 식히면서.

그 뒤부터 날마다 달콤한 생활이 계속되었다. 소년의 품속에서 나나는 열다섯 살짜리 소녀로 되돌아간 느낌이었다. 소년의 사랑을 받고, 소녀 때 감정으로 돌아감으로 해서 염증이 나도록 남자를 알고 있는 나나의 가슴속에 다시금 사랑이 꽃핀 것이었다. 별안간 얼굴이 빨개지고 감동으로 가슴이 두근거렸다. 우는가 하면 금방 웃었다. 요컨대 변하기 잘하는 소녀의 마음으로 고스란히 돌아간 것이다. 때로는 욕정을 느낄 때도 있다. 그러나 그녀는 그것을 부끄럽게 생각했다. 이런 감정을 전에는 느껴 보지 못했다. 시골이 그녀의 마음을 부드러운 감정으로 채워준 것이다. 어렸을 때 오랫동안 그녀는 한 마리의 암염소와 함께 목장에서 살아봤으면 하고 생각했던 적이 있었다. 어느날 빠리의 성채(城砦) 둑에서 말뚝에 매여 울고 있는 염소를 보았기 때문이었다. 이 별장과 이 땅이 고스란히 자기 것이 된 지금 나나는 가슴이 터질 듯한 감동으로 부풀어 있었다. 늘 바라던 소망이 이제야 이루어진 것이다.

그녀는 지난날의 말괄량이 소녀 시절의 싱싱한 감각으로 되돌아가 있었다. 하루를 맑은 공기 속에서 지내다가 밤이면 풀냄새에 도취되어 아찔한 기분으로 커튼 뒤에 숨어 있는 지지 곁으로 돌아갔다. 그럴 때면 꼭 기숙사에 있던 여학생이 쉬는 날 집에 돌아와 장차 결혼하게 될 어린 사촌 오빠와 사랑의 불장난을 하고 있는 것 같은 기분이 드는 것이었다. 조그만 소리에도 겁을 집어먹고서 부모가 들을까 봐 놀라면서 서로 더듬는 애무의 감촉, 처음으로 과오를 저지르는 그 가슴이 두근거리는 불안.

그 무렵 나나는 다감한 소녀처럼 변덕스러워졌다. 몇몇 시간이고 달을 쳐다보기도 했다. 어느날 밤에는 모두 잠자자 조르즈와 함께 정원으로 내려가 서로 허리를 껴안고 나무 밑을 거닐다가 이슬에 젖어 가며 풀밭에 눕기도 했다. 또 어떤 때는 방안에서 한동안 말없이 있다가 조르즈의 목에 매달리면서 죽는 것이 무섭다고 중얼거리며 흐느껴 울었다. 꽃과 새들의 이야기가 나오는 르라 부인의 연가를 곧잘 부르다가는 혼자 감동되어 눈물짓는가 하면 갑자기 노래를 멈추고 조르즈를 꼭 껴안고 영원한 사랑을 맹세케 한다. 그러다가는 또 친구 사이로 돌아가 침대에 걸터앉아 맨발의 발꿈치로 침대의 다리를 차며 담배를 피운다. 이럴 때는 나나 자신도 자기가 이상하다고 생각되었다.

그러나 이어 어린 루이가 오자 나나의 마음은 완전히 녹아버리고 말았다. 그녀는 모성애의 충동에 사로잡혀 미친 사람처럼 되었다. 양지 쪽에 데리고 나가서 어린 것이 아장아장 걷는 것을 바라보기도 하고 왕자처럼 옷을 차려 입히고는 함께 풀밭을 뒹굴기도 했다. 시골 생활에 홀딱 반한 르라 부인은 옆방에 들어가 눕자마자 코를 골았다. 그러자 나나는 자기도 그 방에서 아들과 함께 자고 싶다고 했다. 루이가 이제는 조르즈에게 방해가 되기는커녕 그 반대였다. 나나는 아들이 둘이라고 하며 똑같은 애정으로 둘을 감쌌다. 밤이면 열 번 이상이나 조르즈의 곁을 떠나 루이가 잘 자고 있는지 보러 갔다. 그러나 돌아오면 조르즈에게도 어머니처럼 굴며 친자식처럼 애무하는 것이었다. 한편 능청스러운 조르즈도 나나의 품안에 어린애처럼 폭 안겨 조용히 흔들려 잠이 드는 체했다.

이런 생활이 너무나 즐거워서 나나는 완전히 매혹되어 지지에게 이대로 시골에서 살자고 진정으로 말을 꺼냈을 정도였다. 다른 사람은 모두 보내고 너와 나와 어린애와 셋이서 살자. 이렇게 하여 두 사람은 새벽녘까지 이것저것 계획을 세웠다. 르라 부인은 들꽃을 꺾느라고 피곤해서 주먹을 꼭 쥔 채 잠들어 있다. 그 코고는 소리도 그들의 귀에는 들리지 않았다.

이런 즐거운 생활이 일주일 남짓 계속되었다. 뮈파 백작은 저녁마다 왔으나 그때마다 실망한 표정으로 속상해하면서 돌아갔다. 하루는 들어가지조차 못했다. 스떼너가 잠시 빠리로 돌아가야 했고, 아씨는 앓아 누웠다고 말하게 했던 것이다.

나나는 날이 갈수록 조르즈를 배반할 수 없다는 생각이 굳어져 갔다. 이렇게 순진하게 나를 믿고 있는 소년을 배반하다니! 그런 짓을 하면 그야말로 내 자신에게 정이 떨어질 거다. 또 나는 몹쓸 사람이 되고 마는 거다. 이러한 변덕스러운 태도를 보고 있는 조에는 말은 하지 않았으나 경멸하는 눈치로 아씨는 당치도 않은 짓을 하고 있다고 생각했다.

엿새째 되던 날 한 떼의 손님들이 사랑의 보금자리에 침입해 왔다. 나나는 많은 사람들을 초대는 해두었지만 설마 오리라고는 생각지 않았었다. 그래서 이날 오후 미뇨뜨의 철문 앞에 손님을 가득 실은 승합 마차가 서는 것을 보자 그녀는 기가 차서 어리둥절했다.

"우리가 왔어요!"

맨 먼저 마차에서 내린 미뇽이 외치며 앙리와 샤를르, 두 아들의 손을 잡아 내려 주었다.

다음에 라보르데뜨가 나타나더니 그의 손을 의지하여 연달아 여자들이 내려왔다. 뤼시 스튜와, 까롤린느 에께, 따땅 네네, 마리아 블롱, 그것으로 전부인

위공 부인들 앞을 지나가는 나나의 마차

줄 알았더니 팔르와즈가 뛰어내려 떨리는 두 팔로 가가와 그녀의 딸 아멜리를
안아 내렸다. 모두 열한 사람이었다. 이 사람들을 집에 들여 놓는다는 것은 여
간한 일이 아니었다. 미뇨뜨에는 손님방이 다섯 개밖에 없는데 그 중 한 방은
벌써 르라 부인과 루이가 차지하고 있었다.

가장 큰 방을 가가와 팔르와즈에게 주고, 아멜리는 그 곁에 있는 화장실 간
이 침대에 재우기로 했다. 미뇽과 두 아들에게는 셋째 방을 내주고, 라보르데뜨
에게는 넷째 방을 주기로 했다. 남아 있는 한 방을 기숙사의 침실처럼 꾸며서
네 개의 침대에 뤼시, 까롤린느, 따땅, 마리아가 자기로 했다. 스떼너는 응접실
소파에서 자기로 했다. 한 시간 가량 지나 모두에게 잠자리가 마련되자 처음에
는 화가 난 나나도 별장의 여주인 노릇을 할 수 있게 되어 매우 기분이 좋았다.

여자들이 미뇨뜨의 별장을 칭찬해 주었다.

"정말 놀랄 만큼 근사한 집이야!"

그녀들은 빠리의 공기를 그대로 옮겨 놓았다. 지난 한 주일 동안의 소식을
모두 일제히 지껄여 댔다. 웃고 소리치고 손뼉을 쳐 가면서.

"아, 그리고 보르드나브 말이에요. 당신이 달아났을 때 뭐라고 한 줄 알아요?
의외로 시시한 사람이야 그 사람. 경찰을 시켜 끌어 오겠다고 악을 쓰더니 그
날 저녁으로 대역을 시키던걸. 그리고 그 대역인 비오렌느가 〈금발의 베누스〉
를 맡아서 굉장한 인기를 얻었어요."

이 말에 나나는 표정이 변했다.

겨우 4시였다. 그들은 잠깐 산책을 하고 오기로 했다.

"사실은 여러분이 오셨을 때 나는 막 감자를 캐러 나가려던 참이었죠."

나나가 말했다.

모두 옷도 갈아 입지 않은 채 감자를 캐러 가겠다고 했다. 마치 유람 나서는
격이었다. 정원사와 조수 두 사람이 벌써 집 안쪽에 있는 밭에 나가 있었다. 여
자들은 땅에 무릎을 꿇고 반지 낀 손으로 파헤치다가 커다란 감자를 찾아내
면 환성을 질렀다.

"아이, 재미있어!"

그 중에서도 제일 의기양양해하는 것은 따땅 네네였다. 감자캐기라면 어렸
을 때 무척이나 많이 했다. 그래서 열중한 나머지, 그렇게 하는 게 아니야, 하
고 놀려대면서 캐는 요령을 가르쳐 주었다. 남자들은 별로 열중하지 않았다.

미농은 점잔을 빼고 시골에 온 김에 아이들을 교육하려고 빠르망띠에*² 에 관해 이야기해 주었다. 저녁밥을 먹을 때도 매우 즐거웠다. 모두 맛있게 먹었다. 나나는 흥분한 나머지 오를레앙의 가톨릭 주교관에서 일한 일이 있는 요리사를 붙잡고 싸우기까지 했다. 커피가 나오자 여자들은 담배를 피웠다. 와자그르르한 소리가 창문을 흘러나가 밤의 정적 속으로 사라져 간다. 밖에서는 농부들이 생울타리 앞에 모여 서서 휘황한 집안을 기웃거리고 있었다.

"모레 돌아가신다니, 그건 너무들 해요!" 나나가 말했다. "하여간 무슨 재미있는 일을 꾸며 봅시다."

그래서 내일 일요일에 7킬로미터 떨어져 있는 샤몽의 옛 수도원 자리를 찾아가기로 했다.

"아침 식사 뒤에 오를레앙에서 마차 다섯 대를 빌려 타고 떠났다가 저녁 일곱 시쯤 미뇨뜨로 돌아와 저녁 식사를 하기로 해요. 아주 재미있을 거예요."

그날 저녁 언제나처럼 뮈파 백작은 언덕 길을 올라와 문앞에서 초인종을 누르려다가 깜짝 놀랐다. 창문이 환하게 비치고 요란한 웃음소리가 들려 오지 않겠는가. 미농의 목소리도 섞여 있다. 그는 사정을 짐작하고 돌아섰다. 또 방해자가 끼어 든 것에 더이상 참을 수가 없어 무슨 강경한 수단을 써야겠다고 결심했다. 한편 조르즈는 열쇠를 갖고 있으므로 뒷문으로 들어가서 벽을 따라나나의 방에 몰래 숨어들었다. 그러나 자정이 지나도록 기다려야 했다. 겨우 나나가 나타났다. 몹시 술이 취해 있어서 다른 날 밤보다도 더 다정하게 굴었다. 술을 마시면 정이 많아지고 집요해진다. 같이 샤몽 수도원으로 가자고 졸라댔다. 조르즈는 사람들의 눈이 무섭다면서 반대했다. 만일 같이 마차를 타고 있는 장면을 들키기라도 하는 날에는 굉장한 소문이 퍼질 것이다. 그러나 나나가 눈물을 흘려 가며 졸라 대므로 같이 가겠다고 굳게 약속하여 위로를 했다.

"그럼, 정말로 나를 사랑하는 거군." 나나는 울먹이는 소리로 말했다. "한 번 더 말해 줘, 나를 사랑한다고……. 내가 만일 죽으면 아주 슬퍼하겠어?"

퐁데뜨에서는 나나가 그 근처로 이사온 사실로 발칵 뒤집혔다. 아침마다 식사 때면 정숙한 위공 부인부터 자기도 모르게 나나의 이야기를 하기 시작하여 정원사로부터 들은 소식을 전했다. 점잖은 중산 계급 부인들이 창부에 대

---

*2 프랑스의 농학자. 독일에서 감자재배법을 배워서 프랑스에 보급시킴. 1737~1813.

해 품고 있는 그 고정 관념을 역시 버릴 수가 없었던 것이다. 다른 일로는 여러 모로 너그러운 이 부인도 나나의 말만 나오면 화를 냈는데, 그것은 어떤 불행한 사태가 벌어질 것 같은 느낌이 들었기 때문이었다. 특히 해만 지면 무서워졌다. 마치 어느 동물원에서 달아난 짐승이 이 부근에 숨어 있기라도 한 것처럼, 미뇨뜨의 주위를 배회한다면서 비난을 했다. 이를테면 '방되브르 백작이 한길가에서 모자도 쓰지 않은 어떤 여자와 같이 웃고 있는 것을 본 사람이 있답니다' 이런 식이었다. 그는 그 여자는 나나가 아니라고 변명을 했다. 사실 같이 있었던 것은 뤼시였고, 세 사람째의 황태자를 문간에서 내쫓은 경위를 이야기하고 있었던 것이다. 슈아르 후작도 날마다 외출하고 있으나 그는 의사의 처방대로 산책을 할 뿐이라고 말했다. 다그네와 포슈리에 대한 위공 부인의 비난은 부당했다. 특히 다그네는 나나와 새로운 관계를 맺어보겠다는 생각을 버리고 에스텔의 환심을 사기 위해 퐁데뜨를 떠나지 않고 눈치를 엿보고 있었기 때문이다. 포슈리 역시 뮈파 모녀와 함께 있었다. 꼭 한 번 오솔길에서 꽃을 잔뜩 안고 아들들에게 식물학을 가르쳐 주고 있는 미뇽을 만난 적이 있다. 그들은 서로 악수를 하고 로즈의 이야기를 주고받았다. 로즈는 잘 있다는 것이다. 그들은 그날 아침 로즈로부터 각각 편지를 한 통씩 받았는데, 내용은 며칠 더 시골의 신선한 공기를 마시고 오라는 것이었다. 즉 손님들 가운데 위공 부인의 비난을 받지 않은 사람은 뮈파 백작과 조르즈뿐이었다. 백작은 오를레앙에 중대한 볼일이 있다니까 그 화냥년의 꽁무니를 쫓아다닐 리가 없다. 한편 조르즈는 날마다 오후만 되면 두통이 나서 어둡기도 전에 자리에 누워야 할 상태이므로 부인도 나중에는 진정으로 걱정을 하게 되었다.

한편 포슈리는 백작이 매일 오후에 자리를 비우기 때문에 그동안 사빈느 부인을 상대하게 되었다. 모두 정원으로 나갈 때는 그가 부인의 접는 의자와 양산을 들고 나갔다. 그리고 신문기자 특유의 가벼운 재치로써 그녀를 웃겨 가며 시골이 아니면 있을 수 없는 급속한 친밀감으로 그녀를 유도해 갔다.

'줄곧 수다스럽게 지껄여 대는 이런 청년하고라면 함께 있어도 위험할 건 없겠지.'

이렇게 생각하고 새로운 젊음에 눈을 뜬 부인은 마음의 긴장을 풀었다. 때때로 수풀 뒤에 단둘이만 있게 될 때 그들은 서로의 눈을 찾고 있었다. 또 깔깔대고 웃다가는 문득 진지한 표정으로 웃음을 멈추고 가만히 눈 속을 들여다

볼 때도 있다. 마치 서로가 서로의 가슴속을 꿰뚫어보고 이해하는 것처럼.

금요일 아침 식사때, 또 한 사람분을 추가해야 했다. 떼오필 브노가 온 것이다. 위공 부인은 지난 겨울 뮈파 백작 댁에서 만났을 때 이 노인을 초대했던 생각이 났다. 그는 등을 굽히고 하찮은 인물처럼 허물없이 굴면서 주위 사람들이 어려워 하는 것을 모르는 체했다. 잠시 뒤 사람들의 주목에서 벗어나자 디저트로 나온 사탕을 깨물어 먹으며 다그네가 에스뗄에게 딸기를 집어 주는 것을 보기도 하고 백작 부인을 끊임없이 웃기고 있는 포슈리의 말에 귀를 기울이기도 했다. 그러다가 누가 자기를 보면 곧 조용한 미소를 띠었다. 식사 뒤, 그는 백작의 팔을 잡고 정원으로 나갔다. 백작의 모친이 작고한 뒤 이 노인이 백작에게 큰 힘이 되어 주었다는 사실은 누구나가 다 알고 있다. 변호사 출신인 이노인이 백작 집안에 대해 가지고 있는 지배력에 관해서는 여러 가지 기묘한 소문이 나돌고 있었다. 포슈리는 이 노인을 못마땅하게 생각하고 있는 듯 조르즈와 다그네에게 그의 재산 출처를 설명해 주었다. 즉 과거에 예수회 교단에서 의뢰받은 큰 소송 사건이 재산의 근거가 되었다는 것이다. 이 영감은 뚱뚱하고 온후한 사람처럼 보이지만 사실은 엉뚱하게도 요즘, 신부들의 나쁜 음모에 끼어들어 있다고 한다. 조르즈와 다그네는 곧이듣지 않았다.

"무슨 소리야, 저 작달막한 영감은 어수룩한 얼굴을 하고 있잖나, 세상 사람들이 모르는 신부들의 앞잡이인 브노, 거대한 권력을 가진 브노란 우스워서 도저히 생각도 할 수 없어."

그러나 이때 두 사람은 입을 다물었다. 뮈파 백작이 노인과 팔을 끼고 돌아온 것이다. 그 얼굴은 창백하고 눈은 운 것같이 벌갰다.

"지옥의 이야기라도 하고 오는 모양이지."

포슈리가 짓궂은 말을 했다.

이 말을 듣고 사빈느 부인이 조용히 돌아보았다. 두 시선이 한참 동안 물끄러미 마주 주시했다. 위험한 한 걸음을 내딛기 전에 서로의 마음을 떠 보았던 것이다.

식사가 끝나면 모두 화단 끝에 있는 동산으로 가서 들판을 내려다보는 것이 습관처럼 되어 있다. 그 일요일 오후는 무척 포근한 날씨였다. 10시쯤에는 비가 올 것 같더니 하늘이 개지는 않았으나 뿌연 안개가 퍼져 그 알갱이가 햇빛을 받고 금빛으로 반짝거렸다. 위공 부인의 제안으로 동산 옆 작은 문으로 나가서 귀미에르 쪽을 향해 슈우까지 산책을 하기로 했다. 부인은 걷기를 좋아했고, 나이 예순치고는 걸음이 빨랐다. 게다가 모든 사람들이 마차를 탈 필요가 없다고 말했다. 그래서 그들은 조금씩 떼를 지어 시내에 놓인 나무다리 앞에 이르렀다. 포슈리와 다그네가 뮈파 모녀와 함께 앞장을 서고 그 뒤를 뮈파 백작과 슈아르 후작이 위공 부인을 사이에 끼고 따랐다. 방되브르는 큰 길을 어슬렁거리는 것이 쑥스러운지 담배를 피워 물고 맨 뒤에 따라갔다. 브노는 걸음을 빨리 했다 늦추었다 하면서 싱글싱글 웃는 얼굴로 이쪽에 끼었다 저쪽에 끼었다 한다. 그들의 이야기를 남김없이 들으려는 것처럼.

"가엾게시리 조르즈는 오를레앙에 갔지 뭐예요!" 위공 부인이 되풀이했다. "따베르니에 원장님한테 두통 진찰을 받으려고요. 원장님은 이제 나이가 들어서 왕진을 안 한답니다. 여러분들은 아직 일어나지도 않을 때예요. 일곱 시 전에 나갔으니까. 그 애도 진찰을 받으면 좀 나을 테죠."

그러다가 부인은 말을 중단하고 딴 말을 했다.

"아니, 다리 위에서 왜들 서 있지요?"

보니 사빈느 모녀와 다그네와 포슈리가 다릿목에서 머뭇거리고 있었다. 마치 앞길에 장애물이라도 가로놓여 있는 것같이. 그러나 길에는 아무것도 없었다.

"가세요, 가!"

백작이 외쳤다.

그들은 가만히 서서 보고 있다. 무엇인가 저쪽에서 오고 있는 모양인데, 다른 사람에게는 아직 보이지 않는다. 길이 구부러진데다 한쪽에 잎이 무성한 포플러 가로수가 우거져 있기 때문이다. 그런데 둔중한 소리가 들려왔다. 그러자 갑자기 다섯 대의 마차가 줄을 짓고 나타났다. 바퀴 굴대가 휠 정도로 사람을 잔뜩 실었는데 파란색과 붉은색의 화려한 옷을 입은 여자들이 와자지껄 떠들어 대고 있다.

"저게 대체 뭐요?"

위공 부인이 깜짝 놀라서 물었다. 그러나 곧 짚이는 데가 있었다.

"내 길을 저렇게 제멋대로 쏘다니다니! 바로 그 계집이군!" 부인은 중얼거렸다. "어서 가세요, 가. 상관하지 말고……."

그러나 이미 때는 늦었다. 나나와 친구들을 샤몽의 폐허로 나르는 다섯 대의 마차는 조그만 나무다리로 접어들었다. 포슈리와 다그네와 뮈파 모녀는 뒷

걸음질을 쳐야만 했고, 위공 부인과 다른 사람들도 걸음을 멈추고 길가에 늘어섰다. 쏜살같이 빠져나가는 마차의 열띤 웃음소리는 멎고 신기한 표정의 얼굴들이 이쪽을 향한다. 경쾌하게 울리는 말굽소리 속에 마차 위아래서 서로가 얼굴을 마주 본다. 첫번째 마차에는 마리아 블롱과 따땅 네네가 바퀴 위로 스커트 자락을 펄럭이며 공작 부인처럼 기대 앉아서 걸어가는 정숙한 부인들을 깔보듯이 바라보며 지나간다. 다음 마차에는 가가가 좌석을 독차지하고 있다. 그녀 뒤에서 팔르와즈의 조심스러운 얼굴이 살짝 내다보였다. 다음은 까롤린느 에께, 라보르데뜨 그리고 뤼시 스튜와, 미뇽 부자의 패들이다. 그리고 끝으로 나나가 스떼너와 함께 지붕없는 사륜마차를 타고 왔다. 그녀와 마주 보이는 보조 의자에 아직도 티없는 천진함이 남아 있는 지지가 나나와 무릎을 맞대다시피 하여 앉아 있다.

"저 마지막 마차에 있는 여자지요?"

뮈파 부인은 일부러 모르는 척하고 포슈리에게 물었다. 사륜 마차의 바퀴가 거의 스칠 듯이 되었으나 부인은 한 발도 물러서지 않았다. 부인과 나나는 서로 뚫어지게 쳐다보았고 순간적으로 서로를 완전히 평가했다. 남자들은 침착했다. 포슈리와 다그네는 모르는 척 시치미를 떼고 있었다. 슈아르 후작은 그 여자들이 짓궂은 소리나 하지 않을까 조마조마해 하면서 풀잎을 뜯어 들고 손끝으로 뭉치고 있다. 다만 방되브르만이 조금 떨어져 있었기 때문에, 웃으며 지나가는 뤼시에게 윙크를 해보였다.

"조심해요!"

뮈파 백작 뒤에 서 있던 브노가 속삭였다.

뮈파는 넋을 잃고 달려가는 나나의 모습을 눈으로 좇고 있었다. 부인이 조용히 고개를 돌려 남편의 표정을 살폈다. 그러자 그는 땅을 내려다보았다. 말이 달려가는 바람에 몸과 마음이 끌려드는 듯했던 것이다. 아무도 없었더라면 고민의 외침소리를 질렀을지도 모른다. 조르즈가 나나의 스커트 자락에 싸이다시피 앉아 있는 것을 보고 그제서야 그는 사정을 알아차렸던 것이다.

'저 어린 것을! 나나가 나보다도 저 어린 소년을 택하다니, 이건 너무하다! 스떼너라면 그나 나나 같은 남자니까 상관없다. 하지만 저 어린 소년을!'

한편 위공 부인은 처음에 그가 조르즈라는 것을 알아보지 못했다. 다릿목에 이르렀을 때 조르즈는 강물 속에 뛰어들 뻔했다. 그러나 나나가 무릎을 누르는 바람에 그러지도 못하고 얼굴이 창백하게 얼어붙은 듯이 뻣뻣해져 있었다. 그는 아무도 보지 않았다. 그러면 다른 사람들도 안 볼 줄 알았던 모양이다.

"저런 세상에!" 갑자기 위공 부인이 외쳤다. "저 여자와 같이 있는 게 조르즈 아니야?"

서로 아는 사이인데도 인사도 못 하고 지나가는 어색함. 그런 가운데를 마차는 지나갔다. 이 미묘한 만남은 잠깐 동안의 일이었지만 영원한 일같이 느껴졌다. 지금 마차는 금빛으로 빛나는 전원을, 들바람에 상기된 창부들을 싣고 더욱 즐겁게 달리고 있다. 화려한 옷자락들이 바람에 나부끼고 웃음소리가 또 일어났다. 못마땅한 듯이 길가에 서 있는 신사 숙녀를 돌아보면서 끊임없이 농담을 던지고 있다. 나나는 뒤돌아보았다. 산책객들은 어떻게 할까 머뭇거리다가 다리를 건너지 않고 곧 되돌아갔다. 위공 부인은 말 한마디 없이 뮈파 백작의 팔에 몸을 기대고 있었는데, 너무 크게 상심한 것 같아서 아무도 그녀를 위로해 줄 수가 없었다.

"이봐요!" 나나가 부르자 앞 차에서 뤼시가 몸을 내밀었다. "포슈리를 보았어? 건방진 얼굴을 하고서! 단단히 혼을 내줘야지……. 그리고 다그네도 그렇지. 내가 그렇게 친절하게 해주었는데 어쩌면 아는 체도 않을까……. 그게 진짜 예의인가 보지?"

스떼너가 그들의 태도가 매우 훌륭했다고 하는 바람에 나나는 펄펄 뛰며 따지고 들었다.

"그럼 우리는 잠깐 모자를 벗고 인사를 나눌 정도의 값어치도 없단 말인가요? 어디서 굴러들어왔는지도 모르는 남자한테서 모욕을 받아도 상관없단 말인가요? 네, 좋아요. 당신도 훌륭한 분이에요. 더할 나위 없이 훌륭해요. 하지만 언제든지 여자에게 인사만은 해야 하는 법이에요."

"그 키 큰 여자는 누구지?"

요란한 바퀴 소리 속에서 뤼시가 목청을 돋구며 물었다.

"뮈파 백작 부인이오."

스떼너가 대답했다.

"나도 그런 줄 알았어요."

나나가 말했다.

"제가 아무리 백작 부인이라 해봐야 별것 아니지……. 그럼 별것 아니고말고……. 나도 여자 보는 눈은 있어요. 그 여자에 관해서는 하나에서 열까지 환히 알 수 있어……. 그 여자가 독사 같은 포슈리하고 안 잘 줄 아세요? 틀림없이 자요! 여자끼리 느낄 수 있는 육감이에요."

스떼너는 어깨를 으쓱했다. 어젯밤부터 그는 기분이 나빠 있었던 것이다. 편지가 와서 내일 아침에는 아무래도 돌아가야만 한다. 그리고 모처럼 시골에 왔는데 객실 소파에서 자야만 한다는 것이 도무지 불쾌했다.

"아이 가엾어라. 우리 애기!"

조르즈가 파랗게 질린 얼굴로 숨도 제대로 못 쉬고 굳어져 있는 것을 보고 나나는 갑자기 측은한 생각이 들었다.

"어머니가 나를 알아보았을까?"

겨우 이렇게 조르즈가 중얼거렸다.

"그야 물론이지. 뭐라고 소리를 지르던걸……. 내가 잘못했어, 오고 싶지 않다는 걸 억지로 데리고 왔으니까……. 그런데 지지, 내가 어머니에게 편지를 쓰면 어떨까? 아주 점잖은 분으로 보이시던데. 이렇게 쓰는 거야. 너를 이때까지 한 번도 만난 일은 없고, 스떼너가 오늘 처음으로 데리고 나왔다고 말이지."

"아니에요, 쓰지 마세요." 조르즈는 걱정이 되어 못 견디겠다는 듯이 말했다. "내가 처리하겠어요……. 만약 어머니가 못살게 굴면 안 들어가고 말 테니까."

그는 풀이 죽어 저녁에 어떤 거짓말을 할까 궁리했다. 다섯 대의 마차는 들판 가운데 한 줄로 쭉 뻗쳐 있는 아름다운 가로수길을 달리고 있었다. 그 부근 일대는 흐릿한 은회색으로 빛나는 공기에 뒤덮여 있었다. 여자들은 마부의 등 뒤에서 이 마차에서 저 마차로 큰 소리로 지껄여 댔고, 마부들은 이 괴상한 사람들이 하는 짓을 보고 덩달아 웃고 있었다. 때로는 한 여자가 주위를 둘러보려고 옆 사람의 어깨를 붙잡고 일어섰다가 곧 마차가 흔들리는 바람에 쿵하고 엉덩방아를 찧는다. 까롤린느 에게는 라보르데뜨와 중대한 이야기를 하고 있었다. 나나는 석달도 못 가서 별장을 팔 것이다. 이 점에 대해 두 사람의 의견은 일치했다. 만약 그렇게 되면 아무도 몰래 헐값으로 사달라고 라보르데뜨에게 부탁하고 있었다. 그 앞 차에서는 사랑에 눈이 먼 팔르와즈가 통통한 가가의 목에 입이 닿지 않아 평평한 드레스 위로 목덜미에 키스를 하고 있다. 마주 보이는 보조 의자에는 아멜리가 꼿꼿한 자세로 앉아 있었는데 어머니에게 그렇게 하는 것이 싫어서 팔르와즈에게 그러지 말라고 하고 있었다. 다른 마차에서는 미뇽이 뤼시를 놀려주려고 아들들에게 라 퐁떼느의 우화를 외게 하고 있다. 특히 앙리는 재주가 좋아 한 줄도 틀리지 않고 단숨에 외어버렸다. 맨 앞에서 달리는 마리아 블롱은 바보 같은 따땅 네네를 놀려 주려고 빠리의 우유장수는 풀과 사프란 가루로 달걀을 만들더라고 하다가 이제는 그녀를 속여 먹는 데도 싫증이 나 따분해하고 있었다.

"굉장히 멀군요, 언제 도착해요?"

이 질문이 마차에서 마차로 전해져서 나나의 귀에 들어갔다. 나나는 마부에게 물어 보고 일어나서 외쳤다.

"이제 15분만 가면 돼요……. 저기 나무 뒤에 성당이 보이죠? 샤몽 성(城)의 주인은 나뽈레옹 때부터 살아온 할머닌데, 굉장한 노파였다고 그래요. 조제프가 주교관 하인들한테서 들었대요. 요즘 세상엔 보기 드물 정도의 바람둥이였나 봐. 지금은 열심히 신앙을 갖고 있지만."

"이름이 뭐래요?"

뤼시가 물었다.

"당그라르 부인이래요."

"이르마 당그라르! 그 사람이라면 나도 알아요."

가가가 소리쳤다.

마차마다에서 어머나! 어머나! 하는 탄성이 일어나 질주하는 말발굽소리에 지워졌다. 가가를 보려고 모두 고개를 내밀었다. 마리아 블롱과 따땅 네네는 뒤로 접어 놓은 포장을 짚고 몸을 돌려 의자에 무릎을 꿇었다. 여러 가지 질문이 오고갔다. 빈정거리는 말도 섞여 있었지만 그것은 어디까지나 감탄의 표정을 드러내고 있었다. 가가가 그 여성을 알고 있다. 그것이 흘러가 버린 과거에 대한 존경심을 모두에게 가지게 하였던 것이다.

"그때는 나도 젊었지." 가가가 말을 이었다. "그래도 잘 기억하고 있어요. 그 여자가 지나다니는 것을 자주 보았으니까……. 집에서는 이루 말할 수 없는 여자였지만 마차를 타고 가는 모습은 아주 멋있었지. 굉장한 로맨스와 듣기만 해도 추잡한 행동, 그리고 기막힌 술책……. 그 여자가 성을 가졌다 해도 난 조금도 놀라지 않아. 숨 한 번 내뿜고 남자를 빈털터리로 만드는 그런 여자였으니까……. 그런데 그 이르마 당그라르가 아직도 살아 있다니! 그렇다면 아마 아흔 살은 됐을 거야."

이 순간 여자들은 표정을 바꾸었다.

"아흔 살이라고? 이 중에 그렇게 오래 살 사람은 한 사람도 없어." 뤼시가 소리쳤다. "모두 몸이 약한 사람들뿐이니까."

"나는 그런 나이가 되도록 살고 싶지 않아요."

나나가 말했다.

목적지가 가까워졌는지 대화는 말을 재촉하는 마부의 채찍소리로 중단되었다. 그러나 그 소음 속에서 뤼시는 화제를 바꾸어 내일 모두 함께 빠리로 돌아가자고 나나를 설득했다.

"만국박람회도 곧 끝날 텐데 우린 빠리로 돌아가야 해요. 이 계절은 예상 외로 수입이 많으니까."

그러나 나나는 고집스레 응하지 않았다.

"난 빠리가 싫어요. 그런데 뭣하러 일찍 돌아가요? 우린 여기서 그대로 머무르자꾸나, 응?"

스떼너가 있건 말건 조르즈의 무릎을 죄어 대며 나나가 말했다.

갑자기 마차가 멎었다. 모두 깜짝 놀라서 내려 보니, 그곳은 쓸쓸한 언덕 밑이었다. 한 마부가 숲속에 묻혀 있는 샤몽 수도원의 옛 터를 채찍으로 가리켜 보였다. 실망이 컸다.

여자들은 어처구니가 없어 했다. 가시 덤불에 덮인 건물의 잔해 몇 군데에 허물어진 탑이 반쯤 남아 있을 뿐이다. 정말이지 이걸 보러 20리 길을 오다니. 그러자 마부가 성을 가리키며 정원이 수도원에서부터 시작되고 있으니까 담을 따라 오솔길을 가보라고 했다.

"여러분께서 돌아보실 동안 마차를 마을 광장에 옮겨 놓고 기다리겠습니다. 아주 좋은 산책길입니다요."

모두 그 말에 따르기로 했다.

"놀랐는데! 이르마가 이런 굉장한 데서 살고 있다니!"

정원 모퉁이에 있는 울타리문 앞길에 서서 가가가 말했다.

모두 말없이 울타리문을 휘덮은 울창한 숲을 바라보았다. 이윽고 그들은 정원의 담을 끼고 오솔길을 걸어가며 나무들을 쳐다보았다. 높은 나뭇가지들이 담 너머에 두껍고 푸른 터널을 이루고 있다. 이삼 분쯤 가니 또 울타리 문이 나왔다. 안을 들여다보니 넓은 잔디밭이 있고 몇 백 년이나 묵은 두 그루의 떡

갈나무가 그늘을 짓고 있었다. 다시 이삼 분쯤 걸어가니 또 울타리 문이 나왔는데, 거기서부터는 긴 가로수길이었다. 울창한 나뭇가지 때문에 터널처럼 어두웠으며 저쪽 끝에 햇빛이 별처럼 반짝여 보였다. 그들은 처음에는 무의식중에 숨을 삼켰으나 차차 탄성을 지르기 시작했다. 사실 샘이 나서 악담을 하고 싶었던 그들이었는데 이것을 보자 홀딱 반하고 말았다.

"이르마라는 여자는 정말 대단한 여자야! 이쯤 되면 여자도 무시 못 하겠는걸!"

나무가 연달아 계속되었다. 담을 뒤덮고 있는 담쟁이 덩굴 너머로 보이는 정자의 지붕, 느릅나무와 백양나무의 울창한 숲에 이어지는 포플러나무들. 이러다간 끝이 없겠어. 가도가도 나뭇잎 터널밖에 보이지 않으니. 빨리 집 구경을 하고 싶은데. 난간을 두 손으로 움켜쥐고 그 쇠창살에 얼굴을 갖다 대보았다. 이렇게 먼데서 이 넓디넓은 터전 속에 숨어서 보이지 않는 저택을 상상하니 절로 존경심이 우러났다. 이윽고 평소에 걸어 보지 못한 그녀들은 피로를 느꼈다. 그러나 담은 끝없이 계속되었다. 적막한 오솔길을 돌 때마다 여전히 잿빛 돌담이 뻗쳐 있다. 어떤 여자는 끝까지 따라서 볼 기력이 없어져서 되돌아가자고 했다. 그러나 정적 속에 잠겨 있는 이 저택의 장중한 분위기에 감동되어 한 걸음마다 피로해질수록 존경심도 깊어갔다. "정말 재미도 없네!" 까롤린느 에게가 입을 씰룩거리며 외쳤다.

나나가 어깨를 으쓱해 보이며 잠자코 있으라는 시늉을 했다. 나나는 얼마 전부터 창백하고 진지한 표정이 되어 말을 하지 않았다. 마지막 모퉁이를 돌아 마을 광장 쪽으로 나서니 갑자기 담이 끝나고 앞뜰 저쪽에서 저택이 나타났다. 모두 저도 모르게 걸음을 멈추었다. 폭 넓은 당당한 현관의 돌계단 정면으로 나 있는 스무남은 개의 창문, 벽돌 건물 처마를 돌로 꾸민 거창한 세 개의 차양, 이 역사적인 저택엔 일찍이 앙리 4세가 살았으며 그 침대는 제노바 산(産) 비로드를 깐 침대와 함께 지금도 보존되어 있다. 나나는 숨을 몰아쉬다가 어린 아이처럼 조그맣게 한숨을 내쉬었다.

"굉장하구나!"

혼자 나직이 중얼거렸다.

이때 모두가 벅찬 감동에 사로잡혔다. 갑자기 가가가 저기 저 성당 앞에 서 있는 것이 바로 이르마일 것이라고 말했던 것이다.

나나와 그 일행 앞을 지나는 당그라르 부인

"난 잘 알고 있어요. 저 늙은이는 나이는 먹었지만 늘 몸을 꼿꼿이 세우고 얌전을 뺄 때는 언제나 저런 눈을 한다오."

막 저녁 기도를 마치고 그녀는 잠시 포오치 밑에 서 있는 참이었다. 매우 수수한 가랑잎 빛깔의 비단옷을 입고 있었는데 키가 커 보였다. 그 위엄에 찬 표정은 무서운 대혁명을 겪은 늙은 후작 부인을 연상케 하였다. 오른손에 든 두툼한 기도서가 햇빛에 반짝였다. 이윽고 그녀는 천천히 광장을 가로질러갔다. 그 뒤에는 열 댓 발짝 떨어져서 제복을 입은 하인이 따랐다. 성당은 텅 비었고 샤몽의 사람들이 모두 공손히 그녀에게 인사를 했다. 한 노인이 그녀의 손에 입을 맞추었다. 어떤 부인은 무릎을 꿇었다. 그것은 나이를 먹고 수많은 영예로 둘러싸인 강대국의 여왕 같은 모습이었다. 그녀는 정면의 돌층계를 올라가더니 자취를 감추었다.

"착실하게만 살면 저렇게 될 수 있는 거다."

미뇽이 아들들을 보며 교훈이라도 하듯이 자신있게 말했다.

모두 저마다 자기가 본 인상을 말했다. 라보르데뜨는 이르마가 놀랄 만큼 젊어 보인다고 말했다. 마리아 블롱이 상소리를 했기 때문에 뤼시가 화를 내며 노인을 존경해야 한다고 말했다. 결국 모두 다 이르마가 대단한 여자라는 데에는 의견을 같이했다. 그들은 다시 마차를 탔다. 샤몽에서 미뇨뜨에 이르기까지 나나는 입을 다물고 있었다. 그녀는 두 번 고개를 돌려 성을 쳐다보았다. 바퀴 소리에 도취해서 옆에 스떼너가 있는 것도 잊어버리고 맞은편의 조르즈도 눈에 들어오지 않았다. 황혼 속에 하나의 환상이 떠올랐다. 그 늙은 여인이 자꾸 눈 앞을 지나간다. 수많은 영광으로 둘러싸인 늙은 여왕처럼 당당한 이르마.

그날 밤 조르즈는 저녁을 먹으러 퐁데뜨로 돌아갔다. 나나가 어머니에게 용서를 빌라고 돌려 보낸 것이다. 그녀는 차츰 생각에 잠기더니 여느때와는 태도가 달라졌다.

"집으로 돌아가는 게 당연해."

갑자기 가정을 중하게 여기게 되어 그녀는 엄격한 투로 조르즈에게 말했다. 오늘밤은 여기 자러 오지 않겠다는 맹세까지 하게 만들었다. 나도 피곤하지만 조르즈가 순순히 내 말을 들으면 자기의 의무를 완수하게 되는 거야. 조르즈는 이 설교에 그만 진저리가 나서 기운 없이 고개를 숙이고 어머니 앞에 나타났다. 다행히 형인 필립이 돌아와 있었다. 몸집이 크고 매우 쾌활한 군인이다.

덕분에 그가 걱정했던 야단은 일어나지 않았다. 위공 부인은 눈에 눈물이 그렁 그렁해서 그를 쳐다볼 뿐이었다. 필립은 그 말을 들어 알고 있었으므로 만약 또 그 여자한테 간다면 귀를 잡아 끌고 오겠다고 위협했다. 마음을 놓은 조르 즈는 나나와 몰래 만나는 일을 약속하기 위해 내일 2시쯤 빠져 나가야겠다고 혼자 속으로 계획을 세웠다.

그러나 저녁상에 앉은 퐁데뜨의 손님들은 어쩐지 거북한 것 같았다. 방되브 르가 내일 떠나겠다고 말한 것이다. 더구나 뤼시를 빠리로 데려간다는 것이다. 하긴 그도 10년 동안 사귀고도 한 번도 욕망을 느껴본 적이 없는 이 여자를 데려가는 것을 좀 우습게 생각하고 있었다. 슈아르 후작은 고개를 수그리고 가 가의 딸을 생각하고 있었다. 전에 그녀를 무릎 위에 앉혔던 생각이 났다. 애들 이란 참 잘도 자라는구나! 그 꼬마가 벌써 그렇게 성숙하다니. 그 중에서도 뮈 파 백작은 얼굴을 붉히고 말없이 생각에 잠겨 있었다. 그는 조르즈를 물끄러미 바라보았다. 그러다가 식사가 끝나자 열이 좀 있다고 하면서 방으로 올라가 버 렸다. 그 뒤를 브노 씨가 얼른 뒤따라갔다. 그리하여 2층에서는 한 토막의 연극 이 벌어졌다. 침대에 엎드려 베개에 얼굴을 묻고 신경질적으로 흐느끼는 백작, 그 곁에는 브노가 부드러운 음성으로 백작을 동생이라고 부르면서 하느님께 자비를 청하라고 권했다. 그러나 그 말도 백작의 귀에는 들리지 않는지 끊임없 이 흐느낄 뿐이었다. 그는 갑자기 침대에서 뛰어내리며 들뜬 목소리로 말했다.

"갔다 와야겠어……. 더이상 참을 수가 없어요……."

그들이 밖으로 나왔을 때 두 개의 그림자가 가로수길 어둠 속으로 사라지고 있었다. 요즘 매일 저녁, 포슈리와 사빈느 부인은 에스뗄이 차 준비하는 것을 다그네더러 거들게 해놓고는 둘이서 살짝 빠져나가고 있었던 것이다.

한길에 나서자 뮈파가 너무 빨리 걷기 때문에 브노는 뛰어서 따라가야만 했 다. 숨을 헐떡이면서도 노인은 쉴새없이 육체의 유혹에 대한 최선의 설교를 하 고 있었다. 백작은 입도 떼지 않고 어둠 속을 걸어나갔다. 미뇨뜨에 이르러서 야 겨우 한마디했다.

"난 참을 수가 없어요……. 돌아가 주세요."

"그럼 하느님의 뜻이 이루어지길 빌겠소." 브노가 중얼거렸다. "하느님은 여러 가지 방법으로 스스로의 힘을 시험하시는 거요……. 당신의 죄도 하느님의 무 기 가운데 하나일 것이오."

미뇨뜨에서는 식사를 하는 동안 시비가 벌어지고 있었다. 나나 앞으로 보르드나브가 편지를 보내왔는데 그 편지에는 나나 따윈 아무래도 좋다는 투로 천천히 쉬도록 하라는 글이 씌어 있었다. 비오렌느가 매일 밤 두 번씩이나 앙코르를 받는다는 것이다. 그런데 미뇽이 자기와 내일 함께 돌아가자고 또다시 성화를 하자, 나나는 화를 발칵 내며 남의 충고 따윈 듣고 싶지 않다고 말했다. 그리고 그녀가 이상하게 깃이 **빳빳한** 옷을 입고 식탁 앞에 앉아 있었기 때문에 거기에 대해 르라 부인이 귀에 거슬리는 말을 하자, 듣기 싫다며 고모건 누구건 내 앞에서 그런 말을 할 권리는 없다고 외쳤다. 그러고는 신자들이나 가지는 감정을 늘어놓아 모두를 피곤하게 했다. 갑자기 심각한 태도가 되어 루이제에게는 종교 교육을 시키겠다느니 자기는 선행을 베풀겠다느니 했다. 사람들이 웃자, 그녀는 의미심장한 말을 했다. 중산 계급의 가정 부인처럼 확신에 찬 태도로 고개를 *끄*덕거리면서 착실하게 사는 것이 부자가 되는 유일한 길이며, 나는 짚더미 위에서 죽기는 싫다고 말했다. 여자들은 화가 나서 반대를 했다.

"무슨 소리야! 나나는 완전히 변해 버렸군요!"

그러나 나나는 꼼짝도 하지 않고 먼 산을 바라보며 또다시 몽상에 잠겼다. 큰 부자가 되어 사람들의 존경을 받게 될 자기의 모습을 꿈꾸고 있었던 것이다.

모두 막 자러 올라가고 있는데, 뮈파가 나타났다. 정원에서 그를 발견한 라보르데뜨가 재치 있게 스떼너를 따돌리고 뮈파의 손을 잡고 어두운 복도를 따라 나나의 방까지 데려다 주었다. 이런 일에 있어서 라보르데뜨는 참으로 뛰어나게 솜씨가 좋았고, 남을 위해 행복을 도모해 주는 것을 즐거워하고 있는 것 같았다. 나나는 놀란 기색은 없었으나 뮈파의 끈덕진 정열에 넌더리가 났다. 그렇다, 인생이란 성실하게 살아야 한다. 사랑한다는 것은 아무짝에도 소용없는 어리석은 짓이다. 그리고 또 조르즈의 나이가 너무 어린 것이 마음에 걸렸다. 정말 조르즈한테는 미안하게 되었다. 이번에야말로 나는 바른길로 돌아선 거야. 늙은이를 붙잡았으니까.

"조에, 내일 아침에 일어나는 즉시 짐을 꾸려요. 빠리로 돌아갈 테니까." 그러자 하녀는 시골을 떠나게 된 것이 기뻐서 어쩔 줄을 몰랐다.

나나는 뮈파와 같이 잤다. 그러나 쾌감은 없었다.

7장

그로부터 석 달이 지난 12월 어느날 밤, 뮈파 백작은 빠노라마 거리를 오락가락하고 있었다. 그날 밤은 소나기가 내린 뒤라 매우 상쾌하고 양쪽에 가게가 있는 그 거리는 인파로 가득찼다. 사람들의 무리는 상점과 상점 사이를 줄을 지어 붐비며 지나가고, 하얗게 빛나는 유리 밑에 갖가지 조명이 죽 놓여 있다. 하얀 등잔의 갓, 붉은 등잔, 투명하고 푸른 유리 장식, 가스등, 반짝거리는 시계, 밤하늘에 부채꼴을 이루며 타고 있는 거대한 불덩어리 등. 그리고 보석장의 금(金)과 과자 가게의 유리그릇, 양장점의 화려한 비단 등 색색의 진열품이 깨끗이 닦은 유리창 너머에서 반사경의 강렬한 빛을 받고 찬란하게 빛나고 있다. 그런가 하면 잡다하게 늘어선 여러 간판들 사이에 붉게 칠한 커다란 장갑이 있어서, 멀리서 보니 피투성이가 된 잘린 손을 노란 소매에 붙여 놓은 것 같았다.

뮈파는 천천히 몽마르뜨르 큰길까지 나갔다가 차도를 한 번 쳐다보더니 상점 앞을 스쳐 종종걸음으로 되돌아왔다. 좁은 골목 안은 습기찬 공기가 후텁지근한 안개를 이루어 빛을 받고 반짝거리고 있었다. 우산에서 떨어진 물방울로 축축해진 보도에 말소리는 들리지 않고 발소리만이 계속 울리고 있다. 백작이 발걸음을 돌릴 때마다 마주치는 산책객들은 가스등 불빛에 창백하게 보이는 그의 무표정한 얼굴을 유심히 바라보았다. 이러한 성가신 시선을 피하기 위해 그는 어떤 문방구점 앞에 서서 진열장 안에 있는 문진(文鎭)과 풍경과 꽃을 그려 넣은 유리공을 열심히 들여다보았다.

그러나 무엇을 보아도 눈에 들어오지 않았다. 마음은 나나 생각으로 가득한 것이다. 왜 그 여자는 또 거짓말을 했을까. 오늘 아침에 편지가 왔는데, 오늘밤에는 오지 말아 달라, 루이가 아파서 오늘밤은 고모댁에서 간호를 해야만 한다고 씌어 있었다. 아무래도 수상하다는 생각이 들어 그녀 집에 가보니, 문지기 여자가 아씨는 지금 막 극장에 갔다고 했다. 이상하다. 나나는 이번 연극에는 출연하지 않았는데 왜 거짓말을 했을까, 오늘밤 바리에떼 극장에서 대관절 뭘 하려는 것일까. 지나가는 사람들에게 밀려서 백작은 어느 새 문진 앞을 떠나 장난감 가게 앞에 서서 상품마다 푸른 제비가 그려진 노트와 담뱃갑의 진열을 멍하니 바라보고 있었다.

확실히 나나는 변했다. 시골에서 돌아왔을 당시만 해도 고양이가 재롱을 떨 듯 구레나룻에 키스를 하며 당신이 제일 좋다는 둥, 내가 좋아하는 사람은 당신뿐이라는 둥 하고 맹세를 하여 그를 미치게 만들었다. 조르즈는 어머니한 테 붙들려서 퐁데뜨에 있었기 때문에 이제 그에 대해서는 걱정하지 않아도 되었다. 이제 남은 것은 그 뚱뚱보 스떼너인데, 뮈파는 그를 밀어낼 작정이었다. 그러나 그에 대해서 굳이 이러쿵저러쿵하지는 않았다. 스떼너가 또다시 돈에 몰려 증권거래소에서 차압을 당하게 되었으므로, 랑드 지방의 제염회사(製鹽會社) 주주들에게 매달려 어떻게든지 마지막 불입을 하게 만들려고 고심하고 있는 것을 뮈파는 알고 있었던 것이다. 나나의 집에서 스떼너를 만났을 때 그녀는 뮈파에게, 자기를 위해 그렇게 돈을 많이 쓰게 한 사람을 개처럼 내쫓을 수는 없다고 아주 그럴듯한 변명을 했다. 게다가 석달 동안 뮈파는 욕정의 포로가 되어 나나를 소유하겠다는 욕망 외에는 아무것도 생각할 수 없게 되었던 것이다. 뒤늦게 육체적 욕망에 눈을 떠서, 굶주린 소년처럼 허영심이나 질투심 같은 것이 일어날 여지가 없었다.

그러한 그에게도 꼭 한 가지 뚜렷하게 느껴지는 것이 있었다. 나나가 좀 쌀쌀해져서 수염에 키스를 해주지 않게 된 것이다. 그것이 마음에 걸려서 순진한 남자처럼 자신에게 무슨 실수가 있었던 게 아닐까 하고 반성을 해본다. 그러나 자기 딴에는 여자의 욕망을 모두 채워준 것으로 생각되었다. 그러자 생각은 또 오늘 아침의 편지로 되돌아갔다. 저녁 시간을 극장에서 보내고 싶다는 단지 그것뿐인 목적이라면 뭣 때문에 복잡하게 그런 거짓말을 하는 것일까? 또다시 인파에 밀려 그는 길을 건너 음식점 앞에 서서 진열장 안에 있는 털 뽑힌 종달새와 큰 연어를 바라보았다.

이윽고 백작은 눈 앞의 광경에서 겨우 제정신으로 돌아왔다. 그는 몸을 흔들고 고개를 들자 9시가 가까워 옴을 알았다. 이제는 나나가 나올 시간이다. 바른 말을 하게 만들자. 걸음을 옮겨 놓음에 따라 극장 문 앞에서 나나를 붙잡으려고 이 골목길을 서성거리던 날 밤의 일들이 떠오른다. 이제는 상점마다 낮

빠노라마 거리

이 익어서 가스등이 타는 냄새 속에서 각각의 상점 냄새를 가려낼 수가 있다. 텁텁한 러시아 가죽 냄새, 초콜렛 상점의 지하실에서 올라오는 바닐라의 달콤한 향기, 향수 상점의 열린 문에서 흘러나오는 사향내. 창백한 얼굴을 한 계산대의 여자도 '또 저 사람이구나'하는 표정으로 조용히 그를 바라보았을 뿐이고, 그 역시 상점 앞에서 발을 멈추려고는 하지 않았다. 잠시 간판들이 복잡하게 늘어선 상점 위의 조그만 둥근 창문의 열(列)을 처음 보는 것처럼 쳐다본다. 그러다가 다시 몽마르뜨르 큰길로 나가서는 잠시 멈추어 선다. 비는 이제 가랑비로 바뀌었고, 그 차가움이 손 위에서 느껴지자 마음이 진정되었다. 이번에는 아내의 일을 생각한다. 친구인 슈젤 부인이 가을이 되면서부터 몹시 앓고 있어서 그 문병차 마꽁 근처에 있는 별장에 가 있다. 차도의 진창 속을 마차가 달려간다. 이렇게 궂은 날씨에는 시골은 아주 좋지 않을 것이다. 그러자 그는 갑자기 불안해져서 답답한 골목길로 되돌아가 행인들 속을 큰 걸음으로 걸어나갔다. 만약 나나가 경계를 한다면 몽마르뜨르로 빠져나갈지도 모른다는 생각에서였다.

그래서 백작은 극장의 통용문에서 지켜보기로 했다. 이 근처에서 기다리기는 싫었다. 사람들 눈에 띨 우려가 있다. 그곳은 바리에떼 극장의 골목과 생 마르끄 골목이 만나는 한 모퉁인데, 너절한 상점들이 늘어서 있었다. 손님도 없는 양화점, 먼지가 뽀얗게 앉은 가구점, 졸고 있는 듯한 침침한 신문 열람소. 밤이면 모자 모양의 갓 달린 등잔이 푸르스름한 빛을 비춘다. 그 부근에 모이는 것은 단정한 몸차림의 신사들뿐이다. 배우 통용문을 가로막는 술취한 소도구 담당자들과 초라한 엑스트라 여배우들 사이를 배회하면서 끈기 있게 기다리고 있다. 극장 앞에는 가스등이 하나 켜져 있어 젖빛 갓 너머로 통용문을 비추고 있다. 블롱 부인에게 물어 볼까. 뮈파는 얼핏 그런 생각을 했다. 그러나 나나가 눈치채면 큰길로 빠져나갈 우려가 있다. 이미 두 번이나 당한 일이지만, 골목 끝의 철문을 닫을 시간이 되어 내쫓게 될 때까지 기다리기로 하자, 그렇게 작정하고 그는 다시 걸음을 옮겼다. 집으로 돌아가서 혼자 잘 생각을 하니 괴로워서 가슴이 미어질 것 같다. 모자를 쓰지 않은 여자들과 더러운 옷차림의 남자들이 극장에서 나와 그의 얼굴을 흘끔흘끔 본다. 그럴 때마다 그는 신문열람소 앞으로 되돌아가 선다.

유리창에 붙은 두 장의 광고 포스터 사이로 들여다보니 자그마한 노인 한 사람이 혼자 커다란 테이블 앞에 꼿꼿이 앉아 녹색 불빛 아래서 신문을 읽고 있다. 똑같이 푸르게 보이는 신문과 손. 그런데 10시 몇 분 전이 되자 또 한 사람의 신사가 나타나더니 마찬가지로 극장 앞을 서성거리기 시작했다. 단정하게 장갑을 낀 키가 큰 금발의 미남이다. 두 사람은 서로 엇갈릴 때마다 의심스러운 듯이 상대를 곁눈질한다. 뮈파는 두 골목이 맞닿는 지점까지 갔다. 그곳에는 거울이 놓여 있다. 거울에 비친 자신의 단정한 옷차림과 심각한 표정을 보았을 때 그는 부끄러움과 동시에 불안감을 느꼈다.

10시가 되었다. 갑자기 뮈파는 생각했다. 나나가 분장실에 있는지 없는지 알아보는 것은 쉬운 일이다. 그는 바로 앞 돌계단을 올라가 노랗게 칠한 조그만 현관을 지나서 걸쇠로 걸어 놓기만 한 문을 통해 극장 안 마당으로 들어갔다. 이 좁은 안마당은 우물 안처럼 습기가 차 있었다.

악취를 풍기는 변소, 취사장의 아궁이, 문지기 부인이 무질서하게 놓아둔 화분 등. 지금 이 시각 그곳은 어두운 안개에 싸여 있었다. 그러나 양쪽에 서 있는 벽의 창문은 휘황하게 밝다. 아래층은 소도구의 창고와 소방수들의 대기실, 왼쪽은 사무실, 오른쪽과 2층은 배우들의 분장실이다. 그런 것들이 이 우물 같은 안마당 주위를 둘러싸고 있는 광경은 마치 아궁이가 어둠을 향해 아가리를 벌리고 있는 것 같다. 뮈파는 곧 분장실의 유리창을 쳐다보았다. 불이 켜져 있다. 마음이 놓이고 기쁜 마음이 들어 언제까지나 2층을 쳐다보고 있었다. 주변은 진창이라 고약한 악취가 풍기고 있다. 그야말로 빠리의 낡은 건물 뒤다운 느낌이다. 깨진 홈통에서 물이 새어 나온다. 블롱 부인의 창문에서 흘러나오는 가스등 불빛이 이끼 낀 포석 모서리와 수챗물로 썩은 벽의 밑부분과 헌 양동이와 깨진 항아리가 널려 있는 쓰레기터를 노랗게 비추고 있다. 거기서 푸르게 보이는 것은 밑 빠진 남비 속에 난 참빗살나무 잎이다. 창문의 걸쇠 소리가 났다. 뮈파는 얼른 자리를 피했다.

틀림없이 나나가 곧 내려올 것이다. 그는 신문열람소 앞으로 되돌아갔다. 모든 것이 잠들고 있는 듯, 야등(夜燈)만이 쓸쓸하게 켜져 있는 침침한 불빛 속에서, 예의 몸집이 작은 노인이 아까와 마찬가지로 옆 얼굴을 보이며 꼼짝도 하지 않고 신문을 읽고 있다.

뮈파는 다시 걸음을 옮겼다. 이번에는 아까보다 더 멀리, 골목을 지나서 바리에떼 극장 골목을 따라 페이도 골목까지 갔다. 그곳은 인적 없이 으스스하고 음산한 어둠에 싸여 있다. 발길을 되돌려 극장 앞을 지나쳐서 생 마르끄 골목을 꺾어 돌아 몽마르뜨르 골목까지 가 본다. 거기 있는 한 식료품 상점의 설탕 자르는 기계가 그의 흥미를 끌었다. 그러나 세 번째로 한 바퀴 더 돌려고 하다가 나나가 자기 등뒤로 살짝 빠져나가 버리지나 않을까 하는 두려운 생각이 들어 체면도 염치도 잃어버리고 예의 그 금발 신사와 나란히 극장 앞에 섰다. 그들은 어쩌면 라이벌일지도 모른다는 의심을 품으면서도 서로 동정하는 듯한 시선을 주고받았다. 소도구 담당자들이 막간을 이용해서 담배를 피우러 나오다가 두 사람과 부딪쳤으나 그들은 불평 한마디 하지 않았다. 너절한 옷을 입은 키가 큰 세 여자가 다 베어 먹은 사과의 씨를 내버리면서 극장 입구에 나타나서 두 남자에게 야유의 시선을 보내며 노골적인 말을 건넨다. 그래도 그들은 고개를 숙인 채 가만히 있었다. 그녀들은 장난으로 서로 몸을 밀어 대어 그들에게 부딪치며 그들의 옷에 흙탕물을 튀게 했다.

바로 그때 나나가 세 층의 돌계단을 내려왔다. 뮈파를 보자 얼굴빛이 변했다.

"어머, 당신이 여기 계셨군요."

뮈파를 놀려 대던 엑스트라 여배우들은 나나를 보자 깜짝 놀라, 나쁜 짓을 하다가 주인 마님에게 들킨 하녀들처럼 굳어진 표정으로 다소곳이 그 자리에 한 줄로 섰다. 키가 큰 금발의 신사는 안도의 눈길을 보내며 슬픈 듯한 표정으로 사라져 갔다.

"자, 팔을 좀 끼게 해주세요!"

나나가 짜증스럽게 말했다.

그들은 천천히 그 자리를 떠나갔다. 백작은 여러 가지 질문할 말을 준비했었는데 막상 말을 하려니까 한마디도 나오지 않았다. 오히려 나나 쪽이 잽싸게 변명하기 시작했다. 8시까지만 해도 고모님 댁에 있었어요. 하지만 루이의 경과가 좀 좋아졌길래 극장에 와 볼 생각이 들었지 뭐예요.

"무슨 중대한 볼일이라도 있었소?"

"네, 새로운 연극 일로." 잠깐 망설이다가 그녀가 대답한다. "제 의견을 듣고 싶다고 해서요."

그는 그것이 거짓말이라는 것을 알았다. 그러나 팔에 눌려 있는 나나의 팔의 따뜻한 체온 때문에 뮈파는 그만 무기력해지고 말았다. 이젠 오래 기다린데 대한 노여움이나 불만도 없어졌다. 단 하나 한번 그녀를 붙잡은 이상 언제까지고 놓치고 싶지 않다는 마음뿐이다. 그녀가 분장실에 무얼 하러 갔는지 내일 알아보기로 했다. 한편 나나는 여전히 어물어물하고 있었다. 마음속으로 달아날 궁리를 하고 있는 것이 틀림없다. 바리에떼 극장 골목의 모퉁이를 돌아서 부채 가게의 진열장 앞에 이르자 그녀는 걸음을 멈추더니 종알거렸다.

"어머 예뻐라! 저 깃털이 달린 자개 장식 좀 보세요."

그러고는 천연스러운 말투로 말했다.

"저, 우리집까지 데려다 주시겠어요?"

"물론이지." 그는 뜻밖이라는 듯 대답했다. "당신 어린애도 좀 나았다니까."

나나는 거짓말했던 것을 후회했다. 루이가 다시 아플는지도 모르니까 바띠뇨르로 돌아가겠다고 말했다. 그러나 그도 따라가겠다고 하는 바람에 더이상 고집을 부릴 수는 없었다. 순간 나나는 화가 치밀어 궁지에 몰려 당황한 여자처럼 얼굴빛이 변했다. 결국 체념하는 수밖에 없다.

'시간을 끌기로 하자. 자정쯤까지만 백작을 떼어 버릴 수 있으면 모든 것이 뜻대로 될 테니까.'

"그러고 보니 당신 오늘 밤은 혼자시군요." 나나가 중얼거린다. "부인은 내일 아침에 돌아온다죠?"

"그래."

뮈파는 조금 화가 났다. 나나가 아내에 대해 허물없이 말하는 것이 마음에 거슬렸던 것이다.

그러나 나나는 여전히 집요하게 기차 시간을 묻고 역에 마중을 나갈 것이냐고 묻는다. 발걸음은 상점에 흥미가 끌린 듯 점점 더 느려져 간다.

"저것 좀 보세요!" 보석상 앞에서 또 걸음을 멈추고 말한다. "아주 괴상한 팔찌군요."

나나는 빠노라마 거리를 아주 좋아했다. 가짜 보석과 도금한 함석, 그리고 마분지로 만든 가죽 모조품 등, 빠리의 싸구려 장식품에 대한 소녀 때의 정열이 아직도 그녀에게 남아 있었다. 이 거리를 지나가면 다 떨어진 구두를 신고 다니던 소녀 시절과 마찬가지로 상점의 진열장 앞을 떠날 수가 없게 되는 것이었다. 초콜렛 상점의 사탕과자를 넋을 잃고 바라보며 그 옆가게에서 들리는 손풍금 소리에 귀를 기울인다. 특히 야한 싸구려 장식품에 마음이 쏠렸다. 호도 껍질 속에 들어 있는 화장품, 넝마주이 광주리 모양을 한 이쑤시개, 온도계가 달린 방돔의 기둥과 첨탑 등.

그러나 그날 밤은 마음이 너무 뒤숭숭해서 무엇을 보아도 눈에 들어오지 않았다. 거추장스러워 견딜 수가 없다. 드디어 이 울적한 심사 속에서 뭔가 엉뚱한 것을 해보고 싶은 마음이 불쑥불쑥 고개를 쳐들었다. 지체가 높은 훌륭한 남자를 소유한들 무슨 소용이 있단 말인가! 어린애 같은 불장난으로 황태자와 스떼너를 삼켰지만 그 돈은 어디로 다 사라졌단 말인가? 위스만 거리에 있는 집에는 가구조차 제대로 갖추어져 있지 않다. 다만 붉은 새틴 천으로 덮여 있는 객실만이 너무 많은 장식품과 가구로 전혀 조화가 되지 않는 느낌을 주고 있을 뿐이다.

요즘은 전보다 더 돈에 몰려서 빚장이들의 독촉 때문에 골치를 앓고 있었다. 이것은 아무리 생각해도 이상하다. 나나는 평소부터 자신을 절약의 표본 같은 여자라고 자부하고 있었기 때문이다. 이 한 달 동안 그 스떼너라는 도둑놈은 1,000프랑을 갖고 오지 않으면 문 밖으로 내쫓아 버리겠다고 위협을 해도 좀처럼 돈을 마련해 오지 못한다. 뮈파는 뮈파대로 도대체 돈을 얼마나 써야 하는지조차도 모르고 있다. 그렇다고 그의 인색함을 원망할 수도 없다. 선행의 격언을 하루에도 스무 번이나 되풀이하지 않았더라면 그녀는 이런 무리들과는 진작 관계를 끊었을 것이다. 정신을 차려 잘 생각해야 한다고 매일 아침 조에가 충고를 한다. 그녀 자신도 크고 튼튼한 저 샤몽의 광경을 종교적인 추억처럼 언제나 마음속에 떠올리고 있었다. 생각할 때마다 그 광경은 커다랗게 부풀어서 확대되어 간다. 그렇기 때문에 속으로는 분노에 떨면서도 지금 이렇게 순순히 뮈파 백작의 팔에 매달린 채 차차 드물어져 가는 통행인들 사이로 상점들을 하나하나 따라가고 있는 것이다.

인도는 어느새 말라 있었고 골목으로 불어오는 서늘한 바람은 유리창 아래의 열기를 몰아내고, 가지각색의 각등(角燈)과 가스등, 그리고 불꽃처럼 타고 있는 커다란 부채를 흔들어 댔다. 음식점 문 앞에서는 보이가 둥근 갓을 씌운 외등을 끄고 있다. 조명만 휘황하게 빛나는 상점 안에서는 계산대에 앉은 여자들이 눈을 뜬 채 꼼짝도 하지 않고 졸고 있는 것 같다.

"어머나, 예쁘기도 해라!"

나나는 맨 끝의 진열장 앞을 지나쳤다가 몇 발짝 되돌아가 황홀한 듯이 소리쳤다. 도자기로 만든 사냥개가 장미꽃으로 덮여 있는 개집을 향해 한쪽 다리를 들고 있다.

겨우 그들은 그 골목을 벗어났으나 나나는 마차를 타고 싶지 않다고 했다. 날씨도 좋고 바쁠 것도 없으니까 걸어서 돌아가는 게 기분이 좋겠다는 것이다. 이윽고 영국식 까페 앞에 이르자 갑자기 굴이 먹고 싶다고 했다.

"루이제가 아픈 바람에 아침부터 아무것도 먹지 못했어요."

뮈파는 반대할 수가 없었다. 이제까지 한 번도 나나와 함께 사람들 앞에 나간 일이 없었기 때문에 별실을 주문하고 얼른 복도를 지나갔다. 그녀는 그 집의 단골 손님이기나 한 것처럼 천천히 따라들어갔다. 보이가 문을 열고 기다리는 별실로 들어가려는 순간 옆방에서 떠들썩한 웃음소리가 나더니 한 남자가 나왔다. 다그네였다.

"여어! 나나!"

뮈파는 얼른 방으로 들어갔다. 문은 반쯤 열려 있다. 다그네는 둥그스름한 등이 살짝 빠져 들어가는 것을 재빨리 알아채고 눈을 깜박거리며 놀리는 투로 말했다.

"제기랄! 잘 노는데, 이번에는 뛰일르리궁 쪽으로 손을 뻗쳤군!"

나나는 웃으며 손가락을 입에 대고 입을 다물어 달라는 시늉을 했다. 좀 주책이 지나치다는 생각은 들었으나, 이런 데서 만나게 된 것이 역시 기뻤다. 정숙한 여자들과 함께 있을 때는 만나도 모르는 척하는 비겁한 남자지만 아직 완전히 정이 떨어진 것은 아니었다.

"요즘은 어떻게 지내요?"

나나는 정답게 물었다.

"성실하게 지내고 있지. 실은 결혼할 생각이야."

나나는 동정한다는 듯이 어깨를 으쓱했다. 그는 여전히 농담조로 이제까지의 생활은 증권거래소에서 번 돈으로 여자들에게 꽃다발이나 사보내서 인기를 얻는 것이 고작이어서 30만 프랑의 유산도 1년반밖에 지탱하지 못했다고 한다.

"난 좀더 실질적으로 지참금 많은 여자와 결혼해서 나중에는 아버지처럼 지사(知事)가 될 테야."

나나는 믿을 수 없다는 듯 웃고 있다가 턱으로 옆방을 가리키며 말했다.

"누구하고 함께 왔어요?"

"친구들이야."

그는 술기운으로 방금 말한 계획 같은 것은 깨끗이 잊어버리고 말했다.

"실은 레아가 이집트 여행담을 이야기하고 있는 중이야. 그게 아주 걸작이거든! 목욕하는 이야긴데 말이지……."

이렇게 말하고 그 이야기를 들려 주었다.

나나는 즐거워서 언제까지나 그 자리를 뜨려 하지 않는다. 마침내 두 사람은 복도에 등을 기대고 서로 마주 보며 섰다. 낮은 천장 밑에는 가스등이 타고 있다. 벽포(壁布) 사이에 스며 있는 주방의 음식 냄새가 코를 자극했다. 이따금 옆방의 떠드는 소리가 커지면 상대 말소리를 똑똑히 듣기 위해 얼굴을 가까이 가져가야만 한다. 음식 접시를 든 보이가 복도를 막고 있는 그들을 연방 물러서게 한다. 그러나 두 사람은 이야기를 그치지 않고 벽에 등을 기댄 채 손님들의 떠들썩한 소리와 쉴새없이 보이들이 지나다니는 틈 속에서 마치 제 집에라도 있는 것처럼 태연히 이야기를 하고 있었다.

"저걸 좀 봐요."

다그네가 이렇게 속삭이며 뮈파가 사라진 별실의 문을 눈짓으로 가리킨다.

보니 문이 가늘게 떨리고 있다. 바람에 흔들리는 것처럼. 그러다가 소리도 없이 천천히 닫혔다. 그들은 말없이 미소지었다. 백작은 그곳에 혼자 들어앉아 보나마나 꼴좋은 표정을 짓고 있을 것이다.

"그런데, 포슈리가 나에 대해 쓴 기사 읽어 봤어요?"

"그래, '황금의 파리'라는 기사 말이지. 당신이 신경을 쓸까봐 일부러 말하지 않았어."

"신경을 쓰다니, 왜요? 그 기사는 아주 길게 썼던데."

나나는 〈피가로〉신문에 자기에 대한 기사가 실린 것이 무척 자랑스러운 것이다. 미용사 프랑시스가 그 신문을 가지고 와서 설명해 주지 않았더라면, 자기에 관한 기사라는 것도 몰랐을 것이다.

다그네는 나나의 표정을 훔쳐보며 조롱하는 듯한 웃음을 띠었다. 본인이 기뻐하고 있으니까, 다른 사람도 좋아해 주면 그만이다.

"실례합니다!"

보이가 소리치며 두 손에 피라밋 모양 아이스크림을 들고 그들 사이를 지나간다.

나나는 뮈파가 기다리고 있는 별실 쪽으로 한발 다가섰다.

"그러면 안녕. 오쟁이진 남자에게 어서 가봐요."

나나는 다시 걸음을 멈추고 말했다.

"왜 오쟁이진 남자라고 그래요?"

"그야 오쟁이진 남자니까 그렇지!"

그녀는 매우 흥미로운 듯 다시 벽에 등을 기대고 섰다.

"그래요?"

다만 그렇게만 말했다.

"아니, 그것도 몰랐소? 백작 부인이 포슈리와 잤단 말이오⋯⋯. 아마 시골에 갔을 때 생긴 일인가 봐⋯⋯. 아까 여기 오기 전에 포슈리와 헤어졌는데 오늘 밤 그 친구 집에서 밀회가 있을 모양이야. 보나마나 여행을 한다는 핑계를 대고 말이지."

너무나 놀란 나머지 나나는 잠시 동안 말도 할 수가 없었다. 그러나 곧 무릎을 치며 말했다.

"나도 짐작했어요! 요전에 시골길에서 보았을 때 수상한 생각이 들더군요. 정말 너무하군요! 그런 점잖은 여자가 남편을 배반하다니. 더군다나 무뢰한 같은 포슈리에게 홀리다니! 그이는 틀림없이 굉장한 걸 가르쳐 줄 거예요."

"천만에, 그 여자도 이번이 처음이 아니니, 포슈리 못지않은 베테랑일 거요."

다그네가 짓궂게 속삭인다.

그녀는 분개했다.

"흥! 훌륭한 사람들이로군요! 아이 치사해!"

"실례합니다!"

소리치며 술병을 든 보이가 두 사람 사이를 빠져나간다.

다그네는 나나를 가까이 오게 하여 한참 동안 그 손을 잡고 있었다. 그는 수정같이 투명한 목소리로 말하고 있었다. 그 하모니카 같은 목소리는 언제나 여자들에게 효과가 있었다.

"그럼 안녕, 난 언제나 당신을 사랑하고 있어."

그녀는 손을 뿌리쳤다. 그리고 방긋 웃으면서 문이 흔들릴 정도의 우뢰 같은 옆방의 함성소리 때문에 잘 들리지 않는 목소리로 말했다.

"어리석은 소리 마요. 이제 끝이 났는데⋯⋯. 하지만 상관없어요. 며칠 내로 한 번 놀러 와요. 이야기나 하게."

그러고는 또 엄숙한 표정을 지으면서 격분한 중류 가정 부인 같은 투로 말했다.

"그래요? 그이 오쟁이진 남자였군요. 난 전부터 오쟁이진 남자는 아주 딱 질색이에요."

겨우 그녀가 별실로 들어가니, 뮈파는 체념한 듯한 담담한 모습으로 좁다란 긴의자에 앉아 있었다. 얼굴은 창백하고 손은 떨리고 있다. 나무라는 말은 한마디도 하지 않았다.

나나는 잔뜩 흥분되어 동정인지 경멸인지 알 수 없는 감정에 사로잡혔다. 가엾게시리, 이이 부인은 바람이 났어! 목에 매달려 위로를 해주고 싶을 정도다. 하지만 이렇게 되는 게 당연하지. 이이는 전혀 여자를 다룰 줄 모르니까. 좋은 약이 될 거야. 그러나 결국 그녀는 동정심에 졌다. 굴을 다 먹고 나서도 처음 마음먹은 것처럼 그를 떼어 버리려고는 하지 않았다. 그들은 까페에서 15분 가량밖에 있지 않고 함께 위스만 거리로 돌아왔다. 11시였다. 12시까지는 어떻게 해서든지 부드럽게 돌려 보낼 방법이 있을 것이다.

나나는 만일을 위해 미리 현관방에서 조에게 일렀다.

"그 사람이 오는 걸 잘 지켜봐요. 만약 백작이 있을 때 오거든 소리 내지 않도록 말해줘요."

"하지만 어디에 있으라고 하지요?"

"부엌에 있으라고 해요. 그곳이 더 안전하니까."

침실에서는 뮈파가 벌써 프록코트를 벗고 있었다. 난로에는 불이 활활 타고 있다. 방안은 여전했다. 자단나무 가구, 잿빛 바탕에 큼직한 푸른 꽃을 수놓은 비단 벽포와 의자. 나나는 두 번이나 방을 다시 꾸며 볼 생각을 했었다. 처음에는 전체를 검은 비로드로, 다음에는 장미빛 점이 있는 흰 공단으로 덮을 생각이었다. 그래서 스떼너에게 동의를 구하여 필요한 돈을 우려내기는 했으나 엉뚱한 데다 낭비해 버리고 말았다. 기껏 난로 앞에 호랑이가죽을 깔고 천장에 수정등을 단 것이 고작이었다.

"나는 잠이 오지 않으니까 아직 눕지 않겠어요."

둘이서 그냥 방안에 있자고 나나는 말했다.

뮈파는 이제 남의 눈에 띌 염려가 없어졌으므로 순순히 따랐다. 그녀를 기분 상하게 하지 않으려는 것 외에는 달리 없었다.

"좋도록 해요."

그는 중얼거렸다.

그러나 난로 앞에 앉기 전에 그는 역시 구두를 벗었다. 나나의 즐거움 중의 하나는 옷장에 붙은 거울 앞에서 옷을 벗는 일이었다. 그 거울에는 전신이 비친다. 슈미즈까지 벗어 던지고 알몸이 되어 언제까지나 거울에 비치는 자기의 모습을 바라본다. 자신의 육체에 정열을 쏟으며 비단결같이 매끄러운 피부와 날씬한 몸매에 황홀해서 심각한 표정으로 자기 자신에 대한 애정에 빠지는 것이다. 그러고 있는 모습을 곧잘 미용사가 보지만, 그녀는 돌아보지도 않는다. 그럴 때마다 뮈파는 언짢아했다. 그것이 그녀에게는 오히려 이상하게 뜻밖으로 여겨졌다. 이이는 왜 화를 내는 걸까? 남을 위해서가 아니고 나만의 즐거움을 위해서 하고 있는 일인데.

그날 밤은 좀더 잘 보기 위해 벽에 장치한 여섯 개짜리 촛대에 불을 밝혔다. 그러나 슈미즈를 벗어 던지려다가 그 손길을 멈추었다. 아까부터 물어 보고 싶었던 말이 목구멍까지 나왔던 것이다.

"당신 〈피가로〉신문에 난 기사 아직 안 읽으셨지요? 신문이 그 테이블 위에 있어요."

다그네의 조롱하는 듯한 웃음이 생각나서 좀 이상하다는 생각이 들었던 것이다. 만약 포슈리 녀석이 나를 헐뜯었다면 복수를 해줘야지.

"나에 관한 기사가 났다고들 하던데." 무관심한 표정을 꾸미면서 말했다. "당신은 어떻게 생각하세요?"

나나는 슈미즈를 벗고 뮈파가 신문을 다 읽을 때까지 나체로 있었다. 뮈파는 천천히 읽어 갔다. 포슈리가 쓴 그 기사에는 '황금의 파리'라는 제목이 붙여져 있었는데, 어느 창부의 이야기를 쓴 것이었다. 사오 대(代)에 걸친 술꾼 집안에 태어나 대대로 내려오는 가난과 음주의 대물림으로 인해서 더럽혀진 피가 그 여자의 대에 이르러 성적 이상(性的異常)이 되어 나타났다. 그녀는 빠리의 변두리 길거리에서 자랐다. 거름이 좋은 식물처럼, 키가 크고 아름답고 뛰어난 육체의 소유자다. 그녀는 자기의 조상인 거지와 부랑자를 위해 복수할 것을 기도한다. 어느 틈엔지 하층 계급 속에서 자란 세균이 그녀와 더불어 사회의 상층에 이르러 귀족 계급을 좀 먹는다. 그녀는 자기도 모르는 사이에 자연의 힘과 파괴의 효소가 되어 눈처럼 흰 허벅지 사이에서 빠리를 썩게 하고 분해시킨다. 매달 여자들이 치즈를 만들기 위해 우유를 썩히듯이 빠리를 썩게 한다. 그렇게 써 내려가다가 끝에 파리에 대한 비유가 나왔다. 오물에서 날아오르는 금빛 파리, 그 파리는 길가에 방치된 썩은 고기에서 죽음을 나르고 보석처럼 반짝거리며 윙윙 날아다니다가 궁전 창문으로 날아 들어가 잠깐 앉기만 하면 남자들에게 독을 옮긴다.

뮈파는 얼굴을 들고 난롯불을 물끄러미 바라보았다.

"어때요?"

그는 대답을 하지 않는다. 그는 그 기사를 다시 한 번 읽고 싶은 눈치다. 그의 머리에서 어깨에 걸쳐 오싹한 기운이 스쳐갔다. 이 기사는 아무렇게나 써 갈긴 것이다. 비약된 문구, 상상의 말, 엉뚱한 비유가 함부로 사용되어 있다. 그럼에도 불구하고 인상은 강렬했다. 몇 달 전부터 생각하지 않으려고 노력해 온 여러 가지 일들이 갑자기 그의 의식 표면에 떠올랐던 것이다.

뮈파는 눈을 들었다. 나나는 여전히 자기 몸에 도취되어 넋을 잃고 바라보고 있다. 고개를 돌려, 거울에 비치는 오른쪽 허리 위에 있는 조그만 갈색 점을 열심히 들여다보고 있다. 그리고 손가락으로 건드려 보다가 그런 데 있는 것이 우습고 예쁘게 생각되었던지 더욱 몸을 뒤틀며 그 부분을 내밀었다. 그러다가 장난꾸러기 어린애 같은 호기심에 이끌려 몸의 다른 부분을 살피기 시작했다. 언제나 그렇지만 나나는 자기 몸을 볼 때마다 놀라는 것이었다. 그럴 때 그녀 표정은 성숙해지는 자신의 육체를 알고 깜짝 놀람과 동시에 황홀해지는 소녀 같았다. 지금 그녀는 천천히 두 팔을 벌리고 풍만한 베누스 같은 가슴을 편다. 몸을 틀어서 앞과 뒤를 살피고 앞을 향해 유방 모양과 늘씬한 허벅다리의 선을 바라본다. 이윽고 묘한 장난을 하기 시작했다. 다리를 벌리고 배로 춤을 추는 이집트의 무희처럼 허리를 좌우로 뒤틀면서 연방 온몸을 떠는 것이다.

물끄러미 쳐다보고 있는 동안 뮈파는 무서운 생각이 들었다. 손에서 신문이 떨어졌다. 지금 그는 정신이 번쩍 들어 자신을 경멸하고 있는 것이었다. 이대로다. 석 달 동안에 이 여자는 나의 생활을 부패시키고 말았다. 나는 생각지도 못했던 오물로 인해서 골수까지 해독을 입고 있는 것이다. 지금은 내 속의 모든 것이 썩어 가고 있다. 그는 해독의 결과를 언뜻 머리에 떠올렸다. 이 세균이 가져온 멸망의 광경이 눈에 떠오른다. 병독에 침범된 자신, 파괴된 가정, 그리고

거울 속 자신의 모습을 바라보는 나나

소리를 내며 무너지는 사회의 한 모퉁이. 그러나 그는 나나에게서 눈을 돌리지 못하고 찬찬히 쳐다보며 어떻게든지 그 나체에 대해 혐오감이 느껴지도록 하려고 애를 썼다.

나나는 이제 움직이지 않았다. 두 팔을 머리 뒤로 돌려 깍지를 끼고 가슴을 젖히고 있다. 반쯤 감은 눈, 반쯤 벌린 입, 요염한 미소를 머금은 얼굴을 그는 훔쳐보았다. 풀어진 금발이 사자의 갈기처럼 등을 덮고 있다. 그녀는 몸을 틀어 옆구리를 내밀고 탄탄한 허리와 여자 군인처럼 팽팽한 가슴을 보이고 있었다. 그 비단결같이 매끄러운 피부 밑에 숨겨진 늠름한 근육, 어깨와 허리 언저리에서 곡선을 이루며 팔굽에서 발끝까지 흐르고 있는 아름다운 선, 뮈파는 그 부드러운 윤곽을 눈으로 더듬어갔다. 황금빛 불빛을 받아 빛나는 육체의 굴곡, 촛불 아래 비단처럼 반짝이며 물결치는 곡선, 그가 전에 여자에 대해 품고 있던 혐오감, 성경에 나오는 음란한 야수 냄새를 풍기는 괴물 생각이 떠올랐다.

나나는 털이 아주 많아서 다갈색 솜털이 온몸을 비로드처럼 뒤덮고 있다. 암말 같은 엉덩이와 허벅지, 그 국부를 자극적인 그림자로 가리고 있는 하복부의 불룩한 돌출과 잘록한 허리의 주름 같은 데서는 동물적인 것이 느껴진다. 마치 금빛 짐승 같다. 이 짐승은 자신이 무서운 힘을 가진 줄도 모르는 가운데 오직 그 향기만으로 세상에 해독을 끼치는 것이다. 뮈파는 뚫어지게 바라보았다. 홀린 듯이 보다가 이제는 보지 않으려고 눈을 감아도 그 짐승은 어둠 속에 더욱 크고 무섭게 나타나서 그 자세를 과장시켜 보이는 것이었다. 이쯤 되면 이제 그것은 영원히 그의 눈 앞에서, 육체 속에서 사라지지는 않을 것이다.

그때 나나는 몸을 웅크렸다. 애정 같은 것이 그녀의 손발을 스친 것 같았다. 눈에 눈물을 글썽이며 자기 몸을 좀 더 잘 느끼려는 듯이 몸을 움츠린다. 머리 뒤에 깍지 낀 손을 풀어서 몸을 따라 유방 있는 데까지 내리더니 떨리는 손으로 으스러져라 움켜 쥔다. 얼굴을 뒤로 젖히고 전신의 애무에 황홀해져서 교태어린 태도로 어깨에다 좌우 두 뺨을 비빈다. 탐욕스런 입이 자기 몸에 대고 욕망의 한숨을 내뿜는다. 입술을 내밀고 겨드랑이 근처를 오래오래 키스하면서, 거울 속에서 마찬가지로 키스하고 있는 또 하나의 나나를 보며 미소짓는다.

뮈파는 나직하게 긴 한숨을 쉬었다. 나나가 혼자서 쾌락에 잠겨 있는 것을 바라보는 동안, 더이상 견딜 수가 없게 되었던 것이다. 갑자기 사나운 바람에 휩쓸린 것처럼 앞뒤 분별을 잃고 거친 충동에 사로잡혀 힘껏 나나를 껴안아 양탄자 위에 쓰러뜨렸다.

"놔요! 아파요."

'난 이제 틀렸어.' 그는 분명히 그렇게 느꼈다. 이 여자가 어리석고 상스럽고 거짓말쟁이라는 것은 알고 있다. 그래도 이 여자를 갖고 싶다. 설사 독을 품고 있더라도.

"이게 무슨 짓이에요!"

나나는 일어나자 소리쳤다.

그러나 그녀의 마음은 곧 진정되었다. 조금 있다가 그가 제자리로 돌아가자, 나나는 레이스가 달린 잠옷을 입은 다음 벽난로 앞 바닥에 주저앉았다. 그곳은 그녀가 제일 좋아하는 자리였다. 포슈리의 기사에 관해 다시 말을 꺼내자 뮈파는 어물어물 애매한 대답을 한다. 복잡한 일을 피하고 싶었고 또 나나가 어딘지 모르게 포슈리에게 끌리고 있다고 말했기 때문이다. 그녀는 한참 동안 입을 다물고 뮈파를 돌려 보낼 궁리를 하기 시작했다. 가능하면 기분좋게 돌려 보내고 싶었다. 그녀는 본디 착한 여자여서 남자를 괴롭히는 것은 싫어했다. 더구나 그가 오쟁이진 남자라는 것을 알고 나선 더 측은한 생각이 들었다.

"부인은 내일 아침에 돌아오시겠군요?"

뮈파는 졸고 있는 듯한 모습으로 팔다리를 축 늘어뜨리고 팔걸이의자에 파묻혀 있었다. 그는 가볍게 고개만 끄떡였다. 나나는 진지한 표정으로 그를 바라보며 속으로 이것저것 궁리하고 있었다. 레이스가 달린 잠옷의 구김살에 한쪽 엉덩이를 붙이고 앉은 나나는 맨발 벗은 한쪽 발을 두 손으로 붙들고 기계적으로 이리저리 돌리고 있다.

"결혼한 지 오래되셨어요?"

"십구 년 됐소."

"어머나……. 그래, 부인은 상냥하신가요? 부부 사이도 좋고요?"

그는 잠자코 있다가 이윽고 거북스런 표정으로 말했다.

"그런 말은 하지 말아 달라고 하지 않았소."

"아니, 왜요?" 갑자기 나나는 짜증스럽게 소리친다. "부인 말을 한다 해서 누가 잡아 먹을까 봐 그래요……. 하지만 여자란 모두 똑같은 거예요."

그녀는 지나친 말을 해서는 안 된다는 생각이 들어 도중에 입을 다물었다.

그러나 거만한 태도는 버리지 않았다. 그녀는 자기를 착한 여자라고 자부하고 있는 것이다. '가엾게시리, 위로를 좀 해줘야지.' 문득 유쾌한 일이 떠올라서, 그 일을 생각하며 그녀는 미소지었다.

"저, 포슈리가 당신에 관한 소문을 퍼뜨리고 있다는 이야기, 내가 아직 하지 않았죠? 그 친구 살무사 같은 사내예요! 난 별로 그 남자 원망은 하지 않아요. 그 기사가 터무니없는 거짓말은 아니니까요. 하지만 역시 살무사가 틀림없어요."

이렇게 말하고 한바탕 웃더니 쥐고 있던 발을 놓고 뮈파 곁으로 다가와서 그의 무릎에 가슴을 기댔다.

"그 친구, 당신이 부인과 결혼할 때까지 숫총각이었다고 퍼뜨렸어요……. 숫총각이었다는 것, 그거 진짜예요?"

그녀는 눈으로 대답을 독촉했다. 두 손을 그의 어깨에 얹고 억지로라도 고백하게 만들려고 몸을 흔들었다.

"그렇소."

그러나 나나는 다시 그의 발밑에 주저앉아서 미친 듯이 웃어 댔다. 그리고 그를 가볍게 두드리면서 띄엄띄엄 말했다.

"어머, 어쩌면. 그런 사람은 당신밖에 없어요. 원 세상에 그럴 수가, 당신도 참 어지간히 바본가 봐. 남자가 그걸 모르다니 우습잖아요! 그때의 당신 얼굴을 한 번 보았더라면……. 그래, 일은 잘 치렀어요? 말 좀 해줘요. 네? 듣고 싶어요."

그녀는 꼬치꼬치 캐물으려 했다. 그리고 이따금 갑자기 몸을 뒤틀며 웃어 댔다. 슈미즈는 흘러내려서 쳐들리고 살갗은 난로불에 반사되어 금빛으로 반짝인다. 백작은 하는 수 없이 띄엄띄엄 첫날밤 이야기를 하기 시작했다. 이제는 어색함도 느끼지 않았다. 이야기를 해나가는 동안 흔히들 말하는, 어떻게 해서 동정을 잃었는가를 설명하는 것이 오히려 재미있어졌다. 그러나 아직은 다소 부끄러워서 말을 골라가며 이야기했다. 나나는 신이 나서 백작 부인의 일까지 물었다. 아내는 육체는 훌륭하지만 얼음처럼 차가운 여자라고 그는 말했다.

"뭐, 질투할 것까지는 없소."

근심스러운 목소리로 그는 중얼거렸다.

나나는 이제 웃지 않는다. 본래의 자리로 돌아가서 두 팔로 무릎을 안고 턱을 괴었다. 그러고는 진지한 표정으로 말했다.

"첫날밤에 부인 앞에서 얼간이 짓을 하면 어떻게 해요."

"왜?"

뮈파가 놀란 얼굴을 했다.

"왜라니요."

그녀는 거드름을 피우며 천천히 대답했다.

그러고는 혼자 고개를 끄덕여 가며 강의하는 투로 늘어놓았는데 이윽고 자기 생각을 분명하게 들려 주었다.

"난 그것이 어떻게 이루어지는가를 알아요……. 하지만 여자란 그런 때 남자가 실수하는 걸 싫어하는 법이에요. 그야 부끄러우니까 말로는 하지 않지요. 알겠죠? 그렇지만 언제까지고 그 일을 기억하고 있다가, 남자가 그걸 알아 주지 않을 때는, 조만간 다른 데서 그걸 보충하게 되는 거예요……. 알겠어요?"

그는 무슨 말인지 이해가 가지 않는 모양이다. 그래서 좀더 구체적으로 말해 주었다.

어머니 같은 심정으로 친절하게 가르쳐 주었다. 그가 오쟁이진 남자임을 알고부터는 그 비밀이 마음에 짐이 되어, 그 문제에 대해 그와 이야기하고 싶어 좀이 쑤셨던 것이다.

"나 좀 봐. 나와 아무런 상관도 없는 이야기를 늘어놓고 있네……. 이런 말을 하는 것도 우리가 서로 행복해져야 하기 때문이랍니다……. 여러 가지 이야기나 나누어요. 솔직하게 대답을 하셔야 해요."

여기서 잠깐 말을 끊고 몸의 위치를 바꾸었다. 타는 듯이 뜨겁다.

"너무 덥군요. 등이 익는 것 같아요……. 잠깐만, 이번에는 배를 좀 쬐어야겠어요……. 배가 아플 때 이렇게 하면 아주 효과가 있어요."

그녀는 방향을 바꾸어 발을 엉덩이 밑에 받치고 앉아 가슴을 북쪽으로 향했다.

"당신, 이제 부인과 같이 안 자요?"

"그렇소, 그것만은 맹세하지."

성가신 것이 두려워서 뮈파는 말했다.

"그렇다면 부인을 정말로 나무 막대기같이 생각하고 계시는군요?"

그는 그렇다는 표시로 턱을 끄덕여 보였다.

"내가 좋아진 것도 그 때문이군요? 어서 대답해 보세요! 화내지 않을 테니까."

그는 같은 시늉을 되풀이한다.

"좋아요! 그럴 줄 알았어요. 불쌍한 양반! 우리 고모 르라를 아시죠? 다음에 그분이 오거든, 그분 집 맞은쪽에 살고 있는 과일장수 이야기를 해달라고 하세요……. 그 과일장수가 말이에요……. 아이 뜨거워! 돌아앉아야겠구나. 이번에는 왼쪽을 쬐야지."

허리를 불 앞으로 내밀다가 묘한 생각이 떠올랐다. 난롯불의 반사로 통통한 몸이 발그레해져 있다. 그녀는 기분이 좋아서 순진하게 농담을 지껄이기 시작했다.

"보세요, 나 꼭 거위 같죠? 꼬챙이에 꿴 거위 말이에요……. 빙글빙글 도는. 내 몸에서 나오는 기름으로 지글지글 익고 있어요."

이렇게 말하고는 또 큰 소리로 웃어 댔다. 바로 그때 사람소리와 문 닫는 소리가 났다. 뮈파가 깜짝 놀라 눈짓으로 묻는다. 나나는 걱정스러운 얼굴을 하고 있다. 틀림없이 조에의 고양이일 거예요. 정말 할 수 없다니까. 뭐든지 부순단 말이에요. 12시다. 뭣 때문에 이따위 오쟁이진 남자를 행복하게 해주려고 생각했을까? '다른 사람이 왔으니까 이 남자는 당장 내보내야지.'

"아까 무슨 이야기를 했지?"

뮈파는 나나가 정답게 대해 주는 바람에 매우 기분이 좋았다.

그러나 나나는 그를 돌려 보낼 궁리를 하고 있는 중이다. 갑자기 기분이 언짢아져서 말을 가리지 않고 아무렇게나 지껄여 댔다.

"아 참, 과일장수와 그 마누라 이야기를 하다 말았군요. 그런데 그들은 서로가 한 번도 몸을 건드려 본 일이 없대요. 한 번도요……. 부인은 하고 싶어서 견딜 수가 없었던 거예요. 그걸 말이에요. 아시겠죠? 그러나 남편이 영감이라 그것도 모르고, 결국 가서는 마누라를 목석 같은 여자로 생각하고 딴데 가서 창녀들을 상대로 끔찍한 짓을 배웠지 뭐예요. 그러니 부인은 부인대로 멍텅구리 남편보다는 재치 있는 젊은 남자들을 상대로 놀아났다는 거지요……. 마음이 맞지 않으면 언제나 그렇게 되기 마련이에요. 난 그걸 잘 알아요."

그제야 그 암시를 알아차린 백작은 얼굴빛을 바꾸고 그녀의 입을 다물게 하려 했다.

그러나 그녀는 점점 더 신이 나서 지껄였다.

"아니 가만히 계세요! 만일 남자들이 바보가 아니라면 부인에 대해서도 우리한테 하는 것처럼 상냥하게 해줄 거예요. 그리고 부인들도 멍텅구리가 아닌 이상 우리 정도의 노력은 할 거예요……. 모든 게 다 태도에 달렸어요. 잘 알아 두세요."

"점잖은 부인들 이야기는 하지도 마요. 잘 알지도 못하면서."

딱딱한 투로 그는 말했다.

갑자기 나나가 무릎으로 벌떡 일어났다.

"내가 모른다고요? 점잖은 여자들도 더럽기만 하더군요! 그래요, 더러워요! 우리처럼 내놓고 하는 여자가 있다면 한번 보고 싶군요……. 웃기지 마세요. 점잖은 부인이라고요? 나를 참을 수 없게 만들지 마요. 나중에 후회할 일을 말하도록 만들지 마요."

백작은 그 말에는 대답하지 않고 입 속으로 무언가 욕설을 중얼거렸다. 이번에는 나나의 얼굴빛이 변했다. 잠깐 말없이 그를 노려보고 있다가 단호하게 말했다.

"가령, 부인이 당신을 배반한다면 어떻게 하시겠어요?"

그는 위협적인 몸짓을 했다.

"그럼 내가 당신을 배반한다면?"

"당신이?"

이렇게 중얼거리고 어깨를 으쓱했다.

물론 나나는 심술을 부리려고 한 것은 아니었다. 처음부터 그가 오쟁이지고 있다는 사실을 알려 주고 싶은 것을 꾹 참고 있었던 것이다. 가능하면 그로 하여금 순순히 실토케 하고 싶었다. 그러나 그의 태도에 결국 화가 나버린 것이다. 이쯤에서 결말을 지어야 한다.

"그렇다면 당신은 대관절 여기 뭣하러 오셨어요? 두 시간 동안이나 나를 귀찮게 굴고 있는데……. 어서 가서 부인이나 찾으세요. 포슈리와 그 짓을 하고 있을 테니까요. 지금이 벌써 열두 시 반이에요. 떼부 거리와 프로방스 거리가 인접해 있는 집에서 말이에요……. 장소까지 가르쳐 드렸어요."

뮈파는 호되게 얻어맞은 소처럼 비틀거리며 일어났다. 나나는 그를 의기양양하게 바라보았다.

"점잖은 여자들이 끼어들어 우리의 애인을 가로채니, 점잖은 여자들이란 잘

났지 뭐예요!"

그러나 더이상 말을 계속할 수는 없었다.

그녀가 무서운 기세로 바닥에 내동댕이쳐졌기 때문이다. 그는 입을 다물게 하기 위해 발을 들어 얼굴을 짓밟으려 했다. 한순간 나나는 가슴에 공포를 느꼈다. 그는 지금 눈에 아무것도 보이지 않아 미친 사람처럼 방안을 왔다갔다 하고 있다. 고함을 지르고 싶은 것을 필사적으로 억제하며 고뇌로 온몸을 부들부들 떨고 있다. 그 모습을 보고 나나는 눈물이 글썽했다. 살을 에는 듯한 후회감을 느꼈다. 그래서 불 앞에 웅크리고 앉아 오른쪽 옆구리를 쬐면서 그를 위로해 주려고 마음먹었다.

"나는 당신이 알고 계시는 줄로만 알았어요. 안 그러면 뭣 때문에 그런 말을 했겠어요……. 하지만 거짓말일지도 몰라요. 나는 어느 쪽도 긍정하지 않아요. 사람들이 나에게 그런 이야기를 해주었고 그런 이야기들을 하고 있어요. 하지만 증거가 있는 것도 아닌데 너무 신경 쓰실 것 없어요. 내가 남자라면 여자 같은 건 거들떠보지도 않겠어요! 여자들이란 지체가 높건 낮건 모두가 다 똑같은 걸요. 다 비슷비슷한 주책바가지니까요."

충격을 덜어 주려고 나나는 일부러 여자에 대한 공격을 했다. 그러나 뮈파는 듣지 않는다. 귀에 들어오지 않는 것이다. 발을 구르면서 그는 구두를 신고 프록코트를 입었다. 그러고 나서도 한참 동안 방안을 왔다갔다 하고 있었다. 이윽고 겨우 문을 발견한 것처럼 휙 나가버렸다. 나나는 화가 났다.

"그럼, 잘 가세요!" 상대는 이미 없는데 나나는 큰 소리로 말했다. "제기랄, 그런 예의가 어디 있담! 내가 그렇게 애를 쓰고 사과를 했는데 남의 마음을 긁어 놓고 갈게 뭐람!"

그렇게 지껄여 대도 직성이 풀리지 않아 두 손으로 다리를 벅벅 긁어댔다. 그제야 겨우 마음이 진정되었다.

"제기랄! 그가 오쟁이진 게 어디 내 잘못인가!"

그녀는 온몸을 구석구석 쬐서 메추라기처럼 따끈해진 몸으로 침대 속에 들어갔다.

벨을 울려 조에를 불러 부엌에서 기다리고 있는 사람을 불러들이게 했다.

밖으로 나가자 뮈파는 맹렬한 기세로 걸어갔다. 조금 전에 소나기가 내렸던 모양으로 축축한 보도가 미끄러웠다. 무심코 하늘을 쳐다보니 약간의 먹구름

난로 앞 나나와 화난 뮈파

이 달 표면을 스치며 흘러가고 있다. 그 시간 오스만 거리는 인적도 드물었다. 건축중인 오페라극장을 따라 어두운 곳을 골라 걸어가면서 그는 밑도끝도 없는 말을 중얼거리고 있었다.

"그 여자가 한 말은 거짓말이다. 나를 괴롭혀 주려고 그런 터무니없는 말을 조작한 거다. 그때 얼굴을 짓밟아 뭉개줄 걸 잘못했어. 아무튼 창피한 노릇이다. 이젠 절대로 그 여자를 만나지 않으리라. 건드리지도 않으리라. 그러다간 정말 꼴좋게 비굴한 사람이 되지. 젠장, 그 벌거벗은 도깨비 같은 것이! 거위같이 몸을 구워 대는 바보 같은 것이, 내가 10년 동안 존경해 온 모든 것에 침을 뱉었것다."

달이 나타나 쓸쓸한 거리에 하얀빛을 던진다. 그러자 갑자기 아득한 공허감에 빠진 듯한 절망과 공포에 사로잡혔다. 그는 무서운 생각이 들어서 흐느끼기 시작했다.

"아아, 끝장이다. 이제 아무것도 없어!"

그는 중얼거린다.

큰길에는 귀가 시간이 늦은 사람들이 발걸음을 재촉하고 있다. 그는 어떻게 해서든지 마음을 가라앉히려 했다. 그러나 열이 오른 머릿속에선 그 여자가 한 이야기가 곧장 되살아났다. 그래서 냉정하게 검토해 보려고 생각했다. 아내가 슈젤 부인의 별장에서 돌아오는 것은 내일 아침이다. 그렇다면 오늘밤에 빨리로 돌아와서, 그 남자 집에서 하룻밤을 지내기란 간단한 일이다. 그러자 문득 퐁데뜨에서 있었던 조그만 일이 생각났다. 어느날 밤, 우연히 나무 밑에서 사빈느를 만난 적이 있었는데 그녀는 매우 흥분한 나머지 대답도 잘못할 정도였다. 곁에는 그 남자가 있었다. 그러니 지금 사빈느가 그 남자 집에 가 있지 않다고 보장할 수는 없다.

이렇게 생각하면 나나의 이야기가 사실처럼 여겨진다. 결국엔 그 이야기가 아주 당연한, 반드시 있을 수 있는 일로 여겨졌다. 자기가 창녀 집에서 코트를 벗고 있을 때, 아내도 애인 방에서 옷을 벗고 있다. 이처럼 단순하고 논리적인 일이 또 어디 있겠는가. 이런 식으로 추리를 해나가면서도 그는 냉정해지려고 애를 썼다. 그것은 육체적 욕정의 광기 속으로 빠져들어가는 것 같은 느낌이었다. 그것이 차차 퍼져 나가 주위의 세계에까지 침투되어 완전히 파묻혀 버린다. 열띤 이미지가 붙어 다녀서 떨어지지 않는다. 벌거벗은 나나가 갑자기 벌거벗은 사빈느로 변한다. 같은 욕정의 숨결 아래 두 여자는 다 같이 음탕한 여자가 된다. 이런 환상 때문에 그는 저도 모르게 비틀거렸다. 차도를 건너다가 하마터면 마차에 칠 뻔했다. 까페에서 나온 여자들이 팔꿈치로 건드리고 지나가며 소리내어 웃는다. 그러자 또 눈물이 솟아올랐다. 우는 것이 사람들의 눈에 띨까 두려워서 으슥한 어두운 거리로 달려갔다. 그리하여 조용한 그로시니 거리의 집들을 따라 걸으면서 그는 어린애처럼 울었다.

"끝장이야. 이제 아무것도 없어. 아무것도 없어."

그는 울먹이며 중얼거렸다.

너무 눈물이 쏟아져 어떤 집 문간에 등을 기대고 서서 눈물에 젖은 얼굴을 두 손으로 감쌌다. 그러나 발소리가 나는 바람에 거기를 떠났다. 부끄럽고 두려웠다. 도둑처럼 조심스럽게 걸어갔다. 보도에서 사람과 엇갈릴 때는 애써 태연한 척했다. 들먹거리는 어깨를 보고 눈치챌까 싶어서였다. 그랑즈 바뜰리에 거리를 지나 포브르 몽마르뜨르 거리로 나갔다. 휘황한 불빛에 눈이 부셔서 발길을 돌렸다. 이렇게 한 시간 가까이나 어두운 곳을 골라 가며 그 부근을 돌아다녔다. 그러나 그러는 데에는 한 가지 목적이 있었던 것이다. 그의 발은 끈질기게 꼬불꼬불하고 복잡한 길을 지나서 저절로 목적지 쪽으로 향하고 있었다. 이윽고 어느 거리의 모퉁이에 이르렀을 때 눈을 들었다. 여기다. 떼부 거리와 프로방스 거리가 맞닿는 모퉁이다. 5분이면 올 수 있는 것을 머리가 깨지는 것같이 아파서 한 시간이나 걸렸다. 문득 지난달 어느날 아침 포슈리의 집에 갔던 일이 생각났다. 뛰일르리 궁전에서 개최된 무도회 기사에 자기 이름을 넣어준 데 대한 인사를 하러 간 것이었다. 그 방은 2층 가운데 있고 작고 네모난 창문이 몇 개 있었는데 아래층 상점의 커다란 간판 때문에 반쯤 가려져 있었다. 오른편 맨끝 쪽의 창문이 어둠 속에 환하게 떠올라 있다. 반쯤 열린 커튼 사이로 새어 나오는 등잔불빛, 그 줄무늬 같은 불빛을 응시하며 뮈파는 뭔가를 기다리는 사람처럼 가만히 서 있었다.

달은 구름 속으로 들어가고 칠흑 같은 하늘에서 차가운 이슬비가 내리고 있다. 트리니떼 성당에서 2시를 알리는 종소리가 울렸다. 프로방스 거리와 떼부 거리는 드문드문한 가스등 불빛에 비치고 있었는데 그 빛도 멀리서 보니 노란 안개 속에 잠기어 흐릿하였다. 뮈파는 꼼짝도 하지 않는다. 저것이 그 방이다. 그는 생각이 떠올랐다. 붉은 천을 둘러치고, 안쪽에 루이 13세 시대풍의 침대가 놓여 있다. 등잔은 오른쪽 벽난로 위에 있을 것이다. 아마 그들은 이미 누워 있으리라. 전혀 사람 그림자가 비치지 않고 불빛의 줄무늬도 야등빛처럼 움직이지 않는다. 그는 창문을 쳐다보며 어떤 계획을 세웠다. 초인종을 누른다. 문지기가 불러도 못 들은 체하고 위로 올라간다. 어깨로 방문을 밀어젖히고 껴안고 있는 팔을 풀 틈도 주지 않고 침대 속에 있는 그들에게 달려든다. 한순간 무기를 가지고 있지 않다는 것을 깨닫고, 기세가 꺾였으나 목 졸라 죽이기로 작정했다. 그리하여 계획을 검토하고 다시 세우면서 확증을 얻기 위해 무엇인가 그 어떤 징조를 기다렸다. 여자의 그림자라도 비치기만 하면 초인종을 누르자, 그러나 자신의 오해인지도 모른다는 생각을 하니 섬뜩했다. 그 사나이는 뭐라고 말할까? 의문이 또다시 떠오른다. 아내가 저 따위 남자한테 와 있다니 그럴 리가 없어. 그래도 그는 자리를 떠나지 않았다. 한 곳을 응시하며 언제까지나 기다리고 있는 동안 차차 맥이 풀려 이상한 환상까지 눈 앞에 아른거리기 시작했다.

또 소나기가 한바탕 쏟아졌다. 순경 두 사람이 다가온다. 뮈파는 비를 피하고 있던 문간에서 떠났다. 순경이 프로방스 거리로 사라지자 비에 젖은 몸을 떨면서 다시 그 자리로 돌아왔다. 창문에선 여전히 불빛이 흘러 나오고 있다. 그것을 보고 이제는 돌아가려고 했다. 그때 사람 그림자가 지나갔다. 한순간의 일이었기 때문에 착각인 줄 알았다. 그러나 잇따라 다른 그림자들이 지나갔다. 방 안에서 끊임없이 움직이고 있다. 그는 또다시 보도에 못박힌 채 속이 뒤집히는 듯한 견딜 수 없는 고통을 느끼면서도 무슨 일인지 알기 위해 기다리고 있었다. 팔과 다리의 그림자가 지나간다. 물병 같은 것을 나르고 있는 커다란 손의 그림자, 분명하게 구분할 수 없는 가운데 여자의 머리 같은 것을 보았다. 그는 이것저것 생각해 보았다. 머리 모양은 사빈느와 똑같다. 다만 목이 너무 굵다. 이렇게 되고 보니 이제는 아무것도 모르겠고 아무것도 할 수가 없다. 무서운 의혹에 사로잡혀 윗 배가 몹시 아프기 시작했다. 그래서 통증을 참기 위해 문에다 몸을 기대고 거지처럼 떨었다. 그러면서도 창문에선 눈을 뗄 수가 없다. 그러자 분노가 도덕적인 공상으로 변했다. 자기가 국회의원이 되어 의회에서 연설을 하고 있는 장면이 눈에 떠오른다. 풍속의 퇴폐를 격렬하게 공격하고 무서운 결과를 경고한다. 그리고 포슈리의 그 독파리 기사를 다시 문제삼아 자신있게 이렇게 단언한다.

"이와 같은 동로마제국적 풍속을 가지고는 어떠한 사회도 존립할 수가 없는 것입니다."

이것으로 기분이 다소 진정되었다. 그러나 그림자는 이제 사라지고 없다. 틀림없이 또 침대에 들어간 것이다. 뮈파는 여전히 창문을 쳐다보며 한참 기다렸다.

3시가 지나고 4시가 울렸다. 그러나 떠날 수가 없다. 비가 쏟아지면 바짓가랑이에 흙탕물을 튕기면서 문간으로 몸을 피했다. 이제는 아무도 지나가지 않는다. 이따금 저절로 눈이 감긴다. 창문으로 흘러나오는 불빛을 바보처럼 집요하게 쳐다보고 있었기 때문에 그 불빛에 눈이 타버리기라도 할 것 같다. 다시 두 번 그림자가 지나갔다. 똑같은 동작으로 큰 물병을 들고 가는 듯한 그림자, 그리고 두 번 다 그 뒤에는 조용하고 등잔만이 희미한 불빛을 던질 뿐이다. 그림자는 조금 전보다 더 자주 움직였다. 그러나 문득 어떤 생각이 떠오르자 마음이 진정되어 행동으로 옮길 시간을 연장했다. 아내가 나오기를 기다리고 있기만 하면 되는 것이다. 사빈느라면 대번에 알아볼 수 있으리라. 이 이상 더 간단한 일은 없을 뿐더러 소문나지 않게 확증도 잡을 수 있다. 여기 가만 있기만 하면 되는 것이다. 이제까지 가슴을 설레게 한 어지러운 감정 속에서 지금 뚜렷이 느낄 수 있는 것은 사실을 알고 싶다는 은근한 욕구뿐이었다. 그러나 이렇게 문간에 서 있으니 지리한 나머지 졸음이 온다. 그래서 기분을 전환시키기 위해 앞으로 얼마나 더 기다려야 할 것인가를 계산해 보았다. 사빈느는 9시쯤 역으로 나갈 것이다. 그렇다면 아직 네 시간 반이 남았다. 그쯤은 참을 수 있다. 이제는 여기서 움직이지 않으리라. 그렇게 각오를 하니 이 심야의 기다림이 영원히 계속되는 것 같아, 그것이 오히려 즐겁게 느껴지기까지 했다.

갑자기 창문의 불빛이 꺼졌다. 이 단순한 사실도 그에게는 뜻밖의 이변, 마음을 산란하게 만드는 불쾌한 것으로 여겨졌다. 틀림없이 두 사람은 불을 끄고 지금부터 잠을 잘 모양이다. 시간이 시간이니만큼 그것은 당연하다. 그러나 그는 화가 났다. 캄캄해진 창문은 이제 아무런 흥미를 불러일으키지 않기 때문이다. 그래도 5분 가량 계속 창문을 쳐다보고 있다가, 이윽고 지쳐서 문간을 떠나 보도를 몇 발짝 걸어갔다. 5시까지 그 근처를 배회하면서 이따금 창문을 쳐다본다. 창문은 계속 죽은 듯이 잠잠하다. 저 유리창에 그림자가 비친 것은 꿈이 아니었을까, 그런 의문이 이따금 가슴속을 스치고 지나간다. 피로에 지쳐 온몸이 마비된 것같이 되어서, 이 거리 모퉁이에서 무엇을 기다리고 있는 지조차 모르게 되었다. 거닐다가 보도의 돌바닥에 발뿌리가 채어 넘어질 뻔하는 바람에 깜짝 놀라 눈을 뜨면 여기가 어딘가 하고 주위를 둘러본다. 신경 쓸 것 없다. 저 두 사람은 자고 있으니 자게 내버려 두면 된다. 그들 일을 신경 쓴들 무엇하나. 주위도 캄캄하니, 아무에게도 들킬 염려는 없다. 그러자 가슴속의 모든 것, 호기심마저 다 사라져 없어지고 오직 빨리 결말을 짓고 싶다는 생각만이 계속해서 머리를 든다. 한기가 심해져서 이제 더이상 밖에 서 있을 수가 없다. 그는 두 번 그 자리를 떠났다가 다시 되돌아와 이번에는 전보다 더 멀리 갔다. 끝장이다. 이제 아무것도 없다. 그는 큰길로 내려가 그 길로 돌아오지 않았다.

그는 이 거리 저 거리를 쓸쓸하게 헤매었다. 담을 따라 언제까지나 같은 걸음걸이로 천천히 걸었다. 구두 뒤축이 울린다. 가스등에 다가갈 때마다 자신의 그림자가 길어졌다짧아졌다 하며 빙글빙글 돈다. 그것밖에 눈에 들어오지 않는다. 그는 정신이 멍청해 있는 동안에 마음이 가라앉았다. 나중에 생각해 보니 어디를 지나왔는지 도무지 알 수가 없었다. 어딘지 모르지만 원형 경기장 안을 몇 시간이나 빙빙 돌고 있었던 것 같은 기분이 든다. 꼭 한 가지 분명하게 기억에 남는 것이 있었다. 왜 그랬는지는 모르나 빠노라마 거리의 철책을 두 손으로 붙들고 거기에 얼굴을 대고 있었던 것이다. 철책을 흔들지도 않고 가슴을 찢는 듯한 심정으로 다만 그 거리를 보려고만 하고 있었던 것이다. 그러나 아무것도 보이지 않았다. 어둠이 인적 없는 거리를 따라 흘렀고, 생 마르끄 거리에서 불어오는 바람이 지하실 같은 습기 찬 공기를 얼굴에 스칠 뿐이다.

그러나 그는 그곳에 버티고 있었다. 문득 꿈에서 깨어나자 어처구니가 없었다. 이런 시간에 얼굴에 자국이 날만큼 철책에 기대어 선 채 대관절 무얼 찾고 있었던 것일까, 그는 절망적으로 또다시 터덜터덜 걷기 시작했다. 가슴속은 형언할 수 없는 슬픔으로 가득 차 있었다. 마치 모든 사람에게 배반을 당하고 이 광막한 어둠 속에 혼자 내팽개쳐진 것 같다.

겨우 날이 밝았다. 겨울 새벽의 우중충한 빛, 그것은 빠리의 진창투성이 보도 위에서는 유독 쓸쓸하게 느껴졌다. 뮈파는 오페라극장의 공사장을 따라 건축중인 넓은 길로 나섰다. 비에 젖어 짐마차의 바퀴에 팬 점토질 땅은 진창으로 변해 있었다. 그는 발밑도 살피지 않고 미끄러져 넘어질 뻔하면서도 마구

창에 비친 그림자를 바라보는 뮈파

걸어갔다. 빠리의 아침. 날이 밝아짐에 따라 도로 청소부와 노동자의 무리들이 또 그를 불안으로 몰아넣는다. 비에 흠씬 젖은 모자, 흙투성이 옷, 어리둥절해 멍청한 모습, 사람들이 놀라서 쳐다본다. 그는 한참 동안 공사장의 울타리 속에 몸을 숨기고 있었다. 공허한 마음속에 남아 있는 단 한 가지 생각, 그것은 자기가 비참한 인간이라는 것이었다.

문득 그는 신을 생각했다. 신의 구원, 그는 초인간적인 위안이 갑자기 생각나는 바람에 놀랐다. 뜻밖에 그 어떤 이상한 일처럼 생각된다. 그러자 브노의 모습이 떠올랐다. 통통한 작은 얼굴, 벌레먹은 이빨. 지난 석 달 동안 브노 씨를 만나지 않고 피하기만 하여 괴롭혀 왔으므로 갑자기 찾아가서 그의 두 팔에 안겨 눈물을 흘린다면 틀림없이 기뻐할 것이다. 전에는 신에게서 모든 것에 대한 자비를 구했다. 생활을 방해하는 사소한 괴로움, 조그만 장애만 만나도 성당에 가서 무릎을 꿇고 전지전능한 신 앞에 스스로를 낮추어서 기도했다. 그리하여 성당을 나올 때면 기도로 용기가 북돋아져서 언제라도 세상의 부를 내던져도 좋다는 기분이 들었다. 그러나 이제 와서는 지옥이 무서워졌을 때만 발작적으로 기도할 따름이다. 마음이 한없이 나태해져 있다. 나나 때문에 성당의 의식 같은 것도 잊어버린 지 오래다. 그러므로 신을 생각한다는 것이 의외였던 것이다. 자신의 약한 인간성이 소리를 내며 무너지려 하는 무서운 위기의 순간, 어찌하여 신을 금방 생각해 내지 못했을까.

무거운 다리를 이끌고서 성당을 찾아다녔으나 기억이 나지 않았다. 이런 시간에 거리를 걸어본 일이 없으므로 길이 낯설다. 이윽고 쇼세 당뗑 거리의 모퉁이를 돌아가자 트리니떼 성당의 탑이 아침 안개 속에 어렴풋이 보였다. 살풍경한 뜰을 내려다보는 흰 조각상은 마치 공원의 노란 나뭇잎 사이에 놓여서 추위에 떠는 베누스 같은 느낌이 들었다. 정면의 넓은 돌계단을 올라가느라고 힘이 들어 그는 현관 밑에서 한숨 돌렸다. 이윽고 안으로 들어갔다. 추웠다. 난로는 간밤에 꺼져 버려 한기가 서렸고, 높은 천장 언저리에는 유리창으로 스며든 안개가 가득 서려 있다. 양쪽 복도는 어둠에 잠겨 있고, 인적 하나 없다. 다만 침침한 안쪽에선 구두 소리가 들려올 뿐이다. 성당지기가 선잠 깬 얼굴을 하고 발을 끌며 걷고 있는 것이리라.

그는 눈물이 왈칵 쏟아져서 방향도 모르는 채 흩어진 의자에 부딪쳤으나, 곧 성수그릇 곁에 있는 조그만 제단의 격자(格子) 앞에 무릎을 꿇었다. 두 손을 모아 기도의 말을 찾았다. 그는 단번에 온몸을 신에게 내맡기고자 했다. 그러나 기도를 중얼거리는 것은 입뿐이고 마음은 밖으로 빠져나가 쉴새없이 거리를 헤매기 시작하는 것이었다. 가혹한 필연의 채찍에 쫓기는 것처럼 그는 되풀이했다.

"오오, 주여, 저를 구해 주소서! 오오, 주여, 당신의 심판에 몸을 맡기고 있는 이 비참한 인간을 버리지 마옵소서! 오오, 주여, 당신을 섬기는 이 몸이 당신의 원수 손에 멸망하지 않도록 보살펴 주옵소서."

아무런 대답도 없다. 어둠과 추위가 어깨에 쏟아진다. 멀리서 여전히 헌 신발 끄는 소리가 들려와서 기도를 방해했다. 텅 빈 이 성당 안에서 들리는 것은 그 짜증스러운 신발 소리뿐이다. 첫 미사 때는 난로를 피우는데 아직 그보다 일러서 성당 안은 썰렁했다. 청소도 되어 있지 않다. 그는 의자를 붙들고 무릎 관절에 소리를 내면서 일어났다.

신은 아직 여기에 없다. 하물며 브노 씨의 팔에 안겨 울어 본들 무슨 소용이 있겠는가. 그 사람도 어쩔 수가 없을 텐데. 저도 모르게 발길이 또 다시 나나의 집으로 향한다. 밖으로 나가다 진창에 미끄러졌을 때 눈에 눈물이 괴는 것을 느꼈다. 그러나 그것은 운명에 대한 분노의 눈물이 아니라 나약해진 육체의 눈물이었다. 비에 젖고 추위에 떨어 그는 너무 피곤했던 것이다. 미로메닐 거리의 음침한 집으로 돌아갈 것을 생각하니 끔찍했다. 나나의 집은 아직 문이 열려 있지 않아서 문지기가 나올 때까지 기다려야만 했다. 계단을 올라가면서 벌써 입가에 미소가 떠올랐다. 몸을 쭉 뻗고 잠잘 수 있다는 생각만 해도, 잠자리의 포근한 따사로움이 온몸을 감싸는 것 같다.

조에는 문을 여는 순간 깜짝 놀람과 동시에 겁먹은 듯한 표정을 지었다.

"아씨는 심한 두통으로 한잠도 못 주무셨는데 아직도 안 주무시는지 보고 오겠습니다."

그렇게 말하고 조에는 나나의 방으로 살며시 들어갔다.

뮈파는 객실 팔걸이의자에 털썩 주저앉았다. 그러자 금방 나나가 나타났다. 침대에서 뛰어내리자 페티코트도 입는 둥 마는 둥 겨우 걸치고 맨발이다. 머리는 헝클어지고 속옷은 구겨지고 찢어져서 격렬한 사랑의 하룻밤을 여실히 이야기하고 있다.

"아니, 또 오셨어요?"

핏대를 세우며 그녀가 소리쳤다.

그녀는 화가 치밀어서 자기가 직접 내쫓으려고 달려온 것이었다. 그러나 초라하게 기가 꺾인 그의 모습을 보니 또다시 측은한 생각이 들었다.

"세상에, 그게 무슨 꼴이에요." 다소 부드럽게 말을 했다. "대관절 어떻게 된 일이에요. 그들을 지켜보셨군요. 그래서 화가 나셨군요?"

그는 대답을 하지 않았다. 잔뜩 얻어맞은 개 같다. 그래서 나나는 그를 안심시키려고 마음먹었다.

"내가 오해했던가 봐요. 정말 부인은 바람 피울 분이 아니었어요……. 그러니 집으로 돌아가셔서 주무세요. 그렇게 하셔야만 돼요."

그는 움직이지 않는다.

"자, 어서 돌아가세요. 여기 이렇게 계시면 곤란해요……. 설마 이 시간에 여기 이대로 계실 생각은 아니시겠지요?"

"같이 잡시다."

그는 중얼거렸다.

나나는 하마터면 그의 따귀를 때릴 뻔했다. 이젠 참을 수가 없다. 이 사람이 정신이 돌았나?

"어서 돌아가시라니까."

다시 한 번 말했다.

"싫소."

그녀는 발칵 소리 질렀다.

"아이 불쾌해! 아시겠어요? 난 이제 당신한테 정나미가 뚝 떨어졌단 말이에요. 딴 사내와 자고 있는 부인한테나 돌아가란 말이에요. 그래요, 부인은 딴 남자와 자고 있어요. 이렇게 된 이상 분명히 말해 드리죠……. 소지품은 들었나요? 꾸물거리지 말고 어서 썩 나가요."

뮈파의 눈에는 눈물이 글썽했다. 그는 두 손을 모았다.

"같이 잡시다."

그 말을 듣자 나나는 마구 신경질적으로 흐느끼며 외쳐댔다.

"사람 바보 취급하지 말아요! 아까 그 이야기도 나하고는 아무 상관 없는 이야기란 말이에요. 친절을 다해서 되도록 점잖게 가르쳐 주었는데, 나한테 화풀이를 하려고 하다니! 기가 차서! 아무리 사람이 좋아도 그럴 수는 없어요. 흥,

이젠 나도 진절머리가 나요!" 주먹으로 가구를 두들기며 또 욕을 해댄다. "이제까진 꼭 참고 한 남자를 지켜 왔어요……. 하지만, 한마디 대답만 하면 난 내일에라도 큰 부자가 될 수 있단 말이에요."

뮈파는 깜짝 놀라 얼굴을 들었다. 돈에 대해서는 이때까지 한 번도 생각해 본 일이 없었던 것이다.

"만일 당신이 원한다면 당장에라도 소원을 들어주겠소. 내 재산은 모두 당신 것이오."

"틀렸어요. 이미 늦었어요." 나나는 쌀쌀하게 대꾸했다. "나는 말예요, 말하지 않아도 주는 남자가 좋단 말이에요. 싫어요, 한 번에 100만 프랑을 준대도 싫어요. 이제 끝났어요. 내게는 다른 사람이 있으니까요. 나가주세요. 안 나가면 어떤 일이 생길지 모른단 말이에요. 큰 창피를 줄 테니까."

나나는 서슬이 퍼래서 그에게 다가갔다. 나는 좋은 여자다. 그러나 더이상 참을 수가 없다. 이따위 신사 체면만 차리고 귀찮게 구는 인간들보다는 내가 더 정당하고 강하다. 그러나 그때 갑자기 문이 열리더니 스떼너가 들어왔다. 나나의 격분은 절정에 이르렀다. 무서운 소리로 외쳤다.

"흥! 또 하나 왔군!"

스떼너는 그 소리에 놀라서 걸음을 멈추었다. 보니 뜻밖에 뮈파가 거기에 있다. 아주 난처했다. 뮈파에게 사과를 해야겠다고 생각은 하면서도 석 달 전부터 그를 피하고 있었기 때문이다. 그래서 될 수 있는 대로 백작 쪽을 보지 않으려고 노력하면서 눈을 깜박거리며 우물쭈물하고 있었다. 그리고 붉어진 얼굴을 일그러뜨리며 한숨을 쉬었다. 그의 모습은 모처럼 빨리 시내를 달려서 좋은 소식을 가지고 왔는데 뚱단지같이 곤란한 처지에 빠지고 말았다는 듯한 표정이었다.

"당신은 무슨 일로 왔나요?"

뮈파의 존재를 무시하고 나나는 거칠고 버릇없이 물었다.

"나는…… 나는……." 스떼너는 더듬거리면서 말했다. "당신이 말하던 걸 주려고 왔소."

"내가 말한 게 뭔데?"

그는 망설였다. 그저께, 그녀는 빚을 갚는 데 보태도록 돈 1,000프랑을 갖고 오지 않으면 집안에 들여 놓지 않겠다고 말했었다. 그로부터 이틀 동안 그는 여기저기 뛰어다니다가 그날 아침에야 겨우 그 돈을 마련할 수가 있었던 것이다.

"그 1,000프랑 말이오."

겨우 이렇게 말하고 주머니에서 봉투를 꺼냈다.

나나는 그 일을 까맣게 잊어버리고 있었다.

"1,000프랑? 내가 언제 거지 동냥하듯이 그런 걸 부탁했어요. 자, 보세요. 당신의 1,000프랑 따위 이렇게 해줄 테니까!"

봉투를 받아 들자 그녀는 그것을 스떼너의 얼굴에 내던졌다. 그는 빈틈없는 유대인답게 엉거주춤 그것을 집어 들자 어리둥절해서 나나를 바라보았다. 뮈파는 스떼너에게 할 수 없다는 듯한 눈짓을 교환했다. 그러는 동안에도 나나는 허리에 주먹을 대고는 더 큰 소리를 질렀다.

"사람을 업신여기는 것도 정도껏 하세요! 마침 당신도 오기를 잘 했어요. 한꺼번에 깨끗이 청산이 되니까요. 자, 어서 냉큼 나가줘요."

두 사람이 마비된 것처럼 어물거리고 있는 것을 보자 그녀는 또 고함을 질렀다.

"당신들은 나를 바보로 알고 있겠죠? 그럴는지도 모르지. 하지만 난 이제 당신들이 넌덜머리 난단 말에요…… 흥! 으스대는 것도 이제 신물이 나요. 이러다가 죽어도 좋단 말이에요?"

그들은 그녀를 달래려고 끊임없이 애원을 했다.

"하나, 둘, 그래도 안 가겠단 말이에요? 그렇다면 보세요. 내게는 애인이 있어요."

그녀는 침실 문을 활짝 열었다. 두 사람은 흐트러진 침대 속에서 퐁땅을 보았다. 설마 이런 장면을 남에게 보이리라고는 꿈에도 생각지 못했으므로 두 사람은 어리둥절했다.

퐁땅은 잠옷을 풀어 헤쳐 검은 피부를 드러내고 다리를 허공에 처든 채 구석의 레이스 천 속에서 염소처럼 드러누워 있었다. 그러나 무대에서의 갑작스런 장면에 익숙해 있어서 조금도 당황해하지 않았다. 처음에는 놀랐으나 곧 익살스러운 얼굴 표정으로 교묘하게 난관을 벗어났다. 입을 내밀고 코를 찡그리고 코와 입을 움직이는, 말하자면 토끼 얼굴을 해보인 것이다. 그 천한 짐승 같은 얼굴에는 음탕한 땀이 번지고 있다. 여자들이 흔히 그렇듯이, 희극배우의

잠든 퐁땅을 보여주며 뮈파와 스떼너를 쫓아내는 나나

꼴사나운 찡그린 얼굴에 미친 듯이 반한 것이다. 나나는 퐁땅을 붙잡기 위해 일주일 전부터 바리에떼 극장에 드나들었던 것이다.

"자!"

나나는 비극배우 같은 몸짓으로 퐁땅을 가리켰다.

모든 것을 참아온 뮈파였지만 이 모욕에는 견딜 수 없이 화가 났다.

"화냥년 같으니라고!"

그는 중얼거렸다.

이미 방안으로 들어갔던 나나는 다시 나와서 이 마지막 말에 대해 퍼부어 댔다.

"뭐라구, 화냥년이라고요? 그런 당신 마누라는 뭐예요."

그러고는 방으로 들어가자 힘껏 문을 닫고 요란하게 빗장을 걸었다. 단둘이 되자 그들은 얼굴을 마주 보았다. 조에가 들어왔다. 그러나 그들을 내쫓으려고 는 하지 않고 알아 들을 만하게 좋은 말을 했다. 분별 있는 사람답게, 아씨의 변덕은 좀 도가 지나치다고 했다. 그래도 주인을 변호하여 이렇게 덧붙였다.

"어차피 그 배우하고는 오래 가지 않을 테니까 열이 식을 때까지 기다리시는 게 좋을 거예요."

두 사나이는 물러나왔다. 끝까지 한마디도 하지 않았다. 그러나 보도에 나서 자 서로 친구 같은 우애심이 솟구쳐서 말없이 악수를 나누었다. 그러고는 등 을 돌리고 다리를 끌며 각각 제 갈길로 사라져 갔다.

뮈파가 미로메닐 거리의 자기 집에 돌아왔을 때 아내도 막 돌아오는 참이었 다. 어두운 벽으로부터 썰렁한 냉기가 내려오는 넓은 계단에서 그들은 마주쳤 다. 눈을 들고 서로 쳐다본다. 흙투성이가 된 백작의 옷, 나쁜 짓을 하고 돌아 온 남자처럼 창백해서 소심해져 있는 얼굴, 부인은 밤차를 타고 와서 피곤한 것처럼 머리에 빗질도 하지 않고 부석한 눈을 하고 서서 졸고 있었다.

8장

몽마르뜨르의 베롱 거리, 조그만 건물의 5층이다. 나나와 퐁땅이 몇몇 친구들을 초대하여 주현절(主顯節)*¹의 식사를 하고 있었다.

겨우 사흘 전에 이곳으로 옮긴 그들로서는, 이사 자축연이기도 했다.

시초의 격렬한 정열에 사로잡혀 살림을 차리겠다는 뚜렷한 생각도 없이 갑자기 이렇게 되어 버린 것이다. 백작과 은행가를 내쫓은 이튿날 나나는 금방 생활이 흔들리기 시작할 것을 느꼈다. 그녀는 단번에 상황을 짐작했다. 빚쟁이들이 현관방에 몰려들어올 것이다. 그리고 나의 정사(情事)에 대해서까지 참견을 하고, 무모한 짓을 하면 가재도구를 경매에 붙이겠다고 할 것이다. 그렇게 되면 네 개밖에 안 되는 가구를 서로 뺏으려고 옥신각신하게 될 것이다. 그럴 바엔 차라리 모든 것을 깨끗이 내버리기로 작정했다. 게다가 전부터 위스만 거리의 집에는 진력이 나 있었다. 금빛으로 화려하게 꾸민 큰 방들은 마음에 들지 않았다. 퐁땅에게 홀딱 반한 나나는 조화공(造花工) 시절의 꿈으로 되돌아가 밝고 아담한 방 하나만을 꿈꾸고 있었다. 그 시절에는 거울이 붙은 자단나무 옷장과 푸른 렙 천을 깐 침대, 그 둘만 있으면 충분하다고 생각했었다. 그녀는 이틀 동안에 자잘구레한 장식품과 보석 등, 들고 나갈 만한 것은 모두 팔아서 대충 1만여 프랑의 현금을 가지고, 문지기에게 한마디 말도 없이 사라져 버렸다. 이렇게 하면 사내들도 쫓아오지 못할 것이다. 퐁땅은 매우 점잖았다. 반대하는 일 없이 그녀가 하는 대로 내버려 두었다. 아니 그 이상으로 다정한 친구처럼 행동했다. 인색하다고 소문난 그가 7,000프랑이나 되는 돈을 나나의 1만 프랑과 합하는 데 동의한 것이다. 이만한 돈만 있으면 살림을 차려도 충분하다고 그들은 생각했다. 그래서 그 공동 자금으로 베롱 거리에 방 두 칸을 전세 내어 가구를 갖추어서 오랜 친구처럼 모든 것을 서로 나누어 가지면서 살

---

*¹ 그리스도가 동방의 세 박사 앞에 모습을 나타냈었다고 하는 1월 6일 축제일.

기 시작한 것이다. 처음에는 아주 즐거웠다.

주현절날 밤, 맨 먼저 르라 부인이 루이제를 데리고 찾아왔다. 퐁땅이 아직 돌아오지 않은 것을 알자 르라 부인은 마음속 걱정거리를 이야기하기 시작했다. 조카딸이 모처럼 행운을 놓치는 것을 보고 마음이 불안했던 것이다.

"아주머니도! 나는 그이를 무척 사랑하고 있단 말이에요."

나나는 이렇게 외치며 가련한 몸짓으로 두 손을 가슴에 갖다 댔다.

이 말은 르라 부인을 몹시 감동시켰다. 그녀의 눈에 눈물이 글썽했다.

"그러냐. 그렇다면 괜찮다."

그녀는 무엇보다도 애정이 제일이라고 생각하고 있는 것이다.

그리고 방이 아담하다고 칭찬했다. 나나의 안내로 침실과 식당 그리고 부엌까지 보고 돌아다녔다.

"넓지는 않지만 페인트 칠도 새로 하고 벽지도 새로 발랐어요. 게다가 아주 볕이 잘 들어요."

루이가 부엌에서 가정부 뒤에 서서 닭고기 굽는 것을 보고 있는 동안, 르라 부인은 침실에서 나나를 붙들고 여러 가지 자기 생각을 말하기 시작했는데, 그것은 하녀 조에가 조금전까지 자기 집에 와 있었기 때문이다.

조에는 갸륵하게도 주인을 위해 그 뒤를 맡아 남아 있었다. 그 보수는 뒷날에 언제든지 아씨로부터 받을 수 있겠지 하고 안심하고 있었다. 그리하여 나나가 위스만 거리의 집을 떠난 뒤, 혼자 빚쟁이들을 상대로 훌륭한 격퇴 작전을 벌이고 있었다. 건질 수 있는 물건은 건지고, 아씨는 여행중이라고 대답하며 거처는 절대로 가르쳐 주지 않았다. 미행당할까 두려워서 주인아씨를 찾아가고 싶은 것도 참고 있을 정도다. 그러나 오늘 아침 르라 부인 집에 달려 온 것은 새로운 문제가 생겼기 때문이다. 어제 가구점, 숯장수, 양장점 등의 빚쟁이들이 나타나서, 만일 아씨가 이 집으로 되돌아와 다시 정신차리고 산다면 시일을 연기해 주고 또 많은 돈을 빌려 주기까지 하겠다고 제안했던 것이다. 고모가 전하는 조에의 말에 따르면 아무래도 배후에 돈 많은 신사가 있는 모양이었다.

"싫어요!" 나나는 역정을 내며 외쳤다. "장사꾼들이란 다 심보가 더러운 거예요! 빚을 갚기 위해 몸을 팔란 말인가요? 퐁땅을 배반할 바에야 차라리 굶어 죽는 게 낫겠어요."

"나도 그렇게 대답했단다. 우리 조카딸은 인정이 많다고 말이야."

퐁땅

그러나 미뇨뜨의 별장이 팔렸는데 그것을 라보르데뜨가 공짜나 다름없는 헐값으로 까롤린느 에께에게 사주었다는 말을 들었을 때 나나는 몹시 화가 났다.

"그 계집들은 그럴듯하게 뽐내고 있지만 다 갈보지 뭐야. 그따위 계집들을 다 합친 것보다 내가 훨씬 더 가치 있지! 난 웃음거리가 되어도 상관없어요. 진짜 행복은 돈으로 살 수가 없으니까요……. 그리고 고모님, 난 그런 계집들의 일 따윈 아랑곳하지 않겠어요. 무척 행복하니까요."

거기에 말르와르 부인이 예의 그 이상야릇한 모자를 쓰고 들어왔다. 서로가 다시 만나는 기쁨을 표시했다. 말르와르 부인은 나나가 너무 출세해서 그만기가 꺾였지 뭐니, 하고 오랫동안 찾아오지 못한 변명을 늘어놓고 앞으로는 또 자주 트럼프를 하러 오겠다고 덧붙였다. 그러고는 돌아다니며 집안을 구경했다. 부엌에서 닭고기에 양념을 바르고 있는 가정부 앞에 이르자 나나는 절약의 필요성에 대해 이야기를 하며 하녀를 두면 인건비가 비싸게 먹히므로 집안일은 자기가 직접 하겠다고 말했다. 루이제는 재미있는 듯이 닭고기 굽는 도구를 보고 있다.

그때 떠들썩한 말소리가 났다. 퐁땅이 보스끄와 쁘룰리에르를 데리고 온 것이다. 그들은 식탁에 앉았다. 수프가 나올 무렵에 또 다시 나나가 집안을 구경시켰다.

"굉장해! 아주 좋은데!"

보스끄가 되풀이한다. 그러나 이것은 식사에 초대해 준 동료에 대한 겉치레 말에 지나지 않으며, 그는 이른바 '사랑의 보금자리' 같은 건 마음에 두지도 않았다. 그는 침실에서도 칭찬을 했다. 평소에 그는 여자를 동물 취급을 하고 있어서 남자가 그런 더러운 짐승과 같이 산다는 것은 생각만 해도 화가 나는 것이었다. 언제나 술에 취해 세상만사를 경멸하고 있는 그에게 있어 유일한 분개의 씨가 이것이었다.

"허, 제기랄!" 눈을 깜박이면서 말한다. "엉큼하게 어느새 이렇게 꾸몄지? 아무튼 잘 했어, 아주 살기 좋겠는데. 앞으로 자주 놀러 와야겠어."

마침 거기 루이가 다리 사이에 빗자루를 끼고 왔으므로 쁘룰리에르가 짓궂게 웃으며 말했다.

"아니 벌써 이렇게 큰 애가 있었나?"

그 소리가 너무 우습게 들려서 르라 부인과 말르와르 부인이 허리를 잡고 웃었다. 나나는 화를 내기는커녕 상냥하게 미소지으며 말했다.

"유감스럽게도 그렇지가 않아요. 만일 그렇다면 애를 위해서도 참 좋을 텐데. 하지만 우리도 곧 똑같은 애를 낳을걸요 뭐."

퐁땅이 아주 의젓하게 아버지다운 태도로 루이를 안고 어린애 같은 혀짜래기 말을 섞어 아이를 어른다.

"그런 건 아무래도 좋아, 그렇지? 아가야 아빠가 좋지……. 아빠라고 해봐, 아가야!"

"아빠……. 아빠……."

어린애가 잘 돌아가지 않는 혀로 귀엽게 말한다.

모두 어린애를 귀여워했다. 보스끄는 진절머리가 나서 빨리 식사를 하자고 했다. 그에게 중요한 일은 먹는 일뿐이었다. 나나가 루이를 자기 옆에 앉혀 달라고 했다. 식사는 매우 유쾌했다. 그러나 보스끄는 루이가 자기 옆에 있어 마음이 불안했다. 접시에 신경을 써야만 한다. 르라 부인도 귀찮았다. 흥분해서 수수께끼 같은 이야기며 지금도 자기 뒤를 쫓아다니는 몇몇 신사가 있다는 이야기를 하고 있었다. 보스끄는 두 번이나 무릎을 끌어 들여야만 했다. 그녀가 눈에 눈물이 글썽해서 몸을 밀착시켜 왔기 때문이다. 쁘룰리에르는 말르와르 부인 따위는 안중에도 없어서 한 번도 접시를 집어 주지 않았다. 나나에게 완전히 넋이 빠져 속으로 그녀가 퐁땅과 살림을 하게 된 것을 원망하고 있는 것 같았다. 게다가 이 두 사람은 한 쌍의 비둘기처럼 키스만 하는 바람에 나중에는 다른 사람들까지도 넌더리가 났다. 그들은 관습대로 하지 않고 나란히 앉았던 것이다.

"제기랄, 할 수 없군. 어서 먹기나 해요. 나중에 얼마든지 할 수 있을 텐데 그러네." 보스끄가 음식을 먹으면서 중얼거렸다. "우리가 갈 때까지 좀 참아요."

그러나 나나는 가만히 있을 수가 없다. 사랑에 눈이 멀어 숫처녀처럼 낯을 붉히고, 애정이 넘쳐 눈에 눈물을 글썽이며 끊임없이 웃는다. 퐁땅을 황홀하게 쳐다보며 나의 개, 나의 이리, 나의 고양이 하며 온갖 애칭을 불러 댄다. 그가 물이나 소금을 집어 주면 몸을 굽히고 눈이나 코나 귀같은 데 마구 키스를 한다. 그러다가 누군가가 무어라고 핀잔을 하면 그녀는 매맞은 고양이처럼 기죽은 태도로 살그머니 그의 손을 잡고 거기에 입술을 갖다 댄다. 아무 데라도 좋았다. 그의 몸을 건드리지 않고는 그대로 있을 수가 없는 듯했다. 퐁땅은 등을 구부리고 기분좋게 그녀가 하는 대로 내버려 두었다. 관능의 기쁨으로 벌름거리는 커다란 코, 염소 같은 얼굴, 혹은 괴상한 괴물 같은 추악한 얼굴이 살결이 희고 풍만한, 멋진 이 여자의 헌신적인 애정에 잠겨 한껏 축 늘어져 있다. 이따금 키스를 돌려 준다. 좋아서 죽겠으면서도 예의만은 잊지 않겠다는 태도다.

"정말 이거 안되겠는데!" 쁘륄리에르가 소리친다. "자넨 저쪽으로 가게!"

그는 퐁땅을 다른 자리로 보내고 식기를 바꾸어 자기가 나나 곁에 앉았다. 모두 손뼉을 치고 놀려 대며 노골적으로 농담을 던진다. 퐁땅이 베누스 때문에 우는 불카누스처럼 익살적으로 절망의 몸짓을 해보인다. 쁘륄리에르는 곧 나나에게 추근거리기 시작했다. 그러나 테이블 밑으로 그녀의 발을 건드리기만 하면 나나는 그의 발을 걸어찼다.

'흥, 누가 이런 사람하고 잘 줄 알고. 지난달에 이이의 잘생긴 얼굴에 잠깐 반한 일이 있지만, 이젠 싫어. 만일 또 냅킨을 줍는 체하면서 꼬집는다면 얼굴에다 컵을 내던져 줘야지.'

그러나 식사는 순조롭게 진행되었다. 자연히 바리에떼 극장 이야기가 나왔다. 그 보르드나브라는 불한당은 죽지도 않는가? 최근에는 또 그 못된 증세가 나타나서 함부로 욕을 퍼붓는 통에 어떻게 할 도리가 없다. 어제도 연습을 하는 동안 시몬느를 내내 못살게 굴었다.

"그따위 녀석, 죽어 없어져도 울어 줄 배우는 하나도 없을 거야. 어떤 역을 맡아 달라고 부탁하더라도 거절할 테야. 그리고 난 이제 무대에는 서지 않을 거예요. 가정이 더 소중한걸요."

퐁땅도 한마디 거든다.

"나 역시 새 작품에도 지금 연습중인 작품에도 역을 맡지 않았기 때문에 아주 자유로운 몸이야. 밤마다 난로 앞에 발을 뻗고 사랑하는 여자와 지내는 일만큼 행복한 일은 없어."

그러자 다른 사람들이 부러운 듯이 외친다.

"당신들은 좋겠어!"

주현절의 과자가 나왔다. 누에콩이 르라 부인에게 돌아갔기 때문에 그녀는 그것을 보스끄의 잔에 넣었다.*² 모두 외친다.

"임금님께 건배! 임금님께 건배!"

사람들이 떠들고 있는 틈에 나나가 퐁땅의 목을 끌어 안고 키스를 하며 귀에 대고 무언가를 속삭인다. 그러자 쁘뤀리에르가 잘생긴 얼굴을 쓴웃음으로 일러뜨리며 그런 짓은 반칙이라고 외친다. 루이제는 두 개 나란히 놓은 의자 위에서 자고 있었다. 1시쯤 되어서야 겨우 끝이 났다. 계단 위아래서 작별 인사를 하고 헤어졌다.

이렇듯 3주일 동안 두 연인의 생활은 참으로 즐거웠다. 나나는 생전 처음으로 입은 비단 드레스로 가슴이 설레던 그 데뷔 당시로 돌아간 것 같았다. 좀처럼 외출을 하지 않고 단둘뿐인 검소한 생활을 즐겼다. 어느날 아침 일찍 로슈푸꼬시장에 생선을 사러 가다가 전에 자기 머리를 만져 주던 미용사 프랑시스와 마주쳐서 깜짝 놀랐다. 그는 여전히 단정한 차림을 하고 있다. 고급 와이샤쓰에 나무랄 데 없는 프록코트. 그에 비해 자기는 실내복 차림 그대로 머리는 흐트러지고 헌 구두를 끌며 길을 걷고 있었다. 그런 모습을 그에게 보여서 부끄러웠다. 그러나 그는 붙임성 있게 각별히 공손한 태도를 보였다. 그리고 무례한 질문 같은 것도 하지 않고 아씨는 여행중이신 줄 알았다는 표정을 지었다.

"정말이지, 아씨께서 여행하시는 바람에 불행한 사람이 많이 생겼지요. 누구나 다 실망을 하게 되었으니까요."

그 말을 듣는 동안 나나는 호기심에 사로잡혀 처음에 당황했던 것은 까맣게 잊어버리고 이것저것 묻기 시작했다.

행인들이 떼미는 바람에 나나는 프랑시스를 어느 집 문간으로 끌고 가서 조그만 바구니를 손에 든 채 그와 마주 섰다.

"내가 종적을 감춘 것을 사람들은 뭐라고 해요?"

"온통 야단들이지요! 제가 드나드는 댁 부인들은 이렇게도 말하고 저렇게도 말하고 있습니다만, 아무튼 소문이 자자합니다. 정말 아주 잘 하셨어요."

"그런데 스떼너는 어때요?"

"스떼너 씨는 매우 가라앉아 있어요. 무슨 새로운 일이라도 발견하지 않으면 머잖아 꼼짝 못할 거예요."

---

*2 주현절에 먹는 과자 속에 누에콩 또는 조그만 사기 인형 등이 들었는데 그 부분을 차지하게 된 사람이 그 자리의 왕이 된다는 풍습.

"그럼 다그네는?"

"아, 그분은 순조롭게 돼 가는 모양입니다. 생활 태도도 좋아졌습니다."

나나는 여러 가지 추억으로 흥분해서 좀 더 질문하려고 입을 열었다. 뮈파의 이름은 차마 입에 올릴 수가 없었다. 그러자 프랑시스가 웃으며 자기 쪽에서 말을 꺼냈다.

"그런데 백작님은 너무 딱해서 볼 수가 없을 지경이었습니다. 아씨가 나가신 뒤부터 얼마나 괴로워하셨는지 마치 연옥(煉獄)을 헤매는 죽은이처럼 아씨가 계실 만한 곳만 찾아 다니지 뭡니까. 그러나 결국 미뇽 씨가 그분을 만나 자기 집으로 모시고 갔습니다."

이 소식을 듣고 나나는 웃음을 터뜨렸으나 그 웃음소리는 어딘지 자연스럽지 못했다.

"어머, 그래요? 그럼 그이는 지금 로즈와 함께 있겠네. 하지만 상관없어요! 그이는 굉장한 위선자예요! 나쁜 버릇이 생겨 한 주일도 여자 없이는 못 산다오. 나와 헤어지면 다시는 여자를 사귀지 않겠다고 맹세한 주제에……."

마음속으로는 분노에 불타고 있었다.

"그럼 로즈는 내 퇴물을 물어 들이고서 좋아하고 있는 셈이군요! 아, 이제 알았다. 로즈는 내가 그 불한당 같은 스떼너를 빼앗았기 때문에 그 보복으로 생각하는 모양이구나……. 내가 내쫓은 사내를 자기 집에 끌어들이다니 정말 취미치고는 악취미야!"

"미뇽 씨는 달리 이야기하던데요. 그분 말씀으로는 백작님이 당신을 쫓아냈다나요……. 네 그렇게 말했어요. 아주 심한 방법으로, 뭐 엉덩이를 발길로 찼다던가요."

순간 나나는 얼굴빛이 싹 변했다.

"아니, 뭐라구요? 내 엉덩이를 발길로 찼다고요? 흥, 말 잘하는군! 그 오쟁이진 사내를 계단에서 떼민 것은 나란 말이에요, 나. 그래요, 그이는 오쟁이진 사내란 말이에요, 그것쯤은 알아 둬요. 그이 마누라는 아무하고나 잔단 말이에요, 그 건달 같은 포슈리하고도 말이지……. 그리고 미뇽은 어떤 줄 아세요? 그 당나귀같이 생긴 계집 때문에 길거리를 쏘다니고 있다오. 흥, 그 말랑깽이 계집, 누가 쳐다보기나 할 줄 알고! 아이 더러워! 정말 치사해!"

나나는 숨이 차서 한숨을 돌리고 또 시작했다.

"그 녀석들이 그런 말을 하고 있군요……. 좋아요! 지금 만나러 가야지, 프랑시스 우리 같이 가볼까? 아무래도 가야겠어. 그래도 엉덩이를 찼다고 큰소리치는지, 어디 가서 봐야지. 뭐, 발길질을 했다고? 나는 여지껏 아무한테도 그런 꼴은 당하지 않았어. 앞으로도 절대로 손끝 하나 건드리지 못하게 할 거야. 누가 건드리기만 해도 물어 뜯어 놓을 테니까."

그러나 곧 나나의 마음도 가라앉았다.

"흥, 하고 싶은 대로 얼마든지 지껄이라지. 난 그 따위 인간들은 신바닥의 흙만큼도 생각하지 않으니까. 그 따위 녀석들을 상대하다간 나까지 더러워져. 난 양심에 거리낄 게 아무것도 없으니까."

나나가 가정 주부 같은 실내복 차림으로 울분을 털어놓는 것을 보고 있는 동안, 프랑시스는 친근감이 생겨 헤어질 때 한마디 충고를 해주었다. 일시적인 사랑 때문에 모든 것을 희생하는 것은 잘못이다. 그런 짓만 하다가는 생활이 엉망이 된다고 그는 산전수전 다 겪은 사람 같은 말투로 말했다. 이렇게 예쁜 여자가 자기 육신을 싸게 팔고 있는 것을 가만히 보고만 있을 수가 없었던 것이다. 나나는 고개를 숙여 듣고 있었다.

"아무튼 내 좋을 대로 하는 거죠 뭐. 하지만 고마워요."

이렇게 말하고 나나는 프랑시스의 손을 잡았다. 몸차림은 단정하지만 손에는 여전히 기름이 약간 묻어 있었다. 그리고 그녀는 생선을 사러 갔다. 하루종일 엉덩이에 발길질을 당했다는 그 말이 머리에서 떠나지 않았다. 퐁땅에게도 그 말을 하고 큰소리쳐 보였다.

"나는 남에게 바보 취급을 당하면 가만 있을 수 없는 극성스러운 여자예요."

퐁땅은 아주 우둔한 태도로 훌륭한 신사인 척 점잔을 빼는 놈들은 모두 밥통 같은 녀석들이니 경멸해 주면 된다고 말했다. 그 뒤부터 나나도 그들을 속으로 바보 취급을 하게 되었다.

바로 그날 밤. 그들은 퐁땅이 아는 여자가 열 줄의 대사를 외는 역으로 데뷔하는 것을 보기 위해 부페 극장에 갔다. 그들이 몽마르뜨르의 언덕에 걸어서 돌아온 것은 1시가 다 되어서였다. 쇼세 당펭 거리에서 그들은 모카커피가 든 과자를 사가지고 돌아와 침대에서 먹었다. 불을 피울 정도는 아니었으나 방안이 썰렁했기 때문이다. 이불을 배까지 끌어 올려서 덮고 베개를 등에다 괴고 나란히 침대에 앉아 과자를 먹으면서 데뷔한 여자의 이야기를 했다. 나나는 그 여자를 못생기고 촌스럽다고 했다. 퐁땅은 침대 바깥쪽에 있었기 때문에 나이트 테이블 위의 촛불과 성냥 사이에 놓아 둔 과자를 집어 주고 있었다. 그러다가 이윽고 말다툼이 벌어졌다.

"그게 도대체 뭐예요!" 나나가 외친다. "눈은 송곳으로 꼭 찔러놓은 구멍 같고 머리는 누런 삼오라기 빛깔 같으니, 말이에요."

"닥쳐요!" 퐁땅이 되풀이한다. "머리도 멋있고 눈도 반짝거렸어⋯⋯. 여자들은 왜 서로 못 잡아 먹어 안달들을 하느냔 말이야." 그는 화가 나는지 거친 목소리로 말했다. "이제 그만해 두지! 난 이러쿵저러쿵하는 게 싫단 말이야⋯⋯. 자, 그만 잡시다. 이러다간 싸움이 되겠어."

그는 이렇게 말하고 촛불을 껐다. 그러나 나나는 화가 나서 여전히 계속한다.

"그런 말투가 어디 있어요. 나는 여지껏 애지중지 사랑만 받아 왔단 말이에요."

그러나 그녀는 퐁땅이 대꾸를 하지 않으므로 입을 다물 수밖에 없었다. 그러나 잠이 오지 않아 언제까지 뒤척이고 있었다.

"제기랄! 몸 좀 가만히 둘 수 없어?"

그는 갑자기 벌떡 일어났다.

"과자 부스러기가 배겨서 그러는 걸 어떻게 해요."

그녀는 쌀쌀하게 대답한다. 사실 과자 부스러기가 떨어져 있었던 것이다. 넓적다리 밑이 껄끄럽고 온몸이 간지러워 견딜 수가 없다. 그런 부스러기가 하나만 있어도 신경질이 나서 피가 나도록 긁어 대는 그녀다.

"도대체, 침대에서 과자를 먹고 나면 이불을 터는 것이 당연하잖아요."

퐁땅은 화가 치미는 것을 누르고 촛불을 켰다. 그들은 일어나서 맨발에 속옷 바람으로 이불을 걷어 젖히고 홑이불에 떨어진 과자 부스러기를 손으로 털어 내렸다. 퐁땅은 추워서 벌벌 떨며 다시 침대 속으로 기어들어갔다. 나나가 발을 잘 털고 올라가라고 주의를 했으나 들은 척도 않았다. 그녀는 겨우 침대로 돌아갔다.

그러나 몸을 뻗자마자 또 벌떡 일어났다. 아직도 부스러기가 남아 있었던 것이다.

"내가 뭐랬어요. 당신이 발에 묻히고 올라 온 거예요⋯⋯. 이래 가지고 어떻게

나나를 때리는 퐁땅

자요. 도무지 잘 수가 없잖아요!"

나나는 침대에서 내려가기 위해 퐁땅을 타 넘으려고 했다. 퐁땅은 가뜩이나 졸려서 죽겠는데 타넘기까지 하려는 통에 더이상 참을 수가 없어서 힘껏 따귀를 갈겼다. 너무 세게 때려서 나나는 머리를 베개에 처박고 벌렁 나자빠졌다. 그러고는 한참 동안 멍해 있었다.

"세상에!"

단지 이렇게만 말하고 어린애처럼 크게 한숨을 쉬었다.

"한번만 더 움직여 봐, 또 때려 줄 테니."

퐁땅은 이렇게 위협하더니 곧 불을 끄고 벌렁 드러눕자 이내 코를 골기 시작했다. 나나는 얼굴을 베개에 묻고 소리없이 울었다.

'폭력을 쓰다니 비겁하잖아.'

퐁땅의 괴상한 얼굴이 무서운 표정으로 변하였을 때는 정말 소름이 끼쳤다. 이윽고 노여움은 사라졌다. 마치 따귀를 얻어맞는 바람에 오히려 마음이 가라앉은 것 같다. 나나는 퐁땅이 편하도록 침대 가장자리의 벽쪽으로 몸을 붙이고 자리를 넓혀 주었다. 그러다가 어느새 화끈거리는 볼에 눈물을 가득 담은 채 잠이 들어 버렸다. 노곤한 피로감에 젖어들어 이제 아무래도 좋다는 생각을 하니 과자 부스러기도 신경이 쓰이지 않았다. 아침에 눈을 뜨자 그녀는 드러난 두 팔로 퐁땅을 가슴에 꼭 껴안았다.

"이제 다시는 그러지 말아요, 네?"

나나는 그를 지나칠 정도로 사랑하고 있었다. 이 사람한테라면 얼마든지 맞아도 좋다고 생각했다.

이때부터 생각이 변했다. "네" 하건 "아니오" 하건 말끝마다 퐁땅은 따귀를 때리게 되었던 것이다. 나나도 버릇이 들어 때리는 대로 맞고 있다. 때로는 소리를 지르고 대들기도 한다. 그러나 벽에다 밀어 대고 목을 졸라 죽이겠다고 하면 곧 유순해졌다. 대개는 의자에 몸을 던지고 5분 가량 운다. 그러다가는 다시 깨끗이 잊어버리고 쾌활하게 웃고 노래 부르면서 치맛자락을 날리며 집 안을 뛰어다닌다. 이상하게도 요즘 퐁땅은 온종일 집을 비우고 자정이 넘지 않으면 돌아오지 않게 되었다. 여기저기 까페에 가서 친구들을 만나는 것이다. 마음속의 불안을 웃는 얼굴로 감추고 나나는 모든 것을 너그럽게 보아 넘기고 있었다. 잔소리를 하다가 다시는 돌아오지 않으면 어쩌나 하고, 그것만이 걱정이었다. 그러나 말르와르 부인도 오지 않고 르라 부인도 루이제를 데리고 오지 않는 날은 죽도록 따분했다. 그래서 어느 일요일 날 로슈 푸꼬 시장에서 비둘기 고기를 흥정하다가 곁에서 무우 한 단을 사고 있는 사땡을 만났을 때 나나의 기쁨은 이루 말할 수 없었다. 황태자가 분장실에서 퐁땅의 샴페인을 마신 날 저녁 이후로 여지껏 그녀를 만나지 못하고 있었던 것이다.

"아니, 이게 누구야! 이 근처에 사니?"

사땡이 말했다.

나나가 이런 시간에 슬리퍼를 끌고 길거리에 나온 것을 보고 깜짝 놀란 모양이다.

"그런데 요즘 너 궁한 모양이구나!"

나나는 눈살을 찌푸리며 그녀의 말을 막았다. 다른 여자들이 주위에 있었기 때문이다.

그녀들은 맨살에 가운을 걸치고 흐트러진 머리에는 허연 비듬이 보인다. 아침이면 이 부근의 창녀들이 간밤의 손님을 내보내고 바로 시장을 보러 온다. 잠이 모자라 퉁퉁 부은 눈을 하고 하룻밤의 피곤을 불쾌한 표정으로 나타낸 채 헌신을 끌고 다닌다. 여기저기에서 시장으로 줄줄 모여드는 창녀들, 창백한 얼굴에 아무렇게나 차리고 있는 것이 오히려 매력적인 젊은 여자. 살을 드러낸, 뚱뚱하고 못생긴 나이 먹은 여자. 그녀들은 영업 시간 외에는 그런 꼴을 하고도 예사인 것이다. 지나가던 남자들이 돌아보아도 미소 하나 보내지 않는다. 모두 가정 주부처럼 바쁜 태도로 남자 따위 안중에도 없다는 듯이 새침하다. 바로 사땡이 무우 값을 치르고 있을 때, 지각한 점원인 듯한 청년이 지나가다가 말을 걸었다.

"잘 있었수? 색시."

순간 그녀는 몸을 일으키고 마치 모욕당한 여왕처럼 노발대발 소리쳤다.

"아니, 이 색골 같은 녀석을 봤나!"

문득 기억이 났다. 사흘 전 자정 무렵에 큰 길에서 돌아오다가 라브뤼에르 거리 모퉁이에서 30분 동안이나 걸려 가까스로 꾀었던 남자다. 그 생각을 하니 더욱 화가 솟았다.

"대낮에 말을 거는 바보 같은 자식이 어디 있어! 영업 시간이라면 또 몰라."

나나는 아무래도 좀 덜 성성한 것 같았으나 결국 비둘기 고기를 샀다. 사땡이 자기 집 문을 가르쳐 주겠다고 한다.

"바로 저기야. 로슈푸꼬 거리에 있어."

단둘이 되자, 나나는 퐁땅에게 빠져 있는 자기 마음을 이야기해 주었다. 사땡은 자기 집 앞에 이르러서도 옆구리에 무우단을 낀 채 한참 동안 서 있었다. 나나의 마지막 말에 흥분한 것이다. 이번에는 나나가 거짓말을 하여, 내가 뮈파 백작의 엉덩이를 발길로 차서 내쫓았단다, 말했기 때문이다.

"어머, 멋져라! 신나는데? 엉덩이를 발 길로 차다니! 그래도 그 사람 아무 말 못하지? 병신 같은 녀석! 낯짝이라도 한 번 보았더라면……. 너 참 잘했어. 돈이면 제일인가? 나도 애인이 생기면 실컷 즐긴단다……. 놀러 와 꼭. 왼쪽 문이야. 애인이 세 번 노크 해. 귀찮은 녀석들이 오기 때문에 그래."

그뒤부터 따분해질 때마다 나나는 사땡의 집으로 놀러가게 되었다. 그녀는 언제든지 꼭 있었다. 밤 10시 전에 나가는 일이 절대로 없기 때문이다. 사땡은 방 두 칸을 세들어 있었다. 어떤 약제사가 경찰에 걸리지 않도록 해주기 위해 세간을 차려 주었던 것이다. 그러나 불과 1년 남짓 사는 동안 옷장은 부서지고, 의자는 주저앉아 버리고, 커튼은 때가 묻은 데다, 온 방안은 난잡하기 짝이 없어, 마치 미친 고양이 떼가 살고 있는 것 같았다.

아침이면 자기 눈에도 너무 지독하게 보여서 방을 치우려고 마음먹을 때가 있다. 그러나 먼지를 털다 보면 의자 다리가 빠지고 벽지가 찢어져 떨어지는 형편이라, 그런 날은 평소보다 더 지저분하게 방문 앞에 무언가가 쌓이기 때문에 방안에 들어갈 수조차 없었다. 그래서 결국 손대는 것을 포기했다.

그래도 램프 불빛 아래서 보면, 거울 달린 옷장, 흔들이 시계, 커튼 자락 등이 아직은 남자들의 눈을 속일 만했다.

그러나 여섯 달 전부터 집주인은 그녀를 내쫓겠다고 위협했다. 그럴 바에야 세간살이를 아낄 필요가 뭐 있어! 어차피 집주인 것이 될 텐데. 어림도 없지! 그래서 아침에 눈을 떠서 기분이 나쁠 때는 에라! 하고 소리치며 옷장이나 찬장을 마구 걷어 찬다. 그러면 그것들은 덜커덩 소리를 냈다.

나나가 갈 때마다 사땡은 거의 언제나 자고 있었다. 그녀는 시장만 보고 와도 피로해서 침대 끝에 몸을 내던지고 또 잔다. 낮에는 몸을 질질 끌다시피 하고 의자에 앉은 채 꾸벅꾸벅 존다. 그러다가 밤에 가스등이 켜질 무렵이 되어야 비로소 이 나태한 기분에서 벗어나는 것이다. 그러나 이 방에서 아무것도 하지 않고 앉아 있는 것이 나나에게는 무척 즐겁다. 흐트러진 침대, 바닥에 아무렇게나 놓아둔 대야, 팔걸이 의자까지 더럽혀 놓은 흙투성이 페티코트, 이런 것들에 둘러싸여 두 사람은 끝없는 잡담과 속이야기에 시간 가는 줄 모른다. 사땡은 시미즈 바람으로 벌렁 드러누워 다리를 머리보다 높게 쳐들고 담배를 피우면서 나나의 이야기를 듣고 있다. 때때로 기분이 좋지 않은 오후 같을 때 기분풀이 한답시고 둘은 돈을 어울러 내어 압상트 술을 사다 마셨다. 사땡은 내려가기 귀찮아서 페티코트도 입지 않은 채 난간에 몸을 기대고 열 살 난 문지기 딸에게 심부름을 시켰다. 소녀가 압상트 술을 잔에 부어 들고 와서, 사땡의 맨다리를 흘끔흘끔 바라본다. 이야기는 늘 남자는 모두 비열하다는 것으로 낙착되었다. 나나는 언제나 퐁땅 이야기만 해서 사땡을 진력나게 했다. 무슨 다른 이야기를 하는가 하면 금새 퐁땅 이야기로 되돌아가 그가 한 말, 한 행동 등을 끝없이 늘어놓는 것이다. 그러나 사땡은 싫은 눈치도 보이지 않고 구질구질한 정사(情事) 이야기를 순순히 들어 주었다. 창가에 기대 서서 그가 돌아오기를 기다린 이야기, 스튜가 타서 싸운 이야기, 몇 시간이나 뚱하고 있다가 침대에서 화해한 이야기, 나나는 모든 것을 털어놓고 싶어져서 따귀 맞은 일까지 이야기해 주었다. 지난 주에는 얻어맞아 눈이 퉁퉁 부었다. 어제는 슬리퍼가 안 보인다고 해서 따귀를 후려 갈기는 바람에 나이트 테이블 앞에 쓰러졌다. 그러나 사땡은 조금도 놀라지 않고 담배를 피우면서 말이 끊어진 짬에 이렇게 말했다.

"나 같으면 그런 때 몸을 살짝 낮추어서 상대편이 제 힘에 나가 떨어지게 해 주겠어."

두 여자는 여러 번 되풀이되는 이런 시시한 이야기가 재미있어서 견딜 수가 없었다. 그리고 매맞은 이야기에 열중되어 있는 동안은 몸에 힘이 빠져 나가는 듯한 노곤함을 느끼는 것이었다. 나나가 매일 찾아오는 것은, 이처럼 퐁땅이 따귀 때리는 이야기를 되풀이하거나, 구두 벗는 일에 이르기까지 자질구레하게 퐁땅에 관한 이야기를 늘어놓는 그 즐거움 때문이었다. 마침내는 사땡까지 흥미를 나타내기 시작했다. 사땡은 더 심한 예를 들며, 어떤 과자장수에게 자기가 호되게 맞아서 땅바닥에 쓰러져 죽을 지경이 되었는데도 그는 예사로운 얼굴을 하고 있었는데 그래도 그가 좋았다는 이야기를 한다. 나나가 울면서 이제는 도저히 더 참을 수 없다고 외치는 날도 있다. 그러면 사땡이 집에까지 바래다 주고 나나가 혹시 맞아 죽지나 않을까 하고 밖에서 한 시간이나 서 있다. 그리고 하룻밤이 지나면 두 여자는 나나가 화해한 이야기를 즐기면서 한나절을 보낸다. 그러나 말로는 하지 않았으나 매맞은 날을 더 좋아했다. 그러는 편이 훨씬 더 두 여자의 이야기에 열이 오르기 때문이다.

두 여자는 떨어질 수 없는 사이가 되었다. 그러나 사땡은 결코 나나의 집에 가지 않는다. 창녀가 오면 곤란하다고 퐁땅이 거절했기 때문이다. 둘은 또 같이 외출을 했다. 어느날 사땡은 나나를 어떤 여자의 집에 데리고 갔다. 그 여자란 다름 아닌 로베르 부인이었다. 전에 만찬회에 초대했다가 거절당한 뒤부터 나나는 그 여성을 잊을 수가 없어 존경 비슷한 감정을 품고 있었다. 로베르 부인은 모스니에 거리에 살고 있었다. 그곳은 유럽 구의 새로 난 조용한 거리로, 상점 하나 없이 조그만 아파트로 되어 있는 아담한 건물에는 고급 여자들이 살고 있다. 시간은 5시였다. 인적 없는 보도를 따라 귀족적 분위기를 풍기며 조용히 서 있는 높은 백악(白堊)의 건물. 그 앞에 증권업자와 상인들의 마차가 서 있었다. 남자들이 실내복 차림의 여자가 기다리고 있는 듯한 창문을 쳐다보며 급히 건물 안으로 사라져 간다. 처음에 나나는 마음내키지 않는 표정으로 그 여자를 잘 모른다고 하며 들어갈 것을 거절했다. 그러나 사땡은 기어이 들어가자고 우긴다.

"친구를 데리고 가는 게 뭐가 나빠. 잠깐 들어가서 인사만 하고 나오면 돼. 어제 레스토랑에서 만났는데, 꼭 한번 놀러 오라고 아주 친절하게 말하지 않겠니."

결국 나나는 사땡의 말에 따랐다. 집에 들어가니 졸고 있던 어린 하녀가 마님은 아직 안 돌아오셨다고 한다. 하지만 객실로 두 여자를 안내했다.

"정말 멋있는데!"

사땡이 중얼거린다.

객실은 점잖게 꾸민 부르주아풍의 방으로 수수한 벽지로 둘러쳐지고 모든 것이 갖추어져 있는 점이 한 밑천 만들어서 은퇴한 빠리 상인의 방을 연상케 한다. 나나는 감탄을 하면서도 짓궂은 농담을 했다. 그러자 사땡은 화를 내며 로베르 부인은 품행이 방정한 사람이라고 보증을 했다.

"언제 만나도 나이 지긋한 점잖은 신사와 팔을 끼고 다닌단다. 요즘은 전에 초콜렛 장사를 하던 사람이 돌봐 주고 있는데 아주 착실한 사람이야. 이 으리으리한 건물이 마음에 들어서 언제든지 찾아올 때면 반드시 하녀에게 미리 알려 놓는데, 로베르 부인을 '내딸'이라고 부른대. 바로 이 여자야!"

사땡은 흔들이 시계 앞에 놓인 사진을 가리켰다.

나나는 잠시 그 사진을 들여다보았다. 짙은 갈색 머리, 늠름한 얼굴, 미소를 머금고 있는 얇은 입술, 마치 사교계 부인, 아니 그보다 더 얌전한 부인 같은 느낌이 든다.

"이상한데." 이윽고 나나가 중얼거린다. "이 얼굴, 어디서 본 것 같아. 어디서더라? 아이 잊어버렸어. 아무튼 점잖은 자리는 아니었어……. 그래 분명히 그래."

그리고 사땡을 돌아보며 덧붙였다.

"그래 저 여자가 널 오라고 한 건 무슨 일 때문일까?"

"무슨 일은 무슨 일이야! 잠시 같이 앉아서 이야기나 하자는 거지. 인사 치레로 한 말 일거야."

나나는 사땡을 물끄러미 쳐다보더니 가볍게 혀를 찼다. 아무튼 그녀가 알 바는 아니었다. 그러나 언제까지나 기다릴 수도 없고 해서 그녀는 그만 돌아가자고 했다. 두 여자는 돌아갔다.

이튿날 퐁땅이 저녁 식사를 집에서 하지 않는다고 하여 나나는 레스토랑에서 한턱 낼 양으로 일찌감치 사땡을 찾아갔다. 레스토랑을 고르는 것은 쉬운 일이 아니었다. 사땡이 비어홀로 가자고 하자 나나는 그런 데는 더럽다고 한다. 결국 사땡의 주장대로 로오르의 집으로 가기로 했다. 그것은 마르띠르 거리에 있는 정식(定食) 집인데, 저녁 식사는 3프랑이었다. 시간을 기다리기도 지루하고 그렇다고 길거리를 싸돌아 다닐 수도 없어서 시간보다 20분 일찍 로오르의 집으로 들어갔다. 홀 세 개가 모두 텅텅 비어 있었다. 카운터의 높은 의자에 로오르 삐에드페르가 의젓하게 앉아 있었다. 나나와 사땡은 테이블 앞에 앉았다. 이 로오르라는 사람은 쉰 살 가량의 여자로 뚱뚱한 몸을 혁대와 코르셋으로 졸라 매고 있었다.

여자 손님들이 줄을 지어 들어와서는 커피잔 너머로 몸을 들어올리고 로오르의 입에 다정스럽게 키스를 했다. 로오르는 젖은 눈으로 질투를 일으키지 않게끔 다른 여자들에게도 똑같이 대해 주고 있다. 하녀는 주인과는 반대로 살결이 거칠고 빼빼마른 여자로 거무죽죽한 눈까풀 밑에서 어둡게 번쩍거리는 눈을 하고 있었다. 순식간에 세 개의 홀이 가득 찼다. 백여 명의 여자 손님들이 되는 대로 자리를 잡고 있다.

거의가 40대에 가까운 여자들이다. 악으로 뭉쳐진 듯한 뚱뚱하게 살이 찐 큼직한 몸집, 두툼하고 축 처진 입술, 가슴과 배가 터질 듯한 이 여자들 사이에 섞여 날씬한 처녀의 모습도 가끔 보인다. 거동은 건방졌지만 아직은 순진한 데가 남아 있다. 이 집 단골손님이 변두리 술집에서 데리고 온 신출내기 댄서인 듯하다. 그녀들이 발산하는 젊은 향기에 자극되어 뚱뚱한 여자들이 그녀들 주위에 몰려가서 마음 약한 노총각처럼 맛있는 요리를 사주면서 비위를 맞춰 주고 있다.

남자 손님은 기껏해야 열 명 내지 열다섯 명 정도라 스커트의 물결에 휩싸여 존재조차 희미했다. 다만 구경을 하러 온 듯한 네 명의 젊은이만은 태연히 앉아서 줄곧 농담을 던지고 있다.

"아주 맛있는데, 이 스튜."

사땡이 말했다.

나나는 만족한 듯이 고개를 끄덕였다. 그것은 시골 여관에서 잘 내는 실속 있는 구식 음식이었다. 소스를 곁들인 고기만두, 치킨라이스, 완두콩이 든 고기수프, 바닐라가 든 아이스크림 등. 여자 손님들은 특히 치킨라이스를 좋아해서 코르셋이 터지도록 배가 부르게 먹고는 천천히 입을 닦고 있다.

처음에 나나는 혹시 옛날 친구를 만나서 창피한 질문이나 당하지 않을까 겁이 났다. 그러나 곧 그런 염려도 없어졌다. 이 잡다한 손님들 무리 속에 아는 얼굴은 하나도 없다. 이곳에는 바랜 드레스와 낡아빠진 모자가 호화로운 의상과 어깨를 나란히 하고 사이좋게 퇴폐에 잠겨 있다. 나나는 어떤 한 젊은이에게 흥미가 끌렸다. 짧게 깎은 머리를 꼬슬꼬슬하게 지지고 건방진 얼굴 표정으로 익살을 부려, 뚱뚱한 여자들을 깔깔 대게 만들고 있다. 그런데 웃을 때 그 젊은이의 가슴이 불룩하게 부풀어 올랐다.

"어머 저게 여자 아냐!"

나나가 저도 모르게 조그맣게 외쳤다.

닭고기를 먹고 있던 사땡이 얼굴을 들고 중얼거렸다.

"그래, 나도 아는 여자야…… 놀랐지? 인기가 아주 대단하단다."

나나는 불쾌한 듯이 얼굴을 찡그렸다.

'나는 도무지 저런 취미는 모르겠더라.'

마르띠르 거리에 있는 로오르 삐에드페르의 식당

그렇게 생각했으나 겉으로는 별일 아닌 듯 온화한 투로 말했다.

"취미에 대해서는 이러쿵저러쿵할 게 못돼. 누구든지 언제 어떤 게 좋아질지 모르는 것이니까 말이야."

그러고는 아주 점잖은 얼굴을 하고 아이스크림을 먹고 있었다. 그러나 사땡이 처녀같이 커다란 푸른 눈으로 이웃 테이블의 여자들을 매혹시켜 애타게 하고 있다는 것을 눈치채고 있었다. 특히 그녀 곁에 앉은 아주 귀엽게 생긴 뚱뚱한 금발 여인이 흥분한 나머지 몸을 밀어 대는 바람에 나나는 저도 모르게 한마디 할 뻔했다.

그런데 바로 그때 한 여자가 들어오는 것을 보고 나나는 깜짝 놀랐다. 그것은 로베르 부인이었다. 그녀는 갈색 머리밑에 귀여운 생쥐 같은 표정을 띠고 빼빼마른 하녀에게 정답게 고개를 까딱해 보이고는 로오르가 앉아 있는 카운터로 가서 기대어 섰다. 그리고 두 사람은 오랫동안 키스를 했다.

저렇게 훌륭한 여자가 로오르에게 키스를 하다니 나나는 우습다고 생각했다. 그리고 평소의 정숙한 티가 전혀 보이지 않는다. 로베르 부인은 나직한 소리로 무언가 이야기를 하면서 홀을 둘러보고 있다. 로오르는 다시 점잖게 앉았으나 손님들의 키스로 얼굴이 번들번들해진 그의 표정은 오래된 악덕의 우상 같다. 음식 접시 너머로, 뚱뚱한 여자 손님들을 내려다보고 있는 그 거창한 모습은 거기 있는 어떤 절구통 같은 여자도 압도하고 있었다. 40년에 걸친 줄기찬 노력 끝에 음식점 주인이라는 행운의 자리에 군림했다는 듯이.

로베르 부인은 사땡을 알아보았다. 그녀는 로오르를 놔두고 달려오더니 상냥한 표정으로 어제 집에 없어서 아주 미안하게 됐다고 말했다. 정답게 구는 바람에 사땡이 자리를 내어 자기 옆에 앉게 하려 하자 그녀는 벌써 식사를 마쳤다는 것이었다.

"잠깐 들렀을 뿐이에요."

사땡의 등 뒤에 서서 이렇게 말하고 그녀의 어깨에 몸을 기대고 방긋 웃으면서 애교 어린 목소리로 되풀이한다.

"언제 또 만날 수 있을까? 틈이 있거든……."

유감스럽게도 나나에겐 더이상 들리지 않았다. 이 대화에 불쾌해진 그녀는 얌전하다는 그 로베르 부인에게 야무진 말을 한마디 해주고 싶어서 견딜 수가 없었다. 그러나 그때 다른 손님들이 우르르 들어오는 바람에 그쪽으로 정신이 쏠리고 말았다. 호화찬란하게 차려 입고 다이아몬드를 번쩍거리고 있는 멋쟁이 여자들. 옛날에 허물없이 이야기하며 친하게 지내던 로오르의 음식점으로 떼를 지어 온 것이다. 몇 십만 프랑이나 하는 보석을 몸에 지니고 초라한 창녀들의 경탄과 선망의 눈초리를 받으며, 1인당 3프랑짜리 식사를 하려는 것이다. 왁자지껄하니 명랑하게 웃으면서 그녀들이 들어오니 갑자기 방안은 환히 햇빛이 비치는 것 같았다. 그러나 그때 나나는 당황해서 얼굴을 돌렸다. 그들 중에서 뤼시 스튜와 마리아 블롱의 모습을 보았기 때문이다. 그녀들은 옆에 있는 홀로 가기 전에 5분 가량이나 로오르와 이야기를 나누었는데, 그동안 나나는 얼굴을 수그린 채 식탁보 위에 어질러 놓은 빵부스러기를 모으느라 정신이 팔린 척했다. 그러다가 얼굴을 들었을 때 얼떨떨해졌다. 옆자리는 비어 있고 사땡은 어디론지 가버리고 없었던 것이다.

"아니 어딜 갔을까?"

저도 모르게 소리내어 중얼거렸다.

아까부터 사땡이 환심을 사려고 하던 금발의 뚱뚱한 여자가 짓궂게 웃어 댔다. 그 웃음소리에 화가 난 나나가 무서운 눈초리로 쏘아보자 그녀는 능글맞게 말끝을 흐리며 대답했다.

"내가 그런 게 아니에요. 당신 친구를 데려간 건 다른 여자예요."

조롱을 당할 뿐이라는 것을 깨닫고 나나는 입을 다물어 버렸다. 그러고는 노여움을 나타내지 않으려고 잠시 가만히 앉아 있었다. 옆방에서 뤼시 스튜와의 날카로운 소리가 들린다.

몽마르뜨르와 샤벨의 댄스 홀에서 온 어떤 여자들을 모아 놓고 한턱 내고 있는 모양이다. 방안은 몹시 더웠다. 치킨라이스의 냄새가 물씬거리는 가운데 하녀는 다 먹은 접시들을 수북이 포개서 날라갔다. 예의 네 남자는 대여섯 명의 여자들에게 고급 포도주를 사주고 있다. 취하게 만들어 놓고 음탕한 이야기를 하게 만들려는 속셈인 모양이다. 나나가 화나는 일은 사땡의 저녁값까지 치러야 한다는 일이었다.

'지독한 것! 음식을 얻어 먹고 고맙다는 인사도 없이 아무하고나 붙어 달아나 버리다니. 하기야 불과 3프랑짜리밖에 안 되지만. 하지만 역시 너무해. 첫째 하는 태도가 얄미워.'

그래도 나나는 돈을 치렀다. 6프랑을 내던졌다. 시궁창 구정물보다 더 더럽다고 경멸하는 로오르에게.

마르띠르 거리에 나서니 점점 더 화가 났다. 이제 다시는 사땡을 찾아가지 않으리라.

'그 따위 더러운 년을 누가 상대한담!'

오늘밤은 완전히 망쳐 버렸다. 그녀는 천천히 몽마르뜨르 쪽으로 돌아갔다. 특히 그녀는 로베르 부인에 더 화가 났다.

'그런 년이 귀부인 행세를 하다니 뻔뻔스럽기도 하지. 쓰레기통 속에서나 귀부인 행세를 하라지.'

그제야 나나는 그녀를 만난 곳이 '빠삐용'이었다는 것이 생각났다. 그것은 쁘와송니에르 거리에 있는 저속한 카바레로, 남자들이 30수만 내면 여자가 응해주는 그런 곳이다.

'저 여자는 정숙한 척하고 고급 관리를 유혹한 주제에 남이 모처럼 식사에 초대를 하니 거만하게 거절을 했어! 도대체 저 여자의 어디가 얌전하다고, 정말 어처구니가 없어서! 저런 년이야말로 아무도 모르는 더러운 구렁에서 마냥 쾌락을 누리는 년이야.'

이런 것을 생각하면서 어느새 나나는 베롱거리에 있는 자기 집 앞에 와 있었다. 불이 켜져 있는 것을 보고 나나는 깜짝 놀랐다. 퐁땅도 저녁을 한턱 낸 친구가 슬그머니 사라지는 바람에 불쾌한 기분으로 돌아왔던 것이다. 새벽 1시 전에는 돌아오지 않을 줄 알았는데 그가 먼저 돌아와 있는 바람에 놀라서 행여 얻어맞지나 않을까 하고 겁을 내며 나나가 변명을 하자, 퐁땅은 냉정한 태도로 듣고 있었다. 나나는 6프랑을 쓴 것은 사실대로 고백했으나 말르와르 부인과 함께 나갔다고 거짓말을 했다. 그러자 퐁땅은 거만한 태도로 나나 앞으로 온 편지를 내놓았다. 봉투를 뜯어 본 것을 미안하게 여기지도 않는다. 조르즈에게서 온 편지였다. 그는 쭉 퐁데뜨에 갇혀 있으면서 매주일마다 열렬한 편지를 보내고 있었던 것이다. 나나는 사랑의 편지, 특히 과장된 사랑의 말과 맹세의 글귀로 가득 찬 편지를 받는 것이 좋아서, 그것을 누구에게나 읽어서 들려 주었다. 조르즈의 문장은 퐁땅도 알고 있었으며 잘 쓴다고 칭찬을 하고 있었다. 그러나 그날 밤은 아무래도 한바탕 소동이 벌어질 것 같아서 나나는 무관심한 척 시큰둥한 표정으로 훑어보고는 곧 내 던져 버렸다. 퐁땅은 유리창을 손가락 끝으로 톡톡 치고 있었다. 이렇게 이른 시간부터 자리에 들기는 싫고, 그렇다고 재미있게 보낼 방법도 없다. 갑자기 그는 나나 쪽을 돌아보았다.

"그 녀석에게 곧 답장을 하지."

평소엔 답장은 퐁땅이 쓰기로 되어 있었다. 그는 문장을 다듬느라 고심을 한다. 그리고 나나가 그 편지를 소리내어 읽고는 좋아서 키스를 하며, 이렇게 능숙한 말을 할 줄 아는 사람은 당신밖에 없다고 외친다. 그럴 때면 그는 아주 만족스러워하는 것 같았다. 이윽고 이것이 계기가 되어 그들은 열렬한 애욕에 빠지는 것이다.

"좋을 대로 하세요." 나나가 대답했다. "나는 차를 끓여 올게요. 그리고 나서 잠을 잡시다."

퐁땅은 책상 앞에 앉아서 펜과 잉크와 종이를 늘어놓았다.

두 팔꿈치를 책상에 대고 얼굴은 앞으로 내민다. 그리고 '사랑하는 그대여' 하고 서두의 글귀를 소리내며 썼다.

이렇게 하여 한 시간 가량 편지 쓰기에 열중했다. 이따금 문장을 다듬느라 머리를 싸안고 열심히 생각하다가 멋진 사랑의 문구가 떠오르면 혼자 웃기도 했다. 나나는 아무 말 없이 벌써 두 잔째 차를 들었다. 마침내 편지가 완성되자, 그는 읽어 주었다. 무대에서 대본을 읽는 것처럼 억양 없는 목소리로 이따금 몸짓을 섞어 가며 읽었다. 그는 다섯 장이나 되는 그 편지에 '미뇨뜨에서 보낸 즐거운 시간, 추억이 그윽한 향기처럼 언제까지나 사라지지 않는 그 시간'에 대해 말하고 '사랑의 꽃을 피웠던 봄을 영원히 잊지 않겠노라'고 맹세한 다음 끝으로 나의 유일한 소망은 '만일 행복을 되풀이할 수 있다면 그 행복을 되풀이하는 일이다'라고 말을 맺었다.

"알겠소?"

퐁땅이 다짐하듯이 말했다.

"이건 다 입으로만 하는 소리야. 농담이기망정이지 사실이면 큰일 나……. 아무튼 농담치고는 이 편지 꽤 잘 써졌지?"

그는 득의만면(得意滿面)하였다. 그러나 나나는 얻어맞을 것이 두려워서 그것만 경계하다가 그만, '아이 멋있어!' 하고 외치며 목에 매달리는 것을 잊어버렸다. "잘 쓰셨군요." 단지 그 말밖에 하지 않았다. 그는 몹시 화를 냈다. 내가 쓴 편지가 마음에 안 들면 제 손으로 쓰면 되잖아. 그리고 여느때처럼 사랑의 말을 속삭이며 키스도 하지 않고 두 사람은 쌀쌀하게 테이블을 사이에 두고 마주 앉아 있었다. 그래도 나나는 차를 따라 주었다. 한 모금 입에 대자마자 퐁땅은 소리질렀다.

"이런 걸 어떻게 마셔! 아니 소금을 넣었잖아!"

나나는 그만 어깨를 으쓱해 버렸다. 그는 발칵 화를 냈다.

"빌어먹을! 오늘밤은 재수 없는 일뿐이로군!"

드디어 싸움이 벌어졌다. 시계바늘은 이제 겨우 10시를 가리키고 있다. 싸움도 시간을 보내는 하나의 방법이다. 그는 노발대발하며 온갖 욕지거리와 비난을 퍼부어 나나에게 변명할 틈조차 주지 않았다.

"넌 바보고 더러운 년이야. 아무하고나 자잖아." 다음엔 돈 때문에 화를 냈다. "내가 밖에서 저녁을 먹을 때 6프랑이나 쓴 적이 있었나? 남이 사주는 거나 먹었지, 안 그러면 겨우 수프나 한 그릇 먹고 들어오는데 그 따위 말르와르 같은 뚱쟁이 년한테 저녁을 사주다니! 그 할망구, 내일 오기만 와봐라, 당장 내쫓아 버릴 테니까! 알겠어? 할망구하고 너하고 날마다 이렇게 6프랑씩 밖에다 뿌리고 다니다간 우린 큰일 난단 말이야! 우선 계산이나 해보아야겠어! 돈을 가져와, 얼마나 썼지?"

비열한 구두쇠 근성이 단번에 나타난 것이다. 나나는 겁이 나고 무서운 마음이 들어서 얼른 서랍에서 남은 돈을 꺼내왔다. 지금까지 그들은 조그만 상자에 열쇠를 넣어 두고 서로 마음대로 꺼내 쓰고 있었던 것이다.

"이게 도대체 어떻게 된 거야!" 퐁땅은 돈을 계산해 본 다음 말했다. "1만 7,000프랑 있었는데, 7,000프랑도 안 남았잖아. 살림을 시작한 지 겨우 석 달밖에 안 되는데……. 이럴 리가 없어."

그는 벌떡 일어나더니 서랍을 요란스럽게 잡아 빼다가 램프 불 밑에서 뒤져 보았다. 그러나 6천 8백 몇 프랑밖에 없다. 그는 미친 듯이 고함을 질러 댔다.

"석 달 만에 1만 프랑을 썼단 말이야? 그 돈으로 무얼 했지? 어서 대답해 봐……. 그 고몬지뭔지 하는 할망구한테 줬든가 아니면 어떤 놈팡이한테 줬겠지……. 난 다 알고 있어, 어서 대답해 봐!"

"너무 그렇게 화내지 마요! 금방 계산이 나오는데……. 당신은 세간살이를 계산에 넣지 않았고, 또 난 속옷도 사 입어야 하잖아요. 살림을 차리면 눈 깜짝할 사이에 돈이 없어지기 마련이에요."

그러나 퐁땅은 자기가 설명을 요구해 놓고도 나나의 말엔 귀도 기울이지 않는다. 이윽고 좀 진정이 되자 이렇게 말했다.

"그래도 그렇게 많이 들 수가 있나? 이봐, 난 이제 이런 살림에는 진저리가 났어…… 이 7,000프랑은 내 돈이야. 내 것이니까 내가 맡아 두겠어. 나는 파산하고 싶지는 않아, 내 돈을 내가 간수하는 거야."

그렇게 말하고 유유히 돈을 주머니에 넣었다. 나나는 어처구니가 없어 쳐다보고만 있었다. 퐁땅은 만족스런 표정으로 말을 이었다.

"알겠어? 나는 남의 아주머니나 자식 따위 먹여 살릴 그런 호인은 아니야…… 당신이 당신 돈을 쓰는 거야 마음대로지. 그러나 내 돈은 안돼…… 당신이 양고기를 구워 온다면 내 몫은 내가 치르지. 그건 밤마다 계산하도록 하자구! 알았어?"

나나는 발끈해서 저도 모르게 외쳤다.

"아니, 당신이 내 돈 1만 프랑을 집어삼켜 놓고서…… 어디 그 따위 치사한 소릴 하고 있어요!"

그러나 그는 더이상 입을 놀리려 하지 않았다. 테이블 너머로 힘껏 그녀의 뺨을 갈겼다.

"다시 한 번 말해 봐!"

질리는 기색도 없이 나나가 되풀이한다.

그가 달려들어 때리고 차고 난동을 부린다.

이윽고 나나는 기진맥진하여 여느때처럼 옷을 벗고 침대에 들어가 누워서 울기 시작했다. 그는 씩씩대고 있다가 자기도 침대에 들어가 누우려고 했다.

그러나 문득 책상 위에 놓인, 자기가 조르즈에게 쓴 편지 답장이 눈에 띄었다. 그는 침대 쪽을 돌아보며 정성스레 그 편지를 접으면서 협박하듯이 말했다.

"이 편지는 아주 잘 써졌어. 내가 직접 부치겠어. 난 농담하는 성격은 아니니까 말이야…… 이봐, 훌쩍거리지 마. 화딱지 나게시리."

나나는 나직하게 흐느끼고 있다가 숨을 죽였다. 그가 침대에 드러눕자 나나는 숨이 막히도록 그의 가슴에 파고들어 흐느껴 울었다. 그들의 싸움은 언제나 이런 식으로 끝나는 것이다. 그녀는 퐁땅을 잃을까 두려워서 어떤 변을 당하더라도 붙들어 두려고 했다. 그는 두 번이나 냉정하게 나나를 밀어 젖혔다. 그러나 충실한 개처럼 커다란 두 눈에 눈물을 가득히 담고 애원하는 그 따뜻한 몸이 안기자 욕정이 솟구쳤다. 퐁땅은 누그러졌으면서도 자기가 적극적으로 나오지는 않았다. 말하자면, 용서를 받으려면 그만한 노력을 하라는 듯이 나나가 애무하는 대로 내버려 두었다. 그러나 은근히 불안한 생각이 들었다. 나나가 연극을 꾸며서 서랍의 열쇠를 되찾으려는 속셈이 아닐까. 촛불을 끈 뒤 그는 자기 의사를 분명히 밝혀 두어야겠다고 생각했다.

"알겠지, 내 돈을 내가 간수하겠다는 건 진짜야!"

나나는 그의 목을 감고 잠을 자려다가 시원스레 말했다.

"걱정 말아요. 나는 일할 거예요."

그러나 그날 밤부터 두 사람의 생활은 점점 더 험악해지기 시작했다. 낮이나 밤이나 따귀 때리는 소리가 끊이지 않았다.

그것은 말하자면 그들 생활의 시간을 새기는 시계 소리 같았다. 너무 얻어맞아서 나나의 몸은 고급 린네르 천처럼 보드라워졌다. 살결은 윤이 나고 얼굴은 장미빛으로 물들어 있었다. 부드럽고 맑은 얼굴은 전보다도 더 아름다웠다.

그래서 퐁땅이 없는 틈을 노리고 쁘룰리에르가 찾아와서 집요하게 쫓아다니며 방 한구석으로 몰고 가서 키스를 하려고 했다. 그러나 나나는 화를 내고 얼굴을 붉히며 몸부림쳤다.

"싫어요. 친구를 배반하려 들다니!"

쁘룰리에르는 쓴웃음을 지으면서 비웃는다.

"정말 당신도 바보가 다 되었군! 그 원숭이의 어디가 좋아서 그래? 원숭이지 그게 뭐야, 커다란 코를 벌름거리는 게. 그 괴상망측한 상판을 좀 봐요! 그 따위 녀석한테 얻어맞다니!"

그러자 어느날 나나는 고약한 취미를 고백하는 여자처럼 태연하게 대답했다.

"그럴지도 몰라요. 그래도 나는 그이가 좋은걸요."

보스끄는 될 수 있는 대로 자주 저녁을 얻어먹는 것으로 만족했다. 그는 쁘룰리에르 뒤에서 나나를 향해 어깨를 으쓱해 보였다. 얼굴은 잘났지만 성실한 놈이 아니라는 뜻이다.

보스끄는 여러 번 그들이 싸움하는 장면을 목격했다. 그래서 디저트를 먹을 때 퐁땅이 나나의 따귀를 갈겨도 뭐 대단한 일이 아니라는 듯이 천연스럽게 입을 우물거리는 것이다. 얻어먹은 인사치례로 언제나 그들의 행복을 부러워하는 체해 보였다. 그리고 자기는 철학자라 자칭하며 명성이고 뭐고 모든 것을 체념하고 있다고 했다. 때때로 쁘룰리에르와 퐁땅은 의자에 벌렁 드러누워서 식사가 끝난 테이블을 앞에 두고 새벽 2시까지 정신없이 자기들의 성공담으로 꽃을 피운다. 그동안 보스끄는 깊은 생각에 잠겨 이따금 어처구니없다는 듯이 한숨을 쉴 뿐 묵묵히 꼬냑 병을 비우고 있다.

"지금 따르마*3의 무엇이 남았나? 아무것도 없잖아. 죽어버리면 그만인 거야. 어리석은 노릇이지!"

어느날 저녁 보스끄가 와 보니 나나가 울고 있었다. 그녀는 웃옷을 벗고, 얻어맞아 멍이 든 등과 팔을 보였다. 어리석은 그 쁘룰리에르였다면 마침 잘 되었다 하고 치근댔겠지만, 보스끄는 그런 짓은 하지 않고 의젓하게 타일렀다.

"여자가 있는 곳에 매질이 있다. 아마 나뽈레옹이 그런 말을 했지…… 소금물로 씻어요. 이런 상처는 소금물이 제일이야. 앞으로도 자주 얻어맞을 텐데 뭘. 뼈가 부러지지 않는 한은 꾹 참아야 해…… 그건 그렇고 저녁이나 먹도록 하지 그래요? 아까 보니 양다리를 굽던데."

그러나 르라 부인은 그 철학자와는 달랐다. 나나가 멍이 든 흰 살을 보일 때마다 그녀는 큰소리를 질렀다. 이러다간 내 조카딸을 죽이겠다는 것이다. 퐁땅이 보기 싫다고 그녀를 자기 집에 들어오지 못하게 한 이후, 르라 부인은 조카딸의 집에 와 있는 동안 퐁땅이 들어오면 부엌 문으로 달아나야만 했다. 그것은 굉장한 굴욕이었다. 그래서 그녀는 줄곧 이 상스러운 사나이의 욕을 퍼붓는 것이었다. 특히 버릇없는 후레자식이라고 비난을 한다. 예절에 관해서는 누구 못지않는 어진 부인이라는 태도로.

"그건 첫눈에 당장 알 수 있어, 그 사람에겐 예의라곤 전혀 없는걸. 틀림없이 어미가 상것이었을 거야. 보나마나 뻔해…… 물론 나같이 나이 먹은 여자에겐 공손히 대하는 게 당연하지만, 그건 나 때문에 하는 소리가 아니야…… 문제는 너야. 그런 변을 당하고 어떻게 참는단 말이냐. 내 자랑은 아니지만, 나는 언제나 너에게 예의범절을 가르쳐 주었고, 또 너의 부모한테서도 아주 유익한 교훈을 많이 들었잖니. 우리 집안이야 모두 점잖았지."

나나는 아무 대꾸도 하지 않고 고개를 숙인 채 듣고 있었다.

"그리고 전에 네가 사귀어 온 사람들은 모두 훌륭한 사람들뿐이었다…… 바로 어제도 우리 집에서 조에와 그런 이야기를 했단다. 조에도 역시 네 마음을

---

*3 프랑스의 비극배우. 1763~1826.

모르겠다고 하더라. '뮈파 백작님 같은 그런 대단한 분을 마음대로 휘어잡던 아씨가—이건 내 말이지만, 사실 넌 그분을 너무 쥐고 흔들었어—그런 아씨가 어째서 그 따위 광대 녀석한테 구박을 받아 가며 사느냐'고 말이다. 그래서 난 이렇게 말해 주었지. 맞는 건 참을 수 있지만, 사람을 사람같이 여기지 않는 것만은 참을 수 없다고. 결국 그자에게는 장점이라고는 아무것도 없어. 나 같으면 그놈의 초상화만 방에 있어도 못 참겠어. 너는 그 따위 못난 놈 때문에 신세를 망치고 있단 말이야. 아무렴, 신세를 망치고 있지. 돈 많고 지체 높은 사람들이 그렇게 많은데, 너는 그 사람들을 조롱이나 하고 말이야…… 아무튼 내가 너 하는 일에 참견할 바는 아니지만, 내가 만일 그런 짓을 당하면 네가 곧잘 하는 식으로 한마디 해주겠다. '사람을 어떻게 생각하는 거야?' 이렇게 말이다. 그러고는 내쫓아 버리겠다. 그래야 그놈이 꼼짝 못하지."

그러자 나나는 갑자기 울음을 터뜨리며 중얼거렸다.

"하지만 전 그이가 좋은 걸 어떻게 해요."

사실을 말하면 르라 부인은 나나가 루이의 양육비로 20수를 만들어 주는 것조차 가끔 힘에 겨워 하는 것을 보고 불안을 느끼고 있는 것이었다. 하기야 무슨 일이 있더라도 루이를 성심껏 길러 주고 형편이 좋아질 때까지 기다릴 생각이기는 했다. 그러나 자기와 아이와 그 어머니가 유복한 생활을 할 수 있는 것을 퐁땅이 방해하고 있다고 생각하니 화가 치밀어서 사랑이고 뭐고 다 소용없다고 할 수밖에 없었다. 그래서 마지막으로 쌀쌀하게 말했다.

"애, 그 녀석이 너를 뱃가죽까지 벗겨 먹고 나거든 언제든지 우리 집으로 오너라. 언제든지 내가 환영해 주마."

이윽고 나나는 돈 때문에 걱정하게 되었다. 퐁땅은 예의 7,000프랑을 감추어 버렸다. 틀림없이 어디 안전한 장소에 두었을 것이다. 그러나 물어 볼 용기는 없다. 고모는 그를 못난 놈이라고 하지만, 나나로서는 역시 기가 죽는 것이다. 몇 푼 안 되는 돈 때문에 매여 산다는 인상을 주고 싶지 않았다. 그는 살림에 필요한 돈은 준다고 했었다. 처음에는 아침마다 3프랑씩 주었다. 그러나 돈을 내면 그 만큼 요구도 많아진다. 그 3프랑을 가지고 버터, 고기, 새로 나온 채소며 과일을 모두 사라고 했다. 나나가 투덜거리며 3프랑을 가지고 어떻게 이것저것 다 살 수 있느냐고 하면 벌컥 화를 내며, 바보 천치라는 둥, 살림이 헤프다는 둥, 멍텅구리라는 둥 마구 욕을 퍼부어 댄다. 그러고는 위협을 한다.

"너는 장사꾼에게 속고 있는 거야. 자꾸 그러면 딴 데에서 하숙을 해버릴 테다."

그러다가 한 달쯤 지나니 아침에 장롱 위에 3프랑을 내놓고 나가는 것을 잊어버리는 일이 가끔 있었다. 나나가 넌지시 돈을 달라고 하면, 반드시 큰 싸움이 벌어졌다. 이런 사소한 일까지 구실로 삼아 때릴 바에야 차라리 그를 의지하지 않는 편이 낫겠다고 생각했다.

그 반대로 돈을 주지 않고 나갔는데도, 저녁에 먹을 것이 있을 때는 매우 기분이 좋아서 나나에게 키스를 하고 의자를 안고 춤을 추며 어릿광대짓을 했다. 그러면 나나도 기뻐서 살림을 꾸리기에 고생스러우면서도 장롱 위에 돈을 놓아 두지 않기를 바라게 되었다. 어떤 날 나나는 아직 어제 쓰던 돈이 남았다고 거짓말을 하고 그가 내놓은 돈을 돌려 주었다. 그는 전날 밤에 돈을 준 기억이 없었으므로 혹시 무슨 잔소리나 듣지 않을까 하고 엉거주춤했다. 그러나 나나는 황홀하게 그를 바라보며 온통 몸을 내맡기고 키스를 한다. 그러면 그는 수전노가 남의 손에 넘어갈 뻔했던 돈을 되찾은 것처럼 바르르 손을 떨며 그 돈을 주머니에 움켜 넣었다. 그날부터 그는 살림을 걱정하지 않았고, 돈의 출처도 묻지 않았다. 감자밖에 없을 때는 뚱한 표정을 하고 칠면조나 양고기가 있으면 턱이 빠지도록 허허거렸다. 그러나 아무리 기분이 좋은 날이라도 팔이 둔해지면 안 된다는 듯이 나나를 때리는 일만은 잊지 않았다.

나나는 모든 것을 자기가 처리해 나갈 방법을 강구했던 것이다. 어떤 날은 음식이 남을 정도로 잔뜩 있었다. 보스끄가 일주일에 두 번씩 소화불량에 걸릴 정도였다. 어느날 밤, 르라 부인이 집으로 돌아가려다가 자기 입에는 들어가지 못할 기막힌 저녁상을 차리는 것을 보고 분개한 나머지 저도 모르게 누가 이런 큰돈을 주었느냐고 다그쳤다. 나나는 갑작스런 질문에 깜짝 놀라서 얼떨떨한 표정이 되더니 울기 시작했다.

"원, 세상에 기가 차서!"

그녀는 모든 사정을 알아차렸던 것이다. 나나는 가정의 평화를 위해서라면 무슨 짓이라도 하겠다고 각오했던 것이다. 애당초 뜨리꽁을 만난 것이 잘못이었다. 퐁땅이 대구 요리 때문에 화를 내고 나가 버린 날, 나나는 라발 거리에서 뜨리꽁을 만났는데 마침 사람을 구하지 못해 애를 먹고 있다는 말을 듣고 나나는 그만 승낙을 해버린 것이었다. 퐁땅은 6시 전에 돌아오는 일이 좀처럼 없기 때문에 오후 시간을 이용해서 40프랑 내지 60프랑, 때로는 그 이상의 돈을 벌게 되었다. 이전의 신분 같았으면 2백 프랑이나 3백 프랑도 받을 수 있었을 것이다. 그러나 지금은 끼니 장만할 돈만 있으면 그만이었다. 저녁이면 보스끄가 배가 터지도록 음식을 먹고, 퐁땅은 테이블에 팔꿈치를 괴고 사랑을 독점한 남자처럼 우쭐한 낯으로 여유있게 눈에 키스를 시킨다. 그럴 때 나나는 자기가 몸을 판 일 같은 것은 깨끗이 잊어버리는 것이었다.

이렇게 하여 나나는 퐁땅을 열렬하게 사랑함으로 인하여 다시 본래의 진구렁으로 빠져 들어갔다. 지금은 자기가 벌어 먹이니만큼 그 애정은 더욱 맹목적이었다. 단돈 100수를 얻기 위해 다 떨어진 헌신을 끌며 거리를 헤매었다. 어느 일요일 로슈푸꼬 시장에서 사땡과 만나 화해를 했다. 처음에는 서슬이 퍼래서 대들듯이 로베르 부인에 대한 비난을 심하게 했다. 하지만 사땡은 자기가 싫다고 남까지 그 사람을 싫어하라는 법은 없지 않겠느냐고 대답했다. 본디 마음이 너그러운 나나는, 사람이 살다 보면 장차 무슨 일이 생길지 모른다는 생각이 들어 그녀를 용서해 주었다. 그리고 호기심이 나서 사창굴에 대한 이야기를 묻기까지 했다. 모든 걸 다 알 나이가 되었는데도 또 새로운 이야기를 듣고 어처구니가 없어 웃어 대기도 하고 탄성을 지르기도 했다. 그런 이야기가 재미있다고는 생각되나 역시 좀 망측스럽다고 느꼈는데 그것은 나나가 천성적으로는 오히려 보수적이었기 때문이다. 나나는 퐁땅이 밖에서 저녁을 먹을 때는 자주 로오르의 집에서 식사를 하게 되었다. 그곳에서 여자 손님들이 얌전하게 포크를 놀리면서 여러 가지 소문이랑 사랑과 질투에 관해 주고받는 이야기를 듣는 게 재미있었다.

그러나 자기도 늘 말하고 있듯이, 그녀들 틈에 어울릴 생각은 없었다. 뚱뚱한 로오르가 어머니 같은 부드러운 태도로 아스니에르에 별장이 있는데 일곱 사람이 묵을 수 있는 방이 있으니까 와서 이삼 일 놀다 가라고 가끔 초대를 했다. 나나는 거절했다. 무서웠다. 그러나 사땡이, 그건 네 오해야, 빠리의 신사들이 와서 그네를 태워 주고 또 공던지기를 하며 놀 뿐이야, 하고 보증을 하는 바람에 틈이 나는 대로 가겠다고 약속했다.

그 무렵 나나는 몹시 쪼들렸기 때문에 놀고 있을 여유가 없었던 것이다. 무엇보다도 돈이 아쉬웠다. 요새는 뜨리꽁이 주선해 주지 않을 때가 가끔 있다. 그런 때는 어디서 돈을 벌어야 할지 몰랐다. 하는 수 없이 사땡과 둘이서 빠리거리를 미친 듯이 돌아다녔다. 그들은 윤락녀처럼 희미한 가스등이 비치는 진창길을 쏘다녔다. 나나는 전에 그 더러운 치맛자락을 펄럭이며 춤을 추던 변두리의 저속한 카바레에도, 외곽 지대의 컴컴한 한길 모퉁이에도 가보았다. 열다섯 살 때 길거리에서 남자들에게 안겨 있다가 딸을 찾아나온 아버지에게 들켜 발길로 엉덩이를 채이던 그곳이다. 나나와 사땡은 가래침과 엎질러진 맥주로 축축한 계단을 올라다니며 그 구역의 댄스홀이나 까페를 돌아다니거나 혹은 천천히 거닐고 나서 커다란 남의 집 대문 앞에 걸음을 멈추기도 한다. 사땡은 애초에 이런 영업을 시작하게 된 곳이 라땡 거리였기 때문에 나나를 뮐리에와 생 미셸 거리의 비어홀로 데리고 갔다. 그러나 여름방학이 되어서 그 구역은 한산했다. 그래서 다시 번화가로 나섰다. 그곳이 그나마 제일 나았다. 이렇듯 몽마르뜨르 언덕에서 관상대 언덕까지 온 빠리 시내를 돌아다녔다. 구두창이 불어서 빠져 버릴 듯한 비오는 날 밤, 블라우스가 피부에 들러붙는 무더운 저녁 그들은 오랜 시간 서서 기다리기도 하고 끝없는 방황을 계속하며 통행인들에게 떼밀려 시비가 벌어지기도 했다. 그러다가 수상한 여인숙으로 남자를 끌고 들어갔다. 그러면 남자는 지독한 짓을 하고는 질척한 계단을 내려가면서 욕설을 퍼붓기도 했다.

여름이 끝나가고 있었다. 그해 여름에는 소나기도 많고 밤에도 유난히 무더웠다. 나나와 사땡은 저녁을 마치고 9시쯤 거리로 나섰다. 노뜨르담 드 롤레뜨 거리의 보도에는 여자들이 상점에 바싹 붙어서 두 줄로 치맛자락을 잡고 얼굴을 숙인 채 상점의 물건에는 눈도 돌리지 않고 바쁜 듯이 종종걸음으로 지나간다. 가스등이 켜지기가 무섭게 브레다 거리에서 내려오는 굶주린 밤의 여자들, 나나와 사땡은 언제나 성당을 끼고 뻴르띠에 거리를 지나갔다. 까페 리슈로부터 1백 미터쯤 떨어진 운동장에 이르면 지금까지 조심스럽게 쳐들고 있던 옷자락을 내린다. 거기서부터는 먼지를 겁내지 않고 옷자락을 끌고 몸을 흔들며 종종걸음으로 걸어 간다. 큰 까페의 밝은 불빛 앞을 지나갈 때는 다시 걸음을 늦춘다. 가슴을 활짝 펴고 높은 소리로 웃어 대며 뒤돌아보는 남자들을 염치없이 빤히 쳐다본다. 분바른 얼굴에 새빨간 입술과 아이새도를 칠한 그녀들의 얼굴은 침침한 데서 보면 마치 싸구려 시장에서 파는 13수짜리 동양 인형을 거리 한복판에 내놓은 것 같은 야릇한 매력을 풍겼다.

12시까지 사람들이 붐비는 속을 활기차게 돌아다닌다. 이따금 뒤에서 치맛자락을 밟는 남자가 있어도 그의 등에 대고 '바보 같은 것!' 이렇게 한마디 던질 뿐이다. 까페의 보이들에게 친근하게 인사를 하고 테이블 앞에 서서 이야기를 나눈다. 그러다가 음료수라도 대접받으면 얼씨구나 하고 앉아서 천천히 마셔 가며 극장이 끝나기를 기다린다. 그러나 밤은 깊어 가고, 로슈푸꼬 거리에 한두 번밖에 다녀오지 못했을 때는 그녀들은 창녀로 변하여 필사적으로 손님 사냥을 하는 것이었다. 인적 없는 큰길 가로수 밑에서 벌어지는 상스러운 흥정, 욕지거리, 따귀 소리, 딸을 데리고 가는 부부들, 말하자면 여염집 사람들은 이런 광경에는 익숙해 있으므로 서두르지도 않고 천천히 지나간다. 오페라 극장과 짐나즈 극장 사이를 열 번쯤 오갔을 무렵에는, 점점 더 컴컴해지는 어둠 속에서 아무리 말을 걸어도 남자들은 달아난다. 그러면 나나와 사땡은 몽마르뜨르 거리의 보도에 진을 친다. 그곳은 레스토랑, 비어홀, 돼지고기 가게가 새벽 2시까지 환하게 불을 켜놓았고, 까페의 문앞에는 숱한 여자들이 이리저리 돌아다니고 있었다. 밤의 빠리에서도 유독 이곳만이 환하게 생동하고 있는 것이다.

하룻밤의 영업을 위해 열려 있는 유일한 시장. 그곳에서는 길 이쪽 저쪽에서 노골적인 흥정이 벌어지고 있다. 마치 안팎이 통하는 사창굴의 복도에서처럼 허탕치고 돌아가는 밤에는 여자들끼리 말다툼이 벌어졌다. 노뜨르담 드 롤레뜨의 거리가 어둡고 쓸쓸하게 이어져 있고 여기저기에 여자들의 그림자가 천천히 움직이고 있다. 동네의 창부들이 돌아가는 시간이다. 하룻밤을 보람 없이 허비한 가엾은 여자들은 그래도 끈질기게 브레다 거리나 퐁뗀느 거리 모퉁이에서 비틀거리는 주정꾼을 붙들고 쉰 목소리로 졸라 대고 있다.

그러나 뜻밖의 횡재를 만나는 수도 있다. 주머니에 훈장을 감추고 들어오는 훌륭한 신사로부터 몇 루이씩 받는 것이다. 특히 사땡은 냄새를 잘 맡았다. 비 내리는 밤, 축축한 빠리가 불결한 침실 같은 퀴퀴한 냄새를 발산할 때 후텁지근한 날씨와 수상쩍은 구역에서 흘러나오는 좋지 않은 냄새가 남자의 욕정을 자극한다는 것을 사땡은 잘 알고 있었다.

될 수 있는 대로 차림새가 훌륭한 사람을 노렸다가 그 흐릿한 눈 속에서 그의 기분을 읽는다. 마치 본능적인 욕구의 발작이 이 도시를 휩쓸고 있는 것 같다. 차림새가 좋은 사람일수록 하는 짓이 더 지독하기 때문에 사땡은 조금 두려운 생각이 들기도 했다. 인간의 모든 껍데기가 벗겨지고 괴상한 취미를 드러내어 온갖 변태를 부리며 짐승의 모습을 나타내는 것이다. 그래서 사땡은 마차 위에 위엄을 차리고 앉은 신사들에 대해서는 아무런 존경심도 품지 않았으며 오히려 여자를 아낄 줄 알고, 추잡한 수작으로 아내를 괴롭히지 않는 마부가 차라리 낫다고 말하곤 했다. 나나는 아직도 선입관에 사로잡혀 있었으므로, 상류 사회 남자들이 타락의 구렁으로 빠지는 것을 보고 놀랐다. 그러나 그런 선입관은 사땡이 내몰아 주었다.

"그렇다면 도덕 같은 것은 이 세상에 없는 걸까?" 심각한 얼굴로 곧잘 나나가 말했다. "지체가 높고낮고 간에 사람이란 누구나 자는 일밖에 생각하지 않는가 봐. 밤 9시부터 새벽 3시까지의 빠리는 그야말로 장관일 거야." 그렇게 말하고 웃어 대며 그녀는 외치는 것이었다. "우리가 만약 방마다 들여다볼 수 있다면 참 재미있을 거야. 여기서는 지체 낮은 사람들이 흠뻑 즐기고 있고 저기서는 많은 고관들이 음탕한 짓에 빠져 있고."

이렇게 하여 나나는 창녀가 되었다.

어느날 밤 사땡을 만나러 가다가 창백한 얼굴빛으로 난간을 짚고 계단을 휘청휘청 내려오는 슈아르 후작과 마주쳤다. 나나는 코를 푸는 체하며 얼굴을 가리고 올라갔다. 일주일씩이나 그대로 내버려둔 방안, 퀴퀴한 냄새가 나는 침대, 어질러져 있는 냄비. 이런 불결한 생활을 하고 있는 사땡이 후작을 안다는 것은 실로 뜻밖이었다. 그러자 사땡이 말했다. 전부터 잘 아는 사이야! 내가 과자 장수와 동거하고 있을 때도 귀찮게 쫓아와서 애를 먹은 적이 있었어! 지금도 가끔 오는 데 곤란해 죽겠어. 더러운 곳을 골라 가며 냄새를 맡는단다. 슬리퍼 속까지.

"글쎄 슬리퍼 속까지 냄새를 맡는다니까……. 그리고 그 더러운 영감은 오기만 하면 주문이 많단다……."

이러한 매춘 영업이 자기 몸에 배지나 않을까, 나나는 그것이 무엇보다도 두려웠다. 자기가 유명해지기 시작할 무렵에는 그것이 하나의 놀이에 지나지 않았다. 그러나 지금 주위에서 보는 여자들은 그것에 온몸을 다 바쳐 날마다 조금씩 건강을 해쳐 가고 있는 것이다. 사땡은 경찰 얘기를 함으로써 나나를 무척 놀라게 했다. 그녀는 많은 경험을 가지고 있었다. 전에 잘 보아 달라고 부탁을 하기 위해 풍기담당 경찰과 잔 일도 있다. 덕분에 두 번이나 걸려 들 것을 그의 힘으로 모면했다. 그러나 이번에 걸려 들면 영업이 탄로나기 때문에 전전긍긍하고 있었다.

"잘 들어 둬." 이렇게 말을 꺼내 놓고 사땡은 일러 주었다.

"경찰은 특별 수당을 받기 위해 되도록 많은 여자를 적발해. 누구든 가리지 않고 적발하는데 소리라도 지르면 따귀를 때려서 입을 틀어막아. 설사 여염집 여자가 섞여 있는 한이 있더라도 그것은 실수가 되지 않으며 수당을 받는 것이 확실하므로 예사인 거야. 여름이면 열두 명 내지 열다섯 명이 한패가 되어 번화가를 훑곤 해. 그리하여 보도를 포위해서 하룻밤에 서른 명 가량이나 붙잡아 가지. 하지만 난 지리에 밝기 때문에 염려 없어. 경찰의 얼굴을 보자마자 허둥지둥 사람들 틈으로 달아나는 여인들의 행렬을 헤치고 재빨리 달아나거든."

그녀들의 법률과 경찰에 대한 공포는 대단한 것이어서 경찰이 거리를 쓸다시피 밀어 닥쳐와도 오금이 떨어지지 않아 까페의 문 앞에 그냥 서 있는 여자도 있을 정도다. 그러나 사땡이 그 이상으로 두려워하는 것은 밀고였다. 전에 그 과자장수도 사땡에게 버림을 받자 경찰에 찌르겠다고 협박한 일이 있다.

"남자는 이런 비겁한 수단으로 여자를 물고 늘어지는 법이야. 뿐만 아니라 자기보다 예쁜 여자만 보면 경찰에다 밀고하는 괘씸한 여자도 있단다."

이런 이야기를 들을 때마다 나나는 더욱 겁이 났다. 이제까지도 쭉 법 앞에서는 떨어 온 그녀이다. 남성의 복수라고나 할까, 이 법률이라는 미지의 힘이 엄습해 와도 자기를 지켜 줄 사람은 세상에 아무도 없다. 생 라자르 감옥은 무덤처럼 생각되었다. 머리를 깎고 여자를 생매장하는 컴컴한 구멍, 퐁땅과 헤어지기만 하면 보호자를 찾을 수 있다는 것은 너무나 잘 알고 있었다. 사진이 붙은 상습범의 명부가 작성되어 있어서 경찰은 그것과 대조하기로 되어 있으므로 염려없다고 사땡이 아무리 말해도 나나의 불안은 가라앉지 않는다. 떼밀려 유치장으로 끌려갔다가 다음 날 강제로 검진을 받게 되는 광경이 때때로 눈에 어른거린다. 검진용 침대를 생각하니 이제까지 수없이 파렴치한 행동을 해온 나나지만 창피해서 그대로 죽고 싶은 심정이었다.

바로 그러던 9월 말의 어느날 밤, 나나가 사땡과 함께 쁘와송니에르 거리를 거닐고 있을 때 갑자기 사땡이 달아나기 시작했다. 왜 그러느냐고 나나가 묻자 낮은 소리로 사땡이 속삭였다.

"경찰이야 빨리! 빨리!"

혼잡한 사람들 속을 미친 듯이 달려갔다.

치맛자락이 찢어졌다. 때리는 소리와 비명소리에 이어 한 여자가 넘어졌다.

경찰이 큰길에서 매춘부 단속을 하는 모습

경찰들이 우르르 몰려들어 재빨리 포위망을 좁힌다. 웃으면서 구경을 하고 있는 군중들. 그러다가 나나는 그만 사땡을 잃어버렸다. 다리에 힘이 빠지는 바람에 꼼짝없이 붙잡히게 되어 있는데 한 남자가 그녀의 팔을 잡고 법석을 떨고 있는 경찰들 앞을 지나갔다. 쁘룰리에르가 나나를 알아보고 구해 준 것이다. 그는 아무 말 없이 그녀를 데리고 조용한 루즈몽 거리로 접어들었다. 거기까지 가서 비로소 나나는 한숨 돌렸는데, 녹초가 되어 부축을 해주지 않으면 쓰러질 것 같았다. 고맙다는 인사를 할 기운마저 없었다.

"자, 기운을 내요……." 이윽고 그는 입을 열었다. "우리 집에 가지."

쁘룰리에르는 그 부근의 베르제르 거리에 살고 있었다. 그러나 나나는 금방 몸을 도사렸다.

"싫어요."

순간 그는 태도를 싹 바꾸고 거칠게 말했다.

"아무나 상대하고 있잖아……. 뭣 때문에 싫지?"

"하지만." 나나의 이 한마디는 모든 것을 말해 주고 있었다. "나는 퐁땅을 사랑하기 때문에 그의 친구와 바람을 피울 수는 없어요. 다른 남자의 경우와는 사정이 달라요. 그건 필요에 의해서 마지못해 하는 것이니까요."

나나가 고집을 부리는 것을 보자, 쁘룰리에르는 체면을 손상당한 미남자 같은 비열한 태도를 취했다.

"그럼 좋을 대로 해요. 나는 따라가지 않을 테니까……. 혼자서 잘 빠져 나가 봐요."

그런 말을 남기고는 잽싸게 가버렸다. 나나는 또다시 무서운 생각이 들어 멀리 우회하여 몽마르뜨르로 돌아갔다. 상점들 사이를 급히 달려가다가 남자가 다가오면 안색이 창백하게 변하기도 했다.

이튿날, 전날 밤의 공포가 미처 가시지도 않은 채 고모네 집으로 가다가 바띠뇨르의 한적한 골목에서 라보르데뜨와 마주쳤다. 처음에는 둘이 다 거북해했다. 그는 여전히 태도가 상냥하다. 무슨 좋은 이야기가 있는 모양이다. 이윽고 그가 먼저 친근한 태도로 참 잘 만났다고 기쁜 듯이 말했다.

"사실 나나가 종적을 감추는 바람에 사람들이 어리둥절해 하고 있소. 모두 당신을 만나고 싶어하고, 친구들은 굉장히 실망하고 있지." 이렇게 말한 다음 이번에는 아버지 같은 말투로 타이르기 사작했다. "우리끼리니까 하는 말이지만 당신의 요즘 생활은 좀 어리석은 것 같소……. 하기야 그 사람한테 반했다는 건 알고 있지. 그러나 마냥 구박만 받고 얻어 걸리는 것이라곤 따귀뿐이라니, 그런 어처구니없는 일이 어디 있소! 열녀비라도 세워줄 줄 알고 그러는 거요?"

나나는 우물쭈물하고 있었다. 그러나 로즈가 뮈파 백작을 손에 넣고 의기양양해한다는 말을 듣는 순간 눈이 번쩍 빛났다. 나나는 중얼거렸다.

"나도 그럴 마음만 먹으면야……."

곧바로 그는 자기가 중개 역할을 맡으면 어떻겠느냐고 친절한 태도로 제안했다. 나나는 거절했다. 그러자 이번에는 다른 면으로 공격해 왔다. 그의 말에 따르면 보르드나브가 포슈리의 각본을 상연하는데 나나에게 알맞은 역이 있다는 것이다.

"뭐라구요? 역이 있다구요?" 나나가 깜짝 놀라 소리쳤다. "그 사람도 거기 참가하고 있는데 아무 말도 해주지 않았어요!"

퐁땅의 이름은 부르지 않았다. 그러나 곧 마음을 가라앉히고, 이제 다시는 무대에 안 나가겠다고 덧붙였다. 라보르데뜨는 납득이 안 가는 듯 미소를 띠면서 집요하게 말했다.

"나 때문에 걱정할 건 없어요. 그동안 뮈파 백작의 마음을 돌려 놓을 테니 당신은 무대로 돌아가요. 그렇게 되면 어떻게든지 해서 그를 데리고 나올 테니까."

"싫어요!"

나나는 딱 잘라 거절했다. 이렇게 하여 나나는 라보르데뜨와 헤어졌다.

자신의 갸륵한 태도에 스스로 감격이 되었다. 저 사람이 저렇게까지 친절하게 해주는 것은 보나마나 나중에 그것을 크게 이용하려는 속셈일 거야. 그러나 한 가지 사실이 나나를 놀라게 했다. 지금 라보르데뜨가 준 충고는 프랑시스가 한 것과 똑같지 않은가. 그날 밤 퐁땅이 돌아오자 나나는 포슈리의 각본에 대해 물어 보았다.

"두 달전부터 바리에떼 극장에 다시 나가고 있으면서 왜 새로운 역이 있다는 말을 안 해 주었어요?"

"새로운 역이라니." 쉰 목소리로 그가 되물었다. "설마 그 귀부인 역을 말하는 건 아니겠지? 허, 제딴은 재주가 있는 줄 아는 모양이지! 글쎄 그 역은 당신이 감당하지 못할 역이라니까……. 거 웃기지 마!"

나나는 몹시 기분이 상했다. 퐁땅은 밤새도록 나나를 마르스 양*4이라고 부르면서 놀려 댔다. 그러나 나나는 놀리면 놀릴수록 꾹 참았다. 그러면서 그녀는 자기 자신을 위대하고 사랑스럽게 여기는 일시적인 영웅적 기분에 사로잡혀 이상한 쾌감마저 느꼈다. 퐁땅을 부양하기 위해 손님을 받게 된 뒤부터, 나나는 피로와 혐오에도 더욱 그를 사랑하게 되었다. 이제 퐁땅은 그녀 자신의 변태적인 욕망을 채우기 위해 꼭 있어야 할 존재가 되었다. 그러므로 무슨 짓을 해서든지 그를 부양해야 한다. 이러한 성향을 매질의 자극이 더욱더 돋우어 주었다. 그는 나나가 순종하는 것을 알자 더욱 난폭한 짓을 하게 되었다. 나나를 보기만 해도 화가 나고 미칠 듯이 사나운 증오에 휩싸인다. 상대의 이해(利害) 같은 것은 이제 안중에도 없다. 보스끄가 충고라도 하면 이유도 없이 화를 내며 고함을 지른다.

"그까짓 계집이 만드는 저녁 따윈 이제 먹고 싶지도 않아. 차라리 그런 년을 내쫓고 7,000프랑의 돈을 딴 여자에게 주어야겠어."

얼마 뒤 두 사람의 관계는 이 말대로 되어 버렸다.

어느날 밤 11시쯤, 나나가 돌아오니 문이 잠겨 있었다. 한 번 노크를 해보았으나 대답이 없었다. 다시 한 번 노크를 했다. 그래도 대답이 없었다. 그러나 문틈으로 불빛이 새어 나오고 있었다. 그리고 방안에 퐁땅이 태연히 거닐고 있는 발소리도 들렸다. 나나는 화가 나서 큰 소리로 부르면서 계속 문을 두드려 댔다. 마침내 퐁땅의 느리고 굵은 목소리가 들렸다.

"시끄러워!"

나나는 두 주먹으로 문을 두드렸다.

"시끄러워!"

문이 부서져라고 더 힘껏 두드렸다.

"시끄러워!"

이렇게 하여 약 15분 가량 문을 두드릴 때마다 똑같은 투의 '시끄러워!'라는 말이 메아리처럼 되돌아왔다. 그러나 나나가 쉬지 않고 두드려 대자 퐁땅은 갑자기 문을 얼어 젖히고는 팔짱을 끼고 문턱에 막아서서 냉혹한 목소리로

_____
*4 유명한 여배우. 1779~1847.

말했다.

"빌어먹을! 어지간히 두드려 대라……. 무슨 일이야? 조용히 잠 좀 자게 해주지 못하겠어? 손님이 와 있단 말이야."

사실 그는 혼자가 아니었다. 부페 극장에서 보았던 그 작은 여자가 이미 나이트 가운을 입고 실밥 같은 머리를 풀어 헤친 밑으로 송곳으로 찔러 놓은 듯한 눈을 하고 나나가 장만한 세간 살이 속에서 장난치고 있는 것이 보였다. 퐁땅은 험악한 표정을 지으며 한 걸음 밖으로 나오더니 굵은 손가락을 집게처럼 벌리고 소리질렀다.

"못 가겠어? 안 가면 목을 졸라 죽여 버릴테야!"

나나는 몸을 떨며 울음을 터뜨렸다. 무서운 생각이 들어서 달아났다. 이번에는 내가 내쫓기는구나. 흥분된 머릿속에서 문득 뮈파 생각이 났다. 하지만 퐁땅이 나에게 그 보복을 할 이유는 없어.

사땡네 집에 손님이 없으면 거기서 재워 달래자. 밖으로 나오자 우선 그렇게 생각했다. 그런데 그 사땡을 문 앞에서 만났다. 그녀는 집주인한테 쫓겨났던 것이다. 집주인은 방문에 자물쇠를 채웠는데, 그건 위반이며, 방안 살림살이는 자기 것이라고 했다. 사땡은 욕설을 퍼부으며 집주인을 경찰서로 끌고 가겠다고 했다. 하지만 이미 자정이 지난 밤중이라 먼저 잠잘 곳을 찾아야 했다. 사땡은 경찰의 신세를 지지 않는 편이 현명하다 생각하고, 결국 나나를 라발 거리로 데리고 가서 어떤 부인이 경영하고 있는 작은 호텔로 들어갔다. 창문이 안뜰로 향해 있는 2층의 좁은 방을 하나 얻었다. 사땡은 같은 소리를 되풀이했다.

"나 혼자라면 로베르 부인 집에 갔을 텐데. 거기 가면 언제든지 묵을 수가 있거든. 하지만 너와 같이 갈 수는 없어. 그이는 이상할 정도로 질투를 하니까. 요전날 밤에는 나를 때렸어."

방으로 들어가자 흥분이 가라앉지 않은 나나는 하염없이 울면서 퐁땅의 비열함을 거듭 하소연했다. 사땡은 동정어린 마음으로 들어 주며, 그녀를 위로하고 본인 이상으로 분개하며 남자의 욕을 늘어놓기도 했다.

"돼지야! 남자란 다 돼지들이라구……. 이제 그 따위 더러운 놈들은 상대하지 말아야 해!"

이윽고 사땡은 나나의 옷을 벗겨 주고, 영리하고 얌전한 하녀처럼 이것저것 돌봐 주었다. 그리고 코먹은 소리로 이렇게 되풀이했다.

"빨리 자자, 잠을 자면 기분이 가라앉을 거야……. 바보같이 화낼 것 없어. 이제 그런 건 생각하지 말기로 하자……. 난 네가 제일 좋더라, 자, 이제 울지 마. 나를 봐서라도."

침대 속에 들어가자 사땡은 나나를 위로해 주려고 두 팔로 끌어안았다. 퐁땅의 이름은 이제 듣고 싶지 않았다. 나나가 그의 말을 하려고 하면 키스를 해서 말문을 막아 버렸다. 풀어 헤친 머리 밑으로 내다보이는 사땡의 귀엽고 앳된 얼굴, 동정에 넘친 어린아이 같은 예쁜 얼굴이다. 이렇게 하여 정답게 안겨 있는 동안 차차 나나의 눈물도 말랐다. 나나도 감동하여 사땡을 애무했다. 2시를 쳤는데도 아직 촛불이 타고 있었다. 두 여자는 사랑의 말을 주고받으면서 소리를 죽여 웃고 있었다.

갑자기 호텔 안이 떠들썩해졌다. 사땡이 반나체의 모습으로 일어나 귀를 기울인다.

"경찰이야!"

그녀는 얼굴이 창백해졌다.

"쳇! 재수가 없을라니까……. 이젠 틀렸어!"

호텔의 습격에 대해서는 이제까지 여러 번 사땡 자신이 나나에게 들려 준바 있었다. 그런데 라발 거리로 도망쳐 온 이날 밤만은 둘 다 방심을 했던 것이다. 경찰이라는 말을 듣는 순간 나나는 완전히 정신을 잃어버렸다.

침대에서 뛰어내려 방을 가로질러 가서 창문을 열고 미친 여자같이 창문으로 뛰어내리려고 했다. 다행히 좁은 안뜰은 유리로 지붕이 이어져 있어서 창문 높이로 철망이 쳐져 있었다. 나나는 주저없이 창틀을 뛰어넘고 슈미즈 자락을 날려 날카로운 밤바람 속에 맨 다리를 드러내며 어둠 속으로 사라졌다.

"위험해!" 깜짝 놀라 사땡이 소리쳤다. "떨어져 죽으려고!"

이윽고 문 두드리는 소리가 나자 침착하게 창문을 닫고 나나의 옷을 벽장 속에 감추었다. 이미 체념을 하고 있었다.

'창녀 등록이 되면 이렇게 겁낼 필요가 없어지는 거지 뭐.'

그녀는 졸려 죽겠다는 듯이 하품을 하며, 무슨 일이냐고 물은 다음 문을 열었다. 텁수룩한 턱수염을 기른 건장한 남자가 서 있었다.

"손을 내 봐……. 손가락에 바느질 못이 없는 걸 보니 일하는 여자는 아니군. 자, 어서 옷을 입어."

"난 재봉사가 아니예요. 연마공이에요."

사땡이 능청스럽게 대꾸했다.

그러나 그녀는 순순히 옷을 입었다. 다투어 봤자 소용 없다. 호텔 여기저기서 비명소리가 난다. 어떤 여자는 문에 매달려서 가지 않겠다고 버티고 있다. 애인과 자고 있던 여자는 남자가 신원을 보증해 주었기 때문에 모욕당한 여염집 여자처럼 분개하며 경찰국장을 고소하겠다고 큰소리친다. 한 시간 가깝도록 주위는 떠들썩했다. 계단을 쿵쾅거리며 오르내리는 구두 소리, 주먹으로 세차게 문을 두드려 대는 소리, 날카로운 말다툼 소리가 갑자기 흐느낌으로 변한다. 치맛자락이 벽을 스치고 지나간다. 잠자다가 습격을 당하여 허둥지둥 끌려 나온 여자들의 무리. 그들을 세 명의 경찰이 난폭하게 끌고 간다. 지휘를 하는 자그마한 금발의 서장만은 유난히 온화한 태도를 취하고 있다. 이윽고 호텔은 다시 조용해졌다.

나나는 아무에게도 들키지 않은 채 무사했다. 공포로 사색이 되어 벌벌 떨며 더듬어서 방으로 돌아왔다. 철망에 긁힌 발에서 피가 나고 있다. 한참 동안 가만히 귀를 기울이며 침대가에 앉아 있었다. 새벽녘에야 겨우 잠이 들었다. 8시쯤 눈을 뜨자 호텔을 빠져 나와 고모네 집으로 달려갔다. 르라 부인은 마침 조에와 함께 밀크커피를 마시고 있었는데 나나가 이런 시간에 보기 흉한 모습으로 안색조차 변하여 달려온 것을 보고 벌써 사정을 짐작했다.

"거 봐라! 내가 뭐랬니. 그 녀석한테 등골까지 빨아먹히겠다고 그러지 않더냐……. 어서 들어오너라. 여기 오는 건 얼마든지 반겨 줄 테니."

조에도 일어나 반갑게 맞아들이면서 다정하게 말했다.

"결국 돌아오셨군요……. 무척 기다리고 있었습니다."

빨리 루이에게 키스를 해주라고 르라 부인이 말했다. 어머니가 정신을 차린 것은 무엇보다도 이 아이에게 행복이 된다는 것이다.

루이는 핏기 없는 연약한 얼굴을 하고서 아직도 자고 있었다. 그 선병질적인 파리한 얼굴 위에 몸을 굽혔을 때 지난 몇 달 동안의 어리석은 짓이 가슴에 치밀어올라 숨이 막혔다.

"오오, 불쌍한 아가, 불쌍한 우리 아가!"

흐느껴 울면서 나나는 중얼거렸다.

9장

바리에떼 극장에서는 '귀여운 공작 부인'을 연습하고 있는 중이었다. 제1막은 그럭저럭 끝나고 제2막으로 들어가려 하고 있었다. 아래층 무대 앞자리의 낡은 의자에 앉아서 포슈리와 보르드나브가 무슨 의논을 벌이고 있다. 한쪽에서는 프롬프터인 꼽추 꼬사르 영감이 짚의자에 앉아서 연필을 입에 문 채 대본을 뒤적이고 있다.

"아니, 뭣들 꾸물대고 있는 거요!" 갑자기 굵은 지팡이 끝으로 바닥을 세차게 치며 보르드나브가 외친다. "바리요, 왜 시작하지 않는 거요?"

"보스끄 씨가 없어져서 그럽니다."

바리요가 대답했다.

그가 조감독을 맡고 있었던 것이다. 그래서 소동이 벌어졌다. 모두 보스끄를 불렀다. 보르드나브는 욕설을 퍼부었다.

"제기랄! 언제나 이 모양이라니까. 아무리 종을 울려 봐야 소용 없단 말이야. 제자리에 있어 줘야 말이지……. 그 주제에 네 시만 조금 넘었다 하면 투덜대기가 일쑤고!"

그곳에 보스끄가 천연스러운 얼굴로 나타났다.

"아니, 뭐야? 아, 내 차례란 말이지! 그렇다면 진작 그렇다고 말을 해주지 않고……. 알았어! 시몬느가 '손님들이 도착했어요'하는 대목에서 내가 등장하지……. 어디로 들어 가야 하나?"

"문으로 들어가지, 어디로 들어가!"

포슈리가 역정을 내며 외친다.

"아 참, 그렇지. 그런데 문이 어디 있지?"

이번에는 보르드나브가 바리요를 보고 호통을 쳤는데, 마룻바닥이 빠져라고 지팡이로 호되게 치며 고함을 질렀다.

"제기랄! 문 대신 의자를 놓아 두라고 말 하지 않았나. 날마다 똑같은 말을 되풀이해야 하나. 바리요! 바리요는 어디 갔어. 하나가 또 없어졌군. 모두 이꼴 이란 말이야!"

한참 야단을 치고 있는데, 바리요가 등을 구부리고 말없이 의자를 갖고 왔다. 연습이 계속되었다. 시몬느가 모자를 쓰고 털외투까지 입은 채, 가구를 정리하는 하녀의 역을 하다가 잠시 멈추고 말했다.

"추워서 주머니에 손을 넣고 할래요."

그러고는 목소리를 바꾸어서 가벼운 탄성으로 보스끄를 맞아들인다.

"아이구, 어서 오세요, 백작님. 백작님이 맨 처음 오셨어요. 주인 마님이 매우 기뻐하실 거예요."

보스끄는 흙 묻은 바지를 입고 헐렁한 노란 외투를 걸치고 목에는 머플러를 두르고 있다. 낡은 모자를 쓴 그는 두 손을 주머니에 찌른 채 몸짓은 하지 않고 느릿느릿 움직이며 낮은 목소리로 말한다.

"마님에게는 알리지 마요, 이자벨. 그분을 놀라게 해드리려고 하니까."

연습은 계속되었다. 보르드나브는 얼굴을 찡그리고 의자에 깊숙이 몸을 묻은 채 피곤한 태도로 듣고 있었다. 포슈리는 잠시도 가만히 있지 못하면서 연습을 중단시키고 싶은 것을 겨우 참고 있었다. 그때 뒤쪽의 텅 빈 컴컴한 관객석에서 쑤군거리는 소리가 들려왔다.

"그녀가 저기 있나 보지?"

보르드나브에게 몸을 기울이며 포슈리가 말했다. 보르드나브는 대답 대신 고개를 끄덕여 보였다. 자기에게 교섭이 온 제랄딘느 역을 맡기 전에 나나는 그 작품을 보고 싶었다. 또다시 창녀 역을 맡고 싶지는 않았다. 한 번 귀부인 역을 해보고 싶었다. 나나는 라보르데뜨와 함께 어두운 자리에 숨어 있었다. 그가 보르드나브에게 알선해 주었던 것이다. 포슈리는 잠깐 나나의 모습을 찾다가 다시 연습 장면에 주의를 기울였다.

불이 켜져 있는 곳은 무대 앞자리뿐이다. 푸트라이트의 교차점에 세워진 성능 좋은 반 사경에 의해 전파되는 불빛은 무대 앞면에 집중되어 어스레한 어둠 속에서 대조를 이루며 반짝이는 커다란 황금빛 눈동자 같았다. 꼬사르는 가느다란 가스관 위에 몸을 기대고 불빛 밑에서 똑똑히 읽으려고 대본을 쳐들고 있다. 그 불빛 속에 뚜렷이 떠오르는 곱사등. 보르드나브와 포슈리가 있는 곳은 어둠에 싸여 있다. 기차역에서나 볼 수 있는 그런 기둥에 칸델라가 매달려 있어, 이 넓은 건물 안을 불과 이삼 미터의 격을 두고 희미한 빛을 던지고 있을 따름이다. 그리하여 그 불빛 속에서 배우가 움직이는 대로 등뒤에서 기괴한 그림자가 춤을 추었다. 무대 그 밖의 장소는 희미하고 사닥다리와 기둥과 배경 그림 등이 난잡하게 쌓여 있어 마치 헌 건축자재 창고나 크게 구멍이 뚫린 선체(船體) 같았으며, 그 배경 그림도 칠이 벗겨져서 마치 잡동사니 더미 같았다. 천장에 매달아 놓은 배경막은 마치 넝마가게의 창고 들보에 걸려 있는 누더기 같다. 높은 창문으로 흘러드는 햇빛이 천장의 어둠 속에 금빛 줄무늬를 그리고 있다.

무대 앞쪽에서는 자기 차례를 기다리는 배우들이 잡담을 하고 있었다. 점차 그 목소리가 커졌다.

"좀 조용히들 해!" 화가 난 보르드나브가 의자에서 벌떡 일어나며 소리지른다. "도무지 들려야 말이지…… 이야기할 게 있으면 밖으로 나가요. 여기는 일을 하는 중이니까…… 바리요, 만약에 또다시 이야기를 하면 벌금을 물게 해야겠어!"

배우들은 잠시 입을 다물었다. 그들은 뜰 한쪽 구석에 오손도손 모여서 긴 의자와 시골풍 의자에 앉아 있었다. 그것은 오늘 밤 제1막에 쓸 도구로서 금방 장치를 할 수 있게끔 그곳에 준비해 두었던 것이다. 퐁땅과 쁘륄리에르가 로즈 미뇽에 대한 이야기를 듣고 있는 참이었다. 폴리 드라마띠끄 극장 지배인이 굉장히 좋은 조건으로 로즈를 빼돌리러 왔다는 것이다. 그런데 그때 부르는 소리가 났다.

"공작 부인…… 생 피르맹! 나와요. 공작 부인과 생 피르맹 차례요!"

쁘륄리에르는 두 번째 부르는 소리에 비로소 자기가 생 피르맹이라는 것을 깨달았다.

공작 부인인 엘렌느 역을 맡은 사람은 로즈였는데, 그녀는 이미 준비를 하고 그를 기다리고 있었다. 보스끄가 텅 비어서 잘 울리는 마룻바닥에 다리를 질질 끌면서 천천히 돌아와 앉았다. 끌라리스가 의자의 한 모퉁이를 그에게 내주었다.

"왜 저렇게 고함을 지를까?" 보르드나브를 두고 말하는 것이다. "좀처럼 가라앉을 것 같도 않네…… 요즘은 화를 내지 않고는 연습을 할 수 없나보죠."

보스끄는 어깨를 으쓱했다. 그런 신경질 따위 조금도 안중에 없다는 표정이

로즈 미뇽과 미뇽

다. 퐁땅이 속삭인다.

"실패할 것 같으니까 그러는 거지. 사실 엉터리란 말이야, 이 연극은."

그러고는 로즈의 이야기로 되돌아가서 끌라리스에게 물었다.

"어때, 폴리 극장의 조건을 믿어. 하룻밤에 삼백 프랑이야, 백 회 공연을 하는 동안 말이지. 그렇다면 덤으로 별장 한 채쯤 사준다고 해도 괜찮을 텐데……. 미뇽도 마누라에게 삼백 프랑 낸다는 말을 들으면 보르드나브하고는 깨끗이 손을 끊을걸!"

끌라리스는 그 제안을 믿고 있었다. 퐁땅은 왜 동료들의 험담만 하는 걸까? 그러나 그때 시몬느가 이야기를 가로막았다. 추워서 부들부들 떨고 있었다. 모두 단추를 채우고 목에 목도리를 두르고 천장을 쳐다보았다. 거기서 빛나는 햇살은 결코 이 썰렁한 무대에까지 내려오지는 않았다. 밖은 11월의 맑은 하늘 아래서 꽁꽁 얼어붙고 있었다.

"분장실에는 난로도 안 피웠어!" 시몬느가 말했다. "정말 더러워 죽겠어, 왜 그렇게 구두쇨까! 난 돌아갈까 봐. 병에 걸리고 싶지 않으니까."

"조용히 해!"

보르드나브가 또다시 벼락 같이 소리를 질렀다.

그러고 나서 몇 분 동안, 들리는 것은 오고 가는 대사 소리뿐이었다. 배우들은 몸짓을 거의 하지 않았으며, 또한 지치지 않으려고 목소리에도 억양을 넣지 않았다. 강조할 부분에서는 객석으로 시선을 돌렸다. 하지만 눈에 보이는 것은 뻐끔하게 입을 벌린 컴컴한 장내뿐이다. 거기에는 창 없는 다락방에 갇혀 있는 가느다란 먼지 같은 것이 감돌고 있다. 희미하게 밝혀져 있는 무대를 제외하고는 어둠에 잠겨 있어서 장내는 마치 어수선하고 서글픈 잠에 싸여 있는 것 같다.

천장의 그림도 희미한 어둠에 싸여 있다. 좌우의 무대 앞자리에는 휘장을 보호하기 위한 커다란 잿빛 덮개가 걸려 있다. 그것은 비로드로 된 난간 위에까지 드리워져 있었다. 이렇듯 이중의 천이 칸막이 좌석을 둘러싸고 있어 그 희끄무레한 빛깔 때문에 어둠을 더욱 우중충하게 만든다. 전체가 어둡고 우중충한 속에서 층마다의 움푹움푹한 칸막이 좌석만이 유난히 시커멓게 보인다. 안락의자의 붉은 비로드는 거의 검정색으로 보인다. 상들리에가 완전히 내려져서 그 장식이 특등석을 가득 메우고 있다. 빈집, 아니면 관객들이 영원히 떠나 버린 것 같았다.

바로 그때 로즈가 무대 앞으로 걸어 나갔다. 창녀 집에 들어간 귀여운 공작 부인 역이다. 두 손을 들고 초상집처럼 음산하고 텅 빈 어두운 장내를 향해 얼굴을 찡그려 보인다.

"세상에, 무슨 그런 사람들이 다 있담!"

보다 힘을 주어 말한다. 대사의 효과에 자신을 갖고 있는 것이다.

나나는 1층 칸막이 좌석에 몸을 숨기고, 숄을 푹 내려쓰고 로즈를 뚫어질 듯이 노려보며 귀를 기울이고 있었다. 그러다가 라보르데뜨를 돌아보고 작은 소리로 물었다.

"꼭 오는 거겠지요?"

"틀림없데두. 구실을 붙이기 위해 아마 미뇽을 데리고 올걸. 그가 오면 곧 마떨드의 분장실로 올라가요. 내가 데리고 갈 테니까."

뮈파 백작을 두고 하는 소리다. 라보르데뜨의 주선으로 나나와 백작은 백지로 돌아가 재회하기로 되어 있었다. 라보르데뜨가 이 점에 관해 보르드나브와 진지하게 의논을 했다. 요즘 보르드나브는 두 번이나 계속되는 실패로 인해 경기가 좋지 않다. 그래서 백작을 주물러서 잘 되면 돈이라도 얻을 수 있으리라는 꿍꿍이속으로 이 일에 끼어 들었으며, 아울러 나나에게도 역을 주기로 동의했던 것이다.

"한데, 제랄딘느 역을 어떻게 생각해?"

라보르데뜨가 물었다.

그러나 나나는 움직이지도 않고 대답도 하지 않았다. 제1막에서 작자는 보리바즈 공작이 가극 배우인 금발의 제랄딘느에게 반해서 아내를 배반하는 경위를 설명한다. 제2막에서는 공작 부인인 엘렌느가 어떤 가면무도회 저녁에 그 여배우를 찾아가서 이런 부류의 여자들은 무슨 마력으로 자기들의 남편을 사로잡는지 그 비결을 알려고 한다.

엘렌느를 그곳에 안내한 것은 미남인 그녀의 사촌 오빠 오스까르드 생 피르 맹이다. 그는 틈을 봐서 엘렌느를 홀리려고 마음먹고 있다. 엘렌느가 놀란 것은 제랄딘느가 공작에게 마차꾼 같은 상스러운 말로 싸움을 거는 점이었다. 그러나 공작은 가만 있을 뿐만 아니라 오히려 기쁜 표정을 짓는다. 이것이 첫 교훈이었다. 그래서 엘렌느가 저도 모르게 외쳤다.

"세상에, 남자들에게는 저렇게 말해야 하는 모양이구나!"

제2막에서 제랄딘느가 등장하는 것은 이 장면뿐이다. 잠시 뒤 공작 부인은 호기심으로 이런 곳에 나오게 된 벌을 받는다. 말하자면 호색적인 노인인 따르디보 남작이 그녀를 창녀로 오인하고 유혹한다. 한편 맞은편 긴의자 위에서는 보리바즈 공작이 제랄딘느를 껴안고 화해를 하고 있다. 이 제랄딘느는 아직 배역이 정해져 있지 않으므로 꼬사르 영감이 일어나서 대사를 읽었는데 저도 모르게 열중되어 보스끄의 팔에 안겨 연기를 해보였다. 연습이 그 장면까지 진행되었을 때 갑자기 포슈리가 의자에서 벌떡 일어났다. 드디어 더 참을 수가 없었던 것이다.

"그러는 게 아니야!"

배우들은 연습을 중단하고 두 손을 늘어뜨리고 서 있다. 퐁땅이 언제나처럼 사람을 깔보는 듯한 태도로 물었다.

"그러는 게 아니면 어떻게 하라는 거요?"

"아무도 제대로 하지 못했어! 도무지 돼 먹질 않았어! 맞지가 않아!" 그렇게 외치고 나서 포슈리는 큼직한 걸음으로 무대 위를 돌아다니면서 몸짓을 해가며 그 장면을 직접 해 보였다. "이봐 퐁땅, 따르디보가 열이 올랐다는 사실을 알아야 해. 이런 식으로 몸을 구부려 공작 부인을 안아야 하는 거야. 그러면 로즈, 당신은 몸을 돌려야 해, 이런 식으로. 그렇지만 너무 빨라서는 안 돼. 키스소리가 들렸을 때 비로소……."

여기서 그는 잠깐 말을 끊고 설명에 열중하여 꼬사르에게 소리쳤다.

"제랄딘느가 키스를 하는 거야. 세차게! 모두에게 그 소리가 들리도록 말이야!"

꼬사르 영감이 보스끄 쪽으로 몸을 돌려 힘차게 키스소리를 냈다.

"됐어, 키스는 그렇게 하는 거야." 포슈리는 의기양양해서 말했다. "한번 더 해봐……. 그리고 로즈, 당신은 여기서 천천히 몸을 돌리고 가벼운 탄성을 지르는 거야. '어머, 저 여자가 키스를 했어' 이렇게 말이지. 그러나 그러기 위해서는 따르디보가 앞으로 나와야 해. 알겠어? 퐁땅, 앞으로 나오는 거야……. 자 그렇게 해봐, 모두 같이."

배우들은 또다시 연습을 시작했다. 그러나 퐁땅이 무성의하게 하는 바람에 모두 엉망이 되어 버렸다. 포슈리는 두 번이나 주의를 되풀이해야 했고, 그때마다 더 열심히 연기를 해보였다. 모두 침울한 표정으로 듣고 있다가 물구나무 서라는 말을 듣기라도 한 것처럼 서로 얼굴을 쳐다보고는 아무렇게나 다시 해보다가 금방 중단해 버린다. 줄 끊어진 꼭두각시처럼 어색한 동작이었다.

"안 되겠어, 내게는 너무 어려워. 도무지 모르겠는걸."

마침내 퐁땅이 건방진 말투로 말했다.

보르드나브는 얼마 전부터 입을 꾹 다문 채 잠자코 있었다. 안락의자에 깊숙이 몸을 묻고 있어서 가스등의 희미한 불빛에 푹 눌러쓴 모자 꼭대기밖에 보이지 않는다. 지팡이는 그의 배 위에 가로놓여 있어 마치 자고 있는 것 같다. 갑자기 그가 일어났다.

"당신도 참 바보군."

그는 조용한 목소리로 포슈리에게 말했다.

"뭐라고요? 바보라고?" 포슈리의 안색이 창백하게 변했다. "바보는 바로 당신이지요."

순간 보르드나브가 화를 냈다. 바보라는 말을 되풀이하면서 더 심한 말은 없을까 생각하다가 얼간이니, 천치니 하며 생각나는 대로 내뱉었다. 그러다가 이 극은 관중들의 야유 때문에 막을 끝내지도 못할 것이라고 말했다. 포슈리도 화가 났다. 그러나 이런 말다툼은 새로운 연극을 시작할 때면 언제나 두 사람 사이에 일어나는 일이므로 별로 기분이 상한 것은 아니었다. 그래도 화나는 김에 짐승 같은 인간이라고 말하자, 보르드나브는 그만 자제심을 잃고 말았다. 지팡이를 풍차처럼 휘두르며 씩씩거리면서 외쳤다.

"뭣이 어쩌고 어째! 그 어리석은 짓에 15분이나 낭비했어……. 아암, 어리석은 짓이고말고. 어리석지……. 이런 거야 아주 간단한 거 아냐. 퐁땅, 자넨 움직이지 않아도 되네. 로즈, 당신은 이렇게 조금만 움직여요, 이 정도로. 그러고 나서 내려가는 거야……. 자, 이번에는 한 번 잘 해봐, 키스를 해요, 꼬사르."

도무지 뭐가 뭔지 모르게 되어 버렸다. 여전히 잘 되지 않는다. 이번에는 보르드나브가 코끼리 같은 몸으로 연기를 해보였다. 그것을 포슈리가 동정하는 듯이 어깨를 으쓱하고 비웃으면서 보고 있다. 그러는 동안 퐁땅이 참견을 했고, 보스끄까지 제 의견을 말했다. 로즈는 마침내 기진맥진하여 문 대신 놓아 둔 의자에 주저앉아 버렸다. 이제는 어디까지 했는지조차도 모른다. 게다가 시몬느가 제 차례가 된 줄 알고 허둥지둥 이 혼란 속으로 뛰어들어왔다. 보르드나브는 노발대발하며 지팡이를 풍차처럼 휘둘러 그녀의 엉덩이를 힘껏 후려갈겼다. 보르드나브는 연습할 때 자기와 동침한 일이 있는 여자를 흔히 이렇게 때리곤 했다. 달아나는 그녀를 뒤쫓아 가면서 그는 고함을 질렀다.

"알겠나, 이 멍텅구리야! 더 애를 먹여 봐, 당장 극장문을 닫아 버릴 테다!"

포슈리는 모자를 푹 눌러 쓰고 극장에서 나갈 듯한 표정을 짓다가, 보르드나브가 땀에 흠뻑 젖어 돌아와 의자에 앉는 것을 보자, 자기도 돌아가서 앉았다. 잠시 동안 그들은 가만히 앉아 있었다. 어두운 장내에 무거운 침묵이 흘렀다. 배우들은 2분 가량 잠자코 기다리고 있었다. 모두 힘든 일을 하고 난 것처럼 기진맥진했다.

"그럼 계속합시다."

이윽고 보르드나브가 담담한 어조로 말했다.

"그래요. 계속합시다." 포슈리가 응했다. "무대에 관한 것은 내일 의논합시다."

두 사람은 의자에 몸을 쭉 폈다. 연습은 지루함과 극도의 무관심 속에서 시작되었다. 열의들이 전혀 없는 것이다. 연출자와 원작자가 말다툼을 하고 있는 동안, 퐁땅을 비롯한 다른 배우들은 무대 안쪽에 있는 시골풍 의자에 편안하게 앉아 기다리고 있었다. 불평을 늘어놓기도 하고 우스갯소리도 해가면서 소리 죽여 웃고 있었다. 그러자 지팡이로 얻어맞은 시몬느가 울먹이며 돌아오자 그들은 그 사건에 정신이 쏠려, 나 같으면 그 돼지 같은 놈을 목졸라 죽여버리겠다고 말했다. 시몬느는 눈물을 닦고 고개를 끄덕이면서, 이젠 끝장이라며 그 따위 녀석하곤 인연을 끊겠다고 했다. 어제 스떼너가 살림을 차려 주겠다고 했단다. 끌라리스는 그 말을 듣고 놀랐다.

"그 은행가는 한 푼도 없는 빈털터리일 텐데."

그러자 쁘룰리에르가 웃음을 터뜨렸다.

"로즈와 화려하게 놀아날 무렵, 그 유대인이 증권거래소에서 자기가 관계하고 있는 랑드의 염전 경기를 회복시키려고 어떤 수단을 썼는지 한 번 생각해 봐요. 지금 그자는 보스포러스 해협*¹에 해저터널을 팔 새 계획을 세우고 있어요."

시몬느는 매우 관심을 가지고 그 이야기를 듣고 있었다. 한편 끌라리스는 지

---

*1 흑해와 마르마라를 연결짓는 해협 터키 령.

난 주일 내내 화가 나서 죽을 뻔했다고 했다.

"가가에게 인심좋게 넘겨 준 그 팔르와즈가 부호인 백부로부터 유산을 상속 받다니! 난 이젠 틀렸어, 언제나 이렇게 운이 나쁘니. 게다가 이번에는 또 망할 놈의 보르드나브가 고작 50줄짜리 단역밖에 주지 않았어. 나도 제랄딘느 역쯤 은 할 수 있는데!"

끌라리스는 그 역을 꿈꾸고 있어서 나나가 그 역을 거절하기를 바랐다.

"그렇다면 나는 어떻고?" 쁘룰리에르도 못마땅한 듯이 말했다. "겨우 이백 줄 도 안 돼. 이까짓 역 팽개쳐 버릴까 했어…… 나한테 하인이나 진배 없는 생 피 르맹 역을 시키다니 너무하잖아. 그리고 이 돼먹지 않은 대본 좀 봐요. 틀림없 이 실패할 거야."

그곳에 바리요 영감과 이야기하고 있던 시몬느가 숨을 헐떡이며 돌아와서 말했다.

"나나가 와 있어요."

"어디에?"

자리에서 얼른 일어나며 끌라리스가 물었다.

순식간에 소문이 퍼졌다. 모두 몸을 앞으로 내밀었다. 연습은 잠시 중단됐다. 그러자 그때까지 꼼짝 않고 있던 보르드나브가 일어나서 고함을 질렀다.

"왜들 그러는 거야? 빨리 끝내도록 해…… 그리고 안쪽에 있는 사람들은 좀 조용히 해요. 시끄러워 죽겠어!"

칸막이 좌석 한쪽에서는 나나가 연습하는 것을 열심히 보고 있었다. 두 번 이나 라보르데뜨가 말을 걸려고 했으나 그때마다 귀찮은 듯이 팔꿈치로 찔러 서 말을 못하게 했다. 제2막이 끝나갈 무렵 안쪽에서 두 그림자가 나타났다. 소 리가 나지 않도록 발끝으로 살금 살금 다가왔다. 나나는 금방 알아보았다. 미 뇽과 뮈파 백작이다. 그들은 보르드나브 곁으로 가서 말없이 머리를 끄덕였다.

"왔군요."

나나는 안도의 한숨을 내쉬었다.

로즈 미뇽이 마지막 대사를 했다. 그러자 보르드나브가 제3막으로 들어가 기 전에 제2막을 한 번 더 연습하라고 명령했다. 그리고 연습 광경은 보지도 않 고 정중하게 백작을 맞았다. 포슈리는 자기 주위에 모인 배우들에게 정신이 팔 린 척하고 있다. 미뇽은 뒷짐을 지고 휘파람을 불면서 아내를 바라보고 있었다.

로즈는 짜증이 나 있는 것 같다.

"그럼 올라갈까?" 라보르데뜨가 나나에게 말했다. "당신을 분장실로 데려다 놓고 그를 불러 오겠소."

나나는 곧 칸막이 좌석을 떠났다. 1층 특등석의 통로를 더듬더듬 올라가야만 했다. 그러나 어둠 속을 지나가다가 보르드나브에게 들켜서, 무대 뒤 복도 끝에서 붙잡히고 말았다. 그곳은 좁은 장소로 밤낮으로 가스등이 켜져 있다. 그는 단번에 이야기의 결말을 지으려고 곧 제랄딘느 역에 대해 말을 꺼냈다.

"어때, 아주 좋은 역이지? 나나에게 적격이야…… 내일 연습하러 와."

나나는 그의 구변에 넘어가지 않고 제3막을 본 다음에 결정하겠다고 대답했다.

"아주 걸작이야, 제3막은…… 공작 부인이 자기 집에서 창녀 같은 짓을 하는 거야. 그걸 보고 공작이 진저리가 나서 버릇을 고치는 거야. 게다가 매우 재미있는 오해까지 끼어 있지, 따르디보가 댄서 집인 줄 알고 그 집에 나타나는 거야……."

"이 막에도 제랄딘느가 나오나요?"

말을 가로막으며 나나가 물었다.

"제랄딘느?" 보르드나브는 잠시 말이 막혔다. "물론 나오지, 잠깐이긴 하지만 아주 좋은 장면이지…… 나나에게 딱 맞는 역이야, 정말이야. 계약해 주겠지?"

나나는 그의 얼굴을 물끄러미 바라보다가 겨우 대답했다.

"그 이야기는 나중에 의논하겠어요."

그리고 계단에서 기다리고 있는 라보르데뜨에게로 갔다. 이제는 극장에 있는 모든 사람들이 나나가 와 있는 것을 알고 있었다. 모두 수군거린다. 나나의 출현은 쁘룰리에르를 분개시켰고, 끌라리스는 고대하고 있는 역 때문에 조바심을 냈다. 퐁땅으로 말하면 가장 무관심한 척하고 있었다. 사랑했던 여자를 욕하는 것은 좋지 않다. 그러한 한때의 사랑이 증오로 변하여, 그녀의 헌신과 아름다움, 그의 잔인성으로 파괴된 동거 생활에 대한 심한 원망이 그의 마음속에 자리잡고 있었다.

로즈는 나나가 나타났다는 데에 의심을 품고 있었으나 모습을 감추었던 라보르데뜨가 다시 나타나서 뮈파 백작 곁으로 가는 것을 보고 모든 사정을 알아챘다. 뮈파에게 정이 떨어지긴 했지만 이런 식으로 버림을 받는다 생각하니

분했다. 평소에는 이런 이야기를 남편에게 하지 않았는데 이때만은 노골적으로 털어놓았다.

"지금 어떻게 돌아가고 있는지 알기나 하세요? 만일 그년이 스떼너의 경우를 또 다시 되풀이한다면 난 그년의 눈깔을 뽑아 버릴 거예요!"

미뇽은 점잖은 태도로 모든 것을 알았다는 듯이 어깨를 으쓱하며 속삭였다.

"쓸데없는 소리 마. 부탁이니 좀 가만 있어줘."

그는 어떻게 하면 좋을지를 잘 알고 있었다. 뮈파한테서는 우려 낼 만큼 다 우려 내었다. 게다가 그는 나나의 윙크 하나로 뛰어가서 그녀의 발밑에 몸을 던지려 하고 있는 듯하다. 이런 사랑에 미친 사나이와 정면으로 부닥치는 것은 좋지 않다. 그래서 남자의 마음을 잘 아는 미뇽은 이 자리를 어떻게 이용할까, 그것만 생각하고 있었다. 서두르면 일을 망친다. 기다리는 게 수다.

"로즈, 당신 차례요!" 보르드나브가 소리쳤다. "제2막을 다시 시작하는 거야."

"자, 가 봐! 나한테 다 맡겨 둬."

미뇽이 말했다.

그러고 나서 그는 포슈리에게 야유조로 작품에 대한 치사를 했다.

"아주 훌륭한데요. 단지, 등장인물 가운데 귀부인이 너무 얌전해서 좀 자연스럽지 못하군요."

이렇게 말하고 히죽히죽 웃으면서 그 제랄딘느에게 반한 보리바즈 공작은 누구를 모델로 한 거지요, 하고 물었다. 포슈리는 화내지 않고 빙그레 웃었다. 그러나 그때 보르드나브가 뮈파 쪽을 보고 난처한 얼굴을 하는 바람에 미뇽은 진지한 표정으로 돌아왔다.

"어서 시작하라니까!" 보르드나브가 소리를 질렀다. "자, 바리요…… 뭐 보스끄가 없다고 나를 끝까지 놀릴 셈인가?"

그곳에 보스끄가 천연스러운 얼굴로 나타났다. 라보르데뜨가 백작을 데려감과 동시에 연습이 다시 시작되었다. 백작은 나나를 만난다는 생각에 떨고 있었다. 그녀와 헤어진 뒤 그는 이 세상에 혼자 남겨진 것 같아 시간을 어떻게 보내야 좋을지도 모르는 채 자기의 변화에 괴로워하면서 로즈에게 이끌려 가는 대로 무방비 상태였던 것이다. 그리하여 그런 마비 상태 속에서 나나를 찾는 것도 포기하고 부인과의 마찰도 피하면서 모든 것을 잊으려고만 했다.

망각만이 자기를 되찾을 수 있는 유일한 방법이었다. 그러나 그런 동안에도 어떤 힘에 계속 이끌리어 또다시 여러 가지 추억, 끊을 수 없는 욕정의 집착으로 인해 나나에게 서서히 정복되고 말았다. 그것도 전과는 달리, 독점적이고 부드러운, 거의 아버지 같은 심정으로 그녀를 생각하고 있었다.

그 고약한 광경들도 사라졌다. 퐁땅도 안중에 없다. 나나가 아내의 간통을 폭로하며 그를 쫓아낸 그때의 말도 잊었다. 그것은 모두 내뱉어 버린 말에 지나지 않았다. 그의 가슴속에는 오직 질식할 듯한 고통의 아픔만이 남아 있었다. 때로 그는 어린애 같은 심정이 되어, 만약 그가 진정으로 나나를 사랑했더라면 그녀도 배반하지 않았을 거라고 자기 스스로를 책망했다. 견딜 수 없는 고뇌가 그를 깊은 불행 속에 빠뜨렸다. 옛 상처의 고통처럼 맹목적이고 견딜 수 없는 욕망이, 그를 사로잡고 있는 그녀의 머리카락, 입술, 육체에 대한 탐욕스런 열정 속으로 몰고 갔다.

그녀의 목소리를 회상할 때마다 전율이 그의 온몸을 스치고 지나간다. 그는 수전노의 집념과 같은 끝없는 애정으로 나나를 갈망하고 있었다. 이렇듯 격정에 몸을 태우고 있던 그는 라보르데뜨가 나나를 만나게 해주겠다는 말을 꺼내자마자 억제하기 어려운 충동에 사로잡혀 상대의 팔 속에 뛰어들었다. 나중에 자기 같은 신분의 사람이 그런 경박한 짓을 한 것을 부끄럽게 여기긴 했지만. 그러나 라보르데뜨는 그런 심정까지 죄다 꿰뚫어보고 있었다. 그는 천연스럽게 백작을 계단 앞까지 데리고 가서 이렇게 속삭이고 곁을 떠났다.

"삼층의 오른쪽 복도입니다. 문이 조금 열려 있을 테니까요."

뮈파는 혼자 남겨졌다. 주위는 조용하다. 분장실 앞을 지나갈 때 열려 있는 문으로 방 안이 보인다. 살풍경한 넓은 방이, 대낮의 햇빛 아래 얼룩과 손길에 닳은 자국을 그대로 드러내고 있다. 어둡고 소란스러운 무대 뒤에서 빠져 나오는 순간, 갑자기 눈앞이 밝아져서 그는 깜짝 놀랐다. 언젠가 밤에 보았을 때는 어둠침침한 가스등 불빛 아래 계단을 부산하게 오르내리는 여자들의 발소리가 들렸다. 그것이 지금은 깊은 정적에 잠겨 있다. 비어 있는 방, 사람 그림자도, 아무 소리도 나지 않는 텅 빈 복도, 그리고 층계와 같은 높이에 달려 있는 네모진 창문을 통해 11월의 엷은 빛이, 그 노랑빛 속에서 먼지를 날리고 있다. 머리 위에서 내려오는 죽음과 같은 정적, 이 고요함과 침묵을 다행스레 여기면서 뮈파는 숨이 가쁘지 않게끔 천천히 올라갔다. 가슴이 두근거린다.

'난 어린애처럼 한숨을 쉬거나 눈물을 흘리게 되지는 않을까.'

그는 2층의 층계참 벽에 기대어 섰다. 여기라면 누구 눈에도 띌 염려는 없다. 손수건을 입에 대고 주위를 둘러본다. 구부러진 계단, 손때가 묻어서 반들거리는 쇠로 된 난간, 칠이 벗겨진 벽. 그 지저분한 광경은 창녀들이 맨몸을 드러낸 채 잠들어 있는 음탕한 매음굴의 나른한 오후를 연상시킨다. 2층에 이르렀을 때 계단에 웅크리고 자고 있는 붉은 고양이를 타 넘어야만 했다. 고양이는 밤마다 여자들이 남기고 가는 냄새 속에서 살그머니 눈을 감고 자고 있었다. 혼자서 이 건물을 지키고 있기나 하는 것처럼.

오른쪽 복도에 문이 조금 열려 있는 방이 있었다. 나나는 거기서 기다리고 있었다. 단정치 못한 마띨드는 방을 지저분하게 내버려 뒀다. 여기저기 굴러다니는 깨진 병들, 더러운 세숫대야, 루즈가 묻어 마치 피가 묻은 것처럼 보이는 짚의자. 천장과 벽지에는 비눗물이 튀어 얼룩져 있다. 라벤더 향수가 썩는 것 같은 고약한 냄새가 나서 나나는 창문을 열었다. 그녀는 거기 서서 잠시 동안 몸을 내밀고 신선한 공기를 마시면서 좁은 안마당의 응달에 있는 이끼 낀 포석을 기운 차게 쓸고 있는 블롱 부인을 내다보았다. 덧문에 걸어 놓은 새장 속에서 카나리아가 날카롭게 지저귄다. 큰 길과 부근 거리의 마차 소리도 들리지 않고 모든 것이 시골과 같이 평화롭다. 드넓은 공기 속에 태양이 흐릿하게 비치고 있다. 눈을 드니 조그만 건물과 반짝거리는 가게의 유리창이 보인다. 맞은편 저 멀리에는 비비엔느 거리의 높은 건물이 뒷면을 보이고 늘어서 있다. 어찌나 조용한지 빈 집들 같다. 옥상의 베란다가 겹겹이 보였는데, 한 지붕에는 크고 파란 유리를 낀 촬영실을 설치해 놓았다. 아주 즐거운 풍경이다. 나나는 정신없이 바라보고 있었다. 그때 노크 소리가 들린 것 같아 그녀는 돌아보며 소리쳤다.

"들어오세요!"

백작이 들어오자 창문을 닫았다. 춥기도 했고 호기심 많은 블롱 부인이 들을까 염려도 되었던 것이다. 두 사람은 딱딱한 표정으로 마주 보았다. 숨이 막힌 듯이 뻣뻣하게 서 있는 백작을 보고 웃으면서 나나는 말했다.

"아니, 당신이었군요."

그는 흥분한 나머지 얼어붙어 버렸다. 나나를 '마담'이라 부르며 다시 만나게 되어 기쁘다고 말했다. 나나는 간단하게 해결하고 싶은 생각이 들어서 친근한 태도를 취했다.

"너무 그렇게 위엄을 부리지 마세요. 나를 보고 싶었던 것만은 사실 아녜요? 사기로 만든 개처럼 서로 쳐다보기 위해 온 건 아니잖아요……. 우리는 둘 다 서로 잘못한 거예요. 나야 물론 당신을 용서해 드리겠어요!"

그리고 이제 그런 이야기는 그만두자고 했다. 뮈파는 고개를 끄덕였다. 차차 마음은 진정됐으나 하고 싶은 말이 하도 많아서 무슨 말부터 해야 좋을지 몰랐다. 그런데 나나는 이런 태도를 백작의 냉담 탓이라고 말하며 한바탕 연극을 꾸며 댔다.

"당신은 무척 현명해지셨군요." 그녀는 엷은 미소를 입가에 머금고 말을 이었다. "우리 화해하는 표시로 악수를 해요. 그리고 오래오래 사이좋은 친구가 돼요."

"뭐, 사이좋은 친구라고?"

뮈파는 갑자기 불안해졌다.

"네, 어리석은 노릇일지 모르지만서도. 하지만 당신한테 나쁜 여자라는 인상은 주고 싶지 않았어요……. 이만하면 우리 서로의 마음은 다 알았으니까 앞으로 어디서 만나더라도 멀뚱히 서로 쳐다만 보는 그런 일은 없도록 해요……."

그는 그녀의 말을 중단시키려고 했다.

"끝까지 들어보세요……. 난 어떤 남자에게서도 추잡한 여자라는 비난은 듣고 싶지 않아요. 그러니까 당신한테도 그런 여자는 되고 싶지 않아요. 나에게도 체면이라는 게 있으니까요."

"그렇다면 이야기가 다르잖아! 아무튼 앉아서 내 이야기를 들어요."

혹시 그녀가 달아나지나 않을까 걱정이 된 모양이다. 나나를 밀어서 하나밖에 없는 의자에 억지로 앉혀 놓고 자기는 초조한 빛을 감추지 못하고 왔다갔다 하기 시작했다. 문을 꼭 닫아 놓은 좁은 방 가득히 햇빛이 비쳐 들어 포근하고 차분한 공기가 감돌았다. 이 정적을 깨뜨리는 소음은 아무것도 없다. 다만 이따금 이 고요를 깨뜨리려는 듯 카나리아의 날카로운 소리가 들려온다. 멀리서 울리는 플루트의 떨림처럼.

"내 말을 들어 봐요." 백작은 나나 앞에 서서 말을 하기 시작했다. "나는 당신을 되찾기 위해 여기 온 거요! 그래요, 나는 다시 한번 시작하고 싶소. 잘 알면서 왜 그런 소릴 하는 거요? 대답해 봐요. 승낙해 주겠지?"

나나는 고개를 수그린 채 깔고 앉은 의자의, 루즈가 묻어서 피묻은 것처럼

대기실에서 나나와 뮈파

붉게 물들어 있는 짚을 손톱으로 긁고 있다. 백작의 염려스러워 하는 태도를 보고 서두를 것은 없다고 생각한 것이다. 이윽고 심각한 표정으로 얼굴을 들었다. 아름다운 눈에 아주 슬픈 빛을 띠고.

"그건 안 돼요. 당신하고 다시 살림을 할 수는 없어요."

"왜, 왜 안 된다는 거요?" 그의 얼굴은 격심한 고뇌로 인해 일그러진다. "왜고 뭐고 그럴 수가 없는 걸요. 그냥 그럴 수가 없다는 것뿐이에요. 전 싫어요."

그는 한참 동안 타는 듯한 눈으로 나나를 보고 있다가 마룻바닥에 무릎을 꿇었다. 그녀는 난처한 표정으로 덧붙였다.

"어린애 같은 짓은 하지 마요!"

그러나 그는 이미 어린애 같은 짓을 시작했다. 그녀의 발밑에 무릎을 꿇고 나나의 허리를 껴안으며 얼굴을 두 무릎 사이에 파묻었다. 얇은 옷으로 가려진, 비로드 같은 솜털로 덮인 그 육체를 느끼자 온몸에 경련이 일어난다. 그는 열에 들뜬 듯이 떨면서 마치 그녀의 육체 속에 파고들려는 것같이 그녀의 다리로 마구 몸을 밀어 댔다. 낡은 의자가 삐걱거린다. 낮은 천장 아래 썩은 향수 냄새가 감도는 공기 속에서 욕정의 신음소리가 흘러 나온다.

"그래서 어쩌자는 거예요?" 나나는 그가 하는 대로 내버려 두면서 말했다. "이런다고 무슨 뾰족한 수가 나나요? 다 소용 없어요. 당신은 아직도 마음이 어리시군요!"

그는 다소 진정했으나 여전히 무릎을 꿇은 채 나나의 몸을 놓지 않고 띄엄 띄엄 말했다.

"좌우간 내 이야기를 좀 들어 봐요……. 실은 이미 몽소 공원 근처에 있는 집을 하나 보아 두었소. 당신이 원하는 거라면 뭐든지 해 주겠소. 당신을 독점할 수만 있다면 모든 재산을 다 내놓겠소……. 그렇소, 그게 유일한 조건이오. 당신을 독점한다는 것 말이오. 알겠소, 그것만 약속해 준다면, 아아, 난 당신을 누구보다도 아름답게, 그 누구보다도 부자로 만들어 주고 싶소. 마차도 다이아몬드도 옷도……."

그 제안 하나하나에 나나는 쌀쌀하게 고개를 흔들었다. 이 이상 무엇을 주어야 할지 몰라서 그가 재산을 나누어 주겠다고 말하자 나나는 더이상 참을 수가 없었다.

"이제 그만 좀 하세요! 내가 워낙 사람이 좋아서 가만히 듣고 있었지만, 이제 더 듣고 싶지 않아요……. 가게 해 주세요, 피곤해요."

그녀는 뿌리치고 일어섰다.

"안 돼, 안 돼, 안 돼요……. 난 그럴 수 없어요."

그는 겨우 일어섰으나 힘없이 의자에 주저앉았다. 그리고 의자 등받이에 팔 꿈치를 괴고 손으로 얼굴을 감쌌다. 이번에는 나나가 왔다갔다 하기 시작했다. 엷은 햇살을 받고 있는 더러운 방안을 잠시 바라본다. 얼룩진 벽지, 더러운 화장대. 이윽고 백작 앞에 서자 태연하게 말했다.

"정말 이상해요. 부자들은 돈만 내면 뭐든지 마음대로 되는 줄 아는 모양이죠……. 하지만 내가 싫다고 하면 어쩔 테예요? 나는 당신이 무엇을 준대도 달갑지 않아요. 당신이 빠리를 몽땅 준대도 싫어요……. 보시다시피 여기 이 방은 더럽지만 내가 당신과 함께 여기서 살고만 싶다면 나는 여기를 기분좋게 생각할 거예요. 반대로 그럴 마음이 없다면 세상없는 궁전이라도 재미없는 거예요……. 돈이 다 뭐예요! 그런 건 어디에나 있어요. 돈 같은 거 짓밟아 버리고 침이라도 뱉어 주고 싶은걸요!"

나나는 아주 불쾌한 표정을 지었다. 그러더니 감상에 잠겨서 서글픈 목소리로 말했다.

"난 돈보다도 더 귀중한 걸 알아요……. 아아, 내가 원하는 걸 줄 사람이 있다면……."

백작은 천천히 고개를 들었다. 그의 눈에 한 줄기 희망의 빛이 번뜩였다.

"아아, 당신은 소용 없어요. 당신 힘으로 되는 게 아니니까요. 그래서 내가 이러는 거예요……. 어쨌든 이야기나 해요. 난 이번 연극에서 정숙한 여자 역을 맡고 싶어요."

"정숙한 여자라니, 어떤?"

백작이 놀라서 중얼거린다.

"엘렌느 공작 부인 역 말이에요……. 내가 제랄딘느 역을 할 줄 알고 있는 모양인데, 그건 당치도 않은 생각이에요! 잠깐 등장하고 마는 시시한 역이지 뭐예요! 그것뿐이 아니에요. 나는 이제 창녀 노릇은 질색이에요. 언제나 창녀 역만 하니 내가 꼭 속속들이 창녀가 된 것 같아 기분 나빠요! 나도 다 알고 있어요. 그들이 나를 천한 여자로 알고 있다는 것을……. 사실, 모두 눈도 삐었지. 나도 귀부인 역을 주기만 해봐요, 얼마든지 잘 해내지 않겠는가! 자, 나 좀 보세요."

나나는 창가로 물러나더니, 가슴을 젖히고 발을 더럽히지 않으려는 암탉처럼 조심스러운 걸음걸이로 되돌아왔다. 아직도 눈물에 젖은 눈으로 그녀를 좇으면서 이 즉흥연극을 보는 동안 뮈파는 멍하니 슬픔을 잊고 있었다. 나나는 우아한 미소를 짓고 눈을 깜박거리고 스커트를 하늘거리면서 잠시 걸어 보이는 연기를 끝내자 그의 앞으로 돌아왔다.

"어때요, 멋있지요?"

"음, 잘 했어!"

여전히 흐릿한 눈으로 가쁜 숨을 몰아쉬며 중얼거린다.

"나도 점잖은 역을 할 수 있단 말이에요! 집에서 연습을 해봤어요. 남자들을 거들떠보지도 않는 그 공작 부인의 깜찍한 태도를 나만큼 해낼 여자는 없을 거예요. 당신 앞을 지나갈 때 내가 살짝 곁눈질한 걸 눈치채셨어요? 그런 연기는 타고나지 않으면 못하는 거예요……. 나는 정숙한 여자 역을 해보고 싶어요. 그것만 늘 생각하느라고 마음이 우울해 죽겠어요. 내가 원하는 거란, 그 역을 말하는 거예요. 아시겠어요?"

그녀의 표정은 진지했다. 그 역이 정말로 하고 싶어져서 흥분한 나머지 목소리까지 떨고 있다. 뮈파는 거절당한 충격이 아직도 가시지 않아 무슨 영문인지 모르는 채 얼떨떨해 있었다. 주위는 여전히 조용했다. 파리 한 마리 날지 않아 텅 빈 건물의 정적을 깨뜨리는 것이라곤 아무것도 없었다.

"그 역을 내가 맡게 해주세요."

그녀는 분명하게 말했다.

그는 깜짝 놀랐다. 이윽고 절망적인 몸짓을 했다.

"그건 안 돼! 당신도 말했듯이 내 힘으로는 안 돼."

나나는 어깨를 으쓱하며 그의 말을 가로막았다.

"밑에 가서 보르드나브에게 그 역을 주라고 말해 보세요……. 마음 약하게 구시지 말고! 보르드나브는 돈이 필요할 거예요. 그러니까 돈을 빌려 주면 될 거 아녜요. 당신한테는 비로 쓸어 내버릴 만큼 돈이 있잖아요!"

그래도 그가 여전히 우물쭈물하고 있자 그녀는 화가 났다.

"좋아요. 알았어요. 로즈가 화낼까봐 그러시는 거죠……. 사실 아까 당신이 앉아서 눈물을 흘렸을 때 그 여자 말을 하고 싶었지만, 난 입 밖에 내지 않았어요. 말을 하면 끝이 없을 것 같아서요. 한 여자에게 영원한 사랑을 맹세해 놓고, 그 이튿날 아무 여자하고나 정을 통하다니, 그럴 수가 있어요? 그때 받은 마음의 상처는 지금도 그대로 남아 있어요! 그 여자의 어디가 그렇게 좋던가요, 미뇽의 찌꺼기가 말예요! 내 무릎에서 그 어리석은 짓을 하기 전에 그년과 먼저 인연을 끊고 왔어야 했어요!"

뮈파는 항의하고 싶은 것을 참고 있다가 여기서 겨우 한마디 했다.

"로즈 따위는 문제가 아니래도. 원한다면 당장에라도 손을 끊겠소."

거기에는 나나도 만족해했다.

"그렇다면 뭘 그렇게 주저하는 거예요. 보르드나브가 지배인 아니에요? 보르드나브 외에 포슈리가 있다 이 말인가요?"

그녀는 말투를 늦추었다. 문제의 미묘한 점에 이르렀기 때문이다. 뮈파는 눈을 내리깔고 잠자코 있다. 그는 포슈리와 아내에 대한 관계를 일부러 모르는 척하고, 떼부 거리의 집 문 앞에서 기다렸던 그 저주스러운 하룻밤이 자신의 착각이기를 바라면서, 차차 마음의 평정을 되찾았다. 그러나 그 남자에 대해서는 지금도 반감이 사라지지 않고 있었다.

"포슈리쯤은 문제도 되지 않아요!" 뮈파와 포슈리의 사이가 어떻게 되어 있는지 알기 위해서 나나는 은근히 떠본다. "포슈리하고라면 얘기가 쉽게 될 거예요. 그이는 결국 호인이니까요……. 네? 나나를 위해 해달라고 그이에게 말 좀 해주세요."

그런 교섭은 생각만 해도 싫었다.

"안 돼, 그럴 수는 없어!"

나나는 잠시 기다렸다. '포슈리가 당신한테라면 거절하지 못할 거예요' 이렇게 말하고 싶었지만 너무 지나치다고 생각되어 단지 미소만 지어 보였다. 그러나 그 미소는 의미심장한 것이어서 모든 것을 말해 주고 있었다. 뮈파는 나나의 얼굴을 쳐다보고는 어색하고 창백한 표정으로 다시 눈을 내리깔았다.

"당신은 인자한 면이 너무 없군요."

"안 되겠어!" 고통으로 얼굴을 일그러뜨리며 말했다. "당신이 원하는 거라면 뭐든지 해 주겠소. 하지만 그것만은 못하겠소, 정말!"

나나는 이제 입으로 말해 봐야 소용 없다고 생각했다. 그래서 조그만 손으로 사내의 머리를 쳐들고 그 위에 몸을 굽혀 입을 갖다 대고 오랫동안 키스를 했다. 그는 눈을 감고 그녀의 몸 밑에서 세차게 몸을 떨었다. 이윽고 나나는 그를 일어서게 했다.

"자, 가세요."

단지 그 말만 했다.

뮈파는 문 쪽으로 걸어갔다. 그가 나가려는 순간 나나는 아양떤 몸짓으로 그를 껴안았다. 그러고는 얼굴을 쳐들고 그의 조끼에다 암고양이 같은 턱을 비비면서 속삭였다.

"아까 봐놓았다는 집은 어디 있지요?"

이렇게 말하며 안 먹겠다고 한 과자를 다시 사달라고 하는 어린아이처럼 멋적게 웃었다.

"발리에 거리요."

"마차도 있어요?"

"그럼."

"옷도, 다이아몬드도?"

"그럼."

"아이 좋아라! 아까는 질투 때문에 그랬어요······. 이번에는 절대로 지난 번 같은 일은 없을 거예요. 당신도 이젠 여자의 마음을 다 알게 되었으니까요. 무엇이든지 다 준댔지요? 그러면 나도 당신 외에는 아무도 필요 없어요······. 난 당신밖에는 없어요! 정말이에요! 맹세해요!"

손과 얼굴에 키스를 퍼부어서 한껏 마음을 들뜨게 하여 문밖으로 밀어낸 다음 나나는 안도의 숨을 내쉬었다.

"아이 냄새야, 마띨드의 방은 왜 이렇게 냄새가 날까!"

겨울 햇살이 비쳐 들어서 프로방스 지방의 시골집 방처럼 따뜻하기는 했으나 썩은 라벤더 향수 냄새와 다른 더러운 것들의 냄새가 섞여서 도저히 견딜 수가 없었다. 나나는 창문을 열고 창틀에 팔꿈치를 괴고 기다림의 초조감을 잊기 위해 가게의 유리창을 바라보고 있었다.

뮈파는 휘청거리며 계단을 내려갔다. 머리가 윙윙거린다.

'뭐라고 말을 할까? 내 일도 아닌 문제를 가지고 어떻게 말을 꺼내야 좋단 말인가.'

무대 가까이 오니 말다툼하는 소리가 들려 왔다. 제2막이 막 끝난 참인데,

쁘뤀리에르가 화를 내고 있었다. 포슈리가 대사를 자르려고 했기 때문이다.

"차라리 다 잘라 버리지 그래요." 쁘뤀리에르가 소리쳤다. "그게 더 낫겠어요! 2백 줄도 안 되는 대사를 또 자른다니! 나도 싫으니 이 역을 그만두겠소."

그는 주머니에서 구겨진 대본을 꺼내자 떨리는 두 손으로 둘둘 말아서 당장에라도 꼬사르의 무릎에 내던지려고 했다. 손상당한 자존심 때문에 일그러진 창백한 얼굴, 꽉 깨문 입술, 번들거리는 눈은 분노의 빛을 역력히 드러냈다.

'관객에게 절대적인 인기가 있는 내가 어떻게 단 2백 줄밖에 안 되는 역을 할 수 있단 말인가!'

"차라리 쟁반에 편지나 담아서 나르는 하인 역을 시키지 그러시오?"

씁쓸하게 야유조로 말했다.

"너무 그러지 말게, 쁘뤀리에르."

보르드나브가 달랬다. 아무튼 관객에게 인기 있는 배우는 소중히 다뤄야 했다. "너무 그렇게 불평하지 마요…… 좋은 대사를 만들어 줄 테니. 포슈리, 당신이 좋은 대사를 만들어 주도록 하시오. 제3막에서 한 장면 늘려도 되잖소."

"그렇다면 끝 장면의 대사나 하게 해주세요…… 그 정도는 시켜 줘도 괜찮을 거예요."

포슈리도 동의했는지 아무 말도 하지 않는다. 쁘뤀리에르는 대본을 다시 주머니에 집어넣긴 했으나 여전히 불만스러운 표정이다. 그런 이야기들이 오가는데도 보스끄와 퐁땅은 모르는 척하고 있었다. 다들 좋을 대로 하는 거지 뭐, 우리에겐 관계 없는 일이니까. 배우들은 포슈리를 둘러싸고 질문을 하면서 칭찬을 받고 싶어했다. 한편 미뇽은 쁘뤀리에르의 불평을 들어 주면서 눈으로는 뮈파 백작의 뒤를 좇고 있었다. 좀전부터 백작이 돌아온 것을 살피고 있었던 것이다.

백작은 싸움판에 끼어 들기가 싫어서 어두운 무대 뒤쪽에 머물러 있었다. 그러나 보르드나브가 그를 알아보고는 달려와서 작은 소리로 중얼거렸다.

"정말 어쩔 수 없는 사람들이지요! 저런 사람들을 상대하자니 고생이 이만저만 아니랍니다요, 백작님. 모두 남달리 자존심이 강한 사람들뿐이니까요. 게다가 교활하고 성질마저 고약해서 불평만 늘어놓고, 내가 아파서 죽을 지경이 되어야 좋아들 하겠죠. 이거 실례했습니다. 흥분해서 그만."

그는 입을 다물었다. 잠시 침묵이 흘렀다. 뮈파는 좀처럼 이야기의 실마리를 찾을 수 없었다. 그래서 빨리 무거운 짐을 벗기 위해 단도직입적으로 말을 꺼냈다.

"나나가 공작 부인 역을 하고 싶다는데요."

보르드나브가 펄쩍 뛰며 소리쳤다.

"설마, 농담이시겠지요!"

그러나 백작의 얼굴이 하도 창백한데다 초조한 빛이 역력히 드러나 보여서 곧 태연한 태도로 돌아가 한마디만 했다.

"허 참!"

다시 침묵이 계속되었다. 보르드나브는 마음속으로는 웃고 있었다. 그 뚱뚱한 나나가 공작 부인 역을 맡는다면 아마 걸작일 거다. 그러나 뮈파를 붙잡는 데는 절호의 기회다. 그래서 곧 마음을 정했다. 그는 돌아서서 불렀다.

"포슈리!"

백작은 그를 말리려 했다. 포슈리는 부르는 소리를 듣지 못했다. 그는 퐁땅이 이끄는 대로 끌려가서 따르디보에 관해 늘어놓는 설명을 들어 주어야만 했던 것이다. 퐁땅의 말에 따르면, 따르디보는 마르세이유 사람이기 때문에 자기는 그 지방 사투리로 말해야 한다는 것이었다. 그리하여 그 사투리를 흉내내 보였다. 대사를 모두 이런 식으로 해야겠는데 그래도 괜찮겠느냐는 것이었다. 퐁땅은 그 점에 대해 자신이 없으므로 그저 한번 자기 생각을 말했을 뿐이라는 표정을 하고 있었다. 그러나 포슈리가 냉담하게 들어 넘기며 여러 가지 트집을 잡았기 때문에 퐁땅은 그만 화를 냈다. 그렇다면 좋습니다. 난 제대로 읽지도 못하니 안 하겠어요. 다른 사람을 위해서도 그러는 편이 나을 겁니다.

"포슈리!"

보르드나브가 다시 소리쳤다.

포슈리는 마침 잘 됐다 싶어 얼른 퐁땅의 곁을 떠났다. 퐁땅은 그가 달아나는 바람에 더욱 기분이 상했다.

"여기서는 곤란하군. 이쪽으로 오십시오."

보르드나브가 말했다.

남들이 들을까 두려워서 그는 두 사람을 무대 뒤에 있는 소도구 창고로 데리고 갔다. 그들이 사라지는 것을 미뇽은 놀라서 바라보고 있었다. 몇 개의 계단을 내려가서 두 개의 창문이 안뜰을 향해 나 있는 네모난 방으로 들어갔다.

천장은 낮고 더러운 유리창을 통해 희미한 빛이 들어올 뿐이어서 지하실다운 맛이 났다. 방 가득히 설치된 선반에는 온갖 잡동사니가 널려 있어서 라쁘 거리에 있는 싸구려 고물상같이 난잡했다. 접시, 금빛으로 칠한 마분지, 술잔, 붉은 빛깔의 낡은 우산, 이탈리아식 물병, 여러 모양의 흔들이시계, 쟁반, 잉크병, 총, 분무기 등등. 그 모든 것들이 두껍게 쌓인 먼지에 덮인 채 이가 빠지고 깨지고 포개져 있어서 뭐가 뭔지 알아볼 수가 없었다. 그리고 이 잡동사니 더미에서 피어오르는 고철, 종이 나부랑이, 습기찬 마분지 등의 견딜 수 없는 쾨쾨한 냄새, 아무튼 이곳에는 50년 동안 극장에 사용되던 소도구의 찌꺼기가 쌓여 있었던 것이다.

"들어오십시오." 보르드나브가 다시 말했다. "여기라면 아무도 안 올 테니까요."

백작은 난처해서, 보르드나브가 먼저 말을 꺼내게 하려고 몇 발짝 왔다갔다 했다. 포슈리는 영문을 모르겠다는 듯한 얼굴을 하고 있었다.

"무슨 일입니까?"

"실은" 마침내 보르드나브가 입을 열었다. "어떤 생각이 떠올라서 그러는데……. 아무튼 놀라지는 마시오. 아주 중대한 이야기니까……. 나나에게 공작 부인 역을 맡기면 어떨까요."

포슈리는 기가 차서 멍해 있다가 이윽고 큰 소리로 말했다.

"농담 마십시오……. 손님들이 웃을 겁니다."

"사람들이 웃는다면 나쁠 거 없지 않소……. 잘 생각해 봐요. 이 생각이 백작님의 마음에 몹시 드는 모양이니까."

뮈파는 마음의 평정을 찾기 위해 태연스레 먼지 쓴 선반 위에서 무엇인지도 모르는 물건을 하나 집어 들었다. 그것은 부서진 다리를 석고로 붙여 놓은 달걀 담는 그릇이었다. 그는 무의식중에 그것을 손에 든 채 두 사람 쪽으로 다가와서 중얼거렸다.

"그래요, 아주 재미있을 거라고 생각해요."

포슈리는 갑자기 발칵해서 백작 쪽을 돌아보았다. 백작이 내 작품에 대해 무엇 때문에 참견을 한단 말인가. 그는 단호하게 거절했다.

"절대로 안 됩니다! 창녀 역이라면 모르지만 귀부인 역은 당치도 않습니다!"

"그건 당신의 오해요." 뮈파는 차차 대담해졌다. "좀전에 그녀가 귀부인 역을 흉내내 보였는데……."

"어디서 말입니까?"

더욱 놀라서 포슈리가 물었다.

"위층 분장실에서요……. 아주 훌륭한 연기였소. 특히 눈짓이 기막혔소. 이렇게 지나가면서……."

그는 이 두 사람을 어떻게든지 설득시키려고 달걀 담는 그릇을 손에 든 채 정신없이 나나의 연기를 흉내내 보였다. 포슈리는 기가 차서 그를 보고 있었다. 이젠 사정을 짐작했기 때문에 화도 내지 않았다. 비웃음과 동정이 섞인 포슈리의 시선을 느끼자 백작은 벌겋게 얼굴을 붉히며 몸짓을 중단했다.

"흐음, 그렇다면 못할 것도 없겠군요."

포슈리는 백작의 뜻을 받아들이는 듯이 중얼거렸다.

"어쩌면 잘 하는지도 모르지요……. 하지만 그 역이 이미 결정돼 있어 놔서. 로즈에게서 그 역을 도로 뺏을 수도 없고."

"아, 그 정도라면 내가 적당히 해보겠소."

보르드나브가 말했다.

그러나 두 사람이 짜고 있다는 것을 눈치챈 포슈리는, 보르드나브가 이것으로 한몫 보려고 하는 것을 알아차렸다. 이대로 순순히 물러나는 것이 화가 나서, 회담을 깨뜨려야겠다는 생각으로 좀전보다 더 완강하게 반대를 했다.

"역시 안 되겠어요, 가령 그 자리가 비어 있다 할지라도 나나에겐 절대로 줄수 없습니다……. 아시겠습니까? 내버려 두세요……. 난 내 작품을 망치고 싶진 않습니다!"

어색한 침묵이 흘렀다. 보르드나브는 자기가 있으면 방해가 된다는 것을 짐작하고 자리를 떴다. 백작은 잠시 고개를 숙이고 있다가 이윽고 얼굴을 들고 들뜬 목소리로 말했다.

"어떻게 좀 해주실 수 없겠소?"

"안 됩니다. 안 됩니다."

몸을 흔들며 포슈리가 되풀이했다.

뮈파는 더욱 굳어진 목소리로 말했다.

"부탁입니다……. 꼭 좀 그렇게 해주시오!"

그러고는 포슈리의 얼굴을 뚫어지게 쳐다보았다. 포슈리는 그 검은 눈동자

바리에테 소품실

에서 협박의 기색을 느끼자 갑자기 기세가 꺾이며 당황해서 말을 더듬거렸다.

"아무튼 좋을 대로 하십시오, 난 아무래도 좋습니다. 하지만 이건 무럽니다. 뭐 곧 알게 될 겁니다. 곧⋯⋯."

더욱더 어색해졌다. 포슈리는 선반에 기대 서서 짜증스럽게 발끝으로 마룻바닥을 차고 있다. 뮈파는 여전히 달걀 담는 그릇을 돌리면서 열심히 살펴보는 척하고 있다.

"그건 달걀 담는 그릇입니다."

보르드나브가 돌아와서 비위를 맞추었다.

"그래요, 달걀 담는 그릇이었군요."

백작이 되풀이했다.

"이거 죄송합니다. 먼지투성이 속으로 오시게 해서."

보르드나브는 그렇게 말하고 달걀 담는 그릇을 받아서 선반에 올려 놓았다.

"매일 먼지를 털다가는 한이 없어서⋯⋯ 보시다시피 이런 형편입니다. 이 먼지 좀 보십시오⋯⋯ 하지만 사실은 이래봬도 돈 될 물건이 조금은 있답니다. 자, 이것들을 보십시오."

보르드나브는 안마당으로부터 비쳐드는 파르스름한 빛 속에서 선반을 안내하고 다니며 하나하나 소도구의 이름을 말하여, 그가 장난으로 이름 붙인 그 '넝마장수의 재산'에 백작의 흥미를 끌려고 했다. 이윽고 포슈리 곁으로 돌아오자 가벼운 어조로 말했다.

"자, 이야기가 결정되었으니 이 문제를 빨리 끝냅시다⋯⋯ 마침 미뇽도 와 있으니까."

미뇽은 조금 전부터 복도를 왔다갔다 하고 있었다. 보르드나브로부터 계약 변경에 관한 말을 듣자, 그는 몹시 화를 냈다. 이건 모욕이지요, 아내의 장래를 망쳐 놓을 작정이라면 소송을 제기하겠소! 그러나 보르드나브는 조금도 당황하지 않고 여러 가지 이유를 늘어놓았다. 그 역은 로즈에게 맞지 않는다고 생각한다, 로즈는 '귀여운 공작 부인' 다음에 상연 예정인 오페레타를 위해 남겨 두고 싶다는 등. 그래도 여전히 미뇽이 아우성을 치자, 갑자기 그는 폴리 드라마띠끄 극장에서 로즈를 빼가려 했다는 사실을 지적하고, 계약을 취소하자고 했다. 미뇽은 잠시 당황했으나, 빼돌리려고 한 사실에 대해 부정은 하지 않고, 돈 같은 건 문제가 아니라고 큰소리쳤다. 아내는 공작 부인 엘렌느를 하기 위해 계약을 한 것이니까, 비록 남편인 내가 그 때문에 손해를 보는 한이 있더라도 그 역을 하게 하는 것이 당연하잖은가. 체면 문제, 명예 문제다. 언쟁은 이런 식으로 전개되어 끝이 없었다.

보르드나브는 줄곧 이야기를 돈 문제로 돌렸다. 즉, 로즈가 자기 극장에서는 하루 저녁에 150프랑밖에 못 받지만 폴리 쪽에서는 1백 회 상연으로 300프랑씩 낸다고 한다. 그러니까 지금 나가면 그녀는 1만 5천 프랑의 돈을 덕보게 된다. 그러나 미뇽은 끝까지 배우의 체면을 어찌고저쩌고하며 양보하지 않았다. 아내가 역을 빼앗긴 것을 세상 사람들이 안다면 뭐라고 하겠는가. 틀림없이 연기가 부족해서 그렇다고 할 것이다. 그렇게 되면 막대한 손해를 보고, 배우로서의 평판도 떨어진다. 안 된다, 절대로 안 된다! 돈보다 명성이 문제다! 그러다가 갑자기 미뇽은 타협안을 내놓았다. 즉, 계약에 따르면 로즈가 만일 자진해서 물러날 때는 위약금으로서 1만 프랑을 지불할 의무가 있다. 그러나 사정이 사정이니만큼, 그쪽에서 1만 프랑을 지불해 달라, 그렇게 해주면 그녀는 폴리 드라마띠끄 극장으로 옮기겠다고. 보르드나브는 어처구니가 없었다. 미뇽은 백작의 눈을 뚫어지게 바라보며 천연스럽게 기다리고 있다.

"그렇다면 그렇게 하기로 합시다." 뮈파가 한시름 놓은 듯이 중얼거린다. "어떻게 되겠지요."

"천만에요! 그건 말도 안 됩니다!" 장사꾼 근성을 마구 드러내며 보르드나브가 소리쳤다. "로즈를 내보내는데 만 프랑을 내다니! 그런 짓을 하다가는 내가 웃음거리가 됩니다."

그러나 백작은 받아들이라고 여러 번 고갯짓을 했다. 보르드나브는 여전히 결단을 내리지 못하고 투덜거렸다. 자기가 돈을 내는 것이 아닌데도 그 1만 프랑이 아까워서 퉁명스럽게 말했다.

"할 수 없군, 승낙하지요. 아무튼 이것으로 당신하고는 손을 끊게 된 거요."

15분 전부터 퐁땅은 안뜰에 와서 이 대화를 엿듣고 있었다. 수상쩍다 싶어서 일부러 안뜰까지 내려왔던 것이다. 사정을 다 알아차리자 곧 돌아가서 유쾌한 듯이 로즈에게 알려 주었다. 저기서 당신 이야기를 이러쿵저러쿵하던데 당신은 모가지라고 말해 주었다. 로즈가 그 말을 듣고 소도구 창고로 달려가자 모두 입을 다물어 버렸다. 그녀는 거기 있는 세 남자들을 쳐다보았다. 뮈파는 고개를 숙였다. 포슈리는 뭔가 물어보고 싶은 듯한 로즈의 시선과 마주치자 체념한 듯이 어깨를 으쓱해 보였다. 미뇽은 계약 조항에 대해 보르드나브와 의논하고 있었다.

"무슨 일들이에요?"

로즈가 새침하게 물었다.

"아무것도 아니야." 미뇽은 당황했다. "보르드나브가 1만 프랑을 낼 테니 당신의 역을 돌려 달라는 거야."

로즈는 안색을 싹 바꾸고 조그만 손으로 주먹을 불끈 쥐더니 떨기 시작했다. 한순간, 그녀는 남편을 노려보았다. 평소에는 흥정 문제에 대해 남편이 시키는 대로 했고, 극장 지배인과 애인과의 계약 서명도 남편에게 일임하고 있던 그녀였지만, 이번만은 정말로 분노를 참을 수가 없었다. 그녀는 채찍으로 얼굴을 휘갈기듯 퍼부었다.

"비열한 인간!"

그렇게 외치고 로즈는 방을 뛰쳐나갔다. 미뇽이 놀라서 뒤쫓아갔다.

"왜 그래, 미쳤어?" 그는 소리를 죽여서 설명을 했다. "이쪽에서 1만 프랑 저쪽에서 1만 5천 프랑, 합하면 2만 5천 프랑이 되는데 멋진 흥정이잖아. 어쨌든 뮈파는 당신을 버릴 작정이었으니 마지막으로 우려낸 게 잘 됐지 뭐야."

그러나 로즈는 화가 나서 대답도 하지 않았다. 화가 난 여자를 상대하고 있을 수도 없으므로 미뇽은 멋대로 하라는 듯이 내버려둔 채 그녀의 곁을 떠났다. 보르드나브가 포슈리와 뮈파와 함께 무대로 돌아오자 그가 말했다.

"서명은 내일 아침에 합시다. 그때 돈을 갖고 오세요."

그때 회담 결과를 라보르데뜨에게서 들은 나나가 의기양양해서 내려왔다. 귀부인다운 우아한 걸음걸이다. 모두를 깜짝 놀라게 해주고, 내 마음먹기에 따라서 나만큼 멋있는 여자도 없다는 것을 보여 줄 작정이었다. 그러나 나나를 보자 로즈가 대들었기 때문에 거의 싸울 뻔했다. 그녀는 목멘 소리로 더듬거리며 소리쳤다.

"어디, 두고 보자……. 이 보복을 꼭 하고야 말 테니까!"

나나는 느닷없는 공격에 흥분하여 하마터면 두 주먹으로 허리를 짚고 그녀에게 상소리를 퍼부을 뻔했다. 그러나 꾹 참고 보다 시원스러운 목소리로 오렌지 껍질 위를 걸어가는 공작 부인 같은 몸짓을 하며 말했다.

"어머, 무슨 소리예요! 그런 소리 하지 마세요."

나나가 점잔을 빼고 있는 동안 로즈는 미뇽을 따라 나가 버렸다. 미뇽은 아내의 심사를 알 수 없었다. 한편 끌라리스는 제랄딘느 역을 맡게 되어 좋아 어쩔 줄을 모른다. 포슈리는 침울한 표정으로, 그렇다고 극장을 내팽개치고 떠날 수도 없어서 어물어물하고 있었다.

자기 작품이 엉망이 되어 버렸으니, 그것을 살리려면 어떻게 해야 할까를 궁리하고 있는 중이다. 그러고 있는데 나나가 와서 그의 손목을 잡아끌며 자기를 그렇게 나쁜 여자로 보느냐고 물었다. 당신 작품을 망치지는 않겠다고 하며 한바탕 그를 웃겨 놓고는 뮈파 집에서의 그녀의 위치를 생각한다면 자기 때문에 화를 내지 않는 것이 현명할 것이라는 뜻을 은연중에 나타냈다.

"대사를 잘못 외면 프롬프터가 있잖아요. 틀림없이 대만원이 될 거예요. 당신은 나를 잘못 보고 있어요. 두고 보세요, 반드시 멋드러지게 해보일 테니까요."

그래서 포슈리는 공작 부인의 대사를 조금 수정해서 줄이고 쁘뢸리에르에게 대사를 늘려 주기로 했다. 쁘뢸리에르는 좋아서 어쩔 줄을 몰랐다.

이렇듯, 나나가 끼어듦으로 해서 모두가 무척 좋아하는 결과가 되었다. 그러나 그 중에서 퐁땅만이 시무룩했다. 가스등의 노란 불빛 속에 혼자 우두커니 서서 염소 같은 얼굴의 선을 뚜렷이 드러내며 고독한 자세를 취하고 있다. 거기에 나나가 천천히 다가가서 손을 내밀었다.

"잘 있었어요?"

"글쎄, 당신은?"

"나도요."

그것뿐이었다. 그들은 전날 밤에 극장 앞에서 헤어진 사람들 같았다. 그 동안 다른 배우들은 기다리고 있었다. 그러나 보르드나브는 제3막은 연습하지 않겠다고 말했다. 뜻밖에 그 자리에 대기하고 있던 보스끄는 아무 필요도 없이 붙들어 놓아 오후 시간을 깡그리 낭비해 버렸다고 투덜대며 돌아갔다. 모두 돌아갔다. 밖으로 나가자 그들은 햇빛에 눈이 부셔서 눈을 깜박거리며 잠시 어리둥절해했다. 아무튼 지하실 같은 데서 세 시간이나 틀어박혀 줄곧 신경을 곤두세우고 논쟁을 했으니 그럴 수밖에 없었다. 뮈파 백작은 기진맥진하여 멍한 얼굴로 나나와 함께 마차를 탔다. 라보르데뜨는 포슈리를 달래며 데리고 갔다.

그로부터 한 달이 지난 뒤 '귀여운 공작 부인'의 첫 공연에서 나나는 비참한 꼴을 당했다. 그녀의 연기는 말할 수 없이 서툴렀다. 제딴에는 열심히 하는데도 관객들은 웃어 댔다. 야유하는 휘파람소리도 나지 않았다. 너무 우스워서 휘파람 불 겨를도 없었다.

로즈 미뇽이 무대 앞 특등석에 앉아서 라이벌인 나나가 등장할 때마다 깔 깔대고 웃었다. 그것이 계기가 되어 만장의 관객들이 일제히 웃어 댔다. 그것이 로즈의 맨 처음 복수였다. 나나는 저녁에 풀이 죽어 있는 뮈파와 단둘이 있게 되자 분노에 타는 어조로 말했다.

"세상에, 그렇게 악랄할 수가! 그것도 다 질투 때문이에요……. 하지만 상관 없어요, 그 따위 인간들은 상대도 않을 테니까요! 어디 두고 보자. 웃은 놈들 을 여기 끌고 와 눈앞에서 땅바닥을 핥게 해줄 테니!……모든 빠리 사람들에게 멋있는 여자가 어떤 것인가를 보여줄 테야!"

10장

나나는 멋있는 여자가 되었다. 말하자면 남성의 어리석음과 욕정에 붙어 사는 거리의 후작 부인이 된 것이다. 갑작스럽게 인기가 오르고 유명해져서 그 미모를 바탕으로 하여 화류계에 이름을 떨쳤다. 그리하여 순식간에 그 방면의 일류 여자들 사이에 군림하게 되었다. 나나의 사진은 쇼윈도에 장식되고 그 이름은 신문지상을 떠들썩하게 했다. 마차를 타고 한길을 가면, 군중들이 임금을 맞는 백성 같은 감동을 가지고 돌아보며 나나의 이름을 입에 담는다. 그녀는 보드라운 의상 속에 편안하게 몸을 뉘이고 활짝 미소를 짓고 있다. 아이섀도를 칠한 눈, 붉게 연지를 바른 입술, 탐스러운 금발의 곱슬머리. 이상하게도 무대에서 정숙한 여자 역을 할 때는 그토록 어색하고 우스웠던 이 통통한 여자가 거리에 나오기만 하면 수월하게 매혹적인 여인을 연기해 보이는 것이다. 뱀 같은 나긋나긋한 몸놀림, 자연스럽게 보이는 요염한 모습, 순종 고양이를 연상케 하는 우아한 기품, 거만스런 악덕 귀족, 빠리를 활보하는 전능의 여왕, 나나가 무엇인가를 시작하기만 하면 귀부인들도 그에 따르는 것이었다.

나나의 집은 빌리에 거리가 까르디네 거리와 이어지는 모퉁이에 있었다. 그 부근은 전에는 황무지였으나 지금은 고급 주택가로 발전되어 가고 있었다. 어떤 젊은 화가가 첫 성공에 도취해서 지었다가 벽도 채 마르기 전에 팔게 된 집이었다. 좀 색다른 구조로 되어 있는 르네상스 양식의 궁전풍 건물로, 그 독특한 방마다 근대적 설비가 갖추어져 있었다. 뮈파 백작은 그 집을 가구째 몽땅 샀기 때문에 여러 가지 장식품, 훌륭한 동양풍의 벽지, 구식 찬장, 루이 13세 시대풍의 안락의자 등이 비치되어 있었다. 즉 나나는 여러 시대로 이루어진 가장 훌륭한 예술적 가구 일식 속에서 살게 된 것이다. 그러나 집의 중앙을 차지하는 아틀리에가 소용이 없으므로, 그녀는 집안의 구조를 죄다 바꾸었다. 아래층에는 온실과 큰 살롱과 식당만을 두고, 2층에는 침실과 화장실, 그리고 그 옆에 조그만 살롱을 만들었다. 나나는 천성적으로 세련된 사치의 맛을 알고 있었고, 또 빠리의 창녀로서 본능적으로 멋있는 취미를 몸에 익히고 있었다. 이것저것 의견을 늘어 놓아 건축가를 놀라게 하기도 했다. 요컨대 나나는 그 집을 별로 손상시키지 않았을 뿐 아니라, 오히려 값진 가구들을 더 빛나게 했다. 하긴 몇 군데 저속하고 번지르르한 맛을 풍기게 한 곳도 있었지만, 그것은 조화를 만들던 시대에, 거리의 쇼윈도 앞에서 공상에 잠겼던 그 여운이었다.

안뜰의 커다란 처마 밑의 돌층계에는 양탄자가 깔려 있다. 현관에 한 걸음 들어서면, 제비꽃 향기와 두터운 벽지에 스며 있는 훈훈한 공기가 느껴진다. 노랑과 장미빛의 색 유리창으로는 엷은 살빛의 태양이 넓은 계단에 비쳐 들고 있다. 계단 밑에는 나무로 새긴 검둥이가 명함이 가득 든 은쟁반을 들고 있고, 가슴을 드러낸 흰 대리석으로 된 네 여인상이 촛대를 들고 있다. 또한 청동상, 꽃을 꽂은 중국의 칠보 화병, 옛 페르시아의 모직으로 덮인 긴 의자, 고대의 무늬를 새겨 넣은 자수천으로 덮은 안락의자, 이런 가구들이 현관과 층계참을 장식하고 있었으며, 2층에서는 그것이 대기실 같은 구실을 하고 있어서 언제나 남자들의 외투와 모자가 걸려 있었다. 발소리는 양탄자 속으로 사라지고 그 어떤 명상적인 분위기가 감돌고 있어 경건한 전율이 스치는 성당에라도 들어간 것 같은 느낌이었으며 꼭 닫힌 문 뒤의 침묵 속에는 무슨 비밀이라도 숨겨져 있는 것 같았다.

큰 살롱은 루이 16세풍인데 너무 화려해서, 나나가 그 방을 여는 것은 뛰일르리 궁의 높은 사람들이나 외국 손님을 맞이하는 큰 연회의 밤뿐이었다. 식당에는 손님이 없을 때면 식사 시간에나 내려올 뿐이지만, 천장이 매우 높은데다가 벽에 고블랑 천을 빈틈없이 발랐다. 큰 찬장이며, 오래된 도자기며, 색다른 고대의 은그릇 등으로 장식되어 있는 높은 방에서 혼자 식사하기가 왠지 서글펐다. 그래서 식사가 끝나면 곧장 위층으로 올라간다. 나나는 2층에 있는 세 개의 방, 말하자면 침실과 화장실과 조그만 살롱에서 살았다. 침실의 장식을 이미 두 번이나 바꿨다. 처음에는 연보랏빛 공단이었으며, 다음에는 레이스로 수놓은 파란 비단이었다. 그래도 시원찮다는 생각이 들어서 계속 이것저것 찾아보았지만 신통한 것이 눈에 띄지 않았다. 킬팅식 수를 놓은 침대는 소파 높이밖에 안 되며 2만 프랑이나 하는 베니스 레이스가 덮여 있다.

가구는 백색과 청색 래커 칠에 은줄을 넣었다. 여기저기 깔려 있는 백곰의 모피는 그 수가 많아서 양탄자를 덮을 정도다. 나나는 변덕이랄까 묘한 취미가 있어서, 양말을 벗을 때 방바닥에 주저앉는 버릇을 없애지 못하고 있는 것이다. 침실 곁에 있는 조그만 살롱에는 운치 있는 장식품이 기묘한 조화를 이루고 있었다. 금실로 수놓은, 시든 터키 장미 같은 연분홍빛 비단 벽지를 배경으로 모든 나라, 모든 양식의 가구가 선명하게 드러나 보인다. 이탈리아제 장롱, 스페인과 포르투갈의 작은 상자, 중국의 사기 인형, 정교한 일본 병풍, 그리고 도자기, 청동기, 수놓은 비단천, 갖가지 색실로 촘촘하게 무늬를 짜 넣은 직물 등. 그런가 하면 침대만한 안락의자며 깊숙한 침실을 연상시키는 긴의자가 나른하고 몽롱한 터키 궁전을 연상케 한다.

방 전체의 색채는 밝은 황금빛에 초록과 빨강을 섞은 것이며, 의자류가 빚어내는 색정적인 분위기를 제외하면 창부의 방이라는 느낌은 별로 없다. 그러나 속옷 바람으로 벼룩을 잡는 여자와, 발가벗고 물구나무 서 있는 여자, 사리로 만든 이 두 여인상이 말하자면 나나의 정체를 나타내는 오점으로서 이 살롱을 장식하고 있었다. 거의 언제나 열려 있는 문으로 화장실 안이 들여다 보인다. 대리석과 거울로 벽을 채운 내부, 흰 욕조, 변기 항아리, 은세면기, 수정과 상아의 비품 등, 커튼이 쳐져 있어서 그곳에는 뿌연 빛이 으스름하게 떠돌고 있다. 그 빛은 마치 오랑캐꽃 향기로 훈훈해져서 포근하게 잠들어 있는 것같다. 오랑캐꽃 향기, 안마당에 이르기까지 집 전체에 떠돌며 가슴을 휘젓는 오랑캐꽃 향기.

집안일을 정리하는 것은 큰 일이다. 하기야 나나에게는 조에가 붙어 있다. 나나의 출세를 위해서 헌신적으로 섬기고 있는 이 여자는 자기의 육감을 믿고, 나나가 행운을 붙잡는 날이 오기를 몇 달 전부터 마음 턱 놓고 기다리고 있었다. 지금 그 조에는 우쭐우쭐 집안 살림을 하고 되도록 정직하게 주인을 섬기면서도 한편으로 돈을 모으고 있었다. 그러나 하녀 한 사람으로는 이제 해낼 수가 없다. 하인 우두머리, 마부, 문지기, 요리사 등이 필요하다. 마구간도 지어야 한다. 그래서 라보르데뜨가 뮈파 백작이 싫어하는 심부름을 도맡아서 부지런히 해주었다. 말을 주선하고 마차 상점과 교섭하고, 나나의 선택에 조언해 주었으며, 그래서 나나가 그의 팔에 매달려서 상인을 찾아가는 모습을 흔히 볼 수 있었다. 게다가 라보르데뜨는 하인들까지 주선해 주었다. 최근까지 꼬르브뢰즈 공작 댁에 있던 몸집이 큰 마부 샤를르, 고수머리에 언제나 생글생글 웃는 몸집이 작은 하인 우두머리 줄리앙을 데리고 왔다. 또 어디서 한 쌍의 내외를 데리고 와서 아내 빅또린느는 요리사, 남편 프랑스와는 문지기 겸 하인으로 삼게 했다. 프랑스와는 짧은 바지를 입고, 머릿기름을 바르고는, 물빛에 은 장식끈을 단 제복 차림으로 현관에서 손님을 맞이했다. 그 말쑥하게 위엄을 갖춘 모습을 보면, 이 집을 왕공의 저택으로 착각하게 된다.

한 달쯤 지나자 집안은 완전히 갖추어졌다. 경비는 30만 프랑이 넘었다. 마구간에는 말이 여덟 필, 마차간에는 마차가 여섯 대나 있고, 그 중 은장식을 한 랑도*¹형은 한때 온 빠리의 주목을 끌었다. 이러한 부에 둘러싸여서 나나는 유연히 살아갔다. 연극은 '귀여운 공작 부인'에 세 번 출연하고 그만둬 버렸다. 보르드나브는 뮈파가 돈을 내주었는데도 파산 직전에서 고투하고 있었지만, 그녀는 그를 거들떠보지도 않았다. 그러나 무대에서의 쓰라린 경험은 지금도 잊을 수 없었다. 그전에 또 하나, 퐁땅과의 쓸쓸한 경험으로 나나는 사내라는 것은 그와 같이 모두 비열한 것들이라고 아예 단정해 버리고 이제 남자 따윈 반하지 말아야지 생각하고 있었다. 그러나 단순한 나나는 언제까지나 복수만 생각하고 있지는 않았다. 화가 날 때도 있지만 그것을 제외하면, 언제나 가슴속은 왕성한 소비욕으로 가득차 있다. 동시에 누를 수 없는 변덕스러운 낭비욕을 채워 주는 사나이를 본능적으로 경멸했다. 이렇게 하여 그녀는 잇달아 애인을 파산시키고는 그것을 자랑으로 삼았다.

처음 한동안 나나는 백작을 교묘하게 다루어, 두 사람의 관계를 분명하게 정해 놓았다. 그는 선물과는 별도로 다달이 1만 2천 프랑을 내는 대신 정조만은 지켜달라고 했다. 나나는 그러마고 맹세했다. 그러나 그녀는 자기를 존경해 줄 것, 한 집안의 주인으로서 온전한 자유를 인정하고 자기의 의사는 어디까지나 존중해 줄 것을 요구했다. 이렇게 해두면, 그녀는 날마다 남녀들을 부를 수 있지만 그는 정해진 시간밖에 오지 못한다. 말하자면 만사에 눈을 꼭 감고 나를 믿어 줘요, 하는 뜻이 되는 셈이다. 백작이 샘이 나서 망설이는 것을 보고 나나는 뾰로통해져서 죄다 돌려주겠다고 위협하기도 하고, 아들 루이의 머리를 두고 맹세하기도 했다. 이 정도면 충분하지 않겠느냐? 존경 없는 곳에 사랑도 없다고 했다. 한 달이 지나자 뮈파는 나나에게 간섭하지 않게 되었다.

그러나 나나는 더 많은 것을 요구하여 우려냈다. 곧 그녀는 착한 처녀와 같

---

*1 포장이 있는 사륜마차.

은 감화를 백작에게 미치게 했다. 그가 기분이 좋지 않은 얼굴로 나타나면 기분을 돋우어 주면서 이야기를 들어 보고 조언도 해준다. 이리하여 나나는 서서히 그의 가정에서 생기는 관심거리, 이를테면 아내와 딸에 관한 일 또는 물질과 정신에 얽힌 문제 같은 것에 참견하게 되었다. 그런 때의 그녀는 사리가 밝아서 공평하고 성의 있어 보였다. 꼭 한 번 격분하여 앞뒤를 잊은 적이 있다. 다그네가 딸 에스뗄에게 곧 청혼할 것 같다고 밝혔을 때였다. 백작이 나나와의 관계를 공공연히 드러내고부터, 다그네는 미래의 장인을 그 여자의 손아귀에서 빼내겠다고 맹세하고는, 두 사람 사이를 갈라 놓으려고 나나를 매춘부 취급하고 있었다. 그래서 나나는 지난날의 애인인 다그네에게 마구 욕설을 퍼부었다.

"그 자식은 나쁜 여자를 사귀다 재산을 털어 먹은 난봉꾼이에요. 도덕관념이 없고, 돈을 뜯어 가지는 않지만 그 대신 남의 돈을 교묘히 이용하죠. 어쩌다가 고작 꽃다발을 보내거나 식사를 사주거나 할 뿐이에요."

백작이 그만한 일은 관대하게 봐 줘야한다고 말하자, 그녀는 자기가 전에 다그네의 여자였다는 사실을 거침없이 털어놓고 추잡스러운 일까지 자질구레하게 늘어놓았다. 뮈파는 얼굴빛이 변하여 더이상 다그네 얘기를 하지 않았다. 무례한 짓을 하면 어떻게 되는가 똑똑히 가르쳐 준 것이다.

그런데 가구가 아직도 완전히 갖추어지기 전 어느날 밤 나나는 뮈파에게 절대로 잘못을 저지르지 않겠다고 맹세한 뒤 크사비에 드 방되브르 백작을 집에 재웠다. 그는 반 달쯤 전부터 뻔질나게 찾아오고 꽃다발을 보내고 하면서, 열심히 그녀를 구슬렀다. 나나는 그날 밤 몸을 맡겼는데, 그것은 반했기 때문이 아니라 자유의 몸이라는 것을 자기 자신에게 증명하고 싶었기 때문이다. 금전이 머리에 떠오른 것은 다음 날이다. 뮈파에게는 털어놓기 어려운 셈을 방되브르가 지불해 주겠다고 했다. 이리하여 나나는 한 달에 8,000프랑에서 1만 프랑을 받게 되었다. 이만큼 있으면 푼돈으로는 넉넉하다. 그 무렵 방되브르는 열에 들뜬 사람처럼 재산을 탕진하고 있었다. 말과 뤼시 때문에 세 군데 소작지가 사라졌으며, 이번에는 나나가 아미앙 근처에 있는 마지막 별장을 한 입에 삼키려하고 있다. 그는 파멸욕에 사로잡히기나 한 듯이, 필립 오귀스뛰 시대에 조상이 세운 옛 탑의 유적에 이르기까지 온 재산을 싹 쓸어 버리려고 서두르는 것처럼 보였다. 온 빠리의 사나이들이 갈망하는 이 여자의 손에 집안 문장의 마지막 금패까지 넘길 수만 있다면, 그것으로 만족이라는 듯이. 그리고 그도 완전한 자유니, 정해진 시간의 애정이니 하는 나나의 조건을 받아들였다. 사랑을 맹세시키는 따위의 어린애 같은 짓도 하지 않았다. 뮈파는 그것을 조금도 눈치채지 못 했다. 방되브르는 물론 뮈파와의 관계를 알고 있다. 그러나 결코 거기에 관해서는 언급하지 않고 모르는 척했다. 어디까지나 회의적인 난봉꾼답게 냉소섞인 미소를 띤 채. 말하자면 자기도 한몫 얻어 걸려서 빠리에 널리 알려지기만 하면 그 이상 불가능한 것은 요구하지 않겠다는 태도다.

그러고부터 나나의 집은 정말 정돈이 되었다고 할 수 있다. 마구간에도, 부엌에도, 아씨의 방에도 일꾼이 고루 갖추어졌다. 조에가 모든 것의 중심이 되어 아무리 귀찮은 일이 뜻하지 않게 일어나더라도 잘 처리했다. 마치 극장이나 큰 관청처럼 제도가 꽉 짜였다. 그것이 참으로 정연히 움직였으므로 첫 몇 달 동안은 충돌도 탈선도 생기지 않았다. 다만 나나가 경솔한 짓과 변덕과 당돌한 행동으로 조에를 난처하게 만드는 일은 간혹 있었다. 그러나 나나가 뒤처리를 해야 할 경솔한 짓을 저지르면 그 기회를 이용해서 단 국물을 빨아먹을 수 있다는 것을 조에는 깨달았다. 그리고부터는 조에도 차츰 대담해졌다. 선물이 소나기처럼 쏟아져 들어왔으며, 조에는 그 흐린 물 속에서 금화를 낚았다.

어느날 아침 아직도 뮈파가 나나 방에서 나가기 전에, 조에가 떨고 있는 한 사나이를 화장실에 데리고 들어왔다. 마침 속옷을 갈아 입고 있던 나나는 깜짝 놀라며 외쳤다.

"어머, 지지!"

과연 조르즈다. 나나가 속옷 바람으로 드러난 어깨에 금발 머리채를 늘어뜨리고 있는 모습을 보자, 그는 그녀의 목에 매달려 끌어안고, 아무데나 마구 입을 맞추었다. 나나는 놀라 몸부림치며 숨을 죽이고 말했다.

"이러지 마, 그이가 와 있어! 바보네...... 조에, 너까지 왜 그래? 아래로 데려가! 올라오게 하지 말구. 어떻게든 아래로 내려갈 테니까."

조에는 조르즈를 밀어내야 했다. 나나는 아래층 식당에서 다시 만나 두 사람을 나무랐다. 조에는 입술을 내밀고 아씨를 기쁘게 해드릴 생각이었는데, 하고는 뾰로통해져서 물러갔다. 조르즈는 다시 만난 기쁨을 감추지 못하고 나나를 바라본다. 아름다운 눈에 눈물이 글썽하다. 이제 불행한 시기는 끝났다. 사랑이 식었는 줄 알고, 어머니가 퐁데뜨를 떠나도 좋다고 허락해 준 것이다. 그래서 정거장에 내리자마자, 한시바삐 사랑하는 사람을 안으려고 마차로 달려 온 것이다. 전에 미뇨뜨의 방에서 맨발로 그녀를 기다렸을 때처럼, 앞으로는 그 녀 곁에 살고 싶다고 했다. 이런 이야기를 하는 동안에도 오래 떨어져 있었으니 만큼 나나의 몸을 만지고 싶어, 참다못해 손을 내밀었다. 그녀의 두 손을 잡고 실내복의 헐렁한 소매 안을 더듬어, 어깨 언저리까지 손길이 들어갔다.

"지금도 이 아가를 사랑하고 있어요?"

어린아이 같은 목소리로 조르즈가 물었다.

"그럼!" 나나는 이렇게 대답하고는 얼른 몸을 빼냈다. "하지만 아무 통지도 없 이 불쑥 나타나다니⋯⋯. 이봐요, 난 자유로운 몸이 아니야, 당돌한 짓은 하지 마."

조르즈는 오랫동안의 소원이 간신히 이루어진 기쁨에 눈이 어두워, 마차에 서 내리자마자 집안의 구조도 살피지 않고 뛰어든 것이었다. 나나가 주의를 주 는 바람에 비로소 주위의 변화를 깨달았다. 호화로운 식당, 화려하게 장식된 높은 천장, 고블랑 직물, 은그릇이 번쩍이는 찬장 등을 돌아보더니 슬픈 듯이 말했다.

"아아, 그렇구나."

나나는 결코 오전 중에 와서는 안 된다고 말했다. 오후 4시부터 6시 사이에 는 와도 좋아요. 손님을 맞이하는 시간으로 해두었으니까. 그가 입 밖에 내지 는 않았으나 참으로 아쉬운 표정을 짓고 바라보므로, 이번에는 이 쪽에서 정답 게 이마에 입을 맞춘 다음 귀에다 대고 소곤거렸다.

"착한 아가야, 할 수 있는 데까진 해주지."

그러나 사실상, 그렇게 말하기는 했어도 별로 다른 뜻이 있는 것은 아니다. 조르즈는 귀여운 친구로서 남겨 두고 싶을 뿐이었다.

그러나 그가 날마다 4시에 찾아오게 되고, 그 풀죽은 모습을 보게 되니, 나 나는 그만 가엾어져서 옷장 안에 감추어 주곤 하여, 줄곧 자기 아름다움의 찌 꺼기를 베풀어 주는 것이었다. 그러는 동안에 그는 이 집을 떠나지 않게 되었 으며, 강아지 비주와 마찬가지로 친근한 존재가 되어 안주인의 치맛자락에 휩 싸여 있었다. 그리고 나나가 다른 남자와 있을 때도 무언가 그녀의 일부를 손 에 넣었고, 그녀가 혼자 따분해하고 있을 때는 베풀어 주는 과자며 애무를 즐 기는 것이었다.

위공 부인은 아들이 다시 몹쓸 여자의 손에 떨어졌다는 소식을 들었는지 빠리로 달려와서 중위로 뱅센느에 주둔하고 있는 장남 필립에게 도움을 청했다. 형과 얼굴을 맞대는 것을 피하고 있던 조르즈는 이 말을 듣고 떨었다. 무언가 사나운 변을 당하지나 않을까 두려웠다. 그는 사랑에 들떠서 아무것도 숨기지 못했으므로, 이윽고 나나와 이야기할 때, 무슨 일을 저지를지 모를 거친 형 이야기를 입에 담게 되었다.

"어머니는 이 집에 오시지 않겠지만 형을 보낼는지도 몰라요……. 아니, 틀림없이 나를 데리러 필립을 보낼 거야."

처음 나나는 매우 화가 나 냉정하게 말했다.

"재미있잖아! 아무리 중위라도 프랑스와가 간단히 쫓아내 버릴 테니까."

그래도 계속 조르즈가 형 이야기를 하므로, 나중에는 나나도 필립에게 흥미를 느끼게 되었다. 일주일쯤 지나니, 필립을 머리 끝에서 발끝까지 환히 알게 되었다. 키가 크고, 굳건하고, 명랑하지만 다소 거친 데가 있다는 것, 거기에다가 팔에 털이 났다든가, 어깨에 검은 점이 있다든가 하는 세밀한 것까지 알았다. 그래서 어느날 나나는 그에 대한 생각에 가득 차서 그가 들어오기도 전에 쫓아내는 광경을 상상하면서 소리쳤다.

"이봐요, 지지, 안 오잖아. 형님은…… 겁장인가 봐."

이튿날 조르즈와 나나가 앉아 있는데 프랑스와가 들어와서 필립 위공이라는 중위가 찾아왔는데, 어떻게 하겠느냐고 물었다.

조르즈가 새파랗게 질려서 조그만 소리로 말했다.

"그럴 줄 알았어. 오늘 아침 마마가 그러던 걸."

그러고는 만날 수 없다고 전해 달라고 부탁했다. 그러나 나나는 얼굴을 불그레하게 물들이며 벌써 일어서 있었다.

"왜? 그러면 무서워하는 줄 알잖아. 이거 재미있게 됐는데……. 프랑스와, 그분에게 살롱에서 기다려 달라고 그래요. 그러다가 15분쯤 뒤에 이리로 안내해요."

나나는 그대로 자리에 앉지 않고 난로 위의 몸거울과, 이탈리아식의 조그만 상자 위에 걸쳐 놓은 베니스풍 거울 사이를 열에 들뜬 사람처럼 왔다갔다 하기 시작했다. 거울 앞에 올 때마다 힐끔 들여다보고 미소를 짓는다. 조르즈는 긴 의자에 축 늘어져서 머지않아 벌어질 정경을 생각하며 떨고 있다. 나나

필립 위공

는 서성거리면서 짧게 몇 마디씩 중얼거린다.

"15분쯤 기다리면 그 청년도 기세가 가라앉을 거야……. 그리고 갈보집이라 생각하고 찾아왔다면 살롱을 보고 깜짝 놀랄 테지……. 여보세요, 잘 보세요. 가짜가 아니니까요. 이제 중산 계급의 여성도 조금은 존경해야 한다는 걸 아셨죠? 남자란 무엇보다도 여성을 존경해야 하는 거예요……. 어머, 벌써 15분이 되었나? 아니, 아직 10분도 안 됐구나, 서두를 건 없지!"

나나는 가만히 있을 수가 없었다. 15분이 지나자 조르즈를 내보내면서, 절대로 엿듣지 않겠다고 약속시켰다. 하인들의 눈에 띄면 꼴이 우스우니까. 그래서 지지는 침실로 옮겼는데, 가기 전에 숨을 가쁘게 몰아쉬며 더듬거렸다.

"저어, 우리 형이니까……."

"걱정할 것 없어. 저쪽이 얌전하게 나오면 이쪽도 얌전하게 할 수밖에."

나나는 위엄을 보이면서 대답했다.

프랑스와의 안내를 받아 필립 위공이 들어왔다. 프록코트를 입었다. 조르즈는 처음엔 나나가 일러주는 대로, 발 끝으로 침실을 가로질러 문에서 멀어졌다. 그러나 목소리가 들려오기 시작하자 걱정이 되었으나, 발이 말을 듣지 않아 어떻게 할까 망설였다. 돌이킬 수 없는 일이 일어나지는 않을까? 따귀를 때려 주겠다고 했는데 나나와 자기 사이가 영영 재미없게 되는 불상사가 생기지는 않을까? 그는 유혹에 못이겨서 발길을 돌려, 문에 귀를 갖다 댔다. 문에 친 두꺼운 커튼에 소리가 지워져서 잘 들리지 않는다.

그래도 필립의 목소리는 띄엄띄엄 들을 수 있었다. 엄한 말투로, 어린애니, 가정이니, 명예니 하는 말이 섞여 나온다. 나나는 뭐라고 대답할까? 너무나 걱정이 되어 가슴이 두근거리고 귀가 멍멍하여 잘 들리지 않는다. 아마 그녀는, "불쾌한 사람!"이니 "내버려 둬요, 여긴 내 집이에요!" 하고 소리칠 것이다. 그런데 아무 소리도 들리지 않는다. 숨소리조차 안 들린다. 방안에서 나나는 마치 죽어 버린 것 같다. 게다가 곧 형의 목소리까지 부드러워졌다. 대체 어찌된 일일까? 문득 기묘한 속삭임이 새어 나와서 조르즈는 은근히 놀랐다. 나나가 울고 있다. 한순간 그는 이상한 기분에 사로잡혔다. 달아나 버릴까, 필립에게 덤벼들까? 그러나 그때 조에가 방에 들어왔으므로 들키는 것이 부끄러워 얼른 문에서 떨어졌다.

조에는 시치미를 떼고 옷장 안에 속옷을 넣고 있다. 그동안 조르즈는 불안에 사로잡혀 말없이 이마를 유리창에 갖다대고 서 있었다. 잠시 동안 침묵이 흐른 뒤 조에가 물었다.

"아씨 방에 와 있는 분은 형님이세요?"

"네."

그는 숨이 막히는 듯 간신히 대답했다.

다시 침묵이 흐른다.

"그래서 걱정하고 계시는군요, 조르즈 씨?"

"네."

여전히 침통한 목소리로 되풀이한다.

조에는 천천히 레이스를 개키면서 느릿한 어조로 말했다.

"걱정할 것 없어요…… 아씨가 잘 해주실 테니까."

대화는 이것뿐이었다. 그러나 조에는 방에서 나가려 하지 않는다. 조르즈가 어색함과 의혹 때문에 창백한 얼굴로 안절부절못하고 있는 것도 아랑곳없이, 조에는 15분간이나 꾸물거리고 있었다. 그는 살롱 쪽을 곁눈으로 바라본다. 이렇게 오랜 시간, 두 사람은 무엇을 하고 있는 것일까? 아마 나나는 아직도 울고 있는 모양이다. 사나운 형이니 아마 따귀를 때린 것이 분명하다. 겨우 조에가 나가자 그는 문간으로 달려가서 다시 귀를 갖다 댔다. 그러나 놀랍기만 할 뿐 뭐가 뭔지 영문을 알 수 없었다. 나나의 명랑한 목소리가 들려왔기 때문이다. 소곤소곤 주고받는 정다운 말소리, 간지럽다는 듯한 여자의 나직한 웃음소리. 이윽고 나나는 친근하게 말을 주고받으면서, 필립을 층계까지 전송했다. 조르즈가 큰맘 먹고 살롱에 들어가니, 나나는 몸거울 앞에 서서 얼굴을 들여다보는 중이었다.

"어땠어요?"

그가 겨우 한마디 했다.

"어땠다니, 뭐가?"

나나는 돌아보지도 않는다. 이윽고 대수롭지 않다는 어조로 말했다.

"당신 뭐라고 했었지? 당신 형님은 아주 상냥하던데!"

"그럼, 얘긴 잘 됐나요?"

"물론이지…… 아니, 왜 그래, 우리가 결투라도 벌일 줄 알았어?"

조르즈는 여전히 영문을 알 수 없어 어리둥절해서 중얼거렸다.

"분명히 들었는데⋯⋯. 울지 않았어요?"

"울었다고? 내가!" 이렇게 소리치고 그의 얼굴을 빤히 들여다보았다. "꿈을 꿨나 보지! 어째서 울었다고 생각하게 됐지?"

그러자 거꾸로 조르즈가 시키는 대로 하지 않고 문에 붙어서서 엿들었다는 꾸중을 듣게 되어 대답이 궁해졌다. 그녀가 화를 내고 있는 것을 보고, 그는 얌전하게 응석을 부리면서 다시 경위를 물었다.

"그래, 형은?"

"형은 금방 여기가 어떤 집인지 안 거야⋯⋯. 내가 천한 여자라면, 형이 간섭하는 건 나이나 집안 명예로 봐서 당연한 일이야. 나도 그 기분은 알아⋯⋯. 하지만 첫눈에 그 사람은 안 거야. 그래서 세상 경험이 많은 사람처럼 행동한 거야. 그러니까 이제 걱정하지 마. 다 끝난 일이고, 그 사람이 어머니를 안심시켜 드릴 테니까." 그리고 웃으면서 말했다. "당신은 머지않아 여기서 형을 만나게 될 거야⋯⋯. 초대했으니까, 또 올 거야."

"아니! 또 와요?"

조르즈는 창백해졌다.

그는 더이상 아무 말도 하지 않았고, 필립에 관한 이야기도 이것으로 그쳤다. 나나가 외출복으로 갈아입기 시작하자, 그는 큼직한 눈으로 구슬픈 듯이 지켜보았다. 일이 원만히 수습되어 잘 됐다고 생각했다. 나나를 보지 못하게 된다면 죽어 버리는 편이 낫다고까지 생각하고 있었으니. 하지만 마음속은 그가 여태껏 느껴보지 못했던 막연하고 깊은 괴로움에 빠져들어갔다. 그러나 감히 내색할 수는 없었다. 필립이 뭐라고 어머니를 안심시켰는지는 알 수 없었지만, 사흘 뒤에 어머니는 만족스런 모습으로 퐁데뜨로 돌아갔다. 그날 밤 나나 집에서 프랑스와가 중위의 내방을 알리는 것을 들었을 때, 조르즈는 움찔했다. 형은 명랑하게 농담을 던지고 그를 어린애 취급하면서, 그만한 불장난은 대단찮으므로 관대하게 봐주겠다는 표정이었다. 조르즈는 가슴이 죄어드는 것 같아 꼼짝도 않고, 하찮은 말에도 소녀처럼 얼굴을 붉혔다. 열 살이나 나이가 많은 형과는 친하게 지낸 적이 없었으므로, 아버지처럼 무서워서 연애 얘기 같은 것을 털어놓을 기분이 나지 않는다. 그 형이 지금 나나와 함께 조금도 거리낌없이, 건강에 넘치는 몸을 아주 편하게 움직이며 즐거운 듯이 웃고 있는 것을 보고 조르즈는 거북하고 수치스러운 생각이 들었다. 그러는 동안에 형이 날마다 찾아오게 되자, 조르즈는 그의 존재에 익숙해졌다. 나나는 생기에 차 있었다. 그것은 고급 창녀의 문란한 생활의 마지막 변화였고, 남자와 가구로 넘치는 저택에서 오만스럽게 베풀어진 이사 자축연이었다.

어느날 오후, 위공 형제가 나나의 집에 있는데 뮈파 백작이 약속된 시간도 아닌데 불쑥 나타났다. 그러나 조에가 지금 손님이 계십니다 하고 말하자, 백작은 역시 체면을 차려, 억지로 들어가지 않고 물러갔다. 그날 밤에 다시 오자 나나는 마치 모욕이라도 당한 것처럼 뾰로통한 태도로 맞이했다.

"전, 당신에게 창피를 당해야 할 일은 아무것도 한 적이 없어요……. 아시겠어요? 제가 집에 있을 때는 다른 사람들과 똑같이 들어오셔야 하는 거예요."

"아니, 이봐!" 백작이 놀라면서 변명하려고 하자 나나가 재빨리 가로챘다.

"손님이 있었기 때문이라고 말씀하시겠죠! 그래요, 남자들이 와 있었어요. 그럼 제가 그 사람들과 무슨 짓을 하고 있는 줄 아셨어요? 남자란 당신처럼 체면을 차림으로써 반대로 자기가 애인이라는 걸 사람들에게 알리고 싶어하지만, 전 그게 싫어요."

그는 간신히 용서받았지만 속으로는 말할 수 없이 기뻤다. 이런 수법으로 나나는 뮈파를 농락하여 안심시키는 것이다. 조르즈도 꽤 오래 전부터 그저 같이 노는 소년이라면서 인정시키고 있었다. 또 필립과도 함께 식사를 시켰다. 백작은 매우 상냥하게 대했으며, 식사 뒤 필립을 옆에 불러서 어머니의 안부를 묻기도 했다. 그리고부터 위공 형제, 방되브르, 뮈파 등은 드러내 놓고 나나 집에 출입하게 되었으며 친근하게 악수까지 나누게끔 되었다. 그 편이 편리하기도 했다. 오직 뮈파 만은 아직도 너무 빈번히 드나들기를 삼갔으며, 예방한 외국인처럼 형식적인 태도를 취했다. 밤이 깊어져서 나나가 바닥에 깐 곰가죽에 주저앉아 양말을 벗을 때쯤 되면, 그는 친근한 마음으로 그러한 사람들의 이야기를 하기 시작한다. 특히 필립을 아주 성실하다고 칭찬했다.

"그래요, 좋은 사람들이에요." 방바닥에 앉아 속옷을 갈아입으면서 나나는 말한다. "하지만 그 사람들, 내가 어떤 여잔가 알고 있어요……. 조금이라도 이상한 소리를 할 때는, 당장 쫓아내 버릴 거예요!"

이 호화로운 저택에서 그토록 사치에 젖어 살면서도 나나는 따분해서 죽을 지경이었다. 밤마다 한시도 남자가 끊어질 때가 없다. 돈은 빗과 솔 등과 함께 경대 서랍에까지 차 있다. 그러나 그런 것에는 이제 만족하지 못한다. 어딘가 생활이 텅 빈 것 같다. 하품을 하게 하는 구멍과 같은 것이다. 아무것도 할 일 없는 나날이 지리하게 지나간다. 단조로운 시간의 되풀이, 내일이라는 것이 없는 것이다. 먹을 것 걱정도 없고, 눈에 띄는 대로 아무 가지에나 앉아서 잠자는 새의 생활과 다를 바가 없다. 누가 부양해 준다는 안도감으로, 수녀원을 연상케 하는 무위(無爲)와 복종 속에 졸면서 기나긴 날들을 온종일 할 일 없이 드러누워 산다. 마치 창부라는 직업 속에 갇혀 있기라도 한 듯이. 외출할 때는 언제나 마차를 타니까 다리를 쓰는 일도 없다. 이윽고 어린아이 같은 취미로 돌아가서 아침부터 밤까지 강아지 비주에게 입을 맞추고, 부질없는 심심풀이로 시간을 보낸다. 그러고는 남자를 기다린다. 이것이 유일한 작업이라고 해도 좋은데, 남자가 나타나면 상냥하게 그러나 무척 나른한 듯이 상대를 하는 것이다. 그러나 이렇게 절제없는 생활을 하면서도 미모에 대한 배려만은 잊지 않았다. 끊임없이 주의하여 거울을 들여다보고, 몸을 씻고, 온몸에 향수를 뿌린다. 언제 누구 앞에서 훌훌 벗더라도, 얼굴을 붉히지 않을 자신이 있었다.

아침에는 10시에 일어난다. 그리폰테리아 종인 비주가 얼굴을 핥는 바람에 눈을 뜨는 것이다. 그리고 5분쯤 개와 노닥거린다. 개는 그녀의 팔이나 허벅지 사이에서 장난을 친다. 그것이 뮈파의 마음에 들지 않는다. 비주는 그가 질투한 첫 사내라고 해도 좋았다. 개조차도 그런 식으로 이불 안에 들어간다는 것은 좋지 않았던 것이다. 이윽고 나나는 화장실에 가서 목욕을 한다. 11시쯤 프랑시스가 와서 머리를 손질한다. 오후에는 더 정성들여서 머리를 하므로, 이것은 임시로 하는 것이다. 다음에는 점심을 먹는데 나나는 혼자 먹기를 싫어하여 거의 언제나 말르와르 부인을 부른다. 그녀는 아침마다 그 이상야릇한 모자를 쓰고 어디선지 나타나서 저녁때 다시 수수께끼 같은 생활로 돌아간다.

그러나 아무도 그것이 어떤 생활인지 알려고 하지 않는다. 그러나 가장 고통스러운 것은 점심 식사 뒤 오후 화장 때까지의 두세 시간이다. 평소에는 말르와르 부인을 상대로 베지끄 놀이를 한다. 〈피가로〉신문을 읽는 일도 있다. 연극평이나 사교계의 뉴스가 재미있었다. 어쩌다가 책을 펼치는 수도 있다. 문학 취미는 나나의 자랑거리다. 화장은 5시 가까이까지 걸린다. 그 무렵이 되면 간신히 그녀는 긴 잠에서 깨어 마차로 외출하기도 하고 많은 남자들을 맞이하기도 한다. 바깥에서 식사를 하는 일도 잦았다. 밤마다 매우 늦게 잠자리에 들고 이튿날 아침에는 언제나 나른한 기분으로 일어나 다시 똑같은 하루를 시작하는 것이다.

　가장 큰 즐거움은 고모에게 맡겨 둔 루이의 얼굴을 보러 바띠뇨르로 찾아가는 일이었다. 보름이나 어린아이를 잊고 있는가 하면, 별안간 정신없이 마차도 타지 않고 달려간다. 참으로 정숙하고 애정어린 어머니다운 태도다. 반드시 무언가 선물을 들고 간다. 고모에게는 담배, 어린아이에게는 오렌지나 비스킷 같은 것이다. 브로뉴 숲의 산책을 겸해서, 랑도 마차를 몰고 가는 수도 있다. 그 화려한 차림새에 호젓한 변두리 사람들은 무슨 일이 일이났나 하고 뛰쳐나온다. 조카딸이 호화로운 생활을 하게 되고부터 르라 부인은 그저 자랑스럽기만 했다. 하기야 그녀는 그곳은 자기들이 가는 곳이 아니라는 듯이 빌리에 거리의 집에는 좀처럼 모습을 나타내지 않았다. 그러나 나나가 4,000~5,000프랑이나 하는 옷을 입고 찾아오면 으스대며 떠벌여 대고, 이튿날은 온종일 선물을 내보이고 값을 들려 주며 이웃 아낙네들을 깜짝 놀라게 하는 것이었다. 대개 나나는 일요일만은 가족들을 위해서 비워 둔다. 그런 날엔 뮈파가 초대를 해도, 여염집 아낙네처럼 미소를 짓고 거절한다. 오늘은 안 돼요, 고모 댁에서 식사를 할 참이에요 라든가, 아기를 만나러 가야 해요 하면서. 게다가 루이는 언제나 앓기만 했다. 이제 세 살이 되었고 버젓한 사내아이지만, 전에는 목덜미에 습진이 생기고 지금은 또 귓속에 고름이 생겨 카리에스*2가 되지 않을까 걱정하고 있었다. 혈색이 나쁘고, 피부에는 탄력이 없으며 노란 반점이 나 있다. 그것을 보는 나나는 여간 걱정이 되지 않았다. 이상해서 견딜 수 없다. 어째서 이 아이는 이렇게 약할까? 어머니는 이렇게 튼튼한데!

　어린아이를 잊고 있는 날에는 여전히 소란스러운 생활로 돌아갔다. 브로뉴 숲의 산책, 연극의 첫공연, 메종 도레나까페 앙글레에서의 만찬과 야식, 나아가서는 마비유 쇼, 경마 등 군중들이 몰려드는 모든 유흥장과 구경거리. 그래도 공허감을 메꾸지 못해 괴로워했다. 언제나 무언가에 넋을 잃고 있으면서도 혼자가 되면 녹초가 된 듯이 늘어져 버린다. 곁에 사람이 없으면 금방 울적해진다. 공허하고 따분하기 짝이 없는 제 자신과 얼굴을 맞대야만 하기 때문이다. 직업으로 보나, 태생으로 보나 매우 명랑한 그녀가 그런 때는 우울해졌다.

---

*2 만성 골염으로 뼈가 썩어서 파괴되는 질환.

그리고 한숨 사이사이에 늘 입 밖에 나오는 이런 넋두리는 그녀의 생활을 요약한 것이라고도 할 수 있었다.

"아아, 이제 사내는 지긋지긋하다!"

어느날 오후 음악회에서 돌아오는 길에 몽마르뜨르 거리를 바쁘게 걸어가는 여자가 눈에 띄었다. 바닥이 빠진 구두, 더러워진 스커트, 비에 흠뻑 젖은 모자. 금방 누구라는 것을 알아보았다.

"샤를르, 세워요!" 마부에게 소리치고 그 여자를 불렀다. "사땡! 사땡!"

지나가던 사람들이 뒤돌아보고 거리의 모든 사람들이 쳐다보았다. 사땡이 옆으로 다가오니 마차의 수레바퀴로 다시 스커트가 더럽혀졌다.

"자, 올라타."

군중의 시선도 아랑곳하지 않고 나나는 태연히 말했다.

보기 흉한 몰골의 사땡을 물빛 랑도 마차에 끌어올려 샹띠레이스가 달린 진주빛 비단옷 옆에 앉히고 데려가 버렸다. 뒤로 젖힌 마부의 뽐내는 태도를 보고 군중이 웃었다. 그날부터 나나는 정열의 포로가 되었다. 사땡과 동성애에 빠진 것이다. 빌리에 거리의 집에 정착하여, 온몸을 씻고 산뜻한 옷으로 바꾸어 입은 사땡은 사흘 동안 쟁 라자르 감옥에서의 경험, 같은 여자들과의 말다툼, 자기를 리스트에 올린 경찰놈들에 관한 이야기를 들려 주었다. 나나는 분개하고 위로하며 자기가 직접 장관을 만나서라도 반드시 리스트에서 지워 주겠다고 말했다.

"하지만 뭐 그렇게 서두를 건 없어. 우리집에까지 찾으러 오는 일은 없을 테니까."

이리하여 두 여자 사이에 애무의 오후가 시작되었다. 사랑의 속삭임, 웃음으로 중단되는 입맞춤, 전에 라발 거리에서 경찰이 들이닥치는 바람에 중단되었던 그 놀이가 장난삼아 다시 시작되었다. 그러나 어느날 밤부터 그것은 이제 장난이 아니었다. 일찍이 로오르네 가게에서 속이 다 메스꺼웠던 나나도 이제는 그 맛을 알기 시작한 것이다. 그녀는 정신이 뒤집힌 듯이 거기에 빠져들어 갔다. 그러기에 사흘째 아침, 사땡이 모습을 감추었을 때의 놀라움은 컸다. 아무도 나가는 것을 못 보았다고 한다.

사땡은 새 옷을 입은 채 달아난 것이다. 길거리가 그리워서, 바깥 공기를 찾아서. 그날 나나는 집안에서 미친 듯이 날뛰었으며 하인들은 무서워서 말 한마

아들 루이를 안은 나나

디 못하고 고개를 숙이고 있었다. 나나는 문을 잘 지키지 못한 프랑스와를 하마터면 후려갈길 뻔했다. 간신히 자신을 억제했다. 사땡을 갈보라고 욕하고, 다시는 그 따위를 진창에서 건져 주지 않겠다고 했다. 오후에는 방에 틀어박혀 있었으며, 조에는 울음소리가 흘러나오는 것을 들었다. 저녁때가 되니 별안간 마차를 준비시켜 로오르네 가게로 달렸다.

'사땡은 아마 마르띠르 거리의 그 식당에 있을 거야.' 이런 예감이 든 것이다. '그년이 보고 싶어서가 아니야, 따귀를 때려 주려고 그래.'

아니나다를까 사땡은 조그만 테이블에서 식사를 하고 있었다. 로베르 부인과 함께였다. 나나의 모습을 보자 사땡은 웃었다. 나나는 가슴이 벅차서 덤벼들기는커녕 부드럽게 대했다. 샴페인을 사서 대여섯 군데의 테이블 손님들을 취하게 만들었다. 그리고 로베르 부인이 화장실에 간 틈을 타서 사땡을 끌고 나왔다. 마차에 올라서야 비로소 나나는 사땡을 물면서 또 달아나면 죽여 버리겠다고 위협했다.

그 뒤에도 끊임없이 같은 일이 되풀이되었다. 집안에서의 평온한 생활이 따분해져서 사땡은 발작적으로 달아난다. 나나는 배신당한 것이 분해서 비장한 결심으로 찾아나선다. 로베르 부인의 따귀를 때려 주고 결투를 하겠다고까지 생각한 적도 있다. 그 여자만 없으면 되는 거야. 이제 로오르네 가게에서 식사할 때는 보석으로 장식했고, 때로는 화려하게 차려 입은 루이즈 비오렌느, 마리아 블롱, 따땅 네네 등을 이끌고 간다. 그러고는 기름타는 냄새가 떠도는 누런 가스등에 비치는 세 개의 방에서 사치를 과시했다. 식사를 마치고 나가면, 그 근처의 젊은 매춘부들이 엉거주춤 허리를 펴고 황홀한 듯이 지켜보았다. 그런 날이면 로오르는 몸에 꼭 맞는 옷을 입고 얼굴을 번들번들 빛내면서 평소보다 더 어머니 같은 거동으로 여자 손님들에게 일일이 입을 맞추는 것이다. 그러나 이런 끊임없는 갈등 속에서도 사땡은 냉정을 잃지 않고 여전히 소녀처럼 파란 눈과 청순한 얼굴을 지키고 있었다. 물어뜯기고 얻어맞고 두 여자가 서로 끌어당겨도 다만 이렇게 말할 뿐이다.

"이런 건 이상해요. 당신들 화해하면 좋을 텐데. 나를 때려 봐야 소용없어요. 나는 두 사람 모두에게 잘해주고 싶으니까, 하지만 몸을 둘로 쪼갤 수는 없잖아."

그러나 마침내 나나가 이겼다. 애정과 선물 공세로 사땡을 굴복시킨 것이다. 로베르 부인은 분풀이로 나나의 애인들에게 익명으로 고약한 편지를 써보냈다.

얼마 전부터 뮈파 백작은 무언가 걱정거리가 있는 듯이 보였다. 어느날 아침 그는 몹시 흥분하여 익명의 편지 한 통을 나나에게 내밀었다. 조금만 읽어 보아도 그것이 방되브르, 위공 형제들과의 바람기를 밀고한 내용임을 알았다.

"엉터리예요! 엉터리예요!"

보기 드물게 솔직한 말투로 나나는 강하게 부정했다.

"맹세해 주겠나?"

뮈파는 벌써 마음이 놓인다는 표정이다.

"네, 무엇에든지……. 그래요, 우리 아기의 머리를 두고 맹세하겠어요!"

편지 사연은 길었다. 다음에는 사땡과의 관계가 천하고 노골적인 말투로 적혀 있었다. 다 읽고 나자 나나는 방긋이 웃으며 아무렇지도 않은 듯한 표정으로 말했다.

"누가 썼는지 알겠어요."

뮈파가 명백한 대답을 요구하자, 나나는 침착하게 대꾸했다.

"당신과는 관계없는 일이에요. 대단한 일도 아니잖아요?"

이렇게 말하고 명확히 부정하지 않으므로 뮈파는 화난 말투로 따졌다. 나나는 어깨를 으쓱해 보였다.

"당신도 답답한 분이네, 그런 건 얼마든지 있는 일이에요."

이렇게 말하고 여자 친구 이름을 몇몇 들고는 상류 부인들도 하고 있는 일이라고 단언했다. 말하자면 그 이상 흔해 빠지고 자연스러운 일은 없다는 것이다.

"거짓말은 어디까지나 거짓말이에요. 아까도 방되브르와 위공 형제에 관한 중상으로 내가 화를 내는 걸 보셨잖아요? 만일 이게 사실이라면 목졸려 죽어도 상관없어요! 그리고 이만한 일로 거짓말을 해봐야 아무 소용없지 않겠어요?"

이렇게 말하고 또 아까와 같은 말투로 되풀이했다.

"대단한 일도 아니잖아요?"

그래도 역시 뮈파가 투덜거리자 나나는 차가운 소리로 단호하게 말했다.

"이래도 만족하지 못하겠다면, 일은 간단해요……. 문은 열려 있어요……. 내 말을 믿든지 나가든지 하세요."

뮈파는 고개를 숙였다. 그러나 속으로는 나나가 맹세해 준 것을 기뻐하고 있었다. 그녀는 자만심에 차서 이제 아무런 주저도 하지 않았다. 이때부터 사땡은 여러 사나이들과 마찬가지로 공공연히 이 집에 눌어붙어 살게 되었다. 방되브르는 익명의 편지를 받을 것도 없이 사정을 환히 짐작하고 있었다. 그래서 농담을 하기도 하고 때론 질투심에 싸움도 했다. 한편 필립과 조르즈 형제는 사땡을 한패거리로 알고 악수를 하고 노골적인 농담도 하곤 했다.

그러던 중 나나는 조그만 사건에 부닥쳤다. 어느날 밤 사땡이 달아났으므로 로오르네 가게에 식사를 하러 갔으나, 그곳엔 있지 않았다. 혼자서 식사를 하고 있는데, 다그네가 모습을 나타냈다. 최근 그의 품행은 나아졌지만, 그래도 전에 놀던 버릇은 다 버리지 못하고, 여기 같으면 아무에게도 들키지 않겠지 하고, 빠리의 이런 수상한 장소에 이따금 발을 들여놓고 있었다. 그래서 나나가 와 있는 것을 보고 처음에는 쑥스러운 표정을 지었다. 그렇다고 암전히 물러날 사나이가 아니다. 미소를 지으면서 다가와, 앉아도 좋으냐고 묻는다. 놀리고 있다고 생각한 나나는 새침하게 냉정한 말투로 말했다.

"앉고 싶으면 앉으세요. 여기는 누구나 올 수 있는 장소니까."

이런 투로 시작했기 때문에 두 사람의 대화는 어색했다. 그러나 디저트가 나오자 나나는 심술이 나서, 그를 곯려 주려고 테이블에 팔꿈치를 세우고는 지난날의 그 친근한 말투로 물었다.

"어때? 결혼 얘긴, 잘 돼 가?"

"신통치 않아."

다그네는 솔직이 대답했다.

사실 막상 청혼할 단계에 이르러, 뮈파 집안에서 백작의 태도가 너무나 차가운 것을 보고 그는 물러나는 편이 현명할 것 같다고 생각하고 있는 중이었다. 그 이야기는 이제 백지화된 것 같은 기분이 들었다. 나나는 맑은 눈으로 빤히 다그네의 눈을 들여다보았다. 두 팔로 볼을 괴고 입가에 냉소적인 웃음을 띤 채 이윽고 느릿한 목소리로 입을 열었다.

"나는 나쁜 여자다. 그러니까 내 손아귀에서 장차 장인이 될 사람을 떼놓아야 한다, 이 말이구먼 그래…… 정말이지, 좀더 영리한 줄 알았더니, 당신, 여간 바보가 아니야! 그렇잖아. 나한테 홀딱 반해서 뭐든지 털어놓으러 오는 영감에게 내 욕을 하다니! 이봐요, 내가 승낙만 하면 당신은 결혼할 수 있는 거야."

그도 아까부터 그것을 깨닫고 차라리 깨끗이 항복해 버릴까 생각하고 있는 중이었다. 그러나 일이 심각해질까 두려워서 계속 농담으로 얼버무리고 있었던 것이다. 그러나 그는 여기서 새삼스럽게 장갑을 끼더니 별안간 정식으로, 에스텔 드 뵈비유 양과 결혼시켜 주십시오 하고 부탁했다. 나나는 간지러운 듯이 "푸우!" 웃음을 터뜨렸다.

"어머나, 이 미미 좀 봐, 정말 미워할 수 없는 사람이야."

다그네가 여자에게 인기가 있는 것은 그 달콤한 목소리 때문이었다. 음악처럼 부드럽고 맑은 목소리. 그 때문에 그는 창부들에게 '비로드 같은 입'이라는 별명까지 듣고 있었다. 그 부드럽고 상냥한 목소리로 유혹하면 어떤 여자고 도저히 견뎌 내지 못한다. 그 자신도 이 힘을 잘 알고 있어서, 지금도 부질없는 이야기를 하면서, 티없는 목소리의 매력으로 나나를 황홀하게 만들고 있었다. 그리하여 두 사람이 식탁을 떠날 무렵에는 벌써 나나는 그의 매력에 사로잡혀 새빨개진 얼굴로 그의 팔에 매달려 떨고 있었다.

활짝 갠 밤이었으므로 나나는 마차를 돌려 보내고 걸어서 다그네의 집까지 따라가 자연스럽게 방에 들어갔다. 두 시간쯤 지난 뒤에 옷을 입으며 말했다.

"저어, 미미 꼭 결혼하고 싶어?"

"물론이지. 그 밖엔 방법이 없을 것 같단 말이야…… 워낙 빈털터리거든."

나나는 그에게 신발의 단추를 끼우게 했다. 잠시 침묵이 흘렀다.

"그럼 하는 수 없군…… 도와 주지…… 그 애는 고목처럼 메말라서 바삭바삭해. 그래도 좋다면…… 어때, 이만하면 친절한 여자지? 내가 주선해 줄게." 그러고는 그대로 가슴을 헤친 채 웃었다. "그런데 사례로 뭘 줄 테야?"

다그네는 나나를 끌어안고 고마운 마음을 누르지 못해 어깨에 입맞췄다. 그녀는 몸을 떨면서 기쁜 듯이 소리를 지르며 윗몸을 뒤로 젖히고 몸부림쳤다.

"아아, 그래!" 그 애무에 흥분한 나나가 소리쳤다. "사례론 말이야…… 결혼식 날에 동정을 나한테 줘, 신부보다 먼저야 알겠지!"

"그거 좋군, 그거 좋아!"

그는 나나 이상으로 소리 높이 웃었다. 두 사람은 이 흥정이 재미있었다. 꽤 멋있는 착안이라 생각한 것이다.

마침 그 다음날 나나의 집에서 만찬회가 열렸다. 만찬회라고 해도 목요일마다 있는 모임이며 손님은 뮈파, 방뫠브르, 위공 형제, 그리고 사땡뿐이었다. 뮈

파는 일찍 나타났다. 나나의 빚 두세 가지를 해결해 줄 것과 죽도록 갖고 싶어
하는 사파이어 목걸이를 사 주기 위해서 그는 8만 프랑의 돈이 필요했다. 최근
재산에 꽤 많이 손을 댔으나 그렇다고 아직 땅까지 팔 기분은 나지 않았다. 그
래서 누군가 돈을 빌려 줄 만한 사람을 찾고 있었다. 결국 바로 당사자인 나나
의 권유로 라보르데뜨에게 부탁해 보았다. 그러나 라보르데뜨도 액수가 너무
커서, 미용사 프랑시스에게 그 얘기를 했다. 늘 그는 단골 손님의 편의를 기꺼
이 보아 주고 있었던 것이다. 백작이 이런 사람들에게 부탁한 것이 알려지는 것
을 원하지 않기 때문이다.

두 사람은 백작이 서명한 10만 프랑의 차용증서를 서류철 깊숙이 넣어 두고
절대로 남에게 보이지 않겠다고 약속했다. 그리고 이자로서 2만 프랑을 제한
것에 대해서 열심히 변명했다. 자기들도 고리대금업자를 몇 사람이나 찾아다녀
야 했는데 그 인간들이 무섭게 욕심이 많은 놈들이니 어쩌구 하고. 마침 뮈파
가 왔을 때 프랑시스는 나나의 머리를 거의 다 끝내 가는 중이었다. 라보르데
뜨도 서로 허물없는 친구 같은 거동으로 화장실에 와 있었다. 백작의 모습을
보자 그는 분과 머릿기름 사이에 큰 지폐 뭉치를 살며시 놓았다. 백작은 대리
석 경대 위에서 차용증서에 서명했다. 라보르데뜨는 식사를 같이 하고 가라고
나나가 붙들었으나 사양했다. 지금 돈 많은 외국인에게 빠리 구경을 시켜 주고
있는 중이라고 했다.

그러나 뮈파가 그를 한쪽으로 불러 베께르 보석상까지 달려가서, 사파이어
목걸이를 사다 주면 좋겠다. 실은 오늘 밤 나나를 깜짝 놀라게 해주고 싶어서
그런다고 부탁했다. 라보르데뜨는 쾌히 맡아 주었다. 반 시간 뒤, 줄리앙이 살
며시 조그만 보석 상자를 백작에게 건네 주었다.

식사를 하며 나나는 안절부절못했다. 8만 프랑의 지폐 뭉치를 보고 흥분한
것이다. 이 돈이 모두 상인들의 손으로 넘어가야 하다니, 그렇게 생각하니 약
이 올랐다. 그래서 수프가 나오자마자 은이랑 수정 식기가 번쩍거리는 호화로
운 식당에 앉아 있다는 것도 잊고 나나는 묘하게 감상적이 되어 가난한 자의
행복을 찬양하기 시작했다. 남자들은 연미복 차림이고, 그녀 자신도 수를 놓
은 흰 공단옷을 입고 있다. 사땡만은, 좀더 수수해서 검은 비단옷을 입고, 고작
해야 나나에게 얻은 하트형 금목걸이를 가슴에 달고 있을 뿐이다. 손님 뒤에서
줄리앙과 프랑스와가 조에의 도움을 받아 가며 시중들고 있었다. 세 사람이 한

결같이 무표정하다.

"정말이야, 난 한 푼 없을 때가 훨씬 더 즐거웠어."

나나가 또 같은 말을 한다.

나나의 오른쪽에는 뮈파, 왼쪽에는 방되브르가 앉았다. 그러나 그녀는 그들 쪽은 보지도 않고 맞은편 필립과 조르즈 사이에 의젓하게 앉아 있는 사땡에게 만 정신을 팔고 있다.

"애, 그렇잖어?" 나나는 일일이 되풀이했다. "그 무렵에는 뽈롱소 거리의 조 스 아줌마 강습소에 가서는 한바탕 웃곤 했었지!"

고기구이가 나왔다. 두 여자는 과거의 추억에 잠기기 시작했다. 그러자 몹시 수다가 떨고 싶어졌다. 별안간 소녀 시절의 그 진창 같은 생활을 들추어 보고 싶어진 것이다. 남자가 곁에 있으면 언제나 이런 기분이 된다. 자기들을 길러 준 거름을 남자들의 눈앞에 들이대고 싶은 충동에 사로잡히는 것이다. 남자들 은 난처한 표정으로 서로를 쳐다보았다. 위공 형제는 애써 웃어 보이려 하고 방 되브르는 짜증스러운 듯 콧수염을 비틀었으며, 뮈파는 점점 더 근엄한 표정이 된다.

"너, 빅또르 생각나니?" 나나는 말한다. "그 왜 여자애를 지하실에 잘 끌어들 이던 부랑자 말이야."

"그래그래. 네가 살던 그 넓은 안마당도 생각이 나. 빗자루를 든 문지기 아줌 마가 있었지⋯⋯."

"보슈 아줌마야. 죽어 버렸지."

"그리고 너의 집 가게 모습도 눈에 선해⋯⋯. 어머니는 무척 살이 쪘었지. 어 느날 저녁 우리가 놀고 있으려니까 아버지가 술이 취해서 돌아온 적이 있었어, 곤드레만드레가 되어 가지고 말이야."

그때 방되브르가 화제를 바꾸려고 여자들의 추억담을 가로막았다.

"잠깐, 송로를 더 먹고 싶은데⋯⋯. 아주 맛있군. 어제 꼬르브뢰즈 공작 댁에 서도 먹었지만 여기 것만 못했어."

"줄리앙, 송로!"

나나가 무뚝뚝하게 소리쳤다. 그리고 다시 옛이야기로 되돌아간다.

"정말 아빠는 형편없는 사람이었어⋯⋯. 그래서 그렇게 몰락하고 만 거야. 보 여주고 싶었지, 그 밑바닥 생활, 거지나 다름 없었어. 난 고생이란 고생은 다

해보았다고 할 수 있어. 엄마나 아빠처럼 죽어 버리지 않은 것은 참으로 기적
이야."

뮈파는 짜증이 나는 듯이 나이프만 만지작거리고 있더니 여기서 끼어 들
었다.

"무척 재미가 없군, 그 얘기."

"네? 재미가 없다구요?" 나나는 백작을 노려보며 말했다. "나도 재미없는 줄
은 알아요. 그럼 왜 일찌감치 우리에게 빵을 갖다주지 못했지요? 난 말예요,
정직한 여자니까, 뭐든지 있는 그대로를 지껄일 수밖에요. 엄마는 세탁부, 아빠
는 주정뱅이, 그 때문에 죽었답니다. 어때요? 이게 마음에 안 들고 우리 집이
창피 하시거든……."

모두 아니라고 했다.

"그런 말 하는 게 아냐. 아무도 당신 집안을 경멸하진 않아."

그러나 나나는 다시 계속해서 말했다.

"우리 집이 창피하시거든, 날 내버려 둬요. 나는 내 아버지나 어머니에 관
한 걸 숨길 여자가 아니니까요……. 나와 부모를 따로따로 생각지 마요. 아시겠
어요?"

그들은 그녀, 아버지, 어머니, 그리고 과거의 모든 것을 그녀가 원하는 대로
받아들였다. 손님 네 사람은 테이블 위에 눈을 내리깔고 얌전하게 앉아 있었
고, 나나는 일찍이 구뜨도르 거리를 끌고 돌아다니던 흙투성이의 더러운 신발
로 거침없이 그들을 마구 짓밟았다. 그래도 나나의 직성은 풀리지 않는다. 아
무리 재물을 얻고 궁전 같은 집을 지니고 있어도 사과를 어석어석 물어 뜯던
그때가 그립다.

"뭐야 돈! 그런 건 장사치한테나 줘 버리면 되는 거야." 그러더니 별안간 감상
적이 되었다.

"친절한 사람들에게 둘러싸여 서로 허물없는 이야기를 나누며 소박한 생활
을 하고 싶어."

이렇게 말하고 나니 간신히 흥분이 좀 가라앉았다. 그 순간 나나는 줄리앙
이 멍청하게 서 있는 것을 보고 소리쳤다.

"뭘 하고 있는 거야? 샴페인을 가져 와. 왜 그런 바보 같은 얼굴로 바라보고
서 있는 거지?"

이 소동 중에 하인들은 웃을 기미도 보이지 않았다. 아무것도 귀에 들어오지 않는 체했으며, 나나가 흥분하면 할수록 더 시치미를 뗐다. 줄리앙이 눈썹하나 깜짝하지 않고 샴페인을 따르기 시작한다. 그런데 공교롭게도 프랑스와가 과일을 권하려고 과일 그릇을 너무 기울이는 바람에 사과며 배며 포도가 테이블 위로 굴러 떨어졌다.

"이런 멍청이!"

그때 프랑스와가 잠자코 있었으면 좋았을 텐데 조에가 오렌지를 집을 때 건드려 놓아서 과일이 잘 담겨져 있지 않았다고 변명을 했다.

"그럼, 조에가 멍청이로군."

"하지만, 아씨……"

조에가 불평스러운 듯이 중얼거렸다.

순간 나나는 벌떡 일어나더니 오만하게 소리쳤다.

"좋아……. 모두 나가! 이제 너희에게 볼일이 없단 말이야!"

그러고 나니 갑자기 기분이 가라앉아 나나는 금방 상냥해졌다. 디저트는 아주 즐겁게 진행되었다. 남자들은 손수 집어 먹는 것을 즐거워했다. 사땡이 배를 깎아 들고 나나 뒤에 오더니 그녀의 어깨에 기대어 먹기 시작한다. 나나의 귓전에 무언가 소곤거리며 둘이서 웃어 댄다. 그러다가 마지막 한 입을 나나와 함께 먹겠다면서 입에 물고 앞으로 내밀었다. 두 사람은 서로 입술을 물고 입을 맞추며 그것을 다 먹었다. 금방 남자들 측에서 야유가 나온다. 필립이 체면 차릴 것 없어요 하고 소리치고, 방되브르가 자리를 비켜 드릴까요 하고 야유한다. 조르즈는 사땡의 허리를 껴안고 제자리로 끌고 갔다.

"바보야, 모두." 나나가 말했다. "이 사람이 부끄러워하잖아요……. 자아, 사땡 누가 놀려도 상관하지 마. 이런 건 아무렇지도 않으니까."

그러곤 무표정하게 바라보고 있는 뮈파를 돌아보았다.

"그렇잖아요."

"암, 그렇고말고."

뮈파는 천천히 고개를 끄덕이며 나직이 말했다.

이젠 아무도 야유하는 사람이 없다. 그래서 두 여자는 이 명문 신사들이 지켜보는 앞에서도 서슴없이 애정이 가득 담긴 눈으로 지그시 바라보았다. 그들의 그러한 애정 행위는 조금도 거리낌없이 요염하게, 완전히 남자들을 무시하고 방약무인하게 행해졌다. 남자들은 박수 갈채를 보냈다.

커피는 2층의 작은 살롱에서 마셨다. 두 개의 등잔불이 장미빛 벽지며 옻칠한 해묵은 금빛 골동품 위에 부드러운 빛을 던지고 있다. 밤이 깊은 이 시각에 작은 상자며 청동기며 도자기 사이에서 소리 없이 희롱하는 불빛, 그것은 은과 상아의 상감(象嵌) 위에서 빛나며 조각을 새긴 지팡이에 윤기를 더했으며 벽에 댄 판자에 비단 같은 줄무늬를 그렸다. 오후에 지핀 난롯불은 거의 다 타서 가물거리고 있다. 커튼과 장막에 싸인 방안은 무척 덥다. 축 늘어질 듯한 더위다. 아무렇게나 내던져진 장갑, 손수건, 펼쳐 놓은 책, 이러한 것들은 평상시 나태에 빠진 나나의 사생활을 보여주는 듯하다. 그 제비꽃 향기와 앳된 소녀처럼 마구 흐트러 놓은 상태까지 한몫 끼어들어 주위의 호화로운 장식과 더불어 매혹적인 효과를 발휘했다. 그러나 한편 침대처럼 넓은 안락의자며, 폭신한 긴의자 등이, 남자의 마음을 한없이 졸음 속으로, 방구석 어둠 속에서 주고받는 사랑의 속삭임과 억누른 웃음소리로 끌고 들어가는 것이었다.

사땡은 난로가 긴 의자에 깊숙이 드러누워 담배에 불을 붙였다. 방되브르가 짐짓 질투하는 것처럼 그녀에게 시비를 걸어 만일 이 이상 나나를 독점한다면 당신에게 불리한 증인을 몇 사람이든지 데리고 오겠다고 위협했다. 필립과 조르즈도 가담하여 사땡을 놀리면서 꼬집곤 한다. 그래서 마침내 사땡은 비명을 질렀다.

"이봐, 이 사람들 혼 좀 내줘! 또 장난을 시작하잖아."

"가만히 좀 놔 둬요." 나나가 정색을 하고 말한다. "그 사람을 못살게 굴면 안 된다고 했잖아요? 너도 그렇지, 왜 그 사람들 상대를 해주는 거야, 벽창호들인데!"

사땡은 새빨개져서 혀를 쑥 내밀고 화장실로 달아나 버렸다. 그 열어 젖힌 문으로 흐린 유리갓을 씌운 가스등의 젖빛 광선 아래 경대의 대리석이 창백하게 드러나 보인다. 사땡이 없어지자 나나는 상냥한 안주인답게 네 사나이와 지껄이기 시작했다. 그날 오후에 요즘 굉장히 호평을 얻고 있는 소설을 읽은 것이다.

"어느 창부에 관한 이야긴데 나는 그런 거 싫더라, 씌어 있는 게 모두 거짓말이야." 그리고 자연을 있는 그대로 그린다는 추잡스러운 경향의 문학에 대해서 분개했다. "그 사람들은 어떤 걸 써도 괜찮다고 생각하는 모양이야! 소설이란

나나 집에서의 저녁

즐거운 한때를 보내기 위해서 씌어져야 하잖아요."

소설이나 드라마에 관해서 나나는 뚜렷한 견해를 갖고 있었다. 감상적이고 고상한 생각을 하게 하고 영혼을 높여 주는 작품이 좋았다. 이윽고 화제는 빠리를 떠들썩하게 만들고 있는 일련의 사건으로 옮아갔다. 선동적인 기사, 밤마다 공공 집회에서 끓어오르는 "무기를 들어라!"라는 부르짖음, 이에 호응해서 나타난 폭동의 조짐 등. 나나는 공화주의자를 신랄하게 공격하기 시작했다.

"대체 어떻게 하라는 거예요, 한 번도 몸을 씻은 적이 없는 그 더러운 인간들은? 그들이 행복하지 않단 말이에요? 황제께서 민중을 위해 모든 것을 다해 주셨잖아요? 정말 더러워 죽겠어, 민중은! 난 민중을 잘 알고 있으니까 말할 자격이 있어요."

그리고 조금 전 식탁에서 구뜨도르 거리의 가난한 집안을 멸시하지 말라고 요구한 것도 잊어버리고 나나는 밑바닥 생활에서 빠져 나온 인간의 혐오와 공포까지 곁들여서 과거의 자기 친지들과 친구들을 마구 헐뜯기 시작했다. 마침 오늘 오후 〈피가로〉신문에서 공공 집회의 기사를 읽었지만 정말 우스웠다느니, 천한 은어(隱語)며 쫓겨난 주정뱅이의 이상야릇한 얼굴을 생각하면 지금도 웃음이 터져 나온다고 했다.

"정말, 그 주정뱅이들 꼴 좀 보라지!" 나나는 무척이나 불쾌한 듯이 얼굴을 찌푸렸다. "그래요, 그놈들이 말하는 공화제는 모든 사람에게 아주 불행한 일이에요……. 제발 하느님, 황제를 언제까지나 지켜주소서!"

"아마 하느님은 들어 주실 거야." 뮈파가 엄숙하게 말했다. "안심해, 황제는 아무 일 없으시니까."

나나가 이런 건전한 사고방식을 가진 것이 뮈파는 기뻤다. 정치에 관해서 두 사람의 의견은 일치했다. 방되브르와 위공 중위도 그 '불한당'들을 열심히 비웃기 시작했다. 놈들은 입으로만 용감한 소리를 외쳤지, 총검을 보는 순간 달아나 버린단 말이야. 그런데 이날 밤의 조르즈는 안색이 좋지 않고 침울해 보였다.

"왜 그래요, 아가?"

그 어두운 표정을 보고 나나가 묻는다.

"아니 아무것도 아니에요. 듣고 있어요."

그러나 그는 괴로워하고 있었다. 식사 뒤에 그는 필립이 나나와 희롱하고 있는 말을 들었다. 그리고 지금 나나 곁에 있는 것은 자기가 아니라 필립이다. 왠지는 모르지만 가슴이 답답하고 금방 터질 것만 같다. 두 사람이 사이좋게 앉아 있는 것은 차마 볼 수 없다.

추잡한 상상이 잇따라 떠올라서 숨이 콱 막힌다. 그렇게 고민하면서도 그런 것을 상상하는 자기 자신이 수치스러워 견딜 수 없다.

사땡은 대수롭지도 않게 여겼으며 스떼너나 뮈파를 비롯해서 나나의 사나이들은 모두 묵인해 왔다. 그러나 언젠가는 형이 나나의 몸에 닿을지도 모른다고 생각하니, 불쾌감으로 머릿속이 확확 달아오르는 것이었다.

"잠깐 비주 좀 맡아 줘."

나나가 그를 위로하려고 스커트 위에서 잠들어 있는 강아지를 건네 주었다.

그 순간 조르즈는 힘이 났다. 나나의 온기로 따뜻해진 이 강아지, 그것은 말하자면 나나 몸의 일부다.

이야기는 간밤에 제국 클럽에서 방되브르가 털어 버린 막대한 돈 이야기로 옮겨갔다.

뮈파는 도박을 하지 않으므로 눈에 휘둥그레졌다. 방되브르는 미소를 지으면서 머지않아 파산할 것 같다고 했다. 그것은 빠리에 파다하게 퍼진 소문이었다. 어떻게 죽는가는 문제가 아니다. 중요한 것은 죽는 마당에서 허둥대지 않는 것이다. 아까부터 나나는 방되브르의 초조한 거동을 깨닫고 있었다. 입가에 깊이 새겨진 주름, 맑은 눈 속에 어른거리는 가냘픈 빛, 그는 아직도 귀족적인 오만함과 기우는 명문다운 섬세한 기풍을 간직하고 있었다. 죽음도 현재의 그에게는 도박과 여자로 텅 빈 머릿속을 어쩌다 스쳐가는 현기증 같은 것에 지나지 않는다. 어느날 밤 나나와 잘 때 무서운 말을 하여 그녀를 떨게 한 적이 있다. 재산을 다 털고 나면 마구간에 들어가서 불을 질러 말과 더불어 타 죽을 작정이라고 말한 것이다. 현재의 유일한 희망은 빠리 대상(大賞) 경마에 내놓을 작정인 뤼지냥이라는 말에 걸려 있었다. 흔들리기 시작한 그의 신용을 지탱하는 이 말만이 유일한 기대였다. 그래서 나나가 무언가 조를 때마다 그는 언제나 6월에 뤼지냥이 이기면 하고 대답했다.

"정말이에요?" 나나가 반 농조로 말한다. "질 수도 있잖아요. 모든 사람의 돈을 몽땅 털게 할 지도 모르잖아요."

방되브르는 의미 있게 살짝 미소지을 뿐이었다. 이윽고 가벼운 투로 말했다.

"그런데, 이건 아웃사이더(승산이 없는 말)지만 어린 암말에 당신 이름을 붙였지……. 나나, 나나, 듣기도 좋아. 화내진 않겠지?"

"화내다뇨, 어째서요?"

그녀는 내심 무척 기뻤다.

이야기는 다시 계속되어 근간에 집행되는 사형으로 화제가 옮겨 갔다. 나나가 꼭 가보고 싶다고 말한다. 그때 사땡이 화장실 문에서 얼굴을 내밀고 부탁이 있으니 좀 와달라고 불렀다. 나나는 이내 일어났다. 뒤에 남은 네 사람은 편안히 앉아 잎궐련을 피우면서 알콜중독 환자가 살인을 했을 경우 어느 정도의 책임이 있느냐는 문제를 논하기 시작했다. 화장실에서는 조에가 의자에 앉아 훌쩍훌쩍 울고 있었으며 사땡이 아무리 달래도 소용이 없었다.

"왜 이래?"

놀란 나나가 물었다.

"뭐라고 말 좀 해줘, 난 벌써 20분 동안이나 달래고 있는 거야……. 이 사람, 너한테 멍청이 소리를 들었다고 우는 거야."

"그럴 수가 있어요, 아씨……. 너무 하세요, 너무하세요……."

오열에 목이 메면서 조에가 더듬거린다.

그 순간 나나는 가엾어져서 부드러운 말로 달랜다. 그래도 울음을 그치지 않으므로 그 앞에 쭈그리고 앉아 정답게 허리를 껴안으면서 달랬다.

"바보로군. 멍청이라고 했지만, 뭐 다른 뜻이 있어서가 아냐. 그저 나오는 대로 지껄였을 뿐이야, 화가 났거든……. 자아, 내가 나빴으니 그만 울어요."

"전, 이렇게 아씨를 좋아하는데……. 아씨를 위해서 이렇게 열심인데……."

나나는 하녀를 안고 입을 맞추어 주었으며, 이제 더 화를 내고 있지 않다는 증거로 세 번밖에 안 입은 옷을 한 벌 내주었다. 이 두 사람의 싸움은 언제나 무엇을 주는 것으로써 결말이 났다. 조에는 손수건으로 눈물을 닦으면서 얻은 옷을 팔에 걸치고 나갔는데, 그때 이런 말도 했다.

"부엌에서는 모두 슬픔에 잠겨 있답니다. 줄리앙도 프랑스와도 식사를 못할 정도라니까요. 아씨에게 꾸중을 듣고 입맛을 잃은 거예요."

그래서 나나는 화해의 표시로 그들에게 1루이씩 주었다. 주위 사람들이 슬퍼하고 있는 것을 잠자코 보고 있을 수는 없는 것이다.

이런 옥신각신이 내일까지 꼬리를 물지나 않을까 속으로 걱정하고 있던 터라 잘 처리되어 홀가분해진 기분으로 나나가 막 살롱으로 돌아가려고 했다. 그러자 사땡이 귓전에 입을 대고 마구 지껄인다. 남자들에 대한 불평을 늘어놓고 이 이상 조롱을 당하면 나가 버릴 거라고 위협한다.

"오늘밤엔 저 인간들을 모두 쫓아 버려. 좋은 교훈이 될 거야. 난 너와 단둘이 있고 싶어."

나나는 다시 불안해하며 그렇겐 할 수 없다고 버틴다. 사땡은 심술궂은 어린애가 고집을 피우듯이 거칠게 말했다.

"내 부탁 못 알아 듣겠어? 그놈들을 쫓아 내든지 내가 나가든지, 둘 중에 하나야!"

이렇게 내뱉고는 살롱으로 돌아가서 창가에 하나만 따로 떨어져서 놓여 있는 긴 의자에 몸을 쭉 뻗었다. 그리고 죽은 듯이 입을 다물고 큼직한 눈으로 나나를 응시하며 기다리고 있었다.

남자들은 형법의 새 학설에 한창 반론을 펴고 있는 중이었다. 병자는 범죄를 저질러도 책임이 없다는 따위의 학설을 들고 나온다면, 범죄인은 없어지고 병자만 남게 되지 않겠는가? 나나는 고개를 끄덕이며 듣고 있는 체하면서 속으로는 어떻게 뮈파를 쫓아 버릴까 궁리하고 있었다. 다른 사람들은 그럭저럭하다가 돌아가겠지. 그러나 그이는 필경 마지막까지 눌어붙어 있을 거야. 아니나다를까, 필립이 돌아가려고 자리에서 일어서자 조르즈도 금방 그 뒤를 따랐다. 그가 무엇보다도 두려워하는 것은 형을 뒤에 남겨 놓고 돌아가는 일이었기 때문이다. 방되브르는 몇 분 더 우물쭈물 상태를 살피면서 기회를 노리고 있었다. 어쩌면 무슨 사정으로 해서 뮈파 자리에 앉게 되지나 않을까? 그러나 오늘밤에는 뮈파가 도무지 돌아갈 기색을 보이지 않는다. 그래서 그는 더 망설이지 않고 선뜻 작별 인사를 했다. 그러나 문간으로 나가다가 사땡이 몹시 간절한 눈빛으로 기다리고 있는 것을 보고는 짐작이 간다는 듯이 조금 놀리는 어조로 그녀의 손을 잡고 속삭였다.

"이봐요, 화내지 마. 용서하라구…… 당신은 정말 근사해, 정말이야."

사땡은 대답도 하지 않았으며, 뒤에 남은 나나와 뮈파에게서 시선을 돌리지도 않았다.

뮈파는 이제 체면 차릴 것도 없이 나나 곁에 바싹 붙어 앉아 그녀의 손에 입맞추고 있었다. 나나는 화제를 돌리려고, 그 뒤 에스텔은 어떻게 되었느냐고 물었다. 어제 그가, 딸이 시무룩해하고 있다며 한탄했기 때문이다.

"아내는 줄곧 집을 비우고 딸은 냉랭한 침묵에 잠겨 있어. 이래서야 집에 들어간들 무슨 재미가 있겠어."

이와 같은 가정 문제에 있어서 나나는 언제나 적절한 의견을 내놓았다. 그래서 지금도 뮈파가 긴장이 풀려 평소의 푸념을 늘어놓기 시작하자 다그네와의 약속이 생각나서 말했다.

"결혼시키면 어때요?"

이렇게 말하고 이어 다그네 이야기를 꺼냈다. 다그네의 이름을 듣더니 백작은 아주 불쾌한 듯이 얼굴을 찌푸렸다.

"나나에게 그런 말을 들은 이상 도저히 안 되겠어!"

나나는 놀라는 체해 보이고는 별안간 웃기 시작했다. 그리고 백작의 목에 매달리며 말했다.

"어머, 질투하고 계시네요, 아이 우스워……. 생각 좀 해보세요. 그야 욕을 들었을 때 저도 화가 났어요……. 하지만 역시 가엾어요. 만약에……."

문득 뮈파의 어깨 너머로 사땡의 시선과 부딪쳤다. 불안해진 나나는 백작의 목에서 팔을 풀고 점잖은 말투로 돌아갔다.

"저어, 이 혼담은 성사시키는 게 좋잖아요? 전 따님의 행복을 훼방놓고 싶지 않아요. 그 사람은 아주 훌륭한 청년이에요. 그 이상 좋은 사람은 찾을 수 없을 거예요."

그녀는 다그네를 온갖 말로 칭찬하기 시작했다. 백작은 다시 나나의 두 손을 잡았다. 이번에는 반대하지 않고, 생각해 본다며 나중에 의논하자고 말했다. 그러고는 이제 자자고 말했다. 나나는 목소리를 죽여 여러 가지 이유를 늘어놓았다.

"안돼요. 기분이 좋지 않아요. 조금이라도 절 사랑하신다면 무리하게 요구하지 마세요."

그러나 남자는 아무리 말해도 듣지 않고 좀처럼 돌아가려고 하지 않는다. 그녀는 짜증나기 시작했다. 그때 다시 사땡의 시선과 부딪쳐서 이번에는 완강히 거절했다.

"안 돼요, 절대로."

백작은 시무룩해진 표정으로 화가 나는 듯 벌떡 일어나더니 모자를 집으러 갔다. 문간까지 가서 문득 사파이어 목걸이가 생각났다. 주머니의 조그만 상자가 손에 닿은 것이다.

'이 목걸이를 침대 속에 감추어 두자. 나나가 먼저 침대에 들어갈 때 발끝에 닿아 알게 되겠지. 저녁 식사때부터 이런 어린애 장난 같은 생각을 하고 있었다. 그런데 이런 식으로 쫓겨나게 될 줄이야.'

그는 우물쭈물하다가 불쑥 그 상자를 나나에게 내밀었다.

"뭐예요, 이거? 어머, 사파이어…… 그 목걸이네요. 아이, 좋아라! 이거 정말 그 목걸이에요? 진열장에서 봤을 때가 더 훌륭해 보였어요."

감사의 표시는 이것뿐이었으며, 백작을 만류하지도 않았다. 긴 의자에는 사땡이 드러누워 잠자코 기다리고 있었다. 그것을 깨닫자 그는 두 여자를 번갈 아보고는 더 미련을 보이지 않고 암전히 내려갔다. 현관문이 채 닫히기도 전에 사땡이 나나의 목에 매달려 춤을 추고 노래를 부르기 시작한다. 그러다가 문득 생각난 듯이 창가로 달려간다.

"그 영감, 어떤 얼굴을 하고 가나 보자구!"

커튼에 숨어, 두 여자는 쇠난간에 팔꿈치를 얹고 기댔다. 시계가 1시를 알린다. 인기척이 끊어진 빌리에 거리를 따라 점점이 늘어선 가스등의 불빛, 비가 올 듯한 습기에 찬 3월의 밤, 눅눅한 바람이 휘몰아친다. 군데군데 검은 구멍처럼 보이는 빈터. 어두운 밤하늘에 치솟은 건축중인 가옥의 발판. 횅뎅그렁하게 싸늘한 이 빠리의 젖은 보도 위에 길게 그림자를 던지면서 뒤파가 힘없이 사라져 간다. 그 동그스름한 등을 보고 여자들은 요란스레 웃어 댔다. 그러다가 움찔 나나가 사땡의 입을 막았다.

"조심해 순경이야!"

두 사람은 웃음을 죽이고 살며시 길 저쪽을 바라보았다. 천천히 걸음을 옮겨 놓고 있는 두 개의 검은 그림자, 이렇듯 영화를 누리는 나나도 경관만은 아직도 무서워하여 경찰이라는 말조차도 죽음처럼 싫어했다. 지금도 그 한 사람이 자기 집 쪽을 쳐다보았을 때 등골이 서늘해지는 느낌이었다. 저 인간들은 무슨 짓을 할지 몰라. 이런 시간에 웃음소리를 들으면 분명 우리를 매춘부로 알 거야. 사땡은 떨면서 나나에게 찰싹 들어붙었다. 그때 물이 괸 길 한가운데를 천천히 춤추듯이 칸델라 불빛이 다가왔다. 두 사람은 정신 없이 그것을 지켜보았다. 길가 개천을 뒤지고 있는 넝마주이 노파다. 사땡은 그 얼굴을 기억하고 있었다.

"어머 뽀마레의 여왕이잖아, 등에 광주리를 지고."

바람이 뿌리는 가랑비를 얼굴에 맞으면서, 사땡은 나나에게 뽀마레의 여왕에 관한 이야기를 들려 주었다.

"전에는 멋있는 창부였어! 그 아름다운 얼굴로 온 빠리를 떠들썩하게 했었지. 게다가 요염하고, 천연스럽고, 사내들을 짐승처럼 다뤄서 그 집 층계에서 높은 양반들이 울기까지 했다니까. 하지만 지금은 아주 주정뱅이가 되어 이웃 여자들이 압생뜨를 퍼먹이고 놀려 댄대, 밖에 나가면 개구쟁이들이 돌을 던지고. 그러니까 아주 몰락해 버린 거야. 시궁창에 빠진 여왕님이지!"

나나는 차분하게 듣고 있었다.

"두고 봐."

사땡은 이렇게 말하고 남자처럼 휘파람을 불었다. 마침 창문 바로 밑에 와 있던 넝마주이 노파는 위를 쳐다보았다. 칸델라의 노랑 불빛 속에 모습이 뚜렷이 떠오른다. 누더기 옷, 닳아서 다 헤어진 머플러, 깊은 주름이 파인 창백한 얼굴, 이빨이 숭숭 빠진 입, 시뻘겋게 움푹 꺼진 눈동자. 술에 쩌든 창부의 늙고 지친 참담한 모습을 눈 앞에 보자 나나는 문득 어둠 속에 샤몽의 광경이 떠오른다. 이르마 당글라르, 일찍이 창부였던 이 고령의 여자가 영예에 싸여서 꿇어 엎드린 촌민들 사이로 저택의 층계를 올라간다. 그때 사땡이 다시 휘파람을 불어, 이쪽 모습이 보이지 않아 두리번거리는 노파를 비웃었다.

"그만둬, 순경이 왔어!" 나나가 들뜬 목소리로 소곤거린다. "자, 빨리 안으로 들어가자."

뚜벅뚜벅 발자국 소리가 들려온다. 두 사람은 창문을 닫았다. 젖은 머리로 추위에 떨며 뒤돌아본 나나는, 한순간 움찔하고 놀랐다. 그것이 자기 집 살롱이라는 것을 잊고 어딘가 낯선 장소 같은 착각을 일으킨 것이다. 방안은 향긋하고 훈훈한 공기에 차 있었다. 나나는 안도감으로 가슴을 쓰다듬었다. 장미빛 등잔불 아래 잠든 산더미 같은 재물, 고풍스런 가구들, 금, 비단 천, 상아에 청동, 적막한 저택 전체에서는 지극히 사치스러운 기운이 감돌고 있다.

장중한 응접실, 풍족하고 쾌적한 식당, 조용하고 넓은 층계, 부드러운 양탄자며 의자. 나나는 자기 몸이 갑자기 둥둥 떠오르는 듯한 기분이 들었다. 지배욕과 향락욕, 모든 것을 소유하고 동시에 파괴하고 싶은 충동이 불쑥 치민다. 여자로서의 자기 매력을 이토록 절실히 느껴 본 적은 없다. 그녀는 천천히 실내를 돌아보고 아주 침착하게 말했다.

"그래 아무튼 젊은 한때가 꽃이야!"

그러나 사땡은 벌써 침실의 곰가죽 위에 드러누워 나나를 부르고 있었다.

"빨리! 응, 빨리이!"

나나는 화장실에서 옷을 벗는다. 빨리 가려고 두 손으로 풍성한 금발 머리채를 잡고 은대야 위에서 흔들어 댄다. 긴 머리핀들이 소나기처럼 쏟아져서 차랑차랑 소리를 냈다.

11장

    그날은 일요일로 브로뉴 숲에선 빠리 대상 경마가 열렸다. 슬슬 더워지기 시작한 6월의 날씨는 흐렸다. 아침에는 해가 적갈색 안개에 가리워져 있었다. 그러나 롱샹 경마장에는 속속 마차가 몰려들기 시작했다. 11시쯤 되자 구름은 남쪽 바람에 흩날려 버렸다. 잿빛 안개가 차차 걷히자 그 사이로 내다보이는 싱싱한 푸르름이 순식간에 하늘 가득히 번져 나간다. 구름 사이에서 햇빛이 싹 내비친다. 마차와 말을 탔거나 걸어서 온 구경꾼들로 차츰 혼잡을 이루기 시작하는 잔디밭, 아직도 텅 비어 있는 코스, 심판석, 결승점을 가리키는 말뚝, 게시판 기둥, 정면의 중량 측정장 울타리 중앙에는 좌우로 마주 보게 벽돌과 나무로 5단의 특별 좌석이 마련되어 있다. 그 저편, 대낮의 햇볕을 가득 받으며 멀리 펼쳐 나간 평야. 그 가장자리를 두른 나직한 나무숲, 서쪽을 막는 생 끌루와 쉬레네의 울창한 언덕, 그리고 저편에 장엄하게 솟은 몽발레리앙 산이 보였다.

    나나는 마치 이 대상 경마에 자기 운명이 걸려 있기나 한 것처럼 흥분하여 결승점 가까운 울타리 바로 옆에 자리를 잡아야 되겠다고 생각했다. 그래서 은장식이 달린 랑도 마차로 일찌감치 경마장으로 달려갔다. 그 훌륭한 네 필의 백마는 뮈파가 선사한 것이다. 왼쪽 두 필에는 두 사람의 마부, 마차 뒤에는 꼼짝 않고 서 있는 하인 두 사람. 나나가 잔디밭 어귀에 모습을 나타내자 군중 사이에서 혼란이 일어났다. 마치 여왕님이 납시는 격이다. 나나는 방되브르 마구간의 빛깔인 청색 백색의 기묘한 복장을 하고 있었다. 몸에 꼭 끼는 파란 비단 블라우스와 튜닉*1을 입고, 허리 뒤에서 둥그렇게 틀어올려 큼직한 경단 모양으로 만들었다. 그 때문에 허벅지의 선이 뚜렷이 드러나 보였는데, 튜닉을 큼직하게 부풀린 스커트가 유행하는 요즈음으로서는 대담한 스타일이다. 겉옷과 소매 끝, 그리고 목에 건 숄은 모두 흰 공단이며 전체가 은실 레이스로 장식되

---

*1 허리 밑까지 내려와 띠를 두르게 된, 여성용의 낙낙한 블라우스 또는 코트.

어 햇빛을 받자 눈부시게 빛난다. 게다가 기수와 비슷하게 차리려고 틀어올린 머리 위엔 대담하게도 흰 날개깃이 달린 파란 기수 모자를 썼고 등에 처진 그 노란 술은 꼭 밤색 말의 탐스러운 꼬리 같았다.

정오가 울렸다. 경마시간까지는 아직도 세 시간 이상이나 남았다. 랑도 마차가 울타리 옆에서 멎자, 나나는 마치 자기 집이기나 한 듯이 유연하게 움직이기 시작했다. 그녀는 번잡스럽게도 비주와 루이를 데리고 와 있었다. 개는 무릎위에 늘어져서, 이 더위에도 추운 듯이 떨고 있다. 어린아이는 리본과 레이스로 치장했으며, 백랍처럼 허여멀건한 여윈 얼굴은 바깥 공기에 파래지고, 시무룩하게 입을 다문 채 말이 없다.

한편 나나는 조르즈와 필립을 상대로 거리낌 없이 큰소리로 떠들어 댔다. 두 사람은 나나와 마주 보고 앉아 있었는데 어깨까지 흰 장미와 파란 물망초 꽃다발을 덮고 있었다.

"그래서 말이야, 그이가 너무 귀찮게 굴길래, 문간을 가리켰지. 그랬더니 이틀이나 화가 나서 부어 있잖겠어요."

화제에 올라 있는 사람은 뮈파였다. 그러나 나나는 그 첫 싸움의 진짜 원인에 대해서는 입을 다물었다. 어느날 밤 방에서 남자의 모자를 뮈파에게 들킨 것이다. 그것은 따분해서 지나가는 남자를 끌어들였을 뿐 하찮은 바람기에 지나지 않았다.

"그인, 어떻게 우스운지." 그녀는 자신의 이야기에 재미있어 하면서 말했다. "실은 말이야, 그인 아주 독실한 신자야, 밤마다 기도를 드린다구요. 정말이야, 그런데 내가 모르는 줄 알잖아요. 방해가 되면 안 될 것 같아서 내가 먼저 자는 척하고 곁눈으로 거동을 살피고 있노라면 그인 중얼중얼 기도를 한 다음 성호를 긋지요. 그러고는 나를 타넘어 침대 안쪽으로 가서……"

"쳇 빈틈없군." 필립이 중얼거린다. "그럼, 앞뒤로 하는군 그래."

그녀는 소리를 내어 웃었다.

"그래, 앞뒤예요. 내가 잠들 무렵에도 다시 중얼중얼 외는 거야……. 그건 좋지만, 싸우면 금방 설교조로 잔소리를 꺼낸단 말이야, 아이 지긋지긋해. 그야 나도 옛날부터 신앙이야 갖고 있죠, 이런 말 하면 웃을지 모르지만 상관없어요. 그만한 일로 신앙이 없어지는 것도 아니니……. 하지만, 그인 얼마나 귀찮은지 몰라요. 눈물을 흘리며 후회가 되느니 어쩌니 하고. 그저께도 한바탕 싸

운 끝에 그이가 별안간 신약을 설교하기 시작했을 땐 왠지 으스스해지더라니까…….'

그녀는 여기서 이야기를 끊더니 말했다.

"어머, 미뇽 내외가 나타났네. 어머나, 어린애까지 데리고! 저애 꼴 좀 봐요!"

미뇽네 가족은 매우 점잖은 빛깔의 랑도 마차를 타고 왔다. 부르주아의 벼락부자 취미라고나 할까, 로즈는 빨간 리본으로 장식한 회색 비단옷을 입고 앙리와 샤를르가 즐겁게 놀고 있는 모습을 바라보며 황홀하게 미소짓고 있었다. 어린아이들은 앞좌석에 앉아 있는데 헐렁한 학생복이 참으로 우스꽝스럽다. 마차가 울타리 옆에 섰을 때 로즈는 꽃다발에 묻혀서 뻐기고 있는 나나를 발견했다. 네 필의 말, 제복을 맞추어 입은 하인들 로즈는 별안간 얼굴이 굳어지더니 입술을 깨물고 외면해 버린다. 반면 미뇽은 환하게 밝은 표정으로 활달하게 손을 흔들어 보였다. 그는 여자들의 싸움에는 관여하지 않는 것을 신조로 삼고 있는 것이다.

"그런데 말이야, 당신들, 이빨이 엉성한데다 몰골도 별로 신통찮은 조그만 늙은이 알아요? 브노라는 사람인데…… 오늘 아침 나를 만나러 왔잖아."

"브노요?" 조르즈는 깜짝 놀랐다. "설마! 그 사람은 제주이트파의 수도산데."

"왠지, 그런 냄새가 나더라. 무슨 얘길 했는지 알아? 걸작이야! 백작이 어떻고, 가정불화가 어떻고 하며 지껄여 대더니, 그 가정에 행복을 되돌려 주라는 거야……. 그것도 어떻게나 정중하던지 줄곧 웃음을 띤 채 말이야. 그래서 난 '그보다 더 좋은 일은 없죠' 대답하곤 백작과 부인을 화해시켜 주겠다고 약속했지……. 농담 아니야, 그이들이 행복해지면 나도 기쁜걸. 첫째, 마음이 홀가분해질 거예요. 요즘은 그가 귀찮아서 죽을 지경이거든!"

무심코 나온 이 소리에는 지난 몇 달 동안의 권태가 스며 있었다. 게다가 백작은 몹시 돈에 궁한 모양이었다. 라보르데뜨에게 어음을 써주고 빌린 돈도 갚지 못할 것 같아서 줄곧 걱정만 하고 있었다.

"백작 부인이 저기 있네."

특별석을 둘러 보면서 조르즈가 말한다.

"어디? 눈이 좋군, 우리 아간! 잠깐 이 양산 좀 들고 있어요, 필립."

그러나 형보다 먼저 조르즈가 얼른 손을 내밀어 아주 즐거운 듯이, 은줄이 달린 파란 비단 양산을 나나에게 받쳐 주었다. 나나는 큰 쌍안경을 들여다보면서 말했다.

"어머, 정말이야. 오른쪽 자리 기둥 옆이지? 연자줏빛 옷을 입었어. 그 옆에 딸이 흰 옷을 입고 앉아 있군……. 어머, 다그네가 인사하러 갔어."

필립이 곧 결혼하게 될 다그네와 깡마른 에스뗄의 이야기를 꺼내기 시작했다.

그것은 이미 정해져서 결혼식 날짜도 발표되었다. 처음에 부인은 반대했으나, 백작이 자기 뜻을 그대로 밀고 나간 모양이다. 나나는 빙그레 웃었다.

"응, 알아, 나도. 다그네에겐 참 잘된 얘기야. 그 사람은 아주 훌륭한 청년이거든, 그만한 값어치는 있어."

그리고 루이 쪽으로 몸을 굽히며 말했다.

"어때 재미있어? 뭐야, 그렇게 점잖은 얼굴을 하고."

어린아이는 웃지도 않고 늙은이 같은 얼굴로 주위 사람들을 바라보고 있었다. 눈에 띄는 것이 모두 하나도 재미없다는 표정이다. 비주는 나나가 너무 몸을 움직여 대서 무릎에서 미끄러져 내려와 지금은 루이 옆에서 떨고 있었다.

차츰 잔디밭이 사람들로 메워져 간다. 까스까드 문에서 끊임없이 들어오는 마차의 행렬, 이탈리앙 거리 쪽에서 50명의 손님을 태우고 온 대형 승합마차가 관람석 오른쪽에서 멎는다. 이륜마차, 사륜포장마차, 훌륭한 랑도 마차, 거기에 섞여서 초라한 말에 끌려들어온 금방 넘어질 듯한 마차, 말 네 필이 끄는 포어 인 핸드, 승합마차, 이 마차에는 바깥 좌석에 주인이 타고 하인은 안에 앉아 샴페인 바구니를 지키고 있다. 그리고 각종 마차의 가벼운 층계들, 방울 소리를 울리며 달리는 땅뗌 마차, 이따금 말을 탄 사나이가 지나가면 놀란 보행자의 무리가 마차 사이를 우왕좌왕한다. 멀리 브로뉴 숲속의 산책길에서 들려오는 마차 소리도 잔디밭까지 오면 뚝 그치고, 들리는 것은 가냘픈 웅성거림뿐이다. 부풀어오른 군중의 소음, 서로 소리치고 불러 대는 소리, 공중에 흩날리는 채찍 소리 외에는 아무것도 귀에 들어오지 않는다. 이따금 구름이 바람에 쫓겨 태양이 얼굴을 내밀면 햇빛이 확 비쳐서 마구와 와니스 칠한 마차가 번쩍 빛나고, 색색가지 의상이 타오른다. 찬란히 쏟아지는 햇빛 아래 긴 채찍을 들고, 높이 앉아 있는 마부들의 모습도 보인다.

라보르데뜨가 사륜마차에서 내려왔다. 가가, 끌라리스, 블랑슈 드 시브리 등 여자들을 함께 데리고 온 것이다. 그는 재빨리 경마장을 가로질러, 중량 측정장의 울 안을 향해서 걸어간다. 나나가 조르즈에게 그를 불러오게 했다. 라보르데뜨가 오자 그녀는 웃으며 물었다.

"나 지금 얼마나 되었죠?"

그 젊은 암말, 나나를 말하는 것이다. 디아나 상(賞) 경마에서 비참한 고배를 마셨고 금년 나나는 4월과 5월에 데 까르 상 경마와 그랑 뿔르 데 쁘로뒤 상 경마에도 출전했었지만 이기지 못했다. 그 경마에서 이긴 것은 같은 방되브르 마구간의 뤼지냥이었으며, 단번에 대단한 인기 말이 되었다. 어제 부터 뤼지냥의 승률은 1대 2였다(1대 2라는 것은 그 말이 이길 가망이 1인데 대해서 질 가망이 2, 다시 말해서 이길 예상률이 50퍼센트라는 것을 말한다).

"여전히, 1대 50이야."

라보르데뜨가 대답했다.

"어머, 나는 퍽 싸네." 나나는 이 농담을 재미있어 하면서 말했다. "그럼, 난 나한테 안 걸 테야. 어이없잖아요, 1루이도 걸지 않을 테야."

라보르데뜨는 몹시 바쁜 모양으로 다시 가려고 한다. 그러나 나나가 불러 세우고 의논 상대가 되어 달라고 했다. 그는 조련사와 기수들 사이에 연락이 있고, 여기저기 마구간에 대해서 특별한 정보를 갖고 있었다. 여태까지 20번 이상이나 그의 예상은 적중했다. 사람들이 그를 경마왕이라고 부를 정도였다.

"저어, 어느 말을 하면 좋을까. 영국 말은 얼마죠?"

"스피리트? 1대 3이야. 발레리오 2세, 역시 3. 그 외의 말은 꼬지뉘스가 25, 아자르가 40, 붐이 30, 삐슈네뜨가 35, 프랑지빠느가 10……."

"싫어요, 영국 말에 누가 걸어요. 난 애국자거든……. 발레리오 2세는 어떨까? 아까 꼬르브뢰즈 공작이 무척 즐거운 얼굴을 하고 있던데……. 역시 그만 둘래. 뤼지냥에 50루이 걸면 어떨까요?"

라보르데뜨는 의미있게 그녀를 바라보았다. 나나는 몸을 앞으로 내밀고 왜 그러느냐고 조그마한 소리로 물었다. 실은 나나도 알고 있듯이, 방되브르는 내기를 이 라보르데뜨에게 일임해 놓고 있었던 것이다. 그편이 그로서는 마음 편히 돈을 걸 수 있었기 때문이다. 그래서 만일 라보르데뜨가 무언가 정보를 쥐고 있다면 가르쳐 줄 것이라고 나나는 생각했다. 그런데 그는 설명은 하지 않고 아무튼 자기의 육감을 믿어 달라고 한다. 당신의 50루이는 내 맘대로 걸게 해줘, 결코 후회는 안 시킬 테니까.

"어느 말이라도 좋으니까, 마음대로 걸어요!"

그를 보면서 나나는 들뜬 목소리로 말했다.

"하지만 나나는 안 돼요, 바람난 말이니까!"

마차 안의 청년들은 나나의 농담이 재미있어 와자하니 웃었다. 다만 루이는 무슨 소린지도 모르고, 어머니의 높은 음성에 놀라 힘없는 눈으로 그녀를 쳐다보았다. 라보르데뜨는 아직 떠나지 못하고 있다. 로즈 미뇽이 손짓으로 불렀기 때문이다. 그는 돈을 걸어 달라는 부탁을 받고 수첩에 숫자를 써넣었다. 그것이 끝나자, 끌라리스와 가가가 불러 그 내기의 변경을 부탁한다. 군중의 예상을 듣고 발레리오 2세를 뤼지냥으로 바꾸고 싶다고 한다. 라보르데뜨는 무표정한 얼굴로 그것을 써넣었다. 그리고 간신히 빠져나와 경마장 저쪽의 관람석 사이로 모습을 감추었다.

마차는 여전히 속속 몰려온다. 이제 다섯 줄이나 울타리를 따라 가득 메워졌다. 그 속에 점점이 섞인 흰 말. 그 뒤편에는 다른 많은 마차들이 마치 풀밭에 들어박힌 것같이 여기저기 흩어져 있다. 빽빽이 줄을 진 수레바퀴, 제멋대로 서있는 마차들. 나란히 있는 것, 삐뚜로 선 것, 서로 교차된 것, 마주보고 선 것, 아직 비어 있는 잔디 위를 말을 탄 사나이들이 달려가고, 걸어가는 사람들이 새까맣게 몰리며 끊임없이 움직인다. 축제일 같은 색색가지 옷의 사람들 무리. 노점의 회색 천막이 햇빛을 받아 하얗게 빛난다. 그러나 특히 혼잡이 심한 곳은 마권업자*2 주변이다. 사람들 물결, 모자의 소용돌이, 마권업자는 포장을 걸은 마차 위에서 승률을 써 붙인 높다란 판자를 옆에 세우고 치과의사 같은 몸짓을 하고 있다.

"어느 말에 걸어야 좋을지 모르다니, 참 어리석군. 난 내가 직접 몇 루이 걸어 봐야지."

나나는 마음씨 좋아 보이는 마권업자를 찾으려고 일어섰다. 그러나 아는 사람들이 많이 나와 있는 것을 보고 그쪽에 정신이 쏠려 버렸다. 미뇽 부부, 가가, 끌라리스, 블랑슈 등, 주변의 마차들 속에 오른쪽에도, 왼쪽에도, 뒤에도 굉장히 와 있다. 마리아 블롱과 함께 빅토리아를 몰고 온 따땅 네네, 두 신사와 사륜마차에 의젓이 앉아 있는 까롤린느 에께와 그녀의 어머니, 루이즈 비오렌느

---

*2 경마 내기를 맡아주는 업자.

는 혼자였는데, 메셍 마구간 빛깔인 오렌지빛과 녹색 리본을 단 조그만 이륜마차를 손수 몰고 와 있다. 청년들이 와글와글 떠들고 있는 승합마차의 높은 좌석에는 레아 드 온이 앉아 있다. 더 저쪽 가장 귀족적인 마차에는 검은 비단 드레스를 산뜻하게 차려입은 뤼시 스튜와가 해군 소위 후보생의 제복을 입은 건장한 청년과 점잖게 앉아 있다. 그러나 무엇보다도 나나를 놀라게 한 것은 스떼너가 모는, 두 필의 말이 끄는 마차를 타고 시몬느가 나타난 것이었다. 마차 뒤에는 하인이 팔짱을 낀 채로 꼼짝 않고 서 있다. 시몬느는 노랑 줄무늬가 든 백색 공단에 몸을 감싸고, 벨트에서 모자에 이르기까지 다이아몬드를 새겨 눈이 부실 정도다. 은행가는 큰 채찍을 휘두르며 앞뒤로 세운 두 마리의 말을 몰아 온다. 선두의 금빛을 띤 조그만 밤색 말은 총총걸음으로 달리고, 그 뒤의 큼직한 검은 사슴빛 스떼뻬라는 말은 발을 높이 쳐들고 달려온다.

"어마, 저 스떼너 녀석, 또 증권으로 한몫 본 모양이네! 시몬느의 저 멋진 모습! 너무 멋있잖아. 저러다간 또 누군가가 덤벼들겠는걸."

그래도 나나는 멀리서 시몬느와 인사를 나누었다. 그러고는 손을 흔들고 미소를 띤 채 주위를 둘러보며 한 사람도 빠짐없이 모두의 눈에 띄려고 했다. 이윽고 그녀는 다시 이야기를 하기 시작했다.

"뤼시가 데리고 온 아이는 자기 아들이야. 제복 입은 모습이 멋있잖아. 뤼시가 점잔을 빼고 있는 건 그 때문이야. 저 사람, 아들이 무서워서 자기는 여배우라고 말하고 있대. 가엾게두! 아들은 아무것도 모르고 있는 모양이지."

"뭘!" 필립이 웃으며 말했다. "그럴 생각만 있으면, 저 여잔 아들을 위해서 유산이 딸린 시골 처녀를 찾아 줄 수도 있을 텐데 뭐."

문득 나나가 입을 다물었다. 혼잡한 마차 속에서 뜨리꽁을 발견한 것이다. 그녀는 전세 마차로 나타났는데 아무것도 보이지 않아 유유히 마부석에 올라갔다. 그러고는 큰 몸을 꼿꼿이 세우고 길게 땋은 머리를 좌우로 늘어뜨린 채 품위있는 얼굴로 군중을 내려다 보았다. 여자의 떼거리에 군림이나 하듯이. 여자들이 모두 소리없이 웃음을 보낸다. 그러나 뜨리꽁은 시치미를 떼고 모르는 체했다. 직업을 위해서가 아니라 경마를 즐기러 온 것이다. 그녀는 돈내기에 넋을 잃는 편이며 특히 경마는 무척 좋아했다.

"아니, 라 팔르와즈, 그 바보가 와 있잖아!"

별안간 조르즈가 소리친다.

증량 측정장에서 내기하는 풍경

어쩌면 저렇게도 변할 수 있을까! 나나는 라 팔르와즈가 전혀 딴 사람처럼 여겨졌다.

유산을 상속받고부터 그는 아주 멋쟁이가 되었다. 깃이 꺾인 셔츠, 여윈 어깨에 꼭 맞는 연한 빛깔의 양복, 한가운데서 좌우로 가른 머리. 그는 피로한 듯 일부러 윗몸을 좌우로 흔들고 있다. 나른한 목소리로 은어를 섞어가며 말하고 말끝을 흐린다.

"제법 쓸만한데!"

나나가 마음이 끌려서 큰 소리로 말한다.

가가와 끌라리스가 라 팔르와즈를 불러 목에 매달리며 다시 차지하려고 했다. 그러나 그는 곧 멸시하듯 엉덩이를 가볍게 흔들면서 그 곁을 떠나 버렸다. 그러나 나나의 모습을 발견하자 눈앞이 아찔해지는지 얼른 달려와 마차의 층계에 올라섰다. 나나가 가가의 일을 놀려 대자 그는

"아아, 지긋지긋해, 저런 늙은 여자에겐 다신 걸려들지 말아야지! 자아, 이번엔 당신이야, 나의 줄리에뜨……"

이렇게 말하며 제 가슴에 손을 갖다 댄다. 나나는 여러 사람 앞에서의 이 느닷없는 고백을 우스워했다.

"지금 그런 말하고 있을 때가 아니예요. 당신 때문에 까딱했으면 돈 거는 걸 잊어버릴 뻔했네……. 저기 마권업자 있잖아요, 고수머리에 얼굴이 붉은 뚱뚱보 말이에요. 저 악당 같은 얼굴, 마음에 들었어. 거길 가서 돈 좀 걸어 줘요. 그런데 어느 말로 할까?"

"나는 결코 애국자가 아니야."라 팔르와즈는 더듬거리면서 말했다. "난 끝까지 영국 말이야. 영국 말이 이기면 만만세! 프랑스 말 같은 거, 내가 알 바 아니야."

나나는 분개했다. 그래서 말의 우열에 대한 논쟁이 시작되었다. 라 팔르와즈는 제법 아는 체하며 이것도 저것도 모두 좋지 않은 말이라고 내리깎는다.

"베르디에 남작의 프랑 지빤느는 더 트루스와 루노르의 핏줄이야. 씩씩한 사슴빛 말로, 훈련 때 다리만 다치지 않았더라면 유망했을 텐데. 꼬르브뢰즈 마구간의 발레리오 2세는 시원치 않아. 4월에 심한 설사를 했거든. 이건 공개되지 않았지만 틀림없는 사실이야." 결국 그는 아자르를 권했다. "메셩 마구간의 말인데 나오는 말 중에서 제일 결점이 많아 돈을 거는 사람이 적어. 그런데 봐!

아자르의 저 훌륭한 생김새, 저 움직임을! 저거야말로 사람들을 깜짝 놀라게 할 말이야."

"싫어요, 난 뤼지냥에 10루이, 붐에 5루이 걸 테야."

그러자 라 팔르와즈가 소리친다.

"병들었단 말이야. 붐은! 그건 그만두는 게 좋아! 말주인 가스끄조차 이젠 거들떠보지도 않을 정도란 말이야. 뤼지냥도 안 돼. 농담말라고! 램과 프린세스의 혈통이야, 알겠어? 램과 프린세스란 말이야. 이 혈통은 모두 다리가 너무 짧아!"

라 팔르와즈는 목청껏 소리쳤다. 그때 필립이 끼어들었다.

"뤼지냥은 데 까르 상과 그랑 뿔르 데 쁘로뒤 상을 탔다네."

그러자 라 팔르와즈가 응수했다.

"그게 무슨 증거가 되나? 아무것도 아냐. 오히려 경계하는 편이 낫단 말이야. 게다가 뤼지냥을 타는 것은 그레샹이야. 이건 이제 문제도 안 돼! 그레샹은 재수가 없어서 이젠 절대 이기질 못해."

잔디밭 곳곳에서 나나의 마차에서와 같은 논의가 되풀이되고 있는 모양이다. 떠들썩한 목소리, 도박열에 상기된 얼굴들, 미치광이 같은 몸짓. 마권업자가 마차 위에서 열심히 승률을 외치며 숫자를 써넣는다. 그러나 여기서 하고 있는 것은 조그마한 노름 정도며, 큰 도박은 중량 측정장 울타리 안에서 벌어지고 있었다. 불과 백수를 거는 쩨쩨한 지갑, 몇 루이의 돈벌이를 노리는 얄팍한 심보, 결국 스피리트와 뤼지냥의 대결이 될 것 같다. 한눈에 알 수 있는 영국인들이 벌건 얼굴로 벌써 이기기나 한 듯한 표정으로 유유히 사람들 사이를 돌아다닌다. 작년에는 리이딩 경(卿)의 말 브라마가 대상을 차지했다. 그 원통함을 프랑스 사람들은 아직도 잊지 않고 있다. 만일 금년에도 프랑스가 지면 큰일이다. 그래서 여자들은 모두 애국열에 불탔다.

방되브르 마구간은 프랑스의 명예를 지키는 방벽이 되었으며, 모두 뤼지냥을 밀고, 변호하고, 찬양한다. 가가, 블랑슈, 까롤린느 등도 뤼지냥에 걸었다. 뤼시 스튜와는 아들이 보는 앞이라 돈걸기를 삼갔다. 로즈 미뇽이 라보르데뜨에게 200루이 맡겼다는 소문이 났다. 다만 뜨리꽁만은 마부와 나란히 앉아 마지막 순간을 기다리고 있었다. 그녀는 혼란 속에서도 냉정을 잃지 않고 높아져 가는 군중의 흥분을 내려다보고 있다. 빠리인들의 부산스런 수다, 영국인들의 목구멍에서 터져 나오는 고함소리, 여기에 섞여서 되풀이되는 말이름. 뜨리꽁은 유유히 그런 것들에 귀를 기울이면서 이따끔 메모를 하곤 한다.

"나나는? 나나에게 거는 사람은 없어?"

조르즈가 묻는다.

사실 나나에겐 거는 사람이 없다. 소문도 안 나 있을 정도다. 이 방되브르 마구간의 아웃사이더이더는 뤼지냥의 인기에 눌려서 흐려져 버렸다. 그런데 그때 라 팔르와즈가 두 팔을 쳐들고 외쳤다.

"영감이 떠올랐다. 나나에 1루이 걸겠다."

"좋아! 나는 2루이야."

조르즈가 맞장구를 친다.

"나는 3루이."

필립이 덧붙인다.

그들은 액수를 차츰 올려갔다. 나나의 비위를 맞추려는 듯이 자꾸만 숫자를 올려간다. 마치 진짜 나나를 경매하려는 것처럼. 라 팔르와즈가 나나를 황금으로 묻어 버리겠다고 말한다. 그러나 모두가 걸지 않으면 재미가 없다. 돈을 걸 만한 사람을 찾으러 나가자고 했다. 세 청년이 선전하러 떠나려고 하는데 나나가 소리쳤다.

"난 싫어, 절대로! 조르즈, 뤼지냥에 10루이와 발레리오 2세에 5루이 걸 테야."

그러나 그들은 벌써 뛰어가고 있었다. 그들은 수레바퀴 사이를 빠져나가 말 머리 밑으로 온 잔디밭을 뛰어다닌다. 그 모습을 나나는 흥거운 기분으로 바라보고 있었다. 마차 안에 누구 아는 사람만 발견하면 그들은 달려가서 나나를 권한다. 이따끔 손가락으로 숫자를 나타내 보이면서 자랑스레 주위를 돌아보면 군중의 머리 위로 와자하니 웃음소리가 퍼진다. 나나는 일어서서 양산을 흔든다. 그러나 성과는 신통치 않았다. 몇몇 사나이들은 설득할 수 있었다. 이를테면 스떼너는 나나의 모습에 마음이 움직여 3루이 걸었다.

그러나 여자들은 한마디로 거절해 버렸다. 싫어, 손해 볼 게 뻔해! 그리고 굳이 저런 매춘부의 성공을 도와 줄 건 없잖아. 저 사륜마차의 백마며 마부, 게다가 욕심꾸러기에 건방진 꼴 좀 보라지. 가가와 끌라리스는 시무룩해져서, 사람을 놀릴 참이야 하고 라 팔르와즈에게 대든다. 조르즈가 대담하게 미뇽의 랑도 마차 옆으로 다가가자 로즈는 말도 없이 외면해 버렸다. 말에다가 자기 이름을 붙이다니, 정말 천하긴! 그러나 미뇽은 재미있어 조르즈가 권하는 대로 하며 여자란 언제나 행복을 가져다 주는 것이라고 말했다.

잠시 뒤 세 청년이 마권업자한테서 돌아오자 나나가 물었다.

"어땠어요?"

"당신은 1대 40이야."라 팔르와즈가 말했다.

"사십?" 나나는 놀라서 말했다. "아까는 오십이었는데……. 어찌된 일까?"

마침 그때 라보르데뜨가 다시 나타났다. 코스가 정리되고, 종이 제1경마의 개시를 알린다. 흥분의 소용돌이 속에서 나나는 승률이 별안간 올라간 까닭을 그에게 물었다. 아마 돈을 건 사람이 늘어났나 보지 하고 그는 얼버무린다. 그녀는 그 이상 더 물어보려고 하지 않았다. 그는 매우 바빠 보였는데, 만일 빠져 나올 수만 있다면 방되브르가 올 거라고 알려줬다. 관중의 관심은 대상 경마에 집중되어 있었으므로, 제1경마는 어느새 끝나 버렸다. 그때 경마장 상공이 구름으로 덮이기 시작했다. 삽시간에 해가 가려지며 어두컴컴한 빛이 흐릿하게 군중을 감쌌다. 바람이 휙 불어온다. 그러자 별안간 굵은 빗방울이 좍 쏟아지기 시작했다. 경마장은 금방 혼란에 빠졌다. 고함소리, 농담소리, 욕지거리. 걸어온 사람들은 앞을 다투어 달리기 시작하여, 노점 천막 밑으로 뛰어 들어간다. 마차에서는 여자들이 비를 피하려고 두 손으로 양산을 움켜쥐고, 당황한 하인들은 포장을 치러 달려간다. 그러나 벌써 비는 멎고 아직 조금 남은 가랑비 속에서 해가 나오기 시작했다. 브로뉴 숲의 상공을 흘러가는 구름 사이로 순식간에 푸른 하늘이 펼쳐진다. 훤해진 하늘, 안도의 숨을 내쉬는 여자들의 웃음소리. 말의 콧김이 공기를 흔들고, 여기저기 흩어졌던 군중이 젖은 몸을 흔들어 댄다. 그곳에 햇빛이 비치자 잔디가 마치 수정 구슬을 뿌린 것처럼 반짝반짝 빛난다.

"어머, 루이 좀 봐, 가엾어라! 함빡 젖었네!"

어린아이는 아무 말도 않고 나나가 손수건으로 손을 닦아주는 대로 가만히 서 있다. 그녀는 루이보다도 더 떨고 있는 비주의 몸도 가볍게 털어 주었다.

"내 흰 공단옷에도 얼룩이 좀 생겼지만 대단친 않아, 괜찮아."

꽃다발은 비를 맞자 성성하게 되살아나 눈처럼 빛난다. 나나는 그 꽃의 빗방울로 입술을 적시면서 황홀한 듯이 냄새를 맡았다.

소나기가 멎자 관람석은 별안간 가득 메워졌다. 나나는 쌍안경을 들여다보았다. 여기서는 스탠드를 메운 사람들의 덩어리밖에 보이지 않는다. 그 거뭇한 땅 위에 점점이 빛나는 흰 얼굴들. 지붕 귀퉁이로 햇빛이 비쳐들어 관람석을 양지와 음지로 가른다. 빛이 비친 부분에선 여자의 옷차림도 말끔하게 보인다. 나나는 스탠드 앞에 나란히 놓인 의자에 앉아 있다가 비에 쫓겨 달아난 부인들을 바라보고 재미있어 했다. 중량 측정장의 울타리 안에는 매춘부는 들어가지 못하게 엄금하고 있다. 그래서 그 앙갚음으로 나나는 비에 젖은 상류 부인의 헝클어진 머리며 흩어진 옷차림에 마구 욕설을 퍼부었다.

갑자기 주변이 웅성거린다. 황후가 중앙의 귀빈석에 도착한 것이다. 귀빈석은 산장품의 별채로 되어 있고, 넓은 발코니에는 빨간 안락의자가 나란히 놓여 있다.

"야아, 저 사람이 저기 있다!" 조르즈가 소리친다. "이번 주 당번인 줄은 몰랐는데."

황후 뒤에서 내다보고 있는 뮈파의 근엄한 얼굴, 그 모습을 보고 청년들은 농담을 주고받으며, 사땡이 있었으면 저자의 배를 두들겨 줄 텐데 하고 안타까워했다. 나나는 쌍안경을 들여다보다가 귀빈석에 앉은 스코틀랜드 왕자의 모습을 발견했다.

"어머, 차알즈야!"

전보다 살이 쪄 보였다. 1년 반 동안에 체구가 더 건장해진 듯했다. 나나는 그에 관해서 자세하게 들려 주었다.

"아주 튼튼한 사람이야!"

주위의 마차에서, 나나는 백작에게 버림을 받은 거야 하고 여자들이 소곤거리기 시작한다.

"자세하게 얘기하면 한이 없지만, 요컨대 이런 거야. 뮈파와 나나의 관계가 노골적으로 되면서부터 그의 나쁜 품행은 뛰일르리 궁의 빈축을 샀다는군. 그래서 백작은 지위를 지키기 위해 나나와 인연을 끊었다는 거야."

이 이야기를 라 팔르와즈가 고스란히 나나에게 전하고는 "나의 줄리에뜨"니 어쩌니 하면서 새삼 그녀의 마음을 끌려고 한다. 나나는 깔깔 웃으며 말했다.

"기가 차서…… 당신은 그이를 몰라요. 그인 내가 한마디만 하면 모든 것을 내동댕이치고 달려와요."

아까부터 나나는 사빈느 백작 부인과 에스텔의 모습을 살피고 있었다. 두 사람 곁에는 아직도 다그네가 붙어 있다. 그곳에 사람들을 헤치고 포슈리가 나타나서 인사한다. 그는 싱글벙글 웃으면서 그대로 그 자리에 남는다. 나나는 몹시 경멸하는 몸짓으로 스탠드를 가리켰다.

"저 사람들한텐 이제 놀라지 않을 거야! 너무나 잘 알거든. 글쎄 껍질을 벗겨 놓고 보라지! 존경이고 뭐고 아무것도 없어요! 존경이 다 어딨어, 내 참 우스워서! 세상은 위 아래 할 것 없이 모두 더러운 인간들뿐이야. 다 그저 그렇구 그래, 비슷비슷하단 말이야...... 바보 같은 짓은 더이상 참을 수가 없단 말이야."

이렇게 말하며, 경마장에서 말을 끌고 가는 마부에서부터 차알즈와 무언가 이야기하고 있는 황후에 이르기까지 두루 가리키곤, 차알즈는 왕자이지만 역시 오입쟁이야 하고 덧붙였다.

"잘한다, 나나. 잘해, 나나......"

신이 난 라 팔르와즈가 소리친다.

바람에 흩어지는 종소리에 따라서, 시합은 계속 진행되어 갔다. 금방 끝난 것은 이스빠앙 상(賞) 경마였는데, 이 상은 메셍 마구간의 베르렝고라는 말이 탔다. 나나가 라보르데뜨를 불러 자기가 맡긴 100루이는 어떻게 되었느냐고 묻자, 그는 웃으면서 행운을 방해해서는 안 된다며, 어느 말에 걸었는지 가르쳐 주지 않는다. 당신 돈은 틀림없이 걸어 됐으니까 곧 알게 돼. 나나가 뤼지냥에 10루이, 발레리오 2세에 5루이 걸었다는 말을 하자, 역시 여자는 바보 같은 짓을 한다는 표정으로 어깨를 으쓱해 보였다. 나나는 놀랐다. 그게 무슨 뜻인지 알 수 없었다.

잔디 위가 더욱 활기를 띠기 시작했다. 대상 레이스를 기다리는 동안, 옥외에서 점심 식사가 시작된 것이다. 여기저기서 사람들은 먹고 마시고 한창이다. 잔디 위에서도, 승합마차, 사륜마차, 포장마차, 꾸뻬, 랑도 등의 갖가지 마차의 높다란 좌석 위에서도 하인들이 냉동고기며 샴페인 바구니를 마차의 짐간에서 꺼내 늘어놓는다. 바람에 흘러가는 샴페인 따는 소리, 난무하는 농담, 이 흥분된 유쾌함 속에 날카롭게 부딪는 유리잔 소리. 가가와 끌라리스는 블랑슈와 함께 얌전히 식사를 했다. 무릎 위에 모포를 펼쳐 놓고 그 위에서 샌드위치를 먹는다. 루이즈 비오렌르는 빠니에 형 마차에서 내려와 까롤린느 에께와 한 자리에 앉았다. 발 아래 잔디에는 남자들이 즉석 스탠드바를 만들었으며 거기에 따땅, 마리아, 시몬느 그밖의 여자들이 마시러 몰려든다. 레아 드 온의 승합마차 위에서는 사람들이 샴페인 병을 기울이고 있다. 그들은 건방진 태도로 군중을 내려다보며 햇빛 속에서 취해 흥청거리고 있다. 이윽고 사람들은 나나의 랑도 마차 주위에 몰려들기 시작했다. 나나는 일어서서 인사하러 온 사나이들에게 하나하나 샴페인을 따라 주었다. 하인 프랑시스가 병을 건네 준다. 라 팔르와즈가 일부러 야비한 목소리를 내면서 선전조로 떠들어 댔다.

"자아, 자아, 어서 오십쇼. 돈은 한 푼도 받지 않습니다! 여러분에게 거저 드립니다!"

"그만둬요. 구경거리 같잖아요."

나나가 한마디 한다.

그러면서도 퍽 재미있는 사람이라고 좋아하면서 나나는 매우 유쾌해했다. 문득 조르즈를 시켜서 로즈 미뇽에게 샴페인을 한 잔 갖다 주어야겠다는 생각이 났다. 로즈는 술을 마시지 않는 체하고 있었다. 앙리와 샤를르는 따분해서 죽을 지경이라는 표정이다. 저애들도 틀림없이 샴페인이 마시고 싶을 거야. 그런데 조르즈는 샴페인을 자기가 마셔 버렸다. 시비가 벌어지면 안 된다고 생각한 것이다. 그러자 나나는 또 자기 뒤에서 잊혀져 있는 루이가 생각났다. 이애도 목이 마를 거야. 그래서 억지로 포도주를 먹였다. 루이는 심하게 쿨룩거렸다.

"자아, 어서 오십쇼, 어서 오십쇼!"라 팔르와즈가 되풀이하고 있다. "일 수도 안 받습니다……. 공짜란 말입니다."

그것을 나나가 가로막으며 소리를 질렀다.

"어머! 저기 보르드나브가 있어! 불러와요, 응? 부탁이야. 빨리!"

과연 보르드나브였다. 그는 뒷짐을 지고 어슬렁어슬렁 걸어다니고 있었다. 햇빛에 탄 모자, 실밥이 허옇게 바래어 꾀죄죄한 프록코트. 파산하여 볼품 없이 되긴 했지만, 괄괄한 기질만은 잃지 않고 상류 사회의 눈앞에 보란듯이 자기의 비참함을 드러내 놓고 있는 보르드나브였다. 기회만 있으면 한번 본때를 보여주겠다고 언제나 호시탐탐 벼르고 있는 늠름한 사나이. 나나가 얌전하게 손을 내밀자 그가 말했다.

"여어! 신나는군 그래!"

마차에서 몸을 내민 나나

그리고 샴페인 잔을 쭉 들이켜더니, 사뭇 분하다는 듯이 투덜거렸다.

"아아, 만일 내가 여자였더라면! 제기랄! 그런 건 아무래도 좋아! 무대로 되돌아갈 생각 없나? 좋은 계획을 하나 갖고 있는데, 게떼 극장을 빌려 둘이서 한번 빠리의 간담을 서늘하게 만들어 줄 생각 없나? 응, 그 정도는 해줘도 괜찮을 텐데."

그리고 다시 뭐라고 투덜대며 그 자리에 머물렀다. 나나를 다시 만나게 되어 기뻤던 것이다. 나나가 눈앞에 보이기만 해도 마음에 위안이 된다.

'나나는 내 딸이야, 내 피야.'

점점더 사람이 늘어갔다. 이제는 라 팔르와즈가 샴페인을 따르고 필립과 조르즈가 손님 부르는 흉내를 내고 있었다. 잔디밭의 사람들이 슬금슬금 모여든다. 나나는 그 한 사람 한 사람에게 웃음을 뿌리고 농담을 던진다. 여기저기 모여서 마시던 사람들도 몰려 왔다. 도처에 흩어져 있던 샴페인이 모두 나나의 주위에 모여든다. 이윽고 마차 주위에는 단 하나의 군중, 단 하나의 소음밖에 존재하지 않게 되었다. 쳐드는 글라스에 둘러싸여 여왕처럼 서 있는 나나. 바람에 휘날리는 금발, 햇빛을 받아 백설처럼 빛나는 흰 얼굴, 자만이 절정에 이른 그녀는 다른 여자들이 분해서 발을 동동 구르게 해주어야겠다고 생각했다. 그래서 저 승리에 취한 베누스의 포즈를 취하면서 넘실거리는 술잔을 높이 쳐들었다.

그때 뒤에서 누가 그녀의 몸에 손을 댔다. 뒤돌아본 나나는 마차에 미뇽이 와 있는 것을 보고 깜짝 놀랐다. 잠시 그녀는 모습을 감추어 미뇽과 나란히 앉았다. 그는 중대한 것을 알리러 온 것이었다. 미뇽은 평소에 아내가 나나를 원망하는 것을 보고 우스꽝스러운 일이라고 퍼뜨리고 다녔다. 실제로 그건 바보 같은 짓이며 아무 소용도 없는 일이라고 생각하고 있는 것이다.

"조심해. 너무 로즈를 화내게 하지 마. 주의해 주고 싶어서 왔어. 실은, 로즈는 무기를 갖고 있어. 그 사람은 아직도 그 '귀여운 공작 부인' 사건에 대해 앙심을 품고 있는 거야……."

"무기, 그게 어쨌다는 거예요!"

"알겠어? 무기라는 건 한 통의 편지야. 포슈리의 주머니에서 발견한 모양이야. 뮈파 백작 부인이 포슈리 녀석한테 보낸 편지지. 그런데, 그 내용이 말이야, 이게 조금도 의심할 여지가 없거든. 그래서 로즈는 그 편지를 백작에게 보내서,

당신과 백작에게 복수할 생각이란 말이야."

"그게 어쨌다는 거야! 이상한 얘기잖아, 그거…… 아아, 그렇구나, 상대는 포슈리군. 재미있잖아? 인상이 좋지 않은 여잔 줄은 알았지만, 실컷 비웃어 줘야지."

"안 돼." 미뇽은 강하게 반대했다. "굉장한 추문이 될걸. 그리고 아무 이득도 없고 말이야……."

자칫 입 밖에 냈다가는 큰일이라고 생각했던지 그는 입을 다물었다. 그러자 그녀는 백작 부인을 구해 주고 싶은 생각은 없다고 소리쳤다. 그래도 미뇽이 끈질기게 말리자 나나는 그의 얼굴을 가만히 들여다보았다.

'알았어, 이 사내는 포슈리가 백작 부인과 인연을 끊음으로써 다시 자기 가정으로 되돌아 오지나 않을까, 그것을 걱정하고 있는 거야. 그런데 로즈가 노리는 것은 복수뿐 아니라, 실은 거기에 있어. 그 여자는 아직도 포슈리에게 미련이 남아 있으니까.'

나나는 브노가 찾아온 것을 생각하고 문득 한 계획이 떠올랐다. 미뇽은 아직도 그녀를 설득하려고 열심이다.

"가령 로즈가 그 편지를 보낸다고 치잔 말이야. 그러면 큰 소동이 일어나. 당신도 말려 들고, 세상 사람들은 모든 일의 장본인이 당신이라고 생각하게 돼. 첫째 백작은 부인과 헤어져서……."

"어째서? 반대로……."

이번에는 나나가 입을 다물었다. 생각을 입 밖에 낼 필요가 없다. 이윽고 그녀는 미뇽을 쫓아 버리기 위해서 그의 의견에 따르는 체했다. 그리고 그가 로즈를 달래는 셈치고 경마장의 여러 사람들이 보는 앞에서, 잠깐 찾아보는 체라도 해주는 편이 낫다고 권하자, 좀 생각해 보겠다고 대답했다.

장내가 소란해지는 바람에 나나는 다시 일어섰다. 코스에서는 말이 바람을 일으키며 결승점에 뛰어드는 찰나였다. 그것은 빠리 시상(市賞) 경마였으며 이긴 것은 꼰느 뮈즈였다. 드디어 대상 경마다. 장내는 흥분의 도가니가 되었다. 관중은 설레는 마음을 누르지 못하여, 발을 구르고 파도처럼 술렁거린다. 그런데 이 마지막 판에 와서 돈을 거는 사람들은 뜻밖의 사태에 깜짝 놀랐다. 방되브르 마구간의 아웃사이더인 나나의 승률이 급속도로 상승하기 시작한 것이다. 남자들이 끊임없이 돌아와서는 승률을 보고한다. 나나의 승률은 1대 30,

25, 20, 15, 이런 식으로 올라간다. 아무도 영문을 알지 못했다. 어느 경마에서 나 줄곧 지고만 있는 젊은 암말, 조금 전 점심 때까지만 해도 1대 50으로 누구 하나 거는 사람이 없는 말이었는데! 이 갑작스런 이상한 인기는 무엇을 뜻하는 것일까. 어떤 사람들은 콧방귀를 뀌며 비웃는다. 그런 농담을 곧이듣는 바보는 몽땅 털리고 울상이 될 뿐이라고. 어떤 사람은 진정으로 걱정하면서 암만해도 이상한걸 하고 경계한다. 필경 뭐가 있다. 속임수는 아닐까 하는 이야기도 나온다. 말하자면, 경마장에서 묵인되는 일종의 도둑 행위, 그러나 방되브르 쯤 되는 자가 설마하니 그런 짓을 할까 하는 데서 이 의심은 가셨다. 그리고 처음부터 비웃던 인간들이, 나나는 보기 좋게 꼴지가 될 걸 하고 예언하자, 결국 이 의견이 이겼다.

"나나는 누가 타지?"

라 팔르와즈가 묻는다.

마침 그 자리에 진짜 나나가 모습을 나타냈다. 그러자 사나이들은 라 팔르와즈의 말에 외설스러운 뜻을 덧붙여서 요란스럽게 웃었다. 나나는 그들에게 가볍게 눈인사를 보내며 "프라이스야" 대답했다.

그래서 논의가 다시 되풀이됐다. 프라이스라면 프랑스에서는 잘 알려져 있지 않지만 영국의 명기수다. 보통 나나를 타는 것은 항상 그레샹인데 어째서 방되브르는 이 기수를 불러 왔을까? 더욱이 놀라운 것은, 라 팔르와즈의 말대로라면 한 번도 이긴 적이 없는 그레샹을 뤼지냥에 태운다고 한다. 그러나 이런 의문도, 농담과 부정과 갖가지 의견이 뒤죽박죽이 된 속에서 지워져 버렸다. 일동은 시간을 보내기 위해 다시 샴페인을 들이켜기 시작한다. 이윽고 소곤거리는 소리가 일고 군중들이 흩어져 갔다. 방되브르가 나타난 것이다. 나나는 뾰로통한 얼굴로 말했다.

"친절하시군요, 이제야 나타나시니. 난, 중량 측정장 안이 보고 싶었는데."

"그럼 가자구, 아직 시간은 있으니까. 한 바퀴 돌아 볼 수 있을 거야. 마침 여자 입장권이 한 장 있어."

그는 나나에게 팔을 끼게 하고 데려 갔다. 나나는 뤼시, 까롤린느, 그 밖의 여자들이 보내는 선망의 눈초리를 즐겼다. 뒤에 남은 위공 형제와 라 팔르와즈는 마차 안에서 열심히 샴페인 잔을 비운다. 그들을 향해서 나나는 곧 돌아올게 하고 소리친다.

그때 방되브르는 라보르데뜨의 모습을 발견하고 불렀다. 두세 마디 짧막한 말이 오고 간다.

"모두 모았나?"

"네."

"얼마?"

"1,500루이, 여기저기서 모았죠."

나나가 귀를 기울이자 두 사람은 입을 다물어 버렸다. 방되브르는 몹시 흥분되어 있는 것 같았다. 맑은 눈이 이상하게 빛난다. 언젠가의 밤, 말과 함께 타 죽어 버릴 생각이라고 말했을 때 나나가 무서워한 그 눈이다. 경마장을 가로지르면서 나나는 소리를 낮추어 친근한 어조로 물었다.

"저, 좀 가르쳐 줘요. 어째서 나나의 승률이 올랐죠? 모두 야단들이에요."

그는 움찔하며 엉겁결에 대답한다.

"뭐, 벌써 소문이 났나? 내기를 하는 위인들이란, 정말 하는 수 없군! 난 인기 말을 갖고 있으면 모두 덤벼들어서 벌이가 없어져 버린단 말이야. 반면에 아웃사이더에 인기가 몰리면 마치 생가죽이나 벗기듯이 떠들어 대고."

"어째서 가르쳐 주시지 않았나요? 난 벌써 돈을 걸었는데. 그 말 승산 있을까요?"

갑자기 방되브르는 까닭없이 화를 내기 시작했다.

"상관 마. 어느 말이나 다 승산은 있는 법이야. 승률이 오르는 건 모두가 거기다 걸기 때문이야. 누가 걸었느냐고? 그걸 어떻게 알아. 귀찮게 그런 쓸데없는 걸 자꾸만 물으면 안 데리고 갈 테야!"

이런 말투는 그답지 않았으며 또 평소 태도와도 다르다. 나나는 화가 나기보다 놀랐다. 그도 쑥스러운 표정이 되었다. 나나가 뾰로통해서, 좀더 공손한 말을 하라고 하자 그는 사과했다. 얼마 전부터 그는 이렇게 일시적 흥분에 사로잡히곤 했다. 오늘 그가 생사를 건 큰 도박을 한다는 것을 빠리의 사교계에서는 모르는 사람이 없다. 만일 그의 말이 지고 거기에 건 막대한 돈이 사라져 버린다면 그는 큰 손해를 봐 영영 파멸이다. 방탕과 빚으로 생활의 토대가 건들거리면서도 그럭저럭 지탱해 온 신용과 체면마저도 요란스러운 소리를 내며 허물어질 것이다.

그리고 이것 또한 모르는 사람이 없지만, 이 토대가 기운 재산에 마지막으로 덤벼들어 모조리 삼키고 그의 숨통을 끊어 버린 여자는 바로 나나인 것이다. 그녀의 심한 변덕은 세상에 파다하게 소문이 나 있었다. 금화를 바람에 뿌렸느니, 바덴에서 도박하여 호텔 값도 치르지 못할 만큼 털렸느니, 취한 날 밤에 석탄처럼 타는가 시험해 본다면서 다이아몬드를 한 움큼 불 속에 집어 던졌느니. 나나는 그 억센 몸뚱이와 서민풍의 천한 웃음으로, 완전히 기진맥진해진 섬세한 신경의 이 명문 귀족을 서서히 좀먹어 간 것이다. 이제 그는 무언가 어리석은 짓이 하고 싶어 못견뎌 했으며, 생각해 볼 힘마저 잃고 모두를 걸고 있었다. 여드레 전에, 그는 아브르와 뜨루비유 사이의 노르망디 해안에 별장을 사주겠다고 나나에게 약속했다. 마지막 명예를 걸고 이 약속만은 지키고 싶다. 그러나 그 나나가 오늘은 묘하게 신경에 거슬린다. 너무 바보 같아서 두들겨 주고 싶을 정도다.

수위는 두 사람을 중량 측정장의 울 안으로 들여보냈다. 백작의 팔에 매달려 있는 이상, 이 여자를 막을 수는 없다. 나나는 금지된 장소에 발을 들여 놓을 수 있게 되자 그만 우쭐해졌으며, 관람석 아래 의자에 앉아 있는 상류 부인들 앞을 으스대며 천천히 걸어갔다. 그 자리에는 의자가 열 줄로 놓여 있고, 밝은 빛깔의 옷이 떼를 지어 주위를 환하게 물들이고 있다. 의자는 둥그렇게 놓여 있었으며, 마치 공원에서처럼 아이들은 뛰어 돌아다니고, 우연히 마주친 친구들처럼 아는 사람들끼리 모여 있었다. 그 위 관람석은 사람들로 넘치고, 밝은 빛깔의 옷 위로 미묘한 건물 구조가 그림자를 던지고 있다. 나나는 상류 부인들을 훑어보았다. 특히 사빈느 부인을 응시하는 체했다. 이윽고 귀빈석 앞에 이르자 황후 곁에 꼿꼿이 서 있는 뮈파의 모습에 그만 웃음을 터뜨리며 큰소리로 방되브르에게 말했다.

"어마, 저 얼빠진 얼굴!"

그녀는 구석구석까지 돌아보고 싶었다. 그러나 잔디와 나무가 무성할 뿐인 이곳은 별로 재미가 없었다. 울타리 옆에 아이스크림을 파는 큰 노점이 있고, 짚을 이은 버섯 모양의 오두막에 사람들이 몰려서 몸짓을 해가며 떠들어 대고 있다. 마권업자들이 모이는 곳이다. 그 옆에는 빈 마구간이 늘어서 있었다. 나나는 실망했다. 겨우 경찰 말 한 필이 있었을 뿐이다. 그 다음에 말을 선 보이는 곳이 있었다. 백 미터 가량의 조련장으로 되어 있으며, 마구간 젊은이가 두건을 씌운 발레리오 2세를 끌고 다니고 있다. 단춧구멍에 오렌지빛 입장권을 끼운 많은 남자들이 자갈길에 서 있고 관람석 통로에도 사람들이 서성거렸다. 나나는 잠시 그 광경에 흥미가 끌렸다. 그러나 결국 관람석에는 들어가지 못하는 것이니 토라질 것도 없었다.

다그네와 포슈리가 지나가다가 나나에게 인사했다. 그녀가 잠깐 손으로 부르니, 두 사람이 곁으로 다가왔다. 나나는 중량 측정장이 시시하다고 말했다. 그러다가 문득 날카로운 소리로 외쳤다.

"어머, 슈아르 후작이야. 이제 정말 늙었네! 쪼글쪼글하잖아. 저 늙은이 아직도 그렇게 제멋대로인가요?"

"이건 그저께 일인데 아직 아무도 모르지만……."

다그네는 이렇게 말을 꺼내놓고 노인의 일대 결심을 들려준다. 몇 달이나 망설인 끝에, 노인은 가가한테서 그녀의 딸 아멜리를 샀다는 것이다. 소문으로는 3만 프랑을 주었다고 한다.

"어머나, 기가 막혀서!" 나나는 분개했다. "딸을 갖고 있으면 좋은 일도 다 있군! 왠지 그런 것 같더라니! 저봐, 저기 저 잔디밭에 여자들과 사륜마차에 타고 있는 사람, 저게 아마 아멜리일 거야. 어디서 본 얼굴이라고 생각했더니…… 늙은이가 끌고 나왔나 봐."

방되브르는 듣고 있지 않았다. 한시바삐 나나를 떨쳐 버리고 싶어서 초조해하고 있었다. 그러나 떠나가면서 포슈리가 나나에게, 마권업자를 안 보면 아무 소용도 없다고 말한다. 방되브르는 하는 수 없이 내키지 않지만 안내해 주었다. 나나는 무척 기뻐했다. 어머나! 이거 참 재미있어요 하며 좋아 날뛰었다.

가장자리에 어린 마로니에 나무가 서 있는 잔디와 잔디 사이에 둥근 지붕의 오두막이 문을 열어 놓고 있다. 그곳 신록의 나무 그늘에 마권업자들이 한 줄로 큰 원을 그리고 서서 물건 파는 시장의 장사치처럼 돈을 걸러 오는 사람들을 기다리고 있다. 군중을 내려다볼 수 있도록 나무 벤치 위에서 목을 빼고 있고, 옆나무에 승률표를 걸어 놓았다. 그들은 줄곧 주변에 시선을 돌리면서, 사소한 몸짓, 조그마한 눈짓까지 빼놓지 않고 살피며 거는 금액을 써넣는다. 하도 민첩하여 구경꾼들은 뭐가 뭔지도 모르고 그냥 멍하니 입을 벌리고 바라본다. 굉장한 혼란이다. 외치는 숫자, 뜻밖에 바뀌는 승률에 끓어오르는 소음. 이따금 연락계원들이 사람들을 헤치고 달려와 오두막 문 앞에서 "스타트!"니 "골인!" 이니 하고 소리치면, 긴 소음의 소용돌이가 일어 빛나는 태양 아래 도박열을 더욱 북돋아 놓는다.

"묘한 사람들이네!" 재미있어 하면서 나나가 중얼거린다. "험상궂은 얼굴 좀 봐요……. 어머, 저기 있는 저 큰 남자, 숲속 같은 데서 혼자 저런 남자를 만나면 무서울 거야."

방되브르가 한 마권업자를 가리켰다. 잡화가게 점원인데 2년 동안에 300만 루이나 벌었다고 한다. 가냘프고 화사한 느낌의 금발머리 사나이로 사람들이 좀 달리 보는 성싶었다. 모두 미소를 띠고 말을 건넨다. 걸음을 멈추고 서서 그를 바라보는 사람조차 있다.

두 사람이 오두막을 떠나려 하고 있는데, 다른 마권업자가 방되브르를 불러서, 그는 그쪽으로 가볍게 고개를 끄덕여 보였다. 전에 방되브르의 마부를 하던 사나이다. 큰 몸집이다. 황소 같은 어깨, 불그레한 얼굴, 최근 출처가 좀 수상한 자금으로 경마에서 일확천금을 꿈꾸고 있었다. 백작은 되도록 뒤를 밀어 주는 한편, 여전히 심복 하인처럼 다루면서 그를 시켜 몰래 돈을 걸게 하고 있었다. 그러나 아무리 뒤를 밀어 주어도, 그는 막대한 돈을 잇따라 잃었으며, 이날도 백작과 마찬가지로 생사를 건 마지막 도박을 하고 있는 중이었다. 눈에 핏발이 서고 당장 쓰러질 듯이 비틀거린다.

"이봐 마레샬."

방되브르가 살며시 묻는다.

"얼마나 걸었나?"

"5,000루이죠, 백작님." 그도 목소리를 낮추어 말했다. "어떻습니까, 굉장합죠? 실은 승률을 낮추어 3으로 했습죠."

방되브르는 씁쓸한 표정을 지었다.

"안 돼, 그건 좋지 않아. 당장 2로 돌려라. 이제 더는 아무 말도 안 할 테니까, 알겠나, 마레샬?"

"아니, 이제 와선, 그게 다 백작님으로 봐서는 아무래도 좋은 일이 아니십니까?" 그는 공범자다운 비굴한 미소를 띠고 말했다. "맡겨주신 2,000루이를 걸려고, 인기를 부채질해야 했는뎁쇼." 하고 말했다.

방되브르는 그의 입을 다물게 했다. 그러나 백작이 떠나갔을 때, 마레샬은 문득 어떤 일을 생각하고 백작에게 그 암말의 인기가 급등한 사정을 물어보지 않은 것을 후회했다. 그 말에 1대 50으로 200루이를 걸었으니. 만일 이기기만

한다면 횡재다.

나나는 방되브르가 소곤거린 말을 전혀 이해할 수 없었지만 새삼 물어 볼 기분도 나지 않았다. 그는 전보다 더 조바심을 치면서 중량 측정장 앞에서 라보르데뜨를 만나자, 별안간 나나를 그에게 맡겼다.

"이 사람을 부탁하네. 나는 잠깐 볼일이 있어서…… 그럼, 이따가."

이렇게 말하고 측정장으로 들어갔다. 그곳은 천장이 낮은 좁은 방으로 큰 저울이 묵직하게 장치되어 있다. 시골 정거장의 화물취급소 같은 느낌이다. 나나는 거기가 넓은 곳이며, 말의 중량을 재는 거대한 기계쯤은 놓여 있겠거니 상상하고 있었으므로 재차 실망했다.

"알고 보니 기수의 무게밖에 재지 않는군! 이럴 줄 알았더라면 호들갑을 떨어가며 보고 싶어할 건 없었는데."

저울 위에는 바보 같은 얼굴의 기수가 무릎에 마구를 올려 놓고, 프록코트를 입은 뚱뚱한 사나이가 눈금을 읽어 주기를 기다리고 있다. 문간에는 마구간지기들이 말고삐를 쥐고 서 있었다. 말은 꼬지뉘스였으며 주변에 사람들이 몰려 잠자코 구경하고 있다.

경마장의 코스가 정리되고 있었다. 라보르데뜨는 나나를 재촉했다. 그러다가 잠깐 뒤돌아가서 다른 사람들과 좀 떨어진 곳에 방되브르와 이야기를 하고 있는 조그만 사나이를 가리키며 말했다.

"저 사람이 프라이스야."

"어머, 그래요? 나를 탈 사람이네."

나나는 웃었다. 무척 못생긴 사나이라고 생각했다. 그녀의 눈에는 기수마다 모두 못난이처럼 보인다.

"아마 짓눌려서 크지를 못하나봐."

그도 나이는 40쯤 되어 보였으나, 메마른 애늙은이 같았다. 여위고 긴 얼굴은 주름투성이로 울퉁불퉁하고 생기라곤 도무지 없다. 몸은 뼈와 가죽뿐으로 마치 막대기에 흰 소매가 달린 푸른 자켓을 입혀 놓은 것 같다.

"안되겠군." 나나는 그 자리를 떠나면서 말했다. "저 사람으로는 나를 행복하게 해 줄 순 없을 것 같은데."

경마장은 아직도 혼잡했다. 풀은 비에 젖은데다 마구 짓밟혀져서 거뭇거뭇하게 보인다. 쇠기둥 위에 높다랗게 걸려 있는 두 개의 게시판, 그 앞에 군중들이 몰려 쳐다보면서 중량 측정장과 연결된 전선으로 말 번호가 나타날 때마다 환성을 지른다. 남자들은 저마다 출마표를 점검한다. 말 주인이 배유네드를 취소했다는 소식에 군중이 왁자하게 들끓는다. 나나는 라보르데뜨의 팔에 매달려서 성큼성큼 지나갔다. 사람들을 경마장에서 떠나게 하려고 깃대에 매단 종이 쉴새없이 울려 댄다.

"아이 참!" 마차로 돌아간 나나가 말했다. "중량 측정장은 아무것도 볼 게 없잖아!"

남자들은 나나를 에워싸고 박수로 맞이한다.

"여어, 나나! 나나가 돌아왔다!"

무슨 소릴 하는 거야, 내가 달아난 줄 알았어? 그녀는 알맞은 때에 돌아왔다. 자아, 드디어 시작한다! 사람들은 샴페인을 잊었으며 이제 마시는 사람도 없다.

그때 나나는 깜짝 놀랐다. 가가가 마차 안에서, 비주와 루이를 무릎에 안고 있지 않은가! 가가가 여기 올 결심을 한 것은 실은 라 팔르와즈에게 접근하기 위해서였지만, 아기에게 키스하고 싶었다는 평계를 댔다. 그녀는 어린애를 무척 좋아한다고 했다.

"그런데 아멜리는요?"

나나가 묻는다.

"저기, 저 늙은이의 사륜마차 안에 있는 게 아멜리 아녜요? 난 아까 이상한 소문을 들었는데."

가가가 울상이 되어 자못 서글픈 듯이 말했다.

"그 일로 난 기분이 좋지 않아. 어젠 너무 울어서 자리에 누워 버리기까지 했지. 오늘도 도저히 못 올 줄 알았는데……. 내 의견은 알잖아? 난 반대였어. 버젓한 결혼을 시키려고, 그 앨 수도원에서 교육시켰는데. 시끄럽게 잔소리를 해가면서 늘상 감독해 왔는데……. 그게 글쎄, 그 애가 아무래도 그리로 가겠다잖아. 그래서 대판 소동이 일어난 거야, 울고불고, 욕설을 퍼붓고, 끝에 가선 그애 따귀를 때리기까지 하고. 그 애는 너무나 따분해서 그런 짓이 하고 싶었던 거야. 글쎄 '어머니는 나를 방해할 권리가 없어요!' 이런 말을 다 하잖겠어? 그래서 나도 대꾸해 주었지. '넌 갈보야, 이년아, 우리 모두의 수치란 말이야, 썩 나가거라!' 이렇게 말이야. 결국 그대로 되어 버린 채 난 이 얘기를 결말짓기로 한 거야…… 이것으로 내 마지막 희망도 모두 수포로 돌아가고 말았어. 갖가지 즐거운 꿈을 그리고 있었는데!"

그때 싸움이라도 벌어진 듯한 소동이 일어났으므로 두 사람은 일어섰다. 사람들이 주고받는 좋지 않은 소문을 두고 조르즈가 방되브르를 변호하고 있는 중이었다.

"그 사람이 어떻게 자기 말을 포기할 수 있겠습니까?" 조르즈가 소리치고 있다. "어제, 경마 클럽에서 그 사람은 뤼지냥에 1,000루이 걸었단 말입니다."

"그래 나도 그 자리에 있었지요." 필립이 맞장구를 친다. "그 사람은 나나에게 1루이도 걸지 않았습니다…… 나나가 1대 10이 됐다고 해도 그 사람 탓은 아닙니다. 사람을 그렇게 타산적으로 생각하는 건 나빠요. 첫째, 그런 짓을 해봐야 아무 이득도 없고 말입니다."

라보르데뜨는 태연스럽게 듣다가 이윽고 어깨를 움츠리면서 말했다.

"그래, 멋대로 지껄이게 내버려 둬. 백작은 아까도 뤼지냥에 적어도 500루이를 걸었으니까. 나나에게도 100루이쯤 걸었지만, 그건 주인인 이상 언제나 자기 말을 신용하는 척해야 하거든."

"시끄러워! 내가 알 게 뭐야!" 팔을 휘두르며 라 팔르와즈가 소리친다. "이기는 건 틀림없이 스피리트야! 프랑스 망해라! 영국 만세!"

출발을 알리는 종이 울리고 군중들 사이에 전율이 흘렀다. 나나는 더 잘 보려고 물망초와 장미 등의 꽃다발을 팽개치고 좌석에서 일어나, 넓은 장내를 휘둘러보았다. 흥분이 절정에 이른 지금, 가장 먼저 눈에 띈 것은 회색 칸막이를 둘러친 넓은 경마장이었다. 띄엄띄엄 순경이 서 있다. 가까운 쪽은 잔디가 흙투성이지만, 멀어짐에 따라 차츰 녹색이 짙어지고 아주 먼 저편은 마치 부드러운 비로드 양탄자 같다. 잔디밭 한가운데로 시선을 주니 웅성거리는 군중이 보인다. 발끝으로 서서 목을 빼는 사람, 마차에 매달린 사람, 흥분에 사로잡혀 맞부딪치는 사람, 울어대는 말, 바람에 나부끼는 천막. 경마장 칸막이에 기대어 보려고 달려가는 사람들 사이로 말탄 사나이들이 빠져 나간다. 반대쪽 관람석을 돌아보니 사람들의 얼굴이 조그맣게 보인다. 사람들로 가득찬 통로와 벤치와 테라스는 갖가지 빛깔로 색칠을 한 것 같다. 흐린 하늘 아래 여기저기 몰린 사람들 모습이 공중에 떠 거무스름하다.

그 너머로는 평원이 펼쳐진다. 담쟁이덩굴로 덮인 풍차 너머의 오른쪽에는 목장을 배경으로 농원이 가로지르고 있다. 맞은편의 언덕 기슭을 흐르는 세느 강까지는, 사람들을 기다리는 마차 행렬을 따라 공원과 같은 가로수길이 교차된다. 왼쪽으로는 브로뉴 숲을 향하여 파랗게 멀리 보이는 되동까지 펼쳐지다가 한 줄로 선 플로니아 나무숲에 의해서 막혀 버렸다. 장미빛 숲은 잎사귀 하나 없이 진홍빛을 띠고 있다. 들판을 가로지르는 좁은 길을 따라 마치 개미 행렬처럼 아직도 사람들이 줄지어 몰려온다. 멀리 빠리 쪽으로는 공짜 구경꾼들이 숲에다 천막을 쳐서 주위의 나무 아래 검고 길게 구불구불한 행렬을 이루고 있다.

넓은 하늘 아래 허둥대는 곤충처럼 장내를 우왕좌왕하고 있던 10만 군중의 얼굴이 갑자기 확 밝게 빛났다. 15분쯤 전부터 구름에 가려졌던 태양이 다시 나타나 찬연히 빛을 던진 것이다. 만물이 다시 타오른다. 군중의 머리 위에 펼쳐진 수많은 양산이 마치 황금 방패 같다. 사람들은 태양에 박수를 보냈다. 태양을 맞이하는 웃음소리, 구름을 쫓으려고 치켜든 팔들.

이윽고 순경 한 사람이 경마장 한가운데로 걸어 나간다. 그러자 왼쪽 저편에 붉은 깃발을 든 사나이가 모습을 나타냈다.

"저게 출발 담당관인 모리악 남작이야."

라보르데뜨가 나나의 질문에 대답한다.

나나의 주위는 마차 층계까지 남자들이 에워싸고 있다. 고함소리가 일고 제멋대로 대화가 오고간다. 필립과 조르즈, 보르드나브, 라 팔르와즈 등은 한시도 잠자코 있지 못한다.

"밀지 마!" "나 좀 보게 해줘." "야아, 심판이 자리에 앉았다." "저게 수비니 씹니까?" "이봐, 저런 방법으로 코끝에서 끝으로 순위를 정하려면 웬만큼 눈이 밝지 않으면 안 되겠는걸!" "조용히 해! 깃발이 올라간다." "자아, 온다." "가장 먼저 꼬지뉴스가 나타나는군."

깃대 끝에 빨강과 노랑 깃발이 휘날린다. 마구간의 말들이 목동에 끌려 잇따라 들어왔다. 말 위에서 팔을 축 늘어뜨린 기수들이 햇빛에 뚜렷이 드러난다. 꼬지뉴스에 이어 아자르와 붐이 나타난다. 이윽고 왁자지껄한 환영을 받으면서 스피리트가 검은 사슴빛의 멋진 모습을 나타낸다. 레몬빛과 검정빛 안장의 대담한 색조에는 역시 영국다운 침침함이 느껴졌다. 발레리오 2세는 요란한 환영을 받았다. 매우 힘찬 조그마한 말이며 장미빛으로 테를 두른 연초록빛 안장을 두르고 있었다. 방되브르의 말 두 마리는 좀처럼 나타나지 않았다. 겨우 프랑지빤느 뒤에서 청색과 백색 말이 보이기 시작했다. 그러나 나무랄 데 없는 검은 사슴빛 뤼지냥도 나나가 불러일으킨 놀라운 인기 때문에 무색해졌다.

여태까지 아무도 나나의 이런 모습을 본 적이 없었다. 태양이 그 암말의 밤색 털을 여자의 빨강 머리처럼 금빛으로 물들였다. 그것은 햇빛을 받자 갓나온 루이 금화처럼 반짝반짝 빛났다. 움푹한 가슴, 경쾌한 머리와 목, 늘씬한 등마루의 섬세한 느낌.

"어머, 저 말은 털이 내 머리와 똑같애." 나나는 여간 좋아하지 않는다. "나 굉장히 우쭐한 기분이야!"

모두가 나나의 마차에 기어오른다. 보르드나브는 어머니에게서 잊혀진 루이를 하마터면 밟을 뻔했다. 그는 아버지처럼 투덜거리면서 어린아이를 안아들어 자기 어깨에 목말을 태워 주었다.

"가엾게시리, 아가도 한 몫 끼워 줘야지…… 좀 기다려, 곧 엄마를 보여 줄 테니까…… 자아, 저기 엄마를 봐라."

비주가 다리를 긁으므로 그놈도 안아 주었다. 나나는 자기 이름을 가진 그 말이 자랑스러워서 다른 여자들이 어떤 표정들을 하고 있나 둘러보았다. 모두

나나라는 이름의 경주마

화들이 나서 뾰로통했다. 그때 전세 마차 위에서 꼼짝도 않고 있던 뜨리꽁이 손을 흔들어 군중 너머로 마권업자에게 지시했다. 육감이 작용한 것이다. 나나에게 걸었다.

라 팔르와즈는 여전히 시끄럽게 떠들어 댄다. 프랑지빤느에게 정신이 없다.

"영감이 솟았단 말이야. 저 프랑지빤느 좀 봐. 어때, 저 움직임이! 나는 1대 8로 프랑지빤느에 걸겠다. 누가 저 말에 걸 사람 없나?"

"조용히 해. 후회할걸."

참다못해 라보르데뜨가 말한다.

"틀렸어, 프랑지빤느는." 필립이 곁에서 트집을 잡는다. "벌써 땀에 흠뻑 젖어 있지 않나……. 이제 예비운동하는 거나 봐야지."

말은 오른쪽으로 나아갔다. 이윽고 흩어지더니, 관람석 앞에서 예비운동으로 가볍게 달려 보기 시작했다. 흥분의 파도가 다시 일고 모두가 일제히 지껄이기 시작했다.

"뛰지냥은 컨디션이 좋군. 허지만 허리가 너무 길어. 의젓하지를 못해." "이봐, 발레리오 2세에는 한 푼도 안 걸겠어. 신경질을 부리고, 머리를 쳐들고 뛰는 꼴 좀 보라구. 나쁜 징조야." "저런, 스피리트를 타는 기사는 뷔르느구나." "알겠나, 저건 어깨가 없잖아. 굳건한 어깨, 무엇보다도 그것이 중요하거든." "안되겠습니다, 스피리트는 너무 얌전해요." "이봐, 난 봤네, 나나를. 그랑 뿔르데 쁘로뒤 상(賞) 경마 뒤에 말일세. 온통 땀투성인 데다가, 털이 죽은 것 같고 옆구리가 금방 터질 듯이 불룩거리더군. 건 돈은 20루이도 안 돼." "대강해라! 저 친구는 밤낮 프랑지빤느, 프랑지빤느, 시끄러워 죽겠다! 이제 암만 떠들어 봐야 이미 시간이 늦었단 말이다. 자아, 출발이다!"

라 팔르와즈는 울상이 되어 마권업자를 발견하려고 허둥댔다. 사람들이 그를 달래야만 했다. 모두 목을 빼고 바라본다. 그러나 1회째 출발은 실패했다. 멀리 검고 가느다란 선처럼 보이는 출발담당이 붉은 깃발을 내리지 못한 것이다. 말이 잠깐 질주하다가 되돌아 온다. 두 번이나 실패했다. 마침내 출발담당이 말을 모아 교묘하게 출발시킨다. 그 솜씨가 하도 좋아 감탄의 소리가 인다.

"잘한다!" "아니, 우연이겠지!" "아무래도 좋잖아, 아무튼 잘됐다!"

관중들은 불안에 가슴을 죄며 한순간 숨을 죽였다. 이제 돈을 거는 일은 중지되고 승부는 코스 안으로 옮겨졌다. 처음 한참 동안 장내는 죽은 듯이 고요하다. 마치 숨이 멎은 것 같았다. 모두 얼굴을 내민다. 긴장으로 창백해진 얼굴들. 출발 직후는 아자르와 꼬지뉘스가 선두를 다투었다. 바로 뒤에 발레리오 2세가 따라간다. 다른 말은 마구 섞여서 한덩어리가 되었다. 휙 바람을 일으키고 요란스레 땅을 울리면서 관람석 앞을 지나갈 무렵 말들은 이미 약 40미터의 길이로 늘어져 있었다. 꼴찌는 프랑지빤느, 나나는 뤼지냥과 스피리트 뒤에 조금 떨어졌다.

"제기랄!" 라보르데뜨가 중얼거린다. "저 영국 말 좀 보라지, 유유히 달리는군 그래!"

나나의 마차에 있는 사람들은 겨우 입을 열 수 있게 되어, 줄곧 소리를 지르기 시작한다. 모두 목을 빼고 햇빛 속에서 반짝이는 점이 되어 질주하는 기수들의 모습을 눈으로 좇고 있다. 오르막길에 이르자 발레리오 2세가 선두에 나선다. 꼬지뉘스와 아자르가 차츰 뒤에 처진다. 뤼지냥과 스피리트는 고개를 나란히 하여 여전히 나나를 누르고 있다.

"틀렸다! 영국 말이 이겼다. 이제 뻔해." 보르드나브가 말한다. "뤼지냥은 지쳤고, 발레리오 2세도 더이상 못 가겠는걸 그래."

"쳇, 재미되게 없다, 영국 말이 이기다니!"

애국자연한 심정으로 필립이 소리친다.

고통스러운 긴장이 관중의 가슴을 죄기 시작했다. 또 지나! 사람들은 신에게 비는 기분으로 뤼지냥의 승리를 빌었다. 한편 스피리트와 장례 인부 같은 기수를 야유하는 사람들도 있다. 풀밭에 흩어져 있는 군중들 중에는 홧김에 일어서서 발길질을 하는 자도 있다. 말탄 사나이들이 잔디밭을 세차게 달려나간다. 나나는 천천히 몸을 돌려 발 아래서 파도처럼 꿈틀거리는 말과 인간 군상을 바라보았다. 경마라는 선풍에 불려 경마장의 울타리로 밀려간 바다 같은 군중의 머리. 아득히 먼 곳을 질주하는 기수들의 모습은 수평선상에 번쩍이는 번개다. 그 뒷모습을 나나는 좇는다. 순식간에 멀어지는 말의 방둥이, 확 내뻗는 다리. 그것도 눈 깜짝할 사이에 머리칼처럼 가느다랗게 되어 보이지 않게 되었다. 이제 말은 제일 먼 곳을 가로로 한 줄이 되어 달리고 있다. 그 모습이 아득한 브로뉴 숲을 배경으로 어렴풋이 조그맣게 보인다. 그러더니 갑자기 경마장의 큰 나무 숲속으로 사라져 버렸다.

"걱정 마!" 조르즈는 아직 희망을 잃지 않고 있었다. "아직도 끝장이 아니야……. 저 봐, 영국 말에 다가붙었다!"

그때 라 팔르와즈가 다시 프랑스를 멸시하고 스피리트에 갈채를 보내어 주위를 화내게 만들었다. 만세! 꼴 좋다! 고소하다! 스피리트가 1착이고 프랑지빤느가 2착! 그렇게 되면 프랑스는 아마 원통할걸! 그러자 라보르데뜨가 정말로 화가 잔뜩 나 마차에서 내던져 버리겠다고 위협했다.

"몇 분쯤 걸릴까?"

보르드나브가 조용히 말하며 루이를 안은 채 시계를 꺼냈다.

나무숲 뒤에서 잇따라 말이 모습을 나타낸다. 군중은 넋을 잃고 장내는 한동안 왁자한 소란에 휩싸인다. 발레리오 2세가 여전히 선두다. 그런데 스피리트가 자꾸만 앞에 나선다. 뤼지냥은 상당히 처졌고, 그 대신 다른 말이 나오는데 얼른 보아 어느 말인지 분간이 안 간다. 기수의 자켓을 분간할 수 없기 때문이다. 별안간 여기저기서 고함소리가 인다.

"아, 나나다!" "달려라, 나나! 뤼지냥은 느리구나!" "정말이야, 나나야! 저 털빛을 보면 금방 알 수 있다!" "저것 좀 봐, 불덩어리 같애!" "잘한다, 나나! 굉장하다!" "뭐, 아무것도 아니야, 뤼지냥을 도와 주고 있을 뿐이야."

잠시 동안 모두 그렇게 생각하고 있었다. 그러나 나나의 속도는 떨어지지 않고 꾸준히 거리를 좁혀 간다. 장내는 흥분의 도가니로 변했다. 뒤따르는 말은 이제 거들떠보지도 않는다. 스피리트, 나나, 뤼지냥, 발레리오 2세 사이에 마지막 경쟁이 붙었다. 군중들은 저마다 말이름들을 외치고 들뜬 목소리로 떠듬떠듬, 저것 봐, 나왔다, 저런, 처졌다 하고 외쳐 댄다. 나나는 눈에 보이지 않는 힘에 이끌린 듯 마부석에 올라서서 창백한 얼굴로 떨며 너무나 흥분한 나머지 말도 하지 못 한다. 그 옆에서 라보르데뜨가 여전히 미소 짓고 있었다. 필립이 기쁨을 누르지 못하고 말한다.

"저봐, 영국 말은 상태가 나빠졌나 보군, 속도가 떨어졌잖아."

"아무튼, 뤼지냥은 틀렸어."라 팔르와즈가 소리친다. "발레리오 2세가 나왔잖아……. 저봐, 네 마리가 한덩어리다!"

"굉장한데! 정말, 굉장한 기세야!"

그들은 이구동성으로 외쳤다.

선두의 말들이 맹렬히 이쪽으로 달려온다. 그 접근이 몸으로 느껴지고 말의 숨결까지 들리는 듯하다. 멀리서 달려오는 소리가 시시각각으로 높아진다. 군중이 울타리 쪽으로 몰려간다. 아직 말도 오지 않는데 절규가 그들의 가슴에서 솟구치며 부서지는 파도처럼 주위에 퍼져나간다. 대경마의 마지막 열광, 말다리에는 수백만 루이가 걸려 있다. 10만 관중은 이제 다른 것은 염두에 없고 오직 행운에만 매달려 있었다. 손들을 움켜쥐고, 입을 벌리고, 짓눌린 듯이 되어 모두가 자기밖에 생각지 않고, 목소리와 몸짓으로 자기 말에 채찍질을 한다. 야수의 신음소리 같았던 관중의 고함소리가 점점 분명해지기 시작했다.

"왔다! 왔다! 왔다!"

나나가 계속 앞으로 나온다. 발레리오 2세는 뒤로 처졌다. 나나가 스피리트에 바짝 다가간다. 말발굽 소리가 대지를 뒤흔들며 다가왔다! 나나의 마차에 있던 사람들이 일제히 떠들기 시작한다.

"달려라, 뤼지냥, 그 꼴이 뭐야, 못생긴 자식아!" "잘 한다. 영국 말! 더 달려, 더 달려!" "발레리오, 뭐야 그 꼴은!" "에이, 빌어먹을! 내 10루이는 날아갔구나!" "역시 나나다! 잘한다. 나나! 잘한다, 귀여운 놈!"

나나는 마부석 위에서 마치 자기가 달리고 있는 듯한 기분이 되어 허벅지와 엉덩이를 들썩거렸다. 말에게 힘을 주려는 듯이 몸을 앞으로 꼭 내밀고 있다. 그런 동작을 할 때마다 그녀는 지친 듯한 숨을 내쉬고 괴로운 듯 중얼거린다.

"달려라 달려……. 힘껏……."

그때 이상한 일이 일어났다. 프라이스가 등자 위에 벌떡 일어서더니 무쇠 같은 팔로 나나에게 심한 채찍질을 가하기 시작한 것이다. 그 메마른 애늙은이, 딱딱하고 무표정했던 긴 얼굴이 불을 뿜는다. 용감하게 강한 투지에 넘쳐서 말과 하나가 되어 거품에 젖고 눈에 핏발을 세워 말을 몰아 세운다. 말의 대열이 요란스레 달려갔다. 바람이 일고 관중은 저도 모르게 숨을 몰아쉰다. 결승점에서 냉정히 판정 장치를 들여다보며 기다리고 있는 심판, 와아! 환성이 인다. 마지막 힘을 다해 프라이스가 스피리트를 누르고 말목 하나 차이로 나나를 골인시킨 것이다.

밀물 같은 소음.

"나나! 나나! 나나!"

그 고함소리는 폭풍처럼 울려퍼지고 부풀어 올라 차츰 지평선으로 번져 나간다. 브로뉴 숲속에서 몽 발레리앙 언덕으로, 롱샹 초원에서 브로뉴 평원으로. 나나 만세! 프랑스 만세! 영국을 타도하라! 여자들은 양산을 흔들어 댄다.

남자들은 소리소리 지르면서 뛰어오르기도 하고 서로 껴안고 빙빙 돌기도 한다. 신경질적으로 웃으며 모자를 허공에 집어던지는 사람도 있다. 경마장 저 편의 중량 측정장의 울 안이 잔디의 환호에 호응한다. 어수선해지는 관람석. 하기야 여기서 보이는 것은 눈에 보이지 않는 숯불의 불꽃 같은 공기의 요동뿐이다. 그 밑에 조그맣게 일그러진 얼굴의 떼거리들. 비튼 팔, 검은 점 같은 눈, 헤벌어진 입. 열광은 멎을 줄 모르고 부풀어올라, 멀리 가로수길 나무 그늘에 자리잡은 사람들에게까지 전해졌다. 귀빈석도 흥분에 휩싸이고 황후께서도 몸소 박수를 쳤을 정도다. 나나! 나나! 나나! 찬연한 햇빛 아래 울려 퍼지는 절규. 쏟아지는 햇빛이 군중의 열광을 더 부채질한다.

마부석 위에 우뚝 선 나나는 갈채를 받고 있는 것이 자기라는 착각을 일으켰다. 승리에 멍청해져서 얼마 동안은 꼼짝도 않고 경마장을 바라보고 있었다. 인파가 넘치고 검은 모자에 묻혀서 풀도 보이지 않는다. 이윽고 군중들은 출구까지 울타리를 이루고 늘어서서 환성을 지르며 나나를 전송한다. 프라이스는 허탈 상태로 축 늘어져서 나나의 목에 매달려 있다. 그러자 나나는 정신없이 심하게 자기 허벅지를 두들기며 승리한 듯이 외쳤다.

"어머! 저건 나야! 굉장해요! 행운이야!"

이 기쁨을 어떻게 표현하면 좋을지 몰라 문득, 루이가 보르드나브의 목말을 타고 있는 것을 깨닫고 아이를 움켜잡아 입을 맞추었다.

"3분 14초."

시계를 주머니에 밀어 넣으면서 보르드나브가 말했다.

나나는 언제까지나 자기 이름을 들으면서 황홀한 기분에 잠겨 있었다. 들판 전체가 메아리친다. 군중이 자기에게 갈채를 보내고 있는 것이다. 하늘빛 같은 청색과 백색의 옷을 입고 금발을 바람에 나부끼며, 나나는 여왕처럼 군림하고 있었다. 라보르데뜨가 떠나면서 2,000루이 벌었다고 알려 주었다. 그녀에게서 말은 50루이를 1대 40의 비율로 나나에게 걸었던 것이다. 그러나 그 금액도 이 뜻밖의 승리만큼 그녀의 마음을 들뜨게 하지는 못했다. 그녀는 일약 빠리의 여왕이 된 것이다. 다른 여자들은 모두 손해를 보았다. 로즈 미뇽은 홧김에 양산을 부숴 버렸다. 까롤린느 에께, 끌라리스, 시몬느, 그리고 아들과 같이 온 뤼시 스튜와까지도 나나의 행운에 화가 나 뒤에서 욕설을 퍼붓고 있다. 한편 뜨리꽁은 출발과 골인 때에 성호를 긋곤 했었는데, 이제 육감의 적중을 기뻐하면서, 여자들을 내려다보듯 커다란 몸뚱이를 쭉 펴 세련된 부인과 같은 태도로 나나를 축복했다.

나나의 마차 주위로 속속 남자들이 몰려왔다. 사람들은 요란하게 고함을 질렀다. 조르즈는 숨을 헐떡이며 쉰 목소리로 고래고래 소리를 지른다. 샴페인이 모자라 필립이 하인을 데리고 매점으로 달려간다. 나나를 에워싼 사람들의 머리가 점점 더 부풀어오른다. 처음에는 가까이 오지 않았던 사람들까지도 나나의 승리를 알고 달려왔다. 그녀의 마차를 중심으로 잔디 위에 북적거리던 군중은 마침내 나나를 우러르고 찬양하기 시작한다. 열광적인 신하들에게 둘러싸인 여왕 베누스. 그 뒤에 보르드나브가 서서 아버지 같은 감동의 빛을 띠고 무언가 중얼거리고 있다. 스떼너도 나나의 인기 앞에 눌려 시몬느를 뿌리치고 달려와서 나나의 마차 계단에 올라섰다. 샴페인이 왔다. 나나가 남실거리는 술잔을 쳐든다. 그 순간, 와와 하고 이는 우뢰 같은 환성, 나나! 나나! 나나! 군중이 놀라 그 암말이 가까이에 있나 보다 하고 두리번거린다. 그들은 지금 자기네의 마음을 차지하고 있는 것이 말인지 여자인지 분간할 수 없게 되어 버렸다.

미뇽은 로즈의 무서운 눈초리도 아랑곳없이 달려왔다. 이 멋있는 여자에게 넋이 빠져 입을 맞추고 싶어진 것이다. 나나는 그를 곁으로 바짝 다가세웠다. 그는 아버지처럼 나나의 두 볼에 입술을 갖다 대고는 "야단났군. 이렇게 되면, 틀림없이 로즈는 그 편지를 보낼 거야……. 화가 잔뜩 나 있거든."

"그편이 좋아요! 이쪽도 개운하게 결말이 나고!"

나나는 무심코 이런 말을 지껄였다.

그러나 미뇽이 놀라고 있는 것을 보고 얼른 말을 바꿨다.

"아니야! 지금, 내가 뭐라고 했지……. 난 내가 무슨 말을 하고 있는지 이제 도무지 알 수도 없어요! 술이 취해서."

사실 취해 있었다. 환희에 취하고, 태양에 취하여, 줄곧 술잔을 쳐들고 나나는 자기 자신을 위해 건배를 계속했다.

"나나를 위해서! 나나를 위해서!"

사람들은 웃고 소리쳤으며, 그 소란은 커져서 차츰 온 경마장으로 번져나갔다.

경마는 다 끝나가고 있었다. 지금하고 있는 것은 보블랑 상(賞) 경마다. 마차가 잇따라 돌아간다. 한편 여기저기서 소동이 일어나고 방되브르의 이름이 자꾸만 사람들의 입에 오르내린다. 이제 모든 것이 분명해졌다. 방되브르는 2년 전부터 그레샹에게 나나의 인기를 누르게 하는 일대 도박을 준비하고 있었던 것이다. 뤼지냥을 인기 말로 만든 것은 나나를 눈에 띄지 않게 하기 위해서였다. 손해를 본 사람은 화를 냈지만 이익을 본 사람은 어깨를 으쓱거리며 대꾸했다. 그게 어쨌다는 거야? 다들 하는 일이잖아? 말 주인이 자기 말을 마음대로 조종하는 예는 여태까지 얼마든지 있었잖느냐고. 대부분의 사람들은 방되브르의 수완에 혀를 내둘렀다. 친구들에게 부탁해서 있는 돈을 몽땅 나나에게 걸게 했으니 말이다. 나나의 승률이 갑자기 오른 것도 그 때문이다. 또 소문을 들으니, 평균 1대 30의 비율로 2천 루이 걸어서 120만 프랑 벌었다고 한다(1루이는 20프랑). 그 막대한 숫자에 사람들은 기가 질려서 모든 걸 묵인해 주었다. 그러나 또 다른 매우 중대한 소문이 소곤소곤 중량 측정장의 울 안에서 흘러나왔다. 거기서 돌아온 사나이들이 상세한 내용을 설명해 주자 여기저기서 목소리가 높아지고 그 굉장한 스캔들이 떠들썩하게 화제에 오르기 시작했다. 딱하지만 방되브르는 이제 틀렸다. 하찮은 실수, 말하자면 서툰 도둑질을 하다가 일확천금의 기회를 놓쳐 버린 것이다. 말하자면 그는 마레샬이라는 마권업자에게 위탁하여 2,000루이를 자기 몫으로 걸게 했다. 왜냐하면 표면상으로 뤼지냥에 건 1,000여 루인가의 돈을 되찾기 위해서였다. 이런 하찮은 돈에 미련을 갖는다는 것, 이것 또한 재산이 기울고 있다는 증거다. 마레샬은 인기 말 뤼지냥이 이기지 못할 것을 미리 알고 있었으므로 이 말에서 약 6만 프랑을 벌었다. 그런데 라보르데뜨는 방되브르한테서 자세한 지시를 정확히 받지 못했기 때문에, 마침 이 마레샬을 찾아가서 나나에게 200루이를 걸었다. 그런데 마레샬은 일의 진상을 모르는 채 나나의 승률을 1대 50으로 해 두었기 때문에 나나로 10만 프랑 잃었으며 결국 4만 프랑 손해를 보고 말았다. 모든 것이 한꺼번에 무너지는 듯한 기분이 들었다. 그러다 경마가 끝난 뒤 라보르데뜨와 방되브르가 중량 측정장 안에서 무언가 지껄이고 있는 것을 본 순간 그는 진상을 파악했다. 그리하여 마부 출신인 이 사나이는 손해를 보게 된 앙심도 있고 하여 남이 듣거나말거나 미친 듯이 소리치며 추잡스럽게 마구 그 사실을 폭로하여 사람들을 선동했던 것이다. 경마심의회가 열릴 것이라는 소문이 났다.

나나는 필립과 조르즈한테서 사건의 경위를 듣고도 여전히 웃고 마시고 하면서 자기 의견을 털어놓았다.

롱샹 경마장에서 돌아가는 사람들

"있을 수도 있는 일이잖아. 그러고 보면, 짚이는 데가 있기는 해. 그리고 그 마레샬이라는 사내 인상이 좋지 않더라."

그러나 그녀는 아직도 반신반의였다. 그 자리에 라보르데뜨가 모습을 나타냈다. 창백하다.

"어떻게 됐어요?"

나나가 나직이 묻는다.

"틀렸어!"

그는 이렇게만 대답하고 어깨를 움찔했다.

"정말 어린애야, 방뙤브르라는 작자는!"

나나는 실망스런 표정을 보였다.

그날 밤 마비유에서 나나는 대단한 인기를 누렸다. 10시쯤 그녀가 모습을 나타냈을 때는 이미 걷잡을 수 없는 사태가 벌어져 있었다. 이 여전한 부어라 마셔라의 소란에는 온 빠리의 멋쟁이들이 다 참가했으며, 상류 사회의 체통도 돌보지 않고 떠들어 댔다. 번쩍이는 가스등 아래 붐비는 인파, 사치스런 야회복의 무리, 어깨를 드러낸 채 타락하기에 적당한 구식 옷들을 입은 여자들, 그들은 술기운으로 빙빙 돌면서 떠들어 댄다. 30걸음만 떨어지면 벌써 오케스트라의 나팔 소리도 들리지 않는다. 춤을 추는 사람은 하나도 없다. 부질없는 말이 까닭도 없이 되풀이되고 여기저기로 전해진다. 아무리 우스꽝스러운 짓을 해도 별로 우스워하는 자도 없다. 의상 보관실에 갇힌 여자 일곱 명이 꺼내 달라고 울부짖는다. 마침 눈에 띈 양파 한 개가 경매에 붙여져서, 2루이까지 값이 올라갔다.

마침 거기에 나나가 나타난 것이다. 경마장에서의 청색과 흰색 옷차림 그대로다. 양파는 나나에게 선사되고 왁자하니 환성이 인다. 남자들이 나나를 억지로 붙잡고 세 신사가 들어올려서는 정원으로 나가, 짓밟힌 잔디며 쓰러진 풀숲을 누비고 다닌다. 오케스트라의 자리가 방해된다고 의자며 악보대를 두들겨 부순다. 한 친절한 순경이 겨우 이 소란을 수습했다.

나나가 승리의 흥분에서 깬 것은 화요일이 되어서였다. 그날 아침 그녀는 르라 고모와 잡담을 나누고 있었다. 고모는 바람을 쐬어 병이 난 루이의 병상을 알리러 온 것이었다. 그녀는 지금 빠리를 떠들썩하게 만들고 있는 사건에 정신이 팔려 있었다. 경마장에서 쫓겨나고, 그날 밤 당장 제국 클럽에서도 제명당한 방되브르가 이튿날 마구간에서 말과 함께 타죽어 버린 소문이다.

"그건 전에도 나한테 하던 말이에요." 나나는 말했다. "정말 미치광이였어, 그인! 어젯밤, 그 얘길 듣고 소름이 쫙 끼쳤어요! 언젠가의 밤에도 하마터면 나를 죽일 뻔했지. 하지만 어째서 그 말에 관한 걸 미리 알려 주지 않았을까? 그랬으면 나는 한 재산 만들 수 있었을 텐데! 그인 라보르데뜨에게 이런 말을 했대요. 만일 내게 알리면 금방 미용사니 그 밖에 많은 사람들에게 가르쳐 줄 거라고. 내 참, 실례잖아! 그래요, 난 별로 가엾다고도 생각지 않아요."

이것저것 생각하는 동안 나나는 몹시 화가 나기 시작했다. 마침 거기에 라보르데뜨가 찾아왔다. 나나의 몫을 계산하여 약 4만 프랑을 갖고 온 것이다. 나나는 점점 더 약이 올랐다. 잘만 되었더라면 100만 프랑은 벌 수 있었는데. 라보르데뜨는 자기는 이 사건에 일체 관계가 없다는 투로 서슴지 않고 방되브르를 욕했다. 그런 오래된 집안의 인간은 재산을 다 털어먹고 어처구니없는 최후를 맞이하는 법이라고 했다.

"무슨 소릴 하고 있어! 그렇게 마구간에서 타죽는 건 어처구니없는 일이 아니에요. 난 그이의 최후를 용감하다고 생각해…… 물론 마레샬과의 일까지 변호할 생각은 없지만, 그건 어처구니없는 짓이었어. 블랑슈는 그게 다 내 탓이라잖아, 기가 차서. 나는 말해 주었지, '그 사람에게 누가 도둑질을 권했나!' 그렇잖아요? 남자에게 아무리 돈을 달라고 하더라도 죄까지 짓게 할 순 없잖아…… 그이가 '이제 한 푼도 없소' 말했더라면, 난 '그래요, 그럼 헤어져요' 하고 말했을 게 아냐. 그러고 그것으로 끝장이 났을 게 아냐."

"그래." 르라 부인이 점잔을 빼며 말했다. "남자가 고집을 피우면 신통한 일은 없는 법이야."

"하지만 그 종말은 꽤 멋있어! 본 사람은 무서워서 소름이 쫙 끼쳤다지만, 사람들을 모두 멀리 물러서게 해놓고서 석유를 들고 마구간에 들어갔대…… 잘 탔을 거야. 구경했으면 좋았을걸! 생각해 봐요, 커다란 목조 건물에 짚과 건초가 가득 차 있고, 불길이 탑처럼 솟아오르고…… 가장 끔찍한 건 타죽지 않으려고 날뛴 말이었대요. 펄펄 뛰고, 문에 부딪치고 사람처럼 비명을 지르고 하는 소리가 들렸대요. 그 자리에 있던 사람들은 지금도 생각하면 소름이 쫙 끼친대요."

라보르데뜨는 의심스러운 듯 흥하고 코웃음을 쳤다.

"나는 방되브르의 죽음을 믿지 않아. 창문으로 달아나는 걸 봤다고 단언하는 자가 있단 말이야. 잠깐 머리가 이상해져서 마구간에 불을 지르기는 했지만 뜨거워지는 순간 제정신을 차린 모양이야. 그토록 여자에게 홀려서 흐늘흐늘해진 인간이 그렇게 용감하게 죽을 수 있겠어?"

나나는 이야기를 듣는 동안에 환멸을 느꼈으나 겨우 이렇게 중얼거렸다.

"가엾어라! 훌륭해!"

12장

　새벽 1시쯤, 나나와 뮈파는 베니스 제 레이스가 달린 큼직한 침대 안에서 아직도 잠들지 않고 있었다. 그는 토라져서 사흘 동안 뚱해 있더니 그날 밤 다시 찾아온 것이다. 램프 하나가 흐릿하게 빛을 던지는 방안은 후텁지근하게 덥고, 아늑한 사랑의 냄새에 차서 잠든 듯이 고요하다. 은을 아로새긴 흰 래커 칠을 한 가구가 어렴풋이 드러나 보인다. 커튼을 쳐놓은 침대 안은 캄캄하다. 한숨 소리가 들리고 이어 입맞추는 소리가 침묵을 깬다.

　그러더니 나나가 담요에서 미끄러져 나와 다리를 드러낸 채 잠시 침대 모서리에 걸터앉는다. 백작은 머리를 다시 베개에 내려놓고 어둠 속에서 꼼짝도 않는다.

　"저어, 당신, 하느님을 믿어요?"

　남자의 팔에서 빠져 나온 그녀는 잠시 생각에 잠겨 있다가 물었다. 그 진지한 얼굴에 신성(神性)에 대한 두려움이 나타나 있다.

　아침부터 나나는 기분이 좋지 않다며 푸념을 늘어놓았다. 그녀는 죽음이라든가 지옥이라든가 하는 부질없는 생각에 몰래 괴로워하고 있었던 것이다. 나나에게는 이따금 이런 밤이 있다. 눈을 뜨고 있어도 어린아이 같은 공포, 무서운 환상에 부대끼는 밤이 말이다.

　"저어, 나, 천당에 갈 수 있을까?"

　그녀는 떨고 있었다. 가톨릭 신자인 백작은 이런 곳에서 별안간 신에 관한 질문을 받자 회한이 고개를 쳐드는 것을 느꼈다. 나나는 잠옷을 어깨까지 내려뜨리고 머리를 헝클어뜨린 채 그의 가슴에 얼굴을 파묻고 흐느끼기 시작했다.

　"죽는 게 무서워……. 죽는 게 무서워……."

　백작은 간신히 몸을 떼어 놓았다. 여자가 찰싹 달라붙을수록 눈에 보이지 않는 것에 대한 공포가 옮겨와서 자기마저 정신이 이상해질 듯한 기분이 든 것이다. 그래서 나나를 달래주었다.

"당신은 매우 건강하니까, 몸가짐만 잘하면 앞으로 틀림없이 하느님의 용서를 받을 수 있을 거야."

그러나 그녀는 고개를 저었다.

"그야 난 아무에게도 나쁜 짓을 하지 않았어요. 그리고 언제나 성모님의 메달을 달고 다니죠. 이렇게 말하고, 가슴에 늘인 빨간 줄로 매단 메달을 보여주었다. 하지만, 이제 다 정해졌어요, 결혼도 하지 않고 남자와 자는 여자는 모두 지옥으로 간다고. 어릴 때 들은 교리문답이 토막토막 기억에 되살아났다. 아아, 죽은 뒤에 어떻게 되는지 환히 알 수 있으면 좋으련만! 그런데 아무도 모르나 봐. 저승의 소식을 갖고 왔다는 사람은 한 사람도 없는걸. 그러니까 신부님의 쓸데없는 설교에 일일이 신경을 써도 소용없는 일이야."

이렇게 단정을 하면서도 나나는 살결의 온기가 배어있는 메달에 경건히 입맞추는 것이었다. 그것은 말하자면 죽음에 대한 하나의 예방과 같은 것이었다. 죽음을 생각하면 온몸에 소름이 끼치는 것이다.

화장실에 가는 데도 뮈파에게 같이 가달라고 했다. 문을 열어 놓고도 혼자는 잠시도 있지 못했다. 그가 침대로 돌아간 뒤에도 나나는 조그만 소리에까지 깜짝깜짝 놀라면서, 방 구석구석을 살폈다. 문득 큰 경대 앞에 걸음을 멈추더니, 그전처럼 넋을 잃고 자기의 발가벗은 몸을 황홀하게 들여다보았다. 그러나 가슴, 허리, 허벅지로 시선이 옮겨감에 따라, 공포가 더욱 커진다. 이윽고 두 손으로 한참 동안 얼굴을 감싸고 어루만져 본다.

"죽으면 얼마나 보기 흉해질까!"

띄엄띄엄 그녀는 그렇게 중얼거리는 것이었다.

나나는 볼을 오므렸다 눈을 크게 떴다 턱을 당겼다 하면서 자기 얼굴이 어떻게 변하는가 시험해 보았다. 그리고 그 이상한 얼굴을 백작에게 돌리고 말했다.

"보세요, 내 얼굴. 아주 조그매져요."

백작은 화를 냈다.

"바보! 빨리 와서 자!"

죽은 뒤의 오랜 잠 끝에 살이 빠져서 무덤에 누워 있는 나나의 모습이 눈에 선하게 떠오른다. 그는 두 손을 모으고 기도문을 중얼거리기 시작했다. 얼마 전까지만 해도 종교에 사로잡혀 있던 그에게는 전에 경험한 그 발작적이고 격럴한 신앙에의 집념이 남아 있었다. 그것이 요즘 날마다 심하게 그를 엄습하여 경련처럼 떨게 했다. 손가락을 똑똑 꺾으면서 그는 오직 한마디를 언제까지나 되풀이하고 있었다.

"하느님…… 하느님…… 하느님……."

그것은 자기 무력의 울음이요 죄의 탄원이며 지옥에 떨어지는 줄 알면서도 질질 끌려 죄를 저지른 데 대한 탄식이었다. 나나가 돌아오니 뮈파는 이불 속에서 무서운 모습으로 가슴을 쥐어뜯으며 하늘을 찾듯이 허공을 쏘아 보고 있었다. 그녀는 다시 울기 시작했다. 그리하여 두 사람은 서로 껴안고 까닭도 없이 이빨이 마주치도록 떨면서 똑같은 망상에 사로잡혀 몸부림을 쳤다. 전에도 이런 하룻밤을 지샌 적이 있기는 했지만 오늘밤만은 공포가 사라진 뒤 나나가 말한 것처럼 정말 너무 어처구니가 없었다. 문득 나나는 백작에게서 어떤 의혹을 느꼈다. 혹시 로즈 미뇽이 그 편지를 보낸 것이 아닐까? 그러나 그렇지는 않은 것 같았다. 그는 다만 공포에 사로잡혀 있을 뿐이다. 그 증거로, 이이는 아직 아내의 간통을 모르고 있다.

그리고 뮈파는 다시 모습을 보이지 않더니, 이틀 뒤 아침 나절, 평소에는 결코 찾아오지 않는 시각에 불쑥 나타났다. 얼굴은 창백하고, 눈은 충혈되었으며, 심한 충격에서 벗어나지 못한 듯한 모습이었다. 그러나 조에도 당황하고 있었으므로 백작의 헝클어진 모습은 깨닫지 못했다. 그녀는 허둥지둥 백작을 맞이했다.

"어머나 백작님, 어서 들어오세요! 간밤에 아씨는 하마터면 돌아가실 뻔했어요!" 그가 자세히 사정을 묻자 그녀가 덧붙였다. "도저히 믿을 수 없어요……. 유산하셨어요, 백작님!"

나나는 임신 3개월째였다. 오랫동안 그녀는 어딘가 몸의 상태가 좋지 않구나 하는 정도로 생각하고 있었다. 의사 부따렐도 단언을 내리지 못했다. 그러나 이윽고 그가 분명한 진단을 내리자 나나는 당황하여 어떻게든 임신한 사실을 숨기려고 애썼다. 그 발작적인 공포며 어두웠던 기분도 얼마간은 이것이 원인이었지만, 그녀는 부끄러워서 아무에게도 말하지 않고 있었던 것이다. 이런 우스꽝스러운 일이 알려지면 체면이 떨어지고 비웃음 거리가 된다고 생각했다.

'기가 차서! 재수 없네, 정말! 이제 다 끝난 줄 알고 있었는데 또 이런 꼴을 당하다니. 아무리 생각해도 이상해서 못 견디겠다. 여자의 기능이 바뀌기라도 한단 말인가? 그럴 작정이 아니었는데 왜 원하지도 않은 아이가 생긴단 말인가?' 나나에게는 자연의 섭리가 원망스러웠다. '내가 한창 쾌락에 잠겨 있는 동안에 자연은 나를 어머니로 만들고, 내가 주위에 죽음을 뿌리고 있는 동안에 생을 깃들게 해준 것이다. 제멋대로 놀아나면 이런 귀찮은 일이 생기는 것일까? 그럼 이 아이는 어디서 생겨났지?' 나나는 짐작이 가지 않았다. '아아, 이 아이를 만든 사람이 맡아주면 좋을 텐데. 이 아이는 아무도 받아갈 사람이 없고 모든 사람에게 방해가 되며 이대로는 살아 있더라도 그리 행복하지 못할 텐데.'

조에는 사건의 경위를 뮈파에게 들려주었다.

"아씨는 네 시경에 배가 아프다고 하셨어요. 하도 오래 돌아오시지 않길래 화장실에 가 보았더니, 까무러쳐서 바닥에 쓰러져 계시잖겠어요? 네, 바닥에 말씀이에요. 주위가 온통 피바다여서 살해당하셨는 줄 알았죠……. 그야 물론 금방 알았습니다만. 하지만 저한테 사실대로 말씀해 주셨더라면 좋았을 텐데, 정말 화가 다 날 정도였어요……. 마침 조르즈 씨가 와 있길래 거들어 달래서 안아 일으켰습니다만, 유산이라는 말을 듣자 이번에는 조르즈 씨까지 병이 나 가지고……. 정말 어제부터는 줄곧 걱정거리만 있었답니다!"

사실 집안은 발칵 뒤집힌 것 같았다. 하인들이 모두 층계와 방안을 허둥지둥 뛰어다닌다. 조르즈는 살롱의 안락의자에서 하룻밤을 보냈다. 간밤에, 언제나 나나가 손님을 맞이 하는 시간에 친구들에게 사건을 알려 준 것도 그다. 아직도 얼굴이 창백한 채 그는 놀라움과 흥분에 떨면서 경위를 이야기했다. 스떼너, 라 팔르와즈, 필립 그 밖의 사람들도 달려왔다. 이야기를 듣자마자 그들은 이구동성으로 외쳤다.

"설마, 농담일 테지."

그러다가 다시 심각해져서 당황한 듯 나나의 방문 쪽을 돌아보곤 귀찮은 일이 생겼는데 하는 표정으로 고개를 돌리는 것이었다. 한밤중까지 열두 명쯤 되는 남자들이 난로 앞에서 소곤소곤 이야기했다. 모두 나나와 접촉한 사이이므로 혹시 자기 아이가 아닐까 하는 불안한 생각에 잠겨 있었던 것이다. 그 불안한 표정들은 마치 서로에게 변명하고 있는 것 같았다. 이윽고 그들은 다시 태연해졌다.

'내가 알 바 아니야. 그 여자가 멋대로 한 짓이잖아. 정말 놀랬어, 나나라는

여자는! 설마, 이런 어처구니없는 짓을 할 줄이야.'

그들은 결코 웃어서는 안 되는 빈소에서처럼, 발끝으로 살금살금 걸어서 한 사람 한 사람 돌아갔다.

"자아, 들어오세요." 조에는 뮈파에게 말했다. "아씨는 많이 나아지셨으니까 만나 보실 수 있을 거예요. 의사 선생님이 오늘 아침 오시겠다고 해서 기다리고 계신답니다."

조르즈는 조에의 권유에 못 이겨 집에 가 버리고 2층 살롱에 남아 있는 것은 사땡뿐이었다. 사땡은 소파에 드러누워 허공을 바라보며 담배를 피우고 있었다.

일이 발생한 이래 온 집안이 허둥대고 있는 것도 아랑곳없이 그녀는 시무룩한 표정으로 어깨를 움찔거리기도 하고 잔인한 말을 사정없이 내뱉기도 했다. 아씨는 지독히 괴로워하셨다고 뮈파에게 조에가 얘기하면서 사땡 앞을 지나가자 그녀는 들으라는 듯이 날카롭게 외쳤다.

"고거 잘 됐지. 이제 좀 정신을 차릴 거야!"

두 사람은 놀라 뒤돌아봤다. 사땡은 짜증스러운 듯 입술 사이에 담배를 문 채, 꼼짝 안 하고 천장을 쏘아보고 있었다.

"어머나, 너무해요!"

조에가 한마디 했다.

그러자 사땡은 일어나서 백작을 쏘아보며 아까와 똑같은 말을 그의 얼굴에다 던졌다.

"고거 잘 했지. 이제 좀 정신을 차릴 거야!"

그리고 다시 쓰러지더니 담배 연기를 가느다랗게 토해 냈다.

'내가 알게 뭐야, 될대로 되라지. 흥, 너무나 어이없는 일이야!'

조에는 뮈파를 나나의 방으로 안내했다. 미적지근한 침묵 속에 에테르 냄새가 떠돌고 있었다. 이따금 빌리에 거리를 지나가는 마차의 바퀴 소리가 가냘프게 들려올 뿐이다. 나나는 창백한 얼굴로 베개 위에서 눈을 크게 뜨고 생각에 잠겨 있는 듯이 보였다. 그녀는 들어온 사람이 백작이라는 것을 알고는 미소를 지었다.

"어머, 당신이세요." 누운 채 힘없이 중얼거리더니 말끝을 흐렸다. "이젠 못 보는 줄 알았어요."

백작이 몸을 굽혀 머리에 입을 맞추자, 그녀는 서러워져서 진지하게 아기 이야기를 하기 시작했다. 그가 그 아기의 아버지이기나 한 듯이.

"말을 할 수가 없었던 거예요……. 하지만 아주 행복했어요! 여러 가지 꿈을 그리고 있었거든요. 당신과 닮은 훌륭한 아이면 좋겠다고 생각했죠. 하지만 이제 다 끝났어요……. 오히려 이편이 더 좋은지도 몰라요. 당신에게 폐를 끼치고 싶지 않으니까요."

자기가 아버지라는 말을 듣자 그는 놀라 무언가 중얼거리며 의자를 침대 옆에 끌어다 놓고 앉아서 한쪽 팔을 이불 위에 올려 놓았다. 나나는 그의 당황한 얼굴, 충혈된 눈, 흥분으로 떨고 있는 입술을 알아차렸다.

"왜 그러세요? 어디가 편찮으세요?"

"아니."

그는 괴로운 듯이 대답했다.

그녀는 가만히 그를 응시했다. 그리고 방에 남아 약병을 치우고 있는 조에에게 눈짓하여 물러가게 했다. 두 사람만 남자 그녀는 백작을 끌어당기며 말했다.

"네, 왜 그러세요? 눈물을 다 글썽거리시고. 알고 있어요……. 자아, 얘기해 보세요. 무언가 하실 말씀이 있어서 오신 게 아니에요?"

"아니, 그렇지 않아, 정말이야."

그는 더듬거렸다.

그러나 괴로움에 가슴이 메고 게다가 느닷없이 뛰어든 이 병실의 분위기가 자꾸만 눈물겨워져서 그는 별안간 눈물을 흘리기 시작했다. 그러곤 고뇌의 폭발을 누르려고 이불에 얼굴을 묻었다. 나나는 알고 있었다. 아마 로즈 미뇽이 편지를 보낸 모양이다. 그녀는 그가 울도록 내버려 두었다. 백작은 심하게 흐느꼈다. 그 진동으로 침대에 누운 그녀까지 흔들렸다. 이윽고 나나는 상냥하게 달래는 어조로 물었다.

"댁에서 무언가 불쾌한 일이 있었군요?"

그는 잠자코 고개를 끄덕였다. 그녀는 또 잠시 사이를 두었다가 매우 나직하게 덧붙였다.

"그럼, 이제 모든 걸 다 알고 계시겠네요?"

역시 잠자코 고개를 끄덕인다. 다시 침묵이 흘렀다. 비통한 생각에 잠겨 방안이 더욱 답답해진다. 간밤에 황후 파티에서 돌아왔을 때 그는 포슈리 앞으로 보낸 아내의 편지를 받은 것이다. 복수심에 불타면서 비참한 하룻밤을 보낸 뒤, 아내를 죽이고 싶은 충동을 누르기 위해 아침 일찍 집을 뛰쳐나왔다. 그러나 상쾌한 6월의 아침 공기를 쐬니 그런 생각은 사라지고, 여태까지 쓰라린 일이 있을 때는 언제나 그랬듯이 나나의 집으로 발길이 돌려졌던 것이다. 거기라면 어떤 고민을 털어놓아도 정답게 위로해 준다. 그런 응석 비슷한 기분이 들었던 것이다.

"자아, 이제 그만우세요." 나나가 달랬다. "전 벌써부터 알고 있었어요. 하지만 전 결코 알려 드리고 싶지 않았어요. 기억하죠, 작년에 당신이 부인을 의심한 적이 있었잖아요? 하지만 내가 신중히 일을 처리해서 잘 수습이 된 거예요. 결국 당신에겐 증거가 없거든요……. 하지만, 이번에는 만약 증거를 갖고 계시다면, 그건 무척 괴로운 일일 거예요. 하지만 참으셔야죠. 그만한 일로 명예가 상하는 것도 아니고."

그는 이제 울고 있지 않았다. 가정 사정은 오래 전부터 자세히 털어놓고 있었지만 그래도 역시 창피했다. 그런데도 나나는 모두 털어놓도록 부추겼다.

"자아, 난 여자니까 무슨 말씀을 하셔도 상관없어요."

"당신은 병자야, 피로하게 해선 안 되겠어……. 온 게 잘못이었나 봐. 이제 돌아가겠어."

그가 중얼중얼 이렇게 말하자 그녀는 얼른 붙들었다.

"안 돼요, 가지 마요. 무언가 좋은 생각이 떠오를지도 모르잖아요? 하지만 저한테는 너무 지껄이게 하지 마세요. 의사가 못하게 하니까."

이윽고 그는 일어서서 방안을 왔다갔다 하기 시작했다. 나나가 묻는다.

"앞으로 어떡하실 참이세요?"

"그놈을 한번 늘씬하게 패 줘야지."

그녀는 얼굴을 찌푸렸다.

"그건 잘하는 일이 아니에요. 그래 부인은 어떡하시구요?"

"이혼소송을 내야지, 증거가 있으니까."

"아무 소용 없어요. 아니, 어리석은 짓이에요……. 그렇게는 절대로 못 하시게 하겠어요."

그녀는 힘없는 목소리로 간곡하게, 결투나 재판 소동은 스캔들을 불러일으킬 뿐이라고 얘기했다.

"1주일 내내 신문은 떠들어 댈 거예요. 조용한 생활도, 궁정에서의 높은 지위도, 가문의 명예도, 말하자면 생활의 모든 것이 위태로워질 거예요. 그렇게 해서 무슨 이득이 있죠? 다만 웃음거리가 될 뿐이에요."

"상관없어! 복수만 하면 그만이야."

"하지만 이런 사건에선 금방 복수하지 않으면 복수가 되지 않아요."

그는 걸음을 멈추고 무언가 중얼거렸다.

"물론 나는 겁쟁이는 아니다. 그러나 나나의 말에도 일리는 있다."

그러자 차츰 불안해졌다. 기가 꺾이고 계면쩍어져서 분노의 충동이 어디론가 사라져 버린 것처럼 숙연한 기분이 들었다. 거기에다 그녀가 다시 모든 것을 다 털어놓아 백작의 기를 죽였다.

"겸해서 불쾌한 걸 가르쳐 드려요? 당신도 부인을 배신하고 있는 거예요. 당신이 밖에서 주무시는 건 그저 시간을 보내기 위한 것만은 아니잖아요? 부인도 다 눈치채고 있어요. 그렇다면 뭐라고 부인을 책망하시죠? 당신이 먼저 본보기를 보여주었다고 부인은 말할 거예요. 그러면 한마디도 대꾸할 말이 없잖아요……. 그러길래 당신도 두 남녀를 죽이러 당장 달려가지 못하고 이런 데서 우물쭈물하고 있는 거예요."

뮈파는 이 사정없는 말을 듣자 다시 의자에 주저앉고 말았다. 나나는 입을 다물고 한숨 돌린 다음 나지막이 말했다.

"아아, 피곤해. 조금 끌어올려 주세요, 자꾸 미끄러져 내려가서 머리가 너무 낮아졌어요."

그가 도와서 자세를 고쳐 주자 나나는 편해져서 호오 하고 숨을 내쉬었다. 그리고 다시 이야기를 이혼 재판의 우스꽝스러운 장면으로 옮겼다.

"부인의 변호사가 저에 관한 일을 들추어 온 빠리를 떠들썩하게 만들 장면을 상상해 보세요. 바리에떼 극장에서의 실패, 이 저택, 생활, 모든 것이 드러나는 거예요. 싫어요. 그런 거! 창피해요. 나쁜 여자 같으면 일부러 당신에게 그런 행동을 시켜서 떠들썩하게 자기 선전을 할지도 모르지만, 전 무엇보다도 당신의 행복이 소중해요."

이렇게 말하면서 나나는 한쪽 팔로 백작의 목을 끌어당겨 머리를 베개 끝에 얹게 했다. 그리고 조용히 속삭였다.

"저어, 부인과 화해하세요."

백작은 화를 냈다.

"천만에!" 가슴이 찢어질 것만 같았다. "그건 수치야."

그러나 나나는 상냥하게 타일렀다.

"부인과 화해하세요……. 제가 당신을 가정에서 떼놓았다는 소문이 나는 건 싫으시죠, 안 그러세요? 그렇게 되면 제 평판은 엉망이 돼 버려요. 세상 사람들이 뭐라고 생각하겠어요? 다만 맹세해 주세요, 언제까지나 절 사랑하시겠다고. 만일 당신이 딴 여자와……."

그녀는 눈물로 목이 메었다. 백작은 키스로 여자의 말을 가로막았다.

"바보군, 그런 일은 절대로 있을 수 없어!"

"아네요, 아네요. 그렇게 하셔야 해요……. 전 참겠어요. 뭐니뭐니해도 그인 당신 부인인걸요. 어디 누군지도 모르는 여자와 붙어서 절 배신하는 것관 사정이 달라요."

나나는 이런 식으로 백작에게 훌륭한 조언을 했다. 하느님을 끌어넣기까지 했다. 백작은 브노 노인이 자기를 죄악에서 건지려고 하는 설교를 듣는 기분이었다. 그러나 나나는 결코 헤어지자는 말은 하지 않았다. 한 남자를 아내와 애인이 공유하며 누구에게도 폐가 가지 않도록 평온하게 사는 것, 이른바 인생의 피치 못할 추악 속에서 기분좋게 잠자는 것, 그녀는 이런 편리한 것을 설교하고 있었던 것이다. 그렇게만 한다면 우리 생활은 조금도 변하지 않고 당신은 언제까지나 내 애인으로 있을 수 있잖아요. 다만 여태까지 보다는 오시는 회수를 줄이고 그 몫만큼 부인과 함께 밤을 보내주셔야만 되는 거예요. 여기까지 지껄이고 난 나나는 지쳐서 숨을 헐떡이며 결론을 짓듯 말했다.

"그렇게 하면, 제 양심도 가책을 안 받고…… 당신도 전보다 더 절 사랑해 주시게 될 거예요."

두 사람은 잠시 입을 다물었다. 나나는 눈을 감고 있다. 베개 위의 얼굴은 더 창백해진 것 같다. 백작은 나나를 더 피로하게 만들지 않으려고 잠자코 말을 듣고만 있었다. 잠시 뒤 나나는 눈을 뜨고 소곤거렸다.

"그리고 돈 문제도 그렇잖아요. 만일 당신이 일을 저지르시면 어디서 돈을 받죠? 어제도 라보르데뜨가 그 빚 때문에 찾아왔었어요……. 난 지금 아주 곤란해요. 입을 옷도 없을 정도로 쪼들려요."

이렇게 말하고는 눈을 감자 죽은 듯이 되어 버렸다. 뮈파의 얼굴에 깊은 고뇌의 그림자가 스쳤다. 간밤의 충격으로 빠져나갈 도리가 없는 돈에 대한 고민은 잊고 있었다. 절대로 밖에 내놓지 않겠다던 약속이었는데도 지불일을 늦춘 10만 프랑의 어음이 요즘 나돌아 다니기 시작한 것이다. 라보르데뜨는 '속수무책입니다' 하는 태도를 보이면서 모든 책임을 프랑시스에게 덮어씌우고, 무식한 인간을 상대로 하는 거래는 위험하니 앞으론 절대 그와는 거래를 하지 않겠다느니 어쩌니 하고 푸념을 했다. 아무튼 지불을 해야 한다.

절대로 신용을 떨어뜨릴 수는 없다. 게다가 나나가 새로 돈을 요구하고, 집에서도 이상하게 지출이 늘어나고 있었다. 백작 부인은 퐁데뜨에서 돌아오더니 별안간 사치 취미랄까 세속적인 향락욕을 보이기 시작했으며, 그 때문에 재산이 순식간에 축난 것이다. 부인의 변덕스러운 낭비는 이미 세상 사람들의 화제에 오르기 시작하고 있었다. 생활이 화려해졌느니, 미로 메닐 거리의 낡은 저택을 개조하는 데 50만 프랑이나 썼느니 하고. 혹은 또 화장이 짙어졌느니, 상당한 액수의 돈을 아마 누구에게 주어버린 모양인지 눈 녹듯이 사라져 버렸는데도 조금도 개의치 않고 있다느니 하고. 꼭 두 번 뮈파는 사정을 알아 보려고 잔소리 비슷한 푸념을 늘어놓았다.

그러나 부인이 기분나쁜 웃음을 입가에 띤 채 지그시 바라보는 바람에 그 이상 물어 볼 용기가 나지 않았다. 너무 확실한 대답을 듣는 것이 두려웠던 것이다. 그가 나나의 손에서 다그네를 사위로 받아들인 것은 무엇보다도 먼저 에스뗄의 지참금을 20만 프랑으로 줄일 수 있다고 생각했기 때문이다. 그 밖의 것은 아직도 이 뜻밖의 결혼에 들떠 있는 청년이니 이야기만 잘 하면 어떻게 처리가 될 것이다.

그러나 당장 라보르데뜨에게 돌려 줄 10만 프랑을 어떻게든 마련해야 했기 때문에, 뮈파는 1주일 전부터 비상 수단을 강구하고 있었다. 하지만 그 일, 백부의 유산으로서 최근에 아내의 것이 된 보르데 땅을 파는 일만은 망설여졌다. 그 땅은 훌륭한 땅으로, 50만 프랑은 되리라고 짐작되었다. 그러나 그것을 팔려면 아내의 서명이 필요하다. 하기야 그녀 쪽도 계약에 의해서 남편의 허가 없이는 그 땅을 남에게 양도할 수 없게 되어 있다.

간밤에 그는 결국 이 문제를 아내와 의논할 결심을 한 것이었다. 그러나 모든 것이 허물어져 버린 지금에 와서는 도저히 그런 타협을 받아들일 수가 없다. 이렇게 생각하니 아내의 간통이 더 심하게 충격적으로 느껴지는 것이었다.

나나가 무엇을 원하고 있는가는 그도 충분히 알고도 남는다. 모든 일을 나나에게 털어놓게 되고부터 그는 자기의 입장을 한탄하고, 아내의 서명에 관한 말까지 했기 때문이다.

그러나 나나도 끈질기게 조르는 눈치는 안 보인다. 여전히 눈을 감은 채로다. 아주 창백해진 그 얼굴을 들여다보다가 걱정이 되어 그는 소량의 에테르를 코에 갖다 댔다. 그러자 그녀는 한숨을 쉬고 다그네의 이름을 건드리지 않고 물었다.

"결혼식은 언제죠?"

"닷새 뒤 화요일에 결혼 계약에 서명하게 되어 있어."

그녀는 눈을 감은 채 생각을 더듬듯 말했다.

"아무튼 당신이 하셔야 할 일을 잘 생각하세요……. 전 모든 사람이 다 만족하도록 하고 싶어요."

그는 나나의 손을 잡고 쓰다듬어 주었다.

"응, 생각해 보지. 중요한 것은 당신이 편안하게 휴양하는 일이야."

그는 이제 반발할 힘을 잃었다. 에테르 냄새가 자욱이 낀 훈훈하고 조용한 이 병실에 앉아 있는 동안에 기분은 가라앉고, 오로지 평온만이 그리워진 것이다. 침대의 따스한 온기 속, 이 병든 여자 곁에 붙어 앉아 산란한 마음으로 애욕의 추억에 잠기면서 간호를 하고 있으니, 모욕 때문에 미친 사나이의 의지도 다 꺾여 버렸다. 그는 몸을 굽혀 나나를 꽉 껴안았다. 그녀는 눈썹 하나 까딱하지 않고 입가에 엷은 승리의 미소를 띠었다. 그때 의사 부따렐이 나타났다.

"아이고, 병자는 좀 어떻습니까?" 그는 뮈파를 남편 취급하면서 말을 건넸다. "이런, 너무 말을 많이 하셨군요."

의사는 아직 젊은 미남이었으며 창녀들 사이에 좋은 단골손님을 갖고 있었다. 매우 쾌활하여, 이런 여자들과도 친히 농담을 주고 받으며 웃곤 했지만, 결코 잠자리를 같이 하는 일은 없고 비싼 치료값을 매우 엄격하게 받아 냈다. 그러나 부르기만 하면 금방 달려와 주므로, 언제나 죽음의 위협에 떨고 있는 나나는 일 주일에 두세 번씩이나 부르러 보내, 아무렇지도 않은 아픔까지 근심스러운 듯이 털어놓는다. 그러면 그는 잡담이나 지어낸 이야기로 마음을 즐겁게 해서 낫게 한다. 여자들은 모두 이 의사를 진심으로 좋아했다. 그러나 이번 고통만은 농담할 일이 아니다.

뮈파는 몹시 상심해서 물러났다. 약해질 대로 약해진 나나를 보고 있으려니 그저 불쌍해서 견딜 수 없었다. 방을 나가려 하자 나나는 잠깐 하고 눈짓하여 불러 세우고는 이마를 내밀었다. 그리고 소리를 낮추어 농담하듯 위협적인 말투로 속삭였다.

"아시겠죠, 전 용서해 드린 거예요……. 부인에게 돌아가 주세요. 그렇지 않으면 다 끝장이에요. 전 화낼 거예요."

사빈느 백작 부인이 결혼 계약의 서명을 화요일에 하고 싶어한 것은 그 축하를 겸해서 저택의 개축 피로연을 하기 위해서였다. 그렇지만 저택은 이제 간신히 칠이 말랐을 뿐이었다. 500통 초청장이 각계에 보내진 그날 아침에도 아직 실내장식가가 벽보를 못으로 치고 있는 형편이다. 9시계, 샹들리에에 불을 켤 때쯤 되어서도 연방 정신없이 재촉해 대는 백작 부인을 따라다니면서 건축 기사가 마지막 지시를 하고 있었다.

그것은 매혹적인 봄철의 연회였다. 6월의 밤은 따뜻해서 큰 살롱의 두 군데나 되는 문을 확 열어 놓고 정원의 자갈 깐 길 위에서도 춤을 출 수 있게 만들어 놓았다. 문 앞에 나타난 첫 손님들은 백작 부인의 마중을 받으며 저도 모르게 눈이 휘둥그레졌다. 죽은 뮈파 백작 부인의 음산한 추억이 맴도는 지난날의 살롱, 그 엄숙하고 종교적 분위기가 감돌던 고풍스러운 방, 제정시대풍의 묵직한 마호가니 가구들, 노란 비로드 벽지, 습기가 스며든 녹색 천장, 그러한 것들은 어느새 사라지고 없었다. 대신 현관에는 금빛으로 장식된 모자이크가 높은 촛대 아래 빛나고, 대리석 층계에는 정교한 조각을 새긴 난간이 세워져 있었다. 그래서 살롱은 제노아 비로드 벽지와 천장이 장식된 커다란 부셰의 그림으로 휘황찬란하다. 이 부셰의 그림은 당삐에르 성에서 경매에 붙여진 것을 건축가가 10만 프랑을 들여 사온 것이었다. 또한 샹들리에와 벽에 붙인 수정 촛대가, 많은 거울과 값비싼 가구들을 화려하게 비추고 있었다. 사빈느의 안락의자, 이것만이 붉은 비단에 덮여 그 부드러움이 전에 이 방과 조화되지 않았었는데 지금은 강렬하게 타오르는 관능적인 나른함과 짜릿한 쾌락의 기분으로 온 집안을 가득 채우고 있었다.

이미 댄스가 시작되고 있었다. 열어 놓은 창문 앞 정원에 자리잡은 오케스트라가 왈츠를 연주하고 있다. 허공에 퍼져서 부드럽게 흘러 오는 경쾌한 리듬, 정원은 초롱불에 비치어 투명한 그림자 속에 펼쳐져 있다. 잔디밭 끝에 새빨간 천막이 쳐져 있고 그 밑에 뷔페가 마련되어 있다. 마침 연주되고 있는 음악은 저 경박스러운 웃음을 연상케 하는 〈금발의 베누스〉의 천한 왈츠였다. 그 잘 울려퍼지는 소리의 파도, 벽까지 들뜨게 하는 리듬이 낡은 저택 구석구석까지 스며든다. 마치 시가에서 비릿한 바람이 불어들어와 이 웅장한 저택 안에서 이미 사라진 한 시대, 뮈파 집안의 과거 오랜 세월 천장 아래 잠들어 있던 명예와 신앙을 깡그리 쓸어내 버리려는 듯했다.

백작 어머니의 옛 친구들은 눈이 아찔해지고 얼떨떨해서 난로 곁의, 전에는 한 번도 가지 않던 자리로 가서 피해 있었다. 차츰 늘어 나는 사람들 속에서 그들은 조그만 그룹을 만들기 시작했다. 뒤 종꾸와이 부인은 어느 방이 그 방인지 짐작을 할 수 없어 식당을 잘못 지나왔을 정도다. 샹뜨로 부인은 어처구니없이 커 보이는 정원을 놀란 눈으로 바라보고 있다. 이윽고 이 그룹 사이에서 온갖 험담이 소곤거려지기 시작했다.

"참" 샹뜨로 부인이 말한다. "백작 부인이 되살아난다면, 만일 이 많은 사람들 속에 끼여든다면 어떤 얼굴을 할까? 이 번쩍번쩍하는 장식, 이 떠들썩한 소음……. 정말 놀랍군!"

"사빈느는 좀 돌았나 봐." 뒤 종꾸와이 부인이 대꾸한다. "문 앞에 서 있는 모습 보셨어요? 저봐, 저기, 여기서도 보이네……. 온통 다이아몬드로 휘감고 있잖아."

그녀들은 잠시 일어서서 멀리 백작 부부의 모습을 바라보았다. 사빈느는 멋있는 영국식 레이스 장식이 달린 흰 드레스를 입고, 생기에 찬 젊은 얼굴에 줄곧 황홀한 미소를 띠면서 아름다움을 과시하는 것처럼 보인다. 그 옆에 뮈파는 갑자기 늙어 버린 듯한 느낌이 들고 얼굴이 조금 창백하다. 여느때처럼 태연스러운 자세로 그도 미소를 짓고 있다.

"전에는 저 사람이 주인이고, 저 사람의 허락이 없으면 조그만 걸상 하나 들여 놓을 수 없었는데!" 샹뜨로 부인이 다시 입을 연다. "그러던 것이, 지금은 좀 봐요. 사빈느가 마치 주인 같은 얼굴로……. 기억하세요? 저 사람이 살롱의 내부를 바꾸고 싶지 않다고 말한 것을. 그러더니 집을 완전히 바꾸어 버렸잖아요."

두 사람은 입을 다물었다. 슈젤 부인이 한 떼의 청년들을 이끌고 들어와서 황홀한 듯 감탄사를 연발했기 때문이다.

"어머나, 근사하네! 정말 훌륭해요! 아주 멋있어요!"

그리고 두 사람의 주의를 환기시켰다.

"그래, 내가 말했잖아요? 이런 오래된 집이라도 손질만 하면 알아보지 못할 만큼 달라진다고……. 정말 근사해요. 참으로 훌륭해요……. 이래야 저이한테도 손님이 생기지."

두 노인은 다시 의자에 앉자 세상을 깜짝 놀라게 한 이번 결혼에 관한 이야기를 소곤소곤 주고받기 시작했다. 에스뗄이 지나갔다. 여전히 여위고 매력없는 몸을 핑크빛 비단옷으로 감쌌는데 예나 지금이나 무표정한 얼굴이다. 그녀는 부모의 권유로 다그네와의 결혼에 동의한 것이었다. 겨울밤 난로에 장작을 쬘 때와 조금도 다름없는 차갑고 창백한 얼굴, 거기에는 기쁨도 슬픔도 나타나 있지 않다. 그녀를 축하하기 위하여 열린 연회, 그 빛에도 꽃에도 음악에도 아무런 감동을 느끼고 있지 않았다.

"사기꾼 같은 남자라죠?" 뒤 종꾸와이 부인이 말한다. "난 한 번도 본 적이 없지만."

"조심하세요. 저기, 이리로 와요."

샹뜨로 부인이 주의를 준다. 다그네는 아들들을 데리고 온 위공 부인의 모습을 발견하자 얼른 가서 팔을 빌려 주었다. 그는 웃음을 띠며 지나칠 만큼 친절미를 보이려고 했다. 마치 부인이 뜻밖의 이번 행운을 거들어 주기라고 한 것처럼.

"감사해요." 부인은 이렇게 말하고 난로 옆에 앉는다. "여기가 전부터 내 자리라오."

"당신은, 저 사람을 아시나요?"

다그네가 저리로 가버리자 뒤 종꾸와이 부인이 물었다.

"네, 알고말고요. 훌륭한 청년이죠, 조르즈가 무척 좋아한답니다……. 집안도 참 좋아요."

위공 부인은 다그네에 대해 상대가 못마땅해함을 느끼자 열심히 변호하기 시작했다.

"아버지는 루이 필립의 총애를 받아 죽을 때까지 현(縣)지사의 지위에 있었어요. 본인은 다소 방탕했는지도 모르지만……. 파산했다는 소문도 있죠. 하지만 대지주인 백부가 있어서 재산을 물려 주게 되어 있어요."

다그네

그래도 노부인들이 고개를 갸웃거리므로 위공 부인도 난처한 표정을 지으면서 훌륭한 집안이라는 점으로 이야기를 끊임없이 되돌린다. 그리고 몹시 피로하고 다리에 힘이 없다고 푸념을 늘어놓았다. 그녀는 한 달 전부터 리슐리외 거리의 집에 돌아와 있었다. 볼일이 산더미처럼 많아서, 이렇게 말하는 그 어머니다운 미소에는 어딘지 우수의 그림자가 깃들어 있었다.

　　"아무튼" 샹뜨로 부인이 마지막으로 덧붙여 말했다. "에스뗄은 더 훌륭한 사람과 결혼할 수 있었을 텐데."

　　악대의 취주악이 울려퍼졌다. 까드리유 무곡이다. 사람들이 살롱 양쪽으로 물러나 자리를 넓게 비운다. 점점이 섞이는 검은 연미복 사이를 백설 같은 여자의 드레스가 오가며 얽힌다. 휘황한 불빛 아래 파도처럼 일렁이는 머리, 번쩍거리는 찬란한 보석, 흔들리는 깃 장식, 그리고 활짝 핀 장미꽃과 라일락, 이미 실내는 숨이 막히도록 덥다. 부푼 망사며 주름진 공단이며 비단 사이로 새하얀 어깨가 훤히 드러나고, 경쾌하게 울려퍼지는 음악 속에 스며든 향기가 피어오른다. 열어 놓은 창너머로 나란히 앉아 있는 부인들의 모습이 보인다. 부채질을 하면서 차분하게 미소를 짓는가 하면 눈을 빛내기도 하고 입을 삐죽거리기도 한다. 손님은 계속 몰려든다. 하인들이 잇따라 이름을 알린다. 붐비는 손님들 속에서, 신사들이 팔에 매달려 부끄러워하는 부인들을 어디에 앉힐까 하고 목을 뽑아 주위를 살피며 천천히 멀리서 빈 의자를 찾아온다. 저택 안은 차츰 사람으로 메워져서 서로 스치는 스커트 소리까지 들릴 정도다. 군데군데 레이스와 리본과 스커트의 주름 장식에 묻혀 길이 막히는 곳도 있었지만, 이런 요란한 연회에 익숙해져 있는 부인들은 우아함을 잃지 않으면서 정중히 물러선다. 한편 정원에서는 살롱의 질식할 듯한 분위기를 피해 나온 남녀들이 장미빛 초롱불이 밝혀진 가운데를 누비며 돌아다닌다. 나무 뒤에서는 야회복의 그림자가 잔디 위를 스쳐 지나간다. 훨씬 부드럽게 들리는 까드리유의 리듬에 맞추려는 듯이.

　　정원에서는 스떼너가 푸까르몽과 라 팔르와즈를 막 만난 참이었다. 두 사람은 뷔페 앞에 서서 샴페인 잔을 기울이고 있었다.

　　"굉장하군." 금빛으로 번쩍이는 기둥으로 받친 새빨간 천막을 훑어보면서 라 팔르와즈가 말한다. "꼭 생강빵 시장 같잖아⋯⋯. 아니 정말 생강빵 시장이야!"

　　그는 모든 것을 농담으로 얼버무리는 닳아빠진 청년처럼 비꼬아 대기만 했다.

"방되브르가 살아 있었다면 아마 깜짝 놀라겠는걸." 푸까르몽이 중얼거린다. "기억하겠지, 그가 지루해서 사지를 비비꼬던 일을, 정말 웃을 수도 없었지."

"방되브르? 말도 하지 말게, 그런 덜 되먹은 인간!"라 팔르와즈가 자못 경멸 조로 말했다. "사람 불고기로 우리를 깜짝 놀라게 할 작정이었다면 오산이었지! 이제 아무도 그 인간 얘기는 하지도 않잖아? 그것으로 일막이 끝난 거야. 방되브르 따위를 누가 기억이나 해!"

그 자리에 스떼너가 다가와서 악수를 청했다.

"방금 나나가 왔는데…… 그 입장하는 모습이란, 참, 아니 정말 근사하더군……. 먼저 백작 부인에게 입을 맞추지 않겠어. 그러고는 신랑 신부가 가까이 오니까 축복해 주고 나서, 다그네를 보고 말하더군. '알죠, 뽈, 만일 이 사람을 배신하면 나를 배신하는 거예요…….' 이렇게 말이야. 뭐! 자네들 못 봤나! 정말 근사하던데! 훌륭했어!"

두 사람은 멍청하니 입을 벌리고 듣다가 이윽고 거짓말이라는 것을 알고 웃음을 터뜨렸다. 스떼너가 몹시 기뻐하며 점점 더 신이 나서 떠들어 댄다.

"자네들, 내 말 곧이들어 버렸지? 무리도 아니지, 이 혼담을 매동그린 것은 나나니까, 그리고 나나는 이 집 식구나 매한가지거든."

위공 형제가 지나가다가 필립이 말을 중지시켰다. 그리고 남자들 사이에 이 결혼에 대한 쑥덕공론이 시작되었다. 조르즈의 분개도 아랑곳없이 라 팔르와즈가 경위를 들려 준다. 나나가 과거의 자기 애인 한 사람을 뮈파에게 사윗감으로 강요한 것은 사실이다. 다만 간밤에도 그녀가 다그네와 잤다는 것은 거짓말이다. 푸까르몽이 어깨를 으쓱거리며 나나가 언제 누구와 자는지 알게 뭐냐고 했다. 조르즈가 발끈해서 "나는 알아요!" 대답하는 바람에 모두 와 하고 웃는다. 아무튼 스떼너가 말하듯이 뒤에 무언가 곡절이 있는 모양이다.

차츰 뷔페도 혼잡해지기 시작했다. 그들은 자리를 양보하기는 했지만, 여전히 한덩어리가 되어 몰려 있었다. 라 팔르와즈는 이곳을 마비유로 착각했는지 여자들을 아래위로 훑어본다. 문득 정원 오솔길 안쪽을 바라보니 놀랍게도 브노가 다그네와 열심히 무언가를 지껄이고 있지 않는가. 얼른 일행은 싱거운 농담을 주고받기 시작한다. 브노는 그를 참회시키고 있느니, 첫날밤의 요령을 가르치고 있느니 하고. 이윽고 그들은 살롱 문 앞으로 돌아갔다. 몇 쌍의 남녀가 폴카의 가락에 맞춰 구경하는 남자들 사이를 미끄러지듯 춤을 추며 빠져 나간다. 바깥에서 불어오는 바람에 촛불이 일렁거린다. 음악에 맞추어 한쌍의 남녀가 지나갈 때마다 한 줄기의 바람처럼 후끈해진 열기를 식혀 준다.

"야아! 안은 덥구나!"

라 팔르와즈가 중얼거린다.

어둑어둑한 정원에서 돌아온 그들은 눈이 부신 듯 깜박거렸다. 그러다가 그들은 드러난 여자의 어깨에 둘러싸여 혼자 떨어져 우두커니 서 있는 슈아르 후작의 모습을 발견했다. 엄하고 창백한 얼굴, 위엄에 찬 거만한 모습, 머리 둘레에 드문드문 난 백발. 뮈파 백작의 품행에 분개한 그는 최근 공공연히 교제를 끊고는 두 번 다시 저택에 발을 들여 놓지 않는다는 태도를 고집하고 있었다. 오늘밤에 온 것은 손녀딸 에스뗄이 간곡히 부탁했기 때문인데, 그렇다고 결혼에 찬성한 것이 아니었으며, 현대의 퇴색적 경향에 물든 지배 계급의 난맥상을 비난하고 있었다.

"아아, 이젠 끝장이에요." 난로 앞에서 뒤 종꾸와이 부인이 샹뜨로 부인의 귓전에다 소곤거린다. "가엾게도 백작은 저 여자에게 농락당하고 있는 거야……. 예전에는 그렇게 신심이 깊고 기품 있는 사람이었는데!"

"파산해 가는 중이래요." 샹뜨로 부인이 그 말을 받았다. "우리 영감 앞으로 어음이 한 장 와 있어요. 저이는 지금 빌리에 거리의 그 여자 집에 살고 있대요. 온 빠리가 다 아는 소문이랍니다……. 난 사빈느도 나쁘다고 생각해요. 그야 백작이 저 사람에게 여러 가지 고생을 시키고는 있겠지만. 그렇다고 사빈느까지 돈을 마구 뿌리다니……."

"돈만 뿌리는 게 아니래요."

상대가 말을 가로막는다.

"아무튼 둘 다 똑같이 그러다간 순식간에 신세를 망칠 뿐더러 진흙탕에 빠져 버리고 말 거예요."

그때 차분한 목소리가 이 대화를 가로막았다. 브노였다. 사람들의 눈을 피하여 아까부터 두 여자 뒤에 와서 앉아 있었던 것이다. 그는 몸을 앞으로 내밀고 소곤거렸다.

"왜 비관하십니까? 모든 것을 잃었다고 생각될 때 비로소 하느님은 모습을 보이십니다."

지난날 자기가 지배하던 이 집이 허물어져 가는 모습을 브노는 조용히 지켜보고 있는 것이었다. 퐁데뜨에 갔을 때부터 자기의 무력함을 뚜렷이 깨달은 그는 한 가장의 광란 상태가 번지는 대로 내버려 두고 있었다. 그는 모든 것을 받아들이고 있었다. 나나에 대한 백작의 들뜬 사랑도, 백작 부인에 대한 포슈리의 유혹도, 그리고 에스뗄과 다그네의 결혼까지도 모두 부질없는 일들이 아닌가. 그리하여 전보다 훨씬 유연하고 의미심장한 태도를 갖게 되었다. 큰 혼란이 깊은 신앙으로 인도해 주는 것을 아는 그는, 이렇게 하여 불화 관계에 빠진 백작 부부와 신랑 신부를 다 올바른 길로 이끌 수 있으리라는 생각을 하고 있었다. 하느님은 기어코 나타나신다.

　"백작님은 지금도 매우 깊은 신앙심을 갖고 계십니다……." 브노가 나직한 소리로 계속한다. "그 확실한 증거를 보여주셨습니다."

　"그럼, 먼저 부인과 화해해야 하잖겠어요?"

　뒤 종꾸와이 부인이 말한다.

　"지당한 말씀입니다……. 마침, 머지않아 화해를 하실 듯한 기미가 보이는군요."

　두 노부인이 여러 가지 질문을 한다. 브노는 본래의 매우 겸허한 태도로 돌아가서, 모든 것은 하느님의 뜻이라고 말한다.

　"저로서는 백작과 부인을 화해시켜 세상의 화제거리가 되는 것을 막을 수만 있다면 그 이상 바랄 것이 없습니다. 관례만 지켜진다면 종교는 어떠한 과오든 용서해 주는 것이니까요."

　"아무튼 저 사기꾼 같은 남자와의 결혼만은 중지시켜 주셨어야 했는데."

　뒤 종꾸와이 부인이 말한다.

　몸집이 작은 노인은 무척 놀라는 체했다.

　"그건 잘못 보신 겁니다. 다그네 씨는 참으로 훌륭한 청년이지요……. 나는 그 사람의 마음속을 잘 알고 있습니다. 젊을 때의 과오를 보상하려고 하고 있지요. 에스뗄 양이 잘 인도해 줄 것입니다. 안심하십시오."

　"에스뗄이요!" 샹뜨로 부인도 자못 경멸하듯 중얼거린다. "그 애는 그런 의지라곤 없는 애 같아요. 정말 형편없이 나약한 애같지 않아요."

　이 견해에 브노는 웃음을 지었다. 그러나 신부에 대해서 자기 생각을 털어놓으려고는 하지 않았다. 그리고 중립적인 입장을 지키려는 듯이 눈을 감고 부인들의 스커트 뒤 자기 자리로 다시 몸을 감추었다. 위공 부인은 피곤한 듯 무심코 앉아 있다가 이 대화를 몇 마디 엿들었다. 그래서 그녀도 이 문제에 참견하여 관대한 결론을 내리면서, 마침 인사를 한 슈아르 후작에게 말을 건넸다.

"저 부인들은 너무 엄격해요. 산다는 건 누구에게나 힘든 일이거든요……. 우리가 용서를 받고 싶을 때에는 남들도 용서해 줘야 하지 않겠어요."

후작은 자기를 비꼬는 말인 줄 알고 조금 당황했다. 그러나 이 선량한 부인이 진정으로 슬픈 듯한 미소를 띠고 있는 것을 보자 곧 마음을 놓았다.

"아니, 어떤 종류의 과오는 용서하면 안 됩니다. 너무 관대하기 때문에 사회가 타락하는 것이니까요."

댄스는 아직도 한창 계속되고 있다. 까드리유가 다시 시작되니 살롱 바닥이 흔들거린다. 마치 이 낡은 건물 전체가 연회의 소란스러움 때문에 기울고 있는 것처럼. 이따금 몽롱한 머리 사이로 여자의 얼굴이 떠오르며 춤을 추며 지나간다. 반짝이는 눈동자, 살짝 벌어진 입술, 샹들리에의 빛을 받아 하얗게 빛나는 살결.

"모두 건전한 식견이 없어요." 뒤 종꾸와이 부인이 말한다. "2백 명 정도 밖에 들어가지 못하는 방에 5백 명이나 쑤셔 넣다니 미친 짓이에요. 이러려면 차라리 까 루젤 광장에서 결혼 계약에 서명을 하지 그래."

이렇게 불평하자 샹뜨로 부인이 대꾸한다.

"이것도 다 유행이라오. 옛날에는 이런 엄숙한 행사는 가족끼리 했는데, 이제는 떠들썩하게 해야 하니……. 외부 사람들이 마음대로 들어와서 법석을 떨지 않으면 파티가 쓸쓸하게 느껴지게 된 거지요. 모두가 사치를 과시하고 찌꺼기 같은 인간들을 집안에 끌어 들여요. 이렇게 하층 사람들과 섞이면 머지 않아서 가정이 타락하는 것은 당연해요."

두 부인은 처음 보는 사람들이 50명 이상이나 들어와 있다고 한탄했다. 이토록 많은 사람들은 다 어디서 왔을까? 앞가슴이 깊이 파인 옷을 입고, 어깨가 그대로 드러난 젊은 여자들. 어떤 여자는 틀어올린 머리에 금장도를 꽂았고, 검은 구슬을 주렁주렁 단 옷을 갑옷처럼 걸쳤다. 어떤 여자는 대담한 타이트 스커트가 너무나 기묘하게 보여서, 사람들이 모두 쓴웃음을 짓고 바라보곤 한다. 겨울이 지난 이 계절의 모든 사치가 여기에 몰려 있었다. 문란한 향락의 세계, 그것은 여주인이 하루만의 교제로 긁어모은 것이었고, 거기서는 유서 있는 집안과 파렴치하기 짝이 없는 사회의 찌꺼기들이 팔꿈치를 맞대고 같은 향락욕에 몸부림치고 있었다. 실내는 점점 더 더워졌고 초만원을 이룬 살롱 안에서 까드리유를 추는 사람들의 얼굴이 리듬에 맞추어 덩실거린다.

"근사한데, 백작 부인말야!" 마당으로 나 있는 문 앞에서 라 팔르와즈가 말한다. "딸보다 열 살이나 젊어 보이는걸⋯⋯. 그런데 푸까르몽 군, 방되브르가 저 부인의 허벅지는 시원찮다고 단언했다며?"

이 제법 냉소적인 말투에 사람들은 얼떨떨해졌다. 푸까르몽은 다만 이렇게 대답했을 뿐이었다.

"자네 사촌형한테 물어보게나. 마침 저기 오는군."

"그거 재미있군! 난 10루이 걸지. 부인은 훌륭한 허벅지를 가졌단 말이야."

과연 포슈리가 나타났다. 이 집에 자주 드나드는 사람답게 문간의 혼잡을 피하여 식당으로 돌아서 들어왔다. 겨울 초에 다시 로즈에게 붙들린 그는 이 배우와 백작 부인 사이에 끼어 어느 쪽도 버리지 못해 고심하고 있었다. 사빈느는 그의 허영심을 만족시켜 주지만 로즈는 그 이상으로 즐겁게 해준다. 게다가 그녀는 진심으로 그에게 반하여, 마치 아내처럼 살뜰한 애정을 쏟아 준다. 여기에는 미뇽도 절로 한숨이 나올 정도이다.

"형, 잠깐 묻겠는데 말이야." 라 팔르와즈가 사촌형의 팔을 붙잡았다. "저기 흰 비단옷을 입은 부인 있지?"

라 팔르와즈는 유산을 물려받은 뒤 아주 건방져졌다. 시골서 처음 올라왔을 때 놀림 당한 앙갚음을 하려고 사사건건 포슈리를 놀리려 들었다.

"아아, 저 레이스 장식을 단 여자 말이지?"

포슈리는 영문을 알지 못하고 어깨를 움찔했다. 그러다가 겨우 말했다.

"아니, 백작 부인이잖아?"

"맞았어⋯⋯. 난 10루이 걸었지. 저 부인이 훌륭한 허벅지를 가졌다고 말이야."

그리고 그는 웃었다. 전에 백작 부인이 정부를 갖고 있지 않느냐고 물어서 그를 놀라게 했던 형에게 앙갚음을 하는 것이 기분 좋았던 것이다. 그러나 포슈리는 조금도 놀라지 않고 그를 쏘아본다.

"이 바보야!"

이윽고 그는 내뱉듯이 말하고 어깨를 움찔했다. 그리고 포슈리는 그 자리에 있는 사람들과 하나하나 악수했다. 라 팔르와즈는 그만 얼떨떨해져서 과연 자기가 시덥잖은 소리나 지껄인 것이 아닐까 하는 생각이 들었다. 그들은 다시 지껄이기 시작했다. 경마 뒤 스떼너와 푸까르몽이 빌리에 거리의 단골 친구들과 어울렸느니, 나나는 매우 좋아졌느니, 밤마다 뮈파가 용태를 보러 찾아가느니 하고. 그러나 포슈리는 이야기를 들으면서도 침울한 표정이었다. 오늘 아침 조금 말다툼을 했을 때 로즈가 그 편지를 보냈다는 말을 털어놓은 것이다.

"좋아요, 당신의 그 소중한 백작 부인에게 갖다와요, 환영받을 거야."

온갖 궁리를 한 끝에 용기를 내어 찾아온 것이었다. 그래서 겉으로는 태연한 척 가장하고 있었지만 라 팔르와즈의 바보 같은 농담에 내심 크게 동요하고 있었다.

"왜 그러십니까?" 필립이 묻는다. "안색이 좋지 않으시네요."

"내가? 아니 별로……. 일이 있어서 말이지요, 그래서 이렇게 늦어졌습니다."

그러고는 일상 생활에 흔히 있는 비극을 결말짓는 그런 늠름한 태도로 냉정하게 말했다.

"그런데 아직 이 댁 주인에게 인사를 안 했군요……. 역시 예의라는 것이 있지 않습니까?"

그리고 라 팔르와즈를 돌아보고는 일부러 농담을 했다.

"그렇잖나, 바보 선생?"

그는 사람들을 헤치고 나갔다. 이제는 하인이 큰 소리로 손님의 이름을 외치지도 않는다. 그래도 입구 근처에서는 백작 부부가 들어오는 부인들에게 붙잡혀서 여전히 이야기를 나누고 있었다. 포슈리가 간신히 두 사람 앞에 이르렀다. 그동안 그 사나이들은 정원으로 내려가는 돌층계 위에 서서 목을 길게 뽑고 그 광경을 지켜보고 있었다. 나나가 백작 부인의 간통에 관한 일을 백작에게 말한 것이 틀림없다고 생각하고 있는 것이다.

"백작은 저 사람을 못 본 모양이야." 조르즈가 소곤거린다. "아, 돌아봤어, 자아, 시작이다."

오케스트라가 다시 왈츠 〈금발의 베누스〉를 연주하기 시작한다. 포슈리는 먼저 백작 부인에게 인사했다. 부인은 여전히 환한 미소를 띠고 있다. 이어 그는 백작의 등뒤에서 잠시 멈칫거리다가 유유히 기다렸다. 오늘 밤 백작은 여느 때의 그 오만하고 엄격한 태도를 흐트러뜨리지 않고 어디까지나 고관답게 똑

뮈파 집안 파티

바로 고개를 쳐들고 있었다. 겨우 눈을 포슈리에게로 돌리더니 짐짓 엄한 태도를 보였다. 잠시 두 사람은 서로를 응시한다. 포슈리가 먼저 손을 내민다. 뮈파도 손을 내민다. 마주 쥐어진 두 손, 그 옆에서 눈을 내리깐 채 미소를 짓는 사빈느 부인, 끊임없이 연주되는 야비한 왈츠의 리듬.

"염려한 것보다는 대단찮군 그래!"

스떼너가 말한다.

"손이 들어붙어 버렸나?"

악수가 긴 데 놀라 이상하다는 듯이 푸까르몽이 말한다.

포슈리의 창백한 두 볼에 불그레한 빛이 떠올랐다. 잊을래야 잊을 수 없는 그 장면이 선하게 눈에 떠오른 때문이다. 초록빛을 띤 광선이 비쳐드는 소도구실, 먼지를 덮어쓴 잡동사니, 달걀 담는 그릇을 들고 서 있던 뮈파. 그 무렵의 그는 공연히 사람을 의심했었다. 그러나 이제와서는 의심하지 않는다. 위엄의 마지막 한 모퉁이가 허물어져 버린 것이다. 포슈리는 부인의 밝은 얼굴을 보고 마음이 놓였다. 그러나 이번에는 어쩐지 무척 우스꽝스럽다.

"아, 이번에는 틀림없는 나나다!"라 팔르와즈가 소리 친다. 멋있는 농담이란 생각이 들면 몇 번이나 그것을 되풀이하는 사나이다. "저것 봐, 저기 나나가 들어오는 것이 보이잖아?"

"잠자코 있어, 바보야!"

필립이 속삭인다.

"거짓말 아니야! 나나의 왈츠를 연주하고 있는데 마침 나타났군! 안 보인다구? 포슈리와 백작 부부를, 내 고양이 새끼니 어쩌니 하고 부르면서 끌어안고 있잖아? 저런 것 나는 못 봐, 저런 가족적인 정경은."

에스뗄이 가까이 가자 포슈리가 축하인사를 한다. 그러나 그녀는 핑크빛 드레스로 감싼 몸을 어색하게 굽히며 난처한 표정으로 그를 바라보곤 힐끗 양친에게 눈길을 보낸다. 다그네도 포슈리와 굳은 악수를 나눈다. 이리하여 그들은 한군데 몰려서서 활짝 웃으며 담소를 나눈다. 그뒤에서 브노가 살며시 다가가서 가늘게 뜬 눈으로 정답고 경건한 표정을 지으며 그들을 바라보았다. 이런 극에 이른 타락이야말로 신에게로 나아가는 길을 여는 것이라고 기뻐하고 있는 것이다.

왈츠는 여전히 음탕한 웃음의 리듬을 펼쳐 놓는다. 이 낡은 저택에 한층 더 심하게 밀려오는 향락의 밀물, 오케스트라가 피콜로의 떨림과 바이올린의 애달픈 한숨을 더욱더 높게 들려준다. 제노아 산 비로드의 황금빛 장식과 그림 아래서 샹들리에가 열기를 뿜으며 금가루 같은 빛을 뿌린다. 손님들은 거울에 비쳐 수가 더 늘어나 보이고, 어수선한 소음까지 더 높아지는 것 같다. 살롱 주위에서 허리에 팔을 두른 몇 쌍의 남녀들이 앉아 있는 부인들의 미소를 받으며 지나간다. 그러면 방바닥이 더욱 흔들거린다. 정원에서는 초롱에서 흘러나오는 흐릿한 불빛이 바람을 쐬러 나온 산책자의 거뭇거뭇한 그림자를 멀리서 일렁이는 불빛에 비친 것처럼 벌겋게 물들이고 있다. 그리고 이 진동하는 벽, 불그스레 물드는 공기, 그것은 옛날부터 이어내려 온 명예가 마침내 불을 뿜어 집안 구석구석에서 따닥따닥 소리내며 타오르는 것처럼 보인다. 4월의 어느날 밤 포슈리가 유리 깨지는 듯한 울림을 들었던 그 무렵은 이 집의 흥청거림이 겨우 갓 시작되었을 때였으며, 어딘가 사람의 눈을 피하는 기미가 엿보였다. 그것이 차츰 대담해지고 요란스러워지더니 마침내 오늘 밤과 같은 화려한 연회가 된 것이다. 이제는 갈라진 틈바귀 정도가 아니라 온 집에 번져서 눈앞에 다가온 붕괴를 알려 주고 있다. 동구 밖 주정뱅이 집에서 빵이 떨어지고, 남편은 술에 미쳐 지갑을 털고, 끝내 한가족이 음침한 밑바닥으로 빠져들어가듯이 여기서는 온갖 재물을 쌓아 놓곤 단숨에 불을 질러 그 타서 허물어지는 속에서 이 왈츠가 유서 깊은 한 집안의 조종(弔鐘)을 울리고 있다. 그리고 한편에서는 그림자도 없는 나나가 무도장 위에 날씬한 사지를 펼치고, 야비한 음악의 리듬에 따라 열기 속에 떠도는 그녀의 체취를 이 세계에 스미게 하여 모든 사람을 타락시키고 있는 것이다.

교회에서 결혼식이 거행된 날 밤 뮈파 백작은 지난 2년 동안 발을 들여놓은 적이 없는 아내의 침실에 나타났다. 처음 부인은 무척 놀라 뒷걸음질쳤으나 미소를 잃지는 않았다. 언제나 그 얼굴에서 꺼지는 일 없는 그 황홀한 미소를, 백작이 얼떨떨해하며 무언가를 떠들거린다. 부인이 조금 나무란다. 그러나 둘 다 뚜렷한 변명의 말은 입 밖에 내지 않았다. 이 화해를 명한 것은 종교인 것이다. 그들 사이에는 말없이 서로가 행동의 자유를 보장하기로 묵계가 이루어졌다. 침대에 들어가기 전 부인이 아직 망설이고 있는 것 같았으므로 두 사람은 용건을 이야기했다. 백작 쪽에서 보르데의 토지 매각에 관한 것을 꺼냈다. 부인이 금방 동의했다. 서로 무척 돈에 궁한 때였으므로 절반씩 나누기로 했다. 이것으로 완전히 화해가 된 셈이다. 뮈파는 회한을 느끼면서도 속으로 안도의 숨을 내쉰다.

마침 그날 2시께 나나가 자고 있는데, 조에가 와서 문을 두드렸다. 커튼을 쳐놓은 컴컴하고 서늘한 고요 속에서 창문으로 따뜻한 바람이 불어들어온다. 나나는 아직 얼마간 기운이 없긴 했지만 일어날 수는 있었다. 눈을 뜨고 묻는다.

"누구야?"

조에가 대답하려고 하자 다그네가 성큼성큼 들어와서 자기 이름을 댔다. 순간 나나는 베개에 팔꿈치를 짚고 몸을 일으키며 조에를 물러나게 한 다음 말했다.

"어머, 당신이야! 결혼식날에! ······무슨 일이야?"

그는 침침한 방 한가운데에 어리둥절해 서 있다. 이윽고 눈이 익자 앞으로 다가왔다. 연미복에, 넥타이도 장갑도 희다.

"그래, 나야······. 생각이 안 나?"

"응, 아무 기억도 없어."

그래서 그는 익살을 떨며 노골적으로 그녀의 기억을 되살렸다.

"자아, 당신의 중매료야······. 내 첫 동정을 가지고 왔어."

그러자 나나는 침대 곁에 있는 그를 두 팔로 와락 끌어안고 몸을 떨면서 심하게 웃다가, 울음을 터뜨릴 듯이 되었다.

"아아, 귀여운 사람! 어머, 미미는 참 우스운 사람이야! 어쩌면 잊어버리지 않고! 나는 까맣게 잊어버리고 있었는데! 아니, 그럼 빠져 나왔군, 교회에서. 정말이야, 향내가 나네······. 자, 키스해 줘! 아아, 더 세게, 미미! 아마 이게 마지막일 거야."

아직도 가냘프게 에테르의 냄새가 떠도는 어둑어둑한 방안에서 두 사람의 웃음소리가 멎는다. 창문 커튼은 뜨거운 공기로 부풀고 길거리에서 어린아이들의 목소리가 들려온다. 이윽고 두 사람은 시간에 신경을 쓰면서 희롱하기 시작한다. 다그네는 가벼운 식사 뒤 곧 신혼여행을 떠났다.

자고 있는 나나를 찾아온 다그네

13장

9월도 다 갈 무렵이다. 그날 밤 나나 집에서 저녁 식사를 들기로 되어 있던 뮈파 백작이 별안간 뛰일르리 궁에 입궁하라는 명령을 받았으므로 그것을 알리려고 저녁때 찾아왔다. 집안은 아직도 불이 켜져 있지 않았으며, 하인들은 부엌에서 큰 소리로 웃고 있었다.

백작은 발자국 소리를 죽여 층계를 올라갔다. 훈훈한 어둠 속에서 스테인드 글라스가 빛나고 있다. 5층 살롱의 문은 소리도 없이 열렸다. 천장을 비추는 다 사그러져가는 장미빛 광선, 붉은 벽지, 깊은 소파, 래커칠을 한 가구, 어지럽게 널려진 자수 직물, 청동기, 도자기 등은 차츰 깃들기 시작한 어둠 속에서 이미 잠들어 있다. 방 구석구석은 어둠에 잠기고, 상아의 광택도 황금의 번쩍임도 눈에 띄지 않는다. 그러나 그 어둠 속에서 하얀 옷자락이 보인다. 조르즈의 팔에 안겨 있는 나나, 이제 변명의 여지도 없다. 뮈파는 저도 모르게 신음소리를 내면서 망연히 서 버렸다.

나나는 벌떡 일어나 소년에게 달아날 틈을 주려고 뮈파를 자기 방에 밀어넣으면서 정신없이 중얼거린다.

"들어가세요! 사정을 얘기할게요."

그녀는 불시에 습격당한 데 무척 화가 났다.

'나는 자기 집 살롱에서 문도 잠그지 않고 남자에게 몸을 맡길 그런 여자가 아니란 말이야. 거기에는 까닭이 있어.'

조르즈가 필립에 대한 질투에 미쳐서 끈질기게 매달린 것이다. 목에 매달려서 너무 울기 때문에 내심 불쌍해져서 어떻게 달래면 좋을지 몰라 하는 대로 내맡겨 둔 것이다. 그러는 동안에 어머니의 엄한 감시로 제비꽃 다발도 갖고 올 수 없게 된 이 소년을 상대로 그만 자기 자신을 잊고 말았다. 이런 일은 처음이었는데 마침 공교롭게도 백작에게 들킨 것이다.

'정말 운이 나빠! 사람이 좋으면 이런 변을 당하나 봐!'

나나가 뮈파를 밀어넣은 방은 캄캄했다. 나나는 손으로 더듬어 거칠게 벨을 울려 램프를 갖고 오게 했다. 줄리앙 탓이야! 살롱에 램프만 켜져 있었더라도 그런 일은 없었을 텐데, 그 얄미운 어둠 때문에 그만 내 정신이 돌아 버린 거야.

"저어, 화내지 마세요."

조에가 등불을 갖고 오자 나나는 얼른 말했다.

백작은 두 손을 무릎 위에 얹고, 땅바닥을 바라보고 있다. 방금 목격한 광경으로 아직도 정신을 차리지 못하고 있다. 화를 내고 소리지를 기분도 나지 않는다. 하도 기가 차서 몸이 달달 떨린다. 이 안타까운 침묵에 나나는 가엾어져서 위로하기 시작했다.

"그야, 확실히 제가 나빴어요……. 제가 한 일은 아주 나쁜 일이에요……. 응, 여보, 후회하고 있어요. 정말 슬퍼요, 당신에게 불쾌한 생각을 갖게 해서. 어서 마음을 가라앉히고 용서해 주세요."

나나는 사내의 발 아래 쪼그리고 앉아 순진하게 그의 눈속을 살피면서 아직도 몹시 화가 나 있는지 확인하려고 했다. 이윽고 그가 크게 한숨을 쉬고 마음을 가라앉히자 그녀는 더 응석을 부리며 애절하게 말했다.

"저어, 안아 주세요……. 전, 부자가 아닌 친구들을 거절할 수가 없단 말이에요."

결국 백작이 꺾였다. 다만 조르즈와 손을 끊으라고 요구했을 뿐이다. 모든 환상은 사라졌으며 정조에의 맹세도 믿을 수 없게 되었다. 나나는 내일이라도 다시 배신할지 모른다. 그러나 나나 없이 살아갈 것을 생각하니 두려워져서, 사랑에 괴로워하면서도 미련스럽게 관계를 지속해 나가는 것이었다.

이때가 나나의 생애 중에 가장 치열한 불꽃을 튀기던 한 시기였다. 악덕의 세계에서도 그녀는 더 큰 존재가 되었다. 사치를, 금전 멸시를 오만하게 과시하며 빠리에 군림하고, 무엇 하나 거리낌없이 남자의 재산을 삼켰다. 그녀의 집에서는 마치 황금을 녹이는 용광로가 불을 튀기고 있는 것 같았다. 지칠 줄 모르는 욕망이 불타고, 그녀가 뿜는 한숨의 입김이 황금을 미세한 재로 만들어 줄곧 바람에 흩날려 버린다. 이토록 맹렬한 소비욕은 일찍이 없었다. 집은 심연 위에 서 있는 것 같았으며, 남자의 재산, 육체, 이름까지 삼키고, 티끌 하나 남기지 않는다. 이 여자는 앵무새 같은 기호를 가졌는지, 빨강 무우며 쁘라린느를 갉아먹고, 고기만 씹는다. 다달의 식비는 5,000프랑에 이른다. 부엌에서는 거침없는 낭비, 무서운 소비가 자행되고, 포도주는 통에서 제멋대로 흘렀으며, 계산서는 몇 사람의 손을 거치는 동안에 멋대로 액수가 불어났다.

부엌에서는 빅또린느와 프랑스와가 판을 치고, 친구를 불러들일 뿐 아니라 먼 친척까지 냉동고기며 고기수프를 보내준다. 줄리앙은 출입 상인에게 수수료를 요구하고, 유리장수가 30수짜리 유리를 한 장 배달할 때마다 반드시 자기 몫으로 20수를 더한다. 샤를르는 말에 먹일 귀리를 두 배나 사들여 앞문으로 들어온 것을 뒷문으로 판다. 이렇듯 온 집안이 한덩어리가 되어 낭비했다. 마치 맹렬한 도시의 약탈 같은 상태 속에서, 조에는 적당히 표면을 얼버무려 모두의 도둑질을 감싸 주었다. 그리고 그녀 자신도 그 틈에 끼어 교묘히 도둑질을 하고 있었다. 낭비는 더 심해졌다. 전날의 음식물은 집 한쪽 구석에 버려진다. 식품의 비축은 하인들이 신물을 내도록 과하다. 설탕은 유리그릇 안에서 녹고, 가스는 벽이 날아가도록 훨훨 탄다. 게다가 태만과 짓궂음과 사고까지 겹쳐서, 그들의 밥이 된 이 집의 붕괴를 촉진시킨다.

2층 나나의 방에서는 파멸의 폭풍이 더 심하게 휘몰아치고 있었다. 1만 프랑이나 하는 옷이 두 번만 입으면 잇달아 조에의 손을 거쳐 팔려 버린다. 보석이 서랍 속에서 안개처럼 사라진다. 한때의 유행에 끌려서 산 쓸데없는 물건들이 다음날에는 한쪽 구석에 버려져서 쓸려 나간다. 나나는 값비싼 것을 보면 반드시 가지고 싶어했으므로 그 주위에는 언제나 꽃다발과 비싼 장식품으로 널려 있었다. 한때의 변덕이 비싸게 먹히면 먹힐수록 그만큼 더 호기심을 만족시키는 것이다. 그러면서도 손에 남는 것은 하나도 없다. 모든 것이 부서졌으며 그 조그마한 흰 손가락 사이에서 어떤 것은 시들고 어떤 것은 더러워진다. 그리고 그녀가 지나간 뒤에는 그 표적처럼 무어라고 부를 수도 없는 찌꺼기며, 비뚤어진 조각이며, 진흙투성이의 누더기가 흩어져 남는 것이었다. 이렇게 규모가 작은 낭비가 한창 진행되는 동안에 별안간 큰 계산서가 날아든다. 모자 가게에 2만 프랑, 속옷 가게에 3만 프랑, 구두 가게에 1만 프랑, 말에도 5만 프랑이나 들었다. 6개월 동안에 12만 프랑의 옷값이 밀려, 그녀의 생활은 라보르데뜨에 의하면 평균 40만 프랑의 경비가 드는 것으로 계산되었다. 그런데 특히 사치를 한 것도 아닌데 금년의 경비는 100만 프랑에 이르렀다. 이 숫자에는 그녀 자신도 놀랐으며, 그만한 돈이 다 어디로 사라졌는지 짐작도 가지 않았다. 남자들

나나 집 부엌에 있는 하인들

한테서 잇달아 대금을 우려내지만, 사치의 무게로 삐걱거리는 이 집 마루 밑에 파여 있는 구멍은 메울 수가 없는 것이다.

그런데 나나는 여기에다 다시 터무니없는 생각을 하고 있었다. 전부터 방안을 다시 새로 꾸미고 싶어 안달을 했는데 겨우 묘안이 떠오른 것이다. 다색을 띤 장미빛 비로드를 조그만 은못으로 꽂고 천장까지 텐트형으로 쳐서, 그것을 금끈과 레이스로 장식한다는 것이다. 이것 같으면 호화로우면서 그리 강렬하지도 않고, 불그스레한 자기 살결에 근사한 배경이 될 것이다. 더욱이 그 방은 다만 침대의 주위를 장식하기 위한 것뿐이다. 말하자면 사람을 깜짝 놀라게 하고 현기증을 일으키게 하자는 속셈이다. 온 빠리가 자기의 숭고한 나체를 우러러볼 왕좌랄까, 제단이랄까, 아무튼 나나는 어디에도 비할 데 없는 침대를 꿈꾸고 있었던 것이다. 이를테면 은빛의 격자무늬에 금빛 장미를 뿌린다는 식으로, 전체에 금은의 부각을 아로새긴 큰 보석 같은 것으로 만들자. 머리맡에는 한 무리의 큐피드가 꽃송이 사이로 웃는 얼굴을 내밀며 커튼 안의 애욕을 들여다본다. 나나가 라보르데뜨에게 의논하자 그는 두 사람의 금은 세공사를 데리고 왔다. 그리하여 이젠 벌써 설계도를 그리는 단계에까지 와 있었다. 침대는 3만 프랑쯤 들 것이다. 그러나 그것은 뮈파가 새해 선물로 지불해 주게 되어 있었다.

나나로 봐서 이상하기 짝이 없는 것은 황금의 강물에 잠겨 있는데도 언제나 돈이 모자란다는 것이다. 때에 따라서는 불과 몇 루이의 돈에도 궁했다. 조에게 빌리거나 제 손으로 그럭저럭 하는 수밖에 없었다. 그러나 마지막 수단까지 가기 전에 남자를 구슬려 농담 반 진담 반으로 가진 돈을 푼돈까지 싹 우려냈다. 석 달 전부터 이렇게 하여 특히 필립의 주머니를 털어왔다. 마침내 그는 나나가 돈이 급할 때 찾아오면 으레 지갑을 놓고 돌아가게 되었다. 이윽고 나나는 대담해져서 어음의 지불이며 귀찮게 독촉하는 빚을 갚기 위해 기껏해야 2, 300프랑 정도지만 그에게 빚을 청하게 되었다. 7월에 경리 대위에 임명된 필립은 이튿날이면 그 돈을 갖고 와서는 "주머니가 넉넉잖아서요" 이렇게 변명하곤 했다. 요즘은 선량한 어머니인 위공 부인이 아들들을 아주 엄격하게 감시하고 있었기 때문이다. 석달 쯤 지나서 이 소액의 빚도 회수가 거듭되는 바람에 1만 프랑 가까이나 되었다. 대위는 여전히 껄껄거리고 웃었다. 그러나 차츰 초췌해지고 괴로운 표정으로 명청해질 때가 있었다. 그러다가도 나나가 자기를 한번 보아 주기만 하면 금세 표정이 변했다. 말하자면 관능의 기쁨에 황홀해지는 것이었다. 나나는 고양이처럼 달라붙어 문 앞에서 키스를 퍼부어 멍청하게 만들고는 느닷없이 몸을 맡겨 그의 마음을 사로잡아 버린다. 그래서 그는 잠시라도 직무에서 빠져 나올 수만 있으면 언제나 나나 곁에 와 들러붙어 있었다.

어느날 밤, 나나가 자기의 세례명이 떼레즈이고 10월 15일이 축명일(祝名日)이라고 하자 사나이들이 모두 선물을 보내왔다. 필립 대위의 것은 금을 아로새긴 작센 사기그릇인 골동품 과자그릇이었다. 그것을 갖고 왔을 때 나나는 혼자 있었으며 막 목욕을 하고 나와서 화장실에 있었다. 빨간색과 흰색의 큼직한 플란넬 가운 한 장만 걸친 채 테이블에 늘어놓은 온갖 선물을 열심히 들여다보고 있었다. 벌써 수정으로 만든 향수병은 깨져 있다. 뚜껑을 열다가 떨어뜨린 것이다.

"어머, 고마워요! 이건 뭐지? 좀 보여 줘……. 어머나, 어린애 같잖아, 이런 데 돈을 다 쓰고!"

그녀가 잔소리를 한 것은 그가 넉넉지 못하기 때문이지만 자기 때문에 지갑을 털어 준 것이 내심으로는 무척 기뻤다. 나나를 기쁘게 하는 유일한 사랑의 표시, 그것은 돈이다. 그녀는 과자그릇을 만지작거리면서 어떤 장치로 되어 있나 알아보려고 열어보고 닫아보고 했다.

"조심해요, 부서지기 쉬우니까."

그녀는 어깨를 움찔거렸다. 내 손이 흙을 파는 노동자 손인 줄 아나 봐. 그때 별안간 장식이 손에 걸려서 뚜껑이 떨어지는 바람에 박살이 났다. 그녀는 멍하니 파편을 내려다 본다.

"어머, 깨졌어!"

이렇게 말하고 웃기 시작했다. 방바닥에 흩어진 파편을 보니 참으로 우스꽝스러운 느낌이 든 것이다. 그 좋아하는 태도는 꼭 히스테리 환자 같았다. 물건을 부수고 좋아하는 어린아이 같은 짓궂고 얼빠진 웃음, 필립은 한순간 불쾌해졌다.

'이 여자는 내가 이 물건 때문에 얼마나 고생했는지 모른단 말이야.'

그의 안색이 변한 것을 깨닫고 나나는 웃음을 거두었다.

"내가 잘못한 게 아니야……. 처음부터 금이 가 있었어. 오래 못 가나 봐, 이런 골동품은……. 그리고 이 뚜껑! 탁 퉁기는 걸 봤잖아?"

여기서 또 미친 듯이 웃는다. 그러나 남자가 참다못해 눈물을 글썽거리는 것을 보고 상냥하게 목에 매달린다.

"바보야! 사랑하고 있어. 만일 아무것도 부서지지 않으면 장사꾼은 굶잖아. 이런 거 모두 부수기 위해서 되어 있는 거야…… 이봐, 이 부채도 풀로 조금 붙여 놓았을 뿐이잖아!"

부채를 펼쳐서 당기니 비단이 둘로 찢어졌다. 그것이 그녀를 흥분시킨 모양이다. 필립의 선물을 부숴 버린 이상, 이제 다른 것은 아무래도 좋다는 듯이 그녀는 정신없이 부수기 시작하더니 튼튼한 것이라곤 하나도 없다는 증거라도 보이듯이 모두 파괴해 버렸다.

그 눈은 요사스럽게 빛나고 살짝 말려올라간 입술 사이로 흰 이빨이 내다보인다. 이윽고 모든 것이 박살나자 새빨개진 얼굴로 웃어젖히더니 손바닥을 펴서 테이블을 두들기며 말괄량이 같은 소리로 지껄였다.

"다 끝났다. 다아! 이제 아무것도 없다. 아무것도 없어!"

필립도 이 열광에 말려 들어 함께 떠들며 그녀를 뒤로 젖혀 목에 키스를 퍼부었다. 그녀는 축 늘어져서 그의 어깨에 매달렸다.

"기뻐! 오랫동안 이렇게 즐거운 것은 못해 봤어!" 그리고 남자에게 매달려 애무하는 어조로 부탁한다. "저어, 내일 10루이만 갖고 와 줘……. 좀 곤란해서 그래, 빵가게에 줄 돈 때문에 괴로워하고 있어."

그의 안색이 싹 변했다. 나나의 이마에 다시 입술을 갖다대고는 한마디만 한다.

"힘써 보지요."

잠시 침묵이 흐른다. 나나는 옷을 입기 시작한다. 필립은 유리창에 이마를 갖다 대고 있더니, 이윽고 돌아와서 천천히 입을 연다.

"나나, 나와 결혼해 주지 않겠소?"

그 순간 그녀는 미친 듯이 웃느라고 페티코트의 끈도 못맬 정도였다.

"당신, 돌았나 봐……. 당신이 프로포즈하는 것은 내가 10루이 갖다 달라고 부탁했기 때문이지? 안돼요, 그런 짓을 하기에는 너무나 당신을 사랑하고 있어. 멍청이 같은 소리 마요!"

조에가 신을 신기려 들어왔으므로 이 이야기는 여기서 끊어졌다. 조에는 들어오자마자 테이블 위에 박살이 난 선물을 곁눈질해 보았다. 그리고 이것을 모

남자들에게 받은 선물을 부수는 나나

두 간직해 둘 것이냐고 물었다. 나나가 버리라고 말하자 스커트에 싸서 들고 나갔다. 부엌에서 하인들은 마님의 쓰레기를 골라 서로 나누어 가졌다.

그날 조르즈는 나나가 일러둔 말을 무시하고 살며시 이 집에 들어왔다. 프랑스와는 그가 지나가는 것을 보았으나 말리지 않았다.

이제 하인들은 안주인이 당황하는 모습을 보고 비웃었다. 작은 살롱까지 들어선 조르즈는 저도 모르게 걸음을 멈추었다. 형의 목소리가 들리지 않는가. 그는 문 앞에 못박힌 듯이 서서 입맞추는 소리며 청혼하는 말을 죄다 들어버렸다. 그리고 몸이 얼어붙는 듯한 두려움으로 그 자리를 떠났다. 머릿속이 텅 비어 얼빠진 사람처럼 되었다. 리슐리외 거리에 있는 어머니 방 위의 자기 방으로 들어가서야 비로소 눈물이 쏟아졌다. 이번에야말로 의심할 여지가 없다.

추잡한 광경이 눈앞에 떠오른다. 필립의 팔에 안긴 나나, 그것이 그에게는 마치 근친상간처럼 여겨졌다. 간신히 마음이 가라앉는가 하면 다시 생각이 난다. 그러면 심한 질투의 발작에 사로잡혀 침대에 엎드려서 시트를 물어뜯고 욕설을 마구 토해 댄다. 그것이 점점 더 그를 미칠 듯한 기분으로 만들었다. 이렇게 하루가 지났다. 그는 머리가 아프다며 방안에 틀어박혀 있었다. 그러나 밤은 더 무서웠다. 줄곧 악몽에 시달리며 형을 죽이고 싶은 충동에 몸부림쳤다. 형이 집에 있다면 달려가서 단도로 찔러 죽였을지도 모른다.

날이 새어서야 냉정하게 생각해 볼 수 있었다. 자기야말로 죽어야 한다. 승합마차가 지나가면 창문에서 뛰어내리자, 그러나 그는 10시께 집을 나섰다. 온 빠리를 돌아다니면서 투신하려고 몇 군데의 다리 위를 서성거렸다. 그러나 막상 몸을 던지려는 순간이 되니 무슨 일이 있더라도 나나를 한 번만 더 만나보고 싶은 생각이 들었다. 그 목소리를 한 번만 들으면 아마 자기는 구원을 받을 것이다. 그가 빌리에 거리의 나나 집에 도착한 것은 마침 시계가 3시를 알리기 시작했을 때였다.

그런데 같은 날 점심때, 위공 부인은 무서운 소식을 듣고 심한 충격을 받았다. 필립이 간밤에 투옥되었다는 것이다. 연대의 금고에서 1만 2,000프랑을 빼낸 혐의로 고발된 것이다. 지난 석 달 동안 그는 금방 갚을 수 있으리라는 생각으로 조금씩 공금을 횡령했으며, 그 없어진 구멍을 문서를 위조하여 속여왔다. 이 부정은 감찰국의 태만 때문에 언제나 무사히 넘어갔다. 위공 부인은 아들의 범죄를 알고 소스라치게 놀랐으며 나나에 대해서 처음으로 분노를 터뜨렸다.

부인은 필립과 나나의 관계를 알고 있었던 것이다. 그 근심스러운 거동도 원인은 이 불행에 있었고, 빠리에 머물고 있는 것도 무언가 돌이킬 수 없는 일이라도 일어나지 않을까 하는 걱정 때문이었다. 그러나 이런 수치스러운 사건이 생길 줄이야! 아들에게 돈을 주지 않은 자기에게도 책임이 있다. 다리 힘이 빠져 부인은 안락의자에 비실비실 주저앉아 버렸다.

'나는 어디를 뛰어다녀 볼 수도 없고 아무런 소용도 없다. 이렇게 이 자리에 죽을 때까지 앉아 있을 수밖에.'

문득 조르즈를 생각하고, 안도감에 가슴을 쓰다듬었다. 조르즈가 남아 있다. 그 애가 뛰어다니면서 틀림없이 우리를 구해 줄 것이다. 그래서 사건을 비밀로 해두고 싶은 생각으로 누구의 도움도 빌리지 않으리라 생각하고 슬금슬금 2층으로 올라갔다. 자기 곁에는 아직 정답게 대해 줄 사람이 하나 있다는 생각에 매달리듯이. 그러나 2층방은 비어 있었다. 문지기에게 물으니 조르즈는 일찍 나갔다고 한다. 그리고 그 방에도 불행의 바람은 휘몰아치고 있었다. 물어뜯은 침대의 시트가 그의 고민을 여실히 이야기해 주고 있다. 흩어진 옷가지 사이에 죽은 듯이 나동그라진 의자, 조르즈는 그 여자를 찾아간 것이 틀림없다. 위공 부인은 눈물도 말랐다. 다리에 힘을 주어 층계를 내려갔다. 아들들이 필요했다. 부인은 그들을 되찾으러 나갔다.

그날 아침부터 나나에겐 귀찮은 일만 잇따라 일어나고 있었다. 아직 겨우 9시밖에 안 되었는데 빵가게에서 133프랑의 빵값 청구서를 가지고 나타났다. 호화로운 생활을 하면서도 나나는 이 얼마 안 되는 돈마저 치르지 못한다. 빵장수는 외상을 거절한 그날부터 나나가 다른 빵가게로 거래를 바꾼 데 격분하여 벌써 몇 번이나 찾아온 것이다. 하인들도 그에게 동정했다. 프랑스와는 한 소동 일으키지 않곤 받지 못할 거라 말했고, 샤를르는 오래 전에 밀린 짚값을 청구하러 자기도 함께 들이닥치겠다고 말했다. 그런가 하면 빅또린느는 남자가 와 있을 때를 보아 한참 소곤거리고 있을 때 뛰어들어 돈을 내놓게 하면 될 것이라고 귀띔한다. 부엌에서는 하인들이 온갖 이야기를 지껄여 대서 상인들도 집안사정을 훤히 알게 되었다.

이러한 수다가 서너 시간씩 계속된다. 아씨를 발가벗겨 흠을 찾아서 쑥덕거리며 험담을 한다. 너무나 한가하고 할 일이 없으니 끝없이 계속된다. 다만 하인 우두머리인 줄리앙만은 주인을 변호하는 체해 보였다.

"뭐니뭐니해도 아씨는 근사해."

"아씨와 잤지?"

다른 사람들이 이렇게 따지니 별로 기분이 나쁘지 않은 듯 싱글벙글 웃는다. 그러자 요리사가 화를 버럭 낸다.

"만일 내가 남자라면 저런 여자는 엉덩이에 침을 탁 뱉어 줄 거야. 정말 속이 다 메스꺼워져!"

아무튼 프랑스와는 짓궂게 빵가게 주인을 현관에 세워두고 아씨에게 알리지 않았다. 그래서 나나는 아침 식사를 하러 밑에 내려오다가 빵장수와 딱 마주치고 말았다. 그녀는 청구서를 받아 들고 3시에 다시 와 달라고 한다. 빵장수는 욕설을 퍼붓고는 정확히 그 시간에 와서 무슨 일이 있더라도 돈을 받아 가겠다고 큰소리치고 돌아간다.

이런 일이 불쾌해서 나나는 식욕도 나지 않는다. 이번에는 꼭 그자를 쫓아 버려야지. 여태까지 몇 번이나 그녀는 그 돈을 떼어 놓았었다. 그러나 그때마다 사라져 버렸다. 어떤 때는 꽃값에, 어떤 때는 늙은 경찰의 구제모금에, 그녀는 필립에게 기대를 걸고 그가 200프랑을 들고 이제나저제나 모습을 나타내기만 기다리고 있는데 오지 않아 이상하게 생각하고 있었다.

"정말 창피해. 그저께까지만 해도 사땡에게 옷과 속옷을 거의 1,200프랑어치나 사주었는데, 오늘은 1루이도 수중에 없다니."

2시께 나나가 초조해하고 있는데 라보르데뜨가 나타났다. 그 침대의 도면을 갖고 온 것이다. 나나는 그것에 기분이 풀려 무척 기뻐했다. 모든 것을 잊어버리고 손뼉을 치고 춤을 추면서 그리고 호기심에 가슴을 설레면서 살롱의 테이블 위에 엎드려 도면을 살펴보기 시작했다. 라보르데뜨가 설명한다.

"자아, 이것이 배 모양으로 된 동체. 한가운데는 꽃이 활짝 핀 장미숲, 그 주위를 꽃과 봉오리로 감싸는 거야. 잎은 초록빛 금, 장미꽃은 빨강 금으로 만들게 되어 있지······. 그리고 이것이 머리맡의 장식, 은 격자에서 큐피드가 왈츠를 추는 거야."

나나가 정신없이 말을 막는다.

"어마, 요것 걸작이잖아? 이것 봐, 이 구석에 있는 요 꼬마, 엉덩이를 쳐들구······. 어때요? 이 짓궂은 웃음! 모두 간사한 눈들이야! 이런 꼬마들 앞에선 좀 이상한 짓도 못하겠네!"

나나는 그저 자랑스럽기만 했다. 금은세공사의 이야기로는 여왕도 이런 침대에서는 자지 않는단다. 다만 좀 문제가 생겼다. 라보르데뜨가 다리 부분의 장식에 관한 두 장의 도면을 보였다. 하나는 배 모양을 한 큐피드를 주제로 한 것이고, 하나는 전혀 다른 것으로 목축신이 밤의 여신 베일을 벗기고 그 빛나는 나체를 들여다보고 있는 것이었다. 만일 나나가 후자를 택한다면 금은세공사는 그녀를 밤의 여신 모델로 삼을 작정이라고 라보르데뜨가 덧붙였다. 이 착상은 참으로 기발했으며 나나는 너무나 기뻐 창백하게 질렸을 정도다. 조그만 은상(銀像)이 된 자기의 모습이 떠오른다. 그것은 말하자면 어둠 속의 훈훈한 쾌락의 상징이다.

"물론 머리와 어깨만 모델이 되어 주면 될 거야."

나나는 빤히 그를 쳐다본다.

"왜? 예술을 만들어 내는 건데요 뭐, 조각가 앞에서 발가벗는 것쯤 아무것도 아니에요!"

물론 이 주제를 택하기로 했다. 그러자 라보르데뜨가 말을 막았다.

"잠깐…… 6천 프랑 더 비싸지는데."

"어차피 마찬가지야! 우리 그 바보 양반이 지불할 테니까."

이렇게 소리치고 그녀는 웃었다.

요즈음 나나는 친한 사람에게 뮈파 백작을 바보 양반이라고 부른다. 그래서 그들도 이 호칭을 사용하게 되었다.

"어젯밤 바보 양반 만났나?"라든가. "저런, 바보 양반이 와 있는 줄 알았지" 하고. 그러나 이 단순한 애칭도 본인 앞에서는 아직 사용하기를 삼갔다.

라보르데뜨가 도면을 말면서 다시 한 번 다짐을 받았다. 세공사는 두 달 뒤인 12월 25일에 침대를 배달하겠다는 약속이다. 내주 초 조각가가 밤의 여신 모델을 뜨러올 것이라고 했다. 그를 전송하는 도중 나나는 빵가게 생각이 났다. 그래서 느닷없이 말했다.

"잠깐, 저어, 지금 10루이 가진 것 없어요?"

여자에게는 결코 돈을 빌려주지 않는다는 것이 라보르데뜨의 신조 중의 하나였다. 이럴 때는 언제나 똑같은 대답을 한다.

"아니, 다 털어서 말이야……. 그 바보 양반한테 갔다와 줄까?"

나나는 거절했다. 가봐야 헛일이라는 것을 알고 있다. 이틀 전에 5,000프랑

내놓게 했으니까. 그러나 그녀는 거절한 것을 후회했다.

라보르데뜨가 나가자마자 아직 2시밖에 안 되었는데 빵가게 주인이 나타났다. 현관 벤치에 털썩 앉더니 큰 소리로 욕설을 퍼붓기 시작한다. 나나는 2층에서 파랗게 질려 그 소리를 듣고 있었다. 하인이 덩달아 흥겨워하는 기척이 거기까지 들려온다. 그것이 무엇보다 속상했다. 사실 부엌에서는 모두가 웃어대고 있었다. 마부가 마당 안에서 내다본다. 프랑스와가 볼일도 없는데 현관을 지나가며 빵가게 주인을 부추기듯 웃어 보이고는 다시 부랴부랴 상황을 알리러 부엌으로 되돌아간다. 벽을 뒤흔드는 웃음소리, 그들은 가만히 나나의 상태를 살피고는 추잡스러운 농담을 주고받는다. 하인들에게까지 멸시당하고 있다는 것을 생각하니 그녀는 서글퍼졌다.

'조에에게 133프랑 빌려 달랠까? 아니 그만두자. 벌써 얼마간 빚이 있고 거절당하는 것도 이젠 싫다. 아직 그만한 자존심은 있다.'

강한 흥분에 사로잡힌 나나는 자기 방으로 돌아가자 소리내어 말했다.

"자아, 나나야. 의지할 건 너뿐이야…… 너의 몸뚱이는 네 것, 창피를 당할 정도라면 차라리 네 몸을 쓰는 편이 나을 거야."

조에를 부르지도 않고 뜨리꽁의 집으로 가려고 정신없이 옷을 갈아 입는다. 그것은 어쩔 도리도 없을 때의 마지막 수단이었다.

여태까지도 이 늙은이에게 늘 귀찮게 요구를 받아왔지만, 주머니 사정에 따라 거절하기도 하고, 마지못해 승낙하기도 했다. 그런데 그 승낙하는 날이 차츰 많아졌다. 사치스러운 생활로 인해 잇따라 구멍이 뚫렸기 때문이다. 그리하여 나나는 뜨리꽁에게 가면 반드시 25루이가 얻어걸린다는 것을 알고 있었다. 나나는 친근감에서 오는 가벼운 마음으로 뜨리꽁네 집으로 가려고 했다. 마치 가난한 사람이 전당포를 찾아가듯이. 그러나 막 방에서 나왔을 때 그녀는 조르즈와 딱 마주쳤다. 살롱 한가운데 서 있었다. 백랍처럼 창백하고 크게 뜬 눈엔 검은 불꽃이 튄다. 그것을 깨닫지 못하고 나나는 안도의 한숨을 내쉰다.

"어머! 형님 심부름 왔나 봐!"

"아니오."

조르즈는 점점 더 창백해진다. 나나는 실망의 몸짓을 해보였다.

"그럼 무슨 볼일? 왜 길을 막아서지? 자아, 지나가게 해줘. 난 바쁘니까." 그러다가 잠깐 생각을 고쳐먹고 묻는다. "돈 가진 것 없어?"

"없어요!"

"참 그랬지, 나, 돌았나 봐! 한 푼도, 합승마차를 탈 수도 없겠지. 엄마가 안 주니까, 불쌍한 사람들이야!"

지나가려고 하자 조르즈가 붙잡는다. 할 말이 있다고 한다. 나나는 화가 나서 그럴 시간이 없다고 되풀이하여 거절했다. 그러나 다음 한마디에는 걸음을 멈추고 말았다.

"알고 있어요, 당신은 형과 결혼할 거지요?"

"어머나, 별 소릴 다 듣겠군!"

나나는 의자에 몸을 던지며 미친 듯이 웃었다.

"하지만, 나는 반댑니다……. 나와 결혼해 줘요……. 그 때문에 왔어요."

"뭐? 뭐라고? 당신까지! 그거 당신네 집안 혈통이 그런가 봐……. 안 돼! 이상한 취미야! 언제 내가 그런 부탁을 했지? 안 돼, 둘 다!"

조르즈의 얼굴이 환해졌다. 어쩌면 착각을 했는지도 모르겠구나.

"그럼 형과 안 자겠다고 맹세해 줘!"

"참 귀찮아 죽겠네!" 나나는 다시 짜증을 내며 일어섰다. "잠깐이라면 모르지만, 난 지금 바빠! 몇 번 말해야 알지? 자고 싶으면 형하고도 자지, 왜 못 자. 당신 묘하게 걸고들지만 내 생활비를 대주고 있어? 이 집 경비를 지불해 주고 있느냐 말이야! 암, 자고말고, 형하고도 자고말고……."

조르즈는 나나의 팔을 붙잡고 부러져라 움켜 쥐며 떠듬거린다.

"안 돼……. 안 돼……."

그녀는 탁 때려서 팔을 뿌리쳤다.

"자아, 때리려면 때려 봐! 뭐야, 그 불량배 같은 태도가! 냉큼 나가……. 여태까지 귀여워해 준 거나 고마운 줄 알라구. 알았어? 뭐야, 눈을 부라리고! 설마 죽을 때까지 나를 마마라고 부를 작정은 아니겠지? 나는 애기를 기르는 일 말고 달리 할 일이 있단 말이야."

그는 고뇌로 몸이 굳어진 채 얌전하게 듣고 있는 듯했다. 한마디 한마디에 가슴이 찢어지고 죽을 것 같은 고통을 느꼈다. 그녀는 조르즈의 고통은 아랑곳없이 마침 잘됐다 싶어 아침부터의 울분을 터뜨렸다.

"형도 마찬가지야, 그자도 쓸모없는 인간이야…… 200프랑 갖고 온다고 약속해 놓구. 그걸 기다리는 나도 나지…… 그까짓 돈 포마드 값도 안된단 말이야.

그런데도 나를 요꼴로 내버려 두다니! 이봐요, 가르쳐 줄까? 난 당신 형 덕분에 다른 사내를 상대로 25루이 벌려고 나가는 길이란 말이야."

그는 정신없이 문간을 막아섰다. 그리고 눈물을 흘리면서 손을 모아 애원했다.

"그러지 마! 그러지 마!"

"아니, 해야겠어. 당신 돈 가졌어?"

"아니, 안 가졌어요. 돈을 구하겠어요. 목숨을 내던져서라도."

조르즈는 자신을 이렇게 비참하게, 이렇게 무익하게, 이렇게 어린애로 느낀 적은 한 번도 없었다. 흐느끼는 그의 모습이 하도 딱해서 결국 나나도 그만 가엾어졌다. 상냥하게 그를 밀어낸다.

"자아, 나가게 해줘. 암만 그래 봐야 소용 없으니까……. 알겠어? 당신은 어린애야. 그 한 주일은 정말 즐거웠어. 하지만 오늘은 볼 일이 있단 말이야. 응, 잘 생각해 봐……. 형님은 그래도 버젓한 어른이야. 하지만 그 사람이 상대가 아니야……. 제발, 이런 말 형님한테 하면 안 돼. 내가 어디 가는지 알 것까진 없으니까. 난 화가 나면 언제나 그만 쓸데없는 소릴 해버려서 사고란 말이야."

그녀는 웃었다. 그리고 그를 끌어당겨 이마에 입을 맞추었다.

"안녕, 아가야. 이제 마지막이야, 정말 마지막이야. 알겠지……. 그럼 갔다 올게."

나나는 나갔다. 조르즈는 살롱 한가운데에 우두커니 서 있었다. 마지막 말이 난타되는 종소리처럼 귀에 울린다. '마지막이야, 정말 마지막이야.' 발 아래 땅바닥이 입을 벌린 듯한 느낌이다. 텅 빈 머릿속에는 나나를 기다리던 사나이들의 모습은 안 보이고, 나나의 드러난 팔에 안긴 필립의 모습만 자꾸 떠오른다. 그녀는 똑똑히 부정하지 않았다. 사랑하고 있는 거야. 그에게 공연한 슬픔을 주고 싶지 않다고 그랬잖아. '마지막이야, 정말 마지막이야.' 숨이 꽉 막힐 듯해서 그는 크게 숨을 들이켜고 방안을 둘러보았다. 추억의 연기가 떠오른다. 미뇨뜨에서 웃으며 보냈던 밤, 나나의 아기 같은 기분이 들었던 애무의 시간, 그리고 이 방에서 몰래 맛본 쾌락.

'틀렸다, 이젠 그럴 수 없다! 나는 너무 어렸다. 언제까지나 어린애 같았기 때문에 형이 내 자리를 차지한 거다. 형은 수염까지 길렀으니까, 이젠 끝장이다. 더는 살아갈 수 없다. 한없는 애정, 미칠 듯한 애욕에 흠뻑 잠겨 있던 나. 어떻게 그것을 잊어버릴 수 있을까, 형이 그 여자 곁에 머물러 있는데. 피를 나눈, 말하자면 내 분신인 형, 그의 쾌락을 생각하니 질투로 미칠 것만 같다. 이제 마지막이다. 살아 있어 봐야 아무 소용도 없다.'

문은 모두 열려 있었다. 주인이 마차도 타지 않고 외출하는 것을 보고 하인들은 제멋대로 떠들어 댔다. 아래의 현관 벤치에서는 빵장수가 샤를르와 프랑스와를 데리고 시시덕거리고 있었다. 조에는 살롱을 달려나가다가 조르즈를 보았다. 그녀는 놀라는 체해 보이고 물었다.

"아씨를 기다리고 계십니까?"

"네, 그렇습니다. 말해야 할 것을 좀 잊어서요."

이렇게 얼버무렸다. 혼자 남자 그는 주위를 살피기 시작했다. 아무것도 눈에 띄지 않으므로 화장실에서 끝이 날카로운 가위를 집어들었다. 나나가 맨살의 털을 깎거나 자르거나 몸을 손질할 때 늘 사용하는 가위다.

그리고 약 한 시간, 그는 가위를 꼭 쥐고 그 손을 주머니에 찌른 채 끈기있게 기다렸다.

"아씨가 돌아오셨어요."

조에가 다시 들어와서 일러준다. 방의 창문으로 지켜보고 있었던 모양이다.

집안을 뛰어다니는 소리가 나고 웃음소리가 멎는다. 문이 닫힌다. 빵장수에게 돈을 치르는 나나의 쌀쌀한 음성이 조르즈가 있는 곳까지 들린다. 이윽고 나나가 올라왔다.

"어머나! 아직 있었어! 싸울 참이야?"

그녀가 방 쪽으로 걸어가자 조르즈가 따라간다.

"나나, 나와 결혼해 줘!"

그녀는 어깨를 움찔했다. 하도 어처구니가 없어 대답할 기분도 나지 않는다. 그의 면전에다 대고 문을 쾅 닫아 주고 싶어진다.

"나나, 나와 결혼해 줘!"

그녀는 세게 문을 닫았다. 그는 한쪽 손으로 문을 열더니, 가위를 쥔 나머지 손을 주머니에서 꺼냈다. 그리고 말없이 힘껏 자기 가슴을 찔렀다.

나나는 무언가 불길한 예감이 들어서 뒤돌아보았다. 그가 가슴을 찌르는 것을 보자 분노가 치솟았다.

"무슨 짓을 하는 거야! 무슨 짓을 해! 그건, 내 가위잖아! 그러지마, 기분 나쁘게! 아이구, 야단났네! 야단났어!"

나나는 당황했다. 조르즈는 무릎을 꿇더니 다시 한 번 찔렀다. 그리고 양탄자 위에 나자빠졌다. 방문 앞을 막아 버린 꼴이다. 나나는 당황하여 비명을 질렀다. 사람을 데리러 가야겠는데 조르즈의 몸을 타넘어갈 용기가 나지 않아 방안에 갇힌 채 고래고래 소리만 질렀다.

"조에! 조에! 빨리 와……. 말려 줘! 무슨 짓을 하는 거야, 어린애가! 저것 봐, 자살하려고 그래! 내 방에서, 큰일 났어!"

나나는 무서워졌다. 그는 새파래진 채 눈을 감고 있다. 피는 거의 흐르지 않는다. 겨우 조끼 밑에 피가 조금 배어 나왔을 정도다. 그녀는 큰맘 먹고 타넘어가려고 했다. 그때 인기척이 났기 때문에 저도 모르게 물러섰다. 문이 열리며 눈앞에 한 노부인이 들어섰다. 위공 부인이다. 그런데 어째서 여기 온 것일까? 나나는 소름이 쫙 끼쳐서 자꾸만 뒤로 물러섰다. 아직도 장갑을 끼고 모자를 쓴 채다. 공포가 점점 더해져서 마침내 그녀는 정신없이 변명하기 시작했다.

"부인, 제가 아닙니다. 맹세합니다……. 이 사람이 결혼해 달라길래 거절했더니 자살하려고 했습니다."

위공 부인은 천천히 다가온다. 검은 옷, 창백한 얼굴, 흰 머리칼, 부인은 마차 안에서 조르즈는 잊어버리고 오로지 필립에만 정신을 쏟고 있었다. 그 여자라면 틀림없이 재판관의 마음을 움직일 수 있는 해명을 해줄 것이다. 아들에게 유리한 진술을 해달라고 나나에게 부탁할 참이었다. 나나의 집에 이르니 아래층 문이 열려 있었다. 다리도 아프고 해서 층계참에서 우물쭈물하고 있으니, 갑자기 찢어지는 듯한 외마디 소리가 들려 그쪽으로 발길을 돌렸다. 2층에 올라가니 속옷에 피가 묻은 남자 하나가 쓰러져 있었다. 작은 아들 조르즈가 아닌가! 나나가 정신 나간 사람처럼 되풀이한다.

"이 사람이 결혼해 달래기에 거절했더니 자살하려고 했습니다."

위공 부인은 말 한마디 없이 허리를 굽혔다. 틀림없는 작은 아들 조르즈다. 한 사람은 모욕당하고, 한 사람은 살해당했다. 그러나 인생이 한꺼번에 허물어져 버린 지금 부인은 이제 놀라지 않았다. 자기가 어디 와 있는지도 모르고 누구의 모습도 눈에 들어오지 않는다. 양탄자에 무릎을 꿇고 조르즈의 얼굴을 들여다보며 그 가슴에 손을 댄 채 가만히 귀를 기울인다. 이윽고 가냘프게 한숨을 쉰다. 다행이다. 심장은 아직 움직이고 있다. 이어 고개를 쳐들고 방과 모

조르즈 위공의 자살

자를 찬찬히 쳐다보더니 무언가 생각이 떠오른 모양이다. 퀭한 눈이 타는 듯이 빛나기 시작한다. 그 말 없는 태도가 참으로 근엄하고 무서워서 나나는 부들부들 떨며 조르즈를 사이에 둔 채 부인에게 몸 너머로 해명하기에 급급했다.

"맹세합니다, 부인…… . 만일 이 사람의 형이 있었다면 사정을 얘기해 줄 것인데…… ."

"애 형은 도둑질을 했소. 감옥에 들어갔소."

어머니는 엄숙하게 말했다.

나나는 숨이 꽉 막혔다. 대체 어찌된 셈인가? 한 사람은 도둑질을 했다니! 이 집안 아들들은 미치광이들인가 봐! 나나는 이제 떠들지도 않고 여기가 자기 집이라는 것도 잊은 듯이 위공 부인에게 모든 수습을 맡겼다. 겨우 하인들이 달려올라왔다. 부인은 기절한 조르즈를 굳이 마차로 날라달라고 한다. 그러다가 죽는 한이 있더라도 이 집에서 데려나가고 싶은 것이다. 나나는 겁에 질린 눈으로, 하인들이 지지의 어깨와 다리를 들고 나가는 것을 바라보았다. 그뒤에서 부인이 어깨를 축 늘어뜨리고 가구들에 손을 짚으며 비틀비틀 따라간다. 사랑하는 모든 것에서 허무 속으로 내던져진 것처럼 그렇게 층계참까지 나간 부인은 갑자기 울음을 터뜨리며 몸을 돌려 두 번이나 거푸 부르짖었다.

"아아, 어쩌면 당신은 이런 짓을 했소! 어쩌면 이런 짓을!"

그뿐이었다. 나나는 여전히 장갑도 모자도 벗지 않은 채 넋을 잃고 의자에 앉아 있다. 집안은 아직도 무거운 침묵에 휩싸여 있다.

마차는 가버렸다. 나나는 꼼짝도 하지 않는다. 그 사건으로 인해 머리가 쾅쾅 울리고 아무것도 생각할 수가 없다. 15분쯤 지나 뮈파 백작이 나타났을 때까지 그녀는 그 자리에 꼼짝 않고 앉아 있었다. 뮈파를 보더니 금방 둑이 터진 듯 지껄이기 시작했다. 사건을 설명하고 자세한 데까지 몇 번이나 되풀이하면서 피문은 가위를 집어들고는, 지지가 가슴을 찔렀을 때의 거동을 해보였다. 자기에게 죄가 없다는 것을 증명하려고 안간힘을 썼다.

"저, 내 죄일까요? 당신이 재판관이라면 나를 유죄라고 하겠어요? 난 필립더러 훔치란 소리도 한 적이 없고, 그 애가 자살하게 만든 일도 없어요…… . 제일 비참한 건 나야. 집에서 어처구니없는 변을 당하고, 근심 걱정만 잔뜩하고, 게다가 못된 인간 취급까지 당하니 말예요…… ."

그녀는 울었다. 커다란 마음의 아픔 때문에 의기소침해서 극도로 신경이 약해져 있었던 것이다.

"당신마저 뭔가 못마땅한 표정이신데…… 조에에게 물어보세요, 내게 책임이 있나 없나……. 조에, 얘기 좀 해드려……."

아까부터 조에는 화장실에서 수건과 세숫대야를 가지고 와 핏자국이 마르기 전에 닦아내려고 양탄자를 문지르고 있었다.

"정말예요, 영감마님, 아씨가 가엾어요!"

뮈파는 이 사건을 듣자 몸이 얼어붙는 느낌이었으며 줄곧 아들 때문에 우는 어머니를 생각하고 있었다. 그는 부인의 고매한 성품을 알고 있었다. 과부답게 늘 소박한 옷을 입고 퐁데뜨에서 혼자 쓸쓸하게 사는 모습이 눈에 선하다. 그러나 나나가 뉘우치며 한탄하는 것은 더 컸다. 셔츠에 새빨간 구멍이 뚫려 바닥에 쓰러진 지지의 모습, 그녀는 저도 모르게 소리쳤다.

"귀여운 애였어, 정말 착하고 정다운 애였어……. 당신한테는 안됐지만 난 사랑하고 있었어요. 그 애를, 나쁜 줄 알면서도, 그만……. 하지만, 이제 안심이에요. 그 애는 사라졌으니까. 당신 희망대로 된 셈이죠, 당신이, 내가 그 애와 단둘이 있지 않나 하고 공연한 걱정을 할 필요가 없어졌으니까요."

이렇게 말하고 나나는 참으로 슬픈 듯이 흐느꼈다. 백작은 위로해 주었다.

"자아, 힘을 내요. 암, 그렇고말고, 당신 탓이 아니야."

나나는 그의 말을 가로막았다.

"저어, 그 애가 어떻게 되었는지 좀 알아보고 오세요……. 당장! 부탁이에요!"

그는 모자를 집어들고 조르즈의 상태를 알아보러 나갔다. 30분쯤 뒤에 돌아오니, 나나가 근심스러운 듯이 창문으로 몸을 내밀고 있었다. 보도에 서서 그가 소리쳤다.

"그 애는 아직 죽지 않았어, 살 가망이 있어."

그녀는 폴짝폴짝 뛰면서 노래를 부르고 춤을 추었다. 인생이란 참 좋은 거야 하며. 그러나 조에는 양탄자의 자국 때문에 기분이 나빴다. 줄곧 얼룩이 눈에 거슬리는 듯 지나다닐 때마다 말했다.

"아씨, 암만해도 없어지지 않아요."

사실 얼룩은 몇 번을 닦아냈는데도 양탄자의 흰꽃 무늬 위로 불그스레한 자국을 흐릿하게 드러내고 있었다. 그 핏자국은 마치 출입금지 표지처럼 보였다.

"내버려 둬." 나나는 가볍게 받아넘겼다. "밟고 다니는 동안 없어질 거야."

이튿날이 되자, 뮈파 백작도 이 사건을 잊어버렸다. 조르즈를 문병하러 가는 마차 안에서 한순간 이제 그 여자에게는 찾아가지 않으리라고 맹세했다. 이것을 하늘의 계시라 생각하고, 필립과 조르즈의 비극이 자기파멸을 알리는 하늘의 전조라고 생각했다. 그러나 눈물에 젖은 위공 부인의 모습도, 고열에 신음하는 소년의 가엾은 얼굴도 맹세를 지켜주기에는 너무 무력했다. 이 사건에 떤 것도 잠시 동안이며, 이제는 다만 젊음의 매력에 이를 갈아 오던 그 연적을 간신히 물리쳤다는 은밀한 기쁨이 있을 뿐이다.

그 기분은 이윽고 젊음을 잃은 남성 특유의 심한 독점욕으로 바뀌어갔다. 그가 나나를 사랑하는 기분에는 그녀가 자기만의 것이라는 것을 확인하고 싶은 기분, 그 목소리를 듣고, 몸을 만지고, 입김에 싸이고 싶은 욕구뿐이었다. 그것은 육욕을 넘어선 순수함으로 바뀐 애정, 과거를 질투하는 불안한 사랑이었다. 아버지인 하느님 앞에서 나란히 무릎을 꿇고 속죄하여 용서받기를 꿈꾸는 일도 있었다.

뮈파는 날이 갈수록 깊이 종교에 끌려들어갔다. 다시 신앙행위를 시작하여 참회를 하고 성체를 삼가 받아들였다. 그리고 그때마다 자기 죄가 얼마나 깊은가를 깨닫고, 양심의 가책으로 죄와 회오의 기쁨을 더 크게 만들곤 했다. 그러는 동안 영혼의 교도인 브노도 이제는 방탕을 보아도 탓하지 않게 되었으므로, 죄업은 버릇처럼 날마다 반복되었다. 그래도 이따금 생각난 듯이 신앙심에 사로잡혀 경건한 마음으로 죄를 씻곤 한다. 그는 이 무서운 사랑의 고통을 속죄의 고통으로써 솔직하게 하늘에 바쳤다. 그러나 사랑의 고뇌는 점점 더해가서 그는 한 창부에 대한 미칠 듯한 정욕에 빠진 무거운 마음을 짊어지고 고난의 길을 기어올라갔다.

최대의 괴로움은 이 여자의 끊임없는 바람기였다. 다른 남자와 공유하는 것도 견딜 수 없었다. 그렇다고 하여 여자의 어리석은 변덕을 이해 할 수도 없다. 그의 소원은 언제나 변함없는 영원한 사랑인 것이다. 그녀는 맹세하고, 그는 돈을 내준다. 그러나 거짓말을 하고 있다는 것은 육감으로 알 수 있다. 이 여자는 자기 몸을 지키지 못하고, 친구나 어쩌다 만난 남자에게도 몸을 맡긴다. 벌거벗은 채로 태어난 짐승과 같은 여자다.

어느날 아침 수상쩍은 시간에 푸까르몽이 나나의 집에서 나오는 것을 발견하고 뮈파는 따졌다. 순간 여자는 화를 버럭 냈다.

"이제 질투는 지긋지긋해요."

그런 경우 여태까지 그녀는 대개 온순한 태도로 나왔었다. 가령 조르즈와의 현장을 들킨 밤 같은 때도 자기 쪽에서 굽혀 잘못을 인정하고 애무와 정다운 말로 그를 녹여 그 일에 눈을 감게 했다. 그러나 그는 끝내 여자의 기분을 알아주지는 못했다. 그런 태도에는 나나도 지긋지긋해져서 별안간 내뱉듯이 대구한다.

"그럼요, 푸까르몽하고 잤죠. 그게 어쨌다는 거예요. 이제 진저리가 나요? 이 바보 양반."

맞대놓고 바보 양반 하고 부른 것은 처음이었다. 노골적인 독설에 뮈파는 숨이 꽉 막혔다. 두 주먹을 불끈 쥐었다. 그러자 그녀가 똑바로 다가와서 얼굴을 쳐다보며 대든다.

"어때요? 이제 싫증이 났죠? 마음에 안들거든 제발 나가 줘요……. 여기서 소리지르지 말고……. 똑똑히 명심해 둬요, 난 자유롭게 있고 싶단 말이에요. 좋아지면 누구하고나 자요. 자, 이런 형편이니까…… 당장, 정해 줘요. 좋은지 싫은지. 싫다라면 얼른 나가줘요."

나나는 문을 열어줬다. 그는 나가지 않았다. 최근에 이런 수법으로 그를 꼼짝 못하도록 묶어 두게 되었다. 사소한 일, 하찮은 싸움이 일어나도, 추잡스럽게 욕지거리를 하고 좋은지 싫은지 선택을 강요한다.

"좋아요, 더 쓸 만한 사내를 찾을 테니까. 찾는 건 조금도 힘들지 않아요. 밖에 나가면 사내는 얼마든지 주울 수 있으니까 당신보다 쓸 만한 싱싱한 사내를 말이에요."

뮈파는 고개를 숙인 채 그녀가 돈이 필요해져서 얌전해 지기만을 기다린다. 그때가 되면 나나는 무척 상냥해지고, 그는 그때까지의 일을 깡그리 잊는다. 애욕의 하룻밤이 한 주일의 고통을 보상해 주는 것이다. 아내와 화해한 이래 집안은 엉망진창이 되어 버렸다. 백작 부인은 다시 로즈에게 붙잡힌 포슈리에게 버림받고부터는 끊임없이 바람을 피웠다. 눈뜬 40대 여자의 심한 욕정은 안절부절못하고 줄곧 짜증을 내면서, 집안 공기까지 흐트러 놓았다. 에스텔은 결혼한 뒤 아버지를 만나지 않게 되었다. 평범하고 흐릿한 이 여자 속에 별안간 쇠 같은 의지가 모습을 나타내어 그 엄격한 태도 앞에 다그네는 겁을 집어먹고 있었다. 최근에는 그녀와 나란히 미사에도 나간다. 개심한 양, 이상한 여자와 붙어 자기들을 파산시켜 가고 있는 장인에게 무척 화를 내고 있는 형편이다. 다만 브노만은, 백작에게 언제나 정답게 해주면서 때를 엿보고 있었다. 브노는 요즈음 나나의 집에까지 드나들었다. 양쪽 집에 출입하므로 어느 집 문밖에서나 그 생글생글 웃는 얼굴을 볼 수 있었다. 뮈파는 집에 있으면 언제나 마음이 편치 않고 따분함과 치욕감으로 견딜 수 없었으며, 아무리 욕지거리를 들어도 나나 곁에 있는 편이 그래도 낫다고 생각되는 것이었다.

그러는 동안에 나나와 백작 사이에는 오직 하나, 말하자면 돈 문제만 남게 되었다. 어느 날 백작은 1만 프랑을 갖고 온다고 굳게 약속하고도 정해진 시간에 천연덕스럽게 빈 손으로 나타났다. 나나는 이틀 전부터 애무로써 그의 얼을 빼놓았다. 그토록 서비스해 주었는데 약속을 어기다니, 그녀는 안색이 홱 변하면서 욕설을 퍼붓기 시작했다.

"돈을 안 가져 왔다구요……. 그럼 돌아가요, 바보 같은 양반, 자, 얼른! 뻔뻔스럽게! 그러면서 나를 껴안을 작정이야! 돈이 떨어지는 날이 인연이 끊어지는 날이야, 알겠어요?"

그는 너절하게 변명을 늘어놓고 내일 모레면 돈이 된다고 말했다. 그러나 그녀는 거칠게 그 말을 가로막는다.

"지불할 돈은 어떡할 참이에요! 영감이 맨손으로 어슬렁 어슬렁 나타나는 동안에 이 쪽은 차압을 당한다구요……. 뭐야, 그 얼굴 좀 잘 봐요! 당신 얼굴에 반한 줄 알아? 그런 얼굴이라면 여자에게 돈을 주고 참아 달라는 게 당연하지……. 알겠어요? 오늘 밤, 1만 프랑 갖고 오지 않으면 새끼손가락 끝도 빨지 못하게 할 테니까……. 냉큼 마누라 한테나 돌아가요!"

그날 밤 뮈파는 1만 프랑을 갖고 왔다. 나나가 입술을 내밀자 그는 오래도록 자기 입술을 누르고 있었다. 하루의 고통이 가시는 것을 느꼈다.

그런데 나나의 고민의 씨는 그가 늘 들어붙어서 떨어지지 않는 것이었다. 브노에게 그 점을 호소하며 뮈파를 부인 곁으로 데려다 주면 좋겠다고 부탁했다. 이래서야 뭣 때문에 두 사람을 화해시켰는지 알 수 없지 않겠는가. 여전히 이 사나이를 짊어져야 한다면 쓸데없는 주선은 하지 말 걸 그랬다고 후회했다. 울컥 분노가 치밀어올라 이해관계를 잊어버릴 때는 뮈파에게 무언가 천한 짓이라도 해서 두 번 다시 집에 발을 들여 놓지 못하도록 해주겠다고 결심한다. 그러나 자기 스스로 무릎을 치면서 분해하듯이 중얼거린다.

"그 인간은 설령 얼굴에 침을 뱉어도, 고맙습니다 하고 그 자리에 머물러 있을 사나이야."

그래서 언제나 돈 문제로 싸움을 일으킨다. 그녀는 사정없이 돈을 요구했다. 얼마 안 되는 금액을 가지고 욕지거리를 하고 끊임없이 고약한 심보를 보였다. 또 맞대놓고 이런 잔인한 말을 되풀이한다.

"내가 당신하고 자는 것은 그저 돈 때문이야. 조금도 즐겁지 않단 말야. 나는 달리 좋은 사람이 있는데도 당신 같은 바보와 헤어질 수 없다니 정말 불행해, 궁정에서도 당신은 소문이 나빠서 사직권고를 받았다는 소문이 났더군. 황후께서 말씀하셨다며, '정말 보기 싫은 남자야' 하고 말이야."

하긴 그것은 사실이었다. 그래서 나나는 싸울 때마다 마지막에 가서 이 대사를 써 먹었다.

"정말 보기 싫은 남자야!"

나나는 이제 조금도 꺼리는 기색이 없어졌다. 완전히 자유를 되찾은 것이다. 날마다 브로뉴 숲속의 연못을 한바퀴 돌고 여기저기서 남자를 줍고 버리고 했다. 그것은 말하자면 커다란 대낮 매춘행위이다. 사치를 다투는 빠리의 한모퉁이에 묵인의 미소에 둘러싸여 화류계의 아름다운 꽃들이 몰려들어 길가는 사나이들의 소매를 끈다. 공작 부인들이 눈으로 나나를 서로 가리키고 부유한 장사치들의 아낙네들은 나나가 쓴 모자의 모양을 흉내낸다.

나나의 대형 마차를 통과시키기 위해서 마차 행렬이 통행금지를 당하기도 한다. 그 안에 버티고 앉아 있는 것은 온 유럽을 자기 금고 안에 넣은 재정가며 굵은 손가락으로 프랑스의 목을 조르고 있는 장관 따위의 유력자들이다. 나나는 이 브로뉴 족의 일원이 되어 중요한 지위를 차지했다. 그 이름을 온 세계의 수도에 떨치고, 외국인은 모두 나나를 동경했다. 나나의 존재는 브로뉴 족의 화려한 풍속에 변덕스러운 음탕함을 덧붙였다. 나나는 말하자면 한 나라의 영예, 또는 짜릿한 쾌락의 상징이었다. 이 밖에 밤의 놀음, 하룻밤이 새면 잊어버리는 가지가지 유흥의 불장난, 이렇게 하여 나나는 큰 요정에서 요정으로 건너다니고 날씨가 좋을 때는 흔히 까페 드 마드리드까지 원정했다. 각국 대사관의 인간들이 모여든다. 나나는 뤼시 스튜와, 까롤린느 에께, 마리아 블롱 등과 어울려 프랑스 말은 서툴지만 유흥에는 돈을 아끼지 않는 신사들과 식사를 했다. 그들은 흥겹게 놀아 볼 작정으로 여자들을 파티에 데리고 가지만 모든 것에 싫증을 낸 닳아빠진 인간들이다. 그녀들은 신바람이 나지 않는다. 그녀들은 이것을 가리켜 '놀러간다'고 했으며, 그들을 비웃으면서, 집에 돌아와서는 누군가 좋아하는 사내의 팔에 안겨 밤을 보내는 것이다.

뮈파 백작은 나나가 노골적으로 남자를 자기 눈에 띄게 하지 않는 한 바람피우는 것도 눈감아 주었다. 그러나 나날의 생활 속에서 사소한 사건에도 몹시 치욕을 느꼈다. 나나의 집은 지옥이나 정신병원같이 되었으며, 비뚤린 인간들이 끊임없이 어리석은 사건을 일으키고 있었다. 요즈음 나나는 하인과 맞붙어 싸움을 벌이는 형편이다. 한때는 마부 샤를르에게 매우 상냥하게 대해 주고 요리집에 들렀을 때는 보이를 시켜 맥주를 한 잔 갖다 주게 하곤 했다. 또 혼잡한 마차들 속에서 그가 '전세마차 놈들과 대결했을 때'는 무척 기뻐하면서 재미있는 사나이라고 생각하며 마차 안에서 말을 건네기도 했다. 그런가 하면 아무 까닭도 없이 바보 취급을 하기도 한다. 언제나 짚과 겨와 보리를 가지고 싸웠다. 가축을 좋아하면서도 자기 말이 너무 많이 먹는다고 잔소리를 한다. 어느 날 결산을 할 때 속이지 않았느냐고 책망하자 샤를르는 화가 나서 이 매춘부야!하고 마구 욕설을 퍼부었다. 말이 훨씬 낫지, 아무하고나 자진 않거든, 이렇게 대꾸했다. 나나도 같은 식으로 해댄다. 백작이 중간에 들어가서 마부를 쫓아내야 하는 형편이었다.

그러나 이것을 계기로 하인들이 잇따라 달아나기 시작했다. 다이아몬드를 도둑맞은 뒤 빅또린느와 프랑스와가 나가버렸다. 줄리앙까지 모습을 감추었다. 그러자 그가 아씨와 잤기 때문에 영감님이 큰 돈을 쥐어 주면서 나가 달라고 부탁한 것이라고 소문이 났다. 일주일마다 하인방에는 새로운 얼굴이 나타났다. 정말 엉망진창이었다. 집안은 소개꾼 나부랭이들이 통과하는 통로가 되어버렸다. 그러나 조에만은 시치미를 떼고 눌러 있었다. 그녀가 노리는 것은 오직 하나, 말하자면 이 난맥상을 조정해서 독립할 수 있는 자금을 만드는 일이다. 조에는 전부터 이 계획을 짜고 있었던 것이다.

이런 것들은 아직 표면상의 것에 지나지 않는다. 백작은 말르와르 부인의 어리석음과 그 퀴퀴한 냄새를 꾹 참고 견디면서 베지끄의 상대가 되어 주어야만 했고, 수다스러운 르라 부인도, 얼굴도 보지 못한 아비한테서 무언가 나쁜 병을 물려받은 듯 언제나 병약하고 찔끔거리는 루이도 참아야 했다. 그보다 더한 것도 참아야 했다. 이를테면, 어느 날 밤 문 뒤에서 나나가 조에에게 투덜대는 소리를 엿들었다. 부자라는 녀석에게 보기좋게 속았다는 것이다.

"그래, 잘 생겼는데 미국인이래. 고향에 금광을 가졌으니 어떠니 하고 자랑하더니만, 내가 잠든 사이에 한 푼도 놓지 않고 달아나 버렸잖아. 내 담배종이까지 갖고 말이야. 정말 못된 놈이야."

백작은 새파랗게 질려 소리없이 아래층으로 내려갔다. 상세하게 알고 싶지 않았던 것이다. 또 어떤 때는 모든 것을 알게 되고 말았다. 나나가 싸구려 극장의 바리톤 가수에게 반했다가 버림받자, 비탄 끝에 자살을 하려고 한 것이다. 한 컵의 물에 한 주먹이나 되는 성냥을 담가서 마셔 버린 것이다. 몹시 괴로워했지만 죽지는 않았다. 백작은 간호해 주면서 그 사랑의 경위를 들어야만 하는 궁지에 빠졌다.

나나는 눈물을 흘리면서 다시는 남자에게 반하지 않겠다고 맹세한다. 그러나 남자를 돼지 같은 녀석들이라고 욕하면서도 사랑을 하지 않고는 못 배겼다. 언제나 누군가에게 반해 있고, 이해하기 어려운 바람을 피우면서 일부러 몸을 망치는 어리석은 정사에 잠긴다.

조에가 계획대로 고삐를 늦추게 되고부터 집안은 완전히 난맥 상태에 빠져 버렸다. 마침내 뮈파는 무심코 문을 밀거나 커튼을 걷거나 옷장을 열 수도 없게 되었다. 이제 하나하나 백작의 눈치를 살필 필요가 없어지자 곳곳에 남자들이 우글우글했고 줄곧 얼굴을 마주치는 형편이었다. 어느날 밤 미용사 프랑시스가 나나의 머리에 마지막 빗질을 하고 있을 때, 뮈파가 마차 준비를 시키려고 잠시 화장실을 떠났다 돌아오다가 하마터면 나나가 프랑시스의 목에 매달린 장면과 부딪힐 뻔했다. 그 뒤부터 그는 방에 들어가기 전에 꼭 기침을 하기로 했다. 그가 잠깐 등을 돌리는 사이에 그녀는 다른 남자에게 몸을 맡긴다. 속옷바람이건 정장을 했건, 어디서나 누구하고나 쾌락을 즐긴다. 그리고 희희낙락 상기되어 뮈파 앞으로 돌아온다. 그러나 상대가 뮈파면 진절머리를 냈다. 보기 싫어 죽겠지만 하는 수 없잖은가!

질투로 몹시 시달린 뮈파는 나나가 사땡과 함께 있을 때는 그나마 마음이 놓이게 되었다. 남자를 멀리 하기 위해서라면 그 천한 취미를 권장하고 싶을 정도였다. 그러나 이 방면에서도 일이 그리 잘 되지 않았다. 나나는 백작과 마찬가지로 사땡마저 배신하여 거리의 한 모퉁이에서 천한 여자를 끌고 와서는 망측한 정사에 빠지기 시작한 것이다. 마차로 돌아오는 도중 길거리에서 수상한 남자의 모습만 보아도 욕정을 일으켜 제멋대로 상상하는 수가 있다. 그러면 집에 끌고와서 돈을 주어 돌려 보낸다. 혹은 또 남장을 하고 괴상한 장소에 가서는 남자들이 놀아나는 꼴을 구경하는 것을 심심풀이로 삼는다. 사땡은 언제나 혼자 방치되는 데 화가 나서 온 집안을 뒤집어엎는 소동을 벌였다. 이윽고 그녀는 나나를 완전히 지배하게 되었으며, 나나도 사땡에게는 큰 소리를 못 치게 되었다. 그래서 뮈파는 사땡과 손잡을 생각을 했을 정도다.

자기가 할 수 없는 일이 생기면 사땡을 부추겼다. 벌써 두 번이나 사땡은 나나로 하여금 뮈파와 화해하도록 했다. 그도 그 은혜를 생각해 여러 가지로 사땡에게 알려 주었으며 간단한 신호만 받으면 그녀 앞에서 물러나는 형편이 되었다. 그러나 이 동맹도 오래 가지 않았다. 사땡도 약간 미친 모양이다. 어떤 날에는 노여움과 애욕의 발작에 사로잡혀서 모든 것을 두들겨 부수고 반죽음 상태가 되기도 했다. 하기야 그런 때도 그녀는 아름다웠지만. 한편 조에는 사땡을 조종하고 있는 모양이었다. 아직 아무에게도 얘기하지 않은 그녀의 큰 사업에 끌어들이려고 하는 듯이 이따금 그녀를 한쪽에 불러서 소곤소곤 무언가 일러 준다.

한편 뮈파는 다시 묘하게 신경질을 내게 되었다. 몇 달 동안 사땡에 관해서는 관대히 보아 주었고, 나나의 침실을 드나드는 미지의 사나이들에 대해서도 결국 묵인하게 된 그지만, 나나가 바람을 피우는 상대가 자기와 잘 아는 사이거나 안면이 있는 사람일 때는 피가 확 솟구쳤다. 푸까르몽과의 관계에 대해서 고백을 들었을 때도 무척 고민했으며, 청년의 배신에 매우 분하여 결투를 신청할 생각까지 했다. 그러나 이런 사건을 가지고 누구에게 입회를 부탁해야 할지 몰라 라보르데뜨에게 의논해 보았다. 그는 아연해하더니 푸하고 웃음을 터뜨렸다.

"나나 때문에 결투를 해요? 백작님, 온 빠리의 웃음거리가 됩니다. 나나 때문에 결투하는 사람이 어딨습니까, 당치도 않습니다."

백작은 새파래지면서 때리는 몸짓을 해보인다.

"그럼 거리 한복판에서 때려 줘야지."

라보르데뜨는 한 시간이나 타일러야 했다. 때리거나 하면 일이 점점 더 복잡해집니다. 그날 밤으로 싸움의 진짜 원인이 알려지고 신문의 웃음거리가 될걸요. 이렇게 말하고 라보르데뜨는 몇 번이나 다음과 같은 말을 되풀이했다.

"당치도 않습니다. 웃음거리가 됩니다."

그 말이 되풀이될 때마다 뮈파는 비수로 가슴이 찔리는 느낌이었다. 사랑하는 여자를 위해서 결투도 할 수 없는 것이다. 그런 짓을 하면 웃음거리가 된다고. 자기 사랑의 비참함을, 방탕에 빠진 마음의 무거움을 이토록 절실히 느낀 적은 일찍이 없었다. 이것이 마지막 반항이었다. 그는 설복당했다. 그리하여 그 뒤는 친구들이나 집안에 틀어박힌 인간들이 끊임없이 나나와 교섭을 갖는 것도 그냥 보아넘길 뿐이었다.

나나는 몇 달 동안에 남자를 잇따라 잡아 먹었다. 사치의 욕구가 커짐에 따라 식욕도 왕성해져서 한 남자를 한 입에 삼켜 버렸다. 처음에 붙들린 것은 푸까르몽이었는데 며칠 밖에 가지 못했다. 그는 전부터 해군에서 나와, 10년간의 해상 근무로 모은 3만 프랑 가량의 돈을 미국에 투자할 생각이었다. 그런데 그 약다기보다 오히려 인색한 근성도 온데간데없이 흩날려 버리고 모든 것을 내던졌으며, 장래를 저당으로 융통어음에까지 서명했다. 그리하여 나나에게 버림받았을 때에는 빈털터리였다. 그녀는 상냥하게 배로 돌아가라고 권했다. 이 이상 버텨 봐야 아무 소용이 없어요. 돈이 떨어지는 날이 인연이 끊어지는 날이야. 그는 납득하고 물러났다. 파산한 사나이는 나나의 손에서 떨어지는 것이다. 익은 과실이 저절로 땅에 떨어져 썩듯이.

다음에는 스떼너에게 덤벼들었다. 나나는 그를 싫어하지는 않았지만 좋아하지도 않았다. 천한 유대인 다루듯 하면서 마치 자기도 잘 모르는 해묵은 원한이라도 풀듯이 그를 잡아 먹었다. 그는 뚱뚱하고 얼빠진 사나이였다. 그녀는 프러시아인을 몰아내면서 재빨리 끝장을 내버리려고 한 번에 두 입씩 삼켰다. 그는 이미 시몬느와는 끊어져 있었다. 보스포러스 해협의 터널 계획도 시원치 않게 되어갔다. 나나의 터무니없는 요구가 와해를 재촉했다. 그래도 그는 한 달쯤 안간힘을 쓰고 몸부림을 치면서 기적적으로 그 자리를 이어나갔다. 포스터, 광고, 취지서 등으로 온 유럽에 대대적인 선전을 펼치고 먼 나라에서까지 돈을 긁어모았다. 이렇게 모은 돈은, 투기가의 거금이건 가난뱅이의 푼돈이건 모두 빌리에 거리의 구멍으로 빨려들어가 버렸다. 그는 따로 알자스 지방의 철공소 주인과 손을 잡고 있었다. 그 시골에서 석탄으로 새까매진 노동자들이 땀을 뻘뻘 흘리면서 밤낮없이 근육을 죄고 뼈를 깎는 것도 다 나나의 쾌락을 채워주기 위해서였다. 나나는 거대한 용광로처럼 투기에서 딴 돈도, 노동의 보수도 깡그리 삼켜 버렸다. 이리하여 그토록 버티던 스떼너도 빨아먹힌 끝에 내동 댕이쳐졌다. 뼛속까지 갉아먹히고 빈털터리가 되어 이제 새로운 속임수를 생각해 낼 힘도 없었다. 자기 은행의 붕괴를 보니 미칠 듯했으며, 경찰서 신세를 생각하고 떨었다. 파산선고가 내렸다. 그리하여 전에는 몇 백만이라는 대금을 움직이던 그가 이제는 돈이라는 말만 들어도 겁을 집어먹고 어린아이처럼 당황하는 것이었다. 어느 날 밤, 나나의 집에서 그는 울음을 터뜨리며 하녀의 급료를 지불할 돈 100프랑만 빌려 달라고 애원했다. 나나는 20년 가까이 빠리의 시장을 주름잡아 온 이 무서운 사나이의 말로가 가엾게 생각되는 동시에 유쾌해져서 100프랑을 내주었다.

"자아, 이거 그냥 드리겠어요. 하지만 우습네. 당신은 제가 먹여 살려야 할 나이도 아니구, 다른 일이나 찾아봐요."

나나는 곧바로 라 팔르와즈에게 손을 뻗치기 시작했다. 전부터 그는 완전히 멋있는 인간이 되기 위해서 나나의 손으로 파산되기를 바라고 있었다. 그것은 명예로운 일이다. 나는 그 명예가 없다. 아무튼 여자의 일로 이름을 떨쳐야 한다. 그렇게 되면 두 달이 안 가서 나는 온 빠리를 떠들썩하게 하고 신문에 이름이 나게 되리라. 사실은 여섯 주일로 충분했다. 그의 유산은 토지, 목장, 산림, 농장 등 모두 부동산이었다. 그것을 눈깜짝할 사이에 잇따라 팔아야만 했다. 나나가 한 입씩 삼킬 때마다 1에이커의 땅이 사라졌다. 태양 아래 살랑거리는 푸른 숲, 무르익은 광대한 보리밭, 9월의 금물결 같은 포도밭, 소의 어깨까지 잠기는 무성한 목초, 모든 것이 심연에 삼켜지듯 나나의 입구멍으로 들어갔다. 운하도, 석고 채석장도, 세 군데의 물방앗간도 사라졌다. 나나는 쳐들어온 침략군처럼, 한 지방을 전멸시키는 메뚜기떼처럼 휩쓸어 나갔다. 나나가 그 조그마한 발로 딛고 들어서면 그 땅은 순식간에 초토가 되어 버린다. 농장에서 농장으로, 목장에서 목장으로 귀여운 얼굴을 해가지고 자기도 깨닫지 못한 채 유산을 갉아 먹는다. 마치 간식으로 쁘라린느의 과자 봉지를 무릎에 놓고 아삭아삭 먹어 버리듯이, 대단한 것도 없네 뭐, 고작해야 봉봉 과자인걸.

어느날 마침내 조그만 숲밖에 남지 않게 되었다. 그것도 아무 거리낌없이 날름 먹어 치웠다. 입을 벌릴 것까지도 없다. 라 팔르와즈는 지팡이의 손잡이를 빨면서 천치같이 웃었다. 그는 빚에 짓눌린 채 100프랑의 수입도 없다.

시골로 돌아가 편집광인 백부네 집에 신세를 져야 할 형편이다. 그러나 그런 것은 아무렇지도 않다. 나는 멋쟁이란 말이야. 〈피가로〉신문에 두 번이나 이름이 났잖나. 양쪽으로 접은 뾰족한 깃 사이로 가느다란 목을 내밀고 너무 짧은 조끼에 감싸인 빈약한 상체를 일부러 나른한 듯 좌우로 흔들면서 그는 앵무새처럼 웃었다. 그 모습은 일찍이 감동이라곤 느껴본 적이 없는 나무로 만든 꼭두각시 같았다. 나나는 신경질이 나서 마침내 그를 후려갈겨 주었다.

그러는 동안에 포슈리가 사촌 동생 라 팔르와즈에게 끌려서 다시 돌아왔다. 가엾게도 포슈리도 이제는 가정을 갖고 있었다. 백작 부인과 끊어진 뒤 로즈에 붙들리고 만 것이다. 로즈는 그를 남편처럼 다루었다. 미뇽은 부인의 하인 우두머리에 지나지 않는다. 일단 주인으로서 자리를 차지하고 앉자, 포슈리는 로즈를 속여야 했고, 거짓말을 할 때마다 아주 조심하여, 말하자면 성실한 생활을 하고 싶어하는 선량한 남편처럼 여러 가지로 신경을 쓰며 지내왔다. 여기서도 나나는 승리를 거두었다. 포슈리를 손에 넣어 그가 친구의 돈으로 시작한 신문을 먹어치운 것이다. 그러나 그를 남에게 드러내 자랑하지 않고 오히려 비밀스런 남자로 취급하며 즐거워했다. 로즈에 관해서도 '그 가엾은 로즈' 어쩌니 하고 말한다. 그의 신문은 두 달 동안 나나를 찬양했다. 시골에도 구독자가 생겼으며 나나는 뉴스란에서 연극란에 이르는 온 지면을 독점했다. 이윽고 편집이 벽에 부딪치고 경영이 흔들리기 시작할 무렵 그녀는 집 한모퉁이에 온실을 만들겠다는 어처구니없는 변덕을 일으켰다. 이것으로 인쇄소가 사라져 버렸다. 그러나 이 정도의 것은 그녀로 봐서 한낱 장난에 지나지 않는다. 이 사건을 알고 기뻐한 미뇽이 포슈리를 완전히 나나에게 떠맡길 수 없을까 하고 사정을 살피러 달려왔다. 그러나 나나는 '사람을 놀리지 마요' 하며 대들었다. 신문기사와 각본으로만 사는 가난뱅이 사내는 이제 싫어요! 그런 바보짓은 가엾은 로즈 같은 재주있는 여자에게나 어울릴 거라고 했다. 그러나 나나는 걱정이 되었다. 그 비겁한 미뇽이 이 일을 로즈에게 고자질할지도 모른다. 그래서 포슈리를 쫓아내 버렸다. 지금은 이제 광고료 정도의 돈밖에 내놓지 않게 되었던 것이다.

그러나 나나는 그가 그리웠다. 그 천치 같은 라 팔르와즈를 둘이서 실컷 놀려 준 추억이 되살아났기 때문이다. 두 사람이 다시 만날 생각을 하게 된 것은 라 팔르와즈를 위안 거리로 삼는 즐거움에 못 이겨서였다. 그런 우스꽝스러운 짓도 없을 것이다. 그의 면전에서 서로 껴안는다. 그의 돈으로 흥청거리며 논다. 두 사람만 남기 위해 그를 빨리 끝까지 심부름을 보내고, 돌아오면 놀리고 빈정댄다. 어느날 나나는 포슈리가 부추기는 바람에 라 팔르와즈의 따귀를 때릴 약속을 했다. 그리하여 그날 밤 한 차례 때렸을 뿐 아니라 재미있어서 연거푸 갈기고는 남자들이 얼마나 비굴한가를 증명하곤 유쾌해했다. 그를 '나의 맷집'이라고 부르면서, 두들겨 줄 테니 앞으로 나오라고 명령했다. 손이 빨개진 것은 '덜 익숙해서'라고 했다. 라 팔르와즈는 눈물을 글썽거리면서 빙글빙글 웃었다. 나나가 이토록 허물없이 다루어 주는 것이 기뻐서 못 견딜 지경이다. 무어라 말할 수 없는 기분이었다.

어느날 밤 실컷 맞은 끝에 그는 흥분하여 말했다.

"이봐, 나하고 결혼하는 편이 나을 거야…… 함께 살면 무척 재미있을 것 같은데!"

아무렇게나 한 말이 아니다. 온 빠리를 깜짝 놀라게 해주고 싶어서 전부터 몰래 나나와의 결혼을 계획하고 있었던 것이다. 나나의 서방, 이거 근사한데! 굉장하잖아! 그러나 나나에게 가볍게 거절당해 버렸다.

"내가 당신과 결혼한다고! 기가 막혀서! 그런 생각이 있었다면 벌써 옛날에 영감을 얻었을 거야. 훨씬 잘생긴 사내를 말이야…… 여태까지 청혼이 산더미처럼 들어왔단 말이야. 자, 함께 세어 보자구요. 필립 있지, 조르즈 있지, 푸까르몽, 스떼너 있지, 이것만 해두 네 사람이야, 이 밖에도 당신이 모르는 남자가 몇 사람인 줄 알아? 그 인간들이 모두 입버릇처럼, 내가 조금만 정답게 해주면 금방 노래를 부르기 시작한단 말이야, '나와 결혼합시다. 나와 결혼합시다……' 이렇게 말이지."

차츰 그녀는 흥분하더니 이윽고 화가 터졌다.

"천만에! 내가 그런 여잔 줄 알아? 두고 보라구, 내가 남자를 짊어지게 되면 그땐 이미 나나가 아니야…… 첫째, 더러워……"

그녀는 침을 탁 뱉곤 왝 토하는 소리를 냈다. 마치 발 아래 이 세상의 모든 오물이 번져 나가는 것을 보기라도 한 듯이.

어느날 밤 라 팔르와즈가 모습을 감추었다. 1주일쯤 지나자 시골의 식물 채집광인 큰아버지네 집에 돌아가 있는 것을 알았다. 큰아버지의 표본을 발라주면서 신앙심이 강한 아주 못 생긴 사촌과 결혼할 기회를 노리고 있다는 소문이었다. 나나는 별로 슬퍼하지도 않고, 백작에게 다만 이렇게 말했을 뿐이다.

"어때요, 바보 양반, 경쟁자가 또 하나 줄어든 셈이잖아요? 기쁘죠? 하지만 이것도 그 사람이 너무 심각해졌기 때문이에요! 나한테 결혼해 달라고 그랬거든."

백작의 안색이 바뀌자 그녀는 웃으면서 목에 매달려 애무를 섞어가며 잔인한 말을 퍼부었다.

"이런 얘기 싫죠? 당신은 이제 나나와 결혼할 수 없으니까⋯⋯. 그네들이 모두 내게 청혼하고 있을 때 당신만은 한쪽 구석에서 뿌루퉁하니 서 있어야 하거든⋯⋯. 안 돼, 부인이 죽을 때까지 보류야⋯⋯. 부인이 죽으면 당신은 얼른 달려와서 땅바닥에 엎드려 결혼하자고 조르겠죠. 허풍스러운 몸짓으로 한숨을 쉬고 눈물을 흘리고 맹세를 하면서⋯⋯. 어때요? 그렇게 되면 좋겠죠?"

그녀의 목소리는 부드러웠다. 백작을 희롱하고 있는 것이다. 그는 흥분하여 얼굴을 붉히면서 키스로 응답한다. 그때 그녀가 소리쳤다.

"기가 차서! 난 알고 있었단 말이야! 이이는 그런 것을 생각하며 부인이 죽기를 기다리고 있는 거야⋯⋯. 너무해, 나쁜 사람 빰 치는 악당이야!"

뮈파는 다른 남자들은 눈감아 주었다. 지금은 체면상으로도 하인들이나 단골들에 대해서 영감마님의 지위를 지키려 하고 있었다. 돈을 가장 많이 내고 있으니 정식 애인인 셈이다. 그의 사랑은 점점 더해갔다. 돈의 힘으로 지위를 지키면서, 웃는 얼굴 하나에도 비싼 댓가를 치러야 했다. 헛돈이 되는 일도 있다. 그만한 보상을 받은 적은 한 번도 없다. 그러나 그것은 그를 파먹어가는 고질병 같은 것으로, 좀처럼 그 고통에서 벗어날 수 없었다. 나나의 방에 들어가면 그는 잠자코 창문을 연다. 방안에 긴 다른 사내들의 냄새, 금발의 사나이며 갈색 머리의 사나이들이 남기고 간 체취, 목이 따가워지는 잎궐련의 연기, 그것을 쫓아내는 것이다. 이 방은 네거리의 생태를 닮았는지 온갖 종류의 구두들이 끊임없이 문지방을 밟았다. 그러나 입구를 막는 핏자국에 발걸음을 멈추는 자는 하나도 없었다. 깨끗한 것을 좋아하는 조에는 언제나 이 핏자국이 마음에 걸렸으며 좀처럼 없어지지 않는 데 신경을 썼다. 무심코 눈이 그리로 간다. 그래서 방에 들어갈 때는 반드시 말했다.

"참 이상해요, 도무지 지워지지 않으니⋯⋯. 많은 분들이 오시는데."

그 무렵 조르즈는 어머니와 퐁데뜨에서 몸과 마음을 다스리는 중이었으며, 나아가고 있다는 소식이었으므로 나나도 개의치 않고 언제나 같은 대답을 되풀이했다.

"시간이 걸리겠지……. 밟고 다니는 동안에 없어질 거야."

사실 사나이들, 푸까르몽이나 스떼너가, 라 팔르와즈가, 포슈리가 조금씩 피를 구두바닥에 묻혀 나갔다. 그러나 뮈파는 조에와 마찬가지로 그 핏자국에 신경을 썼으며, 보지 않으려고 해도 그만 보고 마는 것이었다. 차츰 엷어져 가는 그 빛깔에서 출입하는 사나이들의 숫자를 읽는 것이다. 내색은 하지 않았지만 그 핏자국이 무서웠다. 무언가 살아 있는 것, 방바닥에 뒹굴고 있는 손이나 발이라도 밟는 듯한 기분이 문득문득 들곤 해서 언제나 그 위를 피해 건너다녔다.

그러나 한번 방에 들어가면 그는 취한 듯한 기분이 된다. 그곳을 거쳐가는 사나이의 떼거리, 입구를 막는 핏자국, 모든 것을 잊어 버린다. 나나네 집에서 나와 바깥 공기를 쐬면 수치와 분노로 느닷없이 울음이 터지고 이제 다시는 가지 말아야지 하고 맹세하는 것이 한두 번이 아니었다. 그러나 방에 들어가기만 하면 다시 포로가 되고 만다. 훈훈한 공기에 몸이 녹고 육체 속에 향기가 스며드는 듯 황홀해지며 욕정에 떨면서 그대로 죽어 버리고 싶어진다. 신앙심이 돈독하고, 웅장하고 화려한 성당에서 황홀한 기분을 경험한 적이 있는 그는, 여기서도 그와 같은 감각을 맛본다. 신자의 몸으로 성당에서 무릎을 꿇고 오르간 소리와 향내에 경건히 취하는 그 감각이다. 나나는 화를 잘 내고 시샘 많은 신(神)처럼 그를 지배했다. 때론 겁을 먹게 하고, 지옥과 영원한 형벌을 눈앞에 그리면서 몇 시간이나 무서운 가책에 시달리게 하고 나서는 발작과도 같은 한순간의 쾌감을 준다. 그것은 언제나 같은 중얼거림, 같은 기도, 같은 절망이었으며, 무엇보다 원죄의 더러움에 신음하는 저주받은 존재의 한탄이었다. 남자의 욕망과 영혼의 요구가 뒤섞여, 그의 존재의 어두운 밑바닥에서 솟아올라 생명의 줄기에 하나의 꽃이 되어 핀다. 그는 이 세계를 받드는 두 개의 지렛대, 말하자면 사랑과 신앙의 힘에 붙잡혀 있는 것이다. 이성(理性)으로 아무리 반항해도, 나나의 방에 들어가면 언제나 사랑에 미쳐 떨면서, 전능한 성(性) 속에 빠지고 만다. 마치 관대한 하늘에 잠기는 미지의 존재 앞에 정신을 잃듯이.

그의 한없이 겸손한 태도를 보면 나나는 폭군 같은 승리감을 느끼고 본능적으로 더 학대해 주고 싶어진다. 물건을 부수는 것만으로는 만족하지 않고 무엇이나 더럽혀 버린다. 그 화사한 손은 더러운 자국을 남기고 그 손에 부서진 것은 모두 저절로 썩는다. 그도 바보처럼 되어, 이에 물리고 분변을 먹으며 고행

했다는 성자를 어렴풋이 머리에 그리면서 나나가 부리는 변덕에 상대가 되어 주었다. 나나는 그와 단둘이 방에 들어박혀 온갖 우행을 그에게 시키면서 기뻐했다. 처음에는 농담으로 그랬다. 이를테면 가볍게 때리고 기묘한 짓을 시키고, 어린아이처럼 혀짤배기 소리를 내게 하고, 몇 번이나 말끝을 되풀이시키는 등등.

"자, 이렇게 말해 봐요. 제기랄, 나는 까딱없다."

그는 하라는 대로 말투까지 흉내내며 되풀이한다.

"제기랄! 나는 까딱없다!"

혹은 또 나나가 곰이 되어 속옷바람으로 모피 위에 엎드려 마치 그를 잡아먹으려는 듯 신음소리를 내면서 기어다니다가 장난으로 그의 허벅지를 물기까지 했다. 그러고는 일어나서 말한다.

"자아, 이번에는 당신 차례예요…… 나만큼은 못할 거야."

이것은 그래도 즐거웠다. 흰 살결에 불그레한 머리칼을 덮어쓴 곰이 된 나나는 뮈파를 즐겁게 만들었다. 그는 웃고 자기도 기어다니면서 신음소리를 내고 나나의 허벅지를 문다. 그는 일부러 겁에 질린 얼굴로 달아난다.

"내 참 기가 차서!" 끝에 가서 그녀는 말했다. "당신, 자기가 어떤 얼굴을 하고 있나 모르시죠? 정말 뛰일르리 궁 사람한테 보여 줬으면 좋겠어!"

그러나 이런 놀이는 곧 추악하게 변모해 갔다. 나나가 잔인해서 그런 것은 아니었다. 그녀는 여전히 순하고 착한 여자다. 그러나 그것은 마치 미친 바람과도 같이 이 밀폐된 방 안에서 점점 더 세차게 휘몰아쳤다. 탈선시켜 착란 상태에 밀어넣은 것이다. 일찍이 잠을 이루지 못하는 밤의 신 모습에 떨던 두 사람이지만, 지금은 짐승같은 음란한 욕망에 목말라 하고, 미친듯 엉금엉금 기면서 신음소리를 내고 물어뜯곤 한다. 어느날 그가 곰이 되어 있는데 나나가 사납게 미는 바람에 가구에 부딪쳤다. 머리에 혹이 생긴 것을 보고 그녀는 웃음을 터뜨렸다. 라 팔르와즈로 한 번 맛을 본 나나는 그 뒤부터 백작을 동물처럼 다루기 시작하여, 회초리로 때리고 발로 걷어차며 몰아세우곤 했다.

"이랴, 쯧쯧! 이랴, 쯧쯧! 당신은 말이야. 자, 왼쪽으로! 오른쪽으로! 이 팔푼아, 앞으로 안 가?"

어떤 때 그는 개가 되었다. 나나는 방구석에 향수를 뿌린 손수건을 던져 놓고, 기어가서 물어 오라고 명령한다.

"물고 와, 세자르! 잠깐, 뱅뱅이 돌면 좋은 것 주지! 좋아, 세자르! 자아, 자아, 얌전하게! 점잖게!"

뮈파도 그 이상스러운 꼴이 마음에 들어 짐승의 흉내를 내는 기쁨을 맛보고 있었다. 그뿐 아니라 더 천하게 되고 싶어져서 소리를 지른다.

"더 세게 때려. 으흠! 으흥! 나는 미친 개야, 자아, 때려!"

나나는 또 다른 변덕을 일으켜서, 어느 날 밤 시종의 정장을 하고 오게 했다. 그리하여 그가 번쩍번쩍하게 차려 입고 나타나자 실컷 웃고 놀려댔다. 칼, 모자, 흰 반바지, 금으로 장식한 새빨갛고 두꺼운 모직물의 연미복, 그 왼쪽 옷자락에 열쇠 모양 장식이 달렸다. 이 열쇠가 무엇보다도 나나를 기쁘게 만들었으며, 신이 나서 이것저것 음란한 뜻을 덧붙이곤 했다. 언제까지나 웃음이 멎지 않는다. 화려하게 정장한 백작을 천대하고 권위를 짓밟아 줄 수 있는 것이 좋아서 못 견딜 지경이다. 백작을 마구 흔들어 대고 꼬집고, "이봐, 시종!" 이렇게 외치면서 엉덩이를 호되게 걷어찬다. 나나는 정말 걷어찼다. 장엄한 뛰일르리 궁에서 황공해하는 옥좌에 높이 앉아 모든 신하들을 굽어보고 있는 것이다. 이거야말로 나나가 사회에 대해서 품고 있던 불만이었다. 나나의 복수, 마음 한 구석에 숨어 있는 피와 더불어 전해 내려온 일족의 원한, 이윽고 그가 옷을 벗자 그것을 방바닥에 펼쳐 놓고 그 위에서 폴짝폴짝 뛰게 한다. 그는 시키는 대로 했다. 침을 뱉으라고 한다. 침을 뱉는다. 황금장식과 독수리의 문장(紋章)과 훈장을 짓밟으라고 한다. 짓밟는다. 쿵! 쿵! 이제 아무것도 남지 않았으며 모든 것이 엉망이 되었다. 나나는 주전자나 봉봉과자, 그릇을 부수듯이 시종의 권위를 짓밟아 그것을 길가의 오물이나 흙덩이처럼 만들어 버렸다.

한편 금은세공사가 약속을 어겨서, 간신히 침대가 배달된 것은 1월 중순이었다. 뮈파는 마침 노르망디에 가고 없었다. 마지막으로 남은 토지를 팔기 위해서다. 나나는 당장 4,000프랑이 필요하다고 했다. 그는 이틀 뒤에 돌아오게 되어 있었지만 볼일이 쉬이 끝났으므로 일정을 단축하여 일찌감치 돌아와 미로메닐 거리의 자기 집에는 들르지 않고 곧장 빌리에 거리로 갔다. 10시가 울리고 있었다. 까르디네 거리를 향한 뒷문 열쇠를 갖고 있어 마음대로 올라갈 수 있다. 2층 살롱에서는 조에가 청동 장식품을 닦고 있다가 백작의 모습을 보고 움찔 놀랐다. 어떻게 말리면 좋을지 몰라서 일부러 너절하게 지껄이기 시작한다.

개 흉내를 내는 뮈파

"실은 어제부터 브노 씨가 무척 당황한 모습으로 영감마님을 찾고 계십니다. 두 번이나 오셔서 만일 이리로 먼저 들르시거든, 곧장 댁으로 돌아오시도록 말씀드려 달라고 하셨어요."

뮈파는 듣고 있었으나 무는 소린지 못 알아 듣는다. 이윽고 조에의 우물거리는 거동을 눈치채고 갑자기 거센 질투에 사로잡힌다. 이런 기분이 다시 들리라고는 미처 생각지도 않았다. 그는 웃음소리가 새어나오는 방문 쪽으로 돌진해 갔다. 문이 확 열린다. 조에는 어깨를 움찔하고 물러갔다.

'하는 수 없다! 아씨가 바보 같은 짓을 했으니.'

뮈파는 문지방에 우뚝 선 채 눈앞의 광경을 보자 저도 모르게 소리쳤다.

"오오!······오오!"

새로 꾸민 방은 호화로운 궁전처럼 찬연히 빛나고 있었다. 은단추가, 자색 비로드 벽지 위에서 별처럼 반짝인다. 저물녘 샛별이 지평선 위에 반짝일 무렵 맑게 갠 밤하늘을 물들이는 그런 장미빛이었다. 네 귀퉁이에 처진 금빛 장식끈, 벽 가장자리를 장식한 금 레이스, 그것은 훨훨 타는 불꽃이나 풀어헤친 금빛 머리칼처럼 달리 장식 없는 방을 절반이나 감싸고 있는데 육감적인 창백함을 더욱 절실히 느끼게 한다. 그리고 맞은편에는 조각의 빛도 새롭게, 눈부시게 빛나는 금과 은의 침대, 나나가 그 당당한 나체를 뉘기에 넉넉한 옥좌, 그 섹스의 전능한 힘에 알맞은 비잔틴 풍의 호화로운 제단, 지금 나나는 가공할 우상처럼 거리낌없이 그 자리에 나체를 뉘어 놓고 있다. 그리고 여신처럼 승리를 자랑하는 나나 곁엔 백설처럼 빛나는 가슴에 어렴풋이 비쳐서 한 치욕이, 노쇠가, 우스꽝스럽고 가엾은 파멸이 뒹굴고 있었다. 속옷 바람의 슈아르 후작! 뮈파는 두 손을 모았다. 그리고 크게 몸을 떨면서 되풀이했다.

"오오!······오오!"

황금빛 잎사귀 사이로 피어난 황금빛 장미도, 은격자에서 왈츠를 추며 음란한 웃음을 띠고 굽어보는 큐피드도 모두 슈아르 후작을 위한 것이었다. 또 발밑에서 목축신이 쾌락에 지쳐 잠든 요정의 옷을 벗기고 있는 것도 그를 위한 것이었다. 이 밤의 여신 모습은 유명한 나나의 나체를 그대로 묘사한 것이며, 그 우람한 넓적다리를 보면, 누구든지 곧 나나라는 것을 알 수 있다. 흐늘흐늘해져서 넝마처럼, 찬연히 빛나는 나나의 육체 옆에 던져진 늙은 후작의 모습은 60년에 걸친 방탕으로 마치 해골과 같았다. 문이 열리자 이 쇠약한 늙은이는

나나와 늙은 후작이 함께 있는 모습을 목격한 뮈파

겁에 질려 벌떡 일어났다. 이 마지막 애욕의 하룻밤에 그는 천치 상태가 되어서 어린아이로 돌아가 있었다. 몸은 굳어진 채 할 말을 찾지 못해 떠듬거리고 떨면서 당장 달아날 듯이 두리번거린다. 젖혀진 셔츠 아래 뼈와 가죽만 남은 앙상한 몸이 드러나 보인다.

담요 밖으로 쑥 나온 한쪽 다리, 희끗희끗한 털에 덮인 허여멀건 빈약한 다리, 나나는 당황하면서도 저도 모르게 픽 웃음을 터뜨린다.

"누워 있어요. 침대에 들어가요."

이렇게 말하고 그를 쓰러뜨려 이불 밑으로 밀어 넣었다. 남에게 보일 수 없는 추한 물건처럼.

그리고 문을 닫으러 침대에서 뛰어내렸다.

'정말 운이 나빠. 바보 영감은 언제나 꼭 이럴 때만 온단 말이야! 그리고 무엇 때문에 노르망디까지 돈을 찾으러 갔지? 이 늙은이가 4,000프랑을 갖다 주었는걸. 그래서 하자는 대로 한 것뿐이야.'

나나는 문을 힘차게 닫아 버리고 소리쳤다.

"하는 수 없잖아요! 당신이 나빠요. 그렇게 함부로 들어와도 돼요? 이제 지긋지긋해요, 돌아가요!"

뮈파는 방금 목격한 광경에 심한 충격을 받아 닫혀진 문 앞에 우두커니 서 있었다. 몸이 차츰 심하게 떨려 온다. 다리에서 가슴, 가슴에서 머리로 전해 올라가는 전율, 이윽고 강풍에 흔들리는 나무처럼 비틀거리더니 쿡 무릎을 꿇었다. 그리고 너무나 큰 절망에 빠져 두 손을 치켜들고 중얼거렸다.

"너무하다. 오오, 이건 너무하다!"

여태까지 모든 것을 눈감아 왔다. 그러나 이제는 다 틀렸다. 인간이 이성을 가진 채 떨어져 내려가는 이 암흑 속에서 이제는 일어날 기력마저 없음을 느꼈다. 이상한 흥분에 사로잡혀 두 손을 점점 더 높이 쳐들면서 그는 하늘을 찾았다. 신을 불렀다.

"아아, 싫습니다, 이것만은! 하느님, 저를 구해 주십시오! 아니, 죽게 해주십시오! 아아, 싫습니다. 저 늙은이만은. 하느님, 이제 다 끝났습니다. 저를 불러가 주십시오, 이제 보고 싶지 않습니다. 느끼고 싶지 않습니다……. 오오, 하느님, 저는 당신 것입니다. 하늘에 계신 우리 아버지시여!"

신앙심에 몸부림치면서 그는 다시 계속했다. 열렬한 기도문이 그의 입에서 흘러나온다. 문득 누군가가 어깨를 두드린다. 눈을 쳐든다. 브노 백작이 그가 닫혀진 문 앞에서 기도하고 있는 것을 보고 놀라 내려다보고 있다. 그러자 하느님이 부름에 응해 주기나 한 것처럼 백작은 자그마한 노인의 목에 매달렸다. 겨우 울 수 있게 되어 그는 훌쩍거리며 되풀이한다.

"형제여…… 형제여……."

이 부르짖음에는 그의 인간으로서의 고뇌가 그대로 스며 있었다. 그는 브노의 얼굴을 눈물로 적시고 입을 맞추면서 떠듬거렸다.

"오오, 형제여…… 나는 괴롭소. 남은 것은 당신뿐이오. 형제여…… 영원히 나를 데려가 주시오, 제발 부탁이오, 제발 데려가 주시오……."

브노는 그를 가슴에 꼭 껴안고 역시 "형제여" 부른다. 그러나 그는 백작에게 또 하나의 충격을 가해야 했다. 전날부터 백작을 찾고 있었던 것은 사빈느 부인이 어느 커다란 상점에 고용되어 있던 한 젊은이와 사랑에 미쳐 달아났다는 사실을 알리기 위해서였던 것이다. 이 무서운 스캔들은 온 빠리에 화제거리가 되었다. 지금 백작이 이상한 종교적 흥분에 사로잡혀 있는 것을 보는 순간 브노는 마침 좋은 기회라 생각하고, 이 사건으로 그의 집안이 도달한 진부한 비극적 결말을 얼른 들려주었다. 백작은 놀라지 않았다. 아내가 달아났다. 그것이 어쨌다는 건가? 나중에 천천히 생각하자. 그는 다시 엄습하는 고뇌 속에서 문, 벽, 천장을 무서운 듯이 둘러보며 계속 애원했다.

"데려가 주오……. 이젠 틀렸소, 데려가 주시오!"

브노는 그를 어린아이처럼 데리고 나갔다. 그러고부터 백작은 완전히 그의 손 안에 들어가서 엄한 종교의 계율을 다시 지키기 시작했다. 그의 생활은 싹 달라졌다. 뛰일르리 궁전에서는 비난의 대상이 되어 시종직을 그만두었다. 딸 에스텔까지 졸라댄다. 백모의 유산으로서 결혼 때 받게 되어 있던 6만 프랑을 내놓으라는 것이다. 파멸하여 막대한 재산의 하찮은 나머지로 근근이 살아갔지만 그나마 부인의 손에 서서히 목이 졸려 갔다. 나나가 거들떠보지도 않는 얼마 안 되는 재산의 나머지를 이제는 부인이 좀먹고 있는 것이다.

사빈느는 나나의 타락상에 물들어 완전히 몸을 망친데다 가정의 숨길마저 빼앗는 존재, 말하자면 부패균이 되어 갔다. 실컷 음란에 빠져 있던 끝에 집에 돌아온 부인을 뮈파는 그리스도교인다운 체념으로써 받아들였다. 아내를 보고 있으면 그곳에 자기의 치욕이 숨쉬고 있는 것처럼 느껴져 얼굴이 붉어지는 것이다. 그러나 그는 차츰 무관심해져서 그런 것에도 신경을 쓰지 않게 되었다. 하늘이 그를 여자의 손에서 빼내어 신의 품에 안겨준 것이다. 나나에게 품었던 애욕이 그대로 종교로 옮겨 갔다. 원죄의 더러움에 신음하는 저주받은 존재의 중얼거림, 기도, 절망, 비참함까지 그대로 교회의 안쪽 서늘한 돌바닥에 무릎을 꿇을 때에야 그는 지난날과 같은 환희를, 그 근육의 경련, 달콤한 지성의 진동을 느끼며 존재의 어두운 욕망이 채워지는 것을 깨닫는 것이었다.

이 결렬이 생긴 날 밤 미뇽이 빌리에 거리의 나나집에 나타났다. 그는 포슈리에게도 만성이 되어, 나중에는 아내 곁에 딴 남자가 남편처럼 붙어 있는 것을 아주 편리하게 생각하게끔 되었다. 그리고 가정의 자질구레한 볼일이며, 아내의 행동에 대한 감시 같은 것은 포슈리에게 맡기고, 자기는 그가 각본으로 벌어들이는 돈으로 나날을 살아가고 있었다. 한편 포슈리도 이해심 많은 태도를 보여 우스꽝스럽게 질투하거나 하지 않고, 어쩌다가 로즈가 돈 많은 사나이를 붙들어 와도 미뇽과 마찬가지로 눈을 감게 되었다. 그래서 두 사나이는 여러 가지 점에서 편리한 이 유대를 즐기며 점점 더 의기투합해 갔다. 말하자면 한 집안에서 이웃하여 자기 자신의 구멍을 파고, 서로 방해하지 않게 된 것이다.

그렇게 되니 만사가 순조롭게 되어, 두 사람은 공통의 행복을 위해 서로 경쟁하게 되었다. 이날 밤 미뇽이 찾아온 것은 포슈리의 귀띔으로 나나네 집에서 하녀를 빼낼 수 없을까 타진하기 위해서였다. 포슈리는 조에의 뛰어난 재능을 높이 평가하고 있었다. 게다가 한 달쯤 전부터 로즈가 서툰 하녀들 때문에 늘 곤란을 받고 있다. 조에가 맞아들이자마자, 미뇽은 얼른 그녀를 식당에다 밀어 넣었다. 그러나 이야기를 듣고 조에는 빙그레 웃었다.

"안돼요, 저는 이 집에서 나갈 때 독립할 생각으로 있는걸요." 이렇게 거절하고 다시 약간 으스대며 덧붙였다. "날마다 여기저기서 신청이 온답니다. 마님들이 서로 데려가려고 하시죠, 블랑슈 부인은 원하는 대로 해줄 테니 다시 와 달라고 그러시대요."

조에는 뜨리꽁네 가게를 살 작정이었다. 이 계획은 오랫동안 가슴속에 품어 온 것이며, 한재산을 만들 꿈으로 저금을 몽땅 거기에 쏟아 넣을 작정이었다.

'원대한 계획을 세우고 장사를 키워가는 거야, 어느 저택을 빌려서 모든 설비를 갖추자.'

사땡을 끌어넣으려고 한 것도 그 때문이었다. 그러나 그 사람좋은 여자는 육체를 너무 싸게 팔았기 때문에 이제는 병원에서 다 죽어가고 있었다.

미뇽이 장사는 위험하다고 집요하게 잡고 늘어지자, 조에는 무슨 장사를 할 생각이라는 것은 말하지 않고 마치 과자가게라도 차리려는 듯이 입가에 살짝 미소를 띠고 이렇게 말할 뿐이었다.

"화려한 장사는 언제나 잘 되던데요……. 뭐, 전 무척 오랜 세월 남에게 고용되어 왔으니, 이번에는 내가 남을 고용하는 입장이 되어 보고 싶어서 그래요."

조에의 입술은 잔인한 기쁨으로 삐죽이 말려 올라갔다. 나도 이제 마님이 되어 15년 동안 혹사시킨 그 여자들을 몇 루이의 돈으로 짓밟아 주는 거다. 미뇽이 안주인에게 안내해 달라고 부탁하자 조에는 아씨는 온종일 기분이 좋지 않았는데 하고는 안으로 들어갔다. 미뇽은 전에 한 번밖에 온 적이 없으므로 집안사정을 잘 모른다. 식당의 고블랭 직물, 천장 은그릇 등에 시선이 쏠렸다. 체면없이 이 방 저 방 문을 열어보고 살롱과 온실을 들여다보고는 다시 현관에 나와 본다. 번쩍거리는 가구, 비단과 비로드, 이 엄청난 사치를 보는 사이에 그는 경탄한 나머지 가슴이 두근거림을 느꼈다.

조에는 내려오더니 화장실과 침실 등 다른 방을 자진해서 안내했다. 침실에 들어간 미뇽은 심장이 심한 감동의 파도에 뒤흔들려 터질 것만 같았다. 여간해서 안 놀라는 그도 이 나나라는 굉장한 여자에게는 진심으로 경탄했다. 물 쓰듯 낭비하고 하인들에게 약탈당하여 붕괴 직전에 있는 이 집인데도 아직 이만한 재물과 보화가 남아 있어서 구멍을 막고 폐허 위로 넘치고 있는 것이다.

미뇽은 호화로운 침실을 둘러보면서, 위대한 토목 공사가 머리에 떠올랐다. 전에 마르세이유 부근에서, 석조 아치가 깊은 골짜기를 건너지르고 서 있는 수도교(水道橋)를 본 적이 있다. 몇 백만의 돈과 10년의 노력을 쏟아 넣은 거대한 사업이었다. 또 쉘부르에서는 새로운 항구를 건설하는 공사를 보았다. 대규모 작업장, 양지바른 곳에서 땀을 뻘뻘 흘리는 몇 백 명의 노동자, 암석으로 바다를 메워 암벽을 쌓는 기계, 암벽에서는 이따금 노동자가 치여 피로 이겨 놓은 반죽처럼 되기도 했다. 그러나 그러한 것들도 나나와 비교하면 미뇽에게는 보잘것없는 것으로만 여겨진다.

그는 어느 연회날 밤에 느낀 경이감을 다시 되살렸다. 그 별장은 어느 제당업자가 세운 것으로 전체가 설탕으로 되어 있고, 궁전처럼 찬연히 빛나고 있었

슈아르 후작

다. 나나의 경우는 다르다. 세상의 웃음거리인 어이없는 행동, 매끄러운 나체의 일부, 지칠 줄 모르는 색정, 그녀는 이것들을 재료로 창피하고 보잘것 없이 보이지만 세상을 뒤흔드는 힘으로 노동자도 고용하지 않고 기사가 발명한 기계의 힘도 빌리지 않고 오직 혼자 손으로 빠리를 뒤흔들고 수많은 시체가 잠든 이 재물을 올린 것이다.

"으음, 정말 무서운 수완이다!" 황홀해진 미뇽은 저도 모르게 신음소리를 냈다. "멋있다. 나나, 참으로 훌륭하다."

나나는 차츰 깊은 우울증에 빠져들어갔다. 처음 후작과 백작이 마주친 데 대해서 그녀는 신경질적인 흥분에 사로잡혔다. 거기에는 장난기조차 섞여 있다. 그러나 전세 마차로 반죽음 상태가 되어 돌아간 늙은이와 가엾은 뮈파, 이 두 사람을 생각하면 왠지 감상적이 되었다. 그렇게 화나게 만들었으니 이제 다시 얼굴을 나타낼 일도 없겠지. 그 다음에는 사땡이 앓는다는 소식을 듣고 화가 났다. 반 달쯤 전부터 모습을 감춘 사땡은 지금 라리 브와지에르의 자선 병원에서 다 죽어가고 있다고 한다. 로베르 부인에게 무던히도 시달린 것이다. 이 몰락한 여자를 한번 보려고 마차를 준비시키고 있는데 조에가 들어와서 천연스럽게 그만두겠다고 한다. 그 순간 맥이 탁 풀렸다. 가족을 한 사람 잃는 기분이었다.

'아아, 난 어떻게 되지 혼자서.'

나나는 그러지 말고 남아 있어 달라고 부탁한다. 조에는 주인이 비탄에 잠기는 것을 보고 우울해져서 키스해 주며 무슨 불만이 있어서 그만두는 것이 아님을 보여주었다.

"하는 수 없어요. 장사를 위해서는 감정을 죽이지 않을 수 없네요."

이 날은 나나로 봐서는 재난의 연속이었다. 진절머리가 나서 외출을 그만둘 생각으로 살롱에서 우물쭈물하고 있는데 라보르데뜨가 찾아왔다. 근사한 레이스가 나왔다는 이야기를 하다가 문득 조르즈가 죽었다고 한다. 나나는 피가 얼어붙는 느낌이었다.

"지지가 죽었어!"

저도 모르게 양탄자 위의 핏자국으로 눈이 간다. 구둣발에 짓밟혀 마침내 지워지고 없었다. 라브르데뜨가 자세한 이야기를 들려 준다. 확실한 건 모르지만, 상처가 도졌다고도 하고, 퐁데뜨의 연못에 뛰어들어 자살했다고도 한다. 나나는 되풀이 뇌었다.

"아아, 죽어 버렸어! 죽어 버렸어!"

아침부터 응어리졌던 감정이 복받쳐올라 눈물이 쏟아졌다. 그녀는 실컷 울었다. 그 슬픔에는 한이 없었다. 무언가 깊고 큰 것에 짓눌리는 느낌이었다. 라보르데뜨가 조르즈를 잊으라고 달래자 나나는 손을 들어 말을 막으며 떠듬떠듬 말한다.

"그 사람뿐이 아냐, 모든 사람 다야, 모든 사람 다……. 나라는 여자는 정말 불행해요. 난 알아, 나를 나쁜 인간이라고 세상 사람들은 또 틀림없이 말할 거야……. 시골서 슬퍼하는 그 어머니, 오늘 아침, 문 앞에서 신음 소리를 내던 그 가엾은 사람, 그리고 나와 함께 마지막 한 푼까지 다 쓰고 파산해 버린 다른 사람들……. 좋아요, 나나를 욕해요, 이 바보 같은 년의 욕을. 나는 예사야. 그래, 똑똑히 들리잖아, 저 매춘부는 누구와도 자느니, 파산시키느니, 죽이느니, 많은 사람들을 괴롭히느니 하는 소리가……."

눈물에 목이 메어 말이 끊기고 너무나 슬퍼져서 긴 의자에 쓰러져 얼굴을 방석에 묻는다. 주변에 느껴지는 불행, 자기 때문에 생긴 그 숱한 참상을 생각하니 슬픔이 솟구쳐서 가슴속이 뜨거워진다. 그녀의 목소리는 차츰 힘을 잃고 소녀처럼 가냘픈 한탄으로 바뀌어 갔다.

"아아, 괴롭다! 괴로워! 이제 틀렸어, 숨이 막히는 걸……. 정말 아프구나, 아무도 몰라 주고. 모든 사람을 적으로 돌려야 하다니, 그쪽이 강할 것은 뻔하잖아……. 하지만 내게 무슨 잘못이 있다는 거야, 누구나 다 자기 마음대로 살고 있잖아……. 그래, 틀림 없이 그래……."

그녀의 분노는 반항심으로 변했다. 나나는 몸을 일으켜 눈물을 닦고 짜증스레 걷기 시작한다.

"그래요! 누가 뭐라든, 내 탓이 아냐! 내가 어디가 나쁘다는 거야! 난, 가진 것을 무엇이나 다 주는 여자야, 파리 한 마리 죽이지 않은 여자란 말이야! 그놈들이야, 나쁜 건 그놈들이란 말이야! 나는 그저 놈들이 하자는 대로 해줬을 뿐이야. 저희들이 귀찮게 매달렸잖아? 그러고는 이제 와서, 죄다 뒈지고, 거지가 되고, 절망하는 체하고……."

그는 라보르데뜨 앞에서 걸음을 멈추고 어깨를 두들긴다.

"이봐요, 당신은 보고 있었으니 사실을 말해요……. 사람들을 꾄 게 나였어요? 그 사람들이란 말예요, 언제나 몰려와서 열심히 그 천한 짓을 생각하는 건 싫었어, 난! 끌려 들지 않을려고 내 자신에 매달린 거야, 무서웠어. 좋은 증거가 있지, 그 사람들은 나와 결혼하고 싶어하더란 말이야. 어때? 걸작이잖아요? 그래, 승낙했더라면 난 몇 번이나 백작 부인이나 남작 부인이 됐을 거야. 하지만 거절했지 뭐, 이래봬도 분별심은 있었으니까……. 말하자면 그 인간들에게 천한 짓이나 범죄를 피하게 해준 셈이야! 나와 결혼하기 위해서라면 도둑질이고 살인이고 예사로 할 사내들이거든, 아버지나 어머니라도 아마 죽였을 거야. 나는 다만 한마디 '응' 하고 승낙하기만 하면 됐던 거야. 그걸 안했지……. 그 결과가 이 꼴이야……. 내가 결혼시켜 준 다그네 좀 보라구. 거지처럼 된 것을 몇 주일이나 거저 먹여 주고 게다가 직업까지 구해 줬잖아. 어제 우연히 만났는데 외면을 하더란 말이야. 돼지 같은 자식! 난 말이야, 그 녀석 같은 쩨쩨한 인간이 아니란 말이야!"

그녀는 다시 걷기 시작하더니 조그만 둥근 테이블을 주먹으로 쾅! 때린다.

"정말, 불공평해요! 세상이 나쁜 거야. 천한 짓을 요구한 건 남잔데 여자만 책망하고……. 이렇게 되면, 당신 앞에서 똑똑히 말해 주지. 난 그 인간들과 교제해 왔지만 조금도 즐겁지 않았어, 조금도. 귀찮았을 뿐이야, 정말이야……. 자아, 이래도 내가 나쁘다는 거야? 정말 심한 변을 당했지! 그놈들이 이런 여자로 만들지만 않았더라도 난 지금쯤 수녀원에서 하느님께 기도를 드리고 있을 거야. 언제나 신앙을 갖고 있었으니까……. 참, 빌어먹을! 놈들의 돈이 없어지건 돼지건 모두 제가 나쁜 거야! 내 탓이 아니야!"

"그렇지."

라보르데뜨도 알아들었다는 듯이 말했다.

그 자리에 조에의 안내를 받아 미뇽이 들어왔다. 나나가 방긋이 웃으며 맞이한다. 실컷 울고 난 뒤라 기분이 홀가분했다. 미뇽은 아직도 열에 들떠 있어 집안을 극구 칭찬했다. 그러나 나나는 이 집은 인제 진절머리가 나서 다른 생활을 생각하고 있는 중이었다. 머지않아 깡그리 팔아 버릴 생각이라고 말했다. 이윽고 미뇽이 찾아온 구실로, 노배우 보스끄를 위한 자선흥행 이야기를 꺼냈다. 보스끄는 중풍에 걸려서 밤낮 의자에 앉아 있다고 했다. 나나는 몹시 동정하며 칸막이 좌석 둘을 예약했다. 그러는 동안에 조에가 마차가 기다린다고 일렀으므로 모자를 갖고 오게 하여 끈을 매면서 가엾은 사땡의 일을 얘기하고 마지막으로 덧붙였다.

"지금부터 그 병원으로 가는 거예요……. 그 사람만큼 나를 사랑해 준 사람은 없어요. 세상에서 남자들을 인정없다고 하는 게 정말 맞는 말이에요……. 어쩌면 이제 그 사람은 못 만날지도 몰라요. 하지만 아무튼 면회를 신청해 봐야지. 마지막으로 한 번 더 키스해 주고 싶어요."

라보르데뜨와 미뇽은 미소를 지었다. 나나는 이제 슬퍼하지 않았으며, 함께 미소지었다. 이 두 사람은 다르다. 알아 준다. 나나가 장갑의 단추를 다 채우는 동안 두 사람은 조용해진 정적 속에서 나나의 모습을 황홀한 듯 바라보고 있었다. 지금 나나는 쌓아올린 부(富)에 혼자 서 있다. 발밑에 쓰러져 있는 수많은 사나이들, 그 무서운 영토를 해골로 메웠다는 저 고대의 괴물처럼 나나도 해골바가지에 발을 얹어놓고 있는 것이다. 그 주위에 펼쳐진 숱한 비극, 방되브르를 휩쌌던 무서운 불길, 중국의 어느 바다로 사라진 푸까르몽의 슬픔, 초라한 생활을 할 수밖에 없게 된 스떼너의 파멸, 라 팔르와즈의 천치 같은 만족, 뮈파 집안의 비참한 붕괴, 창백한 조르즈의 시체, 어제 출옥하여 조의를 표하고 있는 필립, 나나의 파괴와 죽음의 사업은 이룩되었다. 변두리의 오물에서 날아오른 파리가 사회를 부패시키는 균을 날라다 앉기가 무섭게 사나이들을 중독시켜 버린 것이다.

그것은 기분 좋은 일이다. 정당한 일이다. 그녀는 거지요, 버림받은 사람들, 자기 동료들을 위해서 복수한 것이다. 나나의 성적 매력은 후광 속에서 치솟아올라 살육의 들판을 밝히는 아침해와 같이 흩어진 희생물들을 비춘다. 아름다운 짐승 같은 나나는 자기가 한 짓을 깨닫지 못한다. 언제나 천진한 모습 그대로다. 여전히 건강하고 통통하다. 터질 듯한 건강, 넘칠 듯한 명랑성. 그러나 그것은 이제 문제가 아니다. 그녀는 이 집이 시시하고 너무 좁다고 생각했다. 거추장스러운 가구가 너무 많다. 뭐야, 이까짓것, 다시 새로 하면 되는 거야. 난 그럴싸한 것을 생각하고 있단 말이야. 그리고 그녀는 사땡에게 마지막 키스를 해주기 위해서 차려 입고 나갔다. 깨끗하고 건강한 육체, 꼭 새것 같다. 아직 한 번도 써 본 적이 없는 것처럼.

14장

　나나는 홀연히 모습을 감추었다. 또다시 어딘가 이상한 나라로 떠나 버린 것이다. 떠나기 전에 그녀는 열에 들뜬 듯이 집과 가구와 보석, 그리고 옷과 속옷에 이르기까지 깡그리 팔아 버렸다. 그 액수가 화제에 올랐다. 5일 동안이나 계산한 끝에 60만 프랑 이상이란 계산이 나왔다. 빠리가 나나의 마지막 모습을 본 것은 게떼 극장에서 상연된 몽환극(夢幻劇) 〈멜뤼진느〉의 무대에서였다. 이것은 빈털터리가 된 보르드나브가 한 도박이다.

　나나는 그 무대에 쁘룰리에르, 퐁땅 등과 함께 나갔다. 잠깐 동안 모습을 보이는 것뿐이지만, 그것이 선전거리가 되었다. 말 한마디 하지 않고 늠름한 선녀가 되어 조각처럼 세 번 우뚝 서 있었을 뿐이었다. 이 연극은 큰 성공을 거두었다. 그런데 보르드나브가 선전에 정신을 잃어 대대적인 광고로 온 빠리를 한창 부채질하고 있을 때, 어느날 아침, 사람들은 나나가 전날 카이로로 떠난 것 같다는 소식을 들었다.

　"무슨 비위에 거슬리는 소리를 들었나 보지, 아니면 무슨 일로 지배인과 싸운 모양이지. 글쎄, 부자니까 귀찮은 소리를 듣고 화가 난 거야."

　그렇지 않아도 카이로는 나나가 동경하던 곳이었다. 전부터 터키 사람들의 나라를 늘 꿈에 그리고 있었던 것이다.

　몇 달이 지나갔다. 나나는 잊혀져 갔다. 지난날에 사귀던 남자들 사이에서 그 이름이 다시 화제에 오를 때마다 기묘한 소문이 떠돌기 시작하여 저마다 서로 다른 어처구니없는 말을 전했다.

　"나나는 터키 왕자를 사로잡아 궁전 깊숙한 곳에 2백 명의 노예를 거느리고 있는데 재미로 그 목을 자른대."

　"바보 같은 소리 마, 그 여잔 검둥이 추장과 야비한 사랑에 빠졌다가 타락해서 발가숭이가 되어 카이로에서 음탕한 생활을 보내고 있단 말이야."

　그런가 하면 반 달쯤 지나, 러시아에서 나나와 얼굴이 딱 마주친 사람이 있다는 소문이 전해져서 사람들을 기겁하게 했다. 터무니없는 이야기는 점점 꼬리를 물고 번져나갔다.

나나는 어떤 왕자의 정부가 되었다는 것이다. 그녀의 다이아몬드에 관한 소문이 나돈다. 이 소문을 근거로 모든 여자들은 어디서 그런 소문이 나왔는지도 모르면서 그 다이아몬드를 직접 본 듯이 환히 알게 되었다. 반지, 귀걸이, 팔찌, 손가락 두 개만큼 넓은 목걸이, 한가운데에 엄지손가락만한 다이아몬드를 박은 여왕의 관 등. 먼 이국에다 놓고 볼 때, 나나는 보석을 아로새긴 우상과도 같은 신비한 빛을 띠는 것이었다. 이제 사람들은 야만족의 나라에서 차지한 행운에 아득한 경의를 느끼면서 진지한 기분으로 나나의 이름을 입에 올린다.

7월의 어느 날 밤 8시쯤이다. 뤼시가 포부르 께 또노래 거리를 마차로 달리다 까롤린느 에께가 걸어가는 모습을 보았다. 가까운 가게에 무언가 주문하러 가는 모양이다. 불러 세우자마자 말한다.

"저녁 먹었어? 안 바쁘지? 그럼 함께 가요……. 나나가 돌아와 있어."

까롤린느 에께는 금방 올라탔다. 뤼시가 계속한다.

"이렇게 지껄이는 동안에 나나는 죽었는지도 몰라."

"죽었는지도 모른다고? 어째서!" 까롤린느가 깜짝 놀라 소리친다. "어디서, 왜?"

"그랑호텔에서…… 천연두…… 큰일났어!"

뤼시는 마부에게 빨리 가라고 재촉한다. 마차가 르와얄 거리와 큰 거리를 재빨리 빠져 나가는 동안에, 그녀는 숨도 제대로 못 쉬고, 떠듬떠듬 나나의 사건을 이야기했다.

"상상도 못할 일이야……. 나나는 러시아에서 돌아왔대. 까닭은 모르지만 왕자와 싸운 모양이야……. 짐은 정거장에 둔 채, 고모, 그 왜 늙은이 있잖아, 그 집으로 달려갔대. 그런데 마침 어린애가 천연두에 걸려서 다음날 죽었다는군, 글쎄 나나는 돈을 보내 줬는데, 고모는 한 푼도 안 받았다고 우긴대. 그래서 싸움이 다 벌어지고……. 어린애가 죽은 것도 돈 때문이었나 봐, 말하자면 내동댕이쳐 두고 치료도 안 해준 거야……. 아무튼 나나는 그 집을 뛰쳐나와 어떤 호텔로 갔대. 도중에서 마침 짐을 생각하고 있는데 우연히 미뇽을 만났대……. 그런데 기분이 좋지 않고, 한기가 들고, 구토증이 나기 시작해서 미뇽이 짐은 자기가 찾아주겠다고 하고는 호텔에 데려다 주었대. 어때, 얘기가 너무 교묘하지 않아요? 그런데 더 기막힌 일이 있어. 나나가 앓는다는 말을 들은 로즈가 싸구려 호텔에 나나를 혼자 내버려 두다니 당치도 않는 소리라고 하면서 간호하러 달려와서 울었다는 거야……. 그렇게도 사이가 나빴는데! 그러고는 하다못해 죽는 자리나마 멋있게 해주고 싶다며, 나나를 그랑호텔로 옮기고 오늘로 사흘이나 밤잠 안 자며 간호야. 그러다간 자기가 녹지……. 이 얘긴 라보르데뜨한테서 들은 거야. 그래서 나도 보고 싶어져서……."

"그래, 그래." 까롤린느가 흥분하여 끼어든다. "같이 가!"

목적지에 닿았다. 큰 거리에서 혼잡한 마차와 인파에 휩싸여 마부는 말을 억제해야 했다. 그날 의회는 선전포고할 것을 결의했다. 길에는 마차가 쏟아져 나오고 보도와 차도를 메우고 있는 인파. 마들렌느 사원 쪽을 보니, 태양은 핏빛으로 물든 구름 뒤로 가라앉고, 그 노을 빛에 반사된 높은 창문이 불붙는 듯 번쩍인다. 황혼이 지기 시작하면 어두워지는 거리로 인해 갑갑하고 우울해지는 시간이다. 그러나 점점이 흩어진 가스등 불빛은 아직 보이지 않는다. 그리고 이 이동하는 군중들 속에서 먼 웅성거림이 차츰 부풀어 오른다. 창백한 얼굴에 눈을 빛내며 불안에 짓눌려 그저 정신없이 밀려가는 사람의 물결.

"저기 미뇽이 있어." 뤼시가 말한다. "아마 무슨 소식을 알려 줄 거야."

미뇽은 그랑호텔의 넓은 현관 밑에 서서 짜증스러운 듯이 사람의 물결을 바라보고 있었다. 뤼시에게 질문을 받는 순간 그는 버럭 화를 내며 소리쳤다.

"내가 알아! 로즈는 벌써 이틀이나 저 안에 처박혀 있는데 말이야……. 정말 바보야, 그런 위험한 짓을 하다니! 병이 옮아서 곰보가 되면 참 좋겠다! 서로 꼴좋게 되겠다."

로즈가 보기 흉하게 될지 모른다고 생각하니 화가 치민다. 나나를 거들떠보지도 않던 그로서는 여자들의 어이없는 헌신이 도무지 이해가 가지 않는다. 그때 포슈리가 큰 길을 건너오더니 걱정스러운 듯이 얼른 상태를 묻는다. 두 사람은 서로 상대를 부추겨서 위로 올라가게 하려고 했다. 이제는 '자네' '나'로 통하는 사이다.

"여전히 같은 상태야." 미뇽이 내뱉듯이 말한다. "자네 좀 올라가서 끌어내 와주게."

"친절도 하구먼! 왜, 자네가 직접 올라가지 못하나?"

뤼시가 방의 호수를 물었으므로 두 사람은 제발 로즈를 끌어내 와 달라고 부탁했다.

"내려오지 않으면 정말 화를 내겠다더라고 전해 줘."

그러나 뤼시와 까롤린느는 금방 올라가지 않았다. 퐁땅이 주머니에 손을 찌른 채 군중의 얼굴을 재미있는 듯이 바라보며 서성대고 있는 것을 보았기 때문이다. 퐁땅은 나나가 위에서 앓아 누워 있다는 말을 듣더니 자못 동정하는 듯이 말했다.

"가엾게시리! 손이라도 쥐어 주고 와야겠군……. 그래 무슨 병이야?"

"천연두!"

미뇽이 대답한다. 이미 안마당 쪽으로 걸음을 옮겼던 퐁땅이 홱 돌아서서 으스스 떨며 중얼거린다.

"이그!"

천연두, 농담할 성질의 병이 아니야. 나도 다섯 살 때 하마터면 걸릴 뻔했지. 미뇽이 천연두로 죽은 조카딸 이야기를 한다. 그러자 포슈리가 나는 실제로 걸린 적이 있단 말이야. 봐, 아직도 자국이 남아 있잖아 하고는, 코 옆의 곰보 자국 세 개를 보인다. 그래서 미뇽이 천연두는 한 번뿐이지 두 번은 절대로 걸리지 않는다고 부추긴다. 포슈리는 이 주장을 맹렬히 공격하고 실례를 몇 가지나 들면서 의사란 모두 엉터리 놈들이라고 욕설을 퍼붓는다. 그때 뤼시와 까롤린느가 엄청나게 몰려든 군중에 놀라서 그들의 말을 막았다.

"저것 좀 봐요! 굉장한 군중이에요."

차츰 어둠이 짙어진다. 멀리서 가스등이 하나하나 켜지기 시작한다. 창가에는 아직도 구경 좋아하는 사람들의 모습이 보인다. 한편 가로수 밑에서는 인파가 시시각각으로 불어나 마들렌느 사원에서 바스띠유 광장에 걸쳐 큰 흐름이 되어 움직여 간다. 마차들은 천천히 굴러간다. 여태까지 말이 없던 빽빽한 군중 속에서 이윽고 둔한 웅성거림이 일기 시작한다. 군중 심리에 사로잡힌 그들은 발을 구르며 똑같은 열망으로 흥분되어 있다. 큰 동요가 일어나며 군중들이 뒤로 밀린다. 서로 떠밀리며 인파가 좌우로 갈라진다. 그러자 그 사이 흰 작업복에 캡을 쓴 한 무리의 사나이들이 나타나 망치로 모루를 내려치듯이 외쳤다.

"베를린으로! 베를린으로! 베를린으로!"

군중이 침울한 의혹의 빛을 띠고 지켜본다. 그러나 그들도 이미 영웅적인 행위를 눈앞에 그리며 지나가는 군악대를 지켜볼 때처럼, 가슴을 설레고 있었다.

"그래, 그래, 가서 골통이나 깨져 갖고 와라."

별안간 냉정한 기분에 사로잡혀 미농이 중얼거린다.

그러나 퐁땅은 감격하여 군대에 지원하겠다고 말한다. 적이 국경에 나타나면 모든 시민은 조국을 방위하기 위해 일어서야 한다. 이렇게 말하고 그는 아우스테를리츠에서 승리한 보나빠르뜨 같은 포즈를 취해 보였다.

"저, 우리와 함께 가겠어요?"

뤼시가 묻는다.

"천만에, 병이 옮게!"

그랑호텔 앞의 벤치에 한 사나이가 손수건으로 얼굴을 가리고 앉아 있다. 포슈리는 오자마자 미농에게 그를 가리켜 보였다. 저 사람은 줄곧 저기 앉아 있지? 그래, 줄곧 저기에 앉아 있어. 그래서 포슈리는 다시 두 여자를 붙들고 그 남자를 가리켰다. 사나이가 얼굴을 들었을 때, 그녀들은 그가 누구라는 것을 알고 저도 모르게 "어머나!" 소리쳤다. 뮈파 백작이다. 눈을 들어 창문을 쳐다본다.

"오늘 아침부터 저러고 있어." 미농이 말한다. "내가 처음 본 것은 여섯 시께였는데, 그때부터 꼼짝도 않고 저러고 있단 말이야……. 라보르데뜨에게 소식을 듣고 달려와서는 손수건으로 얼굴을 가리고 저러고 있지……. 삼십 분마다 여기까지 느릿느릿 다가와서는 위에 있는 사람은 조금 어떠냐고 묻고는, 다시 벤치로 돌아가서 앉는 거야……. 정말, 위험하거든, 아무리 사랑하더라도 누구나 목숨은 아까운 법이야."

백작은 창문을 쳐다보고 있을 뿐 주위에서 일어나고 있는 일은 전혀 깨닫지 못하고 있는 듯하다. 아마 선전포고도 모를 것이다. 군중의 외침소리도 깨닫지 못하고 있을 것이다.

"이봐! 또 이리로 온다." 포슈리가 말한다. "자아, 어떻게 한다?"

과연 백작은 벤치를 떠나 높은 현관 아래로 들어간다. 문지기는 벌써 얼굴을 기억하고 있어서 묻기도 전에 무뚝뚝한 어조로 말한다.

"그 사람은 죽었습니다, 방금."

나나가 죽었다. 누구에게나 충격이었다. 뮈파는 잠자코 벤치로 돌아가 다시 얼굴을 손수건으로 가린다. 다른 사람들이 왁자지껄 떠들기 시작한다. 그러나 군중들이 지나가면서 외쳐대는 바람에 그것도 지워진다.

"베를린으로! 베를린으로! 베를린으로!"

"나나가 죽었다! 정말이야, 그렇게 곱던 애가!"

미뇽이 안도의 한숨을 내쉰다.

'이제는 로즈도 내려오겠지.'

무언가 섬뜩한 느낌이다. 한 번쯤 비극 속에 들어가고 싶어하는 퐁땅은 입을 한일자로 다문 채 비통한 표정을 지으며 치켜뜬 눈으로 하늘을 쏘아보고 있다. 한편 포슈리는 품위 없는 신문쟁이 같은 농담을 하면서도 감상에 젖어, 줄곧 잎궐련을 씹어댄다. 두 여자는 여전히 비탄의 소리를 지르고 있다. 뤼시가 마지막으로 나나를 만난 것은 게떼 극장에서였다. 블랑슈도 〈멜뤼진느〉의 무대가 마지막이었다.

"정말 훌륭했어, 나나가 수정(水晶) 동굴 안쪽에 모습을 나타냈을 때는!"

남자들도 생생하게 기억하고 있었다. 퐁땅은 꼬꼬리오 왕으로 나왔었다. 기억이 되살아나서 그들은 언제까지나 세세한 추억을 더듬었다.

"수정 동굴에 들어간 나나의 풍만한 육체는 참으로 훌륭했지! 말은 한마디도 안 했지만. 처음에는 대사가 한마디 있었는데, 작가가 빼버린 거야, 방해가 된다면서. 아니, 그런 정도가 아니야 더 굉장했어. 그 자태만 보고도 관객들이 벌렁 나자빠져 버렸으니까. 이제 그런 육체는 두 번 다시 볼 수 없을걸. 그 어깨하며, 다리하며, 허리하며, 그 나나가 죽었다니, 거짓말 같애!"

그녀는 속옷에 금띠를 한 가닥 했을 뿐이었으며 간신히 앞과 뒤를 가리고 있었다. 그 주위를 둘러싸고 찬연히 빛나던 수정 동굴. 다이아몬드의 폭포가 쏟아지고 종유동 속에 진주가 줄줄 굴러 떨어졌다. 투명한 동굴, 그 샘의 흐름 속에서 나나는 타는 듯한 살결과 머리채로 마치 태양 같았다. 빠리는 그런 나나의 모습을 언제까지나 잊지 않을 것이다. 수정에 둘러싸여 하느님처럼 허공 중에 빛나던 나나를! 그렇다, 그 나나가 이렇게 죽다니. 이 무슨 일인가! 지금쯤은 아마 저승에서 아름답게 태어나 있을지도 모른다.

"아까운 사람이 죽었군!"

미뇽이 침통한 목소리로 말했다. 쓸모 있고 훌륭한 것을 잃게 돼서 참으로 쓰라리다는 듯이.

그는 뤼시와 까롤린느가 당장 올라갈 참인가 슬쩍 물어보았다. 그럼요, 올라

472 나나

베를린에! 베를린에! 베를린에! 흰옷을 입은 선동자들

가겠어요, 그녀들은 호기심에 부풀어 있었다. 거기에 블랑슈가 보도를 막는 군중에 화를 내면서 헐레벌떡 달려왔다. 죽었다는 소식을 듣고 다시 한바탕 비탄의 소리가 인다. 그리고 여자들은 스커트를 서걱거리면서 층계로 향했다. 미뇽이 뒤로 물러서서 소리친다.

"로즈에게 기다리고 있다고 전해 줘요…… 당장."

"옮을 우려가 있는 것은 초긴지 후긴지, 아직 뚜렷이 알려져 있지 않아." 퐁땅이 포슈리에게 설명해 주고 있다. "내 친구 중에 의사가 한 사람 있는데, 죽은 뒤 몇 시간이 특히 위험하다고 단언하더라만……. 말하자면 독기가 발산된다는 거야……. 아아, 갑자기 이렇게 되다니. 마지막으로 손쯤은 쥐어 줄 만했는데."

"이제 와서 그런 소리 해봐야 무슨 소용 있나."

포슈리가 말한다.

"암, 하는 수 없지."

다른 두 사람도 말한다.

군중의 숫자는 점점 더 불어간다. 상점에서 새어나오는 불빛으로 흔들거리는 가스등의 불빛 아래 양쪽 보도를 흘러가는 모자의 물결이 보인다. 이제 흥분은 여기저기로 번져나갔다. 사람들은 작업복을 입은 사나이들에 합세한다. 끊임없이 차도를 휩쓰는 사람의 파도, 모든 사람의 가슴에서 치솟는 열광적인 부르짖음.

"베를린으로! 베를린으로! 베를린으로!"

5층의 그 방은 하루에 12프랑이었다. 로즈가 얼마쯤 좋은 방을 희망한 것이었다. 그러나 사치스러운 데는 없었다. 고통에 사치는 필요없다. 큰 꽃무늬의 마포를 바른 방에는 어느 호텔에나 있는 마호가니 가구류가 놓여 있고, 검은 잎사귀가 그려져 있는 붉은 양탄자를 깔았다. 무거운 침묵 속에서 이따금 소곤거리는 소리가 들린다. 그때 복도에서 말소리가 들린다.

"틀림없이 잘못 온 거야. 보이는 오른쪽으로 꺾는다고 그랬는데……. 꼭 병영 안 같잖아."

"잠깐 기다려 봐. 보고 올 테니까…… 401호, 401호라……."

"어마, 이쪽이야…… 405, 403……. 이 근천데……아, 있다. 401호…… 이리 와요, 쉿! 쉿!"

목소리가 그친다. 마른 기침소리가 들리고, 잠시 조용해진다. 이윽고 문이 천천히 열리고 뤼시가, 이어 까롤린느와 블랑유가 들어간다. 그러다가 그녀들은 걸음을 멈추었다. 방안에는 이미 여자가 다섯이나 있었다.

가가가 붉은 비로드를 댄, 등이 뒤로 기운 단 하나의 안락의자에 몸을 죽 뻗고 앉아 있다. 난로 앞에는 시몬느와 끌라리스가 서서 의자에 앉은 레아 드 온과 이야기하고 있었다. 한편 문 쪽 침대 앞에는 로즈 미뇽이 아래쪽 나무 장식에 기대어 커튼의 어둠에 싸인 시체를 가만히 들여다보고 있었다. 다른 여자들은 모두 정식 방문객처럼 모자를 쓰고 장갑을 꼈다. 로즈만 모자도 장갑도 없고, 사흘밤에 걸친 철야의 간호로 피로하여 창백했으며, 이 갑작스러운 죽음을 앞에 놓고 슬픔에 얼이 빠져 있다. 옷장 끝에 놓인, 갓을 씌운 램프가 강렬한 빛을 가가에게 던지고 있다.

"참, 가엾은 일이야!" 뤼시가 로즈의 손을 쥐고 소곤거린다. "작별인사를 하러 왔어."

고개를 돌려 나나의 얼굴을 보려고 했지만 램프가 너무 멀었다. 일부러 가까이 가는 것도 꺼림칙하다. 침대에 누운 회색 덩어리, 적갈색의 많은 머리와 얼굴인 듯한 창백한 부분만 간신히 알아볼 수 있었다. 뤼시는 말을 이었다.

"난 게떼 극장에서 본 이후로는 저 사람을 만나지 못했어, 그 동굴 안에서······."

로즈는 멍하니 있다 문득 정신을 차리고 살짝 미소 지으며 되풀이한다.

"아아, 너무나 변해 버렸어······. 너무나도!"

그러고 나서 다시 입을 다물고 꼼짝도 않은 채, 자기 생각으로 빠져 들어갔다. 세 여자는 난로 앞에 있는 여자들 곁으로 갔다. 시몬느와 끌라리스가 고인의 다이아몬드에 관해서 말을 주고받는다.

"대체, 정말 있는 거야, 그 다이아몬드? 본 사람이 없다니까, 풍설인지도 몰라."

그러자 레아 드 온이 그것을 봤다는 사람을 알고 있다고 말한다.

"정말이야, 굉장한 보석이래! 그뿐 아니야. 러시아에서 다른 것도 여러 가지 갖고 왔대. 수를 놓은 천이라든가, 비싼 골동품이라든가, 금으로 만든 세트라든가, 가구류까지. 그래, 고리짝이 쉰두 개, 큰 상자가 몇 개로 화차 세 대분이나 된대. 그것이 정거장에 놓여 있다는 거야. 정말 운이 나빠, 짐을 끌러 볼 시간도 없이 죽어버리다니. 그리고 돈도 있었대, 100만 프랑이라든가. 누가 물려 받지?"

뤼시가 묻는다.

"먼 친척, 그러니까 고모겠지 뭐, 그 할머니, 횡재했네. 그 사람은 아직 아무것도 몰라. 나나가 마지막까지 그 사람한테는 알리지 말아 달라고 부탁하잖겠어. 아이가 죽은 걸 원망하고 있었던 거야."

사람들은 경마장에서 본 그 아이를 기억하고 무척 측은해했다.

"그 아이는 늘 앓기만 하고 늙은이 같은 음산한 얼굴이었지. 결국은 태어나지 않은 편이 나았던 거야."

"저승 쪽이 더 행복해."

블랑슈가 말한다.

"나나도 마찬가지야!" 까롤린느가 덧붙인다. "인생이란 결국 그다지 즐거운 것이 아냐."

이 엄숙한 방안에서 그녀들은 차츰 어두운 생각에 사로잡히기 시작한다. 무서워졌다. 여기서 이렇게 오래 이야기하고 앉아 있는 것은 어리석은 짓이야. 그러나 그들은 한 번 보고 싶은 생각에서 양탄자에 못박혀 있는 것이다. 무척 덥다. 램프가 마치 달과 같이, 방을 채우고 있는 차분한 어둠 속을 비추고 있다. 침대 밑의 살균제를 담아 놓은 접시에서 김빠진 냄새가 풍긴다. 이따금 한길로 나 있는 창문의 커튼이 바람에 부풀며 둔한 소음이 올라온다.

"저 사람, 무척 괴로워했어?"

미의 세 여신이 발가벗고 무희처럼 미소짓고 있는 벽 시계의 디자인을 멍청하게 바라보고 있던 뤼시가 문득 물었다.

가가가 잠에서 깨듯이 대답한다.

"그럼 물론! 저 사람이 숨을 거둘 때 나도 옆에 있었는데, 정말, 눈뜨고 못 볼 지경이었어……. 별안간 심한 경련이 일더니만……."

설명을 계속할 수 없었다. 다시 솟아오르는 절규!

"베를린으로! 베를린으로! 베를린으로!"

숨이 막힐 듯해서 뤼시가 창문을 활짝 열어젖히고 난간에 기대선다. 그곳은 기분이 좋았다. 별이 반짝이는 밤하늘에서 시원한 기운이 내려온다. 밝게 빛나는 맞은편 창문들, 간판의 금빛 문자를 따라 춤추는 가스등 불빛 아래쪽 광경

나나의 죽음

이 재미있었다. 보도와 차도 위를 흘러가는 사람의 물결, 혼잡을 이루는 마차 떼, 움직이는 커다란 그림자 속에 번쩍이는 상점과 가스등 불빛, 그때 절규하며 걸어온 일행은 횃불을 들고 서 있었다. 마들렌느 사원 쪽에서 빨간 불빛이 다가오더니 군중들 사이를 가로지르며 사람들의 머리를 멀리까지 붉게 물들였다. 뤼시는 저도 모르게 블랑슈와 까롤린느를 불렀다.

"이리 와 봐…… 이 창문에서 아주 잘 보여."

세 사람은 흥미를 느끼고 몸을 내밀었다. 나무가 방해였다. 이따금 횃불이 나무 잎사귀에 가려진다. 밑에 있는 남자들을 찾아보았지만 튀어나온 발코니에 가려 문 앞이 보이지 않는다. 뤼과 백작만은 여전히 그 자리에 있다. 손수건에 얼굴을 가리고, 벤치에 던져진 검은 꾸러미와도 같이, 마차 한 대가 선다. 뤼시는 단번에 마리아 블롱임을 알았다. 또 한 사람 있었다. 마리아는 혼자가 아니다. 뒤에서 뚱뚱한 사나이가 내린다.

"그 도둑놈 스떼너야." 까롤린느가 말한다. "어머, 저 사내는 아직도 꼴로뉴로 쫓겨가지 않았나 봐! 들어오거든 얼굴을 한번 봐 줘야지."

그들은 문쪽을 돌아보았다. 그러나 마리아 블롱이 모습을 나타낸 것은 10분이나 지나서였다. 두 번이나 층계를 잘못 올라왔다고 한다. 혼자였으므로 의외라 생각하고 뤼시가 물으니

"그 사람? 그 사람이 올라올 것 같아! 문 앞까지 따라와 준 것만도 놀랍지……. 밑에서는 남자들이 여남은 모여서 잎궐련을 피우며 기다리고 있던데."

과연 밑에서는 단골들이 모두 몰려 있었다. 시가의 동태를 구경하러 어슬렁어슬렁 나타났다가 그들은 서로 이름들을 부르고, 나나의 죽음을 듣고 놀라 소리를 지르곤 했다. 이윽고 이야기는 정치와 전쟁으로 옮겨간다. 보르드나브, 다그네, 라보르데뜨, 쁘룰리에르, 그 밖의 사람들이 달려와서 점점 더 불어났다. 그들은 퐁땅의 이야기에 귀를 기울이고 있었다. 그는 한창 닷새 동안에 베를린을 공략하는 전략을 설명하고 있는 중이다.

한편 마리아 블롱은 침대 앞에서 감상에 젖어 다른 여자와 같은 말을 중얼거리고 있었다.

"가엾어라……. 내가 마지막으로 본 것은 게떼 극장의 그 동굴 장면이었지……."

"아아, 너무나 변해 버렸어! 너무나도!"

고통에 잠긴 듯한 희미한 미소를 띠면서 로즈 미뇽이 말했다.

다시 두 사람이 나타났다. 따땅 네네와 루이즈 비오렌느. 그들은 보이가 이리 가라, 저리가라 하는 바람에 20분 동안이나 호텔 안을 찾아다녔다. 전쟁의 시작과 거리의 흥분에 공포를 느끼고 부랴부랴 빠리를 떠나는 여행자의 혼잡 속을 빠져 나온데다 층계를 서른 번 이상이나 오르내렸다고 한다. 그래서 들어오자마자 죽은 사람은 제쳐놓고 기진맥진해서 의자에 쓰러져 버렸다. 그때 옆방이 소란스러워졌다. 트렁크를 뒤집는 소리, 가구를 두드리는 소리, 거기에 섞여 무언가 야만스러운 말로 떠들어 대는 소리, 오스트리아 사람 젊은 내외다. 가가의 말을 들으면, 나나가 임종의 괴로움을 겪고 있는 동안 줄곧, 저 두 사람은 숨박꼭질을 하고 있었다고 한다. 두 방은 칸막이가 된 문 한 짝으로 이웃하고 있어서 붙잡을 때마다 웃고 입을 맞추는 소리가 들려왔다는 것이다.

"자아, 이제 가지."

끌라리스가 말한다.

"암만 있어야 되살아나진 않아…… 시몬느는 안 가겠어?"

모든 사람들이 꼼짝도 않은 채 힐끔 침대를 바라보았다. 그러고는 돌아갈 채비를 하고 스커트를 가볍게 털었다. 뤼시는 다시 또 창가로 가서 혼자 기대섰다. 슬픔이 가슴속에 밀물처럼 몰려온다. 마치 그 절규하는 군중 속에서 벅찬 비애가 솟아오르듯이, 불티를 떨어뜨리며 다시 횃불 행렬이 지나간다. 먼 어둠 속에서 긴 대열이 허옇게 꿈틀거리고 있다. 밤중에 도살장으로 끌려가는 양떼처럼. 그리고 이 현기증 나는 움직임, 대양처럼 밀려가는 이 혼동된 군중 속에서 공포의 분위기가 발산되어, 바야흐로 다가올 살륙에 대해 깊은 연민의 정을 느끼게 했다. 그들은 이제 그저 열광에 쫓겨 목청껏 외치면서 어두운 지평선의 경계를 넘어 아무도 알지 못하는 먼 곳으로 돌진해 가고 있는 것이다.

"베를린으로! 베를린으로! 베를린으로!"

뤼시는 창에 기댄 채 뒤돌아보며 새파래진 얼굴로 외친다.

"아아, 우리는 어떻게 되지?"

여자들이 고개를 끄덕인다. 사태에 대한 불안 때문에 모두 표정이 심각해져 있었다. 까롤린느 에게가 침착하게 입을 열었다.

"난, 내일 모레 런던으로 떠날 거야…… 마마가 먼저 가서 호텔 준비를 해 주겠대…… 이대로 빠리에 남아서 죽는다는 건 어이없는 일이거든."

그녀의 어머니는 까롤린느의 재산을 모두 빈틈없이 국외로 옮겨놓았다. 언제 전쟁이 시작될지 모르기 때문이다. 마리아 블롱이 몹시 화낸다.

"나는 애국자야, 군대를 따라갈 테야."

"넌, 겁쟁이야! 난, 가능하다면 남자로 변해서, 그 프러시아 돼지놈들을 죽이러 갈 테야! 우리가 다 죽는대도 그게 어쨌다는 거야? 어차피 이런 몸이잖아!"

블랑슈 드 시브리가 화를 낸다.

"프러시아 사람 욕은 하지 마! 그네들도 인간이야. 그리고 프랑스 사람처럼 여자들을 못 살게 굴지도 않아. 나와 함께 있던 그 조그만 프러시아 사람……. 쫓겨가 버렸지만, 돈 많고 상냥하고 누구한테도 나쁜 짓을 할 사람이 아니었어, 정말 너무해. 내 생활은 엉망이 되어 버렸잖아……. 나를 너무 못 살게 굴지마. 그 사람 뒤를 따라 독일에나 가버릴까 보다!"

그녀들이 한창 다투고 있는 동안에 가가가 서글픈 목소리로 중얼거렸다.

"이제 마지막이야, 난 참 재수도 없지……. 쥐비지에 있는 그 조그만 집값을 간신히 다 치른 지가 이제 겨우 한 주일밖에 안 되는데. 얼마나 고생했는지 몰라! 릴리가 다 거들어 주었다구……. 그런데 전쟁이잖아. 프러시아 군이 쳐들어와서 모든 걸 다 불살라 버릴 거야……. 이 나이가 돼서 새로 시작할 수도 없고."

"흥! 난 괜찮아!" 끌라리스가 말한다. "언제라도 어떻게든 되겠지 뭐."

"그래." 시몬느가 그 말을 받았다. "재미있게 될 걸 뭐……. 오히려 잘 될지도 몰라."

이렇게 말하고 의미있게 미소를 띠었다. 따땅 네네와 루이즈 비오렌느도 동감이었다. 따땅이 군인들을 상대로 떠들고 논 이야기를 한다. 참 상냥들 했어. 여자를 위해서라면 무슨 짓이든지 다 하거든. 여자들이 너무 큰 소리로 떠들기 시작하므로 아까부터 침대 아래 쪽 장나무 장식에 그대로 기대어 있던 로즈 미뇽이 가볍게 "쉿!" 하고 입을 다물게 했다. 여자들은 움찔 놀라며 겁을 먹고 시체 쪽을 바라보았다. 조용히 하라는 그 신호가 커튼 속의 어둠 속에서 나오기나 한 듯이 갑자기 조용해진다. 옆에 누워 있는 시체의 냉기가 절실히 느껴질 듯한 텅 빈 정적, 그 속에서 별안간 군중의 부르짖음이 울려 온다.

"베를린으로! 베를린으로! 베를린으로!"

그녀들은 다시 지껄이기 시작했다. 루이 필립 시대의 대신을 지낸 사람들이 자주 드나들며 멋있는 경구를 늘어놓곤 하는 정치 살롱을 갖고 있는 레아 드 온이 어깨를 으쓱하며 목소리를 낮추어 말한다.

"굉장한 실수야, 이번 전쟁은! 피를 흘리다니 어이없는 일이야!"

뤼시가 즉각 제국 정부의 변호를 시작한다. 그녀는 황족의 한 사람과 잔 적이 있었다. 그러므로 이번 전쟁은 남의 일같지 않은 것이다.

"무슨 소리야, 우리는 이 이상 모욕을 참을 수 없단 말이야. 이번 전쟁은 프랑스 명예를 위한 거야…… 오해하진 마! 뭐 꼭 그 황족과의 일이 있어서 하는 소리가 아니라구. 그 사람은 무척 인색했어. 밤에 잘 때 장화 속에 루이 금화를 감추는가 하면 베지끄 놀이 할 땐 돈 대신 콩을 가지고 계산했어. 언젠가 내가 장난으로 판돈을 빼앗은 적이 있었기 때문이야. 하지만 그만한 일로 주장을 굽힐 순 없잖아. 황제가 하신 일은 옳은 거야."

레이는 높은 사람들의 주장을 그대로 자기 주장인 양 지껄이는 여자가 흔히 그러듯, 오만한 얼굴로 고개를 끄덕이며 듣고 있더니 이윽고 목소리를 높여서 덧붙인다.

"이제 마지막이야, 뛰일르리 궁전의 인간들은 미친 놈들이야. 어째서 프랑스는 진작 그런 인간들을 추방해 버리지 않았을까……."

모두 맹렬히 항의한다.

"무슨 소리야? 미쳤어? 황제가 없어지면 어떡한다는 거야? 모두 행복하지 않았어? 사업도 잘되어 가고 있었잖아? 빠리가 이렇게 즐거운 시절은 이젠 다시 없을 거라구."

그때까지 잠자코 있던 가가가 화를 내며 말한다.

"시끄러! 바보같이, 알지도 못하면서 뭘 떠들어 대는 거야. 난 말이야, 루이 필립 시대에도 살아 봤어. 빵과 물과 천박함의 시대였지, 그러다가 2월혁명이 일어났단 말이야. 참! 꽤나 볼 만하더군, 몸서리쳐지는 세월이었어, 그들의 공화국이란 건! 2월 뒤에 난 하마터면 굶어죽을 뻔했단 말이야! 그런 꼴을 당하면서도 황제 앞에 무릎을 꿇은 거야. 우리의 아버지야. 그래, 아버지였지……."

사람들은 가가를 달래야만 했다. 그러자 가가는 종교적인 흥분에 사로잡혀 다시 계속했다.

"오오 하느님, 황제에게 승리를 주소서. 우리의 제국을 지켜주소서!"

다른 사람들도 이 기도를 되풀이했다. 블랑슈가 황제를 위해서 촛불을 밝히며 정성을 들이는 중이라고 고백한다. 까롤린느는 전에 황제에게 반해서 그가 지나가는 길목에 두 달이나 서성거리고 다녔지만 주의를 끌지 못했다고 실토한다. 그러자 다른 여자들이 일제히 공화주의자를 욕하기 시작한다. 적을 타도하고 나거든 나뽈레옹 3세가 온 국민의 행복 속에서 편안히 정치를 할 수 있도록 일선에서 공화주의자들이 다 죽어 버렸으면 좋겠느니 어떠니 하고.

"그 비스마르크 놈, 그것도 악당이야!"

마리아 블롱이 말한다.

"난, 그 자식을 알고 있었어!" 시몬느가 외친다. "그런 줄 알았더라면 그 자식 술잔에 독을 타 주는 건데."

그러나 블랑슈는 여전히 자기가 좋아하는 프러시아인이 추방된 것을 애통하게 생각하고 비스마르크 편을 들었다.

"그 사람도 그리 악인은 아닐 거야, 누구나 다 자기 일이 있잖아." 이렇게 말하고는 다시 덧붙였다. "그리고 말이야, 그 사람은 굉장히 여자를 좋아한대."

"그게 우리와 무슨 상관 있어!" 끌라리스가 대꾸한다. "누가 그런 사내와 자고 싶대!"

"그런 녀석이야 얼마든지 있어." 루이즈 비오렌느가 정색을 하고 말한다. "그런 보기 싫은 사내와 관계할 정도라면 차라리 사내 없이 사는 게 낫지."

논쟁은 계속되었다. 여자들은 저마다 보나빠르뜨 숭배열에 들떠서 비스마르크를 조각조각 내어 그를 마구 걷어찼다. 이윽고 따땅 네네가 성난 어조로 말했다.

"비스마르크라! 지긋지긋하게도 그 사람 욕을 하고 있네. 듣기 싫어, 난 이름도 들어 본 적이 없단 말이야. 세상 사람을 일일이 다 알 순 없잖아."

"아무튼" 레아 드 온이 결론을 내리듯이 말했다. "그 비스마르크에게 우린 호되게 당할 거야……."

그녀는 말끝을 맺지 못했다. 여자들이 일제히 대든 것이다.

"뭐, 뭐라고? 당하긴 누가 당해? 등어리를 걷어채여 맥없이 밀려날 쪽은 비스마르크란 말이야. 대강해 둬, 이 매국노야!"

"쉿!"

이 소동에 화가 나서 로즈 미뇽이 주의시킨다.

송장의 냉기가 그들을 다시 사로잡았다.

그녀들은 말하던 것을 뚝 그치고 깊은 공포 속에서 불안한 심정으로 새로이 죽음을 인식하게 되었다. 거리 위로 목쉬고 찢어질 듯한 외침이 지나간다.

"베를린으로! 베를린으로! 베를린으로!"

여자들이 겨우 돌아가려 하고 있는데 복도에서 부르는 소리가 들렸다.

"로즈! 로즈!"

가가가 문을 열고 잠시 나갔다 와서 일러 준다.

"포슈리가 와 있어, 저어기 저쪽에…… 더는 가까이 안 오려고 그래. 화가 잔뜩 나 있어, 네가 언제까지나 시체 옆에 머물러 있다고."

미뇽이 간신히 포슈리를 거기까지 올려 보낸 것이다. 창가에서 떠나지 않고 있던 뤼시의 눈에 길가에 서 있는 사내들이 보였다. 올려다보고는 그녀에게 요란스러운 신호를 보낸다. 화가 나서 주먹을 휘두르는 미뇽, 스떼너, 퐁땅, 보르드나브, 그 밖의 사내들이 불안과 비난이 섞인 표정들로 두 팔을 벌리고 있다. 다그녀만 그 속에 끼어들지 않으려고 두 팔을 뒷짐진 채 유유히 잎궐련을 피우고 있다.

"깜빡 잊었네." 뤼시가 창문을 열어 둔 채 말한다. "난, 로즈를 밑에 내려 보낼 약속을 했었는데…… 모두 우리를 부르고 있어."

로즈는 괴로운 듯이 침대 곁에서 일어난다.

"내려갈게, 내려가고말고…… 이 사람은 이제 더 나를 필요로 하지 않아…… 수녀를 불러와야지……"

모자와 숄이 보이지 않아, 그녀는 방안을 두리번거렸다. 그리고 얼빠진 듯한 상태로 세면대 위에 있는 대야에 물을 채우고 손과 얼굴을 씻으면서 말을 계속했다.

"어떻게 된 건지 도무지 모르겠어. 굉장한 충격이야…… 저 사람과 별로 사이도 좋지 않았지만, 난 정말 바보였어…… 별의별 일을 다 생각했지. 나도 죽고 싶다든가, 세상은 이제 끝났다든가…… 그래, 이제 바깥공기를 쐬야지."

방안에 송장 냄새가 떠돌기 시작했다. 여자들은 여태까지 아무렇지 않게 있었으나 별안간 무서워졌다.

"자, 나가지, 나가." 가가가 되풀이한다. "몸에 좋지 않을 거야."

침대 쪽을 흘깃거리면서 그녀들은 부랴부랴 방에서 나갔다. 그러나 뤼시와 블랑슈와 까롤린느가 그대로 남아 있었으므로 로즈는 그동안에 뒤처리를 해

두려고 다시 한 번 방 안을 둘러보았다. 창문에 커튼을 쳤다. 램프는 격에 어울리지 않아, 촛불이라야지. 그래서 벽난로에서 놋쇠 촛대를 하나 가져다가 불을 붙여 시체 옆 나이트 테이블 위에 놓았다. 밝은 빛이 죽은 사람의 얼굴을 확 비쳤다. 끔찍한 광경이었다. 여자들은 몸서리치며 달아났다.

"아아, 너무나 변해 버렸어, 너무나도."

마지막으로 로즈가 중얼거렸다. 로즈가 방에서 나가 문을 닫는다. 불빛 속에 얼굴을 위로 향한 채 나나 혼자 남았다. 방은 이제 납골당이 되었다. 자리 위에 던져진 피고름투성이인 한 덩어리의 썩은 고기. 이미 얼굴 전체에 고름집이 번져서 문드러지기 시작하고 있다. 더이상 형태를 알아볼 수 없는 살덩이에 진흙 같은 회색빛으로 꺼지고 패어진 고름집들은 이미 땅 위에 핀 곰팡이처럼 보였다. 왼쪽 눈은 완전히 곪아터졌다. 빠지고 반쯤 벌어진 오른쪽 눈은 시커멓게 썩은 구멍 같다. 코는 아직도 곪아 터지고 있는 중이다. 한쪽 볼에서 입으로 번진 불그레한 딱지가 입매를 씰그러뜨려 끔찍스런 웃음을 띠고 있는 것처럼 보였다. 그리고 아무것도 남아 있지 않은 이 무시무시하고도 기괴망측한 얼굴 위로 머리카락만이, 그 아름다운 머리카락만이 태양처럼 찬연한 빛을 간직한 채 황금빛 여울처럼 흘러내리고 있었다. 베누스는 썩어 갔다. 그것은 마치 그녀가 수챗구멍에 버려진 썩은 고기에서 묻혀온 그 병균이─나나가 사람들을 부패시켰던 그 독소가─그녀 자신의 얼굴로 올라가 썩히고 있는 것처럼 보였다.

방안은 텅 비었다. 큰 거리로부터 절망의 외침소리가 들끓어올라 커튼 자락을 부풀렸다.

"베를린으로! 베를린으로! 베를린으로!"

졸라의 자연주의 문학

가계와 성격 형성

에밀 졸라는 1840년 4월 2일 빠리에서 태어 났다. 아버지 프랑스와 졸라는 베니스 태생의 이탈리아인으로 토목 기사였다. 그는 토목건설을 좋아하는 성격으로 마르세이유의 항만 축조와 빠리의 축성 같은 것을 계획하고 있었다. 그러나 그는 몽상가가 아니라 상당한 실천력을 가진 기사였다. 실제로 남프로방스의 엑스(졸라가 어린 시절을 보낸 곳이다)에 운하를 건설했으며, 그것은 뒷날 '졸라 운하'라고 이름 붙여졌다. 그의 이런 실천력은 어쩌다 직정적(直情的)인 행동이 되어 나타나기도 했다. 43세 때 우연히 만난 19세의 처녀에게 반하여 곧바로 청혼한 것도 그 좋은 예의 하나다.

졸라의 조상 중에는 종교가와 군인이 많았다. 조상의 이러한 소질이 졸라의 성격에 집약적으로 나타나 있다고도 볼 수 있다. 예를 들면 종교가적 요소는 과학과 진보에 대한 그의 신념에, 군인적인 요소는 논쟁을 좋아하는 투쟁성(그 대표적 예가 드레퓌스 사건 때 그가 벌인 권력과의 싸움), 그리고 토목기사적인 요소는《루공 마까르》총서에 잘 나타나 있다.

그의 아버지는 프랑스에 올 때까지 독일·네덜란드·영국·알제리(외인부대) 등 곳곳을 전전했다. 어머니는 신경증적인 증세를 나타내고 있었다. 일곱 살에 아버지가 죽은 뒤에는 경제적 어려움 속에서 어머니와 할머니에 의해 키워졌다.

한편에서는 정력적인 활동성, 다른 한편에서는 이민적인 불안정한 성격, 어머니한테서 이어받은 듯한 신경증적 요인, 이런 것들이 얽혀서 복잡한 졸라의 성격을 형성했다. 같은 시대의 작가로, 졸라와 친교가 있었던 꽁꾸르 형제의《일기》에 보면, 졸라의 비정상적인 성격만이 기록되어 있고, 생전에 졸라의 성격을 진단한 바 있는 뚤루즈 또한 신경증적인 징후를 지적하고 있다.

자신에 찬 청년

졸라는 열일곱 살 때 엑스에서 빠리로 나와 장학생으로 고등 학교에 다니지만 곧 중퇴하고 세관 서기 직업을 갖게 된다. 어머니는 입주 하녀로 일하고 졸라는 혼자서 하숙 생활을 한다. 이 시골 출신 소년은 빠리에서 완전히 고립된 심경 속에 암담한 나날을 보낸다. 바지마저 전당포에 잡히고는 담요로 아랫도리를 감싸고 '아라비아인의 흉내'를 낸다든가 방이 없어서 하숙집 지붕에 올라가 참새를 잡아서 구워 먹었다든가 하는 당시의 빈궁상을 나타내는 많은 유머러스한 에피소드가 남아 있다.

특히 주목해야 할 것은 이와 같은 생활 속에서도 졸라가 되풀이하여 표명하고 있는 '자신(自信)'이다. 시골에서 구김살없이 자란 그는 비록 근시였지만 어깨죽지가 딱 벌어진 굳건한 소년이었다. 건강에는 자신이 있었다. 그리고 도시 사람들에게 지지 않으려는 시골 사람 특유의 끈질김, 재능에 대한 자신이 있었다. 그는 당시 엑스의 친구에게 이렇게 써 보내고 있다.

'나는 내 속에 무언가를 느낀다. 그리고 그 무언가가 실제로 존재한다면, 빠른 시일 안에 그것은 틀림없이 겉으로 드러날 것이다.'

22세 때 아셰뜨 출판사에 입사한 졸라는, 처음에는 발송 담당이었지만 이윽고 선전부 주임(월급 200프랑)이 된다.

24세 때 그때까지 써 모았던 단편을 모아 《니농에게 주는 꽁뜨》의 출판을 계획했으나 무명의 신인이 쓴 책을 내주는 출판사는 없었다.

어느 날 졸라는 라끄르와를 찾아가 사장 앞에 원고를 내놓으며 말했다.

"이 원고는 세 출판사에서 거절당했습니다."

라끄르와가 놀란 얼굴로 바라보자 졸라는 자신있게 덧붙였다.

"저에게는 재능이 있습니다."

라끄르와는 이 청년에 반하여 원고를 받아들였다.

자기에게는 재능이 있다고 단언했을 때, 졸라는 재능 그 자체보다 있을지도 모를 '그 무엇'을 실현하는 의지력과 그 실천력에 자신을 갖고 있었던 것이다. 뒷날 그는 어떤 시를 평하여 이렇게 썼다.

'에너지도 타고난 재능과 마찬가지로 시를 쓰기 위한 재능의 일부이다.'

졸라는 자기의 에너지를 적극적으로 이용했다. 그 이용 방법을 가르쳐 준 것이, 출판사 선전부의 일이었다.

직업작가로서의 길

졸라가 아셰뜨 출판사 선전
부에서 작가로서 첫걸음을 내
디뎠다는 것은 그의 생애뿐
아니라 졸라의 문학을 이해
하는 데 있어서도 특기할 만
한 일이다. 프랑스에서 기업의
선전이 문학을 지배하기 시작
한 것이 마침 이 시기였고 졸
라는 아셰뜨 사의 선전부에서
'문학은 상품이다. 상품으로서
의 문학을 어떻게 파느냐'하는
것을 배우게 되었다.

말하자면 졸라는 '쓴다'는
것과 동시에 '판다'는 것을 배
운 작가이다. 이 점이 바로 직

에밀 졸라(1840~1902)

업 작가로서의 졸라의 특성이 된다. 천재로서의 작가 혹은 영감에 의지하여
변덕스러운 생활을 보내는 보헤미안으로서의 시인, 이런 로맨틱한 예술가상을
스스로 타파한 작가가 바로 졸라였다.

프랑스 문학에서 저널리즘과의 관계가 문제되기 시작한 것은 1820년부터
30년에 걸쳐서였는데, 1839년에는 생뜨 베브가 오늘날 말하는 '매스콤 문학'이
라는 뜻으로 〈산업적 문학에 대해서〉라는 글을 발표했다. 이것은 주로 발자크
를 공격한 것이었다. 발자크는 부르주아 사회에서 문예의 자립을 보장해 주는
것은 저널리즘―주로 잡지 저널리즘―이라고 생각했다. 문학에서 발자크의
후계자가 되고자 했던 졸라는 문학과 저널리즘, 특히 일간 신문의 결합에 대
해서 발자크 이상으로 낙관하고 있었다. 그것을 잘 나타내고 있는 것이 〈문학
에서의 금전〉이라는 평론이다.

문예가 상업화하여 금전의 노예가 되어가고 있다는 비난에 대해서 졸라는
특권 계급의 기생적 존재에 지나지 않았던 작가의 사회적 지위 향상을 강조
한다.

〈센 강변에서의 점심〉 가스통 브란테. 1914.
프랑스에서는 제2제정기(1850~70)부터 19세기 끝무렵에 걸쳐 피크닉이나 뱃놀이 등의 오락이 서민계급에도 보급된다. 이러한 풍경이 인상파 그림에 담겨질 때 소설 쓰는 방법도 변했다. 즉 '정감 있는 신체감각'이 바로 소설의 새로운 주제가 된 것이다.

　　교육 보급, 독자층의 확대, 서적의 일용품화, 출판 기업의 거대화 등의 결과 작가는 자기의 펜 하나로 생활하는 노동자가 된다.
　　이 '노동작가' 속에 졸라는 문학자의 경제적·사회적 자립을 본다. 그 자립을 보장하는 것은 금전이다. 작가는 금전에 의해 학계·교회·국가 등 전통적 권위에서 해방된다고 졸라는 생각한 것이다.
　　졸라는 또한 상업 저널리즘이 신인 작가에게 악영향을 끼친다고는 생각하지 않았다. 저널리즘에 의해서 육성된 그로서는 너무도 당연한 일일 것이다.
　　'패한 자에게 재앙 있으라! 이 부르짖음이 문학만큼 잘 해당되는 곳도 없다. 아무도 선량한 청년에게 억지로 쓰라고는 하지 않는다. 그러나 일단 펜을 쥐면 싸움의 결과를 받아들여야 한다. (중략) 보호해 주어도 약자는 쓰러진다. 장애가 있어도 강자는 성공한다. 여기에야말로 '모험윤리'의 전부가 있는 것이다.'

문화의 하나였던 탈것 에밀 졸라. 파리 근교
철도가 고속 교통수단이라면 도시나 전원풍경에 스며든 마차나 자동차는 오히려 문화적인 탈것이었다.

대체로 19세기 이래 오늘날에 이르기까지 졸라만큼 저널리즘을 낙관적으로 긍정하고 저널리즘을 이용하여 뛰어난 작품을 남긴 작가는 없었다 해도 과언이 아니다.

아직 무명작가였던 때, 졸라는 친구에게 보낸 편지에 이렇게 쓰고 있다.

'만일 우리가 남을 짓밟지 않으면, 반드시 남에게 짓밟힐 것이다.'

'책의 내용이 좋고 나쁨은 문제가 아니다. 문제는 어떤 책이든 하여간 그것이 세상에 나간다는 것이다.'

또 그 무렵 지방 신문에 〈마르세이유의 비밀〉이라는 흥미 본위의 연재물을 쓰는 데 대해서 친구가 재능의 낭비를 충고하자 다음과 같이 대답하고 있다.

'내게 필요한 것은 대중이다. 나는 가능한 데까지 대중에 접근한다. 대중을 지배하기 위해서 모든 수단을 시도할 것이다. 지금 내게는 특히 두 가지 것이 필요하다. 유명해지는 것과 돈이다.'

졸라의 이와 같은 태도는 모랄의 문제라기보다 먼저 생활의 문제였다. 맨손

〈졸라 초상〉 마네. 1868. 오르세 미술관

으로 직업 작가가 되기를 지망한 사람의 자립을 위한 최소한의 조건이었다고
해도 좋다.

졸라는 젊었을 때 다윈의 《종의 기원》의 프랑스어 번역을 시도한 바 있다.
이 책을 읽은 그는 '적자생존(適者生存)'의 냉혹한 법칙이 이미 당시의 문단을
지배하고 있음을 간파하고 있었던 것이다.

산문적인 너무나 산문적인

졸라는 일상 생활에서도 철저하게 직업작가로서의 조건을 지키려 했다. 필
생 사업인 《루공 마까르》 총서를 시작하고부터 그의 일하는 태도는 비정상적
일 만큼 규칙적이었다.

〈바티뇰르 아틀리에〉 앙리 팡탱 라투르. 1870.
졸라와 인상파 화가 마네의 아틀리에에 모인 예술가들. 르누아르(오른쪽에서 6번째), 모네(오른쪽 끝), 오른쪽에서 4번째가 졸라이다. 졸라는 뛰어난 미술비평가이기도 해 마네를 옹호하고 인상파의 가치를 누구보다 빨리 알아챘다.

그것은 그 자신의 비유를 사용하면 '구둣방'의 작업에 가까웠다. 매일 아침 8시에 일어난다. 9시부터 오후 1시까지 날마다 빠지지 않고 일정한 양의 원고를 쓴다.

'한 줄도 쓰지 않고 보낸 날은 하루도 없다.'

좌우명으로 삼은 이 라틴어 문구를 문자 그대로 실천한 것이다.

오후는 편지·조사·신문 원고류를 집필한다. 밤에는 일을 하지 않는다. 대개 10시에서 11시 사이 잠자리에 든다. 다만 잠자리에서 책을 읽으므로 자는 것은 밤 1시쯤이다. 술은 거의 마시지 않는다. 식탁에서도 보통 포도주 대신 물을 마셨다고 한다. 담배도 30대 중반쯤부터 건강상의 이유로 끊었다. 일 이외의 것에서도 참으로 정확하여, 신문·편지·노트 등도 깨끗이 정리하여 일정한 장소에 놓아 둔다. 또 소포 같은 것이 배달되면 금방 끈을 돌돌 말아서 책상 서랍에 넣어 둔다.

'오늘날의 예술가는 로맨틱한 방랑자가 아니라 가정생활을 지키는 평범하고 선량한 시민이다.'

졸라는 마네를 옹호한 글에서 이렇게 말한다. 이는 졸라 자신의 생활 철학이기도 했다.

산문적인, 너무나 산문적인 생활. 일상 생활을 오로지 직업 작가로서의 생활에 한정하고 다만 《루공 마까르》의 완성을 위해서 산다는 철저한 직업의식, 그것을 졸라는 받아들인 것이다.

여기에 플로베르와 완전히 다른 형태의 '문학을 위한 생활'이 있는 것이다. 플로베르는 예술을 위해, 아름다운 문장을 위해 생활을 바쳤다. 졸라는 '직업으로서의 문학'을 위해 생활을 바쳤다. 그는 자신을 갖고 문단이라는 투기장(鬪技場)에 뛰어나가 자신의 무거운 짐을 짊어지고 쓰러질 때까지 경기를 계속했다.

'남을 짓밟지 않으면 반드시 남에게 짓밟히고 만다.'

이런 생각으로 글을 쓴 것이다.

문단에 등장한 뒤, 졸라는 문인 친구들의 소개로 신문과 잡지에 글을 쓰기 시작했는데, 그의 평론은 이미 실증주의적인 사상으로 문학을 포착하고 사실파를 강하게 옹호했다. 졸라는 떼느를 본받아 스땅달과 발자크를 이해하고, 플로베르의 《보바리 부인》(1857)에 자극받았다. 이윽고 꽁꾸르 형제의 《제르미니 나셰르뜨》(1865)가 나오자 평이 좋지 못한 데도 불구하고, 그 의의를 밝히고 진심으로 칭찬했다. 즉 졸라는, 이 작품이 당시의 상식을 깨뜨리고 하층 사회의 풍속을 그대로 드러낸 것과, 병적인 애욕이 자아내는 황폐한 결과에 대한 의학적 탐구에 큰 의의를 부여하고 그것이 현대 문학이 지향해야 할 새로운 방향과 영역이라고 생각한 것이었다. 그리고 그 자신이 다분히 이 작품을 본 딴 최초의 자연주의 소설 《떼레즈 라깡》(1867)을 쓰고 인간에 대한 생리적·심리적 탐구를 시작한 것이다. 이 소설은 그의 최초 걸작으로, 아직 보류 상태이긴 했으나 생뜨 베브나 떼느로부터 주목을 받았다. 그리고 이 무렵에 이미 그의 평생의 소설관이 거의 완성된다. 그것은 어떤 유전적 조건에 놓여 있는 사람을 어떤 환경에다 놓았을 경우 나타내는 현상을 결정론적인 입장에서 포착하고 생리적·사회적으로 탐구하여 객관적으로 그리는 것으로서 뒷날 '실험 소설'이라 불린다.

빠리 개조 취리히 궁 개축 모습
《루공 마까르》 총서 전20권의 반은 제2제정기(1852~70)의 빠리를 배경으로 펼쳐진 이야기이다. 《목로주점》《나나》 등의 대표적 걸작 대부분은 《루공 마까르》 총서에 들어 있다. 이 시대 나폴레옹 3세가 센 현 지사로 임명한 오스만이 대규모 빠리 개조사업을 시작했다. 그리하여 현대에 이르는 근대도시 빠리의 기초가 만들어졌다.

《루공 마까르》 총서

　1868년 제2의 자연주의적 작품 《마들레느 페라》를 발표한 뒤 졸라는 기법에 자신을 얻고, 19세기 전반에 발자크가 장대(壯大)한 《인간 희극》 총서로서 왕정 복고 시대(1814~1830년)의 2000명이란 온갖 부류의 인간을 그려내어 일대 풍속사를 썼듯이, 자기도 제2제정시대의 온갖 사람들을 묘사하여 일대 사회사를 쓰려고 생각했다. 다만 젊은 세대답게 그는 발자크보다도 좀더 생리학적으로 인간을 탐구하여 그들의 사회를 넓게 쓰려고 했다. 이리하여 그는 대표작 《루공 마까르 집안의 사람들》 제2제정시대의 한 가족의 자연적·사회적 역사라는 총서에 착수했다.

　그 구상에 따르면 남프랑스의 플라쌍이라는 마을(엑스)에 사는 아델라이드 푸끄라는 신경질환을 앓는 여인이 처음에 루공이라는 건강한 농부와 결혼하는데, 그가 죽자 마까르라는 주정뱅이를 애인으로 만들어 그들 사이에서 많은 아이를 낳게 된다. 그 자손들이 제2제정사회의 여러 분야에 진출하여 갖가지 직업을 가지고 크든 적든 간에 선조의 질환 때문에 고민하면서 생활한다. 졸라는 그들 각각의 생활을 그리고, 그들 주위의 사회나 그 문제를 넓게 그리면

목적을 이룰 수 있으리라고 생각했다. 이렇게 하여 10권을 예정하고 이 한 집안의 여러 인물의 족보까지 생각하고 출발했던 것이나, 제1권 《루공 집안의 운명》을 신문에 발표하기 시작한 1870년 무렵에는 20권으로 계획이 늘어나 있었다. 그리하여 거의 예정대로 해마다 한 권 정도씩 발표하여 1893년에 마지막 권인 《빠스깔 박사》를 출판하여 총서 전20권을 완성했다.

결국 이 총서가 졸라의 대표적 업적이 되어 《목로주점》(1877), 《나나》(1880), 《제르미날》(1885), 《대지》(1887) 등의 대작에서 《대혼잡》(1882), 《살아가는 기쁨》(1884), 《수인(獸人)》(1890) 등 비교적 소품에 이르기까지 대부분 그것들은 오늘날 졸라의 대표작으로서 세계 유명 소설에 포함되고 있는 것이다.

자연주의의 개화

자연주의는 발자크나 스땅달 이래의 사실주의 문학이 과학이나 실증주의 사상의 발전과 심화에 의해서 점차 변질되어 생긴 경향이다. 그러나 이 문학 경향을 가리키는 자연주의의 명칭을 가장 널리 퍼뜨린 것이 졸라이며, 《목로주점》의 성공이 결국 자연주의 문학을 확립시켰다고 할 수 있다. 그 뒤 거의 10년 가량 자연주의의 황금시대가 전개되어 그 중에서 위스망과 모파상 등 우수한 작가도 나오게 되었다. 그런데 1885년 무렵부터 이에 반대하는 세력이 점점 강해져 졸라가 1887년에 《대지》를 발표했을 때에는 이것이 폭발하여 자연주의의 세력을 약화시키고 결국 쇠퇴로 이끌게 되었다. 이때 보느땅, 로니 등 제자라고 자칭하는 다섯 명의 젊은 작가들이 소위 '5인의 선언'을 신문 〈피가로〉에 발표하여 졸라 문학의 외설성을 통렬하게 공격하고, 스승과 제자관계를 완전히 끊을 것을 단호히 선언했다.

유력한 학자며 비평가인 브륀띠에르는 유명한 평론 《자연주의의 파산》을 썼다. 뒤에 대단한 졸라 지지자가 되는 아나똘프스 등이 이때에는 신문 〈땅〉에 '일찍이 인간이 이토록 인류를 모독하여 미(美)와 사랑의 모든 모습을 모욕하곤 모든 선량한 것을 부정하려고 노력을 기울인 적은 없다' 주장하면서 졸라 같은 사람은 태어나지 않았더라면 좋았을 것이라고까지 극언했다.

이렇게 하여 사상계에서는 과학이나 실증주의에 대신하여 정신주의나 가톨릭교가 부흥하기 시작했으며, 문학도 외면적인 묘사가 아닌 내면적인 심리 분석과 묘사를 중시하게 되었다. 브르제는 그의 평론과 작품 《제자들》(1889)로서 이 새로운 경향의 문학에 지대한 공헌을 했으며, 모파상까지 《삐에르와 장》이후 작풍을 바꾸어 심리 분석을 시도하게 된다. 졸라의 친한 친구 알렉시스는 1890년 위레의 '문학의 진화에 대한 설문 조사'에 '자연주의는 죽지 않음, 뒤는 편지로'라는 유명한 전보로 답했으나, 자연주의의 퇴락은 막을 수가 없었다. 이러한 정세에서 《루공 마까르》 총서를 계속 써 나간다는 것은 매우 고통스러운 일이었다. 그러나 졸라는 굳은 의지로써 계획을 실행해 나갔다.

드레퓌스 사건과 만년

1893년 《루공 마까르》를 완성하자 졸라 자신도 자연주의를 버리고 만다. 이제까지의 객관주의적 양식을 떠나 좀더 자유롭게 자기의 감정과 주장을 논하는 이상주의적 문학 양식으로 전향한 것이다. 그리하여 《세 도시》 총서로서 먼저 《루르드》를 쓰고, 이어서 《로마》와 《빠리》를 쓸 예정이었는데 그때 드레퓌스 사건이 일어났다.

유대계 육군 대위 알프레드 드레퓌스가 육군의 기밀을 독일에 누설했다는 누명을 쓰고 유형에 처해지는 이 유명한 사건은 1894년에 시작되었다. 이것이 점점 정치 문제로 확대되어 전 프랑스가 찬부(贊否) 양파로 갈라져 싸웠으며 유혈 소동까지 벌어질 만큼 흥분했었다. 졸라가 이 사건에 휩쓸리게 된 것은 훨씬 뒤인 1897년의 일이었는데, 대위의 무죄를 확인한 그는 천성적인 정의감 때문에 가만히 보고만 있을 수가 없어 드레퓌스 옹호에 나섰다.

에밀 졸라는 〈청년에게 주는 글〉과 〈프랑스에게 주는 글〉 등의 팸플릿을 쓰고, 다음 해 1월에는 〈오로르〉 신문에 대통령 펠릭스 뽈에게의 유명한 공개장 '나는 고발한다'를 써서 정치적 이유 때문에 옳지 않은 것을 밀고 나가려는 군부 지도자를 통렬히 공격했다. 그 때문에 그는 중죄재판소(重罪裁判所)의 법정에 끌려나가 징역 1년, 벌금 3,000프랑의 판결을 받았다. 이것이 7월의 제2심에서 확정되자 졸라는 영국으로 망명한다. 그러나 영국에 1년 가량 머무는 동안 드레퓌스의 무죄가 밝혀지게 되어 재심을 받게 되었으므로 1899년에는 귀국했다.

그 사이에 졸라는 이 사건으로 더욱 높아진 인류애적 사회주의적인 정열로, 4권으로 이루어질 예정인 《사복음》 총서를 구상, 망명 중에 첫 작품 《풍산(豊産)》을 썼다. 1901년에는 그 제2작 《노동》을 써서 프리에적인 협동사회의 이상

을 그리고, 장 조레스로부터 "마침내 사회 혁명은 그 시인을 발견했다"는 격찬을 들었다. 이어 제3권 《진실》을 쓰고 마지막의 《정의(正義)》를 착수하려 했던 1902년 9월 29일 졸라는 불행하게도 가스 중독으로 급사하고 말았다.

이 죽음에 대해서는, 그 무렵 여전히 반드레퓌스파의 열광자들로부터의 협박이 계속되고 있었으므로 그들의 음모에 의한 것이라는 설이 지금도 떠돌고 있으나 확인된 것은 아니다. 아무튼 졸라는 아나톨 프랑스의 사회로 성대하게 몽마르뜨르 묘지에 매장되었으며, 이어 드레퓌스의 무죄복권이 확정된 뒤인 1908년에 빵떼옹으로 이장되어 오늘날 프랑스가 자랑하는 많은 명사들과 함께 그곳에 잠들어 있다.

《목로주점》에 대하여

《목로주점》은 《루공 마까르》 총서의 제7권인데, 빠리의 석간 신문 〈르 비앙 뿨브리끄〉에 1876년 4월 13일부터 연재가 시작된 신문 소설이다. 부제목은 '빠

재판받는 졸라 〈나는 고발한다〉가 원인이 되어 육군성에 고발당해 재판을 받고 실형을 선고받는다. 졸라는 형을 피하기 위해 영국으로 망명한다.

리 풍속 소설',,그러나 열흘도 못 가 비난이 빗발치듯하여 신문 독자들의 해약 신청이 쇄도했다. 그리하여 6월 6일, 《목로주점》은 제6장을 끝으로 부득이 연재를 중지하게 되었다. 그러나 까틀르 망데스가 주재(主宰)하는 〈라 레쀠블리끄〉라는 문예잡지에 7월 9일부터 연재가 다시 계속되어 이듬해 1월 7일에 요란한 비난과 찬사의 폭풍 속에서 끝내게 된다.

이어 곧 샤르빵떼 출판사에 의해 출판되어 1877년에 3만 8천 부, 78년 말에 5만 부, 81년 말에 10만 부가 팔려 그 당시로서는 매우 놀랄 만한 매상을 올렸다.

'졸라를 자연주의 소설의 우두머리로 만든 것은 실로 《목로주점》이었다.'

대부분의 문학사가(文學史家)들이 한결같이 이렇게 지적했을 정도였다.

아무튼 《목로주점》의 간행은 대단한 충격, 굉장한 스캔들이었던 것만은 사실이다. 이 정도의 소설은 1970년대 오늘날에는 오히려 상식인데도 그 상식화(常識化)하는 데 50여년이나 걸렸던 것이다. 바로 이 상식화의 노력이 19~20세기에 걸친 문예사상의 중심 주제였던 것이다. 그 상식화의 선구가 된 것이 졸라의 《목로주점》이었다.

그런데 졸라 자신은 어떤 소설 이념에 의해서 《목로주점》을 쓰고, 그 속에서 어떻게 이념의 표현과 전개를 의도했던 것일까? 졸라는 한 비평가에게 보낸 편지에서 이렇게 말하고 있다.

"당신은 나를 민주주의적 작가, 다소 사회주의적 작가로서 취급하고 계십니다. 그리고 내가 노동자계급을 진실하고 감동적인 색채로 그리고 있는 것에 놀라고 계십니다. 그러나 우선 당신께서 내 등에 붙여 주신 딱지를 나는 용납할 수 없습니다. 만약 아무래도 나를 어떤 부류에 넣고 싶으시다면, 자연주의 작가라고 해주시오. 나의 정치적 견해 따위, 소설에는 관계 없습니다. 나는 어떤 의미론 저널리스트일지도 모르나, 나라는 저널리스트는 나라는 소설가와 일체화(一體化)하고 있는 것입니다.

요즘 나라는 사람과 내 작품에 대해 세상에서 행해지고 있는 레디메이드 (ready—made ; 기성작품)의 어리석고 왜곡된 비평 따위를 날조하기 전에 우선 내 작품을 공정하게 읽고 작품 전체를 똑똑히 보고 이해해 줬으면 합니다. 세상이 말하는 흡혈귀, 짐승 같은 작가가 사실은 성실한 시민이고 한결같이 자기의 신조를 지키며 세상의 한구석에서 겸손하게 살고 있는 연구생이며 예술인임을 아십니까! 나는 세상이 날조하는 어떤 낭설에도 반박하지 않습니다. 나는 일할 따름입니다. 산같이 쌓인 어리석은 낭설과 중상 속에서 진실된 나를 찾아 내는 작업을 나는 시간과 그리고 공중의 선의(善意)에 맡기는 것입니다.

나는 특별한 음영법을 쓰지 않고 노동자계급을 그렸습니다. 그리고자 한 것을 그대로 그린 것입니다. 나는 내가 본 것을 입에 담고 말로 표현했을 따름입니다. 나는 상류층의 상처를 드러내 보였습니다. 따라서 하류층의 상처도 숨기지 않습니다. 나의 작품은 편파적인 것도 아니며 프로파간다(propaganda)도 아닌 진실된 것입니다."

오늘날 진지한 태도로 졸라의 작품을 읽는 사람이라면 누구나 이 졸라의 포부와 자기 긍지를, 그리고 소설에 대한 그의 이념을, 나아가서는 그 이념으로 관철된 소설의 성공을 의심할 수는 없을 것이다. 뒤에 졸라는 프랑스를 둘로 갈라 놓은 드레퓌스 사건 때 '프랑스 유사 이래 가장 위대한 팸플릿'이라 일컬어지는 〈나는 고발한다〉를 비롯한 몇 편의 시사 논문을 쓰고 "바야흐로 진실이 걷기 시작한 것이다. 이제 그 누구도 이것을 멈추게 할 수는 없다" 부르짖었다. 이 부르짖음은 실은 《루공 마까르》 총서를 처음 계획하기 시작했을 무렵부터 글로 표현되지 않은 채 졸라의 소설들의 모든 행간에서 드높이 울려 퍼지고 있었던 것이다.

《나나》에 대하여

《나나》는 1879년 10월 16일부터 다음 해 2월 5일까지 90회에 걸쳐서 일간지 〈볼떼르〉에 연재되어, 같는 해 3월 단행본으로 출판되었다(초판 5만 5천 부). 《루공 마까르》 총서의 제9권이다. 3년 전에 《목로주점》으로 일약 베스트셀러 작가가 된 졸라는 《나나》 및 그것과 때를 같이하여 발표한 《실험소설론》으로 창작과 이론 모두에

《나나》(초판 1880) 표지

서 자연주의 문학의 지도자로서 인정받기에 이르렀다.

졸라는 1년 반의 시일을 이 작품의 준비에 쏟았다. 상당한 자신을 갖고 있었던 모양으로 걸작이 생기는 징조인 '펜의 떨림'을 느낀다고 플로베르에게 실토하고 있다. 그는 나나를 묘사하는 데 있어서 당시의 유명한 몇몇 창부를 모델로 삼았다. 하기야 화려한 생활의 경험이 없고 방탕과도 인연이 멀었던 졸라는, 그런 여자를 직접 알지 못하므로 친구들에게 많은 재료를 제공받을 수밖에 없었다. 따라서 나나는 조사해서 만들어 낸 인물이라고 할 수 있다.

나나를 중심으로 해서 그녀를 에워싸는 사나이들, 이런 인물 설정의 기초가 정해진 뒤에 졸라를 괴롭힌 것은 뮈파 백작부인 '사빈느'의 성격 결정이었다. 처음 졸라는, 남편에 대한 이 여성의 태도를 세 가지로 생각했다. 첫째는 남편을 용서하는 경우, 이것은 발자크의 《사촌누이 베뜨》에 나오는 데 부인과 너무

나 비슷한 것 같아서 포기했다. 둘째는 이혼, 세째는 병사(病死). 그러나 그 어느 경우에도 졸라는 뮈파 부인을 나나에 대립하는 여성, 즉 나나의 악덕에 대해 미덕을 대표하는 선량한 여자로 묘사할 작정이었다. 그것이 마지막에 가서는 나나의 영향을 받아 거듭 바람을 피우는 타락한 상류 부인이 된다. 그때 비로소 졸라는 이 작품에 통일성이 유지된다고 생각했다.

창작 노트에 졸라는 이렇게 썼다.

'뮈파의 아내는 악덕의 또 다른 한 면이 되어야 한다. 합법적인 신분으로 보호되고 있는 악덕, 그러기에 더더욱 파괴성을 갖는 악덕.'

그러나 악덕을 위해서 악덕을 그린 것은 아니었다. 발표 당시 이 작품에 가해진 공격—'네 발 동물의 소설', '개와 인간의 혼동', '수의(獸醫)의 생리학'—이러한 것들에 대해서 졸라는 교훈적인 요소를 가지고 맞선다.

졸라는 동시에 참으로 그다운 강렬한 비유를 사용해서 이 작품의 '철학적 테마'를 다음과 같이 설명하고 있다.

'사회 전체가 엉덩이 위에 덤비고 있다는 것. 수캐 떼가 한 마리의 암캐를 좇아간다. 그러나 암컷은 발정하지 않아 따라오는 수컷들을 비웃는다. 수컷이 품은 욕망의 시(詩).'(창작 노트)

인간을 갖가지 욕망의 덩어리로 보는 것이 졸라의 기본적인 인간관이었다. 《나나》도 욕망, 성의 욕망을 그린 소설이다. 그러나 그것은 욕망의 단순한 긍정이나 욕망의 찬가가 아니다. 나나를 암캐로, 그녀를 쫓는 사나이들을 수캐라고 하는 졸라의 비유는, 이 작품의 일면밖에 해당되지 않는다. 왜냐하면 여기에서 다루어지는 욕망은, 단순히 수컷과 암컷, 남자와 여자 사이에 있는 자연스러운 생리적 현상이 아니기 때문이다.

이 작품에서 특이한 것은 성의 욕망이 비뚤어지고 변태적인 형태로 표현되고 있는 점이다. 동성애(나나와 사땡과의 관계, 로르의 가게에 모여드는 여자들), 나나의 매저키즘(퐁땅과의 동거생활), 사디즘(라 팔르와즈를 때리고 뮈파를 학대함으로써 성적 쾌감을 느끼는 나나) 등이 그것이다.

욕망의 표현에서 인상적인 것은 좁은 뜻에서의 성도착과 더불어 이 작품에 나타나 있는 파괴에 대한 충동이다. 방되브르의 자기 파괴욕으로밖에 볼 수 없는 재산의 낭비(끝내 그는 분신자살하고 만다). 애인들이 보내 온 선물을 잇따라 부수고 기뻐하는 나나. 그리고 '변덕'이라고 부르는 갖가지 행위, 그것은

영화 〈나나〉 크리스티앙 자크 감독. 마르틴 카롤 주연. 1955.

모두 그녀 자신의 영화롭기 짝이 없는 생활을 파괴로 이끌어 가는 것이었다. 나나에 매료되어 알면서도 곧장 파멸에의 길로 나아가는 사나이들. 그리고 마지막으로 자신들을 육탄으로서 내놓는 데 열광하는 군중의 자기 파괴적 충동. 개인도, 집단도, 모두 욕망에 사로잡혀 맹목적으로 서둘러 파멸의 길로 나아간다. 《나나》는 성욕에 의한 파멸의 소설이라고 부르기에 알맞다.

졸라는 평소부터 성에 대해서 매우 도덕적인, 거의 청교도적이라고 할 만한 견해를 갖고 있었다. 그는 성행위를 오로지 종족의 보존을 위해서만 허용되는 것이라고 생각했던 것이다. 그러나 금욕적인 노력이 흔히 강한 욕망의 이면적인 표현이듯이, 우리는 이 작품에서 도덕가가 아니라 성을 두려워하면서도 성에 강하게 끌려가는 졸라의 모습을 발견할 수 있다.

이와 같은 작가의 모습을 가장 잘 나타내고 있는 것이 뮈파 백작이다. 어머니의 엄한 종교 교육 아래서 자라난 뮈파는 성적 욕망에 대한 강한 억압을 느낀다. 그러나 일단 나나에 의해서 눈뜬 욕망은 종교나 사회적 체면으로 억제되지 않는 걷잡을 수 없는 것이 되고 만다.

성의 목마름과 무서움. 뮈파는 이 작품에서 내부로부터 그려진 유일한 인물이라고 할 수 있다. 나나가 주로 외면을 중심으로 그려져 있는데 반해 뮈파는 그 금욕적인 어두움, 욕망과 신에 대한 두려움의 처절한 고뇌로써 파악되고 있는 것이다. 졸라는 뮈파의 눈을 통해 나나의 나체를 바라보고, 뮈파의 마음을 통해서 매료되며 아울러 두려움에 떤다. 여기에 졸라가 《나나》를 쓰게 되는 깊은 개인적 동기를 발견할 수 있다. 뮈파가 다른 인물과 달리 보기 드물게 내면적으로 그려져 있는 것은 작자와 작중 인물과의 관계에 의한 것인데, 이 점에서 졸라는 자연주의가 말하는 '주관성의 배제'와는 상당히 모순되고 있다.

《실험 소설론》에 따르면, 자연주의 문학자는 마치 화학자가 실험관에 든 물질의 화학 반응을 냉정한 눈으로 관찰하듯이, 사회 환경이라는 시험관 속에 던져진 인간이 그 소질(유전적 소질)에 따라서 어떻게 변화하는가를 객관적으로 관찰하고 기술한다. 그러나 공교롭게도 이 자연주의 문학 이론의 대표자 자신이 다른 자연주의 작가, 이를테면 공꾸르나 모파상에 비해 훨씬 이론에서 벗어나는 부분을 더 많이 갖고 있는 것이다.

이것을 보여주는 또 하나의 특색이 졸라의 상징화 또는 은유화의 수법이다.

졸라는 제2제정의 프랑스 사회에 대해서 하나의 고정된 이미지를 갖고 있었다. 즉 1851년 12월, 루이 나뽈레옹(나뽈레옹 보나빠르뜨의 조카)에 의한 쿠데타(이것으로 그는 황제가 되고, 나뽈레옹 3세로 칭하게 된다)로 시작되어, 1870년 프로이센과의 전쟁에 의한 패배(제2제정의 붕괴)로 끝나는 약 20년간을 급격한 변화기로 보고 하나의 동적(動的)인 순환 과정으로 파악하고 있었다.

《나나》에 그려지는 것은 그 급격한 붕괴의 시기이다(1867년 4월부터 1870년 7월까지의 제2제정 말기). 나나는, 한 여자라기보다 이 사회를 부패시키고 붕괴시키는 하나의 상징적 요소로서 그려져 있다. 그런데 나나는 제2제정 파괴자로서만이 아니라 붕괴하는 제2 제정 그 자체를 동시에 상징하고 있다.

나나는 1851년 루이 나뽈레옹에 의한 쿠데타와 거의 동시에 태어나 제2제정이 붕괴한 해(1870)에 죽는다. 더욱이 이 작품의 첫머리에서 노래도 연기도 할 줄 모르는 나나는 보르드나브라는 협잡꾼 흥행사에 의해서 다만 강렬한 성적인 매력만을 내세우고 이른바 쿠데타적으로 데뷔한다. 그리고 데뷔 뒤에도 그녀의 생활은 표면의 화려함과는 반대로 그 밑바닥에 입을 벌리고 있는 심연에 끊임없이 위협을 받는다. 졸라는 나나의 운명을 제2 제정 운명의 상징으로 그리고 있는 것이다.

졸라의 무덤 파리, 몽마르뜨르 묘지
1902년 자택에서 불완전연소로 인한 의문의 중독사였다. 몽마르뜨르 묘지에 묻혔으나 2008년 국장으로 장례를 다시 치르고 빵떼옹 국립묘지에 안치되었다.

졸라는 상징화의 수법을 다른 작품에서도 자주 사용하고 있다. 《수인(獸人)》에서의 기관차, 《제르미날》에서의 탄광 등이 그것이다. 그리고 이 수법은 졸라 문학의 다른 특징과 밀접한 관계를 맺고 있다. 다른 특징이란 작중 인물의 개성의 결여이다. 졸라는 창부 나나의 생활을, 훌륭한 그녀의 육체를 세밀하게 묘사하나 나나의 개성은 희미하다.

매력적인 개성이나 인물 성격의 결여, 졸라의 반대자들은 이 점을 들어 그의 문학을 비판한다. 그들 중 어떤 사람은 그것을 졸라의 통속성, 또는 상업 저널리즘을 이용하여 대중을 위해서 쓴 졸라의 부정적 측면과 결부시킨다. 그러나 그것은 아주 부분적인 견해이다.

졸라는 작가 생활의 초기부터 대중의 존재를 강하게 의식했다. 그는 대중을 필요로 하여 일간 신문을 통해서 대중에 접근하려고 노력했다. 졸라의 작가 활동을 지탱한 저널리즘 자체가 그와 같은 대중의 존재 없이는 성립할 수 없었던 것이다.

19세기에 있어서 사회적으로 무시할 수 없는 이 대중의 모습을 졸라만큼 생생하게 표현한 작가도 없었다. 개성 창조에 있어서는 발자크나 스땅달에 뒤지는 이 작가가, 산업 사회 속의 군중의 묘사에 있어서 오늘날 영화 예술이 주는 것과 비슷한 훌륭한 이미지를 문학 작품을 통해서 만들어 낸 것이다.

《나나》에 있어서도 개인이나 혹은 집안의 묘사 이상으로 인상적인 것은 그와 같은 군중의 모습이다. 이를테면 졸라는 나나의 육체를 조명에 빛나는 겨드랑 털에 이르기까지 묘사하는 동시에, 어둑어둑한 극장 안에서 번들거리는 눈으로 입에 침이 마른 채 나나를 탐욕스레 바라보는 관중의 모습까지 포착하는 것을 잊지 않고 있다. 또 롱샹 경마장에서 대상(大賞) 경마에 열중하는 군중, 그리고 마지막으로 선전 포고에 열광하는 군중들의 모습. 특히 이 마지막 장면에서 졸라는 온갖 욕망의 돌파구를 전쟁에서 찾는 군중의 대량적인 히스테리를, 파시즘의 군중 심리를 보기좋게 묘사하고 있는 것이다.

영화적 수법
졸라의 작품에서 흔히 볼 수 있는 영화적인 요소 역시 그의 문학의 중요한 특징의 하나이다. 졸라도 19세기의 다른 작가와 마찬가지로 자질구레하게 사실적인 외면 묘사를 한다. 그러나 그것은 나열적이고 평면적이다. 이것은 발자크의 구축적·유기적인 묘사와 비교할 때 더욱 뚜렷해진다.

이를테면 발자크가 사물의 하나하나에 대해서 흔히 형이상학적인 고찰에 잠기는 데 반하여 졸라는 아무런 주석도 붙이지 않고 냉정하게 사물을 쫓는다. 그것은 시선의 움직임에 따른 묘사이며 즉물적(即物的)인 카메라의 이동을 연상시킨다. 그리고 이 즉물적인 시선은 흔히 한 장면에서 다른 장면으로 비약한다('한편에서'라는 표현이 《나나》에 자주 나온다).

이러한 장면에서 장면으로의 이동(몽따주)뿐 아니라 졸라의 시선은 때로 대상에 접근하여 한 부분을 확대해 보인다(클로즈업). 이를테면, 뮈파 집안에서의 파티 때, 뮈파와 포슈리가 악수하는 장면. 거기서 졸라는 언제까지나 떨어지지 않는 두 사람의 손을, 그리고 옆에서 눈을 내리깔고 미소짓는 뮈파 부인의 얼굴을 클로즈업하고 있다. 또 극장에서나 경마장에서 흥분된 군중의 표정. 뤼시가 그랑드 호텔 5층 창문에서 군중이 물결치는 밤거리를 내려다 보는 부감촬영(俯瞰攝影)을 연상시키는 장면. 거기에다 졸라는 시각적인 이미지에 음향 효과를 덧붙이는 것을 잊지 않는다. 뮈파 집안에서 연주되는 왈츠 '금발의 베누스'와 마지막 장면에서의 "베를린으로!"의 되풀이 등이 그것이다.

졸라 작품에서의 이와같은 영화적 수법은 현대적 관점에서 볼 때 매우 흥미 있는 문제를 제시한다. 왜냐하면 졸라와 같은 시대에 프랑스에서 뤼미엘 형제가 사상 최초의 영화 제작에 착수했기 때문이다. 이 일치는 결코 우연이 아니다. 그것은 그 시대의 미의식 속에 개인보다 군중을, 정(靜)보다 동(動)을 포착하고자 하는 공통의 경향이 싹트고 있었음을 나타내는 것이다.

엥겔스는, 귀족·승려 계급에 대한 부르주아 계급의 승리라는 역사적 필연성을 옳게 파악했다고 하여 발자크의 리얼리즘을 찬양하고, 졸라의 자연주의는 현상만을 좇는 것이라고 비판했다. 그러나 문제는 발자크냐 졸라냐, 리얼리즘이냐 자연주의냐의 양자 택일에 있는 것이 아니다. 또 졸라의 자연주의 이론의 파산을 선언하는 데 있는 것도 아니다. 이미 지적한 몇 가지 특징, 즉 군중성과 결부된 파괴적 충동의 표현, 군중의 중시, 영화적 수법. 이러한 것으로써 졸라의 문학은 오늘날 여전히 우리 앞에 신선한 문제를 던져 주고 있는 것이다.

졸라 연보

1840 4월 2일, 빠리의 생 조제프 거리에서 태어나다. 아버지 프랑스와 졸라는 군직(軍職)에서 퇴역한 토목기사로서 베네치아에서 태어난 이탈리아인이었고, 어머니 에밀리 오베르는 세느 에 오주 현(縣) 두르단 태생으로 가난한 직공 집안의 딸이었다.

1842(2세) 이해 연말 남프랑스인 프로방스 지방에 있는 엑스로 가족이 이사하다. 1848년 빠리로 이사했다가 1846년 연말에 엑스로 다시 이사하다.

1847(7세) 3월 아버지 죽다. 노뜨르담 기숙학교에 들어가다. 아버지가 죽은 뒤로 집안이 기울기 시작하여 같은 집에 살고 있던 외조부모를 따라온 가족이 전전(轉轉)하다.

1852(12세) 남프랑스 엑스의 중학교에 입학하다. 바띠스탄 바이유, 뽈 세잔느 등과 사귀게 되다.

1857(17세) 외조모 페리시떼가 죽다.

1858(18세) 빠리로 다시 이사하여 생 루이 고등학교로 전학하다. 그러나 엑스를 그리워하는 향수가 깊어져 세잔느, 바이유 등과 자주 편지를 주고받다. 여름에 엑스를 방문했다가 돌아와서 열병(熱病)을 앓다.

1859(19세) 8월 빠리의 이과(理科) 대학 입학 시험에 두 번이나 실패하고 고등학교마저 경제 사정으로 그만두다. 독서와 시작(詩作)에 몰두하다.

1860(20세) 도크 청(廳)의 서기가 되어 월급 60프랑을 받게 되나 2개월 만에 사표를 내다. 〈로돌포〉〈아에리엔느〉〈빠올로〉의 3부로 된 장편 서사시 《애극(愛劇)》을 쓰다.

1862(22세) 2월 아셰뜨 출판사 발송부에 취직하다. 이어 선전부 주임이 되어 유명한 문인들을 알게 되다. 아셰뜨 출판사 사장의 권고로 시(詩)에서 산문으로 전향하다. 10월 31일, 프랑스로 귀화하다.

1864(24세) 8월 후배 시인 바라브레그에게 《영사막(映寫幕)》이라는 일종의 사실
주의적 예술론의 초안을 보내다. 처녀 단편집 《니농에게 주는 꽁뜨》
를 라끄르와 출판사에서 간행하다.

1865(25세) 평론 《제르미니 라셰르뜨 론(論)》 《떼느 론》을 발표하여 자연주의를
제창한다. 이어 낭만주의적인 소설 《끌로드의 고백》을 라끄르와 출
판사에서 간행하게 되나 외설 여부로 당국의 추궁을 받다.

1866(26세) 1월 아셰뜨 출판사를 그만두다. 알렉산드리느 메레와 함께 살기 시
작하다. 〈피가로〉 신문에 살롱 비평을 써 신흥인상파 화가들을 옹
호하다. 신문 소설 《사녀(死女)의 소원》을 발표하다.

1867(27세) 신문 소설 《마르세이유의 비밀(秘密)》을 〈르 메사제 프로방스〉지에
발표하다. 12월 그의 자연주의 이론을 적용한 첫 소설 《떼레즈 라
깡》을 내다.

1868(28세) 《마들레느 페라》를 출판하다. 발작의 유명한 《인간 희극》 총서를 본
따 《루공 마까르》 총서를 구상하다(처음엔 10권 예정). 12월 꽁꾸르
형제와 만나다.

1869(29세) 《루공 마까르》 총서 제1권인 《루공 집안의 운명》을 쓰다. 제2권 《향
연(饗宴)》을 구상하다.

1870(30세) 5월 알렉산드리느 메레와 정식으로 결혼하다. 6월 〈르셰끌〉지에 《루
공 집안의 운명》을 연재하기 시작했으나 보불전쟁으로 중단되다. 마
르세이유로 피했다가 보르도로 이사하다.

1871(31세) 보르도 국방 정부의 통치 아래에서 〈세마포르〉지와 〈라끌로슈〉지
보도 기사를 쓰다. 3월에 '빠리 꼬뮌'이 시작되어 5월이 되자 제3 공
화제가 성립되다. 가을에 《루공 집안의 운명》을 라끄르와 출판사에
서 간행하다. 〈라 끌로슈〉지에 《향연》을 연재하나 독자들의 비난이
높자 검사국(檢事局) 요청으로 중단하다.

1872(32세) 라끄르와 출판사가 파산(破産), 졸라 작품의 판권은 샤르빵떼 출판
사로 넘어가고, 샤르빵떼에서 《향연》 《루공 집안의 번영》을 다시 간
행하다.

1873(32세) 《루공 마까르》 총서 제3권 《빠리의 배(腹)》를 샤르빵떼사에서 간행
하다.

1874(34세) 제4권 《뿔라잔의 정복》《속(續) 니농에게 주는 꽁뜨》 간행하다. 7월 《떼레즈 라깡》 르네상스 극장에서 상연되다.

1875(35세) 제5권 《아베 무레의 죄(罪)》 출판하다. 이 작품은 뚜르게네프의 주선으로 페테르스부르크에서 나오는 〈유럽 통신〉지(誌)에 번역되어 소개되다. 여름 2개월간 생 드번 해안에 머물며 《목로주점》을 구상하다.

1876(36세) 제6권 《으제느 루공 각하(閣下)》를 발표하다. 이해 4월부터 〈르 비앙쀠브리끄〉지에 《목로주점》 연재하기 시작했으나 독자로부터 엄청난 항의가 빗발쳐 6월에 연재를 중지하다. 7월에 〈라 레뷔블리끄〉지에 다시 연재를 계속하다.

1877(37세) 《루공 마까르》 총서 제7권 《목로주점》을 간행하다. 빗발치는 중상과 비난, 공격에도 불구하고 《목로주점》으로 일약 베스트셀러 작가가 되다. 《목로주점》의 성공은 그를 자연주의 문학의 지도자로 만들다.

1878(38세) 제8권 《사랑의 한 페이지》 출판하다. 빠리 근교(近郊) 메당에 별장을 구해서 주로 그곳에서 집필하다. 이 별장은 자연주의 문학의 성지(聖地)가 되다.

1879(39세) 4월 자연주의 문학 이론을 고창(高唱)한 《실험소설론》을 써서 5월에 〈볼떼르〉지에, 9월에는 〈유럽 통신〉지에 발표하다.

1880(40세) 제9권 《나나》, 평론집 《실험소설론》, 공동 단편집 《메당의 석양》을 출판하다. 《메당의 석양》에 모파상이 《비곗덩어리》를 발표하여 문단에 등장하다. 10월 어머니 죽다.

1881(41세) 평론집 《논전(論戰)》《자연주의 작가론》《극(劇)에 있어서의 자연주의》《문학 기록》 등을 출판하다.

1882(42세) 제10권 《대혼잡》, 중편소설집 《뷔를르 대위》를 출판하다. 《대혼잡》은 〈르 끌그르와〉지(紙)에 실릴 때 주인공 이름 때문에 고소 사태로까지 번져 물의를 일으키다.

1883(43세) 제11권 《오 보노오루 드 담》을 〈질 블라스〉지에 연재한 뒤 출판하다.

1884(44세) 제12권 《살아가는 기쁨》, 중편소설 《나이스 미끌랑》을 출판하다. 2월 북프랑스 안잔 탄광의 파업을 소재로 《제르미날》 집필을 시작하

다. 《제르미날》〈질 블라스〉지에 연재되다.

1885(45세) 1월 제13권 《제르미날》 집필을 끝내고 3월에 이를 출판했는데 대단한 호평이어서 《나나》《목로주점》에 이어 베스트셀러가 되다.

1886(46세) 제14권 《제작(制作)》 간행하다. 세잔느를 모델로 한 것으로 오해받아 세잔느와 절교하다. 《대지(大地)》 집필을 위해 보오스 지방을 탐사(探査)하다.

1887(47세) 제15권 《대지》를 출판하다. 8월 〈질 블라스〉지에 이 작품을 연재하고 있을 때, 자연파 청년 작가 보느땅·로니·데까보·마르그리뜨·기슈 등은 '5인의 선언'을 발표하고 졸라와의 절연(絶緣)을 선언하다. 이 뒤로 졸라에 대한 비난·비판·공격이 절정에 이르고 브륀띠에르가 〈자연주의의 파산〉이라는 평론을 발표하다.

1888(48세) 제16권 《꿈》 간행하다. 20세의 하녀 잔느 로즈로와 연애하다.

1889(49세) 잔느와의 사이에 맏딸 드니즈가 태어나다.

1890(50세) 제17권 《수인(獸人)》 간행하다. 아까데미 프랑세에즈에 입후보하나 떨어지다.

1891(51세) 제18권 《돈》 출판하다. 문예가 협회 회장에 취임하다. 잔느와의 사이에 맏아들 자끄가 태어나다. 이해에 쥘르 위레가 '문학의 진화에 대한 설문 조사' 결과를 〈에꼴 드 빠리〉지에 발표하여 자연주의 시대의 종언을 시사하다.

1892(52세) 제19권 《궤멸》을 쓰다. 이것은 《루공 마까르》 총서 가운데 가장 긴 작품으로서 그 무렵 프랑스 군부(軍部)로부터는 비현실적·비애국적 작품이라는 비난을 받다.

1893(53세) 제20권 《빠스깔 박사》를 출판하다. 《루공 마까르》 총서 완간을 축하하는 모임이 브로뉴 숲에서 성대히 열리다. 이해에 오랜 친구였던 떼느와 모파상이 죽자 자연주의 문학에 대한 신념을 포기하고 고독에 깊이 잠겨들다.

1894(54세) 《세 도시》 총서 제1권 《루르드》 출판하다. 9월, 드레퓌스 사건 일어나다.

1895(55세) 문예가협회 회장 자리를 내놓다.

1896(56세) 제2권 《로마》 출판하다. 아까데미 프랑세즈에 낙선하다.

1897(57세) 평론집 《신논전(新論戰)》 출판하다. 드레퓌스의 옹호에 나서 12월에
〈청년에게 주는 글〉이라는 팸플릿을 발표하다.
1898(58세) 1월 펠릭스 뽈 대통령에의 〈나는 고발한다〉라는 공개장을 지상에
발표하여 드레퓌스 사건의 부정(不正)을 공격하다. 7월 베르사이유
지방재판소에서 징역 1년 벌금 3천 프랑이 확정되자 영국으로 망명
하다. 제3권 《빠리》 나오다.
1899(59세) 드레퓌스 재심 결과에 따라 6월 프랑스로 귀국하다. 영국에 머무는
동안 쓴 《사복음(四福音)》 총서의 1권 《풍산(豊産)》을 출판하다.
1901(61세) 제2권 《노동》을 출판하다.
1902(62세) 9월 29일 빠리 브뤼셀 거리의 자택에서 죽다. 10월 5일 몽마르뜨르
묘지에 매장되다.

김인환(金仁丸)

이화여대 불문과 및 동대학원 불문과 졸업 프랑스 소르본느대학 문학박사. 이화여대 불문과 교수 역임. 옥조근정훈장 수상. 지은책 《핸드북불문법》《최신불어숙어사전》《방송프랑스어》《생활불어회화》 등. 옮긴책 졸라 《나나》《목로주점》, 게오르규 《25시》, 쥘리앙 그린 《방황하는 영혼》, 라마르틴 《호반의 연인》, 뒤라스 《복도에 앉은 남자》 등이 있다.

세계문학전집074
Émile Zola
NANA
나나
E. 졸라/김인환 옮김
동서문화창업60주년특별출판
1판 1쇄 발행/2017. 1. 20
발행인 고정일
발행처 동서문화사
창업 1956. 12. 12. 등록 16-3799
서울 중구 다산로 12길 6(신당동 4층)
☎ 546-0331~6 Fax. 545-0331
www.dongsuhbook.com

*

사업자등록번호 211-87-75330
ISBN 978-89-497-1539-1 04800
ISBN 978-89-497-1515-5 (세트)